唐圭璋 编纂

王仲闻 参订

孔凡礼 补辑

全宋词

（简体增订本）

一

中华书局

图书在版编目（CIP）数据

全宋词/唐圭璋编纂；王仲闻参订；孔凡礼补辑.—北京：中华书局，1999.1（2023.11 重印）
　ISBN 978-7-101-01714-4

　Ⅰ.全… 　Ⅱ.①唐…②王…③孔… 　Ⅲ.宋词-作品集-中国 　Ⅳ.I222.844

中国版本图书馆 CIP 数据核字（97）第 28813 号

责任编辑：刘尚荣
责任印制：陈丽娜

全　宋　词

（全五册）

唐圭璋 编纂

王仲闻 参订

孔凡礼 补辑

＊

中华书局出版发行

（北京市丰台区太平桥西里 38 号　100073）

http://www.zhbc.com.cn

E-mail：zhbc@zhbc.com.cn

三河市中晟雅豪印务有限公司印刷

＊

850×1168 毫米 1/32 · 172 印张 · 3714 千字
1999 年 1 月新 1 版　　2023 年 11 月第 12 次印刷
印数：26001-27500 册　　定价：650.00 元

ISBN 978-7-101-01714-4

总　目

二〇〇五年版重印弁言

《全宋词》简体横排增订本,是据中华书局一九七九年版唐圭璋编《全宋词》繁体竖排本和一九八一年版孔凡礼编《全宋词补辑》本改版重排的。自一九九九年初问世后,受到了广大读者的关注和欢迎。

近年来,宋词研究和考订工作大有进展,出现了一些新资料、新成果,但因唐圭璋、王仲闻先生生前未曾授权编辑部对《全宋词》的内容体例作任何实质性的增删修订,编辑部的工作便只能局限于《改版重印说明》中交代过的四个方面,因此,这些新资料、新成果无法在本书中得到全面的体现。此次重印,我们仅对已经发现的二十馀处文字和标点的错误作了订正。

一九九九年增订新版《全宋词》问世的同时,我们约请冉休丹先生编制了《全宋词作者索引》,兼收唐圭璋《全宋词》和孔凡礼《全宋词补辑》中的全部作者,单印一册,随新版《全宋词》一起发行。此次重印,我们将此索引附刊于新版《全宋词》第五册之后,以方便使用。

中华书局编辑部

二〇〇五年一月

改版重印说明

　　词在宋代发展成熟而成为一种新的诗体,出现了大量名家名作,前人曾称之为"一代之文学"。把赵宋一代的词汇为一编,是唐圭璋先生的创举。唐圭璋先生筚路蓝缕,雪纂风钞,于一九三七年编成《全宋词》一书,一九四〇年由商务印书馆在长沙排印出版。这部书印数不多,而且由于时代和资料条件的限制,留下了不少遗憾。一九五七年,中华书局承担了古籍整理出版的任务之后,就约请唐先生对《全宋词》进行改编增补,并作校勘断句。经历了两年的修订工作,在一九五九年六月完稿,交给了中华书局。唐先生并点名推荐,可请对词学研究有素的王仲闻先生加以订补。

　　王仲闻,名高明,以字行。一九〇三年生人,著名学者王国维之次子。时因历史问题而赋闲。在中华书局总编辑金灿然和文学编辑组组长徐调孚先生的策划下,委任王仲闻先生为特约责任编辑,作了大量订补复核的工作,特别是利用北京所有的善本、孤本进行了全面认真的校勘,抽换底本,是正文字。从一九六〇年七月至一九六二年底初步完成,再由唐先生通读定稿。在发稿之后,又反复校阅,除了在校样上作了必要的修改外,又写出了《订补附记》,为全书作了新的增订。王仲闻先生化了四年多的心血,倾其多年积累的心得,为《全宋词》的订补作出了很大贡献。唐先生曾主动提出,应由王仲闻先生共同署名,但为当时的历史情势所不许,始终未能实现。出书后不久,在一九六六年的一场政治风暴中,王仲闻先生被迫害致死,他的一部专著《读词识小》稿也与人俱毁。这是我们古籍整理事业的一大损失。这次改版重印《全宋词》,我们按照实际情况,恢复了王仲闻参订的署名,借以纪念他的劳绩。

经过十年浩劫,唐圭璋先生仍不断搜集材料,对本书继续增补。一九七九年《全宋词》再次印行时,唐先生又提供了一份《订补续记》。由于不便改编正文,只能附于书后。

本书重印后,孔凡礼先生根据《诗渊》等书,又辑录了四百三十馀首宋词,编为《全宋词补辑》,于一九八一年八月单行出版。

这次改版重印,我们作了全面修订的工作。主要是:一、把原书附录的《订补附记》、《订补续记》中有关排印错误、标点错误、底本错误、失注出处及增补小传与新词等项的修订内容,纳入正编相应的位置。二、编辑部暨孔凡礼等先生阅读中发现的若干问题,经审核后,据以是正有关的讹误。三、孔凡礼先生辑《全宋词补辑》一书,这次经过本人重新加以订补,收入本书正编之后。四、为适应中青年读者的需要,这次改版重印用简体字横排。这样,经过全面修订的改版重印的《全宋词》,无论在整体质量,还是在网罗资料上,都有明显提高,版式也有了更新。希望它为学术界同仁及广大宋词爱好者提供更大的便利。

需要特别说明的是,个别简体字用在《全宋词》中,往往引起对词义的误解,甚至造成难堪的重韵,如头发的“发”字,等等。对此我们采取慎重态度,根据具体情况,适当保留了某些繁体字形,如“髮”字,等等,尚希读者谅之。

中华书局编辑部
一九九七年十一月

全 宋 词

唐圭璋 编纂

王仲闻 参订

编 订 说 明

旧版《全宋词》在一九三一年着手编纂,至一九三七年初稿竣事,商务印书馆曾予排印,一九四○年抗战时期在长沙出版。这部书的印数无多,流传不广,而且存在着很多缺点。最严重的,就是由于条件和时代的限制,在材料上有许多书不知道或者无法见到,在体例上则参照了《全唐诗》的做法,首以"帝王""宗室",而殿以"释道""女流"。一九四○年到现在,已经二十多年了。对于研究工作者说来,《全宋词》仍然为他们所需要。如果用旧版重印,显然是不相宜的。在南京师范学院党委的关怀和鼓励下,得以对旧版《全宋词》进行重编;其后,又由中华书局文学组对全稿作了订补加工,并使之和读者见面。重编订补后,不论在材料上或体例上,较旧版都有一定的提高:以某些较好的底本代替了从前的底本;增补词人二百四十馀家,词作一千四百馀首(不计残篇);删去可以考得的唐五代、金元明词人和作品;重新考订词人行实和改写小传;调整原来的编排方式;增加了若干附录。现在谨就编订情况说明如下:

宋人词集的编纂,从宋代本朝就开始了。在北宋,词虽然已经形成了一种独立的文体,但似乎还没有被普遍承认为"正统"文学,所以北宋人的词一般不收入文集。如欧阳修的《平山集》、晏殊的《珠玉集》、苏轼的《东坡词》、贺铸的《东山词》,都是集外单行的。

到了南宋,这种情况有所改变,词作一般收入文集。如张孝祥《于湖居士文集》有词四卷,陆游《渭南文集》有词二卷,刘克庄《后村先生大全集》有词五卷,等等。南宋人编刻北宋人的文集,也往往采用同样的办法,乾道刻《类编黄先生大全文集》有乐章一卷,庆元时编刻欧阳修全集有词三卷,都是明显的例子。另外还有一种情况,即已收入文集的词,又另有单刊本,而且内容也不尽相同。如欧阳修另有《醉翁琴趣外篇》六卷,张孝祥另有《于湖先生长短句》五卷《拾遗》一卷。这是宋人编刻词别集的情况。当时流行的词别集很多,据《直斋书录解题》卷二十一所载,陈振孙见到的,包括所谓《百家词》在内,就有一百零三种,另有注本三种。年经代远,这些词集很大部分已经亡佚;就是幸而流传到今天,其名称与卷数也常有出入,未必是陈振孙所见之旧了。

　　除单行的词集以外,还有汇刻的词集。宋有长沙书坊的《百家词》(今佚)、闽刻《琴趣外编》(今存五种)、《典雅词》(今存十九种)、《六十家词》(今佚)。明吴讷有《唐宋名贤百家词》,当时未刻,今存传抄本和商务印书馆排印本,内宋词亡佚十家,尚存七十家。明末毛晋汲古阁刊《宋名家词》六集六十一家,为宋以后大规模刊刻词集之始,其书流传最广。清中叶以前,有侯文灿《十名家词集》,中叶有秦恩复《词学丛书》。至于间有刊入丛书如《知不足斋丛书》、《别下斋丛书》内的,则为数不多,影响不大。晚清以来,词学在士大夫中一度得到提倡,汇刻词集因之而蔚为风气。王鹏运的《四印斋所刻词》、《宋元三十一家词》昉于其前;继之而起的是江标的《宋元名家词》,吴重熹的《山左人词》;最后有朱孝臧的《彊村丛书》,吴昌绶、陶湘的《景刊宋金元明本词》,陶湘的《景汲古阁钞宋金词七种》。这些汇刻词籍,大多依傍前人,像《宋名家词》几全据单本词集,《彊村丛书》则有半数从文集中裁篇别出;只有少数词集如《四印斋所刻词》本李清照《漱玉词》、《彊村丛书》本赵崇嶓《白云小稿》等，才是从各种载籍中收集遗佚而加以新编的。尽管如此，它们仍然有其资料价值：有的保存了底本今天已经亡佚的若干词集，如《宋名家词》；有的影刊了今天已不易见到的旧本，如《景刊宋金元明本词》；有的则编者本人就对词学比较有研究，如《四印斋所刻词》、《彊村丛书》，校雠增补，功不可没。

编纂《全宋词》，以上两类词集是我们最主要的依据。

宋人选词选，从宋词别集在当时流行的情况来估计，为数一定是不少的。今天我们能看到的，有《梅苑》、《乐府雅词》、《草堂诗馀》、《唐宋以来绝妙词选》、《中兴以来绝妙词选》、《阳春白雪》、《绝妙好词》、《乐府补题》八种。可以考知名称而已经不传的，还有五六种。其中《群公诗馀》一种，曾由清初的钱曾、季振宜收藏过，后来就不知下落了。元人的选本，现在所知道的只凤林书院辑《草堂诗馀》一种。这些宋元人的选本，往往有不见于专集的词作，特别是小家的作品，率多赖是以传。至于明清人的词选，像《词林万选》、《汇选历代名贤词府全集》、《花草粹编》、《续草堂诗馀》、《词综》、《历代诗馀》、《词综补遗》等等，有的出自学人，有的成于坊肆，精粗不一。然而除了《花草粹编》等个别选本以外，就他们所见的材料而言，已经很难为宋人编订的别集、选集增补过多的作品了。

这些选本，也是我们编纂工作中的重要依据之一。

综合地利用上述资料编纂《全宋词》，我们遇到过不少困难。有的书由于刊刻不精，有的书限于编辑者的水平，经常有许多意想不到的错误；即使是编辑得比较认真的书，如果和其他材料综合比照来看，也时会显出它们零乱和芜杂的缺点。因而，选择底本和考订作品的真伪是我们利用这些词籍时付出劳动最多的工作。

在底本的比勘选择上，尊重旧本而不迷信旧本，择善而从。例如北京图书馆藏陆贻典、毛扆手校的《宋名家词》,陆、毛二人所据校的本子都是旧本,今天已经看不到了。而从校勘记的实际情况来考察,他们所据校的本子确乎胜过现存的本子,因此这一部分的底本我们基本上选择了陆、毛的校本。然而他们所据的旧本也决不是完美无缺的,如卢祖皋的《蒲江词》,汲古阁本只二十馀首,陆、毛的校本也没有增补,但《彊村丛书》本所据的是明抄本《蒲江词稿》,纵然其中杂有个别伪词,但在数量上比汲古阁本多出七十馀首。对这种情况,我们当然选用了《彊村丛书》本。又例如黄庭坚的词集,现有宋本《山谷琴趣外编》,但《彊村丛书》本的《山谷琴趣外编》是经朱孝臧校过的,我们把两本比勘以后,也选用了《彊村丛书》本。

关于作品的考订,情况要更复杂一点。宋词作品互见于两个或两个以上作家的集中,为数甚多。汲古阁刻《宋名家词》本《珠玉词》、《六一词》、《寿域词》、《惜香乐府》,就颇多这一类的例子。词选中如《类编草堂诗馀》误题作者姓名的约有八十馀首,《词林万选》约有二十馀首,《续草堂诗馀》约有三十馀首。后人失考,陈陈相因,也有误补于各家词集的。辨伪存真,宋朝的罗泌已经做了一些,他校勘欧阳修《近体乐府》,在校记中作了说明而不下结论。毛晋刻词,也间有考证,然而缺乏冷静和严肃的态度,随意判断,误删误补,不免流于武断。我们在编纂的过程中,力求改正前人的错误,澄清前人的混淆。如欧阳修〔生查子〕"去年元夜时"一首,杨慎以为是朱淑真的作品,毛晋承谬踵误,以之补入《断肠词》,不久以前还有人发表文章力辨杨慎之说不误。其实此词既见于宋元本的欧集,宋人又别无异说,随便推翻这个结论是很不妥当的。又如《蒲江词稿》中末一首〔洞仙歌〕,已见于曾慥《乐府雅词》。曾慥的时代比卢祖皋早得多,这首词决不是卢祖皋所作。《彊村丛书》本朱翌《灊山诗馀》,仅存词五首,而其中有一首是王庭珪所作,有一首是张元幹所作。凡此种种,我们都在已有研究成果的基础上作了比较认真的考察。

宋词的辑佚工作真正受到研究者的注意,已经是清末的事了。前面提到的《漱玉词》和《白云小稿》,就是王鹏运和吴昌绶的成绩。之后,刘毓盘的《唐五代宋辽金元名家词集六十种辑》开始了大规模的辑佚,内收宋词四十四种六十四家,可惜出处不明、真伪不辨、校勘不精,颇为学者诟病。到赵万里的《校辑宋金元人词》,利用的材料更为广泛,收宋词五十五家,内五十一家为裒辑遗佚而成。此外也还有人做过这方面的工作。尽管各家的工作还都有不足之处,然而没有这些成果,《全宋词》的编辑工作就会困难得多。

我们在这些辑佚工作的基础上作了进一步的发掘。除了在各种词选中搜集资料以外,某些类书如《全芳备祖》、《新编通用启札截江网》、《新编事文类聚翰墨大全》等等,都是辑佚的渊薮。仅仅这三种书,就辑得一千馀首。而其他载籍如《宋会要辑稿》、《乐邦文类》、《寿亲养老新书》、郑元佐《新注朱淑真断肠诗集》、《永乐大典》以及各种诗文总集别集、笔记小说、书画题跋、金石录、花木谱、方志等等,散见的资料还不知凡几。文献资料浩如烟海,钩沉表微,需要付出大量劳动。我们尽可能的寻检了所知道的和所能见到的资料,补苴前人的缺漏,尽管所得不多,有的还是零简残篇,但在使研究工作者比较全面地看到现存宋词整个面貌这一意义上,还不无差堪自慰之处。

关于校订、编排、写作词人小传等等具体工作,在《凡例》中作具体说明,此处不赘。

这次重编订补,虽然我们已经付出了极大的努力,传世宋词,决不能谓为已尽于此。我们的见闻有限,看到的书不够多,没有收入的词必定还有不少；即使是已经用过的书，也难保没有遗漏。自付排至校毕过程中，又有某些订补（详《订补附记》中），就可以说明这个问题。在考订编排工作上，还有三百人左右迄今不知行实；就是写出小传的，有的过嫌简略，有的还可能有错误。又，宋代同姓名的人很多，稍一忽略，就容易张冠李戴，现在的《全宋词》里很可能也有这类错误。我们恳切地要求读者指出遗漏和错误，以便在再版时重加修订。

中华书局编辑部

一九六四年五月

凡　　例

一　是编旨在汇辑有宋一代词作,供研究工作者参考之资,故网罗
散失,虽断句零章,亦加撷拾。全书录入词人一千三百三十馀
家,词作一万九千九百馀首,残篇五百三十馀首。

二　是编严诗词之辨,凡五七言绝及古诗均不阑入。如《花草粹
编》所收寇准〔江南春〕、梅尧臣〔莫打鸭〕、苏庠〔清江曲〕、李公
麟〔四时乐〕,《古今词统》所收刘才邵〔夜度娘〕,实皆诗体,兹
并归附录。凡已有词者,附录于词作之末;未有词者,存目于
全编之末。

三　断代之文学总集,作者处易代之际者,属上属下,论定为难。
但必有尺度以一之。是编断限,上继《全唐诗》中之五代词,下
及一二七六年南宋之亡。凡唐五代词人入宋者,俱以为唐五
代人。凡宋亡时年满二十者,俱以为宋人;仅入元仕为高官如
赵孟𫖯等者除外。无确切年代可考,如《乐府补题》中作者,元
凤林书院辑本《草堂诗馀》中多数作者,亦姑仍旧说以为宋人。

四　是编以作者为经,以时代先后为序。凡生年可考者,以生年为
序;生年不可考而卒年可考者,以卒年为参;生卒年不可考而
知其登第年者,以登第年为序;三者俱无可考而知其交往酬和
者,以所交往酬和者之时代为参。一无可考者,参其作品所出
之书成书时代,如孙舣词见于《苕溪渔隐丛话》,以之次于胡仔

之前；见于宋末元初各书者，则概次于有时代可考者之后，仍以作品所出之书成书时代为序。无名氏词俱次于编末，亦以作品所出之书成书时代为序。

五　词人时代，昔人考订类多错误。如朱彝尊辑《词综》，柯崇朴为之考订词人，以晏几道列于张先、柳永之前，王安礼列于王安国之前，滕宗谅与范仲淹同时、沈子山与张先同时而相差四、五卷，林少瞻列于北宋，陈从古列于宋末。又如所谓康熙御选《历代诗馀》，以陆游列于刘克庄、岳珂之后，石孝友、李肩吾、林正大等列于南宋最末；尤可哂者，以北宋赵君举、杨彦龄列于南宋之末，以张履信列于其子张辑之后，草率成书，失考殊甚。今就所知者重为排列。

六　词人姓氏，昔人或仅题字号，或误加分合，或以此作彼，或不辨鲁鱼。如沈子山名邈、田不伐名为、潘元质名汾、林少瞻名仰，《词综》、《历代诗馀》均不知其名；陶梁《词综补遗》十五，一卷之中，题陈铧为陈抑斋、王炎为王公明、薛燧为薛子新、雷应春为雷北湖。厉鹗《绝妙好词笺》合《夷坚志》与《鹤林玉露》中时代不同之二李南金为一人，朱彝尊合华亭与钱塘之二姚述尧为一人，《词综补遗》又合金华与天台之二王淮为一人；《历代诗馀》以孔方平、鲁逸仲为二人，又以杜安世、杜郎中为二人。《词综补遗》以虞刚简、虞珏父子为虞祺、虞允文父子，周庆云《历代两浙词人小传》以宋自逊为壶觉之托名。《词综》以陈恕可为练恕可、王埜为王彧，《历代诗馀》以刘均国为刘钧国、施岳为施嶽。今亦就所知，重为厘正。

七　词人行实，昔人亦多误阙。其讹误者，如梁廷灿《历代名人生卒年表》误考米友仁、张元幹、留元刚等人生卒年；厉鹗《宋诗纪事》、《绝妙好词笺》误考李刘、洪咨夔登第年；王安礼、王安

国兄弟,《词综》、《历代诗馀》均以弟作兄;南宋人周煇、元人周
玉晨与周邦彦毫不相及,《四库全书总目》,以煇为邦彦之子,
沈雄《古今词话》以玉晨为邦彦从子;李遵勖为左龙武将军驸
马都尉,《宋史》以来均夺去将军二字,便不可解。其阙如者,
如晏几道等人事迹,见《宋会要辑稿》;曹勋、姜特立、曾觌、汪
莘等人生年,程师孟、荣諲、王益柔等人卒年,郑域、李石等人
登第年,其人本集或其他宋人载籍中著有明文,乃率以为无
考,且有见《宋史》本传而以为无考者,如沈邈、郑少微、刘潜
等,亦疏失之甚矣。今钩稽丛脞,正误补阙,撮为小传,著于词
人姓氏之下。是编旨在提供资料,且格于水平,故于词人行实
仅作一般介绍,至分析批判,请于他日再竭绵薄。

八 词作编次,凡所据为现存词集,则悉仍其旧;凡搜辑所得,以所
出书成书之先后为次,其同一书中之次序、调名、词题亦悉准
原书。所用各家辑本词,原多据词调编次,今概依所出原书,
径加调整。

九 是编采用词集底本,以善本、足本为主。如《宋名家词》多用陆
贻典、毛晋校本,《潜斋词》不用四印斋本而用明刊本,卢祖皋
词不用汲古阁本《蒲江词》而用《彊村丛书》本《蒲江词稿》,李
纲词不用四印斋本《梁溪词》而用《典雅词》本《丞相李忠定公
长短句》,以其篇什较多,或文字较胜也。刊本词如有不足者,
则统合别本以补之。如范成大《石湖词》,《彊村丛书》用王鹏
运校本而复为补遗二十三首,赵万里《校辑宋金元人词》本续
补四首,是编又新得六首,于是合归一处,庶称便焉。其有较
善之刊本而未能寓目者,如《新编通用启札截江网》仅见元刊
而未见宋刊,又《淮海居士长短句》所见宋刊有缺叶(由汲古阁
影宋本抄补)、元刊元印本《新编事文类聚翰墨大全》丁集壬集

亦有缺叶而均未见完本,请俟诸他日。

十　词集底本有讹夺者,尽可能以他本校改校补,并一一注明自
　　出。其臆改者,所改之字以〔　　〕号、原文以(　　)号识之。

十一　宋人于宋词已有误题误收。选本如黄昇《中兴以来绝妙词
　　选》误以胡舜陟〔感皇恩〕为其子胡仔之词,赵闻礼《阳春白雪》
　　误以赵佶〔燕山亭〕为僧仲殊之词;别集如欧阳修《近体乐府》
　　载有《花间集》中韦庄词,《醉翁琴趣外编》载有《花间集》中欧
　　阳炯、张泌词,吴文英《梦窗词集》中误收他人词作十馀首。明
　　人刊宋人词集,谬误尤多,以《类编草堂诗馀》为例,误题撰人
　　不下七八十处。清人失考,伪词续有所增。其误始自《历代诗
　　馀》者约七十首,《古今图书集成》概承其误,又另增伪词十馀
　　首;《词综》号称谨严,其误亦复不鲜。今于确知其误者删归存
　　目,凡其词非宋人作品,不见于是编其他作者名下者,另附录
　　备考。其疑不能决者互见之。有撰人姓氏可考而以为无名氏
　　作品者,《草堂诗馀》约四十馀首,《梅苑》约二十馀首,《乐府雅
　　词》约五十馀首,《新编事文类聚翰墨大全》约四十首,《花草粹
　　编》约七十首。今一一归入原作者名下。

十二　明人选本,如《词林万选》、《续草堂诗馀》等,载苏轼、黄庭
　　坚、杜安世、谢逸等佚词,迹属可疑,然文献不足,无从断其真
　　伪。凡此亦径行收入其人名下,不注“存疑”。

十三　宋人话本小说往往载词,多出依托。今择其大致可信为宋
　　人所作者,辑为《宋人话本小说中人物词》、《宋人依托神仙鬼
　　怪词》。元明小说中词题作宋人者,辑为《元明小说中依托宋
　　人词》,著于编末,例入附录。清人依托宋代神仙作品,则径从
　　删削,不复存目。宋元明小说中依托词作,撰人可以考见者,
　　均加按语于后。

十四　是编正文使用标点以简明为主,叶韵处用句号,句用逗号,
　　　读用顿号。小传、校记、按语使用全部标点,惟不用书名号、专
　　　名号;亦不用词牌号〔　　〕,以免混淆于校改之字。

十五　是编前有引用书目,并注明版本,以便查检。

引 用 书 目

（一）词 丛 编

典雅词十种十卷　　清劳权校抄本　　北京图书馆藏

唐宋名贤百家词一百三十卷　　明吴讷编　　传抄本　　北京图书馆藏

宋元名家词八十二卷　　传抄清毛扆校本　　北京图书馆藏

宋名家词九十卷　　明毛晋编　　明汲古阁刊本　　清陆贻典、黄仪、毛扆等校　　北京
　　图书馆藏

词苑英华四十五卷　　明毛晋编　　明汲古阁刊本

十名家词集十卷　　清侯文灿编　　清康熙二十八年侯氏亦园刊本　　南京图书馆藏

词学丛书二十三卷　　清秦恩复编　　清嘉庆享帚精舍刊本

四印斋所刻词六十二卷　　清王鹏运编　　清光绪刊本

宋元三十一家词三十一卷　　清王鹏运编　　清光绪刊本

宋元名家词十七卷　　清江标编　　清光绪湖南思贤书局刊本　　近人傅增湘校　　北
　　京图书馆藏

景刊宋元本词六十一卷　　近人吴昌绶编　　双照楼刊本

彊村丛书二百六十卷　　近人朱祖谋编　　一九二二年第三次校补本

续刊景宋金元明本词七十一卷补编九卷　　近人陶湘编　　陶氏涉园刊本

景汲古阁抄宋金词七种七卷　　近人陶湘编　　陶氏涉园刊本

唐五代宋辽金元名家词集六十种辑六十卷　　近人刘毓盘辑　　排印本

校辑宋金元人词七十三卷　赵万里辑　一九三一年排印本

唐宋金元词钩沉四十八卷　近人周泳先辑　一九三七年排印本

北宋三家词三卷　近人易大厂编　民智书局排印本

毛刻宋六十家词勘误　朱居易校辑　中华书局排印本

　　各词总集别集收入上面各丛编者,以下各类中不另出。

（二）词　别　集

逍遥词一卷　宋潘阆撰　明抄本　南京图书馆藏

张子野词二卷补遗二卷　宋张先撰　知不足斋丛书本

乐章集一卷　宋柳永撰　石莲庵刻山左人词本

珠玉词一卷　宋晏殊撰　明抄本　南京图书馆藏　又清抱经斋抄本　北京图书馆藏

小山词一卷　宋晏几道撰　清抱经斋抄本　北京图书馆藏

注坡词十二卷　宋傅幹注　清抄本　北京图书馆藏

东坡乐府二卷　宋苏轼撰　中华书局景印元延祐云间本

东坡先生诗馀二卷　宋苏轼撰　明刊苏长公二妙集本　北京图书馆藏

演山词一卷　宋黄裳撰　抄本　北京图书馆藏

演山先生词二卷　宋黄裳撰　清劳权校抄本　北京图书馆藏

山谷琴趣外篇三卷　宋黄庭坚撰　续古逸丛书景宋本

豫章黄先生词一卷　宋黄庭坚撰　明弘治刻嘉靖修本　北京图书馆藏

闲斋琴趣外编六卷　宋晁端礼撰　汲古阁景宋抄本　北京图书馆藏

淮海居士长短句三卷　宋秦观撰　宋乾道刻绍熙修本(缺叶汲古阁景宋抄补)　北京图书馆藏　又叶恭绰景两种宋本合刊本

虚靖真君词一卷　宋张继先撰　明抄本　南京图书馆藏

石林词一卷　宋叶梦得撰　清叶廷琯刊本

断肠词一卷　宋朱淑真撰　诗词杂俎本

筱溪乐府一卷　宋李弥逊撰　传抄四库本　南京图书馆藏

相山居士词一卷　宋王之道撰　清劳权校抄本　北京图书馆藏

双溪诗馀一卷　宋王炎撰　清劳权校旧抄本　南京图书馆藏

稼轩长短句十二卷　宋辛弃疾撰　中华书局景印元大德信州刊本

稼轩词四卷　宋辛弃疾撰　商务印书馆景印汲古阁抄本

龙洲词一卷　宋刘过撰　蟫隐庐影刊明沈愚本

凤雅遗音二卷　宋林正大撰　明刊本　南京图书馆藏

石屏长短句一卷　宋戴复古撰　上海古书流通处景印汲古阁景抄南宋六十家小
　集本

梅屋诗馀一卷　宋许棐撰　上海古书流通处景印汲古阁景抄南宋六十家小集本

梦窗词集一卷　宋吴文英撰　明万历张廷璋藏旧抄本　北京图书馆藏

梦窗词集一卷补遗一卷　宋吴文英撰　彊村遗书本

龟峰词一卷　宋陈经国撰　清劳权抄本　南京图书馆藏

蘋洲渔笛谱二卷　宋周密撰　知不足斋丛书本

草窗词二卷　宋周密撰　知不足斋丛书本

花外集一卷　宋王沂孙撰　孙人和校刊本

遗山新乐府五卷　金元好问撰　殷礼在斯堂丛书本

（三）词　总　集

梅苑十卷　宋黄大舆辑　汲古阁景宋抄本　赵万里先生照片　又楝亭十二种本
　又武进李氏圣译楼排印本

乐府雅词三卷拾遗二卷　宋曾慥辑　四部丛刊景印清鲍廷博校抄本　又文津
　阁四库全书本

唐宋诸贤绝妙词选十卷　宋黄昇辑　四部丛刊景印明本

中兴以来绝妙词选十卷　宋黄昇辑　四部丛刊景印明本

阳春白雪八卷外集一卷　宋赵闻礼辑　清吟阁刊本　又景印宛委别藏本

绝妙好词七卷　宋周密辑　汲古阁抄本　北京图书馆藏

绝妙好词笺七卷　宋周密辑　清厉鹗查为仁笺　清道光刊本

乐府补题一卷　知不足斋丛书本

增修笺注妙选群英草堂诗馀前集二卷后集二卷　四部丛刊景印明安肃
荆聚本

精选名贤词话草堂诗馀二卷　明陈钟秀校　明嘉靖刊本　北京图书馆藏

草堂诗馀前集二卷后集二卷　明嘉靖三十三年杨金刊本　北京图书馆藏

类编草堂诗馀四卷　武陵逸史编次　明嘉靖二十九年顾汝所刊本　北京图书馆
藏　又昆石山人校辑　明刊本　北京图书馆藏

类编草堂诗馀三卷　明胡桂芳重辑　明万历三十五年黄作霖等刊本　北京图书
馆藏

草堂诗馀五卷　明杨慎评点　明刊词坛合璧本　北京图书馆藏

类选笺释草堂诗馀六卷　明钱允治笺释　明刊本　北京图书馆藏

便读草堂诗馀七卷　明董其昌批评　明万历刊本　北京图书馆藏

新刻注释草堂诗馀评林六卷　明李廷机批评　翁正春校正　明万历三十二
年书林刊本　上海图书馆藏

草堂诗馀隽四卷　明吴从先辑　师俭堂刊本　上海图书馆藏

草堂诗馀正集六卷　明沈际飞评　明刊本

续草堂诗馀二卷　明长湖外史辑　明万历刊本　中华书局藏

类选笺释续选草堂诗馀二卷　明钱允治笺释　明刊本　北京图书馆藏

草堂诗馀续集二卷　明沈际飞评　明刊本

汇选历代名贤词府全集九卷　明鳙溪逸史编选　明万历刊本　上海图书馆
藏

花间集补二卷　明温博辑　明万历八年茅氏凌霞山房刊本　北京图书馆藏

花草粹编十二卷　明陈耀文辑　明万历十一年刊本　南京图书馆藏

花草粹编二十四卷　明陈耀文辑　清咸丰金绳武活字印本　南京图书馆藏

花草新编五卷　明吴承恩辑　抄本(残存三、四、五卷)　上海图书馆藏

唐词纪十六卷　明董逢元辑　明万历刊本　中国科学院图书馆藏

词的四卷　　明茅暎辑　　明刊词坛合璧本　　北京图书馆藏

词菁二卷　　明陆云龙辑　　明刊翠娱阁行箧必携本　　中国科学院图书馆藏

词坛艳逸品四卷　　明杨肇祉辑　　明刊本　　北京图书馆藏

草堂诗馀别集四卷　　明沈际飞选　　明刊本

草堂诗馀新集五卷　　明沈际飞选　　明刊本

古今词统十六卷　　明卓人月辑　　明崇祯刊本　　北京图书馆藏

古今诗馀醉十五卷　　明潘游龙辑　　明崇祯刊本　　中国科学院图书馆藏

林下词选十四卷　　清周铭辑　　清康熙刊本　　北京图书馆藏

见山亭古今词选三卷　　清陆次云选　　清康熙刊本　　中国科学院图书馆藏

词综三十六卷　　清朱彝尊汪森辑　　清裘杼楼刊本

词综三十八卷　　清朱彝尊汪森辑末二卷王昶续补　　清文萃堂刊本

词汇十二卷　　清卓回辑　　清康熙刊本　　上海图书馆藏

众香词六卷　　清徐树敏钱岳辑　　清康熙二十九年锦树堂刊本　　北京图书馆藏

历代诗馀一百二十卷　　清沈辰垣等辑　　清内府刊本

古今别肠词选四卷　　清赵式辑　　清康熙四十八年遗经堂刊本　　北京图书馆藏

古今词选十二卷　　清沈时栋辑　　清康熙刊本　　北京图书馆藏

清绮轩词选十二卷　　清夏秉衡选　　清刻本

同情集词选十卷　　清陈鼎选　　抄本

明词综十二卷　　清王昶辑　　清嘉庆刊本

自怡轩词选八卷　　清许宝善选　　清嘉庆刊本

闽词钞六卷　　清叶申芗辑　　清道光刻本　　北京图书馆藏

曲阿词综四卷　　清刘会恩辑　　清道光刊本　　中国科学院图书馆藏

词综补遗二十卷　　清陶梁辑　　清道光刊本　　北京图书馆藏

粤东词钞不分卷　　清许玉彬沈世良辑　　清道光二十九年刊本

四明近体乐府十四卷　　清袁钧辑　　清义密庐刊本

词辨二卷　　清周济选　　清光绪四年刊本

国朝词综续编二十四卷　清黄燮清辑　清同治十二年刊本

三李词不分卷　清杨文斌辑　清光绪刊本　中国科学院图书馆藏

湖州词徵三十卷　近人朱祖谋辑　吴兴丛书本

皖词纪胜一卷　近人徐乃昌辑　木刻本

长兴词存六卷　近人温鼎辑　排印本

(四) 词　话　类

碧鸡漫志五卷　宋王灼撰　知不足斋丛书本

乐府指迷一卷　宋沈伯时撰　明刊花草粹编附

词源二卷　宋张炎撰　词学丛书本

词旨一卷　元陆辅之撰　明刊本　南京图书馆藏

渚山堂词话三卷　明陈霆撰　吴兴丛书本

词品六卷拾遗一卷　明杨慎撰　明珥江书屋本　北京图书馆藏

词评一卷　明王世贞撰　明万历刊欣赏编本　北京图书馆藏

皱水轩词筌一卷　清贺裳撰　清康熙赖古堂刊本　北京图书馆藏

词苑丛谈十二卷　清徐釚辑　清康熙蛾术斋刊本

古今词话八卷　清沈雄撰　清康熙宝翰楼刊本

词林纪事二十二卷　清张宗橚辑　海盐张氏涉园景印本

雨村词话四卷　清李调元撰　函海本

词苑萃编二十四卷　清冯金伯辑　清嘉庆刊本　北京图书馆藏

蕙风词话五卷　近人况周仪撰　人民文学出版社排印本

历代词人考略　近人刘承幹撰　稿本

(五) 词　谱　类

词学筌蹄八卷　明周瑛撰　明抄本　上海图书馆藏

诗馀图谱三卷　明张綖撰　明刊本　北京图书馆藏

诗馀图谱补遗十二卷　　明谢天瑞撰　　明万历二十七年刊本　　北京图书馆藏

增正诗馀图谱三卷　　明卫元泾校补　　明刊本　　北京图书馆藏

填词图谱六卷续集三卷　　清赖以邠辑查继超增辑　　词学全书本

选声集不分卷　　清吴绮程洪撰　　清康熙刊本　　中国科学院图书馆藏

记红集四卷　　清吴绮程洪编　　清康熙刊本　　北京图书馆藏

词律二十卷　　清万树撰　　清康熙堆絮园刊本

词鹄初编十五卷　　清孙致弥辑楼俨补订　　清康熙四十四年刊本　　北京图书馆藏

词谱四十卷　　清王奕清等编　　清内府刊本

天籁轩词谱五卷　　清叶申芗撰　　清道光刊天籁轩五种本

词律拾遗八卷　　清徐本立撰　　清同治刊本

（六）史　　部

宋史四百九十六卷　　元脱脱等撰　　百衲本二十四史景元刊本

三朝北盟会编二百五十卷　　宋徐梦莘等撰　　清光绪排印本

建炎以来系年要录二百卷　　宋李心传撰　　清光绪刊本

避戎夜话二卷　　宋石茂良撰　　广四十家小说石印本

南烬纪闻二卷　　旧题宋辛弃疾撰　　学海类编本

辛巳泣蕲录一卷　　宋赵与裹撰　　述古堂抄本　　南京图书馆藏

钱塘遗事十卷　　元刘一清撰　　扫叶山房刊本

烬馀录二卷　　元徐大焯撰　　望炊楼丛书本

鄂国金陀粹编二十八卷续编三十卷　　宋岳珂撰　　元刊本　　北京图书馆藏

万柳溪边旧话一卷　　宋尤玘撰　　知不足斋丛书本

岁时广记四十二卷　　宋陈元靓撰　　十万卷楼丛书本

宝祐四年登科录一卷　　景明刊本

黄氏日抄古今纪要逸编一卷　　宋黄震撰　　知不足斋丛书本

陕西通志一百卷　　清沈青崖等撰　　清雍正十三年刊本

山西通志二百三十卷　　清储大文等撰　　清雍正十二年刊本

浙江通志二百八十卷　　清傅王露等撰　　浙江书局刊本

江西通志一百八十卷　　清赵之谦等撰　　清光绪六年刊本

舆地纪胜二百卷　　宋王象之撰　　清道光刊本

新编方舆胜览七十卷　　宋祝穆撰　　宋刊本　　南京图书馆藏

景定建康志五十卷　　宋周应合纂修　　清嘉庆刊本

吴郡志五十卷　　宋范成大纂修汪泰亨等续修　　守山阁丛书本

金山县志二十卷　　清焦元敬等撰　　清乾隆十六年刊本

京口三山志十卷　　明张莱撰　　明刊本　　南京图书馆藏

咸淳重修毗陵志三十卷　　宋史能之纂修　　明初刊本　　北京图书馆藏

嘉定镇江志二十二卷　　宋卢宪纂修　　横山草堂丛书本

至顺镇江志二十一卷　　元俞希鲁撰　　抄本　　南京图书馆藏

齐乘六卷　　元于钦撰　　明嘉靖刊本　　北京图书馆藏

咸淳临安志九十五卷　　宋潜说友纂修　　宋刊抄配本　　南京图书馆藏

至元嘉禾志三十二卷　　元单庆徐硕纂修　　旧抄本　　南京图书馆藏

乾道四明图经十二卷　　宋张津等纂修　　烟屿楼刊本

延祐四明志二十卷　　元袁桷等纂修　　烟屿楼刊本

大德昌国州图志七卷　　元冯复京等纂修　　烟屿楼刊本

宝庆会稽续志八卷　　宋张淏纂修　　明正德五年刊本　　南京图书馆藏

温州府志三十卷　　清齐召南等撰　　清同治四年刊本

平阳县志九十八卷　　近人刘绍宽等重修　　一九二五年刊本

嘉靖宁波府志四十二卷　　明张时彻撰　　明嘉靖三十九年刊本　　南京图书馆藏

崇安县志八卷　　清张彬撰　　清雍正十一年刊本　　南京图书馆藏

新昌县志　　清乾隆刊本

上高县志　　清同治刊本

光泽县志三十卷　　清盛朝辅撰　　清道光二十年刊本　　南京图书馆藏

永春州志十六卷　　清颜琦等撰　　清乾隆五十二年刊本　　南京图书馆藏

铅山县志三十卷　　清华祝山等撰　　清同治十二年刊本　　南京图书馆藏

太平府志四十四卷　　清陆纶撰　　清乾隆二十三年刊本　　南京图书馆藏

清远县志十六卷　　清朱润芳等撰　　清光绪刻本

巴州志十一卷　　清陈一津等撰　　清道光十三年刊本

合川县志八十三卷　　近人张森楷修　　一九二〇年刊本

南溪书院志四卷　　清杨毓健辑　　清同治九年刊本　　南京图书馆藏

中吴纪闻六卷　　宋龚明之撰　　知不足斋丛书本

吴中旧事一卷　　元陆友仁撰　　旧抄本　　南京图书馆藏

幽兰居士东京梦华录十卷　　宋孟元老撰　　景元刊本

梦粱录二十卷　　宋吴自牧撰　　知不足斋丛书本

武林旧事十卷　　宋周密撰　　知不足斋丛书本

蜀中广记一百零八卷　　明曹学佺撰　　四库全书珍本初集本

西湖游览志馀二十六卷　　明田汝成撰　　明嘉靖刊本　　南京图书馆藏

西湖志四十八卷　　清傅王露撰　　清雍正刊本　　北京图书馆藏

洞霄图志六卷　　宋邓牧撰　　知不足斋丛书本

敬乡录十四卷　　元吴师道撰　　适园丛书本

宋会要辑稿不分卷　　清徐松辑　　北京图书馆景印本

中兴礼书三百卷　　清徐松辑　　抄本　　北京图书馆藏

金石萃编一百六十卷续编二十一卷　　清王昶辑　　清光绪石印本

八琼室金石补正一百三十九卷　　清陆增祥撰　　吴兴刘氏刊本

粤西金石略十五卷　　清谢启昆撰　　清嘉庆六年刊本

江宁金石记八卷　　清严观撰　　清嘉庆九年刊本

金石索十二卷　　清冯云鹏辑　　清道光元年刊本

高丽史一百三十七卷　　朝鲜郑麟趾撰　　日本排印本

（七）子　　部

宝真斋法书赞二十八卷　宋岳珂撰　武英殿聚珍版丛书本

皇宋书录三卷外篇一卷　宋董史撰　知不足斋丛书本

清河书画舫十二卷　明张丑辑　巾箱本

铁网珊瑚十六卷　明朱存理辑　澄鉴堂刊本

珊瑚网法书题跋二十四卷名画题跋二十四卷　明汪砢玉辑　适园丛书本

式古堂书画汇考六十卷　清卞永誉辑　康熙刊本

大观录二十卷　清吴升辑　圣译楼刊本

山谷题跋九卷　宋黄庭坚撰　津逮秘书本

橘录三卷　宋韩彦直撰　百川学海本

百菊集谱六卷补遗一卷　宋史铸撰　明刊山居杂志本　北京图书馆藏

扬州琼华集一卷　明杨端撰　明成化刊本　南京图书馆藏

琼花集五卷　明曹璿撰　别下斋丛书本

广群芳谱一百卷　清汪灏等撰　佩文斋刊本

山家清供一卷　宋林洪撰　小石山房丛书本

寿亲养老新书四卷　宋陈直元邹铉编　清同治刊本

饮食绅言一卷　明龙遵叙撰　宝颜堂秘笈本

东原录一卷　宋龚鼎臣撰　十万卷楼丛书本

晁氏客语一卷　宋晁说之撰　百川学海本

麈史三卷　宋王得臣撰　知不足斋丛书本

梦溪笔谈二十六卷　宋沈括撰　四部丛刊景印明覆宋本

东坡先生志林十二卷　宋苏轼撰　稗海本

月河所闻集一卷　宋莫君陈撰　吴兴丛书本

明道杂志一卷　宋张耒撰　景印顾氏文房小说本

杨公笔录一卷　宋杨彦龄撰　学海类编本

泊宅编十卷　宋方勺撰　读画斋丛书本

冷斋夜话十卷　宋释惠洪撰　津逮秘书本

春渚纪闻十卷　宋何薳撰　津逮秘书本

栾城先生遗言一卷　宋苏籀撰　百川学海本

铁围山丛谈六卷　宋蔡絛撰　知不足斋丛书本

张氏可书一卷　宋张知甫撰　十万卷楼丛书本

鸡肋编三卷　宋庄绰撰　琳琅秘室丛书本

寓简十卷　宋沈作喆撰　知不足斋丛书本

过庭录一卷　宋范公偁撰　稗海本

清波杂志十二卷　宋周煇撰　四部丛刊续编景印宋刊本

清波别志二卷　宋周煇撰　知不足斋丛书本

容斋随笔十六卷续笔十六卷三笔十六卷四笔十六卷五笔十卷　宋
　　洪迈撰　四部丛刊三编景印宋刊本

墨庄漫录十卷　宋张邦基撰　四部丛刊三编景印明抄本

能改斋漫录十八卷　宋吴曾撰　守山阁丛书本

瓮牖闲评八卷　宋袁文撰　武英殿聚珍版丛书本

演繁露十六卷　宋程大昌撰　津逮秘书本

独醒杂志十卷　宋曾敏行撰　知不足斋丛书本

芥隐笔记一卷　宋龚颐正撰　顾氏文房小说本

云麓漫抄十五卷　宋赵彦卫撰　别下斋丛书本

芦浦笔记十卷　宋刘昌诗撰　知不足斋丛书本

云谷杂记四卷　宋张淏撰　武英殿聚珍版丛书本

游宦纪闻十卷　宋张世南撰　知不足斋丛书本

梁溪漫志十卷　宋费衮撰　知不足斋丛书本

西塘集耆旧续闻十卷　宋陈鹄撰　知不足斋丛书本

密斋笔记五卷续记一卷　宋谢采伯撰　琳琅秘室丛书本

鹤林玉露十八卷　宋罗大经撰　涵芬楼排印本

吹剑录一卷　宋俞文豹撰　读画斋丛书本

吹剑四录四卷　宋俞文豹撰　中华书局排印本

清夜录一卷　宋俞文豹撰　历代小史本

藏一话腴甲集二卷乙集二卷　宋陈郁撰　适园丛书本

贵耳集三卷　宋张端义撰　津逮秘书本

爱日斋丛抄五卷　宋叶某撰　守山阁丛书本

志雅堂杂抄五卷　宋周密撰　学海类编本

云烟过眼录四卷　宋周密撰　明刊本　南京图书馆藏

齐东野语二十卷　宋周密撰　津逮秘书本

敬斋古今黈十二卷补录一卷　元李治撰　云自在龛丛书本

隐居通议三十一卷　元刘壎撰　读画斋丛书本

庶斋老学丛谈三卷　元盛如梓撰　知不足斋丛书本

宜斋野乘一卷　宋吴枋撰　顾氏文房小说本

澄怀录二卷　宋周密撰　清厉鹗抄校本　南京图书馆藏

南村辍耕录三十卷　元陶宗仪撰　四部丛刊三编景印元刻本

草木子四卷　明叶子奇撰　明嘉靖刻万历重修本　北京图书馆藏

蟫精隽十六卷　明徐伯龄撰　义津阁四库全书本

留青日札四十卷　明田艺蘅撰　明刊本　南京图书馆藏

云自在龛随笔一卷　近人缪荃孙撰　排印本

墨客挥犀十卷　旧题宋彭乘撰　稗海本

项氏家说十卷　宋项安世撰　武英殿聚珍版丛书本

青箱杂记十卷　宋吴处厚撰　稗海本

画墁录一卷　宋张舜民撰　稗海本

湘山野录三卷续录一卷　宋释文莹撰　择是居丛书本

玉壶清话十卷　宋释文莹撰　知不足斋丛书本

东轩笔录十五卷　宋魏泰撰　明楚山书屋刻本　北京图书馆藏

侯鲭录八卷　宋赵令畤撰　知不足斋丛书本

挥麈前录四卷后录十一卷三录三卷馀话二卷　宋王明清撰　四部丛刊
续编景印汲古阁抄本

玉照新志五卷　宋王明清撰　学津讨原本

投辖录一卷　宋王明清撰　涵芬楼排印本

河南邵氏闻见后录三十卷　宋邵博撰　津逮秘书

四朝闻见录五卷　宋叶绍翁撰　知不足斋丛书本

野客丛书三十卷　宋王楙撰　稗海本

桯史十五卷　宋岳珂撰　津逮秘书本

癸辛杂识前集一卷后集一卷续集二卷别集一卷　宋周密撰　津逮秘书
本

真率记事一卷　宋无名氏撰　清抄本　北京图书馆藏

东南纪闻三卷　元无名氏撰　守山阁丛书本

随隐漫录五卷　宋陈世隆撰　涵芬楼排印本

归潜志十四卷　金刘祁撰　知不足斋丛书本

山居新话四卷　元杨瑀撰　知不足斋丛书本

东园客谈一卷　北京图书馆撮知不足斋抄本

广客谈一卷　北京图书馆撮知不足斋抄本

白獭髓　宋张仲文撰　历代小史本

七修类稿五十卷续稿七卷　明郎瑛撰　中华书局排印本

歧海琐谈集十六卷　明姜尔准撰　排印本

尧山堂外纪一百卷　明蒋一葵撰　明万历刊本　北京图书馆藏

韵石斋笔谈二卷　明姜绍书撰　知不足斋丛书本

坚瓠集十五集六十六卷　清褚人获撰　柏香书屋刊本

类说六十卷　宋曾慥辑　文学古籍刊行社景印明天启刊本

皇朝事实类苑七十八卷　宋江少虞撰　诵芬室刊本

说郛一百卷　元陶宗仪辑　涵芬楼排印本

剧谈录二卷　唐康骈撰　明刊本　北京图书馆藏

青琐高议前集十卷后集十卷别集七卷　宋刘斧撰　诵芬室刊本

云斋广录八卷　宋李献民撰　中央书店排印本

陶朱新录一卷　宋马纯撰　守山阁丛书本

夷坚志二百二十五卷　宋洪迈撰　涵芬楼排印本

续夷坚志二卷　题金元好问撰　清嘉庆巾箱本

湖海新闻夷坚续志前集十二卷后集六卷　元无名氏撰　适园丛书本

异闻总录四卷　元无名氏编　稗海本

嬛环记三卷　题元伊世珍撰　津逮秘书本

汴京勼异志八卷　明李濂辑　明嘉靖刊本　北京图书馆藏

前闻记一卷　明祝允明撰　纪录汇编本

青泥莲花记十三卷　明梅鼎祚撰　明刊本　北京图书馆藏

绿窗新话二卷　原题皇都风月主人编　抄本

新编醉翁谈录八卷　宋金盈之撰　适园丛书本

新编醉翁谈录二十卷　宋罗烨撰　中华书局排印本

绣谷春容十二卷　起北赤心子编　明刊本　北京图书馆藏

燕居笔记十卷　清刻本　北京图书馆藏

情史二十卷　原题詹詹外史评辑　清道光二十八年刊本

（八）话本、小说类

宣和遗事二卷　士礼居丛书本

京本通俗小说七卷　烟画东堂小品本

剪灯新话四卷　明瞿佑撰　诵芬室丛书本

水浒全传一百二十回　明施耐庵撰　人民文学出版社排印本

古今小说四十卷　明绿天馆主人编　商务印书馆排印本

警世通言四十卷　明冯梦龙编　人民文学出版社排印本

清平山堂话本　明洪楩编　文学古籍刊行社景印本

熊龙峰小说四种　古典文学出版社排印本

初刻拍案惊奇四十卷　明凌濛初撰　古典文学出版社排印本

说岳全传七十九回　清钱彩编　古典文学出版社排印本

（九）类　书　类

诗律武库前后集三十卷　题宋吕祖谦撰　金华丛书本

锦绣万花谷前集四十卷后集四十卷续集四十卷　明弘治活字印本　北京图书馆藏

全芳备祖前集二十七卷后集三十一卷　宋陈景沂辑　旧抄本　南京图书馆藏

古今合璧事类备要前集六十九卷后集八十一卷续集五十六卷别集九十四卷外集六十六卷　宋谢维新编　明刊本　北京图书馆藏

新编通用启札截江网六卷　元刊本　北京图书馆藏

新编群书类要事林广记十卷　宋陈元靓撰　日本天禄十二年刊本　中国科学院图书馆藏

新编事文类聚翰墨大全二百零四卷　元刘应李辑　元刊初印本　中国科学院图书馆藏

新编事文类聚翰墨全书一百二十七卷　元刘应李辑　元刊本配抄本　南京图书馆藏

新编事文类要启札青钱五十卷　景印元泰定刊本

永乐大典七百十四卷　明解缙等辑　中华书局景印本

古今图书集成一万卷　清蒋廷锡等辑　清光绪石印本

（十）释　道　类

罗湖野录四卷　　宋释晓莹撰　明刊本　南京图书馆藏

五灯会元二十卷　　宋释慧明撰　清光绪刊本

乐邦文类五卷　　宋释宗晓编　日本大正藏本

陈先生内丹诀一卷　　宋陈朴撰　涵芬楼景明正统道藏本

悟真篇五卷　　宋张伯端撰　涵芬楼景明正统道藏修真十书本

还丹复命篇一卷　　宋薛式撰　涵芬楼景明正统道藏本

翠虚篇一卷　　宋陈楠撰　涵芬楼景明正统道藏本

金丹大成集五卷　　宋萧廷之撰　涵芬楼景明正统道藏修真十书本

长生指要篇一卷　　宋林自然述　涵芬楼景明正统道藏本

三极至命筌蹄一卷　　宋王庆升述　涵芬楼景明正统道藏本

杂著捷径九卷　　涵芬楼景明正统道藏修真十书本

了明篇一卷　　宋宋先生述　涵芬楼景明正统道藏本

历世真仙体道通鉴五十三卷续编五卷后集六卷　　元赵道一编　涵芬
楼景明正统道藏本

纯阳帝君神化妙通纪七卷　　元苗善时辑　涵芬楼景明正统道藏本

诸真玄奥集成九卷　　涵蟾子辑　道书全集本

纯阳吕真人文集八卷　　题吕洞宾撰　道书全集本

（十一）别　集　类

王建诗集八卷　　唐王建撰　汲古阁刻六唐人集本

香奁集一卷　　唐韩偓撰　汲古阁刻四唐人集本

解注比红儿诗集一卷　　唐罗虬撰宋方崧解注　抄本　北京图书馆藏

文潞公文集四十卷　　宋文彦博撰　明嘉靖刊本　北京图书馆藏

华阳集四十卷　　宋王珪撰　武英殿聚珍版丛书本

王文公文集一百卷　　宋王安石撰　中华书局景印宋绍兴刊本

祠部集三十五卷　宋强至撰　武英殿聚珍版丛书本

范忠宣文集二十卷　宋范纯仁撰　明刊本　南京图书馆藏

节孝先生文集三十卷　宋徐积撰　元刊本　南京图书馆藏

钱塘韦先生文集十八卷　宋韦骧撰　清鲍廷博等校旧抄本　北京图书馆藏

画墁集八卷　宋张舜民撰　知不足斋丛书本

王魏公文集八卷　宋王安礼撰　豫章丛书本

东坡集四十卷后集二十卷奏议十五卷内制集十卷乐语一卷外制集三卷应诏集十卷续集十二卷　宋苏轼撰明成化刊本　北京图书馆藏

太史范公文集五十五卷　宋范祖禹撰　四库全书珍本初集本

栾城集五十卷后集二十四卷三集十卷应诏集十二卷　宋苏辙撰　明刊本　南京图书馆藏

演山先生文集六十卷　宋黄裳撰　旧抄本　北京图书馆藏

灌园集二十卷　宋吕南公撰　四库全书珍本初集本

淮海集十七卷后集二卷词一卷补遗一卷续补遗一卷　宋秦观撰　清道光王敬之刊本

宝晋英光集六卷　宋米芾撰　涉闻梓旧本

后山先生集三十卷　宋陈师道撰　明弘治十二年马暾刊本　清何焯校　南京图书馆藏

张右史文集六十卷　宋张耒撰　四部丛刊景印旧抄本

高峰文集十二卷　宋廖刚撰　四库全书珍本初集本

石门文字禅三十卷　宋释惠洪撰　四部丛刊景印明万历本

忠穆集八卷　宋吕颐浩撰　四库全书珍本初集本

北湖集五卷　宋吴则礼撰　涵芬楼秘笈本

浮溪文粹十五卷　宋汪藻撰　明正德刊本　北京图书馆藏

华阳集四十卷　宋张纲撰　景宋抄本　北京图书馆藏

忠正德文集十卷　宋赵鼎撰　清道光刊本

沈忠敏公龟溪集十二卷　　宋沈与求撰　　四部丛刊续编景明万历本

宋陈少阳先生文集十卷　　宋陈东撰　　明天启刊本　　北京图书馆藏

太仓稊米集七十卷　　宋周紫芝撰　　文津阁四库全书本

筠溪集二十四卷　　宋李弥逊撰　　四库全书珍本初集本

简斋诗集三十卷　　宋陈与义撰胡穉笺注　　四部丛刊景印宋刊本

栟榈先生文集二十五卷　　宋邓肃撰　　明正德刊本　　北京图书馆藏

相山集三十卷　　宋王之道撰　　四库全书珍本初集本

默成文集四卷　　宋潘良贵撰　　续金华丛书本

飘然集三卷　　宋欧阳澈撰　　豫章丛书本　　近人傅增湘校　　北京图书馆藏

缙云文集四卷　　宋冯时行撰　　四库全书珍本初集本

跨鳌集三十卷　　宋李新撰　　四库全书珍本初集本

灊山集三卷　　宋朱翌撰　　知不足斋丛书本

屏山集二十卷　　宋刘子翚撰　　明正德七年刘泽刊本　　北京图书馆藏

松隐文集四十卷　　宋曹勋撰　　旧抄本　　南京图书馆藏

胡澹庵先生文集三十二卷　　宋胡铨撰　　道光刊本

岳集五卷　　宋岳飞撰　　明徐阶编　　明嘉靖十五年刊本　　北京图书馆藏

岳武穆墨迹　　在五千年来中华民族爱国魂一书中

浮山集十卷　　宋仲并撰　　四库全书珍本初集本

方舟集二十四卷　　宋李石撰　　四库全书珍本初集本

莆阳知稼翁集二卷　　宋黄公度撰　　清道光九年福建重刊本

澹斋集十八卷　　宋李流谦撰　　文津阁四库全书本

梅溪先生文集二十卷后集二十九卷　　宋王十朋撰　　四部丛刊景印明刊本

盘洲文集八十卷　　宋洪适撰　　四部丛刊景印宋本

南涧甲乙稿二十二卷　　宋韩元吉撰　　武英殿聚珍版丛书本

澹轩集八卷　　宋李吕撰　　四库全书珍本初集本

大隐居士集二卷　　宋邓深撰　　旧抄本　　南京图书馆藏

陆放翁全集六种一百五十七卷　宋陆游撰　明汲古阁刊本

吴文肃公文集二十卷　宋吴儆撰　明万历七年吴瀛刊本　南京图书馆藏

周益公文集二百卷　宋周必大撰　明澹生堂抄本　北京图书馆藏

石湖居士诗集三十四卷　宋范成大撰　四部丛刊景印爱汝堂刊本

雪山集十六卷　宋王质撰　武英殿聚珍版丛书本

诚斋集一百三十五卷　宋杨万里撰　四部丛刊景印刊本

朱文公文集一百卷续集十一卷别集十卷目录二卷　宋朱熹撰　四部
　丛刊景印明刊本

于湖居士文集四十卷　宋张孝祥撰　四部丛刊景印宋刊本

宫教集十二卷　宋崔敦礼撰　文津阁四库全书本

攻媿集一百十二卷　宋楼钥撰　武英殿聚珍版丛书本

鄂州小集六卷　宋罗愿撰　粤雅堂丛书本

双峰猥稿九卷　宋舒邦佐撰　清道光舒氏刊本

崔舍人玉堂类稿二十卷　宋崔敦诗撰　佚存丛书本

定斋集二十卷　宋蔡戡撰　常州先哲遗书本

芸庵类稿六卷　宋李洪撰　四库全书珍本初集本

新注朱淑真断肠诗集十卷后集八卷　宋郑元佐注　南陵徐氏景元刊本
　又清汪士钟艺芸书舍抄本　北京图书馆藏

客亭类稿十四卷　宋杨冠卿撰　八千卷楼抄本

龙川先生文集三十卷　宋陈亮撰　明刊本　北京图书馆藏

水心先生文集二十九卷　宋叶适撰　四部丛刊景明正统本

南湖集十卷　宋张镃撰　知不足斋丛书本

白石道人诗词集二卷　宋姜夔撰　清雍正洪正治刊本

涧泉集二十卷　宋韩淲撰　四库全书珍本初集本

崔清献公集五卷　宋崔与之撰　岭南遗书

菊磵小集一卷　宋高翥撰　南宋六十家集本

西园康范诗集一卷附录一卷　　宋汪晫撰　　明嘉靖刊本　　北京图书馆藏

程端明公洺水集二十六卷　　宋程珌撰　　明嘉靖刊本　　北京图书馆藏

宫词一卷　　宋胡伟集句　　汲古阁景宋抄本　　北京图书馆藏

筼窗集十卷　　宋陈耆卿撰　　四库全书珍本初集本

小山集一卷　　宋刘翰撰　　南宋六十家集本

方是闲居士小稿二卷　　宋刘学箕撰　　汲古阁景元抄本　　北京图书馆藏

张氏拙轩集六卷　　宋张侃撰　　四库全书珍本初集本

方壶存稿九卷　　宋汪莘撰　　明汪璨等刻本　　北京图书馆藏

方壶集四卷　　宋汪莘撰　　清雍正九年刊本　　南京图书馆藏

鹤林集四十卷　　宋吴泳撰　　四库全书珍本初集本

臞轩集十六卷　　宋王迈撰　　四库全书珍本初集本

白玉蟾集六卷续集二卷　　宋葛长庚撰　　明正统刊本　　南京图书馆藏

沧浪严先生吟卷三卷　　宋严羽撰　　明正德刊本　　北京图书馆藏

宋学士徐文惠公存稿五卷　　宋徐经孙撰　　明万历刻本　　北京图书馆藏

孙耕闲集一卷　　宋孙锐撰　　抄本　　北京图书馆藏

汶阳端平诗隽四卷　　宋周弼撰　　南宋六十家集本

鲁斋王文宪公文集二十卷　　宋王柏撰　　续金华丛书本

彝斋文编四卷　　宋赵孟坚撰　　嘉业堂丛书本

梅埜集十二卷　　宋徐元杰撰　　文津阁四库全书本

梅花衲一卷　　宋李龏撰　　南宋六十家集本

李忠简公文溪存稿二十卷　　宋李昴英撰　　明嘉靖刻崇祯重修本　　北京图书馆
藏　又清刻本　　中国科学院图书馆藏

后村先生大全集一百九十六卷　　宋刘克庄撰　　四部丛刊景印抄本

字溪集十一卷附录一卷　　宋阳枋撰　　四库全书珍本初集本

梅屋四稿一卷　　宋许棐撰　　南宋六十家集本

云泉诗一卷　　宋薛嵎撰　　南宋六十家集本

柴氏四隐集二卷　宋柴望等撰　清吴氏瓶花斋抄本　南京图书馆藏

秋声集六卷　宋卫宗武撰　四库全书珍本初集本

浣川集十卷　宋戴栩撰　抄本　南京图书馆藏

则堂集六卷　宋家铉翁撰　四库全书珍本初集本

稼村类稿三十卷　宋王义山撰　四库全书珍本初集本

雪坡姚舍人集五十卷　宋姚勉撰　景宋抄本　南京图书馆藏

碧梧玩芳集二十四卷　宋马廷鸾撰　文津阁四库全书本

叠山集十六卷　宋谢枋得撰　四部丛刊续编景印明刊本

心泉学诗稿六卷　宋蒲寿宬撰　四库全书珍本初集本

庐陵文丞相集十六卷　宋文天祥撰　清雍正五桂堂刊本　南京图书馆藏

阆风集十二卷　宋舒岳祥撰　清刊本

潜斋文集十一卷　宋何梦桂撰　明成化刊本　南京图书馆藏

芳洲集三卷　宋黎廷瑞撰　豫章丛书本

青山集八卷　宋赵文撰　武英殿聚珍版丛书本

水云村稿十五卷　宋刘埙撰　文津阁四库全书本

古梅吟稿六卷　宋吴龙翰撰　宋人集甲编本

秋晓先生覆瓿集四卷　宋赵必瓛撰　清道光刻本　近人傅增湘校　北京图书
馆藏

养吾斋集三十二卷　宋刘将孙撰　四库全书珍本初集本

宁极斋稿一卷　宋陈深撰　清鲍廷博家抄本　清劳权校　北京图书馆藏

牧庵集三十六卷　元姚燧撰　武英殿聚珍版丛书本

梅花字字香二卷　元郭豫亨撰　琳琅秘室丛书本

金华黄先生文集四十三卷　元黄溍撰　四部丛刊景印元刊本

瓢泉吟稿五卷　元朱晞颜撰　四库全书珍本初集本

庸庵集十四卷　元宋禧撰　清道光刻本　近人傅增湘校　北京图书馆藏

眉庵集十二卷　明杨基撰　四部丛刊三编景印明成化刊本

（十二）总　集　类

乐府诗集一百卷　　宋郭茂倩辑　文学古籍刊行社景印宋本

成都文类五十卷　　宋袁说友辑　文津阁四库全书本

江湖后集二十四卷　　宋陈起编　读画斋丛书本

回文类聚四卷　　宋桑世昌撰　清麟玉堂刊本　又文津阁四库全书本

宋旧宫人诗词一卷　　知不足斋丛书本

瀛奎律髓四十九卷　　元方回辑　忏花庵丛书本

洞霄诗集十四卷　　元孟宗宝辑　知不足斋丛书本

古杭杂记诗集四卷　　武林掌故丛书本

诗渊不分卷九册　　明抄本　北京图书馆藏

新安文献志一百卷　　明程敏政辑　明弘治刊本　南京图书馆藏

全蜀艺文志六十四卷　　明杨慎辑　明万历刊本　北京图书馆藏

补续全蜀艺文志五十六卷　　明杜应芳、胡承诏辑　明万历刊本　北京图书馆藏

彤管遗编二十卷　　明郦琥辑　明嘉靖刊本　中国科学院文学研究所藏

花镜隽声十六卷　　明马嘉松编　明刊本　上海图书馆藏

古今青楼集选四卷　　明周公辅选　明刊本　北京图书馆藏

古今女史十二卷　　明赵世杰辑　明崇祯刊本　北京图书馆藏

丰韵情书六卷　　题豫章竹溪主人汇选　明刊本　上海图书馆藏

粤西诗载二十五卷　　清汪森辑　清康熙刊本

沅湘耆旧集二百四十卷　　清邓显鹤辑　清道光二十四年刊本

钓台集八卷　　明吴希孟编　明嘉靖刊本　南京图书馆藏

钓台集二卷　　明杨束编　明万历刊本　南京图书馆藏

元诗选一百十一卷　　清顾嗣立编　清刊本

（十三）诗文评类

临汉隐居诗话一卷　　宋魏泰撰　　知不足斋丛书本

增修诗话总龟前集五十卷后集五十卷　　宋阮阅撰　　明抄本　　北京图书馆
藏

增修诗话总龟前集四十八卷后集五十卷　　宋阮阅撰　　明月窗道人刊本
北京图书馆藏

竹坡老人诗话三卷　　宋周紫芝撰　　百川学海本

珊瑚钩诗话一卷　　宋张表臣撰　　百川学海本

庚溪诗话二卷　　宋陈岩肖撰　　百川学海本

艇斋诗话一卷　　宋曾季貍撰　　琳琅秘室丛书本

苕溪渔隐丛话前集六十卷后集四十卷　　宋胡仔撰　　耘经楼覆宋刊本

观林诗话一卷　　宋吴聿撰　　守山阁丛书本

二老堂诗话一卷　　宋周必大撰　　津逮秘书本

诗人玉屑二十一卷　　宋魏庆之撰　　朝鲜刊本　　北京图书馆藏

深雪偶谈一卷　　宋方岳撰　　顾氏文房小说本

荆溪林下偶谈四卷　　宋吴子良撰　　宝颜堂秘笈本

浩然斋雅谈三卷　　宋周密撰　　武英殿聚珍版丛书本

精选古今名贤丛话诗林广记十卷后集十卷　　宋蔡正孙辑　　明弘治刊本
北京图书馆藏

滹南诗话三卷　　金王若虚撰　　知不足斋丛书本

山房随笔一卷　　元蒋正子撰　　知不足斋丛书本

梅磵诗话三卷　　宋韦居安撰　　读画斋丛书本

吴礼部诗话一卷　　元吴师道撰　　知不足斋丛书本

菊坡丛话二十六卷　　明单宇撰　　明成化刊本　　北京图书馆藏

升庵诗话十四卷　　明杨慎撰　　历代诗话续编本

（十四）曲　　类

古本董解元西厢记八卷　　金董解元撰　古典文学出版社景印明适适子刊本

新编金童玉女娇红记二卷　　明刘兑撰　古本戏曲丛刊初集景印明刊本

张于湖误宿女真观一卷　　明无名氏撰　古本戏曲丛刊四集景印明抄本

包龙图智勘后庭花一卷　　元郑庭玉撰　元曲选本

逞风流王焕百花亭一卷　　元无名氏撰　元曲选本

萨真人夜断碧桃花一卷　　元无名氏撰　元曲选本

文湖州词一卷　　元乔吉撰　清何元锡藏抄本　南京图书馆藏

朝野新声太平乐府九卷　　元杨朝英辑　四部丛刊景印元刊本

乐府新编阳春白雪前集五卷后集五卷　　元杨朝英辑　随庵丛书本

曲律四卷　　明王骥德撰　读曲丛刊本

目　次

第　一　册

和　岘

　　岘字晦仁，开封浚仪(今开封)人，后唐长兴四年(933)生。父凝，晋
宰相，花间集词人。岘十六登朝为著作郎。建隆初，太常博士。太平兴
国二年(977)，为京东转运使，坐事削籍。端拱元年(988)，主客郎中，判
太常寺兼礼仪院事。是年卒，年五十六。

开宝元年南郊鼓吹歌曲三首

导　　引

气和玉烛，睿化著鸿明。缇管一阳生。郊禋盛礼燔柴毕，旋轸凤凰
城。森罗仪卫振华缨。辇路溢欢声。皇图大业超前古，垂象泰阶
平。和声(宋史无"和声"二字，此从宋会要辑稿。下二首同。)　　岁时丰衍，九
土乐升平。睹寰海澄清。道高尧舜垂衣治，日月并文明。嘉禾甘
露登歌荐，云物焕祥经。兢兢惕惕持谦德，未许禅云亭。

六　　州

严夜警，铜莲漏迟迟。清禁肃，森陛戟，羽卫俨皇闱。角声励，钲鼓
攸宜。金管成雅奏，逐吹透迤。荐苍璧，郊祀神祇。属景运纯禧。
京坻丰衍，群材乐育，诸侯述职，盛德服蛮夷。和声　　殊祥萃，九
苞丹凤来仪。膏露降，和气洽，三秀焕灵芝。鸿猷播，史册相辉。
张四维。卜世永固丕基。敷玄化，荡荡无为。合尧舜文思。混并
寰宇，休牛归马，销金偃革，蹈咏庆昌期。

十 二 时

承宝运,驯致隆平。鸿庆被寰瀛。时清俗阜,治定功成。遐迩咏由
庚。严郊祀,文物声明。会天正、星拱奏严更。布羽仪簪缨。宸心
虔洁,明德播惟馨。动苍冥。神降享精诚。和声　　燔柴半,万乘
移天仗,肃銮辂旋衡。千官云拥,群后葵倾。玉帛旅明庭。韶濩
荐,金奏谐声。集休亨。皇泽浃黎庶,普率洽恩荣。仰钦元后,睿
圣贯三灵。万邦宁。景贶福千龄。以上三首见宋史乐志十五。原无撰人姓
氏,从文献通考卷一百四十三乐十六

王禹偁

　　禹偁字元之,钜野人。生于周世宗显德元年(954)。九岁能文。太
平兴国八年(983),登进士。端拱初,召试,历右拾遗。二年(989),拜左
司谏,知制诰、判大理寺,辨徐铉罪,忤旨,贬商州团练副使。累迁翰林
学士、坐谤讪罢为工部郎中、知滁州,改知扬州。真宗即位,召知制诰,
出知黄州,徙蕲州。咸平四年(1001)卒,年四十八。有小畜集。

点绛唇 感兴

雨恨云愁,江南依旧称佳丽。水村渔市。一缕孤烟细。　　天际
征鸿,遥认行如缀。平生事。此时凝睇。谁会凭阑意。唐宋诸贤绝妙
词选卷三

存 目 词

　　按词律拾遗卷一载有王禹偁清平调"玉宸朝晚"一首,乃王珪作,
见类说卷十六倦游杂录。

苏易简

易简字太简,梓州铜山(今四川中江)人。生于周世宗显德五年(958)。太平兴国五年(980)进士第一。累知制诰,充翰林学士,迁给事中。淳化中,参知政事,出知陈州。至道二年(996)卒,年三十九,赠礼部尚书。有集,今不传。

越 江 吟

神仙神仙瑶池宴。片片。碧桃零落春风晚。翠云开处,隐隐金舆挽。玉麟背冷清风远。续湘山野录

> 按此首别本作"非云非烟瑶池宴。片片。碧桃零乱黄金殿。虾须半卷天香散。春云和,孤竹清婉。入霄汉。红颜醉态烂熳。金舆转。霓旌影乱。箫声远。"见苕溪渔隐丛话前集卷十六引冷斋夜话。

寇　准

准字平仲,华州下邽(今陕西省)人。生于建隆二年(961)。登太平兴国五年(980)进士,除巴东令。淳化五年,参知政事。真宗朝,累官同中书门下平章事、尚书右仆射、集贤殿大学士,封莱国公。乾兴初,为丁谓所构,贬雷州司户,徙衡州司马。天圣元年(1023)卒,年六十三。仁宗时,赠中书令,谥忠愍。有巴东集。

甘　草　子

春早。柳丝无力,低拂青门道。暖日笼啼鸟。初坼桃花小。
遥望碧天净如扫。曳一缕、轻烟缥缈。堪惜流年谢芳草。任玉壶倾倒。湘山野录卷下

踏　莎　行

春色将阑,莺声渐老。红英落尽青梅小。画堂人静雨濛濛,屏山半掩按“掩”原作“卷”,改从唐宋诸贤绝妙词选卷二馀香袅。　　　密约沉沉,离情杳杳。菱花尘满慵将照。倚楼无语欲销魂,长空黯淡连芳草。
乐府雅词拾遗卷上

　　按此首别误作秦观词,见词学筌蹄卷三。

阳　关　引

塞草烟光阔。渭水波声咽。春朝雨霁轻尘歇。征鞍发。指青青杨柳,又是轻攀折。动黯然、知有后会甚时节。　　　更尽一杯酒,歌一阕。叹人生,最难欢聚易离别。且莫辞沉醉,听取阳关彻。念故人、千里自此共明月。苕溪渔隐丛话后集卷九引兰畹集

点　绛　唇

水陌轻寒,社公雨足东风慢。定巢新燕。湿雨穿花转。　　　象尺熏炉,拂晓停针线。愁蛾浅。飞红零乱。侧卧珠帘卷。唐宋诸贤绝妙词选卷二

存　目　词

江 南 春

波渺渺,柳依依。孤村芳草远,斜日杏花飞。江南春尽离肠远,蘋
满汀洲人未归。

夜 度 娘

烟波渺渺一千里,白蘋香散东风起。日暮汀洲一望时,柔情不断如
春水。

钱惟演

惟演字希圣,吴越忠懿王俶之子,建隆三年(962)生。少补牙门将。
归宋,为右屯卫将军。咸平三年(1001)召试,改文职,为太仆少卿。累
迁翰林学士枢密使,罢为镇国军节度观察留后,改保大军节度使,知河
阳。入朝,加同中书门下平章事。明道二年(1033),坐擅议宗庙,又与
后家通婚,落同平章事,以崇信军节度使归镇。景祐元年(1034)卒,谥
曰思,改谥文僖。

木 兰 花

城上风光莺语乱。城下烟波春拍岸。绿杨芳草几时休,泪眼愁肠
先已断。   情怀渐变成衰晚。鸾鉴朱颜惊暗换。昔年多病厌芳
尊,今日芳尊惟恐浅。湘山野录卷上

按此首别又误入曹勋松隐文集卷三十九。元徐大焯烬馀录甲编此首误为钱俶
作。

玉 楼 春

锦筵参差朱槛曲。露濯文犀和粉绿。未容浓翠伴桃红,已许纤枝

留凤宿。　　嫩似春荑明似玉。一寸芳心谁管束。劝君速吃莫踟蹰,看被南风吹作竹。全芳备祖后集卷二十三笋门

陈尧佐

尧佐字希元,阆中人。生于乾德元年(963)。端拱元年(988)进士。历官同中书门下平章事、集贤殿大学士,以太子太师致仕。庆历四年(1044)卒,年八十二。赠司空兼侍中,谥文惠。有陈文惠愚丘集、潮阳编,不传。

踏　莎　行

二社良辰,千家庭院。翩翩又见新来燕。凤凰巢稳许为邻,潇湘烟暝来何晚。　　乱入红楼,低飞绿岸。画梁时拂歌尘散。为谁归去为谁来,主人恩重珠帘卷。湘山野录卷中

潘　阆

阆字逍遥,大名人。或云钱塘人。卖药京师,好友结贵近,有言其能诗者。至道元年(995)赐进士及第,试国子四门助教。未几,追还诏书。真宗时为滁州参军,大中祥符二年(1009)卒。有逍遥集。

酒　泉　子

长忆钱塘,不是人寰是天上。万家掩映翠微间。处处水潺潺。　　异花四季当窗放。出入分明在屏障。别来隋柳几经秋。何日得重游。

其　　二

长忆钱塘,临水傍山三百寺。僧房携杖遍曾游。闲话觉忘忧。

栴檀楼阁云霞畔。钟梵清宵彻天汉。别来遥礼祗焚香。便恐是西方。

其　三

长忆西湖，湖上春来无限景。吴姬个个是神仙。竞泛木兰船。
　楼台簇簇疑蓬岛。野人祗合其中老。别来已是二十年。东望眼将穿。

其　四

长忆西湖，尽日凭阑楼上望。三三两两钓鱼舟。岛屿正清秋。
　笛声依约芦花里。白鸟成行忽惊起。别来闲整钓鱼竿。思入水云寒。

其　五

长忆孤山，山在湖心如黛簇。僧房四面向湖开。轻棹去还来。
　芰荷香喷连云阁。阁上清声檐下铎。别来尘土污人衣。空役梦魂飞。

其　六

长忆西山，灵隐寺前三竺后。冷泉亭上旧曾游。三伏似清秋。
　白猿时见攀高树。长啸一声何处去。别来几向画阑看。终是欠峰峦。

其　七

长忆高峰，峰上塔高尘世外。昔年独上最高层。月出见觚棱。
　举头咫尺疑天汉。星斗分明在身畔。别来无翼可飞腾。何日得重登。

其　八

长忆吴山,山上森森吴相庙。庙前江水怒为涛。千古恨犹高。
　寒鸦日暮鸣还聚。时有阴云笼殿宇。别来有负谒灵祠。遥奠酒
盈卮。

其　九

长忆龙山,日月宫中谁得到。宫中旦暮听潮声。台殿竹风清。
　门前岁岁生灵草。人采食之多不老。别来已白数茎头。早晚却
重游。

其　十

长忆观潮,满郭人争江上望。来疑沧海尽成空。万面鼓声中。
　弄涛儿向涛头立。手把红旗旗不湿。别来几向梦中看。梦觉尚
心寒。以上道遥词,用南京图书馆藏明钞本

扫 市 舞

出砒霜,价钱可。赢得拨灰兼弄火。畅杀我。梦溪笔谈卷二十五

丁　谓

　　谓字公言,初字谓之,长洲(今苏州)人。生于乾德四年(966)。淳
化三年(992)进士。天禧中,拜平章事,封晋国公。后贬崖州司户,致
仕,居光州。景祐四年(1037)卒,年七十二。有丁晋公集四卷,不传。

凤　栖　梧

十二层楼春色早。三殿笙歌,九陌风光好。堤柳岸花连复道。玉
梯相对开蓬岛。　　莺啭乔林鱼在藻。太液微波,绿暗王孙草。
南阙万人瞻羽葆。后天祝圣天难老。

又

朱阙玉城通阆苑。月桂星榆,春色无深浅。箫瑟篌笙仙客宴。蟠
桃花满蓬莱殿。　　九色明霞裁羽扇。云雾为车,鸾鹤骖雕辇。
路指瑶池归去晚。壶中日月如天远。以上二首见唐宋诸贤绝妙词选卷二

林　逋

　　逋字君复,钱塘(今杭州)人。生于乾德五年(967)。隐西湖之孤山
二十年,足不及城市。真宗闻其名,诏长吏岁时劳问。天圣六年(1028)
卒,年六十二,赐谥和靖先生。有集。

相　思　令

吴山青。越山青。两岸青山相对迎。争忍有离情。　　君泪盈。
妾泪盈。罗带同心结未成。江边潮已平。乐府雅词拾遗卷上

点　绛　唇

金谷年年,乱生春色谁为主。馀花落处。满地和烟雨。　　又是
离歌,一阕长亭暮。王孙去。萋萋无数。南北东西路。苕溪渔隐丛话
后集卷二十一引本事曲

　　按此首别又误作姜夔词,见洪正治本白石诗词集。

霜 天 晓 角

冰清霜洁。昨夜梅花发。甚处玉龙三弄,声摇动、枝头月。 梦绝。金兽燕。晓寒兰烬灭。要卷珠帘清赏,且莫扫、阶前雪。全芳备祖前集卷一梅花门

存 目 词

调 名	首 句	出 处	附 注
瑞鹧鸪	众芳摇落独鲜妍	梅苑卷八	原为七律,后人唱作瑞鹧鸪。附录于后
霜天晓角	翦雪裁冰	古今图书集成草木典卷二百十一梅部	楼槃作,见绝妙好词卷三

瑞 鹧 鸪

众芳摇落独鲜妍。占尽风情向小园。疏影横斜水清浅,暗香浮动月黄昏。 寒禽欲下先偷眼,粉蝶如知合断魂。幸有微吟可相狎,不须檀板共金尊。

杨 亿

亿字大年,建州浦城人。生于开宝七年(974)。雍熙元年(984),年十一,授秘书省正字。淳化三年(992)赐进士第。历著作佐郎、知制诰、翰林学士。卒于天禧四年(1020),年四十七。

少 年 游

江南节物,水昏云淡,飞雪满前村。千寻翠岭,一枝芳艳,迢递寄归人。 寿阳妆罢,冰姿玉态,的的写天真。等闲风雨又纷纷。更

忍向、笛中闻。梅苑卷十

陈 亚

　　亚字亚之,维扬(今扬州)人。咸平五年(1002)进士。尝为杭之于
潜令,守越州、润州、湖州,官至太常少卿。好为药名诗。有陈亚之集,
不传。

生查子 药名寄章得象陈情

朝廷数擢贤,旋占凌霄路。自是郁陶人,险难无移处。　　也知没
药疗饥寒,食薄何相误。大幅纸连粘,甘草归田赋。

又 药名闺情

相思意已深,白纸书难足。字字苦参商,故要槟郎读。　　分明记
得约当归,远至樱桃熟。何事菊花时,犹未回乡曲。

又 同上

小院雨馀凉,石竹风生砌。罢扇尽从容,半下纱厨睡。　　起来闲
坐北亭中,滴尽真珠泪。为念婿辛勤,去折蟾宫桂。

又 同上

浪荡去未来,踯躅花频换。可惜石榴裙,兰麝香销半。　　琵琶闲
抱理相思,必拨朱弦断。拟续断朱弦,待这冤家看。以上见青箱杂记卷
一

夏　竦

竦字子乔,江州德安人。生于雍熙元年(984)。以父死事补官。景德四年(1007),贤良方正能直言极谏科。仁宗朝,累擢知制诰,拜同中书门下平章事,判大名府。召入为宰相,为言者所攻,改枢密使。封英国公,后改封郑。皇祐二年(1050)卒,年六十七,赠太师、中书令,谥文庄。有夏文庄集一百卷,今不传。清四库全书中有辑本。

喜　迁　莺

霞散绮,月沉钩。帘卷未央楼。夜凉河汉截天流。宫阙锁清秋。

瑶阶曙。金盘露。凤髓香和烟雾。三千珠翠拥宸游。水殿按凉州　青箱杂记卷五

鹧　鸪　天

镇日无心扫黛眉。临行愁见理征衣。尊前只恐伤郎意,阁泪汪汪不敢垂。　　停宝马,捧瑶卮。相斟相劝忍分离。不如饮待奴先醉,图得不知郎去时。词林万选卷二

按此词末二句,后村先生大全集卷一百七十五引作无名氏词。词林万选所引,时有不可信者,此词殆非夏竦作。

聂冠卿

冠卿字长孺,新安(今安徽歙县)人。端拱元年(988)生。大中祥符五年(1012)进士。以荐召试学士院,充馆阁校勘,预撰景祐广乐记。庆历元年(1041),以兵部郎中知制诰拜翰林学士。二年(1042)卒,年五十五。有蕲春集,今不传。

多丽 李良定公席上赋

想人生，美景良辰堪惜。问其间、赏心乐事，就中难是并得。况东城、凤台沙苑，泛晴波、浅照金碧。露洗华桐，烟霏丝柳，绿阴摇曳，荡春一色。画堂迥、玉簪琼佩，高会尽词客。清欢久、重然绛蜡，别就瑶席。　　有翩若轻鸿体态，暮为行雨标格。逞朱唇、缓歌妖丽，似听流莺乱花隔。慢舞萦回，娇鬟低亸，腰肢纤细困无力。忍分散、彩云归后，何处更寻觅。休辞醉，明月好花，莫谩轻掷。能改斋漫录卷十六

李遵勖

　　遵勖字公武。大中祥符元年(1008)，尚太宗女随国长公主，授左龙武军将军、驸马都尉。累迁宁国军节度使，徙镇镇军，知许州。宝元元年(1038)卒，年五十一。赠中书令，谥和文。有闲宴集，今不传。

望 汉 月

黄菊一丛临砌。颗颗露珠装缀。独教冷落向秋天，恨东君不曾留意。　　雕阑新雨霁。绿藓上、乱铺金蕊。此花开后更无花，愿爱惜、莫同桃李。能改斋漫录卷十六
　　按此首别又误作李冀词，见金绳武本花草粹编卷九。

滴 滴 金

帝城五夜宴游歇。残灯外、看残月。都人犹在醉乡中，听更漏初彻。　　行乐已成闲话说。如春梦、觉时节。大家同约探春行，问甚花先发。能改斋漫录卷十七

范仲淹

仲淹字希文,吴县(今苏州)人。生于端拱二年(989)。大中祥符八
年(1015)进士。仕至枢密副使,参知政事,以资政殿学士为陕西四路宣
抚使。知邠州,徙邓州、荆南、杭州、青州。皇祐四年(1052)卒,年六十
四。赠兵部尚书、楚国公,谥文正。有集。

苏幕遮 怀旧

碧云天,黄叶地。秋色连波,波上寒烟翠。山映斜阳天接水。芳草
无情,更在斜阳外。　　黯乡魂,追旅思。夜夜除非,好梦留人睡。
明月楼高休独倚。酒入愁肠,化作相思泪。

渔家傲 秋思

塞下秋来风景异。衡阳雁去无留意。四面边声连角起。千嶂里。
长烟落日孤城闭。　　浊酒一杯家万里。燕然未勒归无计。羌管
悠悠霜满地。人不寐。将军白发征夫泪。

御街行 秋日怀旧

纷纷堕叶飘香砌。夜寂静、寒声碎。真珠帘卷玉楼空,天淡银河垂
地。年年今夜,月华如练,长是人千里。　　　愁肠已断无由醉。酒
未到、先成泪。残灯明灭枕头敧。谙尽孤眠滋味。都来此事,眉间
心上,无计相回案“回”原作“违”,从花草粹编卷八改避。以上彊村丛书本范文正
公诗馀

剔银灯 与欧阳公席上分题

昨夜因看蜀志。笑曹操、孙权、刘备。用尽机关,徒劳心力,只得三

分天地。屈指细寻思,争如共、刘伶一醉。 人世都无百岁。少痴騃、老成尫瘁。只有中间,些子少年,忍把浮名牵系。一品与千金,问白发、如何回避。中吴纪闻卷五

定风波 自前二府镇穰下营百花洲亲制

罗绮满城春欲暮。百花洲上寻芳去。浦映□按原无空格,彊村丛书补花花映浦。无尽处。恍然身入桃源路。 莫怪山翁聊逸豫。功名得丧归时数。莺解新声蝶解舞。天赋与。争教我辈无欢绪。敬斋古今黈卷三

彊村丛书本范文正公诗馀补遗此词注云:"按此调即渔家傲。敬斋亦云:与渔家傲相同。"

存 目 词

调 名	首 句	出 处	附 注
忆王孙	飕飕风冷荻花秋	杨金本草堂诗馀前集卷下	李重元词,见唐宋诸贤绝妙词选卷七
又	同云风扫雪初晴	又	又
意难忘	清泪如铅	古今词选卷五	范晞文词,见绝妙好词卷六

沈 邈

邈字子山,信州弋阳(在今江西省)人。进士及第。庆历初为侍御史。历知澶州、河北、陕西都转运使,知延州卒。

剔银灯 途次南京忆营妓张温卿

一夜隋河风劲。霜湿水天如镜。古柳堤长,寒烟不起,波上月无流影。那堪频听。疏星外、离鸿相应。 须信道、情多是病。酒未

到、愁肠还醒。数叠兰衾,馀香未减,甚时枕鸳重并。教伊须更。
将盟誓、后约言定。

又

江上秋高霜早。云静月华如扫。候雁初飞,啼螀正苦,又是黄花衰
草。等闲临照。潘郎鬓、星星易老。　　那堪更、酒醒孤棹。望千
里、长安西笑。臂上妆痕,胸前泪粉,暗惹离愁多少。此情谁表。
除非是、重相见了。以上二首见能改斋漫录卷十七

存　目　词

调　名	首　　句	出　　处	附　　　注
忆王孙	依依宫柳拂宫墙	同情集词选卷二	谢克家作,见避戎夜话

杨　適

適字安道,慈溪人。隐居大隐山,以行义闻于乡里,人称大隐先生。
嘉祐六年(1061),以荐授将仕郎,试太学助教,不赴。卒年七十六。自
署慈川逸民。

长相思　题丈亭馆

南山明。北山明。中有长亭号丈亭。沙边供送迎。　　东江清。
西江清。海上潮来两岸平。行人分棹行。宝庆四明志卷十六

柳　永

永字耆卿,初名三变,崇安(今福建省)人。景祐元年(1034)进士,

授睦州团练使推官。官至屯田员外郎。以乐章擅名，有乐章集。

正宫

黄　莺　儿

园林晴昼春谁主。暖律潜催，幽谷暄和，黄鹂翩翩，乍迁芳树。观露湿缕金衣，叶映如簧语。晓来枝上绵蛮，似把芳心、深意低诉。

无据。乍出暖烟来，又趁游蜂去。恣狂踪迹，两两相呼，终朝雾吟风舞。当上苑柳秾时，别馆花深处。此际海燕偏饶，都把韶光与。

玉女摇仙佩　佳人（题据毛扆校本乐章集补）

飞琼伴侣，偶别珠宫，未返神仙行缀。取次梳妆，寻常言语，有得几多姝丽。拟把名花比。恐旁人笑我，谈何容易。细思算、奇葩艳卉，惟是深红浅白而已。争如这多情，占得人间，千娇百媚。

须信画堂绣阁，皓月清风，忍把光阴轻弃。自古及今，佳人才子，少得当年双美。且恁相偎倚。未消得、怜我多才多艺。愿奶奶、兰心蕙性，枕前言下，表余深意。为盟誓。今生断不孤鸳被。

雪　梅　香

景萧索，危楼独立面晴空。动悲秋情绪，当时宋玉应同。渔市孤烟袅寒碧，水村残叶舞愁红。楚天阔，浪浸斜阳，千里溶溶。　　临风。想佳丽，别后愁颜，镇敛眉峰。可惜当年，顿乖雨迹云踪。雅态妍姿正欢洽，落花流水忽西东。无憀恨、相思意，尽分付征鸿。

尾　犯

夜雨滴空阶，孤馆梦回，情绪萧索。一片闲愁，想丹青难貌。秋渐老、蛩声正苦,夜将阑、灯花旋落。最无端处,总把良宵,祗恁孤眠却。　　佳人应怪我,别后寡信轻诺。记得当初,翦香云为约。甚时向、幽闺深处,按新词、流霞共酌。再同欢笑,肯把金玉珠珍博。

按此首别又误入吴文英梦窗词集。

早　梅　芳

海霞红,山烟翠。故都风景繁华地。谯门画戟,下临万井,金碧楼台相倚。芰荷浦溆,杨柳汀洲,映虹桥倒影,兰舟飞棹,游人聚散,一片湖光里。　　汉元侯,自从破虏征蛮,峻陟枢庭贵。筹帷厌久,盛年昼锦,归来吾乡我里。铃斋少讼,宴馆多欢,未周星,便恐皇家,图任勋贤,又作登庸计。

鬥百花　亦名夏州(小注据毛校乐章集补)

飒飒霜飘鸳瓦,翠幕轻寒微透,长门深锁悄悄,满庭秋色将晚。眼看菊蕊,重阳泪落如珠,长是淹残粉面。鸾辂音尘远。　　无限幽恨,寄情空殢纨扇。应是帝王,当初怪妾辞辇。陡顿今来,宫中第一妖娆,却道昭阳飞燕。

其　二

煦色韶光明媚。轻霭低笼芳树。池塘浅蘸烟芜,帘幕闲垂风絮。春困厌厌,抛掷鬥草工夫,冷落踏青心绪。终日扃朱户。　　远恨绵绵,淑景迟迟难度。年少傅粉,依前醉眠何处。深院无人,黄昏乍拆秋千,空锁满庭花雨。

其　三

满搦宫腰纤细。年纪方当笄岁。刚被风流沾惹,与合垂杨双髻。

初学严妆,如描似削身材,怯雨羞云情意。举措多娇媚。　　争奈
心性,未会先怜佳婿。长是夜深,不肯便入鸳被。与解罗裳,盈盈
背立银釭,却道你但先睡。

甘　草　子

秋暮。乱洒衰荷,颗颗真珠雨。雨过月华生,冷彻鸳鸯浦。　　池
上凭阑愁无侣。奈此个、单栖情绪。却傍金笼共鹦鹉。念粉郎言
语。

其　　二

秋尽。叶翦红绡,砌菊遗金粉。雁字一行来,还有边庭信。　　飘
散露华清风紧。动翠幕、晓寒犹嫩。中酒残妆慵整顿。聚两眉离
恨。

中吕宫

送　征　衣

过韶阳。璿枢电绕,华渚虹流,运应千载会昌。馨寰宇、荐殊祥。
吾皇。诞弥月,瑶图缵庆,玉叶腾芳。并景贶、三灵眷祐,挺英哲、
掩前王。遇年年、嘉节清和,颁率土称觞。　　无间要荒华夏,尽
万里、走梯航。彤庭舜张大乐,禹会群方。鹓行。望上国,山呼鳌
抃,遥爇炉香。竞就日、瞻云献寿,指南山、等无疆。愿巍巍、宝历
鸿基,齐天地遥长。

昼　夜　乐

洞房记得初相遇。便只合、长相聚。何期小会幽欢,变作离情别
绪。况值阑珊春色暮。对满目、乱花狂絮。直恐好风光,尽随伊归

去。　　　一场寂寞凭谁诉。算前言、总轻负。早知恁地难拚，悔不当时留住。其奈风流端正外，更别有、系人心处。一日不思量，也攒眉千度。

其　二

秀香家住桃花径。算神仙、才堪并。层波细翦明眸，腻玉圆搓素颈。爱把歌喉当筵逞。遏天边、乱云愁凝。言语似娇莺，一声声堪听。　　　洞房饮散帘帏静。拥香衾、欢心称。金炉麝袅青烟，凤帐烛摇红影。无限狂心乘酒兴。这欢娱、渐入嘉景。犹自怨邻鸡，道秋宵不永。

柳　腰　轻

英英妙舞腰肢软。章台柳、昭阳燕。锦衣冠盖，绮堂筵会，是处千金争选。顾香砌、丝管初调，倚轻风、佩环微颤。　　　乍入霓裳促遍。逞盈盈、渐催檀板。慢垂霞袖，急趋莲步，进退奇容千变。算何止、倾国倾城，暂回眸、万人肠断。

西　江　月

凤额绣帘高卷，兽镮朱户频摇。两竿红日上花梢。春睡厌厌难觉。　　　好梦狂随飞絮，闲愁浓按"浓"原作"秾"，从毛校乐章集胜香醪。不成雨暮与云朝。又是韶光过了。

仙吕宫

倾　杯　乐

禁漏花深，绣工日永，蕙风布暖。变韶景、都门十二，元宵三五，银蟾光满。连云复道凌飞观。耸皇居丽，嘉气瑞烟葱蒨。翠华宵幸，

是处层城阆苑。　　龙凤烛、交光星汉。对咫尺鳌山开羽扇。会
乐府两籍神仙,梨园四部弦管。向晓色、都人未散。盈万井、山呼
鳌抃。愿岁岁,天仗里、常瞻凤辇。

笛　家　弄

花发西园,草薰南陌,韶光明媚,乍晴轻暖清明后。水嬉舟动,禊饮
筵开,银塘似染,金堤如绣。是处王孙,几多游妓,往往携纤手。遣
离人、对嘉景,触目伤怀,尽成感旧。　　别久。帝城当日,兰堂夜
烛,百万呼卢,画阁春风,十千按"千"原误作"年",据毛校乐章集改沽酒。
未省、宴处能忘管弦,醉里不寻花柳。岂知秦楼,玉箫声断,前事难
重偶。空遗恨,望仙乡,一饷消凝,泪沾襟袖。

大石调

倾　杯　乐

皓月初圆,暮云飘散,分明夜色如晴昼。渐消尽、醺醺残酒。危阁
迥、凉生襟袖。追旧事、一饷凭阑久。如何媚容艳态,抵死孤欢偶。
朝思暮想,自家空恁添清瘦。　　算到头、谁与伸剖。向道我别
来,为伊牵系,度岁经年,偷眼觑、也不忍觑花柳。可惜恁、好景良
宵,未曾略展双眉暂开口。问甚时与你,深怜痛惜还依旧。

迎　新　春

嶰管变青律,帝里阳和新布。晴景回轻煦。庆嘉节、当三五。列华
灯、千门万户。遍九陌、罗绮香风微度。十里然绛树。鳌山耸、喧
天箫鼓。　　渐天如水,素月当午。香径里、绝缨掷果无数。更阑
烛影花阴下,少年人、往往奇遇。太平时、朝野多欢民康阜。随分
良聚。堪对此景,争忍独醒归去。

曲　玉　管

陇首云飞,江边日晚,烟波满目凭阑久。立望关河萧索,千里清秋。忍凝眸。　　杳杳神京,盈盈仙子,别来锦字终难偶。断雁无凭,冉冉飞下汀洲。思悠悠。　　暗想当初,有多少、幽欢佳会,岂知聚散难期,翻成雨恨云愁。阻追游。每登山临水,惹起平生心事,一场消黯,永日无言,却下层楼。

　　　　按此词原分二段。词谱卷三十三云:"此词前段,截然两对,即瑞龙吟调所谓双拽头也。"今从其说。

满　朝　欢

花隔铜壶,露晞金掌,都门十二清晓。帝里风光烂漫,偏爱春杪。烟轻昼永,引莺啭上林,鱼游灵沼。巷陌乍晴,香尘染惹,垂杨芳草。　　因念秦楼彩凤,楚观朝云,往昔曾迷歌笑。别来岁久,偶忆欢盟重到。人面桃花,未知何处,但掩朱扉悄悄。尽日伫立无言,赢得凄凉怀抱。

梦　还　京

夜来匆匆饮散,欹枕背灯睡。酒力全轻,醉魂易醒,风揭帘栊,梦断披衣重起。悄无寐。　　追悔当初,绣阁话别太容易。日许时、犹阻归计。甚况味。旅馆虚度残岁。想娇媚。那里独守鸳帏静,永漏迢迢,也应暗同此意。

凤　衔　杯

有美瑶卿能染翰。千里寄、小诗长简。想初襞苔笺,旋挥翠管红窗畔。渐玉箸、银钩满。　　锦囊收,犀轴卷。常珍重、小斋吟玩。

更宝若珠玑,置之怀袖时时看。似频见、千娇面。

其　二

追悔当初孤深愿。经年价、两成幽怨。任越水吴山,似屏如障堪游玩。奈独自、慵抬眼。　　赏烟花,听弦管。图欢笑、转加肠断。更时展丹青,强拈书信频频看。又争似、亲相见。

鹤　冲　天

闲窗漏永,月冷霜华堕。悄悄下帘幕,残灯火。再三追往事,离魂乱、愁肠锁。无语沉吟坐。好天好景,未省展眉则个。　　从前早是多成破。何况经岁月,相抛嚲。假使重相见,还得似、旧时么。悔恨无计那。迢迢良夜,自家只恁摧挫。

受　恩　深

雅致装庭宇。黄花开淡泞。细香明艳尽天与。助秀色堪餐,向晓自有真珠露。刚被金钱妒。拟买断秋天,容易独步。　　粉蝶无情蜂已去。要上金尊,惟有诗人曾许。待宴赏重阳,恁时尽把芳心吐。陶令轻回顾。免憔悴东篱,冷烟寒雨。

看　花　回

屈指劳生百岁期。荣瘁相随。利牵名惹逡巡过,奈两轮、玉走金飞。红颜成白发,极品何为。　　尘事常多雅会稀。忍不开眉。画堂歌管深深处,难忘酒盏花枝。醉乡风景好,携手同归。

其　二

玉墄金阶舞舜干。朝野多欢。九衢三市风光丽,正万家、急管繁弦。风楼临绮陌,嘉气非烟。　　雅俗熙熙物态妍。忍负芳年。
笑筵歌席连昏昼,任旗亭、斗酒十千。赏心何处好,惟有尊前。

柳　初　新

东郊向晓星杓亚。报帝里、春来也。柳抬烟眼,花匀露脸,渐觉绿
娇红姹。妆点层台芳榭。运神功、丹青无价。　　别有尧阶试罢。
新郎君、成行如画。杏园风细,桃花浪暖,竞喜羽迁鳞化。遍九陌、
相将游冶。骤香尘、宝鞍骄马。

　　　按此首别又误入陈耆卿筼窗集卷十。

两　同　心

嫩脸修蛾,淡匀轻扫。最爱学、宫体梳妆,偏能做、文人谈笑。绮筵
前、舞燕歌云,别有轻妙。　　饮散玉炉烟袅。洞房悄悄。锦帐
里、低语偏浓,银烛下、细看俱好。那人人,昨夜分明,许伊偕老。

其　　二

伫立东风,断魂南国。花光媚、春醉琼楼,蟾彩迥、夜游香陌。忆当
时、酒恋花迷,役损词客。　　别有眼长腰搦。痛怜深惜。鸳会
阻、夕雨凄飞,锦书断、暮云凝碧。想别来,好景良时,也应相忆。

女　冠　子

断云残雨。洒微凉、生轩户。动清籁、萧萧庭树。银河浓淡,华星
明灭,轻云时度。莎阶寂静无睹。幽蛩切切秋吟苦。疏篁一径,流
萤几点,飞来又去。　　对月临风,空恁无眠耿耿,暗想旧日牵情
处。绮罗丛里,有人人、那回饮散,略曾谐鸳侣。因循忍便睽阻。
相思不得长相聚。好天良夜,无端惹起,千愁万绪。

玉　楼　春

昭华夜醮连清曙。金殿霓旌笼瑞雾。九枝擎烛灿繁星，百和焚香抽翠缕。　香罗荐地延真驭。万乘凝旒听秘语。卜年无用考灵龟，从此乾坤齐历数。

其　二

凤楼郁郁呈嘉瑞。降圣覃恩延四裔。醮台清夜洞天严，公宴凌晨箫鼓沸。　保生酒劝椒香腻。延寿带垂金缕细。几行鹓鹭望尧云，齐共南山呼万岁。

其　三

皇都今夕知何夕。特地风光盈绮陌。金丝玉管咽春空，蜡炬兰灯烧晓色。　凤楼十二神仙宅。珠履三千鹓鹭客。金吾不禁六街游，狂杀云踪并雨迹。

其　四

星闱上笏金章贵。重委外台疏近侍。百常天阁旧通班，九岁国储新上计。　太仓日富中邦最。宣室夜思前席对。归心怡悦酒肠宽，不泛千钟应不醉。

其　五

阆风歧路连银阙。曾许金桃容易窃。乌龙未睡定惊猜，鹦鹉能_{"能"原作"多"，据毛校乐章集改}言防漏泄。　匆匆纵得邻香雪。窗隔残烟帘映月。别来也拟不思量，争奈馀香犹未歇。

金　蕉　叶

厌厌夜饮平阳第。添银烛、旋呼佳丽。巧笑难禁,艳歌无间声相
继。准拟幕天席地。　　金蕉叶泛金波齐,未更阑、已尽狂醉。就
中有个风流,暗向灯光底。恼遍两行珠翠。

惜　春　郎

玉肌琼艳新妆饰。好壮观歌席。潘妃宝钏,阿娇金屋,应也消得。
　　属和新词多俊按“俊”原作“峻”,据毛校乐章集改格。敢共我劻敌。恨
少年、枉费疏狂,不早与伊相识。

传　花　枝

平生自负,风流才调。口儿里、道知张陈赵。唱新词,改难令,总知
颠倒。解刷扮,能唝嗽,表里都峭。每遇著、饮席歌筵,人人尽道。
可惜许老了。　　阎罗大伯曾教来,道人生、 但不须烦恼。遇良
辰,当美景,追欢买笑。剩活取百十年,只恁厮好。若限满、鬼使来
追,待倩个、掩通著到。以上彊村丛书本乐章集卷上,四十首

双调

雨　霖　铃

寒蝉凄切。对长亭晚,骤雨初歇。都门帐饮无绪,留恋处、兰舟催
发。执手相看泪眼,竟无语凝噎。念去去、千里烟波,暮霭沉沉楚
天阔。　　多情自古伤离别。更那堪、冷落清秋节。今宵酒醒何
处,杨柳岸、晓风残月。此去经年,应是良辰、好景虚设。便纵有、
千种风情,更与何人说。

定 风 波

伫立长堤,淡荡晚风起。骤雨歇、极目萧疏,塞柳万株,掩映箭波千里。走舟车向此,人人奔名竞利。念荡子、终日驱驱,争觉乡关转迢递。　　何意。绣阁轻抛,锦字难逢,等闲度岁。奈泛泛旅迹,厌厌病绪,迩来谙尽,宦游滋味。此情怀、纵写香笺,凭谁与寄。算孟光、争得知我,继日添憔悴。

尉 迟 杯

宠佳丽。算九衢红粉皆难比。天然嫩脸修蛾,不假施朱描翠。盈盈秋水。恣雅态、欲语先娇媚。每相逢、月夕花朝,自有怜才深意。

　　绸缪凤枕鸳被。深深处、琼枝玉树相倚。困极欢馀,芙蓉帐暖,别是恼人情味。风流事、难逢双美。况已断、香云为盟誓。且相将、共乐平生,未肯轻分连理。

慢 卷 绅

闲窗烛暗,孤帏夜永,欹枕难成寐。细屈指寻思,旧事前欢,都来未尽,平生深意。到得如今,万般追悔。空只添憔悴。对好景良辰,皱著眉儿,成甚滋味。　　红茵翠被。当时事、一一堪垂泪。怎生得依前,似恁偎香倚暖,抱著日高犹睡。算得伊家,也应随分,烦恼心儿里。又争似从前,淡淡相看,免恁牵系。

征 部 乐

雅欢幽会,良辰可惜虚抛掷。每追念、狂踪旧迹。长祗恁、愁闷朝夕。凭谁去、花衢觅。细说此中端的。道向我、转觉厌厌,役梦劳魂苦相忆。　　须知最有,风前月下,心事始终难得。但愿我、虫虫心下,把人看待,长似初相识。况渐逢春色。便是有、举场消息。
待这回、好好怜伊,更不轻离拆。

佳　人　醉

暮景萧萧雨霁。云淡天高风细。正月华如水。金波银汉,潋滟无
际。冷浸书帷梦断,却披衣重起。临轩砌。　　　素光遥指。因念
翠蛾,杳隔音尘何处,相望同千里。尽凝睇。厌厌无寐。渐晓雕阑
独倚。

迷　仙　引

才过笄年,初绾云鬟,便学歌舞。席上尊前,王孙随分相许。算等
闲、酬一笑,便千金慵觑。常祇恐、容易蕣华偷换,光阴虚度。
已受君恩顾。好与花为主。万里丹霄,何妨携手同归去。永弃却、
烟花伴侣。免教人见妾,朝云暮雨。

御街行　圣寿(题据毛校乐章集补)

燔柴烟断星河曙。宝辇回天步。端门羽卫簇雕阑,六乐舜韶先举。
鹤书飞下,鸡竿高耸,恩霈均寰寓。　　　赤霜袍烂飘香雾。喜色成
春煦。九仪三事仰天颜,八彩旋生眉宇。椿龄无尽,萝图有庆,常
作乾坤主。

其　　二

前时小饮春庭院。悔放笙歌散。归来中夜酒醺醺,惹起旧愁无限。
虽看坠楼换马,争奈不是鸳鸯伴。　　　朦胧暗想如花面。欲梦还
惊断。和衣拥被不成眠,一枕万回千转。惟有画梁,新来双燕,彻
曙闻长叹。

归　朝　欢

别岸扁舟三两只。葭苇萧萧风淅淅。沙汀宿雁破烟飞,溪桥残月和霜白。渐渐分曙色。路遥山远多行役。往来人,只轮双桨,尽是利名客。　　一望乡关烟水隔。转觉归心生羽翼。愁云恨雨两牵萦,新春残腊相催逼。岁华都瞬息。浪萍风梗诚何益。归去来,玉楼深处,有个人相忆。

采　莲　令

月华收,云淡霜天曙。西征客、此时情苦。翠娥执手送临歧,轧轧开朱户。千娇面、盈盈伫立,无言有泪,断肠争忍回顾。　　一叶兰舟,便恁急桨凌波去。贪行色、岂知离绪。万般方寸,但饮恨,脉脉同谁语。更回首、重城不见,寒江天外,隐隐两三烟树。

秋　夜　月

当初聚散。便唤作、无由再逢伊面。近日来、不期而会重欢宴。向尊前、闲暇里,敛著眉儿长叹。惹起旧愁无限。　　盈盈泪眼。漫向我耳边,作万般幽怨。奈你自家心下,有事难见。待信真个,恁别无萦绊。不免收心,共伊长远。

巫山一段云

六六真游洞,三三物外天。九班麟稳破非烟。何处按云轩。昨夜麻姑陪宴。又话蓬莱清浅。几回山脚弄云涛。仿佛见金鳌。

其　　二

琪树罗三殿,金龙抱九关。上清真籍总群仙。朝拜五云间。

昨夜紫微诏下。急唤天书使者。令赍瑶检降彤霞。重到汉皇家。

其　三

清旦朝金母,斜阳醉玉龟。天风摇曳六铢衣。鹤背觉孤危。
贪看海蟾狂戏。不道九关齐闭。相将何处寄良宵。还去访三茅。

其　四

阆苑年华永,嬉游别是情。人间三度见河清。一番碧桃成。
金母忍将轻摘。留宴鳌峰真客。红虬闲卧吠斜阳。方朔敢偷尝。

其　五

萧氏贤夫妇,茅家好弟兄。羽轮飙驾赴层城。高会尽仙卿。
一曲云谣为寿。倒尽金壶碧酒。醺酣争撼白榆花。踏碎九光霞。

婆 罗 门 令

昨宵里、㤝和衣睡。今宵里、又㤝和衣睡。小饮归来,初更过、醺醺
醉。中夜后、何事还惊起。霜天冷,风细细。触疏窗、闪闪灯摇曳。
　　空床展转重追想,云雨梦、任敧枕难继。寸心万绪,咫尺千里。
好景良天,彼此空有相怜意。未有相怜计。

小石调

法曲献仙音

追想秦楼心事,当年便约,于飞比翼。每恨临歧处,正携手、翻成云
雨离拆。念倚玉偎香,前事顿轻掷。　　　惯怜惜。饶心性,镇厌厌
多病,柳腰花态娇无力。早是乍清减,别后忍教愁寂。记取盟言,
少孜煎、剩好将息。遇佳景、临风对月,事须时㤝相忆。

西 平 乐

尽日凭高目,脉脉春情绪。嘉景清明渐近,时节轻寒乍暖,天气才
晴又雨。烟光淡荡,妆点平芜远树。黯凝伫。台榭好、莺燕语。

　　正是和风丽日,几许繁红嫩绿,雅称嬉游去。奈阻隔、寻芳伴侣。
秦楼凤吹,楚馆云约,空怅望、在何处。寂寞韶华暗度。可堪向晚,
村落声声杜宇。

凤 栖 梧

帘下清歌帘外宴。虽爱新声,不见如花面。牙板数敲珠一串,梁尘
暗落琉璃盏。　　桐树花深孤凤怨。渐遏遥天,不放行云散。坐
上少年听不惯。玉山未倒肠先断。

其　　二

伫倚危楼风细细。望极春愁,黯黯生天际。草色烟光残照里。无
言谁会凭阑意。　　拟把疏狂图一醉。对酒当歌,强乐还无味。
衣带渐宽终不悔。为伊消得人憔悴。

按以上二首别又见欧阳修近体乐府卷二。

其　　三

蜀锦地衣丝步障。屈曲回廊,静夜闲寻访。玉砌雕阑新月上。朱
扉半掩人相望。　　旋暖熏炉温斗帐。玉树琼枝,迤逦相偎傍。
酒力渐浓春思荡。鸳鸯绣被翻红浪。

法 曲 第 二

青翼传情,香径偷期,自觉当初草草。未省同衾枕,便轻许相将,平

生欢笑。怎生向、人间好事到头少。漫悔懊。　　细追思，恨从前
容易，致得恩爱成烦恼。心下事千种，尽凭音耗。以此萦牵，等伊
来、自家向道。泪相见，喜欢存问，又还忘了。

秋 蕊 香 引

留不得。光阴催促，奈芳兰歇，好花谢，惟顷刻。彩云易散琉璃脆，
验前事端的。　　风月夜，几处前踪旧迹。忍思忆。这回望断，永
作终天隔。向仙岛，归冥路，两无消息。

一 寸 金

井络天开，剑岭云横控西夏。地胜异、锦里风流，蚕市繁华，簇簇歌
台舞榭。雅俗多游赏，轻裘俊、靓妆艳冶。当春昼，摸石江边，浣花
溪畔景如画。　　梦应三刀，桥名万里，中和政多暇。仗汉节、揽
辔澄清，高掩武侯勋业，文翁风化。台鼎须贤久，方镇静、又思命
驾。空遗爱，两蜀三川，异日成嘉话。

歇指调

永 遇 乐

薰风解愠，昼景清和，新霁时候。火德流光，萝图荐祉，累庆金枝
秀。璿枢绕电，华渚流虹，是日挺生元后。缵唐虞垂拱，千载应期，
万灵敷祐。　　殊方异域，争贡琛赆，架巘航波奔凑。三殿称觞，
九仪就列，韶頀锵金奏。藩侯瞻望彤庭，亲携僚吏，竞歌元首。祝
尧龄、北极齐尊，南山共久。

其 二

天阁英游，内朝密侍，当世荣遇。汉守分麾，尧庭请瑞，方面凭心

臂。风驰千骑,云拥双旌,向晓洞开严署。拥朱辐、喜色欢声,处处竞歌来暮。　　吴王旧国,今古江山秀异,人烟繁富。甘雨车行,仁风扇动,雅称安黎庶。棠郊成政,槐府登贤,非久定须归去。且乘闲、孙阁长开,融尊盛举。

卜　算　子

江枫渐老,汀蕙半凋,满目败红衰翠。楚客登临,正是暮秋天气。引疏砧、断续残阳里。对晚景、伤怀念远,新愁旧恨相继。　　脉脉人千里。念两处风情,万重烟水。雨歇天高,望断翠峰十二。尽无言、谁会凭高意。纵写得、离肠万种,奈归云谁寄。

鹊　桥　仙

届征途,携书剑,迢迢匹马东去。惨离按"离"字原无,据毛校本乐章集补怀,嗟少年易分难聚。佳人方恁缱绻,便忍分鸳侣。当媚景,算密意幽欢,尽成轻负。　　此际寸肠万绪。惨愁颜、断魂无语。和泪眼、片时几番回顾。伤心脉脉谁诉。但黯然凝伫。暮烟寒雨。望秦楼何处。

浪　淘　沙

梦觉、透窗风一线,寒灯吹息。那堪酒醒,又闻空阶,夜雨频滴。嗟因循、久作天涯客。负佳人、几许盟言,便忍把、从前欢会,陡顿翻成忧戚。　　愁极。再三追思,洞房深处,几度饮散歌阑,香暖鸳鸯被,岂暂时疏散,费伊心力。殢云尤雨,有万般千种,相怜相惜。

恰到如今,天长漏永,无端自家疏隔。知何时、却拥秦云态,愿低帏昵枕,轻轻细说与,江乡夜夜,数寒更思忆。

夏 云 峰

宴堂深。轩楹雨,轻压暑气低沉。花洞彩舟泛斝,坐绕清浔。楚台风快,湘簟冷、永日披襟。坐久觉、疏弦脆管,时换新音。　　越娥兰态蕙心。逞妖艳、昵欢邀宠难禁。筵上笑歌间发,舄履交侵。醉乡归处,须尽兴、满酌高吟。向此免、名缰利锁,虚费光阴。

浪 淘 沙 令

有个人人。飞燕精神。急锵环佩上华茵。促拍尽随红袖举,风柳腰身。　　簌簌轻裙。妙尽尖新。曲终独立敛香尘。应是西施娇困也,眉黛双颦。

荔 枝 香

甚处寻芳赏翠,归去晚。缓步罗袜生尘,来绕琼筵看。金缕霞衣轻裾,似觉春游倦。遥认,众里盈盈好身段。　　拟回首,又伫立、帘帏畔。素脸红眉,时揭盖头微见。笑整金翘,一点芳心在娇眼。王孙空恁肠断。

林钟商

古 倾 杯

冻水消痕,晓风生暖,春满东郊道。迟迟淑景,烟和露润,偏绕长堤芳草。断鸿隐隐归飞,江天杳杳。遥山变色,妆眉淡扫。目极千里,闲倚危樯迥眺。　　动几许、伤春怀抱。念何处、韶阳偏早。想帝里看看,名园芳树,烂漫莺花好。追思往昔年少。继日恁、把酒听歌,量金买笑。别后暗负,光阴多少。

倾杯 （按调名原与上首同,据毛校乐章集改）

离宴殷勤,兰舟凝滞,看看送行南浦。情知道世上,难使皓月长圆,彩云镇聚。算人生、悲莫悲于轻别,最苦正欢娱,便分鸳侣。泪流琼脸,梨花一枝春带雨。　　惨黛蛾、盈盈无绪。共黯然消魂,重携纤手,话别临行,犹自再三、问道君须去。频耳畔低语。知多少、他日深盟,平生丹素。从今尽把凭鳞羽。

破　阵　乐

露花倒影,烟芜蘸碧,灵沼波暖。金柳摇风树树,系彩舫龙舟遥岸。千步虹桥,参差雁齿,直趋水殿。绕金堤、曼衍鱼龙戏,簇娇春罗绮,喧天丝管。霁色荣光,望中似睹,蓬莱清浅。　　时见。凤辇宸游,銮辂禊饮,临翠水、开镐宴。两两轻舠飞画楫,竞夺锦标霞烂。罄欢娱,歌鱼藻,徘徊宛转。别有盈盈游女,各委明珠,争收翠羽,相将归远。渐觉云海沉沉,洞天日晚。

双　声　子

晚天萧索,断蓬踪迹,乘兴兰棹东游。三吴风景,姑苏台榭,牢落暮霭初收。夫差旧国,香径没、徒有荒丘。繁华处,悄无睹,惟闻麋鹿呦呦。　　想当年、空运筹决战,图王取霸无休。江山如画,云涛烟浪,翻输范蠡扁舟。验前经旧史,嗟漫载、当日风流。斜阳暮草茫茫,尽成万古遗愁。

阳　台　路

楚天晚。坠冷枫败叶,疏红零乱。冒征尘、匹马驱驱,愁见水遥山远。追念少年时,正恁凤帏,倚香偎暖。嬉游惯。又岂知、前欢云

雨分散。　　此际空劳回首,望帝里、难收泪眼。暮烟衰草,算暗
锁、路歧无限。今宵又、依前寄宿,甚处苇村山馆。寒灯畔。夜厌
厌、凭何消遣。

内　家　娇

煦景朝升,烟光昼敛,疏雨夜来新霁。垂杨艳杏,丝软霞轻,绣出芳
郊明媚。处处踏青鬥草,人人眷红偎翠。奈少年、自有新愁旧恨,
消遣无计。　　　帝里。风光当此际。正好恁携佳丽。阻归程迢
递。奈好景难留,旧欢顿弃。早是伤春情绪,那堪困人天气。但赢
得、独立高原,断魂一饷凝睇。

二　郎　神

炎光谢。过暮雨、芳尘轻洒。乍露冷风清庭户,爽天如水,玉钩遥
挂。应是星娥嗟久阻,叙旧约、飙轮欲驾。极目处、微云暗度,耿耿
银河高泻。　　　闲雅。须知此景,古今无价。运巧思、穿针楼上
女,抬粉面、云鬟相亚。钿合金钗私语处,算谁在、回廊影下。愿天
上人间,占得欢娱,年年今夜。

醉　蓬　莱

渐亭皋叶下,陇首云飞,素秋新霁。华阙中天,锁葱葱佳气。嫩菊
黄深,拒霜红浅,近宝阶香砌。玉宇无尘,金茎有露,碧天如水。
　　正值升平,万几多暇,夜色澄鲜,漏声迢递。南极星中,有老人呈
瑞。此际宸游,凤辇何处,度管弦清脆。太液波翻,披香帘卷,月明
风细。

宣　清

残月朦胧，小宴阑珊，归来轻寒凛凛。背银釭、孤馆乍眠，拥重衾、醉魄犹噤。永漏频传，前欢已去，离愁一枕。暗寻思、旧追游，神京风物如锦。　　念掷果朋侪，绝缨宴会，当时曾痛饮。命舞燕翩翩，歌珠贯串，向玳筵前，尽是神仙流品。至更阑、疏狂转甚。更相将、凤帏鸳寝。玉钗乱横，任散尽高阳，这欢娱、甚时重恁。

锦　堂　春

坠髻慵梳，愁蛾懒画，心绪是事阑珊。觉新来憔悴，金缕衣宽。认得这疏狂意下，向人诮譬如闲。把芳容整顿，恁地轻孤，争忍心安。　　依前过了旧约，甚当初赚我，偷剪云鬟。几时得归来，香阁深关。待伊要、尤云殢雨，缠绣衾、不与同欢。尽更深、款款问伊，今后敢更无端。

定　风　波

自春来、惨绿愁红，芳心是事可可。日上花梢，莺穿柳带，犹压香衾卧。暖酥消，腻云亸。终日厌厌倦梳裹。无那。恨薄情一去，音书无个。　　早知恁么。悔当初、不把雕鞍锁。向鸡窗、只与蛮笺象管，拘束教吟课。镇相随，莫抛躲。针线闲拈伴伊坐。和我。免使年少，光阴虚过。

诉　衷　情　近

雨晴气爽，伫立江楼望处。澄明远水生光，重叠暮山耸翠。遥认断桥幽径，隐隐渔村，向晚孤烟起。　　残阳里。脉脉朱阑静倚。黯然情绪，未饮先如醉。愁无际。暮云过了，秋光老尽，故人千里。

竟日空凝睇。

其　二

景阑昼永,渐入清和气序。榆钱飘满闲阶,莲叶嫩生翠沼。遥望水边幽径,山崦孤村,是处园林好。　　闲情悄。绮陌游人渐少。少年风韵,自觉随春老。追前好。帝城信阻,天涯目断,暮云芳草。伫立空残照。

留　客　住

偶登眺。凭小阑、艳阳时节,乍晴天气,是处闲花芳草。遥山万叠云散,涨海千里,潮平波浩渺。烟村院落,是谁家绿树,数声啼鸟。　　旅情悄。远信沉沉,离魂杳杳。对景伤怀,度日无言谁表。惆怅旧欢何处,后约难凭,看看春又老。盈盈泪眼,望仙乡,隐隐断霞残照。

迎　春　乐

近来憔悴人惊怪。为别后、相思煞。我前生、负你愁烦债。便苦恁难开解。　　良夜永、牵情无计奈。锦被里、馀香犹在。怎得依前灯下,恣意怜娇态。

隔　帘　听

咫尺凤衾鸳帐,欲去无因到。虾须窣地重门悄。认绣履频移,洞房杳杳。强语笑。逞如簧、再三轻巧。　　梳妆早。琵琶闲抱。爱品相思调。声声似把芳心告。隔帘听,赢得断肠多少。恁烦恼。除非共伊知道。

凤 归 云

恋帝里,金谷园林,平康巷陌,触处繁华,连日疏狂,未尝轻负,寸心双眼。况佳人、尽天外行云,掌上飞燕。向玳筵、一一皆妙选。长是因酒沉迷,被花萦绊。　　更可惜、淑景亭台,暑天枕簟。霜月夜凉,雪霰朝飞,一岁风光,尽堪随分,俊游清宴。算浮生事,瞬息光阴,锱铢名宦。正欢笑,试恁暂时分散。却是恨雨愁云,地遥天远。

抛 球 乐

晓来天气浓淡,微雨轻洒。近清明,风絮巷陌,烟草池塘。尽堪图画。艳杏暖、妆脸匀开,弱柳困、宫腰低亚。是处丽质盈盈,巧笑嬉嬉,手簇秋千架。戏彩球罗绶,金鸡芥羽,少年驰骋,芳郊绿野。占断五陵游,奏脆管、繁弦声和雅。　　向名园深处,争泥画轮,竞鞿宝马。取次罗列杯盘,就芳树、绿阴红影下。舞婆娑,歌宛转,仿佛莺娇燕姹。寸珠片玉,争似此、浓欢无价。任他美酒,十千一斗,饮竭仍解金貂贳。恣幕天席地,陶陶尽醉太平,且乐唐虞景化。须信艳阳天,看未足、已觉莺花谢。对绿蚁翠蛾,怎忍轻舍。

集 贤 宾

小楼深巷狂游遍,罗绮成丛。就中堪人属意,最是虫虫。有画难描雅态,无花可比芳容。几回饮散良宵永,鸳衾暖、凤枕香浓。算得人间天上,惟有两心同。　　近来云雨忽西东。诮恼损情悰。纵然偷期暗会,长是匆匆。争似和鸣偕老,免教敛翠啼红。眼前时、暂疏欢宴,盟言在、更莫忡忡。待作真个宅院,方信有初终。

殢　人　娇

当日相逢,便有怜才深意。歌筵罢、偶同鸳被。别来光景,看看经
岁。昨夜里、方把旧欢重继。　　晓月将沉,征骖已鞴。愁肠乱、
又还分袂。良辰好景,恨浮名牵系。无分得、与你恣情浓睡。

思　归　乐

天幕清和堪宴聚。想得尽、高阳俦侣。皓齿善歌长袖舞。渐引入、
醉乡深处。　　晚岁光阴能几许。这巧宦、不须多取。共君把酒
听杜宇。解再三、劝人归去。

应　天　长

残蝉渐绝。傍碧砌修梧,败叶微脱。风露凄清,正是登高时节。东
篱霜乍结。绽金蕊、嫩香堪折。聚宴处,落帽风流,未饶前哲。

　把酒与君说。怎好景佳辰,怎忍虚设。休效牛山,空对江天凝
咽。尘劳无暂歇。遇良会、剩偷欢悦。歌声阕。杯兴方浓,莫便中
辍。

合　欢　带

身材儿、早是妖娆。算风措、实难描。一个肌肤浑似玉,更都来、占
了千娇。妍歌艳舞,莺惭巧舌,柳妒纤腰。自相逢,便觉韩娥价减,
飞燕声消。　　桃花零落,溪水潺湲,重寻仙径非遥。莫道千金酬
一笑,便明珠、万斛须邀。檀郎幸有,凌云词赋,掷果风标。况当
年,便好相携,凤楼深处吹箫。

少 年 游

长安古道马迟迟。高柳乱蝉栖。夕阳岛外，秋风原上，目断四天垂。　　归云一去无踪迹，何处是前期。狎兴生疏，酒徒萧索，不似去年时。

其　　二

参差烟树灞陵桥。风物尽前朝。衰杨古柳，几经攀折，憔悴楚宫腰。　　夕阳闲淡秋光老，离思满蘅皋。一曲阳关，断肠声尽，独自凭兰桡。

其　　三

层波潋滟远山横。一笑一倾城。酒容红嫩，歌喉清丽，百媚坐中生。　　墙头马上初相见，不准拟、恁多情。昨夜杯阑，洞房深处，特地快逢迎。

其　　四

世间尤物意中人。轻细好腰身。香帏睡起，发妆酒釅，红脸杏花春。　　娇多爱把齐纨扇，和笑掩朱唇。心性温柔，品流详雅，不称在风尘。

其　　五

淡黄衫子郁金裙。长忆个人人。文谈闲雅，歌喉清丽，举措好精神。　　当初为倚深深宠，无个事、爱娇嗔。想得别来，旧家模样，只是翠蛾颦。

其 六

铃斋无讼宴游频。罗绮簇簪绅。施朱傅粉，丰肌清骨，容态尽天真。　　舞茵歌扇花光里，翻回雪、驻行云。绮席阑珊，凤灯明灭，谁是意中人。

其 七

帘垂深院冷萧萧。花外漏声遥。青灯未灭，红窗闲卧，魂梦去迢迢。　　薄情漫有归消息，鸳鸯被、半香消。试问伊家，阿谁心绪，禁得恁无憀。

其 八

一生赢得是凄凉。追前事、暗心伤。好天良夜，深屏香被，争忍便相忘。　　王孙动是经年去，贪迷恋、有何长。万种千般，把伊情分，颠倒尽猜量。

其 九

日高花榭懒梳头。无语倚妆楼。修眉敛黛，遥山横翠，相对结春愁。　　王孙走马长楸陌，贪迷恋、少年游。似恁疏狂，费人拘管，争似不风流。

其 十

佳人巧笑值千金。当日偶情深。几回饮散，灯残香暖，好事尽鸳衾。　　如今万水千山阻，魂杳杳、信沉沉。孤棹烟波，小楼风月，两处一般心。

长相思 京妓(题据毛校乐章集补)

画鼓喧街，兰灯满市，皎月初照严城。清都绛阙夜景，风传银箭，露
霭金茎。巷陌纵横。过平康欵辔，缓听歌声。凤烛荧荧。那人家、
未掩香屏。　　向罗绮丛中，认得依稀旧日，雅态轻盈。娇波艳
冶，巧笑依然，有意相迎。墙头马上，漫迟留、难写深诚。又岂知、
名宦拘检，年来减尽风情。

尾　犯

晴烟幂幂。渐东郊芳草，染成轻碧。野塘风暖，游鱼动触，冰澌微
坼。几行断雁，旋次第、归霜碛。咏新诗，手捻江梅，故人赠我春
色。　　似此光阴催逼。念浮生、不满百。虽照人轩冕，润屋珠
金，于身何益。一种劳心力。图利禄，殆非长策。除是恁、点检笙
歌，访寻罗绮消得。

木　兰　花

心娘自小能歌舞。举意动容皆济楚。解教天上念奴羞，不怕掌中
飞燕妒。　　玲珑绣扇花藏语。宛转香茵云衬步。王孙若拟赠千
金，只在画楼东畔住。

其　二

佳娘捧板花钿簇。唱出新声群艳伏。金鹅扇掩调累累，文杏梁高
尘簌簌。　　鸾吟凤啸清相续。管裂弦焦争可逐。何当夜召入连
昌，飞上九天歌一曲。

其　三

虫娘举措皆温润。每到婆娑偏恃俊。香檀敲缓玉纤迟,画鼓声催
莲步紧。　　贪为顾盼夸风韵。往往曲终情未尽。坐中年少暗消
魂,争问青鸾家远近。

其　四

酥娘一搦腰肢袅。回雪萦尘皆尽妙。几多狎客看无厌,一辈舞童
功不到。　　星眸顾指按"指"原作"拍",据毛校乐章集改精神峭。罗袖迎
风身段小。而今长大懒婆娑,只要千金酬一笑。

驻　马　听

凤枕鸾帷。二三载,如鱼似水相知。良天好景,深怜多爱,无非尽
意依随。奈何伊。恣性灵、忒煞些儿。无事孜煎,万回千度,怎忍
分离。　　而今渐行渐远,渐觉虽悔难追。漫寄消寄息,终久奚
为。也拟重论缱绻,争奈翻覆思维。纵再会,只恐恩情,难似当时。

诉　衷　情

一声画角日西曛。催促掩朱门。不堪更倚危阑,肠断已消魂。
年渐晚,雁空频。问无因。思心欲碎,愁泪难收,又是黄昏。

中吕调

戚　氏

晚秋天。一霎微雨洒庭轩。槛菊萧疏,井梧零乱惹残烟。凄然。
望江关。飞云黯淡夕阳间。当时宋玉悲感,向此临水与登山。远
道迢递,行人凄楚,倦听陇水潺湲。正蝉吟败叶,蛩响衰草,相应喧

喧。　　孤馆度日如年。风露渐变,悄悄至更阑。长天净,绛河清
浅,皓月婵娟。思绵绵。夜永对景,那堪屈指,暗想从前。未名未
禄,绮陌红楼,往往经岁迁延。　　帝里风光好,当年少日,暮宴朝
欢。况有狂朋怪侣,遇当歌、对酒竞留连。别来迅景如梭,旧游似
梦,烟水程何限。念利名、憔悴长萦绊。追往事、空惨愁颜。漏箭
移、稍觉轻寒。渐鸣咽、画角数声残。对闲窗畔,停灯向晓,抱影无
眠。

轮 台 子

一枕清宵好梦,可惜被、邻鸡唤觉。匆匆策马登途,满目淡烟衰草。
前驱风触鸣珂,过霜林、渐觉惊栖鸟。冒征尘远况,自古凄凉长安
道。行行又历孤村,楚天阔、望中未晓。　　念劳生,惜芳年壮岁,
离多欢少。叹断梗难停,暮云渐杳。但黯黯魂消,寸肠凭谁表。恁
驱驱、何时是了。又争似、却返瑶京,重买千金笑。

引 驾 行

虹收残雨。蝉嘶败柳长堤暮。背都门、动消黯,西风片帆轻举。愁
睹。泛画鹢翩翩,灵鼍隐隐下前浦。忍回首、佳人渐远,想高城、隔
烟树。　　几许。秦楼永昼,谢阁连宵奇遇。算赠笑千金,酬歌百
琲,尽成轻负。南顾。念吴邦越国,风烟萧索在何处。独自个、千
山万水,指天涯去。

望 远 行

绣帏睡起。残妆浅,无绪匀红补翠。藻井凝尘,金梯铺藓,寂寞凤
楼十二。风絮纷纷,烟芜苒苒,永日画阑,沉吟独倚。望远行,南陌
春残悄归骑。　　凝睇。消遣离愁无计。但暗掷、金钗买醉。对

好景、空饮香醪,争奈转添珠泪。待伊游冶归来,故故解放翠羽,轻
裙重系。见纤腰,图信人憔悴。

彩　云　归

蘅皋向晚舣轻航。卸云帆、水驿鱼乡。当暮天、霁色如晴昼,江练
静、皎月飞光。那堪听、远村羌管,引离人断肠。此际浪萍风梗,度
岁茫茫。　　堪伤。朝欢暮宴,被多情、赋与凄凉。别来最苦,襟
袖依约,尚有馀香。算得伊、鸳衾凤枕,夜永争不思量。牵情处,惟
有临歧,一句难忘。

洞　仙　歌

佳景留心惯。况少年彼此,风情非浅。有笙歌巷陌,绮罗庭院。倾
城巧笑如花面。恣雅态、明眸回美盼。同心绾。算国艳仙材,翻恨
相逢晚。　　缱绻。洞房悄悄,绣被重重,夜永欢馀,共有海约山
盟,记得翠云偷剪。和鸣彩凤于飞燕。间柳径花阴携手遍。情眷
恋。向其间、密约轻怜事何限。忍聚散。况已结深深愿。愿人间
天上,暮云朝雨长相见。

离　别　难

花谢水流倏忽,嗟年少光阴。有天然、蕙质兰心。美韶容、何啻值
千金。便因甚、翠弱红衰,缠绵香体,都不胜任。算神仙、五色灵丹
无验,中路委瓶簪。　　人悄悄,夜沉沉。闭香闺、永弃鸳衾。想
娇魂媚魄非远,纵洪都方士也难寻。最苦是、好景良天,尊前歌笑,
空想遗音。望断处,杳杳巫峰十二,千古暮云深。

击 梧 桐

香靥深深，姿姿媚媚，雅格奇容天与。自识伊来，便好看承，会得妖娆心素。临歧再约同欢，定是都把、平生相许。又恐恩情，易破难成，未免千般思虑。　　近日书来，寒暄而已，苦没切切言语。便认得、听人教当，拟把前言轻负。见说兰台宋玉，多才多艺善词赋。试与问、朝朝暮暮。行云何处去。

夜 半 乐

冻云黯淡天气，扁舟一叶，乘兴离江渚。渡万壑千岩，越溪深处。怒涛渐息，樵风乍起，更闻商旅相呼。片帆高举。泛画鹢、翩翩过南浦。　　望中酒旆闪闪，一簇烟村，数行霜树。残日下，渔人鸣榔归去。败荷零落，衰杨掩映，岸边两两三三，浣沙游女。避行客、含羞笑相语。　　到此因念，绣阁轻抛，浪萍难驻。叹后约丁宁竟何据。惨离怀，空恨岁晚归期阻。凝泪眼、杳杳神京路。断鸿声远长天暮。

祭 天 神

叹笑筵歌席轻抛嚲。背孤城、几舍烟村停画舸。更深钓叟归来，数点残灯火。被连绵宿酒醺醺，愁无那。寂寞拥、重衾卧。　　又闻得、行客扁舟过。篷窗近，兰棹急，好梦还惊破。念平生、单栖踪迹，多感情怀，到此厌厌，向晓披衣坐。

过 涧 歇 近

淮楚。旷望极，千里火云烧空，尽日西郊无雨。厌行旅。数幅轻帆旋落，舣棹兼葭浦。避畏景，两两舟人夜深语。　　此际争可，便

恁奔名竞利去。九衢尘里，衣冠冒炎暑。回首江乡，月观风亭，水边石上，幸有散髪披襟处。以上彊村丛书本乐章集卷中，八十六首

中吕调

安　公　子

长川波潋滟。楚乡淮岸迢递，一霎烟汀雨过，芳草青如染。驱驱携书剑。当此好天好景，自觉多愁多病，行役心情厌。　　望处旷野沉沉，暮云黯黯。行侵夜色，又是急桨投村店。认去程将近，舟子相呼，遥指渔灯一点。

菊　花　新

欲掩香帏论缱绻。先敛双蛾愁夜短。催促少年郎，先去睡、鸳衾图暖。　　须臾放了残针线。脱罗裳、恣情无限。留取帐前灯，时时待、看伊娇面。

过　涧　歇　近

酒醒。梦才觉，小阁香炭成煤，洞户银蟾移影。人寂静。夜永清寒，翠瓦霜凝。疏帘风动，漏声隐隐，飘来转愁听。　　怎向心绪，近日厌厌长似病。凤楼咫尺，佳期杳无定。展转无眠，絮枕冰冷。香虬烟断，是谁与把重衾整。

轮　台　子

雾敛澄江，烟消蓝光碧。彤霞衬遥天，掩映断续，半空残月。孤村望处人寂寞，闻钓叟、甚处一声羌笛。九疑山畔才雨过，斑竹作、血痕添色。感行客。翻思故国，恨因循阻隔。路久沉消息。　　正老松枯柏情如织。闻野猿啼，愁听得。见钓舟初出，芙蓉渡头，鸳

莺滩侧。干名利禄终无益。念岁岁间阻,迢迢紫陌。翠蛾娇艳,从别后经今,花开柳拆伤魂魄。利名牵役。又争忍、把光景抛掷。

平调

望 汉 月

明月明月明月。争奈乍圆还缺。恰如年少洞房人,暂欢会、依前离别。　　小楼凭槛处,正是去年时节。千里清光又依旧,奈夜永、厌厌人绝。

归 去 来

初过元宵三五。慵困春情绪。灯月阑珊嬉游处。游人尽、厌欢聚。　　凭仗如花女。持杯谢、酒朋诗侣。馀醒更不禁香醑。歌筵罢、且归去。

燕 归 梁

织锦裁编写意深。字值千金。一回披玩一愁吟。肠成结、泪盈襟。　　幽欢已散前期远,无憀赖、是而今。密凭归雁寄芳音。恐冷落、旧时心。

八 六 子

如花貌。当来便约,永结同心偕老。为妙年、俊格聪明,凌厉多方怜爱,何期养成心性近,元来都不相表。渐作分飞计料。　　稍觉因情难供,恁殛恼。争克罢同欢笑。已是断弦尤续,覆水难收,常向人前诵谈,空遣时传音耗。漫悔懊。此事何时坏了。

长　寿　乐

尤红殢翠。近日来、陡把狂心牵系。罗绮丛中，笙歌筵上，有个人
人可意。解严妆巧笑，取次言谈成娇媚。知几度、密约秦楼尽醉。
仍携手，眷恋香衾绣被。　　情渐美。算好把、夕雨朝云相继。便
是仙禁春深，御炉香袅，临轩亲试。对天颜咫尺，定然魁甲登高第。
待恁时、等著回来贺喜。好生地。剩与我儿利市。

仙吕调

望　海　潮

东南形胜，三按"三"原作"江"，据毛校乐章集改吴都会，钱塘自古繁华。烟
柳画桥，风帘翠幕，参差十万人家。云树绕堤沙。怒涛卷霜雪，天
堑无涯。市列珠玑，户盈罗绮竞豪奢。　　重湖叠巘清嘉。有三
秋桂子，十里荷花。羌管弄晴，菱歌泛夜，嬉嬉钓叟莲娃。千骑拥
高牙。乘醉听箫鼓，吟赏烟霞。异日图将好景，归去凤池夸。

如　鱼　水

轻霭浮空，乱峰倒影，潋滟十里银塘。绕岸垂杨。红楼朱阁相望。
芰荷香。双双戏、鸂𪆟鸳鸯。乍雨过、兰芷汀洲，望中依约似潇湘。
　　风淡淡，水茫茫。动一片晴光。画舫相将。盈盈红粉清商。
紫薇郎。修禊饮、且乐仙乡。更归去，遍历鎣坡凤沼，此景也难忘。

其　　二

帝里疏散，数载酒萦花系，九陌狂游。良景对珍筵恼，佳人自有风
流。劝琼瓯。绛唇启、歌发清幽。被举措、艺足才高，在处别得艳
姬留。　　浮名利，拟拚休。是非莫挂心头。富贵岂由人，时会高

志须酬。莫闲愁。共绿蚁、红粉相尤。向绣幄,醉倚芳姿睡,算除
此外何求。

玉　蝴　蝶

望处雨收云断,凭阑悄悄,目送秋光。晚景萧疏,堪动宋玉悲凉。
水风轻、蘋花渐老,月露冷、梧叶飘黄。遣情伤。故人何在,烟水茫
茫。　　难忘。文期酒会,几孤风月,屡变星霜。海阔山遥,未知
何处是潇湘。念双燕、难凭远信,指暮天、空识归航。黯相望。断
鸿声里,立尽斜阳。

其　　二

渐觉芳郊明媚,夜来膏雨,一洒尘埃。满目浅桃深杏,露染风裁。
银塘静、鱼鳞簟展,烟岫翠、龟甲屏开。殷晴雷。云中鼓吹,游遍蓬
莱。　　徘徊。隼旟前后,三千珠履,十二金钗。雅俗熙熙,下车
成宴尽春台。好雍容、东山妓女,堪笑傲、北海尊罍。且追陪。风
池归去,那更重来。

其　　三

是处小街斜巷,烂游花馆,连醉瑶卮。选得芳容端丽,冠绝吴姬。
绛唇轻、笑歌尽雅,莲步稳、举措皆奇。出屏帏。倚风情态,约素腰
肢。　　当时。绮罗丛里,知名虽久,识面何迟。见了千花万柳,
比并不如伊。未同欢、寸心暗许,欲话别、纤手重携。结前期。美
人才子,合是相知。

其　　四

误入平康小巷,画檐深处,珠按"珠"原作"朱",据毛校乐章集改箔微褰。罗

绮丛中,偶认旧识婵娟。翠眉开、娇横远岫,绿鬓亸、浓染春烟。忆
情牵。粉墙曾恁,窥宋三年。　　　迁延。珊瑚筵上,亲持犀管,旋
叠香笺。要索新词,殢人含笑立尊前。按新声、珠喉渐稳,想旧意、
波脸增妍。苦留连。凤衾鸳枕,忍负良天。

其五　重阳(题据毛校乐章集补)

淡荡素商行暮,远空雨歇,平野烟收。满目江山,堪助楚客冥搜。
素光动、云涛涨晚,紫翠冷、霜巘横秋。景清幽。渚兰香谢,汀树红
愁。　　　良俦。西风吹帽,东篱携酒,共结欢游。浅酌低吟,坐中
俱是饮家流。对残晖、登临休叹,赏令节、酩酊方酬。且相留。眼
前尤物,盏里忘忧。

满　江　红

暮雨初收,长川静、征帆夜落。临岛屿、蓼烟疏淡,苇风萧索。几许
渔人飞短艇,尽载灯火归村落。遣行客、当此念回程,伤漂泊。

桐江好,烟漠漠。波似染,山如削。绕严陵滩畔,鹭飞鱼跃。游
宦区区成底事,平生况有云泉约。归去来、一曲仲宣吟,从军乐。

其　　二

访雨寻云,无非是、奇容艳色。就中有、天真妖丽,自然标格。恶发
姿颜欢喜面,细追想处皆堪惜。自别后、幽怨与闲愁,成堆积。

鳞鸿阻,无信息。梦魂断,难寻觅。尽思量,休又怎生休得。谁
恁多情凭向道,纵来相见且相忆。便不成、常遣似如今,轻抛掷。

其　　三

万恨千愁,将年少、衷肠牵系。残梦断、酒醒孤馆,夜长无味。可惜

许枕前多少意,到如今两总无终始。独自个、赢得不成眠,成憔悴。

添伤感,将何计。空只恁,厌厌地。无人处思量,几度垂泪。不会得都来些子事,甚恁底死难拚弃。待到头、终久问伊看,如何是。

其　　四

匹马驱驱,摇征辔、溪边谷畔。望斜日西照,渐沉山半。两两栖禽归去急,对人相并声相唤。似笑我、独自向长途,离魂乱。　　中心事,多伤感。人是宿,前村馆。想鸳衾今夜,共他谁暖。惟有枕前相思泪,背灯弹了依前满。怎忘得、香阁共伊时,嫌更短。

洞　仙　歌

乘兴,闲泛兰舟,渺渺烟波东去。淑气散幽香,满蕙兰汀渚。绿芜平畹,和风轻暖,曲岸垂杨,隐隐隔、桃花圃。芳树外,闪闪酒旗遥举。　　羁旅。渐入三吴风景,水村渔市。闲思更远神京,抛掷幽会小欢何处。不堪独倚危樯,凝情西望日边,繁华地、归程阻。空自叹当时,言约无据。伤心最苦。伫立对、碧云将暮。关河远,怎奈向、此时情绪。

引　驾　行

红尘紫陌,斜阳暮草长安道,是离人、断魂处,迢迢匹马西征。新晴。韶光明媚,轻烟淡薄和气暖,望花村、路隐映,摇鞭时过长亭。愁生。伤凤城仙子,别来千里重行行。又记得临歧,泪眼湿、莲脸盈盈。　　消凝。花朝月夕,最苦冷落银屏。想媚容、耿耿无眠,屈指已算回程。相萦。空万般思忆,争如归去睹倾城。向绣帏、深处并枕,说如此牵情。

望　远　行

长空降瑞,寒风翦翦,渐渐瑶花初下。乱飘僧舍,密洒歌楼,迤逦渐迷鸳瓦。好是渔人,披得一蓑归去,江上晚来堪画。满长安,高却旗亭酒价。　　幽雅。乘兴最宜访戴,泛小棹、越溪潇洒。皓鹤夺鲜,白鹇失素,千里广铺寒野。须信幽兰歌断,彤云收尽,别有瑶台琼树。放一轮明月,交光清夜。

八　声　甘　州

对潇潇、暮雨洒江天,一番洗清秋。渐霜风凄惨,关河冷落,残照当楼。是处红衰翠减,苒苒物华休。惟有长江水,无语东流。　　不忍登高临远,望故乡渺邈,归思难收。叹年来踪迹,何事苦淹留。想佳人、妆楼颙望,误几回、天际识归舟。争知我、倚阑干处,正恁凝愁。

临　江　仙

梦觉小庭院,冷风淅淅,疏雨潇潇。绮窗外,秋声败叶狂飘。心摇。奈寒漏永,孤帏悄,泪烛空烧。无端处,是绣衾鸳枕,闲过清宵。　　萧条。牵情系恨,争向年少偏饶。觉新来、憔悴旧日风标。魂消。念欢娱事,烟波阻、后约方遥。还经岁,问怎生禁得,如许无聊。

竹　马　子

登孤垒荒凉,危亭旷望,静临烟渚。对雌霓挂雨,雄风拂槛,微收烦暑。渐觉一叶惊秋,残蝉噪晚,素商时序。览景想前欢,指神京,非雾非烟深处。　　向此成追感,新愁易积,故人难聚。凭高尽日凝

仃。赢得消魂无语。极目霁霭霏微,暝鸦零乱,萧索江城暮。南楼
画角,又送残阳去。

小　镇　西

意中有个人,芳颜二八。天然俏、自来奸黠。最奇绝。是笑时、媚
靥深深,百态千娇,再三偎著,再三香滑。　　久离缺。夜来魂梦
里,尤花殢雪。分明似旧家时节。正欢悦。被邻鸡唤起,一场寂
寥,无眠向晓,空有半窗残月。

小　镇　西　犯

水乡初禁火,青春未老。芳菲满、柳汀烟岛。波际红帏缥缈。尽杯
盘小。歌袂褹,声声谐楚调。　　路缭绕。野桥新市里,花秾妓
好。引游人、竞来喧笑。酩酊谁家年少。信玉山倒。家何处,落日
眠芳草。

迷　神　引

一叶扁舟轻帆卷。暂泊楚江南岸。孤城暮角,引胡笳怨。水茫茫,
平沙雁、旋惊散。烟敛寒林簇,画屏展。天际遥山小,黛眉浅。

　旧赏轻抛,到此成游宦。觉客程劳,年光晚。异乡风物,忍萧索、
当愁眼。帝城赊,秦楼阻,旅魂乱。芳草连空阔,残照满。佳人无
消息,断云远。

促拍满路花

香靥融春雪,翠鬓軃秋烟。楚腰纤细正笄年。凤帏夜短,偏爱日高
眠。起来贪颠耍,只恁残却黛眉,不整花钿。　　有时携手闲坐,
偎倚绿窗前。温柔情态尽人怜。画堂春过,悄悄落花天。最是娇

痴处,尤殢檀郎,未教拆了秋千。

六 么 令

淡烟残照,摇曳溪光碧。溪边浅桃深杏,迤逦染春色。昨夜扁舟泊
处,枕底当滩碛。波声渔笛。惊回好梦,梦里欲归归不得。　　展
转翻成无寐,因此伤行役。思念多媚多娇,咫尺千山隔。都为深情
密爱,不忍轻离拆。好天良夕。鸳帷寂寞,算得也应暗相忆。

剔 银 灯

何事春工用意。绣画出、万红千翠。艳杏夭桃,垂杨芳草,各斗雨
膏烟腻。如斯佳致。早晚是、读书天气。　　渐渐园林明媚。便
好安排欢计。论槛买花,盈车载酒,百琲千金邀妓。何妨沉醉。有
人伴、日高春睡。

红 窗 听

如削肌肤红玉莹。举措有、许多端正。二年三岁同鸳寝。表温柔
心性。　　别后无非良夜永。如何向、名牵利役,归期未定。算伊
心里,却冤成薄幸。

临 江 仙

鸣珂碎撼都门晓,旌幢拥下天人。马摇金辔破香尘。壶浆盈路,欢
动一城春。　　扬州曾是追游地,酒台花径仍存。凤箫依旧月中
闻。荆王魂梦,应认岭头云。

凤 归 云

向深秋,雨馀爽气肃西郊。陌上夜阑,襟袖起凉飙。天末残星,流

电未灭,闪闪隔林梢。又是晓鸡声断,阳乌光动,渐分山路迢迢。

驱驱行役,苒苒光阴,蝇头利禄,蜗角功名,毕竟成何事,漫相高。抛掷云泉,狎玩尘土,壮节等闲消。幸有五湖烟浪,一船风月,会须归去老渔樵。

女　冠　子

淡烟飘薄。莺花谢、清和院落。树阴翠、密叶成幄。麦秋霁景,夏云忽变奇峰、倚寥廓。波暖银塘,涨新萍绿鱼跃。想端忧多暇,陈王是日,嫩苔生阁。　　　正铄石天高,流金昼永,楚榭光风转蕙,披襟处、波翻翠幕。以文会友,沉李浮瓜忍轻诺。别馆清闲,避炎蒸、岂须河朔。但尊前随分,雅歌艳舞,尽成欢乐。

玉　山　枕

骤雨新霁。荡原野、清如洗。断霞散彩,残阳倒影,天外云峰,数朵相倚。露荷烟芰满池塘,见次第、几番红翠。当是时、河朔飞觞,避炎蒸,想风流堪继。　　　晚来高树清风起。动帘幕、生秋气。画楼昼寂,兰堂夜静,舞艳歌姝,渐任罗绮。讼闲时泰足风情,便争奈、雅歌都废。省教成、几阕清歌,尽新声,好尊前重理。

减字木兰花

花心柳眼。郎似游丝常惹绊。慵困谁怜。绣线金针不喜穿。深房密宴。争向好天多聚散。绿锁窗前。几日春愁废管弦。

木　兰　花　令

有个人人真攀羡。问著洋洋回却面。你若无意向他人,为甚梦中频相见。　　　不如闻早还却愿。免使牵人虚魂乱。风流肠肚按

"肚"原误作"壮",据毛校乐章集改不坚牢,只恐被伊牵引断。

甘 州 令

冻云深,淑气浅,寒欺绿野。轻雪伴、早梅飘谢。艳阳天,正明媚,却成潇洒。玉人歌,画楼酒,对此景、骤增高价。　　卖花巷陌,放灯台榭。好时节、怎生轻舍。赖和风,荡霁霭,廓清良夜。玉尘铺,桂华满,素光里、更堪游冶。

西　　施

苎萝妖艳世难偕。善媚悦君怀。后庭恃宠,尽使绝嫌猜。正恁朝欢暮宴,情未足,早江上兵来。　　捧心调态军前死,罗绮旋变尘埃。至今想,怨魂无主尚徘徊。夜夜姑苏城外,当时月,但空照荒台。

其　　二

柳街灯市好花多。尽让美琼娥。万娇千媚,的的在层波。取次梳妆,自有天然态,爱浅画双蛾。　　断肠最是金闺客,空怜爱、奈伊何。洞房咫尺,无计枉朝珂。有意怜才,每遇行云处,幸时恁相过。

其　　三

自从回步百花桥。便独处清宵。凤衾鸳枕,何事等闲抛。纵有馀香,也似郎恩爱,向日夜潜消。　　恐伊不信芳容改,将憔悴、写霜绡。更凭锦字,字字说情慥。要识愁肠,但看丁香树,渐结尽春梢。

河　　传

翠深红浅。愁蛾黛蹙,娇波刀翦。奇容妙妓,争逞舞茵歌扇。妆光生粉面。　　坐中醉客风流惯。尊前见。特地惊狂眼。不似少年时节,千金争选。相逢何太晚。

其　　二

淮岸。向晚。圆荷向背,芙蓉深浅。仙娥画舸,露渍红芳交乱。难分花与面。　　采多渐觉轻船满。呼归伴。急桨烟村远。隐隐棹歌,渐被蒹葭遮断。曲终人不见。

郭郎儿近拍 (按调名原作郭郎儿近,此从毛校乐章集)

帝里。闲居小曲深坊,庭院沉沉朱户闭。新霁。畏景天气。薰风帘幕无人,永昼厌厌如度岁。　　愁悴。枕簟微凉,睡久辗转慵起。砚席尘生,新诗小阕,等闲都尽废。这些儿、寂寞情怀,何事新来常恁地。

南吕调

透　碧　霄

月华边。万年芳树起祥烟。帝居壮丽,皇家熙盛,宝运当千。端门清昼,觚棱照日,双阙中天。太平时、朝野多欢。遍锦街香陌,钧天歌吹,阆苑神仙。　　昔观光得意,狂游风景,再睹更精妍。傍柳阴,寻花径,空恁辔竛垂鞭。乐游雅戏,平康艳质,应也依然。仗何人、多谢婵娟。道宦途踪迹,歌酒情怀,不似当年。

木　兰　花　慢

倚危楼伫立,乍萧索、晚晴初。渐素景衰残,风砧韵响,霜树红疏。云衢。见新雁过,奈佳人自别阻音书。空遣悲秋念远,寸肠万恨萦纡。　　皇都。暗想欢游,成往事、动欷歔。念对酒当歌,低帏并

枕，翻恁轻孤。归途。纵凝望处，但斜阳暮霭满平芜。赢得无言悄
悄，凭阑尽日踟蹰。

其　　二

拆桐花烂漫，乍疏雨、洗清明。正艳杏烧林，缃桃绣野，芳景如屏。
倾城。尽寻胜去，骤雕鞍绀幰出郊坰。风暖繁弦脆管，万家竞奏新
声。　　　盈盈。斗草踏青。人艳冶、递逢迎。向路傍往往，遗簪堕
珥，珠翠纵横。欢情。对佳丽地，信金罍罄竭玉山倾。拚却明朝永
日，画堂一枕春酲。

其　　三

古繁华茂苑，是当日、帝王州。咏人物鲜明，土风细腻，曾美诗流。
寻幽。近香径处，聚莲娃钓叟簇汀洲。晴景吴波练静，万家绿水朱
楼。　　　凝旒。乃眷东南，思共理、命贤侯。继梦得文章，乐天惠
爱，布政优优。鳌头。况虚位久，遇名都胜景阻淹留。赢得兰堂酝
酒，画船携妓欢游。

临 江 仙 引

渡口、向晚，乘瘦马、陟平冈。西郊又送秋光。对暮山横翠，衬残叶
飘黄。凭高念远，素景楚天，无处不凄凉。　　　香闺别来无信息，
云愁雨恨难忘。指帝城归路，但烟水茫茫。凝情望断泪眼，尽日独
立斜阳。

其　　二

上国。去客。停飞盖、促离筵。长安古道绵绵。见岸花啼露，对堤
柳愁烟。物情人意，向此触目，无处不凄然。　　　醉拥征骖犹伫

立,盈盈泪眼相看。况绣帏人静,更山馆春寒。今宵怎向漏永,顿成两处孤眠。

其　　三

画舸、荡桨、随浪箭、隔岸虹。□荷占断秋容。疑水仙游泳,向别浦相逢。鲛丝雾吐渐收,细腰无力转娇慵。　　　罗袜凌波成旧恨,有谁更赋惊鸿。想媚魂香信,算密锁瑶宫。游人漫劳倦□,奈何不逐东风。

瑞　鹧　鸪

宝髻瑶簪。严妆巧,天然绿媚红深。绮罗丛里,独逞讴吟。一曲阳春定价,何啻值千金。倾听处,王孙帝子,鹤盖成阴。　　　凝态掩霞襟。动象板声声,怨思难任。嘹亮处,迥压弦管低沉。时恁回眸敛黛,空役五陵心。须信道,缘情寄意,别有知音。

其　　二

吴会风流。人烟好,高下水际山头。瑶台绛阙,依约蓬丘。万井千闾富庶,雄压十三州。触处青蛾画舸,红粉朱楼。　　　方面委元侯。致讼简时丰,继日欢游。襦温袴暖,已扇民讴。旦暮锋车命驾,重整济川舟。当恁时,沙堤路稳,归去难留。

忆　帝　京

薄衾小枕天气。乍觉别离滋味。展转数寒更,起了还重睡。毕竟不成眠,一夜长如岁。　　　也拟待、却回征辔。又争奈、已成行计。万种思量,多方开解,只恁寂寞厌厌地。系我一生心,负你千行泪。

般涉调

塞　孤

一声鸡，又报残更歇。秣马巾车催发。草草主人灯下别。山路险，
新霜滑。瑶珂响、起栖乌，金镫冷、敲残月。渐西风紧，襟袖凄冽。

遥指白玉京，望断黄金阙。远道何时行彻。算得佳人凝恨切。
应念念，归时节。相见了、执柔荑，幽会处、偎香雪。免鸳衾、两恁
虚设。

瑞鹧鸪

天将奇艳与寒梅。乍惊繁杏腊前开。暗想花神、巧作江南信，鲜染
燕脂细翦裁。　　寿阳妆罢无端饮，凌晨酒入香腮。恨听烟坞深
中，谁恁吹羌管<small>按“管”原作“笛”，据毛校乐章集改，</small>逐风来。绛雪纷纷落翠
苔。

其　二

全吴嘉会古风流。渭南往岁忆来游。西子方来、越相功成去，千里
沧江一叶舟。　　至今无限盈盈者，尽来拾翠芳洲。最是簇簇寒
村，遥认南朝路、晚烟收。三两人家古渡头。

洞仙歌

嘉景，向少年彼此，争不雨沾云惹。奈傅粉英俊，梦兰品雅。金丝
帐暖银屏亚。并粲枕、轻偎轻倚，绿娇红姹。算一笑，百琲明珠非
价。　　闲暇。每只向、洞房深处，痛怜极宠，似觉些子轻孤，早恁
背人沾洒。从来娇纵多猜讶。更对翦香云，须要深心同写。爱揾
了双眉，索人重画。忍孤艳冶。断不等闲轻舍。鸳衾下。愿常恁、

好天良夜。

安 公 子

远岸收残雨。雨残稍觉江天暮。拾翠汀洲人寂静，立双双鸥鹭。望几点、渔灯隐映蒹葭浦。停画桡、两两舟人语。道去程今夜，遥指前村烟树。　　游宦成羁旅。短樯吟倚闲凝伫。万水千山迷远近，想乡关何处。自别后、风亭月榭孤欢聚。刚断肠、惹得离情苦。听杜宇声声，劝人不如归去。

其 二

梦觉清宵半。悄然屈指听银箭。惟有床前残泪烛，啼红相伴。暗惹起、云愁雨恨情何限。从卧来、展转千馀遍。恁数重鸳被，怎向孤眠不暖。　　堪恨还堪叹。当初不合轻分散。及至厌厌独自个，却眼穿肠断。似恁地、深情密意如何拚。虽后约、的有干飞愿。奈片时难过，怎得如今便见。

长 寿 乐

繁红嫩翠。艳阳景，妆点神州明媚。是处楼台，朱门院落，弦管新声腾沸。恣游人、无限驰骤，娇马车如水。竞寻芳选胜，归来向晚，起通衢近远，香尘细细。　　太平世。少年时，忍把韶光轻弃。况有红妆，楚腰越艳，一笑千金何啻。向尊前、舞袖飘雪，歌响行云止。愿长绳、且把飞乌系。任好从容痛饮，谁能惜醉。

黄钟羽

倾 杯

水乡天气，洒蒹葭、露结寒生早。客馆更堪秋杪。空阶下、木叶飘零,飒飒声乾,狂风乱扫。当无绪、人静酒初醒,天外征鸿,知送谁家归信,穿云悲叫。　蛩响幽窗,鼠窥寒砚,一点银釭闲照。梦枕频惊,愁衾半拥,万里归心悄悄。往事追思多少。赢得空使方寸挠。断不成眠,此夜厌厌,就中难晓。

大石调

倾　杯

金风淡荡,渐秋光老、清宵永。小院新晴天气,轻烟乍敛,皓月当轩练净。对千里寒光,念幽期阻、当残景。早是多情多病。那堪细把,旧约前欢重省。　最苦碧云信断,仙乡路杳,归鸿难倩。每高歌、强遣离怀,惨咽、翻成心耿耿。漏残露冷。空赢得、悄悄无言,愁绪终难整。又是立尽,梧桐碎影。

散水调

倾　杯

鹜落霜洲,雁横烟渚,分明画出秋色。暮雨乍歇。小楫夜泊,宿苇村山驿。何人月下临风处,起一声羌笛。离愁万绪,闻岸草、切切蛩吟如织。　为忆。芳容别后,水遥山远,何计凭鳞翼。想绣阁深沉,争知憔悴损、天涯行客。楚峡云归,高阳人散,寂寞狂踪迹。望京国。空目断、远峰凝碧。

黄钟宫

鹤　冲　天

黄金榜上。偶失龙头望。明代暂遗贤,如何向。未遂风云便,争不恣狂荡。何须论得丧。才子词人,自是白衣卿相。　烟花巷陌,依约丹青屏障。幸有意中人,堪寻访。且恁偎红翠,风流事、平生

畅。青春都一饷。忍把浮名,换了浅斟低唱。以上彊村丛书本乐章集卷下,六十八首

林钟商

木兰花 杏花

翦裁用尽春工意。浅蘸朝霞千万蕊。天然淡泞好精神,洗尽严妆方见媚。　风亭月榭闲相倚。紫玉枝梢红蜡蒂。假饶花落未消愁,煮酒杯盘催结子。

其二 海棠

东风催露千娇面。欲绽红深开处浅。日高梳洗甚时忺,点滴燕脂匀未遍。　霏微雨罢残阳院。洗出都城新锦段。美人纤手摘芳枝,插在钗头和凤颤。

其三 柳枝

黄金万缕风牵细。寒食初头春有味。殢烟尤雨索春饶,一日三眠夸得意。　章街隋岸欢游地。高拂楼台低映水。楚王空待学风流,饿损宫腰终不似。

散水调

倾杯乐

楼锁轻烟,水横斜照,遥山半隐愁碧。片帆岸远,行客路杳,簇一天寒色。楚梅映雪数枝艳,报青春消息。年华梦促,音信断、声远飞鸿南北。　算伊别来无绪,翠消红减,双带长抛掷。但泪眼沉迷,看朱成碧。惹闲愁堆积。雨意云情,酒心花态,孤负高阳客。梦难极。和梦也、多时间隔。

歇指调

祭 天 神

忆绣衾相向轻轻语。屏山掩、红蜡长明,金兽盛熏兰炷。何期到
此,酒态花情顿孤负。柔肠断、还是黄昏,那更满庭风雨。　　听
空阶和漏,碎声鬥滴愁眉聚。算伊还共谁人,争知此冤苦。念千里
烟波,迢迢前约,旧欢慵省,一向无心绪。

平调

鹧鸪天 (按此首调名原作瑞鹧鸪,非,今按律改)

吹破残烟入夜风。一轩明月上帘栊。因惊路远人还远,纵得心同
寝未同。　　情脉脉,意忡忡。碧云归去认无踪。只应曾向前生
里,爱把鸳鸯两处笼。

中吕调

归 去 来

一夜狂风雨。花英坠、碎红无数。垂杨漫结黄金缕。尽春残、萦不
住。　　蝶稀蜂散知何处。殢尊酒、转添愁绪。多情不惯相思苦。
休惆怅、好归去。

中吕宫

梁 州 令

梦觉纱窗晓。残灯掩然空照。因思人事苦萦牵,离愁别恨,无限何
时了。　　怜深定是心肠小。往往成烦恼。一生惆怅情多少。月
不长圆,春色易为老。

中吕调

燕　归　梁

轻蹑罗鞋掩绛绡。传音耗、苦相招。语声犹颤不成娇。乍得见、两魂消。　　匆匆草草难留恋、还归去、又无聊。若谐雨夕与云朝。得似个、有嚣嚣。

夜　半　乐

艳阳天气，烟细风暖，芳郊澄朗闲凝伫。渐妆点亭台，参差佳树。舞腰困力，垂杨绿映，浅桃秾李夭夭，嫩红无数。度绮燕、流莺斗双语。　　翠娥南陌簇簇，蹑影红阴，缓移娇步。抬粉面、韶容花光相妒。绛绡袖举。云鬟风颤，半遮檀口含羞，背人偷顾。竞斗草、金钗笑争赌。　　对此嘉景，顿觉消凝，惹成愁绪。念解佩、轻盈在何处。忍良时、孤负少年等闲度。空望极、回首斜阳暮。叹浪萍风梗知何去。

越调

清　平　乐

繁华锦烂。已恨归期晚。翠减红稀莺似懒。特地柔肠欲断。不堪尊酒频倾。恼人转转愁生。□□□□□□，多情争似无情。

中吕调

迷　神　引

红板桥头秋光暮。淡月映烟方煦。寒溪蘸碧，绕垂杨路。重分飞，携纤手、泪如雨。波急隋堤远，片帆举。倏忽年华改，向期阻。　　时觉春残，渐渐飘花絮。好夕良天长孤负。洞房闲掩，小屏空、

无心觑。指归云,仙乡杳、在何处。遥夜香衾暖,算谁与。知他深深约,记得否。以上彊村丛书本乐章集续添曲子,十二首

　　按彊村丛书本乐章集三卷,续添曲子一卷,原据劳权传钞毛扆校本,由朱祖谋以
　　他本参校谳正,今用之,以稍有误字,另以毛扆原校本校正。

失　调　名

多情到了多病。明道杂志

爪茉莉　秋夜

每到秋来,转添甚况味。金风动、冷清清地。残蝉噪晚,甚聒得、人心欲碎,更休道、宋玉多悲,石人、也须下泪。　　衾寒枕冷,夜迢迢、更无寐。深院静、月明风细。巴巴望晓,怎生捱、更迢递。料我儿、只在枕头根底,等人来、睡梦里。类编草堂诗馀卷二

女冠子　夏景

火云初布。迟迟永日炎暑。浓阴高树。黄鹂叶底,羽毛学整,方调娇语。薰风时渐动,峻阁池塘,芰荷争吐。画梁紫燕,对对衔泥,飞来又去。　　想佳期、容易成辜负。共人人、同上画楼斟香醑。恨花无主。卧象床犀枕,成何情绪。有时魂梦断,半窗残月,透帘穿户。去年今夜,扇儿搧我,情人何处。

　　按此首或作康与之词,见沈际飞本草堂诗馀正集卷六。

十二时　秋夜

晚晴初,淡烟笼月,风透蟾光如洗。觉翠帐、凉生秋思。渐入微寒天气。败叶敲窗,西风满院,睡不成还起。更漏咽、滴破忧心,万感并生,都在离人愁耳。　　天怎知、当时一句,做得十分萦系。夜

永有时,分明枕上,觑着孜孜地。烛暗时酒醒,元来又是梦里。

　　睡觉来、披衣独坐,万种无憀情意。怎得伊来,重谐云雨,再整馀
香被。祝告天发愿,从今永无抛弃。以上二首见类编草堂诗馀卷四

　　　按草堂诗馀正集卷六载此首,注云:"一刻美成。"是此首或又误作周邦彦词。

红　窗　迥

小园东,花共柳。红紫又一齐开了。引将蜂蝶燕和莺,成阵价、忙
忙走。　　花心偏向蜂儿有。莺共燕、吃他拖逗。蜂儿却入、花里
藏身,胡蝶儿、你且退后。

西　江　月

师师生得艳冶,香香于我情多。安安那更久比和。四个打成一个。
　　幸自苍皇未款,新词写处多磨。几回扯了又重揉。奸字中心
著我。以上二首见罗烨醉翁谈录丙集卷二

　　　按本书初版附录一此首误作陈师师词。

凤　凰　阁

匆匆相见,懊恼恩情太薄。霎时云雨人抛却。教我行思坐想,肌肤
如削。恨只恨、相违旧约。　　相思成病,那更潇潇雨落。断肠人
在阑干角。山远水远人远,音信难托。这滋味、黄昏又恶。花草粹编
卷七引天机馀锦

存　目　词

调　名	首　句	出　处	附　注
三 台 令	鱼藻池边射鸭	全芳备祖前集卷二十四芙蓉门	唐王建词,见唐王建诗集卷七、原为二首。附录于后
庆 春 宫	云接平冈	草堂诗馀前集卷下	周邦彦词,见片玉集卷六
白 苎	绣帘垂	又	紫姑(无名氏)词,见碧鸡漫志卷二
望 梅	小寒时节	又	无名氏词,见梅苑卷四
清 平 乐	阴晴未定	京本通俗小说西山一窟鬼	贺铸词,见乐府雅词卷中
虞 美 人	春花秋月何时了	柳耆卿诗酒玩江楼记	李煜词,见尊前集。附录于后
烛影摇红	妆粉轻匀	菊坡丛话卷二十六	周邦彦词,见能改斋漫录卷十六
多 丽	凤凰箫	古今词统卷十六	元张翥词,见蜕岩词卷上。词附录于后
红 情	无边香色	历代诗馀卷五十七	张炎词,见山中白云卷六
水 龙 吟	雪霏冰结霜凝	历代诗馀卷七十四	无名氏词,见梅苑卷一
满 庭 芳	青毡高张	广群芳谱卷六十三果谱荔枝门	无名氏词,见全芳备祖后集卷一荔枝门
绛 都 春	融和又报	曹元忠补乐章集	丁仙现词,见草堂诗馀后集卷上
女 冠 子	同云密布	又	无名氏词,见草堂诗馀前集卷下
如 梦 令	郊外绿阴千里	古今小说众名姬春风吊柳七	小说依托。词附录于后
千 秋 岁	泰阶平了	又	又
西 江 月	腹内胎生异锦	又	又

以上柳永存目词十七首

三　台　令

鱼藻池边射鸭，芙蓉苑里看花。日色赭黄相似，不著红鸾扇遮。
　池北池南草绿，殿前殿后花红。天子千秋万岁，未央明月清风。

虞　美　人

春花秋月何时了。往事知多少。小楼昨夜又东风。故国不堪回
首、月明中。　　　雕阑玉砌应犹在。只是朱颜改。问君都有几多
愁。恰似一江春水、向东流。

多　丽

凤凰箫。新声远度兰桡。漾东风、湖光十里，参差绿盖红桥。暖云
蘸、郁金衫色，晴烟抹、翡翠裙腰。罨画名园，闹红芳榭，蒲葵亭畔
彩绳摇。满鸳鸯、落英堪藉，犹作殢人娇。渍罗袂，莫揉痕退，生怕
香销。　　　忆当年、尊前扇底，多情冶叶倡条。浴兰女、隔花偷盼，
修禊客、临水相招。旧约寻欢，新声换谱，三生梦里可怜宵。纵留
得、楝花寒在，啼鸩已无聊。江南恨，越王台上，几度回潮。

如　梦　令

郊外绿阴千里。掩映红裙十队。惜别语方长，车马催人速去。偷
泪。偷泪。那得分身应你。

千　秋　岁

泰阶平了。又见三台耀。烽火静，欃枪扫。朝堂耆硕辅，樽俎英雄
表。福无艾，山河带砺人难老。　　　渭水当年钓。晚应飞熊兆。

同一吕,今偏早。乌纱头未白,笑把金樽倒。人争羡,二十四遍中
书考。

西 江 月

腹内胎生异锦,笔端舌喷长江。纵教片绢字难偿。不屑与人称量。
　　我不求人富贵,人须求我文章。风流才子占词场。真是白衣
卿相。

张　先

先字子野,湖州人。生于淳化元年(990)。天圣八年(1030)进士。
尝知吴江县。晏殊尹京兆,辟为通判。仕至都官郎中。元丰元年
(1078)卒,年八十九。有安陆集一卷。

正宫

醉 垂 鞭

双蝶绣罗裙。东池宴。初相见。朱粉不深匀。闲花淡淡春。
细看诸处好。人人道。柳腰身。昨日乱山昏。来时衣上云。

又　赠琵琶娘,年十二

朱粉不须施。花一作"琼"枝小。春偏好。娇妙近胜衣。轻罗红雾
垂。　　琵琶金画凤。双绦重。倦眉低。啄木细声迟。黄蜂花上
飞。

中吕宫

南 乡 子

何处可魂消。京口终朝两信潮。不管离心千叠恨,滔滔。催促行

人动去桡。　　记得旧江皋。绿杨轻絮几条条。春水一篙残照
阔,遥遥。有个多情立画桥。

又 <small>中秋不见月　一作南徐中秋</small>

潮上水清浑。棹影轻于水底云。去意徘徊无奈泪,衣巾。犹有当
时粉黛痕。　　海近古城昏。暮角寒沙雁队分。今夜相思应看
月,无人。露冷依前独掩门。

菩　萨　蛮

忆郎还上层楼曲。楼前芳草年年绿。绿似去时袍。回头风袖飘。
　　郎袍应已旧。颜色非长久。惜恐镜<small>一作鉴</small>中春。不如花草新。

又

闻人语<small>一作话</small>著仙卿字。瞋情恨意还须喜。何况草长时。酒前频
共<small>一作"见"</small>伊。　　娇香堆宝帐。月到梨花上。心事两人知。掩
灯罗幕<small>一作"幔"</small>垂。

又

夜深不至春蟾见。令人更更情飞乱<small>一作"香辫不至春蟾午,令人转更猜飞
语"</small>。翠幕动风亭。时疑响屧声。　　花香闻水榭。几误飘衣麝。
不忍下朱扉。绕廊重待伊。

又

簟纹衫色娇黄浅。钗头秋叶玲珑翦。轻怯瘦腰身。纱窗病起人。
　　相思魂欲绝。莫话新秋别。何处断离肠。西风昨夜凉。

<small>按此下原有菩萨蛮"牡丹含露真珠颗"一首,据槁斋赘笔,乃唐无名氏词,兹不录。</small>

踏　莎　行

衾凤犹温,笼鹦尚睡。宿妆稀淡眉成字。映花避月上行一作"回"
廊,珠裙褶褶轻垂地。　　翠幕成波,新荷贴水。纷纷烟柳一作
"絮"低还起。重墙绕院更重门,春风无路通深意。

又

波湛横眸,霞分腻脸。盈盈笑动笼香靥。有情未结凤楼欢,无憀爱
把歌眉敛。　　密意欲传,娇羞未敢。斜偎象板还偷觑。轻轻试
问借人么,佯佯不觑云鬟点。

感皇恩 (调名原作小重山,兹从其底本知不足斋丛书
本张子野词作感皇恩)

万乘靴袍御紫宸。挥毫敷丽藻,尽经纶。第名天陛首平津。东堂
桂,重占一枝春。　　殊观耸簪绅。蓬山仙话重,需恩新。暂时趋
府冠谈宾。十年外,身是凤池人。

西　江　月

体态看来隐约,梳妆好是家常。檀槽初抱更安详。立向尊前一行。
　　小打登钩怕重,尽缠绣带由长。娇春莺舌巧如簧。飞在四条
弦上。

庆　金　枝

青螺添远山。两娇靥、笑时圆。抱云勾雪近灯看。妍处不堪怜一作
"何处不堪怜"。今生但愿无离别,花月下、绣屏前。双蚕成茧共缠
绵。更结后生缘一作"更重结后生缘"。

浣　溪　沙

轻犀来时不破尘。石榴花映石榴裙。有情应得撞腮春一作"应解惜青春"。"惜"一作"忆"。　　　夜短更难留远梦,日高何计学行云。树深莺过静无人。

相 思 儿 令

春去几时还。问桃李无言。燕子归栖风紧,梨雪乱西园。　　　犹有月婵娟。似人人、难近如天。愿教清影长相见,更乞取长圆。

师 师 令

香钿宝珥。拂菱花如水。学妆皆道称时宜,粉色有、天然春意。蜀彩衣长胜未起。纵乱云一作"霞"垂地。　　　都城池苑夸桃李。问东风何似。不须回扇障清歌,唇一点、小于珠子一作"朱蕊"。正是一作"值"残英和月坠。寄此情千里。

山亭宴慢 有美堂赠彦猷主人

宴亭一作"堂"永昼喧箫鼓。倚青空、画阑红柱。玉莹紫微人,蔼和气、春融日煦。故宫池馆更楼台,约风月、今宵何处。湖水动鲜衣,竞拾翠、湖边路。　　　落花荡漾愁空树。晓山静、数声杜宇。天意送芳菲,正黯淡、疏烟逗雨。新欢宁似旧欢长,此会散、几时还聚。试为挹飞云,问解寄、相思否。

谢池春慢 玉仙观道中逢谢媚卿

缭墙重院,时闻有、啼莺到。绣被掩馀寒,画幕一作"阁"明新晓。朱槛连空阔,飞絮无一作"知"多少。径莎平,池水渺。日长风静,花影

闲相照。　　　尘香拂马，逢谢女、城南道。秀艳—作"丽"过施粉，多
媚生轻笑。斗色鲜衣薄，碾玉双蝉小。欢难偶—作"遇"，春过了。
琵琶流怨—作"韵"，都入相思调。

惜双双　溪桥寄意

城上层楼天边路。残照里、平芜绿树。伤远更惜春暮。有人还在
高高处。　　　断梦归云经日去。无计使、哀弦寄语。相望恨不相
遇。倚桥临水谁家住。

·南吕宫

江　南　柳

隋堤远，波急路尘轻。今古柳桥多送别，见人分袂亦愁生。何况自
关情。　　　斜照后，新—作"圭"月上西城。城上楼高重倚望，愿身
能似月亭亭—作"月华明"。千里伴君行。

八　宝　装

锦屏罗幌初睡起。花阴转、重门闭。正不寒不暖，和风细雨，困人
天气。　　　此时无限伤春意。凭谁诉、厌厌地。这浅情薄幸，千山
万水，也须来里。

一　丛　花　令

伤高—作"春"怀远几时穷。无物似情浓。离愁—作"心"正引—作"惹"
千丝乱，更东—作"南"陌、飞絮濛濛。嘶骑渐遥，征尘不断，何处认
郎踪。　　　双鸳池沼水溶溶。南北小桡—作"桥"通。梯横画阁黄
昏后，又还是、斜—作"新"月帘栊。沉恨细思，不如桃杏，犹解嫁东—
作"春"风。

按此首别又误作欧阳修词,见近体乐府卷三。

道调宫

西 江 月

泛泛春船载乐,溶溶湖水平桥。高鬟照影翠烟摇。白纻一声云杪。

　　倦醉天然玉软,弄妆人惜花娇。风情遗恨几时消。不见卢郎年少。

感皇恩 安车少师访阅道大资同游湖山(按此首调名
　　　　　　　原从黄校作小重山,今改正)

廊庙当时共代工。睢陵千里远,约过从一作"约,远相从"。欲知宾主与谁同。宗枝内,黄阁旧,有三公。　　　广乐起云中。湖山看画轴,两仙翁。武林嘉语一作"佳话"几时穷。元丰际,德星聚,照江东。

仙吕宫

宴春台慢 东都春日李阁使席上

丽日千门,紫烟双阙,琼林一作"楼"又报春回。殿阁风微,当时去燕还来。五侯池馆频开。探芳菲、走马天街。重帘人语,辚辚绣轩一作"辚车"、一作"车辚",远近轻雷。　　　雕舫霞滟,翠幕云飞,楚腰舞柳,宫面妆梅。金猊夜暖、罗衣暗裛香煤。洞府人归,放笙歌、灯火下楼台。蓬莱一作"放笙歌灯火楼台。下蓬莱"。一无"放"字。犹有花上月,清影徘徊。

好事近 和毅夫内翰梅花

月色透横枝,短叶小花一作"葩"无力。北客一声长笛,怨江南先得。

　　谁教强半腊前开,多情为春忆。留取大家沉醉,正一作"幸"雨休风息。

又

灯烛上山堂,香雾暖生寒夕。前夜雪清梅瘦,已不禁轻摘。　　双
歌声断一作"未彻"宝杯空,妆光艳瑶席。相一作"好"趁笑声归去,有随
人月色。

大石调

清　平　乐

屏山斜展。帐卷红绡半。泥浅曲池飞海燕。风度杨花满院。
云情雨意一作"云愁雨恨"空深。觉来一枕春阴。陇上梅花落尽,江南
消息沉沉。

又　_{李阁使席}

清歌逐酒。腻脸生红透一作"醉脸鲜霞透"。樱小杏青寒食后。衣换
缕金轻绣。　　画堂新月朱扉。严城夜鼓声迟。细看玉人娇一作
"妆"面,春光不在花枝。

> 按永乐大典卷二万零三百五十三席字韵此首误作丘崈词。

醉　桃　源

落花浮水树临池。年前心眼期。见来无事去还思。如一作"而"今
花又飞。　　浅螺黛,淡胭脂。开花一作"闲妆"取次宜。隔帘灯影
闭门时。此情风一作"江"月知。

> 按此首别又见欧阳修近体乐府卷一。
> 又此下原有醉桃源二首:第一首"歌停莺语舞停鸾",乃苏轼或黄庭坚作,见全芳
> 备祖后集卷二十八茶门及豫章黄先生词;第二首"湘天风雨破寒初",乃秦观作,
> 见淮海居士长短句卷中。今并不录。

恨　春　迟

好梦才成又断。日晚起、云鬟梳鬓，秀脸拂新红，酒一作"滴"入娇眉眼，薄衣减春寒。　　　红一作"短"柱溪桥波平岸。画阁外、落日西山。不分一作"忿"闲花并蒂，秋藕连根，何时重得双眠一作"莲"。

又

欲借红梅荐饮。望陇驿、音信沉沉。住在柳洲东岸，彼此相思，梦去难寻。　　　乳燕来时花期寝。淡月坠、将晓还阴。争奈多情易感，音信无凭，如何消遣得初心。

按此首别又见欧阳修醉翁琴趣外篇卷五。

双调

庆　佳　节

莫风流。莫风流。风流后、有闲愁。花满南园月满楼。偏使我、忆欢游。　　　我忆欢游无计奈，除却且醉金瓯。醉了醒来春复秋。我心事、几时休。

又

芳菲节。芳菲节。天意应不虚设。对酒高歌玉壶阙。慎莫负、狂风月。　　　人间万事何时歇。空赢得、鬓成雪。我有闲愁与君说。且莫用、轻离别。

采　桑　子

水云薄薄天同色，竟日清辉。风影轻飞。花发瑶林春未知。　　　剡溪不辨沙头路，粉水平堤。姑射人归。记得歌声与舞时。

御街行 送蜀客

画船横倚烟溪半。春入吴山遍。主人凭客且迟留,程入花溪远一作"还"远。数声芦叶,两行霓袖,几处成离宴。 纷纷归骑亭皋晚。风顺樯乌转。古今为别最消魂,因别有情须怨。更独自、尽上高台望,望尽飞云断。一本云:"高台独上,不堪凝望,目与飞云断。"

玉联环 送临淄相公。

都人未逐风云散。愿留离宴。不须多爱洛城春,黄花讶、归来晚。 叶落灞陵如翦。泪沾歌扇。无由重肯日边来,上马便、长安远。

又 南郊夜饮

来时露裛一作"浥"衣香润。彩线垂鬓。卷帘还喜月相亲,把酒更、花相近。 西去阳关休问。未歌先恨。玉峰山下水长流,流水尽、情无尽。

武 陵 春

秋染青溪天外水,风棹采菱还。波上逢郎密意传。语近隔丛莲。 相看忘却归来一作"来时"路,遮日小荷圆一作"家在柳城前"。菱蔓虽多不上船。心眼在郎边。

定 风 波

素藕抽条未放莲。晚蚕将茧不成眠。若比相思如乱絮。何异。两心俱被暗丝牵。 暂见欲归还是恨。莫问。有情谁信道无缘。有一作"正"似中秋云外月。皎洁。不团圆待几时圆。

百　媚　娘

珠阙一作"阁"五云仙子。未省有谁能似。百媚算应天乞与,净饰艳妆俱美。若一无"若"字取次芳华皆一作"俱"可意。何处比一作"无"桃李。　　蜀被锦纹铺水。不放彩鸳双戏。乐事也知存后会,争奈眼前心里。绿皱小池红叠砌。花外东风起。

梦　仙　乡

江东苏小。天斜窈窕。都不胜、彩鸾娇妙。春艳上新妆。肌肉过人香。　　佳树阴阴池院。华灯绣幔。花月好、可一作"岂"能长见。离聚此生缘。无计问天天。

归　朝　欢

声转辘轳闻露井。晓引银瓶牵素绠。西园人语夜来风,丛英飘坠红成径。宝猊烟未冷。莲台香蜡残痕凝。等身金,谁能得意,买此好光景。　　粉落轻妆红一作"温"玉莹。月枕横钗云坠领。有情无物不双栖,文禽只合常交颈。昼长欢岂定。争如翻作春宵永。日曈昽,娇柔懒起,帘押残花影一作"帘幕卷花影"。

相　思　令

蘋满溪。柳绕堤。相送行人溪水西。回一作"归"时陇月低。烟霏霏。风一作"雨"凄凄。重倚朱门听马嘶。寒鸥相对飞一云"寒鸦相对啼"。

　　　按此首别又见欧阳修近体乐府卷一。别又误作黄庭坚词,见杨金本草堂诗馀前集卷下。

少　年　游

红叶黄花秋又老,疏雨更西风。山重水远,云闲天淡,游子断肠中。

青楼薄幸何时见,细说与、这忡忡。念远离情,感时愁绪,应解与人同。

贺　圣　朝

淡黄衫子浓妆了。步缕金鞋小。爱来书幌绿窗前,半和娇笑。

谢家姊妹,诗名空杳。何曾机巧。争如奴道,春来情思,乱如芳草。

生　查　子

当初相见时,彼此心萧洒。近日见人来,却恁相谩谎。　　休休休便休,美底教他且。匹似没伊时,更不思量也。

小石调

夜　厌　厌

昨夜小筵欢纵。烛房深、舞鸾歌凤。酒迷花困共厌厌,倚朱弦、未成归弄。　　峡雨忽收寻断梦。依前是、画楼钟动。争拂雕鞍匆匆去,万千恨、不能相送。

按此下又有夜厌厌“昨夜佳期初共”一首,乃谢绛词,见唐宋诸贤绝妙词选卷二,此不录。

迎　春　乐

城头画角催夕宴。忆前时、小楼晚。残虹数尺云中断。愁送目、天涯远。　　枕清风、停画扇。逗蛮簟、碧纱零乱。怎生得伊来,今夜里、银蟾满。

凤 栖 梧

密宴厌厌—作“未休”池馆暮。天汉沉沉,借得春光住。红翠斗为长袖舞。香檀拍过惊鸿翥。　　明日不知花在否。今夜圆蟾,后夜忧风雨。可惜歌云容易去。东城杨柳东城—作“来时”路。以上彊村丛书本张子野词卷一,五十首(原五十四首,四首未录)

歇指调

双 燕 儿

榴花帘外飘红。藕丝罩、小屏风。东山别后,高唐梦短,犹喜相逢。　　几时再与眠香翠,悔旧欢、何事匆匆。芳心念我,也应那里,蹙破眉峰。

卜 算 子 慢

溪山别意,烟树去程,日落采蘋春晚。欲上征鞍,更掩翠帘下一有“回面”二字相眄。惜弯弯浅黛长长眼。奈画阁欢游,也学狂花乱絮轻散。　　水影横池馆。对静夜无人,月高云远。一饷凝思,两袖泪痕还满下一有“难遣”二字。恨私书、又逐东风断。纵西北—作“梦泽”层楼万尺—作“丈”,望重—作“湖”城那见。

林钟商

更 漏 子

锦筵红,罗幕翠。侍宴美人姝丽。十五六,解怜才。劝人深酒杯。　　黛眉长,檀口小。耳畔向人轻道。柳阴曲,是儿家。门前红杏花。

按此下原有更漏子"星斗稀、钟鼓歇"一首,乃唐温庭筠词,见花间集卷一,今未
录。

又 流杯堂席上作

相君家,宾宴集。秋叶晓霜红湿。帘额动,水纹浮。缬花相对流一
作"彩花和水流"。　　薄霞衣一作"裳",酺酒面。重抱琵琶轻按。回画
拨,抹幺弦。一声飞露一作"噪"蝉。

南 歌 子

醉后和衣倒,愁来殢酒醺。困人天气近清明。尽日厌厌□脸、浅含
颦。　　睡觉□□恨,依然月映门。楚天何处觅行云。唯有暗灯
残漏、伴消魂。

又

蝉抱高高柳,莲开浅浅波。倚风疏叶下庭柯。况是不寒不暖、正清
和。　　浮世欢会少,劳生怨别多。相逢休惜醉颜酡。赖有西园
明月、照笙歌。

又

残照催行棹,乘春拂去衣。海棠花下醉芳菲。无计少留君住、泪双
垂。　　烟染春江暮,云藏阁道危。行行听取杜鹃啼。是妾此时
离恨、尽呼伊。

蝶 恋 花

临水人家深宅院。阶下残花,门外斜阳岸。柳舞虬尘千万线。青
楼百尺临天半。　　楼上东风春不浅。十二阑干,尽日珠帘卷。

有个离人凝泪眼。淡烟芳草连云远。

又

槛菊愁烟兰泣露。罗幕轻寒，燕子双来去。明月不谙离恨苦。斜光到晓穿朱户。　　昨夜西风雕碧树。独上高楼，望尽天涯路。欲寄彩笺兼尺素。山长水阔知何处。

按此首又见晏殊珠玉词。

又

绿水波平花烂漫。照影红妆，步转垂杨岸。别后深情将为断。相逢添得人留恋。　　絮软丝轻无系绊。烟惹风迎，并入春心乱。和泪语娇声又颤。行行尽远犹回面。

又

移得绿杨栽后院。学舞一作"渐学"宫腰，二月青犹短。不比灞陵多送远。残丝乱絮一作"千丝万缕"东西岸。　　几叶一作"度"小眉寒不展。莫一作"休"唱阳关，真个肠先断一作"无肠断"。分付与春休细看一作"春不管"。条条尽是离人怨。

诉衷情

花前月下暂相逢。苦恨阻从容。何况酒醒梦断，花谢月朦胧。　　花不尽，月无穷。两心同。此时愿作，杨柳千丝，绊惹春风。

又

数枝金菊对芙蓉。零落意忡忡。不知多少幽怨，和泪泣东风。　　人散后，月明中。夜寒浓。谢娘愁卧，潘令闲眠，往事何穷。

按此首别又见晏殊珠玉词。

木兰花 邠州作

青钱贴水萍无数。临晓西湖春涨雨。泥新轻燕面前飞，风慢落花
衣上住。　　　红裙空引—作"解"烟娥—作"蛾"聚。云月却能随马去。
明朝何处上高台，回认玉峰山下路。

又

西湖杨柳风流绝。满缕青春看赠别。墙头簌簌暗飞花，山外阴阴
初落月。　　　秦姬秾丽云梳髮。持酒唱—作"听"歌留晚发。骊驹
应解恼—作"亦解"人情，欲出重城嘶不歇。

又

楼下雪飞楼上宴。歌咽笙簧声韵颤。尊前有个好人人，十二阑干
同倚遍。　　　帘重不知金屋晚。信马归来肠欲断。多情无奈苦相
思，醉眼开时犹似见。

减字木兰花

垂螺近额。走上红茵初趁拍。只恐轻飞。拟倩游丝惹住伊。
文鸳绣履。去似杨花—作"流风"尘不起。舞彻伊州。头上宫花—作
"花枝"颤未休。

少年游 井桃

碎霞浮动晓朦胧。春意与花浓。银瓶素绠，玉泉金甃，真色浸朝
红。　　　花枝人面难常见，青子小丛丛。韶华长在，明年依旧，相
与笑春—作"东"风。

又

帽檐风细马蹄尘。常记探花人。露英千样,粉香无尽,蓦地酒初醒_{一作"秦地酒初醇"}。　　探花人向_{一作"渐"}花前老,花上旧时春。行歌声外_{一作"里"},靓妆丛里,须贵少年身。

醉　落　魄

云轻柳弱。内家髻要_{一作"子"}新梳掠。生香真色人难学。横管孤吹,月淡天垂幕。　　朱唇浅破桃花_{一作"樱桃"}萼。倚楼谁_{一作"人"}在阑干角。夜寒手_{一作"指"}冷罗_{一作"春"}衣薄。声入霜林,簌簌惊_{一作"飞"}梅落。

喜朝天 清暑堂赠蔡君谟

晓_{一作"晚"}云开。睆仙馆陵虚,步入蓬莱。玉宇琼甃,对青林近,归鸟徘徊。风月顿消_{一作"从今"}清暑,野色对_{一作"带"}、江山助诗才。箫鼓宴,璇题宝字,浮动持杯。　　人多送目天际_{一作"天多送目无际"},识渡舟帆小,时见潮回。故国千里,共十万室,日日春台。睢社朝_{一作"庙"}京非远,正和羹、民口渴盐梅。佳景在,吴侬还望,分阃重来。

破阵乐 钱塘

四堂互映,双门并丽,龙阁开府。郡美东南第一,望故苑、楼台霏雾。垂柳池塘,流泉巷陌,吴歌处处。近黄昏,渐更宜良夜,簇簇_{一少一"簇"字}繁星灯烛,长衢如昼,暝色韶光,几许粉面,飞甍朱户。　　和煦_{一作"欢遇"}。雁齿桥红,裙腰草绿,云际寺、林下路。酒熟梨花宾客醉,但觉满山箫鼓。尽朋游、同_{一作"因"}民乐,芳菲有主。自

此归从泥诏,去指沙堤,南屏水石,西湖风月,好作千骑行春,画图
写取。

　　按此下原有三字令"春欲尽"一首,乃后蜀欧阳炯作,见花间集卷五,今不录。

中吕调

菊　花　新

堕髻慵妆来日暮。家在画一作"柳"桥堤下住。衣缓绛绡垂,琼树
袅、一枝红雾。　　院深池静娇一作"花"相妒。粉墙低、乐声时度。
长恐舞筵空,轻化作、彩云飞去。

　　按此下原有虞美人"画堂新霁情萧索""碧波帘幕垂朱户"二首,乃冯延巳词,见阳
春集,今不录。

虞　美　人

苕花飞一作"落"尽汀风定。苕水天摇影。画船罗绮满溪春。一曲
石城清响、入高云。　　壶觞昔岁同歌舞一作"笑"。今日无欢侣一
作"年少"。南园花少故人稀。月照玉楼依旧、似当时。

醉　红　妆

琼枝玉树不相饶。薄云衣、细柳腰。一般妆样百般娇。眉眼细、好
如描一作"眉眼秀、总如描"。　　东风摇草百一作"杂"花飘。恨无计、上
青条。更起双歌郎且饮,郎未醉、有金貂。

天仙子　时为嘉禾小倅、以病眠不赴府会

水调数声持酒听。午醉醒来愁未醒。送春春去几时回,临晚镜。
伤流景。往事后期空记省。　　沙上并禽池上暝。云破月来花弄
影。重重帘幕密遮灯,风不定。人初静。明日落红应满径。

又　郑毅夫移青社

持节来时初有雁。十万人家春已满。龙标名第凤池身，堂阜远。江桥晚。一见一作"障"湖山看未遍。　　障扇欲收歌泪溅。亭下花空罗绮散。樯竿渐向望中疏，旗影转。鼙声断。惆怅不如船尾燕。

菩　萨　蛮

玉人又是匆匆去。马蹄何处垂杨路。残日倚楼时。断魂郎未知。　　阑干移倚遍。薄幸教人怨。明月却多情。随人处处行。

高平调

怨　春　风

无由且住。绵绵恨似春蚕绪。见来时饷还须去。月浅灯收，多在偷期处。　　今夜掩妆花下语。明朝芳草东西路。愿身不学相思树。但愿罗衣，化作双飞羽。

于　飞　乐　令

宝奁开，菱鉴静，一掬清蟾。新妆脸、旋学花添。蜀红衫，双绣蝶，裙缕鹡鸰。寻思前事，小屏风、巧画江南。　　怎空教、草解宜男。柔桑暗、又过春蚕。正阴晴天气，更暝色相兼。幽期消息，曲房西、碎月筛帘。

按此首别又见欧阳修醉翁琴趣外篇卷一。

临　江　仙

自古伤心惟远别，登山临水迟留。暮尘衰草一番秋。寻常景物，到此尽成愁。　　况与佳人分凤侣,盈盈粉泪难收。高城深处是青楼。红尘远道,明日忍回头。

江　城　子

镂牙歌板齿如犀。串珠齐。画桥西。杂花池院,风幕卷金泥。酒入四肢波入鬓、娇不尽,翠眉低。

转声虞美人　雪上送唐彦猷

使君欲一作"少"醉离亭酒。酒醒离愁转有。紫禁多时虚右。苕雪留难久。　　一声歌掩双罗袖。日落乱山一作汀花春后。犹有东城烟柳。青荫长依旧。

燕　归　梁

去岁中秋玩桂轮。河汉净无云。今年江上共瑶尊。都不是、去年人。　　水精宫殿,琉璃台阁,红翠两行分。点唇机动一作"微破"秀眉颦。清影外、见微一作"歌"尘。

又

夜月一作夜啼乌促乱弦。江树远无烟。缺多圆少奈何天。愁只恐、下关山。　　粉香生润,衣珠弄彩,人月两蝉娟。留连残夜惜馀欢。人月在、又明年。

　　按此下原有酒泉子"亭下花飞""人散更深""春色融融""亭柳霜凋""芳草长川"五首,乃冯延巳作,见阳春集,今并不录。

定　西　番

年少登瀛词客,飘逸气,拂晴霓。尽带江南春色、过长淮。　　　　一曲艳歌留别，翠蝉摇宝钗。此后吴姬_{一作娃}难见、且徘徊。

仙吕调

河　传

花暮。春去。都门东路。嘶马将行。江南江北，十里五里邮亭。
几程程。　　高城望远看回睇。烟细_{一作"高城渐远重凝睇、烟容细"}。
晚碧空无际。今夜_{上一有"不知"二字}何处，冷落衾帏。欲眠时。

偷声木兰花

雪笼琼苑梅花瘦。外院重扉联宝兽。海月新生。上得高楼无_{一作}
_{"没"}奈情。　　帘波不动凝_{一作"银"}缸小。今夜夜长争得晓。欲梦
高唐。只恐觉来添断肠。

又

画桥浅映横塘路。流水滔滔春共去。目送残_{一作"斜"}晖。燕子双
高蝶对飞。　　风花将尽持杯送。往事只成清夜梦。莫更登楼。
坐想行思已是愁。

醉桃源　_{渭州作}

双花_{一作"歌"}连袂近香狨。歌随镂板齐。分明珠索漱烟溪。凝云
定不飞。　　唇破点，齿编犀。春莺莫乱啼。阳关更在碧峰西。
相看翠黛低。

千　秋　岁

数_{一作"几"}声鶗鴂。又报芳菲歇。惜春更把残红折。雨轻风色暴，
梅子青时节。永丰柳，无人尽日飞花雪。　　莫把幺弦拨。怨极

弦能说。天不老，情难绝。心似双丝网，中有千千结。夜过也，东
窗未白凝残月一作"孤灯灭"。

　　按此首别又误入欧阳修近体乐府卷三。

天仙子 别渝州

醉笑相逢能几度。为报江头春且住。主人今日是行人，红袖舞。
清歌女。凭仗东风教点取。　　三月柳枝柔似缕。落絮尽一作
"倦"飞还恋树。有情宁不忆西园，莺解语。花无数。应讶使君何处
去。

般涉调

渔家傲 和程公辟赠别

巴子城头青草暮。巴山重叠相逢处。燕子占巢花脱树。杯且举。
瞿塘水阔舟难渡。　　天外吴门清霅路。君家正在吴门住。赠我
柳枝情几许。春满缕。为君将入江南去。来词云折柳赠君君且住。　以
上彊村丛书本张子野词卷二，四十三首(原五十二首，九首未录)

天仙子 观舞

十岁手如芽子笋。固爱弄妆偷傅粉。金蕉并为舞时空，红脸嫩。
轻衣褪。春重日浓花觉困。　　斜雁轧弦随步趁。小凤累珠光绕
鬓。密教持履恐仙飞，催拍紧。惊鸿奔。风袂飘飖无定准。

又 公择将行

坐治吴州成乐土。诏卷风飞来圣语。亲舆乞得便藩归，瑶席主。
杯休数。清夜为君歌白苎。　　花接旧枝新蕊吐。造化不知人有
助。看花岁岁比甘棠，嘉月暮。东门路。只恐带将春色去。

南乡子　送客过馀溪,听天隐二玉鼓胡琴

相并细腰身。时样宫妆一样新。曲项胡琴鱼尾拨,离人。入塞弦声水上闻。　　天碧染衣巾。血色轻罗碎折裙。百卉已随霜女妒,东君。暗折双花借小春。

少年游　渝州席上和韵

听歌持酒且休行。云树几程程。眼看槜牙,手搓花蕊,未必两无情。　　拓夫滩上闻新雁,离袖掩盈盈。此恨无穷,远如江水,东去几时平。

定　风　波　令

碧玉篦扶坠髻云。莺黄衫子退红裙。妆样巧将花草竞。相并。要教人意胜于春。　　酒眼茸茸香拂面。□见。丹青宁似镜中真。自是有情偏小小。向道。江东谁信更无人。

又　次子瞻韵送元素内翰

浴殿词臣亦议兵。禁中颇牧党羌平。诏卷促归难自缓。溪馆。彩花千数酒泉清。　　春草未青秋叶暮。□去。一家行色万家情。可恨黄莺相识晚。望断。湖边亭上不闻声。

又　再次韵送子瞻

谈辨才疏堂上兵。画船齐岸暗潮平。万乘靴袍曾好问。须信。文章传口齿牙清。　　三百寺应游未遍。□算。湖山风物岂无情。不独渠丘歌叔度。行路。吴谣终日有馀声。

又　雪溪席上，同会者六人，杨元素侍读、刘孝叔吏部、
　　苏子瞻、李公择二学士、陈令（按“令”原误作“待”，
　　据知不足斋丛书本张子野词改）举贤良

西阁名臣奉诏行。南床吏部锦衣荣。中有瀛仙宾与主。相遇。平
津选首更神清。　　溪上玉楼同宴喜。欢〔按“欢”字原空格，从花草粹编
卷七补醉。对堤杯叶惜秋英。尽道贤人聚吴分。试问。也应旁有
老人星。

木 兰 花

人意共怜花月满。花好月圆人又散。欢情去逐远云空，往事过如
幽梦断。　　草树争春红影乱。一唱鸡声千万怨。任教迟日更添
长，能得几时抬眼看。

又　和孙公素别安陆

相离徒有相逢梦。门外马蹄尘已动。怨歌留待醉时听，远目不堪
空际送。　　今宵风月知谁共。声咽琵琶槽上凤。人生无物比多
情，江水不深山不重。

又　晏观文画堂席上

檀槽碎响金丝拨。露湿浔阳江上月。不知商妇为谁愁，一曲行人
留晚发。　　画堂花入新声别。红蕊调高弹未彻。暗将深意语胶
弦，长愿弦丝无断绝。

按此首别又见欧阳修近体乐府卷二。别又误作苏轼词，见词林万选卷四。

又　送张中行

插花劝酒盐桥馆。召节促行龙阙远。吴船渐起晚潮生，蛮榼未空

寒日短。　　庆门奕世隆宸眷。归到月陂梅已绽。有情愿寄向南
枝,图得洛阳春色看。

> **又** 去春自湖归杭,忆南园花已开,有当时犹有蕊如梅
> 之句。今岁还乡,南园花正盛,复为此词以寄意
> 旧词即玉联环,在后

去年春入芳菲国。青蕊如梅终忍摘。阑边徒欲说相思,绿蜡密缄
朱粉饰。　　归来故苑重寻觅。花满旧枝心更惜。鸳鸯从小自相
双,若不多情头不白。

> **又** 乙卯吴兴寒食

龙头舴艋吴儿竞。笋柱秋千游女并。芳洲拾翠暮忘归,秀野踏青
来不定。　　行云去后遥山暝。已放笙歌池院静。中庭月色正清
明,无数杨花过无影。

> **又** 席上赠同邵二生

轻牙低掌随声听。合调破空云自凝。姝娘翠黛有人描,琼女分鬟
待谁并。　　弄妆俱学闲心性。固向鸾台同照影。双头莲子一时
花,天碧秋池水如镜。

倾杯　吴兴

横塘水静,花窥影、孤城转。浮玉无尘,五亭争景,画桥对起,垂虹
不断。爱溪上琼楼,凭雕阑、久□按空格原无,据知不足斋丛书本张子野词
补飞云远。人在虚空,月生溟海,寒渔夜泛,游鳞可辨。　　正是草
长蘋老,江南地暖。汀洲日晚。更茶山、已过清明,风雨暴千岩、啼鸟
怨。芳菲故苑。深红尽、绿叶阴浓,青子枝头满。史君莫放寻春缓。

又　碧澜堂席上有感（题据永乐大典卷二万零三百五十
　　三席字韵补）

飞云过尽，明河浅、天无畔。草色栖萤，霜华清暑，轻飔弄秋，澄澜
拍岸。宴玉麈谈宾，倚琼枝、秀挹雕筋满。午夜中秋，十分圆月，香
槽拨凤，朱弦轧雁。　　正是欲醒还醉，临空怅远。壶更叠换。对
东西、数里回塘，恨零落芙蓉、春不管。笼灯待散。谁知道、座有离
人，目断双歌伴。烟江艇子归来晚。

离亭宴　公择别吴兴

捧黄封诏卷。随处是、离亭别宴。红翠成轮歌未遍。已恨野桥风
便。此去济南非久，惟有凤池鸾殿。　　三月花飞几片。又减却、
芳菲过半。千里恩深云海浅。民爱比、春流不断。更上玉楼西，归
雁与、征帆共远。

沁园春　寄都城赵阅道

心膂良臣，帷幄元勋，左右万几。暂武林分阃，东南外翰，锦衣乡
社，未满瓜时。易镇梧台，宣条期岁，又西指夷桥千骑移。珠滩上，
喜甘棠翠荫，依旧春晖。　　须知。系国安危。料节召、还趋浴凤
池。且代工施化，持钧播泽，置盂天下，此外何思。素卷书名，赤松
游道，飙驭云轺仙可期。湖山美，有啼猿唤鹤，相望东归。

感皇恩　徐铎状元

延寿芸香七世孙。华轩承大对，见经纶。溟鱼一息化天津。袍如
草，三百骑，从清尘。　　玉树莹风神。同时棠棣萼，一家春。十
年身是凤池人。蓬莱阁，黄阁按"阁"原作"阁"，从知不足斋丛书本张子野词
改主，迟谈宾。

忆　秦　娥

参差竹。吹断相思曲。情不足。西北有楼穷远目。　　忆苕溪、寒影透清玉。秋雁南飞速。菰草绿。应下溪头沙上宿。

系　裙　腰

惜霜蟾照夜云天。朦胧影、画勾阑。人情纵似长情月，算一年年。又能得、几番圆。　　欲寄西江题叶字，流不到、五亭前。东池始有荷新绿，尚小如钱。问何日藕、几时莲。

清　平　乐

青袍如草。得意还年少。马跃绿螭金络脑。寒食乍临新晓。　　曲池斜度鸾桥。西园一片笙箫。自欲剩留春住，风花无奈飘飘。

偷声木兰花

曾居别乘康吴俗。民到于今歌不足。骊驭征鞭。一去东风十二年。　　重来却拥诸侯骑。宝带垂鱼金照地。和气融人。清雪千家日日春。

菩　萨　蛮

佳人学得平阳曲。纤纤玉笋横孤竹。一弄入云声。海门江月清。　　髻摇金钿落。惜恐樱唇薄。听罢已依依。莫吹杨柳枝。

又

藕丝衫翦猩猩红窄。衫轻不碍琼肤白。缦鬓小横波。花楼东是家。　　上湖闲荡桨。粉艳芙蓉样。湖水亦多情。照妆天底清。

又 七夕

牛星织女年年别。分明不及人间物。匹鸟少孤飞。断沙犹并栖。

洗车昏雨过。缺月云中堕。斜汉晓依依。暗蛩还促机。

又 七夕

双针竞引双丝缕。家家尽道迎牛女。不见渡河时。空闻乌鹊飞。

西南低片月。应恐云梳髮。寄语问星津。谁为得巧人。

庆 春 泽

飞阁危桥相倚。人独立东风，满衣轻絮。还记忆江南，如今天气。
正白蘋花,绕堤涨流水。　　寒梅落尽谁寄。方春意无穷,青空千
里。愁草树依依,关城初闭。对月黄昏,角声傍烟起。

又 与善歌者

艳色不须妆样。风韵好天真,画毫难上。花影滟金尊,酒泉生浪。
镇欲留春,傍花为春唱。　　银塘玉宇空旷。冰齿映轻唇,蕊红新
放。声宛转,疑随烟香悠颺。对暮林静,寥寥振清响。

玉 联 环

南园已恨归来晚。芳菲满眼。春工偏上好花多,疑不向、空枝暖。
　　惜恐红云易散。丛丛看遍。当时犹有蕊如梅,问几日上、东风
绽。

玉树后庭花 上元

华灯火树红相鬥。往来如昼。桥河水白天青,讶别生星斗。

落梅秾李还依旧。宝钗沽酒。晓蟾残漏心情,恨雕鞍归后。

又

宝床香重春眠觉。鮫窗难晓。新声丽色千人,歌后庭清妙。
青骢一骑来飞鸟。靓妆难好。至今落日寒蟾,照台城秋草。

卜　算　子

梦短寒夜长,坐待清霜晓。临镜无人为整妆,但自学、孤鸾照。
　　楼台红树杪。风月依前好。江水东流郎在西,问尺素、何由到。

双　韵　子

鸣鞘电过晓闱静。敛龙旂风定。凤楼远出霏烟,闻笑语、中天迥。
　　清光近。欢声竟。鸳鸯集、仙花鬥影。更闻度曲瑶山,升瑞
日、春宫永。

鹊　桥　仙

星桥火树,长安一夜,开遍红莲万蕊。绮罗能借月中春,风露细、天
清似水。　　重城闭月,青楼夸乐,人在银潢影里。画屏期约近收
灯,归步急、双鸳欲起。

醉垂鞭　钱塘送祖择之

酒面滟金鱼。吴娃唱。吴潮上。玉殿白麻书。待君归后除。
勾留风月好。平湖晓。翠峰孤。此景出关无。西州空画图。

定　西　番

秀眼漫生千媚,钗玉重,髻云低。寂寂按“寂寂”原误作“寝寝”,据知不足斋

丛书本张子野词改挹妆羞泪，怨分携。　　　鸳帐愿从今夜，梦长连晓鸡。小逐画船风月，渡江西。

又　执胡琴者九人

锟拨紫槽金衬，双秀弄，两回鸾。齐学汉宫妆样，竞婵娟。　　　三十六弦蝉闹，小弦蜂作团。听尽昭君幽怨，莫重弹。

按词律拾遗卷一此首误作唐温庭筠词。

望江南　与龙靓

青楼宴，靓女荐瑶杯。一曲白云江月满，际天拖练夜潮来。人物误瑶台。　　　醺醺酒，拂拂上双腮。媚脸已非朱淡粉，香红全胜雪笼梅。标格外尘埃。

少 年 游 慢

春城三二月。禁柳飘绵未歇。仙籁按“籁”原作“禜”，据知不足斋丛书本张子野词改生香，轻云凝紫，临层阙。歌掌明珠滑。酒脸红霞发。华省名高，少年得意时节。　　　画刻三题彻。梯汉同登蟾窟。玉殿初宣，银袍齐脱，生仙骨。花探都门晓，马跃芳衢阔。宴罢东风，鞭梢一行飞雪。

翦牡丹　舟中闻双琵琶

野绿连空，天青垂水，素色溶漾都净。柔柳摇摇，坠轻絮无影。汀洲日落人归，修巾薄袂，撷香拾翠相竞。如解凌波，泊烟渚春暝。　　　彩绦朱索新整。宿绣屏、画船风定。金凤响双槽，弹出今古幽思谁省。玉盘大小乱珠迸。酒上妆面，花艳媚相并。重听。尽汉妃一曲，江空月静。

画　堂　春

外潮莲子长参差。霁山青处鸥飞。水天溶漾画桡迟。人影鉴中移。　　桃叶浅声双唱,杏红深色轻衣。小荷障面避斜晖。分得翠阴归。

芳　草　渡

双门晓锁响朱扉。千骑拥、万人随。风乌弄影画船移。歌时泪,和别怨,作秋悲。　　寒潮小,渡淮迟。吴越路、渐天涯。宋王台上为相思。江云下,日西尽,雁南飞。

又

主人宴客玉楼西。风飘雪、忽雾霏。唐昌花蕊渐平枝。浮光里,寒声聚,队禽栖。　　惊晓日,喜春迟。野桥时伴梅飞。山明日远雾云披。溪上月,堂下水,并春晖。

御　街　行

夭非花艳轻非雾。来夜半、天明去。来如春梦不多时,去似朝云何处。远鸡栖燕,落星沉月,纥纥城头鼓。　　参差渐辨西池树。珠阁斜开户。绿苔深径少人行,苔上屐痕无数。馀香遗粉,剩衾闲枕,天把多情付。

按此首别又见欧阳修近体乐府卷三。

苏　幕　遮

柳飞绵,花实少。镂板音清,浅发江南调,斜日两竿留碧□。马足重重,又近青门道。　　去尘浓,人散了。回首旗亭,渐渐红裳小。

莫讶安仁头白早。天若有情，天也终须老。

武　陵　春

每见韶娘梳鬖好，钗燕傍云飞。谁捵彤霞露染衣。□案空格原无，据知不足斋丛书本张子野词补玉透柔肌。　　梅花瘦雪梨花雨，心眼未芳菲。看著娇妆听柳枝。人意觉春归。

醉落魄　吴兴莘老席上

山围画障。风溪弄月清溶漾。玉楼茗馆人相望。下若酞醅，竞欲金钗当。　　使君劝醉青娥唱。分明仙曲云中响。南园百卉千家赏。和气兼春按"春"字原空格，据永乐大典卷二万零三百五十三席字韵补，不独花枝上。

长相思　潮沟在金陵上元之西

粉艳明。秋水盈。柳样纤柔花样轻。笑前双靥生。　　寒江平。江橹鸣。谁道潮沟非远行。回头千里情。

更　漏　子

杜陵春，秦树晚。伤别更堪临远。南去信，欲凭谁。归鸿多北归。　　小桃枝，红蓓发。今夜昔时风月。休苦意，说相思。少情人不知。

浣　溪　沙

楼倚春江百尺高。烟中还未见归桡。几时期信似江潮。　　花片片飞风弄蝶，柳阴阴下水平桥。日长才过又今宵。

按此首别又误入欧阳修醉翁琴趣外篇卷五。别又误作苏轼词，见杨金本草堂诗馀后集卷上。

醉　桃　源

仙郎何日是来期。无心云胜伊。行云犹解傍山飞。郎行去不归。
　强匀画，又芳菲。春深轻薄衣。桃花无语伴相思。阴阴月上
时。

<small>按此首别又见欧阳修近体乐府卷一。</small>

行　香　子

舞雪歌云。闲淡妆匀。蓝溪水、深染轻裙。酒香醺脸，粉色生春。
更巧谈话，美情性，好精神。　　江空无畔，凌波何处，月桥边、青
柳朱门。断钟残角，又送黄昏。奈心中事，眼中泪，意中人。

<small>按此首别又误入欧阳修近体乐府卷三。</small>

熙州慢 <small>赠述古</small>

武林乡，占第一湖山，咏画争巧。鹭石飞来，倚翠楼烟霭，清猿啼
晓。况值禁垣师帅，惠政流入欢谣。朝暮万景，寒潮弄月，乱峰回
照。　　天使寻春不早。并行乐，免有花愁花笑。持酒更听，红儿
肉声长调。潇湘故人未归，但目送游云孤鸟。际天杪。离情尽寄
芳草。

虞美人 <small>述古移南郡</small>

恩如明月家家到。无处无清照。一帆秋色共云遥。眼力不知人
远、上江桥。　　愿君书札来双鲤。古汴东流水。宋王台畔楚宫
西。正是节趣归路、近沙堤。

泛清（按"清"原作"青"，据花草粹编卷十二改）苕
又名感皇恩　正月十四日与公择吴兴泛舟

绿净无痕，过晓霁清苕，镜里游人。红柱巧，彩船稳，当筵主、秘馆词臣。吴娃劝饮韩娥唱，竞艳容、左右皆春。学为行雨，傍画桨，从教水溅罗裙。　　溪烟混月黄昏。渐楼台上下，火影星分。飞槛倚，斗牛近，响箫鼓、远破重云。归轩未至千家待，掩半妆、翠箔朱门。衣香拂面，扶醉卸簪花，满袖馀煴。

惜　琼　花

汀蘋白。苕水碧。每逢花驻乐，随处欢席。别时携手看春色。萤火而今，飞破秋夕。　　旱河流，如带窄。任身轻似叶，何计归得。断云孤鹜青山极。楼上徘徊，无尽相忆。

河满子　陪杭守泛湖夜归

溪女送花随处，沙鸥避乐分行。游舸已如图障里，小屏犹画潇湘。人面新生酒艳，日痕更欲春长。衣上交枝斗色，钗头比翼相双。片段落霞明水底，风纹时动妆光。宾从夜归无月，千灯万火河塘。

劝金船　流杯堂唱和翰林主人元素自撰腔

流泉宛转双开窦。带染轻纱皱。何人暗得金船酒。拥罗绮前后。绿定见花影，并照与、艳妆争秀。行尽曲名，休更再歌杨柳。　　光生飞动摇琼甃。隔障笙箫奏。须知短景欢无足，又还过清昼。翰阁迟归来，传骑恨、留住难久。异日凤凰池上，为谁思旧。

庆同天　即怨王孙

海宇，称庆。复生元圣。风入南薰。拜恩遥阙，衣上晓色犹春。望尧云。　　游钧广乐人疑梦。仙声共。日转旗光动。无疆帝算，何独待祝华封。与天同。

江　城　子

小圆珠串静慵拈。夜厌厌。下重帘。曲屏斜烛，心事入眉尖。金字半开香穗小，愁不寐，恨西蟾。

雨中花令　赠胡楚草

近鬓彩钿云雁细大云雁、小云雁。好客艳、花枝争媚花枝十二。学双燕、同栖还并翅双燕子。我合著、你难分离合著。　　这佛面、前生应布施金浮图。你更看、蛾眉下秋水眉十。似赛九底、见他三五二胡草。正闷里、也须欢喜闷子。以上六十三首见侯文灿十名家词本张子野词

汉宫春　蜡梅

红粉苔墙。透新春消息，梅粉先芳。奇葩异卉，汉家宫额涂黄。何人斗巧，运紫檀、斸出蜂房。应为是、中央正色，东君别与清香。

　　仙姿自称霓裳。更孤标俊格，非雪凌霜。黄昏院落，为谁密解罗囊。银瓶注水，浸数枝、小阁幽窗。春睡起，纤条在手，厌厌宿酒残妆。梅苑卷一

青门引　春思

乍暖还轻冷。风雨晚来方定。庭轩寂寞近清明，残花中酒，又是去年病。　　楼头画角风吹醒。入夜重门静。那堪更被明月，隔墙送过秋千影。

满江红　初春

飘尽寒梅，笑粉蝶游蜂未觉。渐迤逦、水明山秀，暖生帘幕。过雨小桃红未透，舞烟新柳青犹弱。记画桥深处水边亭，曾偷约。　　多少恨，今犹昨。愁和闷，都忘却。拚从前烂醉，被花迷著。晴鸽试铃风力软，雏莺弄舌春寒薄。但只愁、锦绣闹妆时，东风恶。以上二首见唐宋诸贤绝妙词选卷五

西江月 赠寄

肃肃秅侯清慎,温温契芯知诗。能推恻隐救民饥。况乃义方教子。
　　宪府两飞鹗荐,士林竞赋怀辞。天门正美可前知。入侍钧天
从此。

塞垣春 寄子山

野树秋声满。对雨壁、风灯乱。云低翠帐,烟销素被,签动重幔。
甚客怀、先自无消遣。更篱落、秋虫叹。叹樊川、风流减。旧欢难
得重见。　　　停酒说扬州,平山月、应照棋观。绿绮为谁弹,空传
广陵散。但光纱短帽,窄袖轻衫,犹记竹西庭院。老鹤何时去,认
琼花一面。以上二首见永乐大典卷一万四千三百八十一寄字韵引张子野词

浪　淘　沙

肠断送韶华。为惜杨花。雪球摇曳逐风斜。容易著人容易去,飞
过谁家。　　　聚散苦咨嗟。无计留他。行人洒泪滴流霞。今日画
堂歌舞地,明日天涯。

望江南 闺情

香闺内、空自想佳期。独步花阴情绪乱,谩将珠泪两行垂。胜会在
何时。　　　厌厌病,此夕最难持。一点芳心无托处,荼蘼架上月迟
迟。惆怅有谁知。以上二首见花草粹编卷五

碧牡丹 晏同叔出姬

步帐摇红绮。晓月堕,沉烟砌。缓板香檀,唱彻伊家新制。怨入眉
头,敛黛峰横翠。芭蕉寒,雨声碎。　　　镜华翳。闲照孤鸾戏。思
量去时容易。钿盒瑶钗,至今冷落轻弃。望极蓝桥,但暮云千里。
几重山,几重水。花草粹编卷八

山亭宴 *湖亭宴别*

碧波落日寒烟聚,望遥山、迷离红树。小艇载人来,约尊酒、商量歧路。衰柳断桥西,共携手、攀条无语。水际见鹭鸶,一对对、眠沙溆。　　　西陵松柏青如故。翦烟花、幽兰啼露。油壁间花骢,那禁得、风吹细雨。饶他此后更思量,总莫似、当筵情绪。镜面绿波平,照几度、人来去。西湖志卷四十

按彊村丛书本张子野词二卷,补遗二卷,系据黄子湘校知不足斋丛书本张子野词,今用之。补遗二卷另编,稍作增删。

存　目　词

调　　名	首　　句	出　　处	附　　　　　注
菩 萨 蛮	牡丹含露真珠颗	张子野词卷一	唐无名氏词,见樨斋赘笔。词附录于后
醉 桃 源	歌停莺语舞停鸾	又	苏轼词或黄庭坚词,见全芳备祖后集卷二十八茶门及豫章黄先生词
又	湘天风雨破寒初	又	秦观词,见淮海居士长短句卷中
夜 厌 厌	昨夜佳期初共	又	谢绛词,见唐宋诸贤绝妙词选卷二
更 漏 子	星斗稀	张子野词卷二	温庭筠词,见花间集卷一。词附录于后
三 字 令	春欲尽	又	欧阳炯词,见花间集卷五。词附录于后
虞 美 人	画堂新霁情萧索	又	冯延巳词,见阳春集。词附录于后
又	碧波帘幕垂朱户	又	又
酒 泉 子	亭下花飞	又	又
又	人散更深	又	又

调　　　名	首　　　句	出　　　处	附　　　注
又	春色融融	又	又
又	亭柳霜凋	又	又
又	芳草长川	又	又
端五词断句	又还是兰堂新浴	岁时广记卷二十一	刘镇（方叔）贺新郎词，见草堂诗馀后集卷上
断　　　句	闲愁闲闷日偏长	郑元佐新注断肠诗集卷六	晏殊或欧阳修浣溪沙词，见珠玉词或近体乐府卷三
生查子	含羞整翠鬟	类编草堂诗馀卷一	欧阳修词，见近体乐府卷一
浣溪沙	锦帐重重卷暮霞	又	秦观词，见淮海居士长短句卷中
又	水满池塘花满枝	又	赵令畤词，见乐府雅词卷中
菩萨蛮	哀筝一弄湘江曲	又	晏几道词，见小山词
满庭芳	红蓼花繁	类编草堂诗馀卷二	秦观词，见淮海居士长短句卷上
如梦令	为向东坡传语	永乐大典卷一万四千三百八十一寄字韵	苏轼词，见东坡词卷下
菩萨蛮	五云深处蓬山杳	花草粹编卷三	李之仪词，见姑溪词
又	青梅又是花时节	又	又
满江红	斗帐高眠	花草新编卷四	无名氏词，见草堂诗馀后集卷上
西江月	忆昔钱塘话别	草堂诗馀续集卷上	无名氏词，见翰墨大全壬集卷八
落梅风	宫烟如水湿芳晨	历代诗馀卷四	无名氏词，见梅苑卷十

调　名	首　句	出　　处	附　　　　注
汉 宫 春	玉减香销	知不足斋丛书 本张子野词补 遗	无名氏词,见乐府雅词 拾遗卷下
点 绛 唇	九日登高	汲古阁本溪堂 词注:一刻张 子野	谢逸词,见溪堂词
醉 落 魄	红牙板歇	杨金本草堂诗 馀后集卷下	无名氏作,见草堂诗馀 后集卷下
长 相 思	一重山	增正诗馀图谱 卷一	邓肃作,见栟榈先生文 集卷十一
夜 半 乐	冻云黯淡天 气	填词图谱续集	柳永作,见乐章集卷中

菩 萨 蛮

牡丹含露真珠颗。美人折向帘前过。含笑问檀郎。花强妾貌强。　檀郎故相恼。刚道花枝好。花若胜如奴。花还解语无。

更 漏 子

星斗稀,钟鼓歇。帘外晓莺残月。兰露重,柳风斜。满庭阶落花。　虚阁上。倚阑望。还似去年惆怅。春欲暮,思无穷。旧欢如梦中。

三 字 令

春欲尽,日迟迟。牡丹时。罗幌掩,绣帘垂。彩笺书,红粉泪,两心知。　人不见,燕空归。负佳期。香烬冷,枕闲敧。月分明,花淡薄,惹相思。

虞 美 人

画堂新霁情萧索。深夜垂珠箔。洞房人睡月婵娟。梧桐双影上珠轩。立阶前。　　高楼何处连宵宴。塞管声幽怨。一声已断别离心。旧欢抛弃杳难寻。恨沉沉。

二

碧波帘幕垂朱户。帘下莺莺语。薄罗依旧泣青春。野花芳草逐年新。事难论。　　凤笙何处高楼月。幽怨凭谁说。亭亭残照上梧桐。一时弹泪与东风。恨重重。

酒 泉 子

亭下花飞。月照妆楼春欲晓。珠帘风，兰烛烬，怨空闺。　迢迢何处寄相思。玉箸零零肠断。屏帏深，更漏永，梦魂迷。

二

人散更深。堂上孤灯阶下月。早梅愁，残雪白，夜沉沉。　阑前偷唱系琼簪。前事总堪惆怅。寒风生，罗衣薄，万般心。

三

春色融融。飞燕未来莺未语。露桃寒，风柳晓，玉楼空。　天长烟远恨重重。消息燕鸿归去。枕前灯，窗外雨，闭帘栊。

四

亭柳霜凋。一夜愁人窗下睡。绣帏风，兰烛焰，梦遥遥。　金笼鹦鹉怨长宵。笼畔玉筝弦断。陇头云，桃源路，两魂消。

五

芳草长川。柳映危桥堤下路。归鸿飞，行人去，碧山连。　风微烟淡雨萧然。隔岸马嘶何处。九回肠，双脸泪，夕阳天。

晏　殊

殊字同叔，临川人。生于淳化二年(991)。七岁能属文。景德二年(1005)，以神童召试，赐进士出身。累擢知制诰、翰林学士。庆历中，拜集贤殿大学士、同中书门下平章事、兼枢密使。出知永兴军，徙河南，以疾归京师，留侍经筵。至和二年(1055)卒，年六十五，赠司空兼侍中，谥元献。有临川集，紫微集，俱不传。词有珠玉词一卷。

谒 金 门

秋露坠。滴尽楚兰红泪。往事旧欢何限意。思量如梦寐。　　人貌老于前岁。风月宛然无异。座有嘉宾尊有桂。莫辞终夕醉。

破 阵 子

海上蟠桃易熟，人间好月长圆。惟有擘钗分钿侣，离别常多会面难。此情须问天。　　蜡烛到明垂泪，熏炉尽日生烟。一点凄凉愁绝意，谩道秦筝有剩弦。何曾为细传。

又

燕子欲归时节，高楼昨夜西风。求得人间成小会，试把金尊傍菊丛。歌长粉面红。　　斜日更穿帘幕，微凉渐入梧桐。多少襟怀言不尽，写向蛮笺曲调中。此情千万重。

又

忆得去年今日，黄花已满东篱。曾与玉人临小槛，共折香英泛酒卮。长条插鬓垂。　　人貌不应迁换，珍丛又睹芳菲。重把一尊寻旧径，所惜光阴去似飞。风飘露冷时。

按此首别误作晏几道词,见全芳备祖前集卷十二菊花门。

又

湖上西风斜日,荷花落尽红英。金菊满丛珠颗细,海燕辞巢翅羽轻。年年岁岁情。　　美酒一杯新熟,高歌数阕堪听。不向尊前同一醉,可奈光阴似水声。迢迢去未停。

浣 溪 沙

阆苑瑶台风露秋。整鬟凝思捧觥筹。欲归临别强迟留。　　月好谩成孤枕梦,酒阑空得两眉愁。此时情绪悔风流。

又

三月和风满上林。牡丹妖艳直千金。恼人天气又春阴。　　为我转回红脸面,向谁分付紫檀按"檀"原作"台",改从唐宋名贤百家词本珠玉词(以下简称吴讷本)心。有情须殢酒杯深。

又

青杏园林煮酒香。佳人初试薄罗裳。柳丝无力燕飞忙。　　乍雨乍晴花自落,闲愁闲闷日偏长。为谁消瘦减容光。

按此首别见欧阳修近体乐府卷三,未知孰是。
此首别误入吴文英梦窗词集。别又误作秦观词,见类编草堂诗馀卷一。

又

一曲新词酒一杯。去年天气旧亭台。夕阳西下几时回。　　无可奈何花落去,似曾相识燕归来。小园香径独徘徊。

按此首别误作南唐李璟词,见类编草堂诗馀卷一。别又误作晏几道词,见四印斋覆刊陈锺秀本草堂诗馀卷上。别又误入梦窗词集。

又

红蓼花香夹岸稠。绿波春水向东流。小船轻舫好追游。　　渔父
酒醒重拨棹，鸳鸯飞去却回头。一杯销尽两眉愁。

又

淡淡梳妆薄薄衣。天仙模样好容仪。旧欢前事入颦眉。　　闲役
梦魂孤烛暗，恨无消息画帘垂。且留双泪说相思。

又

小阁重帘有燕过。晚花红片落庭莎。曲阑干影入凉波。　　一霎
好风生翠幕，几回疏雨滴圆荷。酒醒人散得愁多。

又

宿酒才醒厌玉卮。水沉香冷懒熏衣。早梅先绽日边枝。　　寒雪
寂寥初散后，春风悠扬欲来时。小屏闲放画帘垂。

又

绿叶红花媚晓烟。黄蜂金蕊欲披莲。水风深处懒回船。　　可惜
异香珠箔外，不辞清唱玉尊前。使星归觐九重天。

又

湖上西风急暮蝉。夜来清露湿红莲。少留归骑促歌筵。　　为别
莫辞金盏酒，入朝须近玉炉烟。不知重会是何年。

又

杨柳阴中驻彩旌。芰荷香里劝金觥。小词流入管弦声。　　只有
醉吟宽别恨，不须朝暮促归程。雨条烟叶系人情。

又

一向年光有限身。等闲离别易销魂。酒筵歌席莫辞频。　　满目
山河空念远，落花风雨更伤春。不如怜取眼前人。

又

玉碗冰寒滴露华。粉融香雪透轻纱。晚来妆面胜荷花。　　鬓亸
欲迎眉际月，酒红初上脸边霞。一场春梦日西斜。

按此首别又误作苏轼词，见花草粹编卷二。

更 漏 子

蕣华浓，山翠浅。一寸秋波如剪。红日永，绮筵开。暗随仙驭来。
　　遏云声，回雪袖。占断晓莺春柳。才送目，又颦眉。此情谁得
知。

又

塞鸿高，仙露满。秋入银河清浅。逢好客，且开眉。盛年能几时。
　　宝筝调，罗袖软。拍碎画堂檀板。须尽醉，莫推辞。人生多别
离。

又

雪藏梅，烟著柳。依约上春时候。初送雁，欲闻莺。绿池波浪生。

探花开,留客醉。忆得去年情味。金盏酒,玉炉香。任他红日
长。

又

菊花残,梨叶堕。可惜良辰虚过。新酒熟,绮筵开。不辞红玉杯。
　　蜀弦高,羌管脆。慢飐舞娥香袂。君莫笑,醉乡人。熙熙长似
春。

鹊　踏　枝

槛菊愁烟兰泣露。罗幕轻寒,燕子双飞去。明月不谙离恨苦。斜
光到晓穿朱户。　　昨夜西风凋碧树。独上高楼,望尽天涯路。
欲寄彩笺兼_{按"兼"字原空格,据吴讷本珠玉词补}尺素。山长水阔知何处。

<small>按此首别又见张子野词卷二。</small>

又

紫府群仙名籍秘。五色斑龙,暂降人间世_{按"世"原作"媚",从吴讷本珠玉}
_词。海变桑田都不记。蟠桃一熟三千岁。　　露滴彩旌云绕袂。
谁信壶中,别有笙歌地。门外落花随水逝。相看莫惜尊前醉。

点　绛　唇

露下风高,井梧宫簟生秋意。画堂筵启。一曲呈珠缀。　　天外
行云,欲去凝香袂。炉烟起。断肠声里,敛尽双蛾翠。

凤　衔　杯

青蘋昨夜秋风起。无限个、露莲相倚。独凭朱阑、愁望_{按"望"原误作}
_{"放",从吴讷本珠玉词}晴天际。空目断、遥山翠。　　彩笺长,锦书细。

谁信道、两情难寄。可惜良辰好景、欢娱地。只恁空憔悴。

又

留花不住怨花飞。向南园、情绪依依。可惜倒红、斜白_{按"白"原误作}"向"，从抱经斋抄本珠玉词改一枝枝。经宿雨、又离披。　　凭朱槛，把金卮。对芳丛、惆怅多时。何况旧欢新恨_{按"恨"原作"宠"，从吴讷本珠玉词}、阻心期。空_{按"空"字原无，据杜安世杜寿域词补}满眼、是相思。

　　按此首别又见杜安世杜寿域词。

又

柳条花颣恼青春。更那堪、飞絮_{按"絮"原误作"绿"，从吴讷本珠玉词}纷纷。一曲细丝清脆、倚朱唇。斟绿酒、掩红巾。　　追往事，惜芳辰。暂时间、留住行云。端的自家心下、眼中人。到处里、觉尖新。

清　平　乐

春花秋草。只是催人老。总把千山眉黛扫。未抵别愁多少。
劝君绿酒金杯。莫嫌丝管声催。兔走乌飞不住，人生几度三台。

又

秋光向晚。小阁初开宴。林叶殷红犹未遍。雨后青苔满院。
萧娘劝我金卮。殷勤更唱新词。暮去朝来即老，人生不饮何为。

又

春来秋去。往事知何处。燕子归飞兰泣露。光景千留不住。
酒阑人散忡忡。闲阶独倚梧桐。记得去年今日，依前黄叶西风。

又

金风细细。叶叶梧桐坠。绿酒初尝人易醉。一枕小窗浓睡。
紫薇朱槿花残。斜阳却照阑干。双燕欲归时节，银屏昨夜微寒。

又

红笺小字。说尽平生意。鸿雁在云鱼在水。惆怅此情难寄。
斜阳独倚西楼。遥山恰对帘钩。人面不知何处，绿波依旧东流。

红　窗　听

淡薄梳妆轻结束。天意与、脸红眉绿。断环书素传情久，许双飞同
宿。　　一饷无端分比目。谁知道、风前月底，相看未足。此心终
拟，觅鸾弦重续。

又

记得香闺临别语。彼此有、万重心诉。淡云轻霭知多少，隔桃源无
处。　　梦觉相思天欲曙。依前是、银屏画烛，宵长岁暮。此时何
计，托鸳鸯飞去。

采　桑　子

春风不负东君信，遍拆按"拆"原作"折"，从吴讷本珠玉词群芳。燕子双双。
依旧衔泥入杏梁。　　须知一盏花前酒，占得韶光。莫话匆忙。
梦里浮生足断肠。

又

红英一树春来早，独占芳时。我有心期。把酒攀条惜绛蕤。

无端一夜狂风雨，暗落繁枝。蝶怨莺悲。满眼春愁说向谁。

又

阳和二月芳菲遍，暖景溶溶。戏蝶游蜂。深入千花粉艳中。
何人解系天边日，占取春风。免使繁红。一片西飞一片东。

又

樱桃谢了梨花发，红白相催。燕子归来。几处风帘绣户开。
人生乐事知多少，且酌金杯。管咽弦哀。慢引萧娘舞袖回。

　　　　按此首别见杜安世杜寿域词。
　　　　此首别又误作晏几道词，见全芳备祖前集卷二十四樱桃花门。别又误作南唐冯延巳词，见历代诗馀卷十。

又　石竹

古罗衣上金针样，绣出芳妍。玉砌朱阑。紫艳红英照日鲜。
佳人画阁新妆了，对立丛边。试摘婵娟。贴向眉心学翠钿。

又

时光只解催人老，不信多情。长恨离亭。泪滴按"泪滴"原作"滴泪"，从
吴讷本珠玉词春衫酒易醒。　　梧桐昨夜西风急，淡月胧明。好梦
频惊。何处高楼雁一声。

又

林间摘遍双双叶，寄与相思。朱槿开时。尚有山榴一两枝。
荷花欲绽金莲子，半落红衣。晚雨微微。待得空梁宿燕归。

喜　迁　莺

风转蕙，露催莲。莺语尚绵蛮。尧蓂随月欲团圆。真驭降荷兰。
　　襄油幕。调清乐。四海一家同乐。千官心在玉炉香。圣寿祝
天长。

又

歌敛黛，舞萦风。迟日象筵中。分行珠翠簇繁红。云髻袅珑璁。
　　金炉暖。龙香远。共祝尧龄万万。曲终休解画罗衣。留伴彩
云飞。

又

花不尽，柳无穷。应与我情同。觥船一棹百分空。何处不相逢。
　　朱弦悄。知音少。天若有情应老。劝君看取利名场。今古梦
茫茫。

按此首别见杜安世杜寿域词。

又

烛飘花，香掩烬，中夜酒初醒。画楼残点两三声。窗外月胧明。
　　晓帘垂，惊鹊去。好梦不知何处。南园春色已归来。庭树有寒
梅。

又

曙河低，斜月淡，帘外早凉天。玉楼清唱倚朱弦。馀韵入疏烟。
　　脸霞轻，眉翠重。欲舞钗钿摇动。人人如意祝炉香。为按"为"原
作"万"，从吴讷本珠玉词寿百千长。

撼 庭 秋

别来音信千里。怅_{按"怅"原作"恨",从吴讷本珠玉词}此情难寄。碧纱秋月,梧桐夜雨,几回无寐。　　楼高目断,天遥云黯,只堪憔悴。念兰堂红烛,心长焰短,向人垂泪。

少 年 游

重阳过后,西风渐紧,庭树叶纷纷。朱阑向晓,芙蓉妖艳,特地斗芳新。　　霜前月下,斜红淡蕊,明媚欲回春。莫将琼萼等闲分。留赠意中人。

又

霜华满树,兰凋蕙惨,秋艳入芙蓉。胭脂嫩脸,金黄轻蕊,犹自怨西风。　　前欢往事,当歌对酒,无限到心中。更凭朱槛忆芳容。肠断一枝红。

又

芙蓉花发去年枝。双燕欲归飞。兰堂风软,金炉香暖,新曲动帘帷。　　家人拜上千春寿,深意满琼卮。绿鬓朱颜,道家装束,长似少年时。

按此首别又误入金元好问遗山新乐府卷五。

又

谢家庭槛晓无尘。芳宴祝良辰。风流妙舞,樱桃清唱,依约驻行云。　　榴花一盏浓香满,为寿百千春。岁岁年年,共欢同乐,嘉庆与时新。

酒 泉 子

三月暖风,开却好花无限了,当年丛下落纷纷。最愁人。　　长安多少利名身。若有一杯香桂酒,莫辞花下醉芳茵。且留春。

又

春色初来,遍拆红芳千万树,流莺粉蝶鬥翻飞。恋香枝。　　劝君莫惜缕金衣。把酒看花须强饮,明朝后日渐离披。惜芳时。

木 兰 花

东风昨夜回梁苑。日脚依稀添一线。旋开杨柳绿蛾眉,暗拆_{按"拆"原作"折",从吴讷本珠玉词}海棠红粉面。　　无情一去云中雁。有意归来梁上燕。有情无意且休论,莫向酒杯容易散。

又

帘旌浪卷金泥凤。宿醉醒来长蕈松。海棠开后晓寒轻,柳絮飞时春睡重。　　美酒一杯谁与共。往事旧欢时节动。不如怜取眼前人,免更_{按"更"原作"使",从吴讷本珠玉词}劳魂兼役梦。

又

燕鸿过后莺归去。细算浮生千万绪。长于春梦几多时,散似秋云无觅处。　　闻琴解佩神仙侣。挽断罗衣留不住。劝君莫作独醒人,烂醉花间应有数。

又

池塘水绿风微暖。记得玉真初见面。重头歌韵响铮琮,入破舞腰红乱旋。　　玉钩阑下香阶畔。醉后不知斜日晚。当时共我赏花人，点检如今无一半。

按以上二首别又见欧阳修近体乐府卷二。

又

玉楼朱阁横金锁。寒食清明春欲破。窗间斜月两眉愁，帘外落花双泪堕。　　朝云聚散真无那。百岁相看能几个。别来将为不牵情，万转千回思想过。

又

朱帘半下香销印。二月东风催柳信。琵琶旁畔且寻思，鹦鹉前头休借问。　　惊鸿去后生离恨。红日长时添酒困。未知心在阿谁边，满眼泪珠言不尽。

按此首别又见欧阳修近体乐府卷二。

又

杏梁归燕双回首。黄蜀葵花开应候。画堂元是降生辰，玉盏更斟长命酒。　　炉中百和添香兽。帘外青蛾回舞袖。此时红粉感恩人，拜向月宫千岁寿。

又

紫薇朱槿繁开后。枕簟微凉生玉漏。玳筵初启日穿帘，檀板欲开香满袖。　　红衫侍女频倾酒。龟鹤仙人来献寿。欢声喜气逐时新，青鬓玉颜长似旧。

按此首别又误入金元好问遗山新乐府卷五。

又

春葱指甲轻拢捻。五彩条垂双袖卷。雪香浓透紫檀槽,胡语急随红玉腕。　　当头一曲情无限。入破铮琮按"琮"原作"深",从吴讷本珠玉词金凤战。百分芳酒祝长春,再拜敛容抬粉面。

又

红绦约束琼肌稳。拍碎香檀催急衮。垅头呜咽水声繁,叶下间关莺语近。　　美人才子传芳信。明月清风伤别恨。未知何处有知音,长为此情言不尽。

　　　按以上二首别又见欧阳修近体乐府卷二。

迎 春 乐

长安紫陌春归早。韗垂杨、染芳草。被啼莺语燕催清晓。正好梦、频惊觉。　　当此际、青楼临大道。幽会处、两情多少。莫惜明珠百琲,占取长年少。

诉 衷 情

青梅煮酒鬥时新。天气欲残春。东城南陌花下,逢著意中人。　　回绣袂,展香茵。叙情亲。此情按"情"原作"时",从吴讷本珠玉词拚作,千尺游丝,惹住朝云。

又

东风杨柳欲青青。烟淡雨初晴。恼他香阁浓睡,撩乱有啼莺。　　眉叶细,舞腰轻。宿妆成。一春芳意,三月和风,牵系人情。

又

芙蓉金菊鬪馨香。天气欲重阳。远村秋色如画,红树间疏黄。
流水淡,碧天长。路茫茫。凭高目断,鸿雁来时,无限思量。

又

数枝金菊对芙蓉。摇落意重重。不知多少幽怨,和露泣西风。
人散后,月明中。夜寒浓。谢娘愁卧,潘令闲眠,心事无穷。

　　按此首别又见张子野词卷二。

又

露莲双脸远山眉。偏与淡妆宜。小庭帘幕春晚,闲共柳丝垂。
人别后,月圆时。信迟迟。心心念念,说尽无凭,只是相思。

又

秋风吹绽北池莲。曙云楼阁鲜。画堂今日嘉会,齐拜玉炉烟。
斟美酒,祝芳筵。奉觥船。宜春耐夏,多福庄严,富贵长年。

　　按此首别又误入金元好问遗山新乐府卷五。

又

世间荣贵月中人。嘉庆在今辰。兰堂帘幕高卷,清唱遏行云。
持玉盏,敛红巾。祝千春。榴花寿酒,金鸭炉香,岁岁长新。

又

海棠珠缀一重重。清晓近帘栊。胭脂谁与匀淡,偏向脸边浓。
看叶嫩,惜花红。意按"红意"二字原作"意恨",从吴讷本珠玉词无穷。如花似叶,岁岁年年,共占春风。

按此首别作苏轼词,见曾慥本东坡词卷下。别又误入金元好问遗山新乐府卷五。

胡捣练

小桃花与早梅花,尽是芳妍品格。未上东风先拆。分付春消息。

佳按"佳"原误作"催",从吴讷本珠玉词人钗上玉尊前,朵朵秾香堪惜。谁把彩毫描得。免恁轻抛掷。

按此首别误作晏几道词,见永乐大典卷二千八百十梅字韵。

殢人娇

二月春风,正是杨花满路。那堪更、别离情绪。罗巾掩泪,任粉痕沾污。争奈向、千留万留不住。　　玉酒频倾,宿眉愁聚。空肠断、宝筝弦柱。人间后会,又不知何处。魂梦里、也须时时飞去。

又

玉树微凉,渐觉银河影转。林叶静、疏红欲遍。朱帘细雨,尚迟留归燕。嘉庆日、多少世人良愿。　　楚竹惊鸾,秦筝起雁。萦舞袖、急翻罗荐。云回一曲,更轻挑檀板。香炷远、同祝寿期无限。

又

一叶秋高,向夕红兰露坠。风月好、乍凉天气。长生此日,见人中嘉按"嘉"原作"喜",从吴讷本珠玉词瑞。斟寿酒、重唱妙声珠缀。　　凤管移宫,钿衫回袂。帘影动、鹊炉香细。南真宝箓,赐玉京千岁。良会永、莫惜流霞同醉。

踏莎行

细草愁烟,幽花怯露。凭阑总是销魂处。日高深院静无人,时时海燕双飞去。　　带缓按"缓"原作"暖"，从吴讷本珠玉词罗衣，香残蕙炷。
天长不禁迢迢路。垂杨只解惹春风，何曾系得行人住。

又

祖席离歌，长亭别宴。香尘已隔犹回面。居人匹马映林嘶，行人去
棹依波转。　　画阁魂消，高楼目断。斜阳只送平波远。无穷无
尽是离愁，天涯地角寻思遍。

又

碧海无波，瑶台有路。思量便合双飞去。当时轻别意中人，山长水
远知何处。　　绮席凝尘，香闺掩雾。红笺小字凭谁附。高楼目
尽欲黄昏，梧桐叶上萧萧雨。

又

绿树归莺，雕梁别燕。春光一去如流电。当歌对酒莫沉吟，人生有
限情无限。　　弱袂萦春，修蛾写怨。秦筝宝柱频移雁。尊中绿
醑意中人，花朝月夜按"夜"原作"下"，从吴讷本珠玉词长相见。

又

小径红稀，芳郊绿遍。高台树色阴阴见。春风不解禁杨花，濛濛乱
扑行人面。　　翠叶藏莺，朱帘隔燕。炉香静逐游丝转。一场愁
梦酒醒时，斜阳却照深深院。

　　按此首别误作寇准词，见类编草堂诗馀卷一。别又误作晏几道词，见词的卷三。

渔　家　傲

画鼓声中昏又晓。时光只解催人老。求得浅欢风日好。齐揭按

"揭"原作"喝"，从吴讷本珠玉词调。神仙一曲渔家傲。　　绿水悠悠天
杳杳。浮生岂得长年少。莫惜醉来开口笑。须信道。人间万事何
时了。

又

荷叶荷花相间鬭。红娇绿嫩按上四字原作"红骄绿掩"，从吴讷本珠玉词新
妆就。昨日小池疏雨后。铺锦绣。行人过去频回首。　　倚遍朱
阑凝望久。鸳鸯浴处波文皱。谁唤谢娘斟美酒。萦舞袖。当筵劝
我千长寿。

又

荷叶初开犹半卷。荷花欲拆犹按"拆犹"原作"折须"，从吴讷本珠玉词微绽。
此叶此花真可羡。秋水畔。青凉繖按"繖"原作"绿"，从吴讷本珠玉词映红
妆面。　　美酒一杯留客宴。拈花摘叶情无限。争奈世人多聚
散。频祝愿。如花似叶长相见。

又

杨柳风前香百步。盘心碎点真珠露。疑是水仙开洞府。妆景趣。
红幢绿盖朝天路。　　小鸭飞来稠闹处。三三两两能言语。饮散
短亭人欲去。留不住。黄昏更下萧萧雨。

又

粉笔丹青描未得。金针彩线功难敌。谁傍暗香轻采摘。风淅淅。
船头触散双鸂鶒。　　夜雨染成天水碧。朝阳借出胭脂色。欲落
又开人共惜。秋气逼。盘中已见新莲菂。

按此首别见欧阳修近体乐府卷二。别又误作晏几道词，见全芳备祖后集卷三莲

门。

又

叶下鸳鸯眠未稳。风翻露飐香成阵。仙女出游知远近。羞借问。饶将绿扇遮红粉。　　一掬蕊黄沾雨润。天人乞与金英嫩。试折乱条醒酒困。应有恨。芳心拗尽丝<small>按"拗尽丝"三字原作"易尽情"，从吴讷本珠玉词</small>无尽。

又

罨画溪边停彩舫。仙娥绣被呈新样。飒飒风声来一饷。愁四望。残红片片随波浪。　　琼脸丽人青步障。风牵一袖低相向。应有锦鳞闲倚傍。秋水上。时时绿柄轻摇扬。

又

宿蕊斗攒金粉闹。青房暗结蜂儿小。敛面似啼开<small>案"开"原作"还"，从吴讷本珠玉词</small>似笑。天与貌。人间不是铅华少。　　叶软香清无限好。风头日脚乾催老。待得玉京仙子到。凭<small>按"凭"原作"刚"，从吴讷本珠玉词</small>向道。红颜只合长年少。

又

脸傅朝霞衣剪翠。重重占断秋江水。一曲采莲风细细。人未醉。鸳鸯不合惊飞起。　　欲摘嫩条嫌绿刺。闲敲画扇偷金蕊。半夜月明珠露坠。多少意。红腮点点相思泪。

又

越女采莲江北岸。轻桡短棹随风便。人貌与花相斗艳。流水慢。

时时照影看妆面。　　莲叶层层张绿缬。莲房个个垂金盏。一把
藕丝牵不断。红日晚。回头欲去心撩乱。

又

粉面啼红腰束素。当年拾翠曾相遇。密意深情谁与诉。空怨慕。
西池夜夜风兼露。　　池上夕阳笼碧树。池中短棹惊微雨。水泛
落英何处去。人不语_{按"语"原作"悟"，据明钞本珠玉词改}。东流到了无停
住。

又

幽鹭慢来窥品格。双鱼岂解传消息。绿柄嫩香频采摘。心似织。
条条不断谁牵役。　　粉泪暗和清露滴。罗衣染尽秋江色。对面
不言情脉脉。烟水隔。无人说似长_{按"长"原作"人"，从吴讷本珠玉词}相
忆。

又

楚国细腰元自瘦。文君腻脸谁描就。日夜声_{按"声"原作"鼓"，从吴讷本}
_{珠玉词}声催箭漏。昏复昼。红颜岂得长如旧。　　醉折_{按"折"原作}
_{"拆"，从吴讷本珠玉词}嫩房和蕊嗅。天丝不断清香透。却傍小阑凝坐
久。风满袖。西池月上人归后。

　　　按以上二首别又见欧阳修近体乐府卷二。

又

嫩绿堪裁红欲绽。蜻蜓点水鱼游畔。一霎雨声香四散。风飐乱。
高低掩映千千万。　　总是凋零终有限。能无眼下生留恋。何似
折来妆粉面。勤看玩。胜如落尽秋江岸。

雨 中 花

剪翠妆红欲就。折得清香满袖。一对鸳鸯眠未足,叶下长相守。

　　莫傍细条寻嫩藕。怕绿刺、罥衣伤手。可惜许、月明风露好,恰在人归后。

瑞鹧鸪 咏红梅

越娥红泪泣朝云。越梅从此学妖嬮。腊月初头、庾岭繁开后,特染妍华赠世人。　　前溪昨夜深深雪,朱颜不掩天真。何时驿使西归,寄与相思客,一枝新。报道江南别样春。

又

江南残腊欲归时。有梅红亚雪中枝。一夜前村、间破瑶英拆,端的千花冷未知。　　丹青改样匀朱粉,雕梁欲画犹疑。何妨与向冬深,密种秦人路,夹仙溪。不待夭桃客自迷。

按此下原有阮郎归"南园春半踏青时"一首,乃冯延巳作,见阳春集,今未录。

望 仙 门

紫薇枝上露华浓。起秋风。管弦声细出帘栊。象筵中。　　仙酒斟云液,仙歌转绕梁虹。此时佳会庆相逢。庆相逢。欢醉且从容。

又

玉壶清漏起微凉。好秋光。金杯重叠满琼浆。会仙乡。　　新曲调丝管,新声更飐霓裳。博山炉暖泛浓香。泛浓香。为寿百千长。

按此首别误入金元好问遗山新乐府卷五。

又

玉池波浪碧如鳞。露莲新。清歌一曲翠眉嚬。舞华茵。　　满酌兰英酒,须知献寿千春。太平无事荷君恩。荷君恩。齐唱望仙门。

长　生　乐

玉露金风月正圆。台榭早凉天。画堂嘉会,组绣列芳筵。洞府星辰龟鹤,来添福寿。按"来添福寿"词谱卷十七作"福寿来添",亦叶韵,与下首此句相合,惟未知所本。欢声喜色,同入金炉泛浓烟。　　清歌妙舞,急管繁弦。榴花满酌觥船。人尽祝、富贵又长年。莫教红日西晚,留著醉神仙。

又

阆苑神仙平地见,碧海架蓬瀛。洞门相向,倚金铺微明。处处天花撩乱,飘散歌声。装真筵寿,赐与流霞满瑶觥。　　红鸾翠节,紫凤银笙。玉女双来近彩云。随步朝夕拜三清。为传王母金箓,祝千岁长生。

蝶　恋　花

一霎秋风惊画扇。艳粉娇红,尚拆按"拆"原作"折",从吴讷本珠玉词荷花面。草际露垂虫响遍。珠帘不下留归燕。　　扫掠亭台开小院。四坐清欢,莫放金杯浅。龟鹤命长松寿远。阳春一曲情千万。

又

紫菊初生朱槿坠。月好风清,渐有中秋意。更漏乍长天似水。银屏展尽遥山翠。　　绣幕卷波香引穗。急管繁弦,共庆按"庆"原作

"爱"，从吴讷本珠玉词人间瑞。满酌玉杯萦舞袂。南春祝寿千千岁。

> 按以上二首，宋时或误作苏轼词，见傅幹注坡词傅共序。别又误作金元好问词，
> 见遗山新乐府卷五。

又

帘幕风轻双语燕。午醉醒来，柳絮飞撩乱。心事一春犹未见。馀花落尽青苔院。　　百尺朱楼闲倚遍。薄雨浓云，抵死遮人面。消息未知归早晚。斜阳只送平波远。

> 按此首别见欧阳修近体乐府卷二。
> 汲古阁本珠玉词此首注云："一刻东坡词"。
> 按此首下原有蝶恋花"六曲阑干偎碧树"一首，乃冯延巳作，见阳春集，今未录。

又

玉碗冰寒消暑气。碧簟纱厨，向午朦胧睡。莺舌惺松如会意。无端画扇惊飞起。　　雨后初凉生水际。人面荷花，的的遥相似。眼看红芳犹抱蕊。丛中已结新莲子。

> 按此首别又误作苏轼词，见汲古阁本东坡词。

又

梨叶疏红蝉韵歇。银汉风高，玉管声凄切。枕簟乍凉铜漏咽。谁教社燕轻离别。　　草际蛩吟珠露结。宿酒醒来，不记归时节。多少衷肠犹未说。朱帘一夜朦胧月。

又

南雁依稀回侧阵。雪霁墙阴，偏觉兰芽嫩。中夜梦馀消酒困。炉香卷穗灯生晕。　　急景流年都一瞬。往事前欢，未免萦方寸。腊后花期知渐近。寒梅已作东风信。

按以上二首别又见欧阳修近体乐府卷二。

拂　霓　裳

庆生辰。庆生辰是百千春。开雅宴,画堂高会有诸亲。钿函封大
国,玉色受丝纶。感皇恩。望九重、天上拜尧云。　　今朝祝寿,
祝寿数,比松椿。斟美酒,至心如对月中人。一声檀板动,一炷蕙
香焚。祷仙真。愿年年今日、喜长新。

又

喜秋成。见千门万户乐升平。金风细,玉池波浪縠文生。宿露沾
罗幕,微凉入画屏。张绮宴,傍熏炉蕙炷、和新声。　　神仙雅会,
会此日,象蓬瀛。管弦清,旋翻红袖学飞琼。光阴无暂住,欢醉有
闲情。祝辰星。愿百千为寿、献瑶觥。

又

乐按"乐"原作"笑",从吴讷本珠玉词秋天。晚荷花缀露珠圆。风日好,数
行新雁贴寒烟。银簧调脆管,琼柱拨清弦。捧觥船。一声声、齐唱
太平年。　　人生百岁,离别易,会逢难。无事日,剩呼宾友启芳
筵。星霜催绿鬓,风露损朱颜。惜清欢。又何妨、沉醉玉尊前。

菩　萨　蛮

芳莲九蕊开新艳。轻红淡白匀双脸。一朵近华堂。学人宫样妆。
　　看案"看"原作"著",从吴讷本珠玉词时斟美酒。共祝千年寿。销得曲
中夸。世间无此花。

又

秋花最是黄葵好。天然嫩态迎秋早。染得道家衣。淡妆梳洗时。

晓来清露滴。一一金杯侧。插向绿云鬟。便随王母仙。

又

人人尽道黄葵淡。侬家解说黄葵艳。可喜万般宜。不劳朱粉施。

摘承金盏酒。劝我千长寿_{按此二首,原作"摘取承金盏。劝我千长算",}

_{从吴讷本珠玉词。}擎作女真冠。试伊娇面看。

又

高梧叶下秋光晚。珍丛化出黄金盏。还似去年时。傍阑三两枝。

人情须耐久。花面长依旧。莫学蜜蜂儿。等闲悠飏飞。

秋 蕊 香

梅蕊雪残香瘦。罗幕轻寒微透。多情只似春杨柳。占断可怜时
候。　　萧娘劝我杯中酒。翻红袖。金乌玉兔长飞走。争得朱颜
依旧。

又

向晓雪花呈瑞。飞遍玉城瑶砌。何人剪碎天边桂。散作瑶田琼
蕊。　　萧娘敛尽双蛾翠。回香袂。今朝有酒今朝醉。遮莫更长
无睡。

相 思 儿 令

昨日探春消息,湖上绿波平。无奈绕堤芳草,还向旧痕生。　　有

酒且醉瑶觥。更何妨、檀板新声。谁教杨柳千丝，就中牵系人情。

又

春色渐芳菲也，迟日满烟波。正好艳阳时节，争奈落花何。　　　醉来按"来"原作"杀"，从吴讷本珠玉词拟恣狂歌。断肠中、赢得愁多。不如归傍纱窗，有人重画双蛾。

滴　滴　金

梅花漏泄春消息。柳丝长，草芽碧。不觉星霜鬓边白。念时光堪惜。　　　兰堂把酒留嘉客。对离筵，驻行色。千里音尘便疏隔。合有人相忆。

按此首别又误作周邦彦词，见京本通俗小说西山一窟鬼。

山亭柳　赠歌者

家住西秦。赌博艺随身。花柳上、斗尖新。偶学念奴声调，有时高遏行云。蜀锦缠头无数，不负辛勤。　　　数年来往咸京道，残杯冷炙谩消魂。衷肠事、托何人。若有知音见采，不辞遍唱阳春。一曲当筵落泪，重掩罗巾。

睿　恩　新

芙蓉一朵霜秋色。迎晓露、依依先拆。似佳人、独立倾城，傍朱槛、暗传消息。　　　静对西风脉脉。金蕊绽、粉红如滴。向兰堂、莫厌重深按"深"原作"新"，从吴讷本珠玉词，免清夜、微寒渐逼。

按此首别误作晏几道词，见明赵琦美辑小山词补遗。

又

红丝一曲傍阶砌。珠露下、独呈纤丽。剪鲛绡、碎作香英，分彩线、

簇成娇蕊。　　　向晚群花欲按"欲"原作"新"，从吴讷本珠玉词悴。放朵
朵、似延秋意。待佳人、插向钗头，更袅袅、低临凤髻。

玉　堂　春

帝城春暖。御柳暗遮空苑。海燕双双，拂飏帘栊。女伴相携、共绕
林间路，折得樱桃插髻红。　　　昨夜临明微雨，新英遍旧丛。宝马
香车、欲傍西池看，触处杨花满袖风。

又

后园春早。残雪尚濛烟草。数树寒梅，欲绽香英。小妹无端、折尽
钗头朵，满把金尊细细倾。　　　忆得往年同伴，沉吟无限情。恼乱
东风、莫便吹零落，惜取芳菲眼下明。

又

斗城池馆。二月风和烟暖。绣户珠帘，日影初长。玉辔金鞍、缭绕
沙堤路，几处行人映绿杨。　　　小槛朱阑回倚，千花浓露香。脆管
清弦、欲奏新翻曲，依约林间坐夕阳。

临　江　仙

资善堂中三十载，旧人多是凋零。与君相见最伤情。一尊如旧，聊
且话平生。　　　此别要知须强饮，雪残风细长亭。待君归觐九重
城。帝宸思旧，朝夕奉皇明。

燕　归　梁

双燕归飞绕画堂。似留恋虹梁。清风明月好时光。更何况、绮筵
张。　　　云衫侍女，频倾寿酒，加意动笙簧。人人心在玉炉香。庆

佳会、祝延按"延"原作"筵"，从吴讷本珠玉词长。

又

金鸭香炉起瑞烟。呈妙舞开筵。阳春一曲动朱弦。斟美酒、泛觥
船。　　中秋五日，风清露爽，犹是早凉天。蟠桃花发一千年。祝
长寿、比神仙。

望　汉　月

千缕万条堪结。占断好风良月。谢娘春晚先多愁，更撩乱、絮飞按
"飞"字原无，从吴讷本珠玉词补如雪。　　短亭相送处，长忆得、醉中攀
折。年年岁岁好时节。怎奈尚按"尚"疑"向"字之误、有人离别。

连　理　枝

玉字秋风至。帘幕生凉气。朱槿犹开，红莲尚拆，芙蓉含蕊。送旧
巢归燕拂高檐案"檐"原作"帘"，从吴讷本珠玉词，见梧桐叶坠。　　嘉宴
凌晨启。金鸭飘香细。凤竹鸾丝，清歌妙舞，尽按"尽"原误作"画"，从吴
讷本珠玉词呈游艺。愿百千遐寿比神仙，有年年岁岁。

又

绿树莺声老。金井生秋早。不寒不暖，裁衣按曲，天时正好。况兰
堂逢著寿筵开，见炉香缥缈。　　组绣呈纤巧。歌舞夸妍妙。玉
酒频倾，朱弦翠管，移宫易调。献金杯重叠祝长生，永逍遥奉道。

以上珠玉词一百三十四首(原一百三十六首，二首未录)

此以陆贻典、黄仪、毛扆等校汲古阁本宋六十名家词中之珠玉词为底本，另以吴
讷唐宋名贤百家词本及南京图书馆藏明抄本珠玉词校改讹字。吴讷本文字胜处
甚多，惟抄手拙劣，误字亦甚多，故不用作底本。

破阵子 春景

燕子来时新社,梨花落后清明。池上碧苔三四点,叶底黄鹂一两声。日长飞絮轻。　　巧笑东邻女伴,采桑径里逢迎。疑怪昨宵春梦好,元是今朝斗草赢。笑从双脸生。

玉楼春 春恨

绿杨芳草长亭路。年少抛人容易去。楼头残梦五更钟,花底离情三月雨。　　无情不似多情苦。一寸还成千万缕。天涯地角有穷时,只有相思无尽处。以上二首见唐宋诸贤绝妙词选卷三

　　按此首别误入吴文英梦窗词集。别又误作唐温庭筠词,见明单宇菊坡丛话卷二十六。

失 调 名

芳草连天碧。郑元佐新注断肠诗集卷二注

存 目 词

调　名	首　　句	出　　处	附　　　　　注
阮 郎 归	南园春半踏青时	珠玉词	冯延巳作,见阳春集。词附录于后
蝶 恋 花	六曲阑干偎碧树	又	又
六 么 令	雪残风信	梅苑卷二	晏几道作,见小山词
蝶 恋 花	千叶梅花夸百媚	梅苑卷八	又
断　句	舞低杨柳楼心月二句	能改斋漫录卷十六	晏几道鹧鸪天词句,见小山词
醉 桃 源	东风吹水日衔山	阳春集注引兰畹集	冯延巳作,见阳春集。词附录于后

调　　名	首　　句	出　　处	附　　　　　　注
清 商 怨	关河愁思望处满	词品卷一	欧阳修作，见近体乐府卷一
如 梦 令	楼外残阳红满	四印斋覆刊陈钟秀本草堂诗馀卷上	秦观作，见淮海居士长短句卷中
蝶 恋 花	卷絮风头寒欲尽	杨金本草堂诗馀后集卷一	赵令畤作，见乐府雅词卷中
虞 美 人	小梅枝上东君信	花草粹编卷六	晏几道作，见小山词
临 江 仙	东野亡来无丽句	啸馀谱卷二	又
西 江 月	愁黛颦成月浅	古今词统卷六	又
定风波慢	漏新春消息	抱经斋抄本珠玉词引群贤梅苑	无名氏词，见梅苑卷二
庆 春 泽	晓风微	又	又
采 桑 子	花中独占春风早	又	晏几道作，见小山词
虞 美 人	天涯也得江南信	又	黄庭坚作，见豫章黄先生词
玉 楼 人	去年寻处曾携手	又引花草粹编	无名氏作，见梅苑卷七
忆 人 人	密传春信	又	又
又	前村满雪	又	又
望 江 梅	闲梦远南国正清秋	又	李煜作，见南唐二主词，附录于后
浣 溪 沙	家近旗亭酒易酤	古今图书集成艺术典卷八百二十三娼妓部	晏几道作，见小山词
探 春 令	绿杨枝上晓莺啼	又	无名氏作，见草堂诗录前集卷下

调　名	首　句	出　　处	附　　　　注
喜团圆	危楼静锁	同情集词选卷七	晏几道作，见小山词
梁州令	莫唱阳关曲	又卷八	又

蝶　恋　花

南园春半踏青时。风和闻马嘶。青梅如豆柳如眉。日长蝴蝶飞。花露重，草烟低。人家帘幕垂。秋千慵困解罗衣。画梁双燕归。

又

六曲阑干偎碧树。杨柳风轻，展尽黄金缕。谁把钿筝移玉柱。穿帘海燕双飞去。　　满眼游丝兼落絮。红杏开时，一霎清明雨。浓睡觉来莺乱语。惊残好梦无寻处。

醉　桃　源

东风吹水日衔山。春来长是闲。林花狼籍酒阑珊。笙歌醉梦间。　　春睡觉，晚妆残。无人整翠鬟。流连光景惜朱颜。黄昏独倚阑。

望　江　梅

闲梦远，南国正清秋。千里江山寒色远，芦花深处泊孤舟。笛在月明楼。

滕宗谅

宗谅字子京，河南（今河南洛阳）人。生于淳化二年（991），举大中祥符八年(1015)进士。天圣五年(1027),以秦州军事推官召试学士院,改大理寺丞。累迁至天章阁待制,出知庆州,再知虢州,复徙岳州、苏州,庆历七年(1047)卒。

临 江 仙

湖水连天天连水,秋来分外澄清。君山自是小蓬瀛。气蒸云梦泽,波撼岳阳城。　　帝子有灵能鼓瑟,凄然依旧伤情。微闻兰芝动芳馨。曲终人不见,江上数峰青。能改斋漫录卷十六

按此首别又误入李吕澹轩集卷四。

张　昪

昪字杲卿,韩城人。生于淳化三年(992)。大中祥符八年(1015)进士。累官参知政事、枢密使,以彰信军节度使、同中书门下平章事判许州,改镇河阳。以太子太师致仕。熙宁十年(1077)卒,年八十六,赠司徒兼侍中,谥康节。

按宋史列传作张昪,而宰辅表则作张昇,他书亦多作张昪,今从之。

满 江 红

无利无名,无荣无辱,无烦无恼。夜灯前、独歌独酌,独吟独笑。况值群山初雪满,又兼明月交光好。便假饶百岁拟如何,从他老。

知富贵,谁能保。知功业,何时了。算箪瓢金玉,所争多少。一瞬光阴何足道,但思行乐常不早。待春来携酒殢东风,眠芳草。青箱杂记卷八

按此首花草粹编卷九引言行录误作杜衍词。

离 亭 燕

一带江山如画。风物向秋潇洒。水浸碧天何处断,翠色冷光相射。

蓼岸荻花中,隐映竹篱茅舍。　　天际客帆高挂。门外酒旗低迓。多少六朝兴废事,尽入渔樵闲话。怅望倚危栏,红日无言西下。_{过庭录}

　　按攻媿集卷七十此首作孙浩然词。

王　益

　　益字舜良,临川人,王安石之父。淳化四年(993)生。大中祥符八年(1015)进士。任蜀之新繁令,官至都官员外郎。宝元元年(1038)卒,年四十六。

诉　衷　情

烧残绛蜡泪成痕。街鼓报黄昏。碧云又阻来信,廊上月侵门。

　　愁永夜,拂香茵。待谁温。梦兰憔悴,掷果凄凉,两处销魂。_{能改斋漫录卷十七}

　　按此首唐宋诸贤绝妙词选卷四作杜安世词,而寿域词不载。晁氏客话以为王益作。

存　目　词

　　历代诗馀卷十二载有王益好事近“喜气拥朱户”一首,乃王昂作,见陶朱新录。

石延年

　　延年字曼卿,一字安仁。其先幽州人,家宋城(今河南商丘)。生于淳化五年(994)。真宗录三举进士,为三班奉职。明道元年(1032),以大理评事召试,授馆阁校勘。历太子中允、同判登闻鼓院。景祐二年(1035),落校勘,同判差遣。庆历元年(1041)卒,年四十八。有扣虱庵长短句,不传。

鹊桥仙 七夕词

一分素景,千家新月,凉露楼台遍洗。　　宝奁深夜结蛛丝,纤五孔、金针不寐。岁时广记卷二十六

燕归梁 春愁

芳草年年惹恨幽。想前事悠悠。伤春伤别几时休。算从古、为风流。　　春山总把,深匀翠黛,千叠在眉头。不知供得几多愁。更斜日、凭危楼。唐宋诸贤绝妙词选卷三

关　咏

咏字永言。官屯田郎中,曾知湖州。庆历八年(1048),知通州。嘉祐八年(1063),太常少卿知泉州。改光禄卿、秘书监。

迷　仙　引

春阴霁。岸柳参差,袅袅金丝细。画阁昼眠莺唤起。烟光媚。燕燕双高,引愁人如醉。慵缓步,眉敛金铺倚。嘉景易失,懊恼韶光改。花空委。忍厌厌地。施朱粉,临鸾鉴,腻香销减摧桃李。独自个凝睇。暮云暗、遥山翠。天色无情,四远低垂淡如水。离恨托、征鸿寄。旋娇波、暗落相思泪。妆如洗。向高楼、日日春风里。悔凭阑、芳草人千里。一百卷本诗话总龟前集卷三十五引古今诗话

刘　潜

潜字仲方,曹州定陶人。举进士。为淄州军事推官。尝知蓬莱县。

与石延年、李冠为友。

水调歌头　上曹玮

六郡酒泉。东原录

六州歌头　项羽庙

秦亡草昧，刘项起吞并。驱龙虎。鞭寰宇。斩长鲸。扫欃枪。血
染彭门战。视馀耳，皆鹰犬。平祸乱。归炎汉。势奔倾。兵散月
明。风急旌旗乱，刁斗三更。命虞姬相对，泣听楚歌声。玉帐魂
惊。　　泪盈盈。恨花无主。凝愁绪。挥雪刃，掩泉扃。时不利。
骓不逝。困阴陵。叱追兵。喑呜摧天地，望归路，忍偷生。功盖
世。成闲纪。建遗灵。江静水寒烟冷，波纹细、古木凋零。遣行
人到此，追念痛伤情。胜负难凭。

　　按此首别作李冠词，详见下李冠词说明。

水 调 歌 头

落日塞垣路，风劲戛貂裘。翩翩数骑闲猎，深入黑山头。极目平沙
千里，惟见雕弓白羽，铁面骇骅骝。隐隐望青冢，特地起闲愁。

　　汉天子，方鼎盛，四百州。玉颜皓齿，深锁三十六宫秋。堂有经
纶贤相，边有纵横谋将，不作翠蛾羞。戎虏和乐也，圣主永无忧。

以上二首见唐宋诸贤绝妙词选卷五

　　按此首又作黄庭坚词，见山谷琴趣外篇卷一。

李　冠

　　　冠字世英，历城（今济南）人。以文学称，与王樵、贾同齐名。官乾
宁主簿。有东皋集，不传。

蝶恋花　春暮

遥夜亭皋闲信步。才过清明，渐觉伤春暮。数点雨声风约住。朦胧淡月云来去。　　桃杏依稀香暗度。谁在秋千，笑里轻轻语。一寸相思千万绪。人间没个安排处。

> 按此首尊前集作李煜词，而后山诗话引王安石语、南唐二主词引杨绘本事曲并以为李冠作，或较是。别又误作欧阳修词，见近体乐府卷二。别又误作李魁词，见古今别肠词选卷三。

六州歌头　骊山

凄凉绣岭，宫殿倚山阿。明皇帝。曾游地。锁烟萝。郁嵯峨。忆昔真妃子。艳倾国，方姝丽。朝复暮。嫔嫱妒。宠偏颇。三尺玉泉新浴，莲羞吐、红浸秋波。听花奴，敲羯鼓，酬奏鸣鼍。体不胜罗。舞婆娑。　　正霓裳曳。惊烽燧。千万骑。拥雕戈。情宛转。魂空乱。蹙双蛾。奈兵何。痛惜三春暮，委妖丽，马嵬坡。平寇乱。回宸辇。忍重过。香瘗紫囊犹有，鸿都客、钿合应讹。使行人到此，千古只伤歌。事往愁多。以上二首见唐宋诸贤绝妙词选卷六

又

秦亡草昧，刘项起吞并。鞭寰宇。驱龙虎。扫欃枪。斩长鲸。血染中原战。视馀耳，皆鹰犬。平祸乱。归炎汉。势奔倾。兵散月明。风急旌旗乱，刁斗三更。共虞姬相对，泣听楚歌声。玉帐魂惊。　　泪盈盈。念花无主。凝愁苦。挥雪刃，掩泉扃。时不利。骓不逝。困阴陵。叱追兵。呜暗摧天地，望归路，忍偷生。功盖世，何处见遗灵。江静水寒烟冷，波纹细、古木凋零。遣行人到此，追念益伤情。胜负难凭。

> 按后山诗话云："冠，齐人。为六州歌头，道刘项事，慷慨雄伟。刘潜，大侠也，喜

诵之。"朝野遗记以此首为京东张李二生所作。唐宋诸贤绝妙词选卷五作刘潜词。词林万选卷二、花草粹编卷十二并作李冠词,未知孰是。此从朝野遗记录出。

蝶恋花 佳人

贴鬓香云双绾绿。柳弱花娇,一点春心足。不肯玉箫闲度曲。恼人特把青蛾蹙。　　静夜溪桥霜薄屋。独影行歌,惊起双鸳宿。愁破酒阑闺梦熟。月斜窗外风敲竹。花草粹编卷七

千 秋 万 岁

杏花好、子细君须辨。比早梅深、夭桃浅。把鲛绡、淡拂鲜红面。蜡融紫萼重重现。烟外悄,风中笑,香满院。　　欲绽全开俱可羡。粹美妖娆无处选。除卿卿似寻常见。倚天真、艳冶轻朱粉,分明洗出胭脂面。追往事,绕芳树,千千遍。花草粹编卷八

谢　绛

绛字希深,富阳人。生于至道元年(995),以父涛荫试秘书省校书郎,复登大中祥符八年(1015)进士甲科。知汝阴县,迁光禄寺丞。召试,擢秘阁校理。历官至朝散大夫,行尚书兵部员外郎,知制诰,出知邓州。宝元二年(1039)卒,年四十五。

菩萨蛮 咏目

娟娟侵鬓妆痕浅。双眸相媚弯如翦。一瞬百般宜。无论笑与啼。　酒阑思翠被。特故督腾地。生怕促归轮。微波先注人。
按此首别又作苏轼词,见曾慥本东坡词拾遗。

夜行船 别情

昨夜佳期初共。鬓云低、翠翘金凤。尊前和笑不成歌,意偷转、眼波微送。　　草草不容成楚梦。渐寒深、翠帘霜重。相看送到断肠时,月西斜、画楼钟动。

按此首别误作张先词,见张子野词卷一。又误作欧阳修词,见醉翁琴趣外篇卷六。

诉衷情 宫怨

银缸夜永影长孤。香草续残炉。倚屏脉脉无语,粉泪不成珠。　　双綵枕,百娇壶。忆当初。君恩莫似,秋叶无情,欲向人疏。以上三首见唐宋诸贤绝妙词选卷二

存 目 词

古今图书集成闺媛典卷三百五十五闺艳部有谢绛朝玉阶"春色欺人拂眼青"一首,乃杜安世词,见杜寿域词。

宋　祁

祁字子京,安州安陆人,徙开封之雍丘(今河南杞县)。生于咸平元年(998)。天圣二年(1024)与兄庠同举进士,奏名第一。章献太后以为弟不可先兄,乃擢庠第一,而置祁第十,时号大小宋。明道元年(1032),殿中丞。召试,以本官直史馆。累迁知制诰、工部尚书、翰林学士承旨。嘉祐六年(1061)卒,年六十四,谥景文。曾修新唐书列传。有集,自永乐大典辑出。

失 调 名

因为衔泥污锦衣。垂下珠帘不敢归。邵氏闻见后录卷十九

浪 淘 沙 近

少年不管。流光如箭。因循不觉韶光换。至如今,始惜月满、花满、酒满。　　扁舟欲解垂杨岸。尚同欢宴。日斜歌阕将分散。倚兰桡,望水远、天远、人远。能改斋漫录卷十七

蝶 恋 花

雨过蒲萄新涨绿。苍玉盘倾,堕碎珠千斛。姬监拥前红簇簇。温泉初试真妃浴。　　驿使南来丹荔熟。故剪轻绡,一色颁时服。娇汗易晞凝醉玉。清凉不用香绵扑。全芳备祖前集卷十一荷花门

玉楼春 春景

东城渐觉风光好。縠皱波纹迎客棹。绿杨烟外晓寒轻,红杏枝头春意闹。　　浮生长恨欢娱少。肯爱千金轻一笑。为君持酒劝斜阳,且向花间留晚照。

蝶恋花 情景

绣幕茫茫罗帐卷。春睡腾腾,困入娇波慢。隐隐枕痕留玉脸。腻云斜溜钗头燕。　　远梦无端欢又散。泪落胭脂,界破蜂黄浅。整了翠鬟匀了面。芳心一寸情何限。

　　　按此首别又误作赵鼎词,见紫芝漫抄本得全居士词。

鹧 鸪 天

画毂雕鞍狭路逢。一声肠断绣帘中。身无彩凤双飞翼,心有灵犀一点通。　　金作屋,玉为笼。车如流水马游龙。刘郎已恨蓬山远,更隔蓬山几万重。

按此首又见花草粹编卷五,无撰人姓名,题作"辇路闻车中美人呼欧九丑面汉",其前一首为欧阳修词。依花草粹编体例,似曾有某书以此首为欧阳修作。

好 事 近

睡起玉屏风,吹去乱红犹落。天气骤生轻暖,衬沉香帷箔。　　珠帘约住海棠风,愁拖两眉角。昨夜一庭明月,冷秋千红索。以上四首见唐宋诸贤绝妙词选卷三

以上宋祁词六首,断句一则,用赵万里辑宋景文公词,稍有增补。

存 目 词

调名	首句	出　处	附　注
锦缠道	燕子呢喃	类编草堂诗馀卷二	无名氏作,见草堂诗馀前集卷上
玉漏迟	杏香飘禁苑	类编草堂诗馀卷三	韩嘉彦作,见花草粹编卷九

贾昌朝

　　昌朝字子明,获鹿人。生于咸平元年(998)。天禧元年(1017),召试,赐同进士出身,除晋陵簿。庆历间,拜同中书门下平章事,兼侍中,封许国公。英宗即位,加左仆射,进封魏国公。治平二年(1065)卒,年六十八,谥文元。有集,不传。

木 兰 花 令

都城水绿嬉游处。仙棹往来人笑语。红随远浪泛桃花,雪散平堤飞柳絮。　　东君欲共春归去。一阵狂风和骤雨。碧油红旆锦障泥,斜日画桥芳草路。唐宋诸贤绝妙词选卷二

尹　洙

洙字师鲁,河南(今河南洛阳)人。生咸平四年(1001)。天圣二年
(1024)进士。官至起居舍人。庆历六年(1046)卒,年四十六。有河南
集。或云庆历七年(1047)卒,年四十七。此从欧阳修所撰墓志铭。

水调歌头　和苏子美

万顷太湖上,朝暮浸寒光。吴王去后,台榭千古锁悲凉。谁信蓬山
仙子,天与经纶才器,等闲厌名缰。敛翼下霄汉,雅意在沧浪。

　　晚秋里,烟寂静,雨微凉。危亭好景,佳树修竹绕回塘。不用移
舟酌酒,自有青山渌水,掩映似潇湘。莫问平生意,别有好思量。

　　按此首原作欧阳修词,见近体乐府卷三引兰畹集。龚鼎臣东原录引"吴王去后"
　　四字句,云是尹师鲁和苏子美水调歌头。今从之。

梅尧臣

尧臣字圣俞,宣城人。生于咸平五年(1002)。以荫补斋郎。皇祐
二年(1050),官国子博士。召试,赐进士出身。擢国子直讲,历尚书都
官员外郎。嘉祐五年(1060)卒,年五十九。有宛陵集。

苏　幕　遮

露堤平,烟墅杳。乱碧萋萋,雨后江天晓。独有庾郎年最少。窣地
春袍,嫩色宜相照。　　接长亭,迷远道。堪怨王孙,不记归期早。
落尽梨花春又了。满地残阳,翠色和烟老。能改斋漫录卷十七

玉　楼　春

天然不比花含粉。约月眉黄春色嫩。小桥低映欲迷人,闲倚东风

无奈困。　　　烟姿最与章台近。冉冉千丝谁结恨。狂莺来往恋芳阴,不道风流真能尽。_{全芳备祖后集卷十七杨柳门}

存　目　词

调　名	首　句	出　处	附　注
莫 打 鸭	莫打鸭	花草粹编卷一	此乃诗而非词,见临汉隐居诗话。诗附录于后
少 年 游	阑干十二独凭春	词律卷五	欧阳修作,见能改斋漫录卷十七

莫　打　鸭

莫打鸭,打鸭惊鸳鸯。鸳鸯新自南洲落,不比孤洲老秃鸧。秃鸧尚有独飞去,何况鸳鸯羽翼长。

叶清臣

清臣字道卿,乌程(今吴兴)人。咸平六年(1003)生。天圣二年(1024)进士。六年(1028)召试,授光禄寺丞,充集贤校理。历官翰林学士、权三司使,罢为侍读学士、知河阳。皇祐元年(1049)卒,赠左谏议大夫。

江　南　好

丞相有才裨造化,圣皇宽诏养疏顽。赢取十年闲。_{麈史卷下}

贺圣朝 _{留别}

满斟绿醑留君住。莫匆匆归去。三分春色二分愁,更一分风雨。　　　　花开花谢、都来几许。且高歌休诉。不知来岁牡丹时,再相逢

何处。唐宋诸贤绝妙词选卷六

存　目　词

类编草堂诗馀卷二载有叶清臣凤凰阁"遍园林绿暗"一首,乃无名
氏作,见草堂诗馀前集卷上。

吴　感

　　感字应之,吴(今苏州)人。天圣二年(1024),省试第一。九年
(1031),湖州归安县主簿。应书判拔萃科,入第五等,授江州军事推官。
官至殿中丞。

折红梅　梅花馆小鬟

喜冰澌初泮,微和渐入、东郊时节。春消息,夜来顿觉,红梅数枝争
发。玉溪仙馆,不是个、寻常标格。化工别与一种风情,似匀点胭
脂,染成香雪。　　　重吟细阅。比繁杏夭桃,品格真别。只愁共、
彩云易散,冷落谢池风月。凭谁向说。三弄处、龙吟休咽。大家留
取,时倚阑干,闻有花堪折,劝君须折。梅苑卷三

　　按此首别又误入杜安世杜寿域词。

存　目　词

调　名	首　句	出　处	附　　　　注
折 红 梅	睹南翔征雁	永乐大典卷二千八百零九梅字韵	无名氏词,见梅苑卷三
又	垄消残雪	又	又
又	倚危栏	又	又
又	忆笙歌筵上	又	又

文彦博

　　彦博字宽夫,汾州介休人。生于真宗景德三年(1006)。天圣五年
(1027)及第,知翼城县,通判绛州。累官同中书门下平章事,封潞国公。
神宗熙宁中,引去。拜司空、河东军节度使,寻以太师致仕,居洛阳。哲
宗元祐初,命平章军国重事,居五年,复致仕。绍圣四年(1097)卒,年九
十二。著有潞公文集四十卷。

映　山　红

遂请后。愿频醉、石楼溪口。文潞公文集卷七

欧阳修

　　修字永叔,庐陵(今江西吉安)人。生于景德四年(1007)。天圣八
年(1030)省元,中进士甲科。累擢知制诰、翰林学士、历枢密副使、参知
政事。神宗朝,迁兵部尚书,以太子少师致仕。熙宁五年(1072)卒,年
六十六。赠太子太师,谥文忠。知滁日,号醉翁,晚号六一居士。有集
传世。

西　湖　念　语

昔者王子猷之爱竹,造门不问于主人;陶渊明之卧舆,遇酒便留于
道上。况西湖之胜概,擅东颍之佳名。虽美景良辰,固多于高会;
而清风明月,幸属于闲人。并游或结于良朋,乘兴有时而独往。鸣
蛙暂听,安问属官而属私;曲水临流,自可一觞而一咏。至欢然而
会意,亦傍若于无人。乃知偶来常胜于特来,前言可信;所有虽非
于己有,其得已多。因翻旧阕之辞,写以新声之调,敢陈薄伎,聊佐

清欢。

采 桑 子

轻舟短棹西湖好，绿水逶迤。芳草长堤。隐隐笙歌处处随。
无风水面琉璃滑，不觉船移。微动涟漪。惊起沙禽掠岸飞。

又

春深雨过西湖好，百卉争妍。蝶乱蜂喧。晴日催花暖欲然。
兰桡画舸悠悠去，疑是神仙。返照波间。水阔风高飏管弦。

又

画船载酒西湖好，急管繁弦。玉盏催传。稳泛平波任醉眠。
行云却在行舟下，空水澄鲜。俯仰留连。疑是湖中别有天。

又

群芳过后西湖好，狼籍残红。飞絮濛濛。垂柳阑干尽日风。
笙歌散尽游人去，始觉春空。垂下帘栊。双燕归来细雨中。

又

何人解赏西湖好，佳景无时。飞盖相追。贪向花间醉玉卮。
谁知闲凭阑干处，芳草斜晖。水远烟微。一点沧洲白鹭飞。

又

清明上巳西湖好，满目繁华。争道谁家。绿柳朱轮走钿车。
游人日暮相将去，醒醉喧哗。路转堤斜。直到城头总是花。

又

荷花开后西湖好，载酒来时。不用旌旗。前后红幢绿盖随。
画船撑入花深处，香泛金卮。烟雨微微。一片笙歌醉里归。

又

天容水色西湖好，云物俱鲜。鸥鹭闲眠。应惯寻常听管弦。
风清月白偏宜夜，一片琼田。谁羡骖鸾。人在舟中便是仙。

又

残霞夕照西湖好，花坞蘋汀。十顷波平。野岸无人舟自横。
西南月上浮云散，轩槛凉生。莲芰香清。水面风来酒面醒。

又

平生为爱西湖好，来拥朱轮。富贵浮云。俯仰流年二十春。
归来恰似辽东鹤，城郭人民。触目皆新。谁识当年旧主人。

又

画楼钟动君休唱，往事无踪。聚散匆匆。今日欢娱几客同。
去年绿鬓今年白，不觉衰容。明月清风。把酒何人忆谢公。

又

十年一别流光速，白首相逢。莫话衰翁。但斗尊前语笑同。
劝君满酌君须醉，尽日从容。画鹢牵风。即去朝天沃舜聪。

又

十年前是尊前客,月白风清。忧患凋零。老去光阴速可惊。
鬓华虽改心无改,试把金觥。旧曲重听。犹似当年醉里声。

朝中措 送刘仲原甫出守维扬

平山阑槛倚晴空。山色有无中。手种堂前垂柳,别来几度春风。
　　文章太守,挥毫万字,一饮千钟。行乐直须年少,尊前看取衰
翁。

> 按此下原有归自谣"何处笛""春艳艳""寒水碧"三首,乃冯延巳作,见阳春集,今
> 未录。

长 相 思

蘋满溪。柳绕堤。相送行人溪水西。回时陇月低。　　烟霏霏。
风凄凄。重倚朱门听马嘶。寒鸥相对飞。

> 按此首别又见张先张子野词卷一。别又作黄庭坚词,见明刊山谷先生文集卷十
> 一。
> 又按此下原有长相思"深画眉、浅画眉"一首,乃唐白居易作,见唐宋诸贤绝妙词
> 选卷一。别又作唐无名氏词,见近体乐府罗泌校语引尊前集(今传本尊前集无此
> 首)。今亦不录。

又

花似伊。柳似伊。花柳青春人别离。低头双泪垂。　　长江东。
长江西。两岸鸳鸯两处飞。相逢知几时。

又

深花枝。浅花枝。深浅花枝相并时。花枝难似伊。　　玉如肌。
柳如眉。爱著鹅黄金缕衣。啼妆更为谁。

诉衷情 眉意

清晨帘幕卷轻霜。呵手试梅妆。都缘自有离恨,故画作远山长。
　　思往事,惜流芳。易成伤。拟歌先敛,欲笑还颦,最断人肠。

按此首别又作黄庭坚词,见豫章黄先生词。

踏 莎 行

候馆梅残,溪桥柳细。草薰一作芳风暖摇征辔。离愁渐远渐无穷,
迢迢不断如春水。　　寸寸柔肠,盈盈粉泪。楼高莫近危阑倚。
平芜尽处是春山,行人更在春山外。

又

雨霁风光,春分天气。千花百卉争明媚。画梁新燕一双双,玉笼鹦
鹉愁孤睡。　　薜荔依墙,莓苔满地。青楼几处歌声丽。蓦然旧
事上心来,无言敛皱眉山翠。

按此首别又见杜安世杜寿域词。

望 江 南

江南蝶,斜日一双双。身似何郎全傅粉,心如韩寿爱偷香。天赋与
轻狂。　　微雨后,薄翅腻烟光。才伴游蜂来小院,又随飞絮过东
墙。长是为花忙。

减字木兰花

留春不住。燕老莺慵无觅处。说似残春。一老应无却少人。
风和月好。办得黄金须买笑。爱惜芳时。莫待无花空折枝。

又

伤怀离抱。天若有情天亦老。此意如何。细似轻丝渺似波。
扁舟岸侧。枫叶荻花秋索索。细想前欢。须著人间比梦间。

又

楼台向晓。淡月低云天气好。翠幕风微。宛转梁州入破时。
香生舞袂。楚女腰肢天与细。汗粉重匀。酒后轻寒不著人。

又

画堂雅宴。一抹朱弦初入遍。慢捻轻笼。玉指纤纤嫩剥葱。
拨头惚利。怨月愁花无限意。红粉轻盈。倚暖香檀曲未成。

又

歌檀敛袂。缭绕雕梁尘暗起。柔润清圆。百啭明珠一线穿。
樱唇玉齿。天上仙音心下事。留往行云。满坐迷魂酒半醺。

生　查　子

去年元夜时,花市灯如昼。月到柳梢头,人约黄昏后。　　今年元
夜时,月与灯依旧。不见去年人,泪满春衫袖。

> 按此首别又误作朱淑真词,见词品卷二。又误作秦观词,见续选草堂诗馀卷上。
> 方回瀛奎律髓卷十六又引"月上柳梢头"句以为李清照作,亦误。

又

含羞整翠鬟,得意频相顾。雁柱十三弦,一一春莺语。　　娇云容
易飞,梦断知何处。深院锁黄昏,阵阵芭蕉雨。

按此首类编草堂诗馀卷一误作张先词。

又案此下原有瑞鹧鸪"楚王台上一神仙"一首,注云:"此词本李商隐诗,公尝笔于扇云:可入此腔歌之。"此首原非词,亦非欧作,今不录。其诗实非李商隐作,乃吴融七律,见韦縠才调集卷二。

清 商 怨

关河愁思望处满。渐素秋向晚。雁过南云,行人回泪眼。　　　双鸾衾裯悔展。夜又永、枕孤人远。梦未成归,梅花闻塞管。

按此首别误作晏殊词,见词品卷一。

又按此下原有阮郎归"东风临水日衔山""南园春早踏青时""角声吹断陇梅枝"三首,俱冯延巳作,见阳春集,今不录。

阮 郎 归

刘郎何日是来时。无心云胜伊。行云犹解傍山飞。郎行去不归。　　　强匀画,又芳菲。春深轻薄衣。桃花无语伴相思。阴阴月上时。

按此首别又见吴讷唐宋名贤百家词本,及侯文灿十名家词本张子野词。

又

落花浮水树临池。年前心眼期。见来无事去还思。而今花又飞。　　　浅螺黛,淡燕脂。闲妆取次宜。隔帘风雨闭门时。此情风月知。以上欧阳文忠公近体乐府卷一(欧阳文忠公集卷一百三十一),三十一首(原三十九首,八首未录)

按此首别又见张先张子野词卷一。

蝶恋花　一名凤栖梧,又名鹊踏枝

帘幕东风寒料峭。雪里香梅,先报春来早。红蜡枝头双燕小。金刀剪彩呈纤巧。　　　旋暖金炉薰蕙藻。酒入横波,困不禁烦恼。绣被五更春睡好。罗帏不觉纱窗晓。

又

南雁依稀回侧阵。雪霁墙阴,遍觉兰芽嫩。中夜梦馀消酒困。炉香卷穗灯生晕。　　急景流年都一瞬。往事前欢，未免萦方寸。
腊后花期知渐近。东风已作寒梅信。

按此首别又见晏殊珠玉词。

又

腊雪初销梅蕊绽。梅雪相和，喜鹊穿花转。睡起夕阳迷醉眼。新
愁长向东风乱。　　瘦觉玉肌罗带缓。红杏梢头，二月春犹浅。
望极不来芳信断。音书纵有争如见。

又

海燕双来归画栋。帘影无风，花影频移动。半醉腾腾春睡重。绿
鬟堆枕香云拥。　　翠被双盘金缕凤。忆得前春，有个人人共。
花里黄莺时一弄。日斜惊起相思梦。

按此首类编草堂诗馀卷二误作俞克成词。

又

面旋落花风荡漾。柳重烟深，雪絮飞来往。雨后轻寒犹未放。春
愁酒病成惆怅。　　枕畔屏山围碧浪。翠被华灯，夜夜空相向。寂寞
起来搴绣幌。月明正在梨花上。

按此下原有蝶恋花"六曲阑干偎碧树"一首，乃冯延巳作，见阳春集。又有"遥夜
亭皋闲信步"一首，乃李冠作，见唐宋诸贤绝妙词选卷六。兹并不录。

又

帘幕风轻双语燕。午后醒来，柳絮飞撩乱。心事一春犹未见。红
英落尽青苔院。　　百尺朱楼闲倚遍。薄雨浓云，抵死遮人面。
羌管不须吹别怨。无肠更为新声断。

按此首别又见晏殊珠玉词。

又按此下原有"庭院深深几许"一首,乃冯延巳作,见阳春集,今不录。

又

永日环堤乘彩舫。烟草萧疏,恰似晴江上。水浸碧天风皱浪。菱花荇蔓随双桨。　　红粉佳人翻丽唱。惊起鸳鸯,两两飞相向。且把金尊倾美酿。休思往事成惆怅。

又

越女采莲秋水畔。窄袖轻罗,暗露双金钏。照影摘花花似面。芳心只共丝争乱。　　鸂鶒滩头风浪晚。雾重烟轻,不见来时伴。隐隐歌声归棹远。离愁引著江南岸。

又

水浸秋天风皱浪。缥缈仙舟,只似秋天上。和露采莲愁一饷。看花却是啼妆样。　　折得莲茎丝未放。莲断丝牵,特地成惆怅。归棹莫随花荡漾。江头有个人相望。

又

梨叶初红蝉韵歇。银汉风高,玉管声凄切。枕簟乍凉铜漏彻。谁教社燕轻离别。　　草际虫吟秋露结。宿酒醒来,不记归时节。多少衷肠犹未说。珠帘夜夜朦胧月。

按此首别又见晏殊珠玉词。

又

独倚危楼风细细。望极离愁,黯黯生天际。草色山光残照里。无人会得凭阑意。　　也拟疏狂图一醉。对酒当歌,强饮还无味。

衣带渐宽都不悔。况伊销得人憔悴。

又

帘下清歌帘外宴。虽爱新声，不见如花面。牙板数敲珠一串。梁
尘暗落琉璃盏。　　桐树花深孤凤怨。渐遏遥天，不放行云散。
坐上少年听未惯。玉山将倒肠先断。

> 按以上二首别又见柳永乐章集卷中。
> 又按此下原有蝶恋花"谁道闲情抛弃久"一首，乃冯延巳作，见阳春集，今不录。

又

翠苑红芳晴满目。绮席流莺，上下长相逐。紫陌闲随金轳辘。马
蹄踏遍春郊绿。　　一觉年华春梦促。往事悠悠，百种寻思足。
烟雨满楼山断续。人闲倚遍阑干曲。

又

小院深深门掩亚。寂寞珠帘，画阁重重下。欲近禁烟微雨罢。绿
杨深处秋千挂。　　傅粉狂游犹未舍。不念芳时，眉黛无人画。
薄幸未归春去也。杏花零落香红谢。

> 按此下原有蝶恋花"几日行云何处去"一首，乃冯延巳作，见阳春集，兹不录。

又

欲过清明烟雨细。小槛临窗，点点残花坠。梁燕语多惊晓睡。银
屏一半堆香被。　　新岁风光如旧岁。所恨征轮，渐渐程迢递。
纵有远情难写寄。何妨解有相思泪。

又

画阁归来春又晚。燕子双飞，柳软桃花浅。细雨满天风满院。愁

眉敛尽无人见。　　独倚阑干心绪乱。芳草芊绵，尚忆江南岸。风月无情人暗换。旧游如梦空肠断。

又

尝爱西湖春色早。腊雪方销，已见桃开小。顷刻光阴都过了。如今绿暗红英少。　　且趁馀花谋一笑。况有笙歌，艳态相萦绕。老去风情应不到。凭君剩把芳尊倒。

渔 家 傲

一派潺湲流碧涨。新亭四面山相向。翠竹岭头明月上。迷俯仰。月轮正在泉中漾。　　更待高秋天气爽。菊花香里开新酿。酒美宾嘉真胜赏。红粉唱。山深分外歌声响。

又

十月小春梅蕊绽。红炉画阁新装遍。锦帐美人贪睡暖。羞起晚。玉壶一夜冰澌满。　　楼上四垂帘不卷。天寒山色偏宜远。风急雁行吹字断。红日短。江天雪意云撩乱。

又　与赵康靖公

四纪才名天下重。三朝构厦为梁栋。定册功成身退勇。辞荣宠。归来白首笙歌拥。　　顾我薄才无可用。君恩近许归田垄。今日一觞难得共。聊对捧。官奴为我高歌送。

又

暖日迟迟花袅袅。人将红粉争花好。花不能言惟解笑。金壶倒。花开未老人年少。　　车马九门来扰扰。行人莫羡长安道。丹禁漏声衢鼓报。催昏晓。长安城里人先老。

又

红粉墙头花几树。落花片片和惊絮。墙外有楼花有主。寻花去。隔墙遥见秋千侣。　　绿索红旗双彩柱。行人只得偷回顾。肠断楼南金锁户。天欲暮。流莺飞到秋千处。

又

妾本钱塘苏小妹。芙蓉花共门相对。昨日为逢青伞盖。慵不采。今朝斗觉凋零瞭。　　愁倚画楼无计奈。乱红飘过秋塘外。料得明年秋色在。香可爱。其如镜里花颜改。

又

花底忽闻敲两桨。逡巡女伴来寻—作相访。酒盏旋将荷叶当。莲舟荡。时时盏里生红浪。　　花气酒香清厮酿。花腮酒面红相向。醉倚绿阴眠一饷。惊起望。船头阁在沙滩上。

又

叶有清风花有露。叶笼花罩鸳鸯侣。白锦顶丝红锦羽。莲女妒。惊飞不许长相聚。　　日脚沉红天色暮。青凉伞上微微雨。早是水寒无宿处。须回步。枉教雨里分飞去。

又

荷叶田田青照水。孤舟挽在花阴底。昨夜萧萧疏雨坠。愁不寐。朝来又觉西风起。　　雨摆风摇金蕊碎。合欢枝上香房翠。莲子与人长厮类。无好意。年年苦在中心里。

又

叶重如将青玉亚。花轻疑是红绡挂。颜色清新香脱洒。堪长价。牡丹怎得称王者。　　雨笔露笺匀彩画。日炉风炭薰兰麝。天与多情丝一把。谁厮惹。千条万缕萦心下。

又

粉蕊丹青描不得。金针线线功难敌。谁傍暗香轻采摘。风淅淅。船头触散双鹨鹈。　　夜雨染成天水碧。朝阳借出胭脂色。欲落又开人共惜。秋气逼。盘中已见新荷的。

按此首别又见晏殊珠玉词。另又误作晏几道词,见全芳备祖后集卷二莲门。

又

幽鹭谩来窥品格。双鱼岂解传消息。绿柄嫩香频采摘。心似织。条条不断谁牵役。　　珠泪暗和清露滴。罗衣染尽秋江色。对面不言情脉脉。烟水隔。无人说似长相忆。

又

楚国细腰元自瘦。文君腻脸谁描就。日夜鼓声催箭漏。昏复昼。红颜岂得长如旧。　　醉拆嫩房红蕊嗅。天丝不断清香透。却傍小阑凝望久。风满袖。西池月上人归后。

按以上二首别又见晏殊珠玉词。

又　七夕

喜鹊填河仙浪浅。云轺早在星桥畔。街鼓黄昏霞尾暗。炎光敛。金钩侧倒天西面。　　一别经年今始见。新欢往恨知何限。天上佳期贪眷恋。良宵短。人间不合催银箭。

又

乞巧楼头云幔卷。浮花催洗严妆面。花上蛛丝寻得遍。罅笑浅。
双眸望月牵红线。　　奕奕天河光不断。有人正在长生殿。暗付
金钗清夜半。千秋愿。年年此会长相见。

又

别恨长长欢计短。疏钟促漏真堪怨。此会此情都未半。星初转。
鸾琴凤乐匆匆卷。　　河鼓无言西北盼。香蛾有恨东南远。脉脉
横波珠泪满。归心乱。离肠便逐星桥断。

又

九日欢游何处好。黄花万蕊雕阑绕。通体清香无俗调。天气好。
烟滋露结功多少。　　日脚清寒高下照。宝钉密缀圆斜小。落叶
西园风袅袅。催秋老。丛边莫厌金尊倒。

又

青女霜前催得绽。金钿乱散枝头遍。落帽台高开雅宴。芳尊满。
捼花吹在流霞面。　　桃李三春虽可羡。莺来蝶去芳心乱。争似
仙潭秋水岸。香不断。年年自作茱萸伴。

又

露裛娇黄风摆翠。人间晚秀非无意。仙格淡妆天与丽。谁可比。
女真装束真相似。　　筵上佳人牵翠袂。纤纤玉手捼新蕊。美酒
一杯花影腻。邀客醉。红琼共作熏熏媚。

又

对酒当歌劳客劝。惜花只惜年华晚。寒艳冷香秋不管。情眷眷。凭栏尽日愁无限。　　思抱芳期随塞雁。悔无深意传双燕。怅望一枝难寄远。人不见。楼头望断相思眼。

玉楼春 题上林后亭　一名木兰花令

风迟日媚烟光好。绿树依依芳意早。年华容易即凋零，春色只宜长恨少。　　池塘隐隐惊雷晓。柳眼未开梅萼小。尊前贪爱物华新，不道物新人渐老。

又

西亭饮散清歌阕。花外迟迟宫漏发。涂金烛引紫骝嘶，柳曲西头归路别。　　佳辰只恐幽期阔。密赠殷勤衣上结。翠屏魂按"魂"原作"槐"，据乐府雅词卷上改梦莫相寻，禁断六街清夜月。

又

春山敛黛低歌扇。暂解吴钩登祖宴。画楼钟动已魂销，何况马嘶芳草岸。　　青门柳色随人远。望欲断时肠已断。洛城春色待君来，莫到落花飞似霰。

又

尊前拟把归期说。未语春容先惨咽。人生自是有情痴，此恨不关风与月。　　离歌且莫翻新阕。一曲能教肠寸结。直须看尽洛城花，始共春风容易别。

又

洛阳正值芳菲节。秾艳清香相间发。游丝有意苦相萦，垂柳无端
争赠别。　　杏花红处青山缺。山畔行人山下歇。今宵谁肯远相
随，惟有寂寥孤馆月。

又

残春一夜狂风雨。断送红飞花落树。人心花意待留春，春色无情
容易去。　　高楼把酒愁独语。借问春归何处所。暮云空阔不知
音，惟有绿杨芳草路。

又

常忆洛阳风景媚。烟暖风和添酒味。莺啼宴席似留人，花出墙头
如有意。　　别来已隔千山翠。望断危楼斜日坠。关心只为牡丹
红，一片春愁来梦里。

又

池塘水绿春微暖。记得玉真初见面。从头歌韵响铮琮，入破舞腰
红乱旋。　　玉钩帘下香阶畔。醉后不知红日晚。当时共我赏花
人，点检如今无一半。

> 按此首别又见晏殊珠玉词。刘攽中山诗话引"从头歌韵"二句作晏殊词。刘与欧
> 同时，所言当可信。此首殆非欧作。

又

两翁相遇逢佳节。正值柳绵飞似雪。便须豪饮敌青春，莫对新花
羞白髮。　　人生聚散如弦筈。老去风情尤惜别。大家金盏倒垂

莲,一任西楼低晓月。

又

西湖南北烟波阔。风里丝簧声韵咽。舞馀裙带绿双垂,酒入香腮红一抹。　　杯深不觉琉璃滑。贪看六么花十八。明朝车马各西东,惆怅画桥风与月。

又

燕鸿过后春归去。细算浮生千万绪。来如春梦几多时,去似朝云无觅处。　　闻琴解佩神仙侣。挽断罗衣留不住。劝君莫作独醒人,烂醉花间应有数。

<blockquote>按此首别又见晏殊珠玉词。</blockquote>

又

蝶飞芳草花飞路。把酒已嗟春色暮。当时枝上落残花,今日水流何处去。　　楼前独绕鸣蝉树。忆把芳条吹暖絮。红莲绿芰亦芳菲,不奈金风兼玉露。

又

别后不知君远近。触目凄凉多少闷。渐行渐远渐无书,水阔鱼沉何处问。　　夜深风竹敲秋韵。万叶千声皆是恨。故欹单枕梦中寻,梦又不成灯又烬。

又

红绦约束琼肌稳。拍碎香檀催急衮。陇头呜咽水声繁,叶下间关莺语近。　　美人才子传芳信。明月清风伤别恨。未知何处有知音，常为此情留此恨。

　　按此首别又见晏殊珠玉词。

又

檀槽碎响金丝拨。露湿浔阳江上月。不知商妇为谁愁，一曲行人
留夜发。　　画堂花月新声别。红蕊调长弹未彻。暗将深意祝胶
弦，唯愿弦弦无断绝。

　　按此首别见吴讷本及侯文灿本张子野词。别又误作苏轼词，见词林万选卷四。

又

春葱指甲轻拢捻。五彩垂绦双袖卷。雪香浓透紫檀槽，胡语急随
红玉腕。　　当头一曲情何限。入破铮钹金凤战。百分芳酒祝长
春，再拜敛容抬粉面。

　　按此首别又见晏殊珠玉词。

又

金花盏面红烟透。舞急香茵随步皱。青春才子有新词，红粉佳人
重劝酒。　　也知自为伤春瘦。归骑休交银烛候。拟将沉醉为清
欢，无奈醒来还感旧。

又

雪云乍变春云簇。渐觉年华堪送目。北枝梅蕊犯寒开，南浦波纹
如酒绿。　　芳菲次第还相续。不奈情多无处足。尊前百计得春
归，莫为伤春歌黛蹙。

　　按此首别又作冯延巳词，见尊前集。

又

黄金弄色轻于粉。濯濯春条如水嫩。为缘力薄未禁风,不奈多娇长似困。　　腰柔乍怯人相近。眉小未知春有恨。劝君著意惜芳菲,莫待行人攀折尽。

又

珠帘半下香销印。二月东风催柳信。琵琶傍畔且寻思,鹦鹉前头休借问。　　惊鸿过后生离恨。红日长时添酒困。未知心在阿谁边,满眼泪珠言不尽。

按此首别又见晏殊珠玉词。

又

沉沉庭院莺吟弄。日暖烟和春气重。绿杨娇眼为谁回,芳草深心空自动。　　倚阑无语伤离凤。一片风情无处用。寻思还有旧家心,蝴蝶时时来役梦一作"入梦"。

又

去时梅萼初凝粉。不觉小桃风力损。梨花最晚又凋零,何事归期无定准。　　阑干倚遍重来凭。泪粉偷将红袖印。蜘蛛喜鹊误人多,似此无凭安足信。

又

酒美春浓花世界。得意人人千万态。莫教辜负艳阳天,过了堆金何处买。　　已去少年无计奈。且愿芳心长恁在。闲愁一点上心来,算得东风吹不解。

又

湖边柳外楼高处。望断云山多少路。阑干倚遍使人愁，又是天涯
初日暮。　　轻无管系狂无数。水畔花飞风里絮。算伊浑似薄情
郎，去便不来来便去。

　　按此首别又误作明人顾清词，见词的卷二。

又

南园粉蝶能无数。度翠穿红来复去。倡条冶叶恣留连，飘荡轻于
花上絮。　　朱阑夜夜风兼露。宿粉栖香无定所。多情翻却似无
情，赢得百花无限妒。

又　子规

江南三月春光老。月落禽啼天未晓。露和啼血染花红，恨过千家
烟树杪。　　云垂玉枕屏山小。梦欲成时惊觉了。人心应不似伊
心，若解思归归合早。

又

东风本是开花信。及至花时风更紧。吹开吹谢苦匆匆，春意到头
无处问。　　把酒临风千万恨。欲扫残红犹未忍。夜来风雨转离
披，满眼凄凉愁不尽。

又

阴阴树色笼晴昼。清淡园林春过后。杏腮轻粉日催红，池面绿罗
风卷皱。　　佳人向晚新妆就。圆腻歌喉珠欲溜。当筵莫放酒杯
迟，乐事良辰难入手。

又

芙蓉鬥晕燕支浅。留著晚花开小宴。画船红日晚风清,柳色溪光
晴照暖。　　美人争劝梨花盏。舞困玉腰裙缕慢。莫交银烛促归
期,已祝斜阳休更晚。

渔 家 傲

正月斗杓初转势。金刀剪彩功夫异。称庆高堂欢幼稚。看柳意。
偏从东面春风至。　　十四新蟾圆尚未。楼前乍看红灯试。冰散
绿池泉细细。鱼欲戏。园林已是花天气。

又

二月春耕昌杏密。百花次第争先出。惟有海棠梨第一。深浅拂。
天生红粉真无匹。　　画栋归来巢未失。双双款语怜飞乙。留客
醉花迎晓日。金盏溢。却忧风雨飘零疾。

又

三月清明天婉娩。晴川被禊归来晚。况是踏青来处远。犹不倦。
秋千别闭深庭院。　　更值牡丹开欲遍。酴醾压架清香散。花底
一尊 <small>按"花底一尊"四字原缺,据汲古阁本六一词补</small>谁解劝。增眷恋。东风回
晚无情绊。

又

四月园林春去后。深深密幄阴初茂。折得花枝犹在手。香满袖。
叶间梅子青如豆。　　风雨时时添气候。成行新笋霜筠厚。题就
送春诗几首。聊对酒。樱桃色照银盘溜。

又

五月榴花妖艳烘。绿杨带雨垂垂重。五色新丝缠角粽。金盘送。生绡画扇盘双凤。　　正是浴兰时节动。菖蒲酒美清尊共。叶里黄鹂时一弄。犹鬓鬆。等闲惊破纱窗梦。

又

六月炎天时霎雨。行云涌出奇峰露。沼上嫩莲腰束素。风兼露。梁王宫阙无烦暑。　　畏日亭亭残蕙炷。傍帘乳燕双飞去。碧碗敲冰倾玉处。朝与暮。故人风快凉轻度。

又

七月新秋风露早。渚莲尚拆庭梧老。是处瓜华时节好。金尊倒。人间彩缕争祈巧。　　万叶敲声凉乍到。百虫啼晚烟如扫。箭漏初长天杳杳。人语悄。那堪夜雨催清晓。

又

八月秋高风历乱。衰兰败芷红莲岸。皓月十分光正满。清光畔。年年常愿琼筵看。　　社近愁看归去燕。江天空阔云容漫。宋玉当时情不浅。成幽怨。乡关千里危肠断。

又

九月霜秋秋已尽。烘林败叶红相映。惟有东篱按"东篱"二字原缺，据汲古阁本六一词补黄菊盛。遗金粉。人家帘幕重阳近。　　晓日阴阴晴未定。授衣时节轻寒嫩。新雁一声风又劲。云欲凝。雁来应有吾乡信。

又 <small>此篇已载本卷,但数字不同</small>

十月小春梅蕊绽。红炉画阁新装遍。鸳帐美人贪睡暖。梳洗懒。
玉壶一夜轻渐满。　　楼上四垂帘不卷。天寒山色偏宜远。风急
雁行吹字断。红日晚。江天雪意云撩乱。

又

十一月新阳排寿宴。黄钟应管添宫线。猎猎寒威云不卷。风头
转。时看雪霰吹人面。　　南至迎长知漏箭。书云纪候冰生研。
腊近探春春尚远。闲庭院。梅花落尽千千片。

又

十二月严凝天地闭。莫嫌台榭无花卉。惟有酒能欺雪意。增豪
气。直教耳热笙歌沸。　　陇上雕鞍惟数骑。猎围半合新霜里。
霜重鼓声寒不起。千人指。马前一雁寒空坠。

又渔家傲 <small>京本时贤本事曲子后集云:欧阳文忠公,文章之宗师也。其于小词,尤脍炙人口。有十二月词,寄渔家傲调中,本集亦未尝载,今列之于此。前已有十二篇鼓子词,此未知果公作否</small>

正月新阳生翠琯。花苞柳线春犹浅。帘幕千重方半卷。池冰泮。
东风吹水琉璃软。　　渐好凭阑醒醉眼。陇梅暗落芳英断。初日
已知长一线。清宵短。梦魂怎奈珠宫远。

又

二月春期看已半。江边春色青犹短。天气养花红日暖。深深院。
真珠帘额初飞燕。　　渐觉衔杯心绪懒。酒侵花脸娇波慢。一捻

闲愁无处遣。牵不断。游丝百尺随风远。

又

三月芳菲看欲暮。胭脂泪洒梨花雨。宝马绣轩南陌路。笙歌举。踏青门草人无数。　　强欲留春春不住。东皇肯信韶容故。安得此身如柳絮。随风去。穿帘透幕寻朱户。

又

四月芳林何悄悄。绿阴满地青梅小。南陌采桑何窈窕。争语笑。乱丝满腹吴蚕老。　　宿酒半醒新睡觉。雏莺相语匆匆晓。惹得此情萦寸抱。休临眺。楼头一望皆芳草。

又

五月薰风才一信。初荷出水清香嫩。乳燕学飞帘额峻。谁借问。东邻期约尝佳酝。　　漏短日长人乍困。裙腰减尽柔肌损。一撮眉尖千叠恨。慵整顿。黄梅雨细多闲闷。

又

六月炎蒸何太盛。海榴灼灼红相映。天外奇峰千掌迥。风影定。汉宫圆扇初成咏。　　珠箔初搴深院静。绛绡衣窄冰肤莹。睡起日高堆酒兴。厌厌病。宿酲和梦何时醒。

又

七月芙蓉生翠水。明霞拂脸新妆媚。疑是楚宫歌舞妓。争宠丽。临风起舞夸腰细。　　乌鹊桥边新雨霁。长河清水冰无地。此夕有人千里外。经年岁。犹嗟不及牵牛会。

又

八月微凉生枕簟。金盘露洗秋光淡。池上月华开宝鉴。波潋滟。故人千里应凭槛。　　蝉树无情风苒苒。燕归碧海珠帘掩。沈[疑]臂冒霜潘鬓减。愁黯黯。年年此夕多悲感。

又

九月重阳还又到。东篱菊放金钱小。月下风前愁不少。谁语笑。吴娘捣练腰肢袅。　　槁叶半轩慵更扫。凭阑岂是闲临眺。欲向南云新雁道。休草草。来时觅取伊消耗。

又

十月轻寒生晚暮。霜华暗卷楼南树。十二阑干堪倚处。聊一顾。乱山衰草还家路。　　悔别情怀多感慕。胡笳不管离心苦。犹喜清宵长数鼓。双绣户。梦魂尽远还须去。

又

律应黄钟寒气苦。冰生玉水云如絮。千里乡关空倚慕。无尺素。双鱼不食南鸿渡。　　把酒遣愁愁已去。风摧酒力愁还聚。却忆兽炉追旧处。头懒举。炉灰剔尽痕无数。

又

腊月年光如激浪。冻云欲折寒根向[疑]。谢女雪诗真绝唱。无比况。长堤柳絮飞来往。　　便好开尊夸酒量。酒阑莫遣笙歌放。此去青春都一饷。休怅望。瑶林即日堪寻访。以上欧阳文忠公近体乐府卷二(欧阳文忠公集卷一百三十二)九十首(原九十五首,五首未录)

南　歌　子

凤髻金泥带，龙纹玉掌梳。走来窗下笑相扶。爱道画眉深浅、入时无。　　弄笔偎人久，描花试手初。等闲妨了绣功夫。笑问双鸳鸯字、怎生书。

按乐府雅词卷上云：草堂作仲殊。

御　街　行

夭非华艳轻非雾。来夜半、天明去。来如春梦不多时，去似朝云何处。乳鸡酒燕，落星沉月，紞紞城头鼓。　　参差渐辨西池树。朱阁斜欹户。绿苔深径少人行，苔上屐痕无数。遗香馀粉，剩衾闲枕，天把多情赋。

按此首别见吴讷本、侯文灿本张子野词。

桃源忆故人　一名虞美人影

梅梢弄粉香犹嫩。欲寄江南春一作芳信。别后寸肠萦一作"愁"损。说与伊争稳。　　小炉独守寒灰烬。忍泪低头二字一作"无言"画尽。眉上万重新恨。竟日无人问。

又

莺愁燕苦春归去。寂寂花飘红雨。碧草绿杨岐路。况是长亭暮。　　少年行客情难诉。泣对东风无语。目断两三烟树。翠隔江淹浦。

临　江　仙

柳外轻雷池上雨，雨声滴碎荷声。小楼西角断虹明。阑干倚处，待得月华生。　　　燕子飞来窥画栋,玉钩垂下帘旌。凉波不动簟纹平。水精双枕,傍有堕钗横。

又

记得金銮同唱第,春风上国繁华。如今薄宦老天涯。十年歧路,空负曲江花。　　　闻说阆山通阆苑,楼高不见君家。孤城寒日等闲斜。离愁难尽,红树远连霞。

圣　无　忧

世路风波险,十年一别须臾。人生聚散长如此,相见且欢娱。
好酒能消光景,春风不染髭须。为公一醉花前倒,红袖莫来扶。

浪　淘　沙

把酒祝东风。且共从容。垂杨紫陌洛城东。总是当时携手处,游遍芳丛。　　　聚散苦匆匆。此恨无穷。今年花胜去年红。可惜明年花更好,知与谁同。

又

花外倒金翘。饮散无憀。柔桑蔽日柳迷条。此地年时曾一醉,还是春朝。　　　今日举轻桡。帆影飘飘。长亭回首短亭遥。过尽长亭人更远,特地魂销。

又

五岭麦秋残。荔子初丹。绛纱囊里水晶丸。可惜天教生处远,不近长安。　　　往事忆开元。妃子偏怜。一从魂散马嵬关。只有红尘无驿使,满眼骊山。

又

万恨苦绵绵。旧约前欢。桃花溪畔柳阴间。几度日高春垂重,绣户深关。　　楼外夕阳闲。独自凭阑。一重水隔一重山。水阔山高人不见,有泪无言。

又

今日北池游。漾漾轻舟。波光潋滟柳条柔。如此春来春又去,白了人头。　　好妓好歌喉。不醉难休。劝君满满酌金瓯。纵使花时常病酒,也是风流。

定　风　波

把酒花前欲问他。对花何吝一作惜醉颜酡。春到几人能烂赏。何况。无情风雨等闲多。　　艳树香丛都几许。朝暮。惜红愁粉奈情何。好是金船浮玉浪。相向。十分深送一声歌。

又

把酒花前欲问伊。忍嫌金盏负春时。红艳不能旬日看。宜算。须知开谢只相随。　　蝶去蝶来犹解恋。难见。回头还是度年期。莫候饮阑花已尽。方信。无人堪与补残枝。

又

把酒花前欲问公。对花何事诉金钟。为问去年春甚处。虚度。莺声撩乱一场空。　　今岁春来须爱惜。难得。须知花面不长红。待得酒醒君不见。千片。不随流水即随风。

又

把酒花前欲问君。世间何计可留春。纵使青春留得住。虚语。无
情花对有情人。　　任是好花须落去。自古。红颜能得几时新。
暗想浮生何时好。唯有。清歌一曲倒金尊。

又

过尽韶华－作"光"不可添。小楼红日下层檐。春睡觉来情绪恶。
寂寞。杨花缭乱拂珠帘。　　早是闲愁依旧在。无奈。那堪更被
宿酲兼。把酒送春惆怅甚。长恁。年年三月病厌厌。

又

对酒追欢莫负春。春光归去可饶人。昨日红芳今绿树。已暮。残
花飞絮两纷纷。　　粉面丽姝歌窈窕。清妙。尊前信任醉醺醺。
不是狂心贪燕乐。自觉。年来白髪满头新。

蓦 山 溪

新正初破,三五银蟾满。纤手染香罗,剪红莲、满城开遍。楼台上
下,歌管咽春风,驾香轮,停宝马,只待金乌晚。　　帝城今夜,罗
绮谁为伴。应卜紫姑神,问归期、相思望断。天涯情绪,对酒且开
颜,春宵短。春寒浅。莫待金杯暖。

浣 溪 沙

云曳香绵彩柱高。绛旗风飐出花梢。一梭红带往来抛。　　束素
美人羞不打,却嫌裙慢褪纤腰。日斜深院影空摇。

又

堤上游人逐画船。拍堤春水四垂天。绿杨楼外 _{一作"梢外"} 出秋千。
　　白髮戴花君莫笑,六么催拍盏频传。人生何处似尊前。

按草堂诗馀隽卷二此首误作黄庭坚词。

又

湖上朱桥响画轮。溶溶春水浸春云。碧琉璃滑 _{一作"影"} 净无尘。
　　当路游丝萦醉客,隔花啼鸟唤行人。日斜归去奈何春。

又

叶底青青杏子垂。枝头薄薄柳绵飞。日高深院晚莺啼。　　堪恨
风流成薄幸,断无消息道归期。托腮无语翠眉低。

又

青杏园林煮酒香。佳人初著薄罗裳。柳丝摇曳燕飞忙。　　乍雨
乍晴花自落,闲愁闲闷昼偏长。为谁消瘦损容光。

按此首别又见晏殊珠玉词。别又误入吴文英梦窗词集。类编草堂诗馀卷一又误
作秦观词。

又

红粉佳人白玉杯。木兰船稳棹歌催。绿荷风里笑声来。　　细雨
轻烟笼草树,斜桥曲水绕楼台。夕阳高处画屏开。

又

翠袖娇鬟舞石州。两行红粉一时羞。新声难逐管弦愁。　　白髮

主人年未老,清时贤相望偏优。一尊风月为公留。

又

灯烬垂花月似霜。薄帘映月两交光。酒酽红粉自生香。　　双手舞馀拖翠袖,一声歌已醽金觞。休回娇眼断人肠。

又

十载相逢酒一卮。故人才见便开眉。老来游旧更同谁。　　浮世歌欢真易失,宦途离合信难期。尊前莫惜醉如泥。

御 带 花

青春何处风光好,帝里偏爱元夕。万重缯彩,构一屏峰岭,半空金碧。宝檠银釭,耀绛幕、龙虎腾掷。沙堤远,雕轮绣毂,争走五王宅。　　雍容熙熙昼,会乐府神姬,海洞仙客。拽香摇翠,称执手行歌,锦街天陌。月淡寒轻,渐向晓、漏声寂寂。当年少,狂心未已,不醉怎归得。

虞 美 人

炉香昼永龙烟白。风动金鸾额。画屏寒掩小山川。睡容初起枕痕圆。坠花钿。　　楼高不及烟霄半。望尽相思眼。艳阳刚爱挫愁人。故生芳草碧连云。怨王孙。

按此首别又见杜安世杜寿域词。

鹤 冲 天

梅谢粉,柳拖金。香满旧园林。养花天气半晴阴。花好却愁深。　　·花无数。愁无数。花好却愁春去。戴花持酒祝东风。千万莫匆匆。

夜 行 船

忆昔西都欢纵。自别后、有谁能共。伊川山水洛川花,细寻思、旧
游如梦。　　今日相逢情愈重。愁闻唱、画楼钟动。白髮天涯逢
此景,倒金尊、殢谁相送。

又

满眼东风飞絮。催行色、短亭春暮。落花流水草连云一作"草连天",
看看是、断肠南浦。　　檀板未终人去去。扁舟在、绿杨深处。手
把金尊难为别,更那听、乱莺疏雨。

洛 阳 春

红纱未晓黄鹂语。蕙炉销兰炷。锦屏罗幕护春寒,昨夜三更雨。
　　绣帘闲倚吹轻絮。敛眉山无绪。看花拭泪向归鸿,问来处、逢
郎否。

　　按此下原有一丛花"伤春怀远几时穷"一首,注:"此篇世传张子野词。"据月河所
闻集,画墁录,过庭录,此首实张先作,今不录。

雨 中 花

千古都门行路。能使离歌声苦。送尽行人,花残春晚,又到君东
去。　　醉藉落花吹暖絮。多少曲堤芳树。且携手留连,良辰美
景,留作相思处。

　　按此下原有千秋岁"数声啼鴂"一首,注:"兰畹作张子野词。"据乐府雅词卷上,此
首实张先作,今不录。

越 溪 春

三月十三寒食日,春色遍天涯。越溪阆苑繁华地,傍禁垣、珠翠烟霞。红粉墙头,秋千影里,临水人家。　　归来晚驻香车。银箭透窗纱。有时三点两点雨霁,朱门柳细风斜。沉麝不烧金鸭冷,笼月照梨花。

贺 圣 朝 影

白雪梨花红粉桃。露华高。垂杨慢舞绿丝绦。草如袍。　　风过小池轻浪起,似江皋。千金莫惜买香醪。且陶陶。

洞 天 春

莺啼绿树声早。槛外残红未扫。露点真珠遍芳草。正帘帏清晓。　　秋千宅院悄悄。又是清明过了。燕蝶轻狂,柳丝撩乱,春心多少。

忆 汉 月

红艳几枝轻袅。新被东风开了。倚烟啼露为谁娇,故惹蝶怜蜂恼。　　多情游赏处,留恋向、绿丛千绕。酒阑欢罢不成归,肠断月斜春老。

按此下原有清平乐"雨晴烟晚"一首,乃冯延巳作,见阳春集,今不录。

清 平 乐

小庭春老。碧砌红萱草。长忆小阑闲共绕。携手绿丛含笑。　　别来音信全乖。旧期前事堪猜。门掩日斜人静,落花愁点青苔。

按此下原有应天长三首:"一弯初月临鸾镜"一首,乃南唐李璟作,见南唐二主词。

李煜书云："先皇御制歌词。"(见直斋书录解题卷二十一)；"石城山下桃花绽"一
首,乃冯延巳作,见阳春集;"绿槐阴里黄莺语"一首,乃韦庄作,见花间集卷二。
兹俱不录。

凉州令　东堂石榴

翠树芳条飐。的的裙腰初染。佳人携手弄芳菲,绿阴红影,共展双
纹簟。插花照影窥鸾鉴。只恐芳容减。不堪零落春晚,青苔雨后
深红点。　　一去门闲掩。重来却寻朱槛。离离秋实弄轻霜,娇
红脉脉,似见胭脂脸。人非事往眉空敛。谁把佳期赚。芳心只愿
长依旧,春风更放明年艳。

南　乡　子

翠密红繁。水国凉生未是寒。雨打荷花珠不定,轻翻。冷泼鸳鸯
锦翅斑。　　尽日凭阑。弄蕊拈花仔细看。偷得衷蹄新铸样,无
端。藏在红房艳粉间。

又

雨后斜阳。细细风来细细香。风定波平花映水,休藏。照出轻盈
半面妆。　　路隔秋江。莲子深深隐翠房。意在莲心无问处,难
忘。泪裹红腮不记行。

鹊　桥　仙

月波清霁,烟容明淡,灵汉旧期还至。鹊迎桥路接天津,映夹岸、星
榆点缀。　　云屏未卷,仙鸡催晓,肠断去年情味。多应天意不教
长,恁恐把、欢娱容易。

　　按此下原有芳草渡"梧桐落"一首,乃冯延巳作,见阳春集,兹不录。

圣 无 忧

珠帘卷，暮云愁。垂杨暗锁青楼。烟雨濛濛如画，轻风吹旋收。

香断锦屏新别，人闲玉簟初秋。多少旧欢新恨，书杳杳、梦悠悠。

按此首调名原缺，据醉翁琴趣外篇卷六补。

又按此下原有更漏子"风带寒"一首，乃冯延巳作，见阳春集，今不录。

摸 鱼 儿

卷绣帘、梧桐秋院落，一霎雨添新绿。对小池闲立残妆浅，向晚水纹如縠。凝远目。恨人去寂寂，风枕孤难宿。倚阑不足。看燕拂风檐，蝶翻露草，两两长相逐。　　双眉促。可惜年华婉娩，西风初弄庭菊。况伊家年少，多情未已难拘束。那堪更趁凉景，追寻甚处垂杨曲。佳期过尽，但不说归来，多应忘了，云屏去时祝。

少 年 游

去年秋晚此园中。携手玩芳丛。拈花嗅蕊，恼烟撩雾，拚醉倚西风。　　今年重对芳丛处，追往事、又成空。敲遍阑干，向人无语，惆怅满枝红。

又

肉红圆样浅心黄。枝上巧如装。雨轻烟重，无憀天气，啼破晓来妆。　　寒轻贴体风头冷，忍抛弃、向秋光。不会深心，为谁惆怅，回面恨斜阳。

又

玉壶冰莹兽炉灰。人起绣帘开。春丛一夜，六花开尽，不待剪刀

催。　　　　洛阳城阙中天起,高下遍楼台。絮乱风轻,拂鞍沾袖,归
路似章街。

> 按此下原有行香子"舞雪歌云"一首,别见吴讷本、侯文灿本张子野词。据诗话总
> 龟前集卷四十引古今诗话,此实张先作。今不录。

鹧　鸪　天

学画宫眉细细长。芙蓉出水门新妆。只知一笑能倾国,不信相看
有断肠。　　　　双黄鹄,两鸳鸯。迢迢云水恨难忘。早知今日长相
忆,不及从初莫作双。以上欧阳文忠公近体乐府卷三(欧阳文忠公集卷一百三十
三),五十首(原六十首,十首未录)

> 按近体乐府卷三末续添词有水调歌头"万顷太湖上"和苏子美沧浪亭词一首,注
> 出兰畹集。据龚鼎臣东原录引其第三句"吴王去后",乃尹洙所作。龚鼎臣与尹
> 洙、欧阳修等同时,所言当可据。今不录。
> 以上欧阳文忠公近体乐府,用双照楼景刊宋金元明本词。

千　秋　岁

罗衫满袖,尽是忆伊泪。残妆粉,馀香被。手把金尊酒,未饮先如
醉。但向道,厌厌成病皆因你。　　　　离思迢迢远,一似长江水。去
不断,来无际。红笺著意写,不尽相思意。为个甚,相思只在心儿
里。

又

画堂人静,翡翠帘前月。鸳帷凤枕虚铺设。风流难管束,一去音书
歇。到而今,高梧冷落西风切。　　　　未语先垂泪,滴尽相思血。魂
欲断,情难绝。都来些子事,更与何人说。为个甚,心头见底多离
别。

醉 蓬 莱

见羞容敛翠,嫩脸匀红,素腰袅娜。红药阑边,恼不教伊过。半掩
娇羞,语声低颤,问道有人知么。强整罗裙,偷回波眼,佯行佯坐。

更问假如,事还成后,乱了云鬟,被娘猜破。我且归家,你而今
休呵。更为娘行,有些针线,诮未曾收啰。却待更阑,庭花影下,重
来则个。

于 飞 乐

宝奁开,美鉴静,一掬清蟾。新妆脸,旋学花添。蜀红衫,双绣蝶、
裙缕鹣鹣。寻思前事,小屏风、仍画江南。　　　怎空教、草解宜男。
柔桑密、又过春蚕。正阴晴天气,更暝色相兼。佳期消息,曲房西、
碎月筛帘。

按此首别又见张子野词卷二。

鼓 笛 慢

缕金裙窣轻纱,透红莹玉真堪爱。多情更把,眼儿斜盼,眉儿敛黛。
舞态歌阑,困偎香脸,酒红微带。便直饶、更有丹青妙手,应难写、
天然态。　　　长恐有时不见,每饶伊、百般娇騃。眼穿肠断,如今
千种,思量无奈。花谢春归,梦回云散,欲寻难再。暗消魂,但觉鸳
衾凤枕,有馀香在。

看 花 回

晓色初透东窗,醉魂方觉。恋恋绣衾半拥,动万感脉脉,春思无托。
追想少年,何处青楼贪欢乐。当媚景,恨月愁花,算伊全妄风帏约。

空泪滴、真珠暗落。又被谁、连宵留著。不晓高天甚意,既付

与风流,却恁情薄。细把身心自解,只与猛拚却。又及至、见来了,
怎生教人恶。

蝶　恋　花

几度兰房听禁漏。臂上残妆,印得香盈袖。酒力融融香汗透。春
娇入眼横波溜。　　不见些时眉已皱。水阔山遥,乍向分飞后。
大抵有情须感旧。肌肤拚为伊销瘦。

又　咏枕儿

宝琢珊瑚山样瘦。缓髻轻拢,一朵云生袖。昨夜佳人初命偶。论
情旋旋移相就。　　几叠鸳衾红浪皱。暗觉金钗,磔磔声相扣。
一自楚台人梦后。凄凉暮雨沾茵绣。

又

一掬天和金粉腻。莲子心中,自有深深意。意密莲深秋正媚。将
花寄恨无人会。　　桥上少年桥下水。小〔棹〕(掉)归时,不语牵红
袂。浪溅荷心圆又碎。无端欲伴相思泪。

又

百种相思千种恨。早是伤春,那更春醪困。薄幸辜人终不愤。何
时枕畔分明问。　　懊恼风流心一寸。强醉偷眠,也即依前闷。
此意为君君不信。泪珠滴尽愁难尽。

武　陵　春

宝幄华灯相见夜,妆脸小桃红。斗帐香檀翡翠笼。携手恨匆匆。
　　金泥双结同心带,留与记情浓。却望行云十二峰。肠断月斜

钟。以上十一首见醉翁琴趣外篇卷一

梁 州 令

红杏墙头树。紫萼香心初吐。新年花发旧时枝，徘徊千绕，独共东风语。阳台一梦如云雨。为问今何处。离情别恨多少，条条结向垂杨缕。　　此事难分付。初心本谁先许。窃香解佩两沉沉，知他而今，记得当初否。谁教薄幸轻相误。不信道、相思苦。如今却恁空追悔，元来也会忆人去。

渔 家 傲

为爱莲房都一柄。双苞双蕊双红影。雨势断来风色定。秋水静。仙郎彩女临鸾镜。　　妾有容华君不省。花无恩爱犹相并。花却有情人薄幸。心耿耿。因花又染相思病。

按花草粹编卷七此首误作颍上陶生词。

又

昨日采花花欲尽。隔花闻道潮来近。风猎紫荷声又紧。低难奔。莲茎刺惹香腮损。　　一缕艳痕红隐隐。新霞点破秋蟾晕。罗袖挹残心不稳。羞人问。归来剩把胭脂衬。

又

一夜越溪秋水满。荷花开过溪南岸。贪采嫩香星眼慢。疏回盷。郎船不觉来身畔。　　罢采金英收玉腕。回身急打船头转。荷叶又浓波又浅。无方便。教人只得抬娇面。

又

近日门前溪水涨。郎船几度偷相访。船小难开红斗帐。无计向。合欢影里空惆怅。　　愿妾身为红菡萏。年年生在秋江上。重愿郎为花底浪。无隔障。随风逐雨长来往。

　　　　按花草粹编卷七此首误作颖上陶生词。

又

妾解清歌并巧笑。郎多才俊兼年少。何事抛儿行远道。无音耗。江头又绿王孙草。　　昔日采花呈窈窕。玉容长笑花枝老。今日采花添懊恼。伤怀抱。玉容不及共枝好。

一　斛　珠

今朝祖宴。可怜明夜孤灯馆。酒醒明月空床满。翠被重重，不似香肌暖。　　愁肠恰似沉香篆。千回万转萦还断。梦中若得相寻见。却愿春宵，一夜如年远。

惜　芳　时

因倚兰台翠云髻。睡未足、双眉尚锁。潜身走向伊行坐。孜孜地、告他梳裹。　　发妆酒冷重温过。道要饮、除非伴我。丁香嚼碎偎人睡，犹记恨、夜来些个。以上八首见醉翁琴趣外篇卷二

洞 仙 歌 令

楼前乱草，是离人方寸。倚遍阑干意无尽。罗巾掩，宿粉残眉、香未减，人与天涯共远。　　香闺知人否，长是厌厌，拟写相思寄归信。未写了，泪成行、早满香笺。相思字、一时滴损。便直饶、伊家

总无情，也拚了一生，为伊成病。

又

情知须病，奈自家先肯。天甚教伊恁端正。忆年时、兰棹独倚春风，相怜处、月影花光相映。　　别来凭谁诉，空寄香笺，拟问前欢甚时更。后约与新期，易失难寻，空肠断、损风流心性。除只把、芳尊强开颜，奈酒到愁肠，醉了还醒。

鹊　踏　枝

一曲尊前开画扇。暂近还遥，不语仍低面。直至情多缘少见。千金不直双回眄。　　苦恨行云容易散。过尽佳期，争向年芳晚。百种寻思千万遍。愁肠不似情难断。

品　令

渐素景。金风劲。早是凄凉孤冷。那堪闻、蛩吟穿金井。唤愁绪难整。　　懊恼人人薄幸。负云期雨信。终日望伊来，无凭准。闷损我、也不定。

燕　归　梁

风摆红藤卷绣帘。宝鉴慵拈。日高梳洗几时忺。金盆水、弄纤纤。　　鬓云谩觯残花淡，和娇媚、瘦尫尫。离情更被宿醒兼。空惹得、病厌厌。

按此首别又见杜安世杜寿域词。

又

屏里金炉帐外灯。掩春睡腾腾。绿云堆枕乱鬅鬙。犹依约、那回

曾。　　　人生少有,相怜到老,宁不被天憎。而今前事总无凭。空
赢得、瘦棱棱。

圣 无 忧

相别重相遇。恬如一梦须臾。尊前今日欢娱事,放盏旋成虚。
　　莫惜斗量珠玉,随他雪白髭鬚。人间长久身难得,鬥在不如吾。

锦 香 囊

一寸相思无著处。甚夜长难度。灯花前、几转寒更,桐叶上、数声
秋雨。　　真个此心终难负。况少年情绪。已交共、春蚕缠绵,终
不学、钿按“钿”原作“细”疑形近之误筝移柱。

系 裙 腰

水轩檐幕透薰风。银塘外、柳烟浓。方床遍展鱼鳞簟,碧纱笼。小
墀面、对芙蓉。　　玉人共处双鸳枕,和娇困、睡朦胧。起来意懒
含羞态,汗香融。系裙腰,映酥胸。

阮 郎 归

浓香搓粉细腰肢。青螺深画眉。玉钗撩乱挽人衣。娇多常睡迟。
　　绣帘角,月痕低。仙郎东路归。泪红满面湿胭脂。兰房怨别
离。

又

去年今日落花时。依前又见伊。淡匀双脸浅匀眉。青衫透玉肌。
　　才会面,便相思。相思无尽期。这回相见好相知。相知已是
迟。

又

玉肌花脸柳腰肢。红妆浅黛眉。翠鬟斜亸语声低。娇羞云雨时。
　　伊怜我，我怜伊。心儿与眼儿。绣屏深处说深期。幽情谁得知。

怨 春 郎

为伊家，终日闷。受尽栖惶谁问。不知不觉上心头，悄一霎身心顿也没处顿。　　恼愁肠，成寸寸。已恁莫把人萦损。奈每每人前道著伊，空把相思泪眼和衣搵。

滴 滴 金

尊前一把横波溜。彼此心儿有。曲屏深幌解香罗，花灯微透。　　偎人欲语眉先皱。红玉困春酒。为问鸳衾这回后。几时重又。

卜 算 子

极得醉中眠，迤逦翻成病。莫是前生负你来，今世里、教孤冷。　　言约全无定。是谁先薄幸。不惯孤眠惯成双，奈奴子、心肠硬。

感 庭 秋

红笺封了还重拆。这添追忆。且教伊见我，别来翠减香销端的。　　渌波平远，暮山重叠，算难凭鳞翼。倚危楼极目，无情细草长天色。以上十六首见醉翁琴趣外篇卷三

满 路 花

铜荷融烛泪，金兽啮扉环。兰堂春夜静，惜更残。落花风雨，向晓

作轻寒。金龟朝早,香衾馀暖,殢娇由自慵眠。　　小鬟无事须来唤,呵破点唇檀。回身还、却背屏山。春禽飞下,帘外日三竿。起来云鬟乱,不妆红粉,下阶且上秋千。

好 女 儿 令

眼细眉长。宫样梳妆。靸鞋儿走向花下立著。一身绣出,两同心字,浅浅金黄。　　早是肌肤轻渺,抱著了、暖仍香。姿姿媚媚端正好,怎教人别后,从头仔细,断得思量。

南 乡 子

浅浅画双眉。取次梳妆也便宜。洒着胭脂红扑面,须知。更有何人得似伊。　　宝帐烛残时。好个温柔模样儿。月里仙郎清似玉,相期。些子精神更与谁。

又

好个人人,深点唇儿淡抹腮。花下相逢、忙走怕人猜。遗下弓弓小绣鞋。　　刬袜重来。半軃乌云金凤钗。行笑行行连抱得,相挨。一向娇痴不下怀。

踏 莎 行

碧藓回廊,绿杨深院。偷期夜入帘犹卷。照人无奈月华明,潜身却恨花深浅。　　密约如沉,前欢未便。看看掷尽金壶箭。阑干敲遍不应人,分明帘下闻裁剪。

　　按此首别误作明人袁宏道词,见古今别肠词选卷二。

又

云母屏低，流苏帐小。矮床薄被秋将晓。乍凉天气未寒时，平明窗外闻啼鸟。　　困殢榴花，香添蕙草。佳期须及朱颜好。莫言多病为多情，此身甘向情中老。

诉　衷　情

歌时眉黛舞时腰。无处不妖饶。初剪菊、欲登高。天气怯鲛绡。　　紫丝障，绿杨桥。路迢迢。酒阑歌罢，一度归时，一度魂消。

又

离怀酒病两忡忡。欹枕梦无踪。可怜有人今夜，胆小怯房空。　　杨柳绿，杏梢红。负春风。迢迢别恨，脉脉归心，付与征鸿。

恨　春　迟

欲借江梅荐饮。望陇驿、音息沉沉。住在柳州东，彼此相思，梦回云去难寻。　　归燕来时花期浸。淡月坠、将晓还阴。争奈多情易感，风信无凭，如何消遣初心。

按此首别又见张先张子野词卷一。

盐　角　儿

增之太长，减之太短，出群风格。施朱太赤，施粉太白，倾城颜色。　　慧多多，娇的的。天付与、教谁怜惜。除非我、偎著抱著，更有何人消得。

又

人生最苦,少年不得,鸳帏相守。西风时节,那堪话别,双〔蛾〕(娥)频皱。　　暗消魂,重回首。奈心儿里、彼此皆有。后时我、两个相见,管取一双清瘦。

忆 秦 娥

十五六,脱罗裳,长恁黛眉蹙。红玉暖,入人怀,春困熟。　　展香茵,帐前明画烛。眼波长,斜浸鬓云绿。看不足。苦残宵、更漏促。

少 年 游

绿云双䰂插金翘。年纪正妖饶。汉妃束素,小蛮垂柳,都占洛城腰。　　锦屏春过衣初减,香雪暖凝消。试问当筵眼波恨,滴滴为谁娇。以上十三首见醉翁琴趣外篇卷四

踏 莎 行 慢

独自上孤舟,倚危樯目断。难成暮雨,更朝云散。凉劲残叶乱。新月照、澄波浅。今夜里,厌厌离绪难销遣。　　强来就枕,灯残漏永,合相思眼。分明梦见如花面。依前是、旧庭院。新月照,罗幕挂,珠帘卷。渐向晓,脉然睡觉如天远。

蕙 香 囊

身作琵琶,调全宫羽,佳人自然用意。宝檀槽在雪胸前,倚香脐、横枕琼臂。　　组带金钩,背垂红绶,纤指转弦韵细。愿伊只恁拨梁州,且多时、得在怀里。

玉 楼 春

艳冶风情天与措。清瘦肌肤冰雪妒。百年心事一宵同,愁听鸡声
窗外度。　　信阻青禽云雨暮。海月空惊人两处。强将离恨倚江
楼,江水不能流恨去。

又 印眉

半辐霜绡亲手剪。香染青蛾和泪卷。画时横接媚霞长,印处双沾
愁黛浅。　　当时付我情何限。欲使妆痕长在眼。一回忆著一拈
看,便似花前重见面。

又

红楼昨夜相将饮。月近珠帘花近枕。银缸照客酒方酣,玉漏催人
街已禁。　　晚潮去棹浮清浸。古岸平芜萧索甚。大都薄宦足离
愁,不放双鸳长恁恁。

又

金雀双鬟年纪小。学画娥眉红淡扫。尽人言语尽人怜,不解此情
惟解笑。　　稳着舞衣行动俏。走向绮筵呈曲妙。刘郎大有惜花
心,只恨寻花来较早。

又

夜来枕上争闲事。推倒屏山褰绣被。尽人求守不应人,走向碧纱
窗下睡。　　直到起来由自殢。向道夜来真个醉。大家恶发大家
休,毕竟到头谁不是。以上七首见醉翁琴趣外篇卷五

定　风　波

把酒花前欲问伊。问伊还记那回时。黯淡梨花笼月影。人静。画
堂东〔畔〕(伴)药阑西。　　　及至如今都不认。难问。有情谁道不
相思。何事碧窗春睡觉。偷照。粉痕匀却湿胭脂。

减字木兰花

去年残腊。曾折梅花相对插。人面而今。空有花开无处寻。
天天不远。把酒拈花重发愿。愿得和伊。偎雪眠香似旧时。

又

年来方寸。十日幽欢千日恨。未会此情。白尽人头可得平。
区区堪比。水趁浮萍风趁水。试望瑶京。芳草随人上古城。

迎　春　乐

薄纱衫子裙腰匝。步轻轻、小罗鞅。人前爱把眼儿剳。香汗透、胭
脂蜡。　　　良夜永、幽期欢则洽。约重会、玉纤频插。执手临归,
犹且更待留时霎。

一　落　索

小桃风撼香红碎。满帘笼花气。看花何事却成愁,悄不会、春风
意。　　　窗在梧桐叶底。更黄昏雨细。枕前前事上心来,独自个、
怎生睡。

夜　行　船

闲把鸳衾横枕。损眉尖、泪痕红沁。花时良夜不归来,忍频听、漏

移清禁。　　一饷无言都未寝。忆当初、是谁先恁。及至如今,教人成病,风流万般徒甚。

又

轻捧香腮低枕。眼波媚、向人相浸。佯娇佯醉索如今,这风情、怎教人禁。　　却与和衣推未寝。低声地、告人休恁。月夕花朝,不成虚过,芳年嫁君徒甚。

望　江　南

江南柳,花柳两相柔。花片落时黏酒盏,柳条低处拂人头。各自是风流。　　江南月,如镜复如钩。似镜不侵红粉面,似钩不挂画帘头。长是照离愁。

按此阕下半首或附会作元僧竺月华词,见留青日札卷二十一。

又

江南柳,叶小未成阴。人为丝轻那忍折,莺嫌枝嫩不胜吟。留著待春深。　　十四五,闲抱琵琶寻。阶上簸钱阶下走,恁时相见早留心。何况到如今。

按此首上半阕或附会作宋高宗赵构词,见词苑萃编卷十三引周淙辇下纪事。别又附会作元僧竺月华词,见留青日札卷二十一。

宴　瑶　池

恋眼哝心终未改。向意间长在。都缘为、颜色殊常,见馀花、尽无心爱。　　都为是风流瞫。至他人、强来斯坏。从今后、若得相逢,绣帏里、痛惜娇态。

解 仙 佩

有个人人牵系。泪成痕、滴尽罗衣。问海约山盟何时。镇教人、目断魂飞。　　梦里似偎人睡。肌肤依旧骨香腻。觉来但堆鸳被。想忡忡、那里争知。以上十一首见醉翁琴趣外篇卷六

渔 家 傲

战胜归来飞捷奏。倾贺酒。玉阶遥献南山寿。东轩笔录卷十

少 年 游

阑干十二独凭春。晴碧远连云。千里万里，二月三月，行色苦愁人。　　谢家池上，江淹浦畔，吟魄与离魂。那堪疏雨滴黄昏。更特地、忆王孙。能改斋漫录卷十七

按词律卷五此首误作梅尧臣词。

桃源忆故人

碧纱影弄东风晓。一夜海棠开了。枝上数声啼鸟。妆点愁多少。　　妒云恨雨腰支袅。眉黛不忺重扫。薄幸不来春老。羞带宜男草。全芳备祖前集卷七海棠门

按草堂诗馀前集卷下此首无撰人姓氏。类编草堂诗馀卷一误作秦观词。文津阁四库全书本全芳备祖亦作秦观词，盖馆臣误改。

阮 郎 归

雪霜林际见依稀。清香已暗期。前村已遍倚南枝。群花犹未知。　　情似旧，赏休迟。看看陇上吹。便从今日赏芳菲。韶华取次归。花草粹编卷四

存 目 词

调 名	首 句	出 处	附 注
归 自 谣	何处笛	近体乐府卷一	冯延巳词,见阳春集。词附录于后
又	春艳艳	又	又
又	寒水碧	又	又
长 相 思	深画眉	又	白居易词,见唐宋诸贤绝妙词选卷一。又罗泌校近体乐府云:尊前集作唐无名氏。词附录于后
瑞 鹧 鸪	楚王台上一神仙	又	唐吴融诗,见才调集卷二。词附录于后
阮 郎 归	东风临水日衔山	又	冯延巳词,见阳春集。词已见晏殊存目附录
又	南园春早踏青时	又	冯延巳词,见阳春集,词附录于后
又	角声吹断陇梅枝	又	又
蝶 恋 花	六曲阑干偎碧树	近体乐府卷二	冯延巳词,见阳春集,词已见晏殊存目附录
又	遥夜亭皋闲信步	又	李冠词,见唐宋诸贤绝妙词选卷六
又	庭院深深几许	又	冯延巳词,见阳春集。词附录于后
又	谁道闲情抛弃久	又	又
又	几日行云何处去	又	又
一 丛 花	伤春怀远几时穷	近体乐府卷三	张先词,见张子野词卷一

调　名	首　　句	出　　处	附　　　　　注
千 秋 岁	数声鶗鴂	又	张先词,见乐府雅词卷上
清 平 乐	雨晴烟晚	又	冯延巳词,见阳春集。词附录于后
应 天 长	一弯初月临鸾镜	又	李璟词,见南唐二主词。词附录于后
又	石城山下桃花绽	又	冯延巳词,见阳春集。词附录于后
又	绿槐阴里黄莺语	又	韦庄词,见花间集卷二。词附录于后
芳 草 渡	梧桐落	又	冯延巳词,见阳春集。词附录于后
更 漏 子	风带寒	又	又
行 香 子	舞雪歌云	又	张先词,见吴讷本张子野词
水调歌头	万顷太湖上	又	尹洙作,见东原录
贺 明 朝	忆昔花间初识面	醉翁琴趣外篇卷二	欧阳炯词,见花间集卷六。词附录于后
一 斛 珠	晓妆初过	又	李煜词,见尊前集。词附录于后
南 乡 子	细雨湿花	醉翁琴趣外篇卷五	冯延巳词,见阳春集。词附录于后
浣 溪 沙	楼倚江边百尺高	又	张先词,见乐府雅词卷上
又	天碧罗衣拂地垂	又	欧阳炯词,见花间集卷五。词附录于后
江 神 子	碧阑干外小中亭	又	张泌词,见花间集卷五及尊前集。词附录于后
夜 行 船	昨夕佳期初共	醉翁琴趣外篇卷六	谢绛词,见唐宋诸贤绝妙词选卷二
舞 春 风	严妆才罢怨春风	阳春集注引兰畹集	冯延巳词,见阳春集。词附录于后

调　　名	首　　句	出　　　处	附　　　　注
望 梅 花	春草全无消息	梅苑卷五	和凝词，见花间集卷六。词附录于后
断　　句	绮罗纤缕见肌肤	胡伟宫词	欧阳炯浣溪沙词，见花间集卷五
又	金井辘轳闻汲水	陈元龙详注周美成词片玉集卷九蝶恋花词注	欧阳修诗句
又	钗裁艾虎	岁时广记卷二十一	杨无咎齐天乐，见逃禅词
瑞 鹤 仙	脸霞红印枕	草堂诗馀前集卷上	陆淞词，见绝妙好词卷一
断　　句	玉京此去春犹浅	草堂诗馀后集卷上李邴小冲山词注	汪存步蟾宫，见花草粹编卷六
忆 王 孙	同云风扫雪初晴	类编草堂诗馀卷一	李重元词，见唐宋诸贤绝妙词选卷七
青 玉 案	一年春事都来几	又	无名氏词，见草堂诗馀前集卷上
如 梦 令	门外绿阴千顷	杨金本草堂诗馀前集卷下	曹组词，见乐府雅词卷下
一 斛 珠	伤春怀抱	京本通俗小说西山一窟鬼	晁端礼词，见闲斋琴趣外篇卷四
忆 秦 娥	花深深	古杭杂记	郑文妻词，见古杭杂记
断　　句	海棠经雨胭脂透	弇州山人词评	王雱或无名氏词，见乐府雅词拾遗卷上(倦寻芳慢)或草堂诗馀前集卷上(锦缠道)
浣 溪 沙	午醉西桥夕未醒	续选草堂诗馀卷上	晏几道词，见小山词
又	雨过残红湿未飞	类选笺释草堂诗馀卷一	周邦彦词，见片玉词卷三

调　　名	首　　句	出　　处	附　　　　注
又	小院闲窗春色深	韩俞臣本草堂诗馀卷一	李清照词,见乐府雅词卷下
又	漠漠轻寒上小楼	草堂诗馀续集卷上	秦观词,见淮海居士长短句卷中
又	香靥凝羞一笑开	又	又
浪 淘 沙	帘外五更风	又	无名氏词,见词林万选卷四
千 秋 岁	柳花飞尽	草堂诗馀续集卷下	明杨基词,见眉庵集卷十二。词附录于后
锦 缠 道	燕子呢喃	草堂诗馀正集卷二 宋祁词注:一刻欧阳	无名氏词,见草堂诗馀前集卷上
锦 堂 春	楼上萦帘弱絮	古今词统卷六	赵令畤词,见唐宋诸贤绝妙词选卷六
献 衷 心	见好花颜色	记红集卷二	欧阳炯词,见花间集卷六。词附录于后
浣 溪 沙	二月春光厌落梅	历代诗馀卷六	晏几道词,见小山词
朝 中 措	暮山环翠绕层阑	历代诗馀卷十七	李之仪词,见姑溪词
临 江 仙	绿暗汀洲三月暮	词学筌蹄卷四	无名氏作,见草堂诗馀前集卷上
凤 楼 春	凤髻绿云丛	词鹄初编卷五	欧阳炯作,见花间集卷六

归 自 谣

何处笛。深夜梦回情脉脉。竹风檐雨寒窗隔。　　离人几岁无消息。今头白。不眠特地重相忆。

又

春艳艳。江上晚山三四点。柳丝如剪花如染。　　香闺寂寂门半
掩。愁眉敛。泪珠滴破胭脂脸。

又

寒水碧。水上何人吹玉笛。扁舟远送潇湘客。　　芦花千里霜月
白。伤行色。来朝便是关山隔。

长 相 思

深画眉。浅画眉。蝉鬓鬖鬖云满衣。阳台行雨回。　　巫山高，
巫山低。暮雨萧萧郎不归。空房独守时。

瑞鹧鸪　此词本李商隐诗，公尝笔于扇云，可入此腔歌之

楚王台上一神仙。眼色相看意已传。见了又休还似梦，坐来虽近
远如天。　　陇禽有恨犹能说、江月无情也解圆。更被春风送惆
怅，落花飞絮两翩翩。

阮 郎 归

南园春早踏青时。风和闻马嘶。青梅如豆柳如眉。日长蝴蝶飞。
　　花露重，草烟低。人家帘幕垂。秋千慵困解罗衣。画梁双燕
栖。

又

角声吹断陇梅枝。孤窗月影低。塞鸿无限欲惊飞。城乌休夜啼。
　　寻断梦，掩深闺。行人去路迷。门前杨柳绿阴齐。何时闻马

嘶。

蝶 恋 花

庭院深深深几许。杨柳堆烟，帘幕无重数。玉勒雕鞍游冶处。楼
高不见章台路。　　雨横风狂三月暮。门掩黄昏，无计留春住。
泪眼问花花不语。乱红飞过秋千去。

又

谁道闲情抛弃久。每到春来，惆怅还依旧。日日花前常病酒。不
辞镜里朱颜瘦。　　河畔青芜堤上柳。为问新愁，何事年年有。
独立小桥风满袖。平林新月人归后。

又

几日行云何处去。忘了归来，不道春将暮。百草千花寒食路。香
车系在谁家树。　　泪眼倚楼频独语。双燕来时，陌上相逢否。
撩乱春愁如柳絮。依依梦里无寻处。

应 天 长

一弯初月临鸾镜。云鬓凤钗慵不整。珠帘净。重楼迥。惆怅落花
风不定。　　绿烟低柳径。何处辘轳金井。昨夜更阑酒醒。春愁
胜却病。

又

石城山下桃花绽。宿雨初晴云未散。南去棹，北飞雁。水阔山遥
肠欲断。　　倚楼情绪懒。惆怅春心无限。燕度兼葭风晚。欲归
愁满面。

又

绿槐阴里黄莺语。深院无人日正午。绣帘垂,金凤舞。寂寞小屏香一炷。　　碧云凝合处。空役梦魂来去。昨夜绿窗风雨。问君知也否。

清 平 乐

雨晴烟晚。绿水新池满。双燕飞来垂柳院。小阁画帘高卷。
黄昏独倚朱阑。西南初月眉弯。砌下落花风起,罗衣特地春寒。

芳 草 渡

梧桐落,蓼花秋。烟初冷,雨才收。萧条风物正堪愁。人去后,多少恨,在心头。　　燕鸿远。羌笛怨。渺渺澄波一片。山如黛,月如钩。笙歌散,梦魂断,倚高楼。

更 漏 子

风带寒,枝正好。兰蕙无端先老。情悄悄,梦依依。离人殊未归。
　　褰罗幕。凭朱阁。不独堪悲摇落。月东出,雁南飞。谁家夜捣衣。

贺 明 朝

忆昔花间初识面。红袖半遮妆脸。轻转石榴裙带,故将纤纤玉指,偷捻双凤金线。　　碧梧桐锁深深院。谁料得、两情何日教缱绻。羡春来双燕,飞到玉楼,朝暮相见。

一　斛　珠

晓妆初过。浓檀轻注些儿个。见人微露丁香颗。一曲清歌,渐引樱桃破。　　罗袖裛残殷色可。杯深旋被香醪污。绣床斜凭情无那。乱嚼红茸,笑向檀郎唾。

南　乡　子

细雨湿花,芳草年年惹恨长。烟锁画楼无限事,茫茫。粉鉴鸳衾两断肠。　　魂梦悠扬。曛起杨花满绣床。薄幸不来门半掩,斜阳。负你残春泪两行。

浣　溪　沙

天碧罗衣拂地垂。美人初著更相宜。花风如舞透香肌。　　独坐含矉吹凤竹,园中缓步折花枝。有情无力殢人时。

江　神　子

碧阑干外小中亭,雨初晴。早莺声。飞絮落花,天气近清明。睡觉卷帘匀面了,无个事、没心情。　　窄罗衫子薄罗裙。小腰身。晚妆新。每到花时,长是不宜春。早是自家无气力,更被你、恶怜人。

舞　春　风

严妆才罢怨春风。粉墙画壁宋家东。蕙兰有恨枝尤绿,桃李无言花自红。　　燕燕巢时罗幕卷,莺莺啼处凤楼空。少年薄幸知何处,每夜归来春梦中。

望　梅　花

春草全无消息。腊雪犹馀踪迹。越岭寒梅香自折。冷艳奇芳堪惜。何事寿阳无处觅。吹入谁家横笛。

千秋岁　春恨

柳花飞尽。鱼鸟无音信。杯减量,愁添鬓。梅酸心未老,藕断丝犹嫩。欢笑地,转头都做江淹恨。　　香冷灰消印。灯暗煤生晕。空自解,谁揪问。夜长春梦短,人远天涯近。庭院晚,一帘风雨寒成阵。草堂诗馀续集卷下

献　衷　心

见好花颜色,争笑东风。双脸上,晚妆同。闭小楼深阁,春景重重。三五夜,偏有恨,月明中。　　情未已,信曾通。满衣犹自染檀红。恨不如双燕,飞舞帘栊。春欲暮,残絮尽,柳条空。记红集卷二

荣　谔

谔字仲思,任城(今山东济宁)人。景德四年(1007)生。举进士,嘉祐中广东转运使。累官秘书监。熙宁四年(1071)卒,年六十五。

南　乡　子

江上野梅芳。粉色盈盈照路傍。闲折一枝和雪嗅,思量。似个人人玉体香。　　特地起愁肠。此恨谁人与寄将。山馆寂寥天欲暮,凄凉。人转迢迢路转长。梅苑卷七

王　琪

　　琪字君玉，华阳人，徙舒（今安徽庐江）。举进士，调江都主簿，天圣三年（1025），召试，授大理评事、馆阁校勘。历集贤校理、知制诰、加枢密直学士。以礼部侍郎致仕，卒年七十二。所制乐府名谪仙长短句，今不传。

定　风　波

把酒花前欲问天。春来秋去苦茫然。风雨满枝花满地。何事。却教纤草占流年。　　试把钿筝重促柱。无绪。酒阑清泪滴朱弦。赖有玉人相顾好。轻笑。却疑春色在婵娟。山谷题跋卷九

祝　英　台

可堪妒柳羞花，下床都懒，便瘦也教春知道。张氏拙轩集卷五引王君玉词。

　　按此数句有全篇，见浩然斋雅谈卷下，作王澡词。

望江南　柳

江南柳，烟穗拂人轻。愁黛空长描不似，舞腰虽瘦学难成。天意与风情。　　攀折处，离恨几时平。已纵柔条萦客棹，更飞狂絮扑旗亭。三月乱莺声。唐宋诸贤绝妙词选卷三

二

江南酒，何处味偏浓。醉卧春风深巷里，晓寻香旆小桥东。竹叶满金钟。　　檀板醉，人面粉生红。青杏黄梅朱阁上，鲥鱼苦笋玉盘中。酩酊任愁攻。花草粹编卷五

三

江南燕,轻飏绣帘风。二月池塘新社过,六朝宫殿旧巢空。颉颃恣
西东。　王谢宅,曾入绮堂中。烟径掠花飞远远,晓窗惊梦语匆
匆。偏占杏园红。能改斋漫录卷十七

四

江南竹,清润绝纤埃。深径欲留双凤宿,后庭偏映小桃开。风月影
徘徊。　寒玉瘦,霜霰信相催。粉泪空流妆点在,羊车曾傍翠枝
来。龙笛莫轻裁。

五

江南草,如种复如描。深映落花莺舌乱,绿迷南浦客魂销。日日斗
青袍。　风欲转,柔态不胜娇。远翠天涯经夜雨,冷痕沙上带昏
潮。谁梦与兰苕。以上二首见花草粹编卷五

六　江景

江南雨,风送满长川。碧瓦烟昏沉柳岸,红绡香润入梅天。飘洒正
潇然。　朝与暮,长在楚峰前。寒夜愁攲金带枕,暮江深闭木兰
船。烟浪远相连。唐宋诸贤绝妙词选卷三

七

江南水,江路转平沙。雨霁高烟收素练,风晴细浪吐寒花。迢递送
星槎。　名利客,飘泊未还家。西塞山前渔唱远,洞庭波上雁行
斜。征棹宿天涯。花草粹编卷五

八　江乡

江南岸，云树半晴阴。帆去帆来天亦老，潮生潮落日还沉。南北别
离心。　　兴废事，千古一沾襟。山下孤烟渔市晓，柳边疏雨酒家
深。行客莫登临。唐宋诸贤绝妙词选卷三

九

江南月，清夜满西楼。云落开时冰吐鉴，浪花深处玉沉钩。圆缺几
时休。　　星汉迥，风露入新秋。丹桂不知摇落恨，素娥应信别离
愁。天上共悠悠。

十

江南雪，轻素剪云端。琼树忽惊春意早，梅花偏觉晓香寒。冷影褫
清欢。　　蟾玉迥，清夜好重看。谢女联诗衾按衾字疑是褰字之误翠
幕，子猷乘兴泛平澜。空惜舞英残。以上二首见花草粹编卷五

　　按以上十首，出处不一，次序依花草粹编，未据出处先后。

失　调　名

金斗熨秋江。升庵诗话卷十一

　　按此句别见宋龚颐正芥隐笔记，未注明诗或词。杨慎以为词，未知何据。
以上王琪词十一首，断句二，用周泳先辑"谪仙长短句"，稍有增益。

存　目　词

　　古今别肠词选卷三载有王琪鬥百花"一叶扁舟前去"一首，不知所
据，非宋人词。古今别肠词选多以明人词误题宋人作，此亦明人
作也。附录于下。

鬥百花 江行

一叶扁舟前去。经过乱峰无数。渔村返照斜阳，鸟道高悬疏雨。危坐中流，堆起雪浪如山，尽被橛头冲破，胸次廓千古。　　雁阵惊寒，乱落平沙深处。投至十里芦花，暂时修羽。低问篙师，萧萧江上何声，风触两边红树。古今别肠词选卷三

陈凤仪

　　凤仪，成都乐妓。与张方平同时，见墨庄漫录卷一。按林下词选卷五、词综卷三十误以陈凤仪为元人。

一络索 送蜀守蒋龙图

蜀江春色浓如雾。拥双旌归去。海棠也似别君难，一点点、啼红雨。　　此去马蹄何处。沙堤新路。禁林赐宴赏花时，还忆著、西楼否。唐宋诸贤绝妙词选卷十

苏舜钦

　　舜钦字子美。其先梓州人，家开封。易简孙。生于大中祥符元年(1008)。景祐元年(1034)进士。庆历四年(1044)，大理评事，召试，授集贤校理、监进奏院。坐用故纸钱，除名，居苏州，买水石，作沧浪亭以自适。终湖州长史。庆历八年(1048)卒，年四十一。有沧浪集。

水调歌头 沧浪亭

潇洒太湖岸，淡伫洞庭山。鱼龙隐处，烟雾深锁渺瀰间。方念陶朱张翰，忽有扁舟急桨，撇浪载鲈还。落日暴风雨，归路绕汀湾。

丈夫志,当景盛,耻疏闲。壮年何事憔悴,华髪改朱颜。拟借寒
潭垂钓,又恐鸥鸟相猜,不肯傍青纶。刺棹穿芦荻,无语看波澜。
唐宋诸贤绝妙词选卷三

解　昉

　　　昉官苏州司理。

永遇乐　春情

风暖莺娇,露浓花重,天气和煦。院落烟收,垂杨舞困,无奈堆金
缕。谁家巧纵,青楼弦管,惹起梦云情绪。忆当时、纹衾粲枕,未尝
暂孤鸳侣。　　芳菲易老,故人难聚。到此翻成轻误。阆苑仙遥,
蛮笺纵写、何计传深诉。青山绿水,古今长在,惟有旧欢何处。空
赢得、斜阳暮草,淡烟细雨。唐宋诸贤绝妙词选卷三

阳　台　梦

仙姿本寓。十二峰前住。千里行云行雨。偶因鹤驭过巫阳。邂逅
他、楚襄王。　　无端宋玉夸才赋。诬诞人心素。至今狂客到阳
台。也有痴心,望妾入、梦中来。花草粹编卷六

存　目　词

　　　填词图谱卷五有解昉庄椿岁"纶巾少住家山"一首,乃方味道作,
　　见截江网卷四。

韩　琦

　　　琦字稚圭,安阳人。生于大中祥符元年(1008)。天圣五年(1027)

进士。明道元年(1032),官太子中允,召试,授太常丞、直集贤院。嘉祐初,历同中书门下平章事、昭文馆大学士,累封魏国公。熙宁八年(1075)卒,年六十八。赠尚书令,谥忠献。徽宗论定策勋,赠魏郡王。有安阳集。

点 绛 唇

病起恹恹、画堂花谢添憔悴。乱红飘砌。滴尽胭脂泪。　　惆怅前春,谁向花前醉。愁无际。武陵回睇。人远波空翠。青箱杂记卷八

维 扬 好

二十四桥千步柳,春风十里上珠帘。

安 阳 好

安阳好,形势魏西州。曼衍山川环故国,升平歌吹沸高楼。和气镇飞浮。　　笼画陌,乔木几春秋。花外轩窗排远岫,竹间门巷带长流。风物更清幽。

又

安阳好,戟户使君宫。白昼锦衣清宴处,铁楹丹榭画图中。壁记旧三公。　　棠讼悄,池馆北园通。夏夜泉声来枕簟,春来花气透帘栊。行乐兴何穷。以上能改斋漫录卷十七

　　按以上二首俱见王安中初寮词,内有"白昼锦衣""旧三公"语,不似韩琦作。

望 江 南

维扬好,灵宇有琼花。千点真珠擎素蕊,一环明玉破香葩。芳艳信难加。　　如雪貌,绰约最堪夸。疑是八仙乘皓月,羽衣摇曳上云车。来会列仙家。琼花集卷三

存　目　词

眼儿媚 夏闺

石榴花发尚伤春。草色对斜曛。芙蓉面瘦,蕙兰心病,柳叶眉颦。

如年长昼虽难过,入夜更销魂。半窗淡月,三声鸣鼓,一个愁人。

沈　唐

唐字公述,韩琦之客。官大名府签判,后改辟签判渭州。

失调名 蝗虫三叠

不是这，下辈无礼，都缘是我，自家遭逢。

按原书云蝗虫三叠，似是词，姑收于此。

雨　中　花

有谁念我、如今霜鬓，远赴边堠。……身在碧云西畔，情随陇水东流。以上画墁录

霜　叶　飞

霜林凋晚，危楼迥，登临无限秋思。望中闲想，洞庭波面，乱红初坠。更萧索、风吹渭水。长安飞舞千门里。变景摧芳树，唯有兰衰暮丛，菊残馀蕊。　　回念花满华堂，美人一去，镇掩香闺经岁。又观珠露，碎点苍苔，败梧飘砌。谩赢得、相思泪眼，东君早作归来计。便莫惜丹青手，重与芳菲，万红千翠。乐府雅词拾遗卷上

念　奴　娇

杏花过雨，渐残红零落，胭脂颜色。流水飘香人渐远，难托春心脉脉。恨别王孙，墙阴目断，手把青梅摘。金鞍何处，绿杨依旧南陌。

消散云雨须臾，多情因甚，有轻离轻拆。燕语千般，争解说、些子伊家消息。厚约深盟，除非重见，见了方端的。而今无奈，寸肠千恨堆积。全芳备祖前集卷十杏花门

按此首京本通俗小说西山一窟鬼误作沈文述词。

望海潮 上太原知府王君贶尚书

山光凝翠，川容如画，名都自古并州。箫鼓沸天，弓刀似水，连营十

万貔貅。金骑走长楸。少年人一一,锦带吴钩。路入榆关,雁飞汾
水正宜秋。　　追思昔日风流。有儒将醉吟,才子狂游。松偃旧
亭,城高故国,空馀舞榭歌楼。方面倚贤侯。便恐为霖雨,归去难
留。好向西溪,恣携弦管宴兰舟。<small>唐宋诸贤绝妙词选卷六</small>

望南云慢　<small>木芙蓉</small>

木叶轻飞,乍雨歇亭皋,帘卷秋光。栏隈砌角,绽拒霜几处,蓓深浅
红芳。应恨开时晚,伴翠菊、风前并香。晓来寒露,嫩脸低凝,似带
啼妆。　　堪伤。记得佳人,当时怨别,盈腮泪粉行行。而今最
苦,奈千里身心,两处凄凉。感物成消黯,念旧欢、空劳寸肠。月斜
残漏,梦断孤帏,一枕思量。<small>花草粹编卷十一</small>

<small>　　以上沈唐词四首,断句二则,用周泳先辑沈公述词,稍有增删。</small>

存　目　词

调　名	首　　句	出　　处	附　　　　　注
霜 叶 飞	故宫秋晚	词谱卷三十五	无名氏作,见花草粹编卷十二
家 山 好	挂冠归去旧烟萝	天籁轩词谱卷五	刘述词,见湘山野录卷中

杜安世

<small>　　安世字寿域,京兆(今西安)人。全芳备祖称杜安世为杜郎中。有词一卷。</small>

鹤　冲　天

清明天气。永日愁如醉。台榭绿阴浓,薰风细。燕子巢方就,盆池

小,新荷蔽。恰是逍遥际。单夹衣裳,半栊软玉肌体。　　石榴美艳,一撮红绡比。窗外数修篁,寒相倚。有个关心处,难相见、空凝睇。行坐深闺里。懒更妆梳,自知新来憔悴。

两　同　心

巍巍剑外,寒霜覆林枝。望衰柳、尚色依依。暮天静、雁阵高飞。入碧云际。江山秋色,遣客心悲。　　蜀道崄岭行迟。瞻京都迢递。听巴峡、数声猿啼。惟独个、未有归计。漫空怅望,每每无言,独对斜晖。

玉　阑　干

珠帘怕_{按"怕"字原无,据花草粹编卷六补}卷春残景。小雨牡丹零欲_{按"欲"字原无,据花草粹编补}尽。庭轩悄悄燕高空,风飘絮、绿苔_{按"苔"下原有"暗"字,据花草粹编删}侵径_{按"径"字原无,据花草粹编补}。　　欲将幽恨传愁信,想后期、无个_{按"个"字原作"今",据花草粹编改}凭定。几回独睡不思量,还悠悠、梦里寻趁。

浣　溪　沙

模样偏宜掌上怜。云如双鬓玉如颜。身材轻妙眼儿单。　　幽会未成双怅望,深情欲诉两艰难。空教魂梦到巫山。

又

横画工夫想未全。双双文彩羽仪鲜。和鸣偕老是天然。　　暮雨并深流细草,暖风交颈傍清涟。羡他真个好因缘。

惜　春　令

春梦无凭犹懒起。银烛尽、画帘低垂。小庭杨柳黄金翠，桃脸两三
枝。　　妆阁慵梳洗。闷无绪、玉箫抛掷。絮飘纷纷人疏远，空对
日迟迟。

又

今夕重阳秋意深。篱边散、嫩菊开金。万里霜天林叶坠，萧索动离
心。　　臂上茱萸新。似旧年、堪赏光阴。百盏香醑且酬身。牛
山会难寻。

踏　莎　行

雨霁风光，春分天气。千花百草争明媚。画梁新燕一双双，玉笼鹦
鹉爱孤睡。　　薜荔依墙，莓苔满地。青楼几处歌声丽。蓦然旧
事上心头，无言敛皱眉山翠。

按此首别又见欧阳修近体乐府卷一。

又

夜雨朝晴，东风微冷。雕梁燕子闲相并。后园次第数芳菲，千香百
艳年年定。　　步险楼高，人赊途迥。烟芜冉冉斜阳暝。红笺写
尽寄无因，想伊不信人成病。

又

嫩柳成阴，残花双舞。尘消院落新经雨。洞房深掩日长天，珠帘时
有沉烟度。　　夜梦凄凉，晨妆薄注。香肌瘦尽宽金缕。到头终
是恶因缘，当初只被多情误。

又

闲院秋千，又还拆了。绿苔遍地青春老，画楼日晚燕归巢，红稀翠
盛梅初小。　　窈窕身轻，怎禁烦恼。罗衣渐减怯风峭。韶华好
景想多才。厌厌只为书音少。

端 正 好

槛菊愁烟沾秋露。天微冷、双燕辞去。月明空照别离苦。透素光、
穿朱户。　　夜来西风雕寒树。凭阑望、迢遥长路。花笺写就此
情绪。特寄传、知何处。

又

每逢春来长如病。玉容瘦、薄妆相称。双欢未经成孤令。奈厚约、
全无定。　　众禽啾唧声愁听。相思事、多少春恨。孤眠帐外银
缸耿。透一点、炉烟暝。

又

露落风高桐叶坠。小庭院、秋凉佳气。兰堂聚饮华筵启。罢令曲、
呈珠缀。　　晚天行云凝香袂。新声内、分明心意。玉炉初喷檀
烟起。敛愁在、双蛾翠。

又

野禽林栖啾唧语。闲庭院、残阳将暮。兰堂静悄珠帘窣。想玉人、
归何处。　　喜鹊几回薄无据。愁都在、双眉头聚。凄凉方感孤
鸳侣。对夜永、成愁绪。

菩　萨　蛮

游丝欲堕还重上。春残日永人相望。花共燕争飞。青梅细雨枝。
　　离愁终未解。忘了依前在。拟待不寻思。刚眠梦见伊。

<small>按此下原有菩萨蛮"花明月暗朦胧雾"一首,乃李煜作,见南唐二主词,今不录。</small>

又

锦机织了相思字。天涯路远无由寄。寒雁只衔芦。何曾解寄书。
　　缄封和血泪。目断西江水。拟欲托双鱼。问君情有无。

丑　奴　儿

樱桃谢了梨花发,红白相催。燕子归来。几处风帘绣户开。
人生乐事知多少,且酌金杯。管咽声哀。慢引萧娘舞一回。

<small>按此首又见晏殊珠玉词。别又误作晏几道词,见全芳备祖前集卷二十四樱桃花门。</small>
<small>又按此下原有丑奴儿"微风帘幕清明近"一首,乃冯延巳作,见阳春集,今不录。</small>

凤　衔　杯

人生不似月初圆。叹分飞、容易经年。凄惨断云片雨、□□□。
□□□、□□□。　　金钵小,玉槽悭。想至今、谁为相怜。多少
旧欢往事、一潸然。空牵惹、病缠绵。

又

留花不住怨花飞。向南园、情绪依依。可惜倚红斜白、一枝枝。经
宿雨、暮江披。　　凭朱槛,把金卮。对芳丛、惆怅多时。何况旧
欢新恨、阻心期。空满眼、是相思。

<small>按此首又见晏殊珠玉词。</small>

少 年 游

小轩深院是秋时。风叶堕高枝。疏帘静永,薄帷清夜,暑退觉寒微。　　凄凉天气离愁意,音书杳难期。多情成病不须医。更憔悴、转寻思。

玉 楼 春

玉烛光明正旦好。斗柄东回春太早。岭寒犹锁去年梅,江暖新催今岁草。　　蜀国熙熙冬令杪。更喜寿阳新梦觉。玉杯齐举乐音谐,遥想金阶天仗晓。

又

风解池冰蝉翅薄。庭树枝枯笼翠萼。背寒迎暖起犹慵,闲卷珠帘凭画阁。　　晴景融融烟漠漠。天际行人乖信约。病容先怯见春来,长到恁时添瘦削按"削"原作"恶",据花草粹编卷六改。

又

晴景融融春色浅。落尽梅花千万片。小池冰解水纹生,消息未闻梁上燕。　　楼倚轻寒风力软。目断孤云天自远。又还依旧去年时,寂寞病容人怪见。

又

三月牡丹呈艳态。壮观人间春世界。鲛绡玉槛作帏槛,淹雅洞中王母队。　　不奈风吹兼日曝。国貌天香无物赛。直须共赏莫轻孤,回首万金何处买。

又

纶命忽从天上至。便绾兵权辞漕计。汉廷起草旧郎官，蜀部坐筹新将帅。　　红旆碧幢春色里。娇马嘶风花片坠。送行今日短亭中，恼乱故人须尽醉。

又

春景抛人无处问。多谢石榴花又喷。茜罗揉出碎_{按"碎"原作"辟"，原校："辟"应"碎"。与吴讷本杜寿域词合，今从之}英繁，红蜡缕成香蕚润。血色新裙羞莫近。密叶柔条相间衬。雨馀寂寞假山傍，乡国尚遥西海信。

又

三月初三春渐老。遍地残花风暗扫。命俦啸侣拥笙歌，临水泛觞游宴好。　　浮利浮名何足道。丽景芳时须笑傲。今年不似去年欢，云海路长天杳杳。

河　满　子

细雨裛开红杏，新妆粉面鲜明。东君何事交来早，更无绿叶同荣。独倚青楼吟赏，目前无限轻盈。　　命薄不倚栏槛，或占_{原校：脱二字，在"或占"上郊垌}。清香繁艳真堪爱，枉教寂寞凋零。相次牡丹芍药，王孙谁道多情。

又

柳嫩不禁摇动，梅残尽任飘零。雨馀天气来深院，向阳纤草重青。寂寞小桃初绽，两三枝上红英。　　又见云中归雁，嗈嗈断续和鸣。年年依旧无情绪,镇长冷按"冷"原作"吟",原校云:"吟"应"冷",花草粹编卷八正作"冷"落银屏。不语闲寻往事,微风频动帘旌。

山 亭 柳

晓来风雨,万花飘落。叹韶光虚过。却芳草萋萋,映楼台、淡烟漠漠。纷纷絮飞院宇,燕子原校:"燕子"上应脱一字过朱阁。　　玉容淡妆添寂寞。檀郎孤愿太情薄。数归期,绝信约。暗添春宵恨,平康恣迷欢乐。时时闷饮绿醑,甚转转、思量著。

合 欢 带

楼台高下玲珑。鬥芳草原校:"草"又作"菲"、绿阴浓。芍药孤栖香艳晚,见樱桃、万颗初红。巢喧乳燕,珠帘镂曳,满户香风。罩纱帱、象床屏枕,昼眠才似朦胧。　　起来无语更兼慵。念分明、事成空。被你厌厌牵系我,怪纤腰、绣带宽松。春来早是,分飞两处,长恨西东。到如今、扇移明月,簟铺寒浪与谁同。

更 漏 子

雪肌轻,花脸薄。愁困不忺梳掠。眉翠敛,眼波长。偎人言语香。　　看难厌,怜不足。苦恨别离何速。珠按"珠"原作"朱",校语云:"朱"应"珠"树远,彩鸾孤。今生重见无。

又

脸如花,花不笑。双脸胜花能笑。肌似玉,玉非温。肌温胜玉温。　　既相逢,情不重。何似当初休共。情既重,却分飞。争如不见伊。

又

镂金环,连玉珥。颗颗蚌蛤相缀。偎粉面,映莲腮。露浓花正开。

　　冷光凝,员影重。几度偷期摇动。山枕上,恐人知。摘嫌纤手迟。

喜 迁 莺

花不尽,柳无穷。应与我心同。舣船一棹百分空。何处不相逢。

　　朱弦悄。知音少。天若有情应老。劝君看取利名场。今古梦忙忙。

按此首别又见晏殊珠玉词。

杜 韦 娘

暮春天气,莺老燕子忙如织。间嫩叶题诗哨梅小,乍遍水、新萍圆碧。初牡丹谢了,秋千搭起,垂杨暗锁深深陌。暖风轻,尽日闲把、榆钱乱掷。　　恨寂寂。芳容衰减,顿欹玳枕困无力。为少年、狂荡恩情薄,尚未有、归来消息。想当初、凤侣鸳俦,唤作平生,更不轻离拆。倚朱扉,泪眼滴损、红绡数尺。

胡 捣 练

数枝半敛半开时,洞阁晓妆新注。宝香格原校:"香格"上多一字艳姿天赋。甘被群芳妒。　　狂风横雨且相饶,又恐有彩云迎去原校:"又恐"句多一字。牵破少年心情,无计为长主。

少 年 游

小楼归燕又黄昏。寂寞锁高门。轻风细雨,惜花天气,相次过春分。　　画堂无绪,初燃绛蜡,罗帐掩馀薰。多情不解怨王孙。任薄幸、一从君。

凤　栖　梧

整顿云鬟初睡起。庭院无风,尽日帘垂地。画阁巢新燕声喜。杨花狂散无拘系。　　近来早是添憔悴。金缕衣宽,赛过宫腰细。苒苒光阴似流水。春残莺老人千里。

又

池上新秋帘幕卷。菡萏娇红,鉴里西施面。衰柳摇风尚柔软。眠沙鸂鶒临清浅。　　新翻归翅云间燕。满地槐花,尽日蝉声乱。独倚阑干暮山远。一场寂寞无人见。

<small>按此下原有凤栖梧“篱落繁枝千万片”一首,乃冯延巳作,见阳春集,兹不录。</small>

又

闲上江楼初雨过。满袖清风,微散谁知我。莲脸佳人颜未破。沙洲两两鸳鸯卧。　　时有渔歌相应和。叠秀危横,黛拨山千朵。一片凄凉无计那。离愁还有些些个。

又

惆怅留春留不住。欲到清和,背我堂堂去。飞絮落花和细雨。凄凉庭院流莺度。　　更被闲愁相赚误。梦断高唐,回首桃源路。一饷沉吟无意绪。分明往事今何处。

浪　淘　沙

后约无凭。往事堪惊。秋蛩永夜绕床鸣。展转寻思求好梦,还又难成。　　　愁思若浮云。消尽重生。佳人何处独盈盈。可惜一天无用月,照空为谁明。

又

又是春暮。落花飞絮。子规啼尽断肠声,秋千庭院,红旗彩索,淡烟疏雨。　　　念念相思苦。黛眉长聚。碧池惊散睡鸳鸯,当初容易分飞去。恨孤儿欢侣。

又

帘外微风。云雨回踪。银釭烬冷锦帏中。枕上深盟,年少心事,陡顿成空。　　　岭外白头翁。到没由逢。一床鸳被叠香红。明月满庭花似绣,闷不见虫虫。

更　漏　子

庭远途程。算万山千水,路入神京。暖日春郊,绿柳红杏,香径舞燕流莺。客馆悄悄闲庭,堪惹旧恨深。有多少驱驱,蓦岭涉水,枉费按"费"原作"废",据花草粹编卷十一改身心。思想厚利高名。谩惹得忧烦,枉度浮生。幸有青松,白云深洞,清闲且乐升平。长是宦游羁思,别离泪满襟。望江乡踪迹,旧游题书,尚自分明。

行　香　子

黄金叶细,碧玉枝纤。初暖日、当乍晴天。向武昌溪畔,于彭泽门前。陶潜影,张绪态,两相牵。　　　数株堤面,几树桥边。嫩垂条、絮荡轻绵。系长江舴艋,拂深院秋千。寒食下,半和雨,半和烟。

巫山一段云

笑拟条风戏,装迟谷雨催。彩云飞下柳楼台。千朵一时开。
惜恐尘埃染,惊疑紫府来。有时香喷入人怀。魂断客徘徊。

生查子

关山魂梦长,寒雁音书少。两鬓可怜青,只为相思老。　　归傍碧
纱窗,说向人人道。真个别离难,不似相逢好。

按此首又见晏几道小山词。别又作王观词,见唐宋诸贤绝妙词选卷五。

贺圣朝

东君造物无凝滞。芳容相替。杏花桃萼一时开,就中明媚。
绿丛金朵,枝长叶细。称花王相待。万般堪爱,暂时见了,断肠无
计。

又

牡丹盛拆按"拆"原作"折",从吴讷本杜寿域词改春将暮。群芳羞妒。几时
流落在人间,半间仙露。　　馨香艳冶,吟看醉赏,叹谁能留住。
莫辞持烛夜深深,怨等闲风雨。

安公子

又是春将半。杏花零落闲庭院。天气有时阴淡淡,绿杨轻软。连
画阁、绣帘半卷。招新燕。残黛敛、独倚阑干遍按"遍"字原无。原校:
"阑干"下应有"遍"字,则韵词俱叶。暗思前事,月下风流,狂踪无限。
惜恐莺花晚。更堪容易相抛远。离恨结成心上病,几时消散。空
际有、断云片片。遥峰暖。闻杜宇、终日哀啼怨。暮烟芳草,写望

迢迢,甚时重见。

苏 幕 遮

尽思量,还按"还"原作"实",改从花草粹编卷七王通叟词时耐。因甚当初,故
故相招买。早是幽欢多障碍。更遣分飞,脉脉如天外。　　有心
怜,无计奈。两处厌厌,一点虚恩爱。独上高楼临暮霭。凭暖朱
阑,这意无人会。

按此首花草粹编卷七误作王观词。

渔 家 傲

微雨初收月映云。巢栖燕子欲黄昏。花片不飞风力困。春色尽。
蜡梅枝上樱□嫩。　　谁撼金环锁深洞。薰馀乍厌锦衾温。消灭
玉肌谁与问。朱明近。日长无事添闲闷。

又

疏雨才收淡泞天。微云绽处月婵娟。寒雁一声人正远。添幽怨。
那堪往事思量遍。　　谁道绸缪两意坚。水萍风絮不相缘。舞鉴
鸾肠虚寸断。芳容变。好将憔悴教伊见。

又

每到春来长如病。玉容瘦与薄妆称。不惯被人抛掷瞵。思当本。
奈向后期全无定。　　早是厌厌愁欲凝。花间众禽愁难听。天赋
多情翻成恨。有谁问。画屏一点炉烟暝。

剔 银 灯

昨夜一场风雨。催促牡丹归去。孙武宫中,石崇楼下,多情怎生为

主。真疑洛浦。云水算、杳无重数。　　　独倚阑干凝伫。香片乱沾尘土。争似当初，不曾相见，免恁恼人肠肚。绿丛无语。空留得、宝刀剪处。

又

夜永衾寒梦觉。翠屏共、绣帏灯照。就枕思量，离多会少。孤负小欢轻笑。风流争表。空惹尽、一生烦恼。　　　写遍香笺，分剖鳞翼，路遥难到。泪眼愁肠，朝朝暮暮，去便不知音耗。终须拚了。别选个、如伊才调。

又

好事争如不遇。可惜许、多情相误。月下风前，偷期窃会，共把衷肠分付。尤云殢雨。正缱绻、朝朝暮暮。　　　无奈别离情绪。和酒病、双眉长聚。往事凄凉，佳音迢递，似此因缘谁做。洞云深处。暗回首、落花飞絮。

临　江　仙

太史占天云物好，初〔阳〕(易)律合黄钟。日缠南极北郊风。雪花先柳絮，飞舞透帘栊。　　　圣运时和兼岁稔，歌欢处处皆同。簪声相庆晓光中。金炉红兽炭，一举寿杯空。

又

遍地残花庭院静，流莺对对相过。万条风柳间婆娑。樱桃初弄色，萱草自成窠。　　　早是芳菲时节晚，追游期会无多。眉山敛翠近秋波。日长初睡起，愁与病相和。

　　按此下原有折红梅"喜轻澌初绽"一首，据梅苑卷三、中吴纪闻卷一，乃吴感作，今不录。

采　明　珠

雨乍收,小院尘消,云淡天高露冷。坐看月华生,射玉楼清莹。蟋蟀鸣金井。下帘帏、悄悄空阶,败叶坠风,惹动闲愁,千端万绪难整。　　秋夜永。凉天迥。可不念光景。嗟薄命。倏忽少年,忍交孤令<small>按"令"原作"冷",原校:"冷"字重押,疑"令",即"另"</small>。灯闪红窗影。步回廊、懒入香闺,暗落泪<small>按"泪"字原脱,原校:"珠"字上疑失"泪"字。此从词谱卷三十五补</small>珠满面,谁人知我,为伊成病。

朝　玉　阶

春色欺人拂眼清。柳条绿丝软,雪花轻。黄金才钺掩银屏。阴沉深院静,语娇莺。　　美人春困宝钗横。惜花芳态<small>原校:"态"字下疑脱一字</small>,泪盈盈。风流何处最多情。千金一笑<small>原校:"一笑"上应失一字,须</small>须<small>原校:"须"字疑衍</small>倾城。

　　按古今图书集成闺媛典卷三百五十五闺艳部此首误作谢绛词。

又

帘卷春寒小雨天。牡丹花落尽,悄庭轩。高空双燕舞翩翩。无风轻絮坠,暗苔钱。　　拟将幽怨写香笺。中心多少事,语难传。思量真个恶因缘。那堪长梦见,在伊边。

卜　算　子

深院花铺地。淡淡阴天气。水榭风亭朱明景,又别是、愁情味。　　有情奈无计。漫惹成憔悴。欲把罗巾暗传寄。细认取、斑点泪。

又

尊前一曲歌。歌里千重意，才欲歌时泪已流，恨应更、多于泪。
　　试问缘何事。不语如痴醉。我亦情多不忍闻，怕和我、成憔悴。

瑞　鹧　鸪

夜来风雨损馀芳。数片衰红落槛傍。媚景背人容易去，半轩飞絮
日空长。　　从来不信相思切，及至如今倍按"倍"原作"信"，据花草粹编
卷六改感伤。独立黄昏绣帘外，可堪新月露圆光。

燕　归　梁

风摆红绦卷画帘。宝鉴慵拈。日高梳洗几时忺。金盆水，弄纤纤。
　　鬓云松䰐衣斜褪，和娇懒、瘦岩岩。离愁更被按"被"字原无，据永
乐大典卷六千五百二十三妆字韵补。原校："更"字下疑脱一字宿酲按"酲"原作"醒"，
据醉翁琴趣外篇改兼。空赢得，病厌厌。

　　按此首别又见欧阳修醉翁琴趣外篇卷三。
　　又按此下原有酒泉子"庭下花飞"一首，乃冯延巳作，见阳春集，今不录。

菊　花　新

怎奈花残又莺老。槛里青梅数枝小。新荷长池沼。当晴昼、燕子
声闹。　　亭栏花绽颜色好。风雨催催原校：下"催"字疑衍、等闲开
了。酒醒暗思量，无个事、甚刚烦恼。

又

坐卧双眉镇长敛。绣户初开花满院。罗帏翠屏空，风微动、玉炉烟
飚。　　儿夫心肠多薄幸，百计思、难为拘捡。几回向伊言，交今

后、更休抛闪。

鹊 桥 仙

别离情绪,多方开解,却免厌厌似醉。楼高终日倚阑干,目断有、千
山万水。　　妖娆薄媚,不禁抛摆,渐觉肌肤瘦悴。当初相见偶然
间,不唤作、如今恁地。

又

日长天气,深深庭院,又是春愁滋味。池边昨夜雨兼风,战红杏、馀
香乱坠。　　阴阴亭榭,暖烟轻柳,万缕黄金窣地。一双新燕却重
来,但暗把、罗巾掩泪。

虞 美 人

红颜绿鬓催人老。世事何时了。君心天意与年光。春花未遍已秋
霜。为谁忙。　　樽前正好闲风月。莫话生离别。直饶终日踏红
尘。浮名浮利枉劳神,更愁萦。

又

江亭春晚芳菲尽。行色青天近。画桥杨柳也多情。暗抛飞絮惹前
行。路尘清。　　彤庭早晚瞻虞舜。遥听恩迁峻。二年歌宴绮罗
人。片云疏雨忍漂沦。泪沾巾。

又

炉香昼永龙烟白。风动金鸾额。画屏细展小山川。睡容初起枕痕
圆。坠花钿。　　楼高不及烟霄半。望尽相思眼。艳阳刚爱挫愁
天。故生芳草碧云连。怨王孙。

按此首别又见欧阳修近体乐府卷三。

凤 栖 梧

秋日楼台在空际。画角声沉，历历寒更起。深院黄昏人独自。想伊遥共伤前事。　　懊恼当初无算计。些子欢娱，多少凄凉味。相去江山千万里。一回东望心如醉。

又

任在芦花最深处。浪静风恬，又泛轻舟去。去到滩头遇俦侣。散唱狂歌鱼未取。　　不把身心干时务。一副轮竿，莫笑闲家具。待拟观光佐明主。将甚医他民病苦。

又

别浦迟留恋清浅。菱蔓荷花，尽日妨钩线。向晚澄江静如练。风送归帆飞似箭。　　鸥鹭相将是家眷。坐对云山，一任炎凉变。定是寰区又清宴。不见龙骧波上战。

又

闲把浮生细思算。百岁光阴，梦里销除半。白首为郎休浩叹。偷安自喜身强健。　　多少英贤裨圣旦。一个非才，深谢容疏懒。席上清歌珠一串。莫教欢会轻分散。

又

新月羞光影庭树。窗外芭蕉，数点黄昏雨。何事秋来无意绪。玉容寂寞双眉聚。　　一点银釭扃绣户。莎砌寒蛩，历历啼声苦。孤枕夜长君信否。披衣颙坐魂飞去。以上陆贻典校杜寿域词(汲古阁本刊

作寿域词,此从直斋书录解题及陆氏所据校之本)八十一首(原八十六首,五首未录)

忆 汉 月

红杏一枝遥见。凝露粉愁香怨。吹开吹谢任春风,恨流莺、不能拘
管。　　曲池连夜雨,绿水上、碎红千片。直拟移来向深院。任凋
零、不孤双眼。全芳备祖前集卷十李花门

诉 衷 情

烧残绛蜡泪成痕。街鼓报黄昏。碧云又阻来信,廊上月侵门。

愁永夜,拂香茵。待谁温。梦兰憔悴,掷果凄凉,两处消魂。唐宋
诸贤绝妙词选卷四

按晁氏客语以此首为王益作。

朝 中 措

养花天气近清明。丝雨酿寒轻。满眼春工如绣。消磨不尽离情。
行行又宿,小桃旧坞,芳草邮亭。唤起两眉新恨。绿杨深处啼莺。
词林万选卷二

存 目 词

调　名	首　　句	出　　处	附　　　注
菩 萨 蛮	花明月暗朦胧雾	杜寿域词	李煜词,见南唐二主词。词附录于后
丑 奴 儿	微风帘幕清明近	又	冯延巳词,见阳春集。词附录于后
凤 栖 梧	篱落繁枝千万片	又	又
折 红 梅	喜轻澌初绽	又	吴感词,见梅苑卷三、中吴纪闻卷一

调　名	首　句	出　　处	附　　　　注
酒泉子	庭下花飞	又	冯延巳词,见阳春集。词已见前张先存目附录
玉楼春	玉楼十二春寒侧	词林万选卷二	王子武词,见花草粹编卷六
木兰花	个人风韵真堪羡	又	柳永词,见乐章集卷下

菩 萨 蛮

花明月暗朦胧雾。此时欲往郎边去。刬袜下香阶。手携金缕鞋。

药兰东畔见。执手偎人颤。奴为出来难。从君恣意怜。

丑 奴 儿

微风帘幄清明近,花落春残。樽酒留欢。添尽罗衣怯夜寒。

愁颜恰似烧残烛,珠泪阑干。也欲高拚。争奈相逢情万端。

蝶 恋 花

篱落繁枝千万片。犹似多情,似雪随风转。昨夜笙歌容易散。酒醒添得愁无限。　　楼上春云山四面。过尽征鸿,暮景烟深浅。一饷凭阑人不见。红绡掩泪思量遍。

赵　抃

抃字阅道,西安(今浙江衢县)人。生于大中祥符元年(1008)。第景祐元年(1034)进士。神宗初参知政事。元丰七年(1084)卒,年七十七。

折 新 荷 引

雨过回廊,圆荷嫩绿新抽。越女轻盈,画桡稳泛兰舟。芳容艳粉、
红香透、脉脉娇羞。菱歌隐隐渐遥,依约回眸。　　　堤上郎心,波
间妆影迟留。不觉归时,淡天碧衬蟾钩。风蝉噪晚,馀霞际、几点
沙鸥。渔笛、不道有人,独倚危楼。<small>乐府雅词拾遗卷上</small>

> 按此首别误作晁补之词,见全芳备祖前集卷十一荷花门。别又误作僧仲殊词,见
> 类编草堂诗馀卷二。

存 目 词

> 历代诗馀卷五有赵扑点绛唇“秋气微凉”一首,乃王安国作,见皇
> 宋事实类苑卷三十五引倦游杂录。

刘　几

> 几字伯寿,洛阳人。大中祥符元年(1008)生。第进士,换授武职。
> 熙宁二年(1069)还文资。元祐三年(1088)卒,年八十一。

梅花曲 <small>以介父三诗度曲</small>

汉宫中侍女,娇额半涂黄。盈盈粉色凌时,寒玉体、先透薄妆。好
借月魂来,娉婷画烛旁。惟恐随、阳春好梦去,所思飞扬。　　　宜
向风亭把盏,酬孤艳,醉永夕何妨。雪径蕊、真凝密,降回舆、认暗
香。不为藉我作和羹,肯放结子花狂。向上林,留此占年芳。

又

结子非贪,有香不俗,宜当鼎鼐尝。偶先红紫,度韶华、玉笛占年
芳。众花杂色满上林,未能教、腊雪埋藏。却怕春风漏泄,一一尽

天香。　　不须更御铅黄。知国色,禀自天真殊常。祇裁云缕,奈芳滑、玉体想仙妆。少陵为尔东阁。美艳激诗肠。当已阴未雨春光。无心赋海棠。

又

浅浅池塘。深深庭院,复出短短垣墙。年年为尔,若九真巡会、宝惜流芳。向人自有,绵渺无言,深意深藏。倾国倾城,天教与、抵死芳香。　　袅鬖金色,轻危欲压,绰约冠中央。蓓团红蜡,兰肌粉艳巧能妆。婵娟一种风流,如雪如冰衣霓裳。永日依倚,春风笑野棠。以上三首见梅苑卷三(文字从词谱卷四十)

花发状元红慢

三春向暮,万卉成阴、有嘉艳方坼原作折,从词谱卷三十一。娇姿嫩质。冠群品,共赏倾城倾国。上苑晴昼暄,千素万红尤奇特。绮筵开,会咏歌才子,压倒元白。　　别有芳幽苞小,步障华丝,绮轩油壁。与紫鸳鸯、素蛱蝶。自清旦、往往连夕。巧莺喧翠管,娇燕语雕梁留客。武陵人,念梦役意浓,堪遣情溺。花草粹编卷十一

元　绛

绛字厚之,钱塘(今杭州)人。生于大中祥符二年(1009)。天圣八年(1030)进士。以直集贤院为广东转运使,迁工部郎中,历两浙、河北转运使,擢天章阁待制,知福州,进龙图阁直学士,徙广、越、荆南。为翰林学士、知开封府。拜参知政事。出知颖州。加资政殿学士,留提举中太一宫,以太子少保致仕。元丰七年(1084)卒,年七十六。赠太子少师,谥章简。

减字木兰花

绿杨阴下。短帽轻衫行信马。过尽春风。踏尽青青打尽红。
舞鸾歌凤。人面湖光红影动。醉眼归时。人在朱楼曲角西。月河
所闻集

映 山 红 慢

谷雨风前,占淑景、名花独秀。露国色仙姿,品流第一,春工成就。
罗帏护日金泥皱。映霞腮动檀痕溜。长记得天上,瑶池阆苑曾有。

　　千匝绕、红玉阑干,愁只恐、朝云难久。须款折、绣囊剩戴,细
把峰须频嗅。佳人再拜抬娇面,敛红巾、捧金杯酒。献千千寿。愿
长恁、天香满袖。花草粹编卷十一

　　按此首词谱卷二十九误作元载词。

程师孟

　　师孟字君辟,吴(今苏州)人。大中祥符二年(1009)生。景祐元年
(1034)进士甲科。累知南康军、楚州,提点夔州路刑狱。又知洪、福、
广、越、青州。致仕。元祐元年(1086)卒,年七十八。

渔 家 傲

折柳赠君君且住。张子野词卷二渔家傲词注引

陈　朴

　　朴字冲用,有陈先生内丹诀。内丹诀序言元丰间,张方平曾请其延
寿一纪。

望 江 南

中黄宝,须向胆中求。春帝令行生万物,乾坤膝下与吾俦。百脉自
通流。 施造化,左右火双抽。浩浩腾腾充宇宙,苦烟袅袅上环
楼。夫妇渐相谋。

又

玄珠降,丹窟在中宫。九候息调重九数,赤波忽迸太阳东。心肾始
交通。 逢六变,重六息阴功。火自海门朝帝坐,水从莲沼佐丁
公。紫电透玲珑。

又

毛髪落,丹左运行阳。胎色渐红阴渐小,推移岁运助乾刚。育火养
中央。 成物象,五岳辨微茫。出入尚迟形尚小,晨昏天籁奏笙
簧。常饮玉壶浆。

又

丹往右,四转运行阴。逢六闭藏阳户气,玉关泉透合丁壬。龟戏任
浮沉。 时出入,无碍贯他心。游戏神通常出面,圆光周匝绕千
寻。寒暑不相侵。

又

珠自右,飞电入丹城。内养婴儿盈尺象,时逢九数采阳精。火向水
中生。 烧鬼岳,紫殿势峥嵘。随意出游寰海内,寐如砂碛卧长
鲸。时序与偕行。

又

日精满,阴魄化无形。每遇月圆开北户,神龟时饮碧瑶玲。形魄岂能停。　　阳砂赤,阴粉色微青。粉换肉肌砂换骨,凡胎换尽圣胎灵。飞举似流星。

又

形透日,七转任飞腾。幽入深岩图宴坐,息无来去使神凝。却粒著奇能。　　生神火,返本气清澄。九候浴时开地户,月中取火日求冰。五内换重新。

又

内外遍,八转始还元。地带长垂生坎户,周行胎息贯天门。太始道方存。　　纯一体,黑赤气常喷。丹火发来烧内境,冷泉深处浴猴孙。神水赤龟吞。

又

丹九转,纯一太初颜。内外无为常抱朴,纵横海外与人间。功行积丘山。　　青阙诏,玉简赐金环。饮罢刀圭乘羽驾,旌幢箫鼓过天关。朝帝列仙班。以上陈先生内丹诀

按以上九首,除最后一首外,馀八首又作陈楠词,见修真十书杂著捷径。

张伯端

伯端一名用成,字平叔,天台(在今浙江省)人。相传于熙宁中适蜀,遇异人传授丹法。元丰中卒。道家称为紫阳真人。

西 江 月

内药还同外药,内通外亦须通。丹头和合类相同。温养两般作用。

内有天然真火,炉中赫赫长红。外炉增减要勤功。妙绝无过真种。

二

此道至神至圣,忧君分薄难消。调和铅汞不终朝。早睹玄珠形兆。

志士若能修炼,何妨在市居朝。工夫容易药非遥。说破人须失笑。

三

白虎首经至宝,华池神水真金。故知上善利源深。不比寻常药品。

若要修成九转,先须炼己持心。依时采取定浮沉。进火须防危甚。

四

若要真铅留汞,亲中不离家臣。木金间隔会无因。须仗媒人勾引。

本性爱金顺义,金情恋木慈仁。相吞相陷却相亲。始觉男儿有孕。

五

二八谁家姹女,九三何处郎君。自称木液与金精。遇土却成三姓。

更假丁公锻炼,夫妻始结欢情。河车不敢暂留停。运入崑岑峰顶。

六

七返朱砂反本，九还金液还真。休将寅子数坤申。但要五行成准。

　　本是水银一味，周流遍历诸辰。阴阳数足自通神。出入岂离玄牝。

七

雄里内含雌质，负阴抱却阳精。两般和合药方成。点化魄纤魂胜。

　　信道金丹一粒，蛇吞立变龙形。鸡餐亦乃化鸾鹏。飞入真阳清境。

八

天地才经否泰，朝昏好识屯蒙。辐来辏毂水朝宗。妙在抽添运用。

　　得一万般皆毕，休分南北西东。损之又损慎前功。命宝不宜轻弄。

九

冬至一阳来服，三旬增一阳爻。月中复卦溯晨潮。望罢乾终姤兆。

　　日又别为寒暑，阳生复起中宵。午时姤象一阴朝。炼药须知昏晓。

十

不辨五行四象，那分朱汞铅银。修丹火候未曾闻。早便称呼居隐。

　　不背自思己错，更将错路教人。误他永劫在迷津。似恁欺心安忍。

十 一

德行修逾八百,阴功积满三千。均齐物我与亲冤。始合神仙本愿。

　　虎兕刀兵不害,无常火宅难牵。宝符降后去朝天。稳驾鸾车凤辇。

十 二

牛女情缘道合,龟蛇类秉天然。蟾乌遇朔合婵娟。二气相资运转。

　　本是乾坤妙用,谁能达此深渊。阳阴否隔却成愆。怎得天长地远。

十 三

丹是色身至宝,炼成变化无穷。更于性上究真宗。决了死生妙用。

　　不待他身后世,现前获福神通。自从龙虎著斯功。尔后谁能继踵。

西江月 十二首

妄想不须强灭,真如何必希求。本源自性佛齐修。迷悟岂拘先后。

　　悟则刹那成佛,迷则万劫沦流。若能一念契真修。灭尽恒沙罪垢。

二

本自无生无灭,强将生灭区分。只如罪福亦何根。妙体何曾增损。

　　我有一轮明镜,从来只为蒙分。今朝磨莹照乾坤。万象超然难隐。

三

我性入诸佛性,诸方佛性皆然。亭亭蟾影照寒泉。一月千潭普现。
　　小则毫分莫识,大时遍满三千。高低不约信方圆。说甚短长
深浅。

四

法法法元无法,空空空亦非空。静喧语默本来同。梦里何曾说梦。
　　有用用中无用,无功功里施功。还如果熟自然红。莫问如何
修种。

五

善恶一时妄念,荣枯都不关心。晦明隐显任浮沉。随分饥餐渴饮。
　　神静湛然常寂,不妨坐卧歌吟。一池秋水碧仍深。风动鱼惊
尽任。

六

对镜不须强灭,假名权立菩提。色空明暗本来齐。真妄体分两种。
　　悟则便名静土,更无天竺曹溪。谁言极乐在天西。了则弥陀
出世。

七

人我众生寿者,宁分彼此高低。法身通照没吾伊。念念体分同异。
　　见是何曾是是,闻非未必非非。往来诸用不相知。生死谁能
碍你。

八

住想修行布施,果报不离天人。恰如仰箭射浮云。坠落祇缘力尽。

　　争似无为实相,还须返朴归淳。境忘情性任天真。以证无生法忍。

九

鱼兔若还入手,自然忘却筌蹄。渡河筏子上天梯。到彼悉皆遗弃。

　　未悟须凭言说,悟来言说皆非。虽然四句属无为。此等何须脱离。

十

悟了莫求寂灭,随缘只接群迷。寻常邪见及提携。方便指归实际。

　　五眼三身四智,六度万行修齐。圆光一颗好摩尼。利物兼能自利。

十 一

我见时人说性,只夸口急酬机。及逢境界转痴迷。又与愚人何异。

　　说得便须行得,方名言行无亏。能将慧剑斩魔魑。此号如来正智。

十 二

欲了无生妙道,莫如自见真心。真心无相亦无音。清净法身只恁。

　　此道非无外有,非中亦莫求寻。二边俱遣弃中心。见了名为上品。

满　庭　芳

真铁牛儿,形容丑恶,性刚偏好争驰。人人皆有,那角解牵骑。种
就黄芽满院,更须用、神水浇之。宫按"宫"字上下缺一字里,若无此兽,
安得似婴儿。　　乾坤真动静,生成家活,总赖于伊。饥餐虎髓,
渴饮水银池。夜半牵车进火,霞光迸、海底腾辉。牧童笑,华池宴
罢,乘个月明归。以上二十六首见道藏悟真篇

解　佩　令

修行之士,功勤不小。识五行、逆顺颠倒。妙理玄玄,玉炉中、龙蟠
虎踞,金鼎内、炼成至宝。阳神离体,杳杳冥冥,刹那间、游遍三岛。
出入纯熟,按捺住、别寻玄妙。合真空,太虚是了。见玉溪子丹经指要

卢　氏

卢氏,天圣中人。其父为汉州县令。

凤栖梧　题泥溪驿

登山临水,不费于讴吟;易羽移商,聊舒于羁思。因成凤栖梧曲子
一阕,聊书于壁。后之君子览之者,毋以妇人窃弄翰墨为罪。

蜀道青天烟霭■。帝里繁华、迢递何时至。回望锦川挥粉泪。凤
钗斜觯乌云腻。　　〔钿〕(细)带双垂金〔缕〕(镂)细。玉珮玎珰,露
滴寒如水。从此鸾妆添远意。画眉学得遥山翠。墨客挥犀卷四

刘　述

述字孝叔,湖州人。景祐元年(1034)进士。御史台主簿。治平元

年(1064),荆湖北路转运使、降知睦州。神宗时,为侍御史知杂事。熙宁三年(1070),与钱琦、钱颢共上疏劾王安石,出知江州。逾年,提举崇禧观。年七十二卒。

家　山　好

挂冠归去旧烟萝。闲身健,养天和。功名富贵非由我,莫贪他。这歧路、足风波。　　水晶宫里家山好,物外胜游多。晴溪短棹,时时醉唱里棱罗。天公奈我何。湘山野录卷中

按此首别误作沈公述(沈唐)词,见天籁轩词谱卷五。

赵　祯

祯即宋仁宗,真宗之子。生大中祥符三年(1010),年十三即帝位。嘉祐八年(1063)卒,年五十四。在位四十二年,年号九:天圣、明道、景祐、宝元、康定、庆历、皇祐、至和、嘉祐。

合宫歌　皇祐二年飨明堂

缵重明。端拱保凝命。广大孝休德,永锡四海有庆。甀坛寓礼正典名。幔室雅奏,彩仗崇制定。五位仿古甚盛。蒿宫光符辰星。高秋嘉时款苎灵。交累圣。上下来顾,寅畏歆纯诚。三阶平。金气肃,转和景。翠葆御双观,巽风兑泽布令。脂茶划荡墨索清。远迩响附,动植咸遂性。表里穆悦,庶政醇酽,熙然胥庭。唐舜华封祝,如南山寿永。愿今广怀宁延,昌基扃。

按此首见宋会要辑稿第九册乐八(原出永乐大典卷二万一千六百九十一),无撰人姓名。此据宋会要辑稿第二十二册礼二十四、第四十四册舆服三、太平治迹统类卷七。

王拱辰

　　拱辰字君贶,开封咸平人。生于真宗大中祥符五年(1012)。天圣
八年(1030)进士第一,通判怀州。后拜御史中丞。因逐王益柔、苏舜
钦,以倾范仲淹,为公议所薄。神宗元丰初,累官武池军节度使、彰德军
节度使。元丰八年(1085)卒,年七十四。

沁　园　春

华髪青云。文潞公文集卷八

蔡　襄

　　襄字君谟,莆田人。生于大中祥符五年(1012)。天圣八年(1030)
进士。累官龙图阁学士、知开封府,徙知泉州,召为翰林学士。治平四
年(1067)卒,年五十六。乾道中,谥忠惠。

好　事　近

瑞雪满京都,宫殿尽成银阙。常对素光遥望,是江梅时节。　　如
今江上见寒梅,幽香自清绝。重看落英残艳,想飘零如雪。花草粹编
卷三

韩　绛

　　绛字子华,灵寿人,徙雍丘(今河南杞县)。大中祥符五年(1012)
生。庆历二年(1042)进士。庆历七年(1047),为太子中允。召试,授太
常丞,直集贤院。历翰林学士、御史中丞。神宗朝,拜同中书门下平章
事,封康国公。元祐三年(1088)卒,年七十七。赠太傅,谥献肃。

踏 莎 行

嵩峤云高,洛川波暖。举头乔木森无断。□□□雨绝风尘,小桥频
过春渠满。　　　　□□离宫,□棱斗焕。万家罗绮多游伴。
□□□□自风□,□□是处喧弦管。附韩维南阳词内

李师中

　　师中字诚之,楚丘人。大中祥符六年(1013)生。庆历二年(1042)
登进士。仁宗朝,提点广西路刑狱。历天章阁待制、河东都转运使。贬
和州团练副使安置,稍迁至右司郎中。元丰元年(1078)卒,年六十六。
有李诚之集,不传。

菩 萨 蛮

子规啼破城楼月。画船晓载笙歌发。两岸荔枝红。万家烟雨中。
　　佳人相对泣。泪下罗衣湿。从此信音稀。岭南无雁飞。过庭
录

蔡 挺

　　挺字子政,一作子正,宋城(今河南商丘)人。生于大中祥符七年
(1014)。举景祐元年(1034)进士。嘉祐元年(1056),知滁州,勒停。复
起,历知庆州、渭州。熙宁五年(1072),拜枢密副使。七年(1074),以疾
罢为资政殿学士判南京留司御史台。元丰二年(1079)卒,年六十六。
谥敏肃。

喜 迁 莺

霜天清晓。望紫塞古垒,寒云衰草。汗马嘶风,边鸿翻月,垄上铁

衣寒早。剑歌骑曲悲壮，尽道君恩难报。塞垣乐，尽双鞭锦带，山
西年少。　　　谈笑。刁斗静。烽火一把，常送平安耗。圣主忧边，
威灵遐布，骄虏且宽天讨。岁华向晚愁思，谁念玉关人老。太平
也，且欢娱，不惜金尊频倒。<small>挥麈馀话卷一</small>

王益柔

益柔字胜之，河南（今洛阳）人。大中祥符八年（1015）生。用荫入
官。庆历四年（1044），以殿中丞召试，除集贤校理。坐苏舜钦奏邸狱，
黜监复州酒税。熙宁三年（1070），兵部郎中充集贤校理，直舍人院。累
迁知制诰、直学士院。元丰二年（1079），以太中大夫、龙图阁直学士判
将作监，为秘书监。出连守大郡，自江宁移南都。元祐元年（1086）卒，
年七十二。

喜　长　新

秋云朔吹晓徘徊。雪照楼台。梁王宴召有邹枚<small>原无"梁王"字、"有"字，
据词谱卷六增。</small>相如独逞雄才。　　　明烛薰炉香暖，深劝金杯。庭
前粉艳有寒梅。一枝昨夜先开<small>原作"昨夜一枝开"，据词谱改。花草粹编卷二</small>

韩　维

维字持国，雍丘（今河南杞县）人。生于天禧元年（1017）。用门荫
入仕。欧阳修荐为检讨，知太常礼院，出判泾州，除同修起居注，进知制
诰。神宗初，除龙图阁直学士，历知州郡，召拜门下侍郎。以太子少傅
致仕。元符元年（1098）卒，年八十二。

西江月 <small>席上呈子华</small>

早岁相期林下，高年同在尊前。风花绣舞乍晴天。绿蚁新浮酒面。

身外虚名电转,人间急景梭传。当筵莫惜听朱弦。一品归来
强健。

踏莎行 次韵范景仁寄子华

归雁低空,游蜂趁暖。凭高目向西云断。具茨山外夕阳多,展江亭
下春波满。　　双桂情深,千花明焕。良辰谁是同游伴。辛夷花
谢早梅开,应须次第调弦管。双桂楼千花□

　　按此下原附韩绛踏莎行"嵩峤云高"一首,兹另编。

减字木兰花 颍州西湖

和风动□。□□新年□入手。世事尘□。□□□情近酒□。
水开湖□。□□笙歌波面起。相与排□。□□□胜特地□。

浪　淘　沙

饱食日□□。□上危亭。东风昨夜入□□。□□雪晴云□□,□
遍银屏。　　回首叹劳生。□鼎相承。皇恩早晚□□□。□□陂
边垂钓手,不负幽情。

胡　捣　练　令

夜来风横雨飞狂,满地闲花衰草。燕子渐归春悄。帘幕垂清晓。
　　天将佳景与闲人,美酒宁嫌华皓。留取旧时欢笑。莫共秋光
老。以上彊村丛书本南阳词

失　调　名

轻云薄雾。散作催花雨。鸡肋篇卷中

又

兄弟对举杯。截江网卷六韩元吉鹧鸪天词注

曾　巩

　　巩字子固，南丰人。生于天禧三年(1019)。登嘉祐二年(1057)进士第。历集贤校理，出通判越州，知齐、襄、洪三州，加直龙图阁、知福州。屡外徙，寻判三班院，加史馆修撰，中书舍人。元丰六年(1083)卒，年六十五。有南丰集。

赏　南　枝

暮冬天地闭，正柔木冻折，瑞雪飘飞，对景见南山，岭梅露、几点清雅容姿。丹染萼、玉缀枝。又岂是、一阳有私。大抵是、化工独许，使占却先时。　　　霜威莫苦凌持。此花根性，想群卉争知。贵用在和羹，三春里、不管绿是红非。攀赏处、宜酒卮。醉捻嗅、幽香更奇。倚阑干、仗何人去，嘱羌管休吹。梅苑卷一

存　目　词

　　历代诗馀卷八十七有曾巩洞庭春色"绛萼欺寒"一首，乃无名氏作，见梅苑卷一。

司马光

　　光字君实，陕州夏县人。生于天禧三年(1019)。以父池任入官。宝元二年(1039)进士甲科。庆历八年(1048)，官大理寺丞。召试，授馆阁校勘。累除知制诰，改天章阁待制，知谏院。英宗朝，除龙图阁直学

士,改右谏议大夫。神宗即位,擢翰林学士,判西京留司御史台,拜资政殿学士。与王安石不合,出知永兴军。哲宗即位,拜左仆射兼门下侍郎。元祐元年(1086)卒,年六十八。赠太师、温国公,谥文正。有传家集。

阮 郎 归

渔舟容易入春山。仙家日月闲。绮窗纱幌映朱颜。相逢醉梦间。

松露冷,海霞殷。匆匆整棹还。落花寂寂水潺潺。重寻此路难。青箱杂记卷八

西 江 月

宝髻松松挽就,铅华淡淡妆成。青烟翠雾罩轻盈。飞絮游丝无定。

相见争如不见,有情何似无情。笙歌散后酒初醒。深院月斜人静。侯鲭录卷八

锦 堂 春

红日迟迟,虚廊转影,槐阴迤逦西斜。彩笔工夫,难状晚景烟霞。蝶尚不知春去,谩绕幽砌寻花。奈猛风过后,纵有残红,飞向谁家。

始知青鬓无价,叹飘零官路,荏苒年华。今日笙歌丛里,特地咨嗟。席上青衫湿透,算感旧、何止琵琶。怎不教人易老,多少离愁,散在天涯。苕溪渔隐丛话后集卷二十二引东皋杂录

苏 氏

苏氏,苏颂之妹。其先同安人,徙居润之丹阳。长于文翰,世称延安夫人。

临江仙 立春寄季顺妹

一夜东风穿绣户,融融暖应佳时。春来何处最先知。平明堤上柳,
染遍郁金枝。　　姊妹嬉游时节近,今朝应怨来迟。凭谁说与到
家期。玉钗头上胜,留待远人归。翰墨大全后丙集卷四

更漏子 寄季玉妹

小阑干,深院宇。依旧当时别处。朱户锁,玉楼空。一帘霜日红。
　　弄珠江,何处是,望断碧云无际。凝泪眼,出重城。隔溪羌笛
声。

鹊桥仙 寄季顺妹

星移斗转,玉蟾西下,渐觉东郊向晓。马嘶人语隔霜林,望千里、长
安古道。　　珠宫姊妹,相逢方信,别后十分瘦了。上林归去正花
时,争奈向、花前又老。

踏莎行 寄姊妹

孤馆深沉,晓寒天气。解鞍独自阑干倚。暗香浮动月黄昏,落梅风
送沾衣袂。　　待写红笺,凭谁与寄。先教觅取嬉游地。到家正
是早春时,小桃花下拚沉醉。以上三首彤管遗编后集卷十二

存　目　词

调　名	首　句	出　处	附　　　　注
浣溪沙	无力蔷薇带雨低	本书初版卷二百九十一（与闽词钞卷四合）	延安李氏作，见京本通俗小说西山一窟鬼

刘　敞

　　敞字原父，临江新喻人。生于天禧三年(1019)。庆历六年(1046)进士第二。皇祐三年(1051)，官大理评事。召试，授太子中允，直集贤院。累迁知制诰，拜翰林侍读学士，改集贤院学士，判南京御史台。熙宁元年(1068)卒，年五十。门人私谥曰公是先生。有集。

清　平　乐

小山丛桂。最有留人意。拂叶攀花无限思。雨湿浓香满袂。
别来过了秋光。翠帘昨夜新霜。多少月宫闲地，姮娥与借微芳。
乐府雅词拾遗卷上

踏　莎　行

蜡炬高高，龙烟细细。玉楼十二门初闭。疏帘不卷水晶寒，小屏半掩琉璃翠。　　桃叶新声，榴花美味。南山宾客东山妓。利名不肯放人闲，忙中偷取工夫醉。能改斋漫录卷十七

王　珪

　　珪字禹玉，华阳人，徙舒(今安徽庐江)。琪之从弟。生于天禧三年(1019)。庆历二年(1042)进士。六年(1046)，官大理评事。召试，授太子中允、直集贤院。官翰林学士、知开封府、兼侍读学士。神宗朝，拜尚

书左仆射、门下侍郎。哲宗即位,封岐国公。元丰八年(1085)卒,年六十七。赠太师,谥曰文恭。有华阳集。

奉安真宗皇帝御容于寿星观永崇殿导引歌词

忆玉清景,繁盛极当时。千古事难追。汉家别庙秋风起,空出奉宸衣。　　三山浮海日晖晖。羽盖共云飞。灵宫旧是栖真处,还望玉舆归。华阳集卷六

平 调 发 引

玉宸朝晚,忽掩赭黄衣。愁雾锁金扉。蓬莱待得仙丹至,人世已成非。　　龙轩天仗转西畿。旌旆入云飞。望陵宫女垂红泪,不见翠舆归。

按此首别又误作王禹偁词,见词律拾遗卷一。

又

上林春晚,曾是奉宸游。水殿戏龙舟。玉箫吹断催仙驭,一去隔千秋。　　游人重到曲江头。事往涕难收。空馀御幄传觞处,依旧水东流。以上二首类说卷十六倦游杂录

韩　缜

缜字玉汝,灵寿人。绛、维之弟。生于天禧三年(1019)。第庆历二年(1042)进士。英宗朝,历淮南转运使。神宗朝,累知枢密院事。哲宗朝,拜尚书右仆射、兼中书侍郎。出知颍昌府,以太子太保致仕。绍圣四年(1097)卒,年七十九。赠司空、崇国公,谥庄敏。

凤 箫 吟

锁离愁,连绵无际,来时陌上初熏。绣帏人念远,暗垂珠泪,泣送征

轮。长亭长在眼，更重重、远水孤云。但望极楼高，尽日目断王孙。

消魂。池塘别后，曾行处、绿妩轻裾。恁时携素手，乱花飞絮里，缓步香茵。朱颜空自改，向年年、芳意长新。遍绿野，嬉游醉眠，莫负青春。全芳备祖后集卷十草门

韩缜姬

蝶 恋 花

香作风光浓著露，正恁双栖，又遣分飞去。密诉东君应不许。泪波一洒奴衷素。下阙　沈雄古今词话·词话上卷引乐府纪闻

裴　湘

湘字楚老，仁宗朝内臣。

浪 淘 沙

雁塞说并门。郡枕西汾。山形高下远相吞。古寺楼台依碧嶂，烟景遥分。　晋庙锁溪云。箫鼓仍存。牛羊斜日自归村。惟有故城禾黍地，前事消魂。

又　汴州

万国仰神京。礼乐纵横。葱葱佳气锁龙城。日御明堂天子圣，朝会簪缨。　九陌六街平。万国充盈。青楼弦管酒如渑。别有隋堤烟柳暮，千古含情。以上二首见青箱杂记卷十

阮逸女

逸字天隐,建阳人。天圣五年(1027)进士。景祐初,典乐事。皇祐中,兵部员外郎。

花心动　春词

仙苑春浓,小桃开,枝枝已堪攀折。乍雨乍晴,轻暖轻寒,渐近赏花时节。柳摇台榭东风软,帘栊静、幽禽调舌。断魂远、闲寻翠径,顿成愁结。　　此恨无人共说。还立尽黄昏,寸心空切。强整绣衾,独掩朱扉,簟枕为谁铺设。夜长更漏传声远,纱窗映、银缸明灭。梦回处,梅梢半笼淡月。唐宋诸贤绝妙词选卷十

存　目　词

调　名	首　句	出　　处	附　　　　　注
鱼游春水	秦楼东风里	类编草堂诗馀卷二	无名氏词,见乐府雅词拾遗卷上
大江乘	东阳四载	填词图谱卷五	阮槃溪词,见翰墨大全庚集卷十五

滕　甫

甫字元发,东阳人。后避宣仁太后父高遵甫讳,改名元发,字达道。生于天禧四年(1020)。皇祐五年(1053)进士。嘉祐四年(1059),官大理评事。召试,授太子中允、集贤校理。历御史中丞、翰林学士知开封府。出守郡。元祐五年(1090),以龙图阁学士知扬州,未至卒,年七十一。

蝶恋花　次长汀壁间韵

叶底无风池面静。掬水佳人,拍破青铜镜。残月朦胧花弄影。新梳斜插乌云鬓。　　拍索闷怀添酒兴。旋撷园蔬,随分成盘饤。说与翠微休急性。功名富贵皆前定。

又　再和

昼永无人深院静。一枕春醒,犹未忺临镜。帘卷新蟾光射影。速忙掠起蓬松鬓。　　对景沉吟嗟没兴。薄幸不来,空把杯盘饤。休道妇人多水性。今宵独自言无定。以上二首永乐大典卷七千八百八十九汀字韵引滕甫征南录

王安石

安石字介甫,临川人。生于天禧五年(1021)。庆历二年(1042)进士。神宗朝,除翰林学士,拜同中书门下平章事、加尚书左仆射、兼门下侍郎,封舒国公,改封荆国公。晚居金陵,自号半山老人。元祐元年(1086)卒,年六十六。赠太师,谥曰文。崇宁间,追封舒王。有临川集。

桂枝香

登临送目。正故国晚秋,天气初肃。千里澄江似练。翠峰如簇。归帆去棹残阳里,背西风、酒旗斜矗。彩舟云淡,星河鹭起,画图难足。　　念往昔、繁华竞逐。叹门外楼头,悲恨相续。千古凭高,对此谩嗟荣辱。六朝旧事随流水,但寒烟、芳草凝绿。至今商女,时时犹唱按“唱”原作“歌”,据乐府雅词卷上改,后庭遗曲。

甘　露　歌

折得一枝香在手。人间应未有。疑是经春雪未消。今日是何朝。

又

尽日含毫难比兴。都无色可并。万里晴天何处来。真是屑琼瑰。

又

天寒日暮山谷里。的砾愁成水。池上渐多枝上稀。唯有故人知。

> 按甘露歌原不分段，兹从花草粹编卷一作三首。
> 又按曹元忠据王安石本集云：“此集句诗，曾慥、黄大舆辈误为词。”考曾、黄二人去王安石时代未远，必有所据。龙舒本亦以为词，今从之。

菩　萨　蛮

数家茅屋闲临水。单衫短帽垂杨里。今日是何朝。看予度石桥。　　梢梢新月偃。午醉醒来晚。何物最关情。黄鹂三两声。

渔　家　傲

灯火已收正月半。山南山北花撩乱。闻说洊亭新水漫。骑款段。穿云入坞按“坞”原作“岛”，据乐府雅词卷上改寻游伴。　　却拂僧床褰素幔。千岩万壑春风暖。一弄松声悲急管。吹梦断。西看窗日犹嫌短。

二

平岸小桥千嶂抱。柔蓝一水萦花草。茅屋数间窗窈窕。尘不到。时时自有春风扫。　　午枕觉来闻语鸟。欹眠似听朝鸡早。忽忆故人今总老。贪梦好。茫然忘了邯郸道。

雨 霖 铃

孜孜矻矻。向无明里、强作窠窟。浮名浮利何济,堪留恋处,轮回
仓猝。幸有明空妙觉,可弹指超出。缘底事、抛了全潮,认一浮沤
作瀛渤。　　本源自性天真佛。祗些些、妄想中埋没。贪他眼花
阳艳,谁信道、本来无物。一旦茫然,终被阎罗老子相屈。便纵有、
千种机筹,怎免伊唐突。

清 平 乐

云垂平野。掩映竹篱茅舍。阒寂幽居实潇洒。是处绿娇红冶。
　　丈夫运用堂堂。且莫五角六张。若有一卮芳酒,逍遥自在无妨。

浣 溪 沙

百亩中庭半是苔。门前白道水萦回。爱闲能有几人来。　　小院
回廊春寂寂,山桃溪杏两三栽。为谁零落为谁开。

诉衷情 和俞秀老鹤词

常时黄色见眉间。松桂我同攀。每言天上辛苦,不肯饵金丹。
　　怜水静,爱云闲。便忘还。高歌一曲,岩谷逶迤,宛似商山。

二

练巾藜杖白云间。有兴即跻攀。追思往昔如梦,华毂也曾丹。
　　尘自扰,性长闲。更无还。达如周召,穷似丘轲,祗个山山。

三

茫然不肯住林间。有处即追攀。将他死语图度,怎得离真丹。

浆水价,匹如闲。也须还。何如直截,踢倒军持,赢取沩山。

四

营巢燕子逞翱翔。微志在雕梁。碧云举翮千里,其奈有鸾皇。　　临济处,德山行。果承当。自时降住,一切天魔,扫地焚香。

五　又和秀老

莫言普化祇颠狂。真解作津梁。蓦然打个斤斗,直跳过羲皇。　　临济处,德山行。果承当。将他建立,认作心诚,也是寻香。

南 乡 子

嗟见世间人。但有纤毫即是尘。不住旧时无相貌,沉沦。祇为从来认识神。　　作么有疏亲。我自降魔转法轮。不是摄心除妄想,求真。幻化空身即法身。

二

自古帝王州。郁郁葱葱佳气浮。四百年来成一梦,堪愁。晋代衣冠成古丘。　　绕水恣行游。上尽层城更上楼。往事悠悠君莫问,回头。槛外长江空自流。

浪 淘 沙 令

伊吕两衰翁。历遍穷通。一为钓叟一耕佣。若使当时身不遇,老了英雄。　　汤武偶相逢。风虎云龙。兴王祇在笑谈中。直至如今千载后,谁与争功。

望江南　归依三宝赞

归依众，梵行四威仪。愿我遍游诸佛土，十方贤圣不相离。永灭世间痴。

二

归依法，法法不思议。愿我六根常寂静，心如宝月映琉璃。了法更无疑。

三

归依佛，弹指越三祇。愿我速登无上觉，还如佛坐道场时。能智又能悲。

四

三界里，有取总灾危。普愿众生同我愿，能于空有善思惟。三宝共住持。以上宋刊龙舒本王文公文集卷八十

西江月　红梅

梅好惟嫌淡伫，天教薄与胭脂。真妃初出华清池。酒入琼姬半醉。

　　东阁诗情易动，高楼玉管休吹。北人浑作杏花疑。惟有青枝不似。梅苑卷八

按此首别又误作王安礼词，见王魏公集卷一。

渔家傲　梦中作

隔岸桃花红未半。枝头已有蜂儿乱。惆怅武陵人不管。清梦断。亭亭伫立春宵短。泊宅编卷一

清 平 乐

留春不住。费尽莺儿语。满地残红宫锦污。昨夜南园风雨。
小怜初上琵琶。晓来思绕天涯。不肯画堂朱户，春风自在杨花。
竹坡老人诗话卷一

　　按此首别作王安国词，见唐宋诸贤绝妙词选卷二。

生 查 子

雨打江南树。一夜花开无数。绿叶渐成阴，下有游人归路。
与君相逢处。不道春将暮。把酒祝东风。且莫恁、匆匆去。

谒 金 门

春又老。南陌酒香梅小。遍地落花浑不扫。梦回情意悄。　　红
笺寄与添烦恼。细写相思多少。醉后几行书字小。泪痕都揾了。

　　　　以上二首见能改斋漫录卷十六

菩萨蛮 集句

海棠乱发皆临水。君知此处花何似。凉月白纷纷。香风隔岸闻。
　　嘹枝黄鸟近。隔岸声相应。随意坐莓苔。飘零酒一杯。挥麈
馀话卷二

千秋岁引 秋景

别馆寒砧，孤城画角。一派秋声入寥廓。东归燕从海上去，南来雁
向沙头落。楚台风，庾楼月，宛如昨。　　　无奈被些名利缚。无奈
被他情担阁。可惜风流总闲却。当初谩留华表语，而今误我秦楼
约。梦阑时，酒醒后，思量著。唐宋诸贤绝妙词选卷二

以上王安石词补遗,用彊村丛书本临川先生歌曲,有增补。

存　目　词

调　　　名	首　　句	出　　　处	附　　　　注
断　　　句	平昔愁宽带眼	草堂诗馀前集卷上贺方回望湘人词注	疑是王安石诗句"平昔离愁宽带眼"之讹
蝶 恋 花	小院秋光浓欲滴	草堂诗馀续集卷下	程垓作,见书舟词
潇湘逢故人　慢	薰风微动	选声集	王安礼作,见乐府雅词拾遗卷上

吴　氏

　　吴氏,王安石妻。封越国夫人。

定　风　波

待得明年重把酒。携手。那知无雨又无风。临汉隐居诗话

吴师孟

　　师孟字醇翁,成都人。第进士,官至左朝议大夫。知蜀州。卒年九十。王安石当国,谓师孟同年生也,自凤州别驾擢为梓州路提举。

蜡　梅　香

锦里阳和,看万木凋时,早梅独秀。珍馆琼楼畔按"畔"原作"时",据永乐大典卷二千八百一十一梅字韵改,正绛跗初吐,秾华将茂。国艳天葩,真澹伫、雪肌清瘦。似广寒宫,铅华未御,自然妆就。　　凝睇倚朱阑,

喷清香暗度,易袭襟袖。好与花为主,宜秉烛、频观泛湘酾。莫待南枝,随乐府、新声吹后。对赏心人,良辰好景,须信难偶。_{梅苑卷四}

俞紫芝

> 紫芝字秀老,金华人,流寓扬州。少有高行,游王安石之门。元祐初卒。

阮郎归 （按词律调名当作诉衷情）

钓鱼船上谢三郎。双鬓已苍苍。袭衣未必清贵,不肯换金章。　汀草畔,浦花旁。静鸣榔。自来好个,渔父家风,一片潇湘。_{乐府雅词拾遗卷上}

> 按瀛奎律髓卷二十三引"钓鱼船上谢三郎。双鬓已苍苍"四句作苏庠词,误。

临江仙 题清溪图

弄水亭前千万景,登临不忍空回。水轻墨澹写蓬莱。莫教世眼,容易洗尘埃。　　收去雨昏都不见,展时还似云开。先生高趣更多才。人人尽道,小杜却重来。_{敬乡录卷二}

苏　幕　遮

地钟灵,天应瑞。簇簇香苞、团作真珠蕊。玉宇瑶台分十二。要伴姮娥,月里双双睡。　　月如花,花似月。花月生香,添此真奇异。不许扬州夸间气。昨夜春风,唤醒琼琼醉。_{扬州琼华集}

郑　獬

> 獬字毅夫,安陆人。生于乾兴元年(1022)。皇祐五年(1053),举进

士第一。知制诰。神宗朝,拜翰林学士、权知开封府。王安石恶之,以侍读学士出知杭州,徙青州。熙宁五年(1072)卒,年五十一。有郧溪集。

失　调　名

玉环妾意无渝。问君心、朝槿何如。<small>能改斋漫录卷十六</small>

好事近　初春

江上探春回,正值早梅时节。两行小槽双凤,按凉州初彻。　　谢娘扶下绣鞍来,红靴踏残雪。归去不须银烛,有山头明月。<small>唐宋诸贤绝妙词选卷五</small>

又

把酒对江梅,花小未禁风力。何计不教零落,为青春留得。　　故人莫问在天涯,尊前苦相忆。好把素香收取,寄江南消息。<small>花草粹编卷三</small>

强　至

至字几圣,钱塘(今杭州)人。乾兴元年(1022)生。庆历六年(1046)进士。刻苦攻诗,韩琦甚器重之。官祠部员外郎。熙宁九年(1076)卒,年五十五。有集。

渔　家　傲

雪月照梅溪畔<small>按"畔"原误作"伴",据强祠部集卷十二改</small>路。幽姿背立无言语。冷浸瘦枝清浅处。香暗度。妆成处士横斜句。　　浑似玉人常淡伫。菱花相对盈清楚。谁解小图先画取。天欲曙。恐随月色

云间去。永乐大典卷二千八百十梅字韵

　　按此首梅苑卷九作薛几圣词,未知孰是。

沈　注

踏莎行 赠杨蟠

竹阁云深,巢虚人阒。几年湖上音尘寂。风流今有使君家,月明夜
夜闻双笛。以下原阙　泊宅编卷七

蒲宗孟

　　宗孟字传正,阆州新井(在今四川)人。皇祐五年(1053)进士。熙
宁二年(1069),官著作郎。召试,授馆阁校勘。历集贤校理,助吕惠卿
制手实法。元丰二年(1079),知制诰。三年(1080),翰林学士。五年,
(1082)拜尚书左丞。六年(1083),出知汝州。历守亳、杭、郓三州,徙河
中卒,年六十六。谥恭敏。有蒲左丞集十卷,不传。

望 梅 花

一阳初起。暖力未胜寒气。堪赏素华长独秀,不并开红抽紫。青
帝只应怜洁白,不使雷同众卉。　　　淡然难比。粉蝶岂知芳蕊。
半夜卷帘如乍失,只在银蟾影里。残雪枝头君认取,自有清香旖
旎。梅苑卷二

存　目　词

　　花草粹编卷八有蒲宗孟望梅花"寒梅堪羡"一首,乃无名氏作,见
梅苑卷二。

陈汝羲

汝羲,晋江(今泉州)人。皇祐五年(1053)进士。官职方员外郎。治平四年(1067),以祠部郎中召试学士院,授集贤校理。熙宁元年(1068),京东转运使。四年(1071),刑部郎中、直史馆,落职,知南康军。八年(1075),以户部判官、兵部郎中直史馆,提点醴泉观。元丰元年(1078),知应天府。

减字木兰花

纤纤素手。盘里醉花新点就。对叶双心。别有东风意思深。
琼沾粉缀。消得玉堂留客醉。试嗅清芳。别有红罗巧袖香。岁时广记卷八引复雅歌词

存 目 词

花草粹编卷三有陈汝羲谒金门"西风竹"一首,乃陈东甫作,见全芳备祖后集卷十六竹门。

汪辅之

辅之字正夫,宣州(今安徽省宣城)人。皇祐进士。嘉祐四年(1059),为旌德县尉。应制科入等,被论罢。元丰二年(1079),河北东路转运判官。三年(1080),权提点河北东路刑狱。又自太常丞除广东转运副使,乞分司致仕。五年(1082),罢知虔州,依旧分司。

行香子 记恨

晚绿寒红。芳意匆匆。惜年华、今与谁同。碧云零落,数字宾鸿。看渚莲凋,宫扇旧,怨秋风。 流波坠叶,佳期何在,想天教、离

恨无穷。试将前事,闲倚梧桐。有销魂处,明月夜,锦屏空。_{唐宋诸}

贤绝妙词选卷五

按此首别见晏几道小山词,未知孰是。

范纯仁

纯仁字尧夫,仲淹次子。生于天圣五年(1027)。第皇祐元年
(1049)进士,除官不赴。仲淹没,始出仕。治平中,为侍御史、争濮王典
礼,出通判安州。神宗朝,知谏院,加直集贤院,同修起居注。忤王安
石,出知河中府。哲宗立,命同知枢密院事。元祐三年(1088),拜尚书
右仆射兼中书侍郎。绍圣中,贬永州安置。建中靖国元年(1101)卒,年
七十五。谥忠宣,有集。

鹧鸪天　和持国

腊后春前暖律催。日和风软欲开梅。公方结客寻佳景,我亦忘形
趁酒杯。　　添歌管,续尊罍。更阑烛短未能回。清欢莫待相期
约,乘兴来时便可来。_{范忠宣公集卷五}

张才翁

才翁尝仕临邛秋官。

雨　中　花

万缕青青,初眠官柳,向人犹未成阴。据雕鞍马上,拥鼻微吟。远
宦情怀谁问,空嗟壮志销沉。正好花时节,山城留滞、忍负归心。

别离万里,飘蓬无定,谁念会合难凭。相聚里,休辞金盏,酒浅
还深。欲把春愁抖擞,春愁转更难禁。乱山高处,凭阑垂袖,聊寄

登临。能改斋漫录卷十六

寿涯禅师

渔家傲　咏鱼篮观音

深愿弘慈无缝罅。乘时走入众生界。窈窕丰姿都没赛。提鱼卖。堪笑马郎来纳败。　　清冷露湿金襕坏。茜裙不把珠缨盖。特地掀来呈捏怪。牵人爱。还尽许多菩萨债。词品卷二

章　楶

　　楶字质夫,浦城人。生于天圣五年(1027)。治平二年(1065)进士。哲宗朝,历集贤殿修撰,知渭州,进端明殿学士。徽宗建中靖国元年(1101),除同知枢密院事。崇宁元年(1102),以资政殿学士、中太乙宫使卒,谥庄简。

水　龙　吟

燕忙莺懒花残,正堤上、柳花飘坠。轻飞点画青林,谁道全无才思。闲趁游丝,静临深院,日长门闭。傍珠帘散漫,垂垂欲下,依前被,风扶起。兰帐玉人睡觉,怪春衣、雪沾琼缀。绣床旋满,香球无数,才圆却碎。时见蜂儿,仰粘轻粉,鱼吹池水。望章台路杳,金鞍游荡,有盈盈泪。艇斋诗话(文字据唐宋诸贤绝妙词选卷五)

声　声　令

帘移碎影,香褪衣襟。旧家庭院嫩苔侵。东风过尽,暮云锁,绿窗深。怕对人、闲枕剩衾。　　楼底轻阴。春信断,怯登临。断肠魂

梦两沉沉。花飞水远,便从今。莫追寻。又怎禁、蓦地上心。_{杨金}
本草堂诗馀后集卷上

　　按洪武本草堂诗馀前集卷上,此首作无名氏词;类编草堂诗馀卷二又误作俞克成
　　词。

徐　积

　　积字仲车,楚州山阳(今江苏淮安)人。生于天圣六年(1028)。治
平四年(1067)进士第。除扬州司户参军、楚州教授,改和州防御推官。
徽宗立,改宣德郎。崇宁二年(1103)卒,年七十六。政和间,赐谥节孝
处士。有集二十卷。

渔　父　乐

水曲山隈四五家,夕阳烟火隔芦花。渔唱歇,醉眠斜。纶竿蓑笠是
生涯。

无　一　事

见说红尘罩九衢,贪名逐利各区区。论得失,问荣枯。争似侬家占
五湖。

堪　画　看

讨得渔竿买得船。归休何必待高年。深浪里,乱云边。只有逍遥
是水仙。

谁　学　得

饱则高歌醉即眠。只知头白不知年。江绕屋,水随船。买得风光
不着钱。

君　看　取

管得江湖占得山。白云同散学云闲。清旦出,夕阳还。不知身在
画屏间。

君　不　悟

一酌村醪一曲歌。回看尘世足风波。忧患大,是非多。纵得荣华
有几何。以上六首见节孝先生文集卷十四

沈　括

　　　括字存中,钱塘(今杭州)人。天圣七年(1029)生。嘉祐八年
(1063)进士。编校昭文馆书籍。为馆阁校勘。熙宁中,迁翰林学士、龙
图阁待制,坐事谪均州团练副使。徙秀州,复光禄少卿,分司南京,居润
州。元祐八年(1093)卒,年六十五。有长兴集、梦溪笔谈。

开　元　乐

鹳鹊楼头日暖,蓬莱殿里花香。草绿烟迷步辇,天高日近龙床。

又

楼上正临宫外,人间不见仙家。寒食轻烟薄雾,满城明月梨花。

又

按舞骊山影里,回銮渭水光中。玉笛一天明月,翠华满陌东风。

又

殿后春旗簇仗,楼前御队穿花。一片红云闹处,外人遥认官家。以

上四首见侯鲭录卷七

范宽之

宽之于仁宗嘉祐年间为江南东路转运使。

失 调 名

谢娘栀子,贾妃茰佩。说郛卷八十比红儿诗引本事集

　　按宋方慤比红儿诗注引作"谢娘栀子裹,绣领刺鸯鸳"诗句。

方 资

　　资,婺州(今浙江金华)人。天圣八年(1030)生。嘉祐八年(1063)
进士。由县令擢南阳教授,归老于杭以卒。

黄 鹤 引

　　予生浙东,世业农。总角失所天,稍从里闲儒者游。年十八,婺以
充贡。凡八至礼部,始得一青衫。间关二十年,仕不过县令,擢才南阳
教授。绍圣改元,实六十五岁矣。秋风忽起,亟告老于有司,适所愿也。
谓同志曰:仕无补于上下,而退号朝士。婚姻既毕,公私无虞。将买扁
舟放浪江湖中,浮家泛宅,誓以此生,非太平之幸民而何。因阅阮田曹
所制黄鹤引,爱其词调清高,写为一阕,命稚子歌之,以侑尊焉。

生逢垂拱。不识干戈免田陇。士林书圃终年,庸非天宠。才初阆
茸。老去支离何用。浩然归弄。似黄鹤、秋风相送。　　尘事塞
翁心,浮世庄生梦。漾舟遥指烟波,群山森动。神闲意耸。回首利
羁名鞚。此情谁共。问几斛、淋浪春瓮。泊宅编卷一

　　按此首又见式古堂书画汇考书考卷十二,误作方勺词。

王安国

安国字平甫,临川人,王安石之弟。生于天圣八年(1030)。熙宁元年(1068),应茂才异等科入等,赐进士出身,除西京国子教授、崇文院校书。熙宁七年(1074)时,为大理寺丞、集贤校理。坐郑侠事,于八年(1075)初,放归田里。熙宁九年(1076)卒。有王校理集,不传。

点　绛　唇

秋气微凉,梦回明月穿帘幕。井梧萧索。正绕南枝鹊。　　宝瑟尘生,金雁空零落。情无托。鬓云慵掠。不似君恩薄。皇朝事实类苑卷三十五引倦游杂录

按此首别误作王安礼词,见花草粹编卷一。又误作赵抃词,见历代诗馀卷五。

清平乐 春晚

留春不住。费尽莺儿语。满地残红宫锦污。昨夜南园风雨。
小怜初上琵琶。晓来思绕天涯。不肯画堂朱户,春风自在梨花。

按此首乃王安石所书,有墨迹,见竹坡老人诗话卷一。诗话云:未必非平甫作也。作疑似之词。黄升殆因之而收作王安国词。

减字木兰花 春情

画桥流水。雨湿落红飞不起。月破黄昏。帘里馀香马上闻。
徘徊不语,今夜梦魂何处去。不似垂杨。犹解飞花入洞房。以上二首见唐宋诸贤绝妙词选卷二

孙　洙

洙字巨源,广陵(今江苏扬州)人。生于天圣九年(1031)。年十九

举进士,补秀州法曹。复举制科,迁集贤校理、太常礼官。治平中,兼史馆检讨、同知谏院、出知海州。元丰中,官翰林学士。元丰二年(1079)卒,年四十九。有孙贤良集,不传。

菩　萨　蛮

楼头上有三冬鼓。何须抵死催人去。上马苦匆匆。琵琶曲未终。

回头肠断处。却更廉纤雨。漫道玉为堂。玉堂今夜长。说郛本南游记旧

河满子 秋怨

怅望浮生急景,凄凉宝瑟馀音。楚客多情偏怨别,碧山远水登临。目送连天衰草,夜阑几处疏砧。黄叶无风自落,秋云不雨长阴。天若有情天亦老,摇摇幽恨难禁。惆怅旧欢如梦,觉来无处追寻。唐宋诸贤绝妙词选卷三

存　目　词

花镜隽声七有孙洙传言玉女"一夜东风"一首,乃晁冲之作,见乐府雅词卷中。

李清臣

　　清臣字邦直,魏(今河南安阳)人。韩琦侄婿。生于明道元年(1032)。举皇祐五年(1053)进士,熙宁三年(1070),为秘书郎。召试,授集贤校理。历官知制诰、翰林学士,迁尚书左丞。罢为资政殿学士,复拜中书侍郎,以资政殿大学士知河南府。徽宗立,入为门下侍郎,出知大名府。崇宁元年(1102)卒,年七十一。

失　调　名

杨花落。燕子穿朱阁。苦恨春醪如水薄。闲愁无处著。　　　　去年

今日王陵舍，鼓角秋风。千岁辽东。回首人间万事空。麈史卷中
按花草粹编卷二载此首调名作杨花落，撧首句为之，盖出杜撰。

存　目　词

词品卷三有李清臣谒金门"杨花落，燕子横穿池阁"一首，乃贺铸
作，见阳春白雪卷一。

韦　骧

　　骧字子骏，本名让，避濮王讳改名，钱塘（今杭州）人。生于明道二
年（1033）。皇祐五年（1053）进士。历官尚书主客郎中。绍圣二年
（1095）提点夔州路刑狱。移知亳州，未上，改四明。乞闲，提举洞霄宫。
崇宁四年（1105）卒，年七十三。

减字木兰花 惜春词

人生可意。只说功名贪富贵。遇景开怀。且尽生前有限杯。
韶华几许。鹁鸠声残无觅处。莫自因循。一片花飞减却春。

又 劝饮酒

金貂贳酒。乐事可为须趁手。且醉青春。白髪何曾饶贵人。
凤笙鼍鼓。况是桃花落红雨。莫诉觥筹。炊熟黄粱一梦休。

又 止贪词

鸾坡凤沼。轩冕傥来何足道。存养天真。安用浮名绊此身。
劳生逸老。摆脱纷华须是早。解绶眠云。林下何曾见一人。

又 望仙词

危楼引望。天气犹寒花未放。远思悠悠。芳草何年恨即休。

仙踪何处。此去蓬山多少路。春霭腾腾。更在瑶台十二层。

又 春词

帝城春媚。绿柳参天花照地。共乐升平。处处楼台歌板声。
香轮玉镫。驰骤芳郊争选胜。妙舞轻讴。扰乱春风卒未休。

菩萨蛮 和舒信道水心寺会次韵

琼杯且尽清歌送。人生离合真如梦。瞬息又春归。回头光景非。
　　香喷金兽暖。欢意愁更短。白髮不须量。从教千丈长。

鹊 桥 仙

岁华将暮,寒林萧索,极目冻云垂地。官梅忽见一枝芳,便顿觉、新
春情味。　　小筵开处,歌喉清婉,舞态蹁跹争媚。沈腰潘鬓两休
论,共举白、何须惜醉。

减字木兰花 水仙花

雕阑香砌。红紫妖韶何足计。争似幽芳。几朵先春蘸碧塘。
玉盘金盏。谁谓花神情有限。绰约仙姿。仿佛江皋解佩时。

洛阳春 丁香花

冷艳幽香奇绝。粉金裁雪。无端又欲恨春风,恨不解、千千结。
　　曲槛小池清切。倚烟笼月。佳人纤手傍柔条,似不忍、轻攀折。

醉蓬莱 廷评庆寿

漏新春消耗,柳眼微青,素梅犹小。帘幕轻寒,引炉烟袅袅。凤管
雍容,雁筝清切,对绮筵呈妙。此际欢虞,门庭自有,辉光荣耀。

庆事难逢,世间须信,八十遐龄,古来稀少。况偶佳辰,是桑弧曾表。满奉金觥,暂停牙板,听雅歌精祷。惟愿增高,龟年鹤算,鸿恩紫诏。

沁园春 廷评拜官

林叶阴浓,海云峰耸,夏景渐分。称画堂开宴,雍雍笑语,高年耆德,初拜君恩。汉相家声,一经传训,赏典今朝归庆门。清和昼,见香飘百和,乐按长春。　　休论。万事纷纭。算寿考、乡闾能几人。况凤书才降,龟龄正永,莫辞金盏,一醉醺醺。萱草忘忧,榴花含笑,庭院风光如按"如"字原无,据彊村丛书本韦先生词补再新。成欢颂,愿齐坚桧柏,频奉丝纶。以上十一首见钱塘韦先生文集卷十八

按钱塘韦先生文集用鲍廷博等校旧抄本。减字木兰花二至五首,水仙花一首,沁园春一首原俱不著调名,据彊村丛书本韦先生词添注。

圆禅师

　　　　圆禅师,主湖州甘露寺。

渔　家　傲

本是潇湘一钓客。自东自西自南北。只把孤舟为屋宅。无宽窄。幕天席地人难测。　　顷闻四海停戈革。金门懒去投书册。时向滩头歌月白。真高格。浮名浮利谁拘得。罗湖野录卷二

则禅师

　　　　则禅师,主潼川天宁寺。

满 庭 芳

咄这牛儿,身强力健,几人能解牵骑。为贪原上,嫩草绿离离。只
管寻芳逐翠,奔驰后、不顾倾危。争知道,山遥水远,回首到家迟。

　　牧童,今有智,长绳牢把,短杖高提。入泥入水,终是不生疲。
直待心调步稳,青松下、孤笛横吹。当归去,人牛不见,正是月明
时。罗湖野录卷二

　　按此首别云张风子作,见夷坚丙志卷十八。

陈　偕

　　　　偕号月境。词综补遗卷五以为即见于淮海集之广陵人陈偕。偕乃
　　　高邮人。

八 声 甘 州

芰荷风、涤面恰麦秋,应倒著春衣。渡晓溪云湿,日流尘脚,露溅蛛
丝。调翼受风雏燕,弱不解争泥。衬琅玕锦院,竹外蔷薇。　　立
久阑干凭暖,看行鱼吹沫,波晕平池。藓痕斑础石,渐雨熟梅时。
傍短篱、成团粉蝶,掠野花、相逐□高低。忘言处,徽弦乍拂,流水
先知。阳春白雪卷五

满庭芳 西湖

岚影浮春,云容阁雨,澄泓碧展玻璃。高低楼观,窗户舞涟漪。别
有轻盈水面,清讴起、舟叶如飞。沙堤上,垂鞭信马,柳重绿交枝。

　　渐残红倒影,金波潋滟,弦管催归。看飘香陈粉,满路扶携。
不尽湖边风月,孤山下、猿鸟须知。东风里,年年此水,贮尽是和

非。

又　送春

榆荚抛钱，桃英胎子，杨花已送春归。未成萍叶，水面绿纹肥。沙暖溪禽行哺，忘机处、雏母相随。重帘静，铜壶昼歇，声度竹间棋。

人生如意少，乐随春减，恨为情离。怕牵愁勾怨，渐近金徽。浮世更相代谢，江头明月，渡口斜晖。关情处，摩挲钓石，莫遣上苔衣。以上二首阳春白雪卷八

晏几道

　　几道字叔原，号小山，殊幼子。监颍昌许田镇。崇宁四年(1105)间，为开封府推官。以狱空，转一官，赐章服。几道能文章，尤工乐府，有小山词。

临　江　仙

斗草阶前初见，穿针楼上曾逢。罗裙香露玉钗风。靓妆眉沁绿，羞脸粉生红。　　流水便随春远，行云终与谁同。酒醒长恨锦屏空。相寻梦里路，飞雨落花中。

又

身外闲愁空满，眼中欢事常稀。明年应赋送君诗。细从今夜数，相会几多时。　　浅酒欲邀谁劝，深情惟有君知。东溪春近好同归。柳垂江上影，梅谢雪中枝。

　　按此首又见晁补之琴趣外篇卷四。

又

淡水三年欢意，危弦几夜离情。晓霜红叶舞归程。客情今古道，秋梦短长亭。　　渌酒尊前清泪，阳关叠里离声。少陵诗思旧才名。云鸿相约处，烟雾九重城。

又

浅浅馀寒春半，雪消蕙草初长。烟迷柳岸旧池塘。风吹梅蕊闹，雨细杏花香。　　月堕枝头欢意，从前虚梦高唐，觉来何处放思量。如今不是梦，真个到伊行。

又

长爱碧阑干影，芙蓉秋水开时。脸红凝露学娇啼。霞觞熏冷艳，云髻袅纤枝。　　烟雨依前时候，霜丛如旧芳菲。与谁同醉采香归。去年花下客，今似蝶分飞。

又

旖旎仙花解语，轻盈春柳能眠。玉楼深处绮窗前。梦回芳草夜，歌罢落梅天。　　沉水浓熏绣被，流霞浅酌金船。绿娇红小正堪怜。莫如云易散，须似月频圆。

又

梦后楼台高锁，酒醒帘幕低垂。去年春恨却来时。落花人独立，微雨燕双飞。　　记得小蘋初见，两重心字罗衣。琵琶弦上说相思。当时明月在，曾照彩云归。

又

东野亡来无丽句,于君去后少交亲。追思往事好沾巾。白头王建在,犹见咏诗人。　　　学道深山空自老,留名千载不干身。酒筵歌席莫辞频。争如南陌上,占取一年春。

按此首别误作晏殊词,见啸馀谱卷二。

蝶 恋 花

卷絮风头寒欲尽。坠粉飘红,日日香成阵。新酒又添残酒困。今春不减前春恨。　　　蝶去莺飞无处问。隔水高楼,望断双鱼信。恼乱层波横一寸。斜阳只与黄昏近。

按此首又作赵令畤词,见乐府雅词卷中。别又误作晏殊词,见杨金本草堂诗馀后集卷下。

又

初捻霜纨生怅望。隔叶莺声,似学秦娥唱。午睡醒来慵一饷。双纹翠簟铺寒浪。　　　雨罢蘋风吹碧涨。脉脉荷花,泪脸红相向。斜贴绿云新月上。弯环正是愁眉样。

又

庭院碧苔红叶遍。金菊开时,已近重阳宴。日日露荷凋绿扇。粉塘烟水澄如练。　　　试倚凉风醒酒面。雁字来时,恰向层楼见。几点护霜云影转。谁家芦管吹秋怨。

又

喜鹊桥成催凤驾。天为欢迟,乞与初凉夜。乞巧双蛾加意画。玉钩斜傍西南挂。　　分钿擘钗凉叶下。香袖凭肩，谁记当时话。
路隔银河犹可借。世间离恨何年罢。

　　按岁时广记卷二十六误引首三句作苏轼词。

又

碧草池塘春又晚。小叶风娇，尚学娥妆浅。双燕来时还念远。珠
帘绣户杨花满。　　　绿柱频移弦易断。细看秦筝，正似人情短。
一曲啼乌心绪乱。红颜暗与流年换。

又

碾玉钗头双凤小。倒晕工夫，画得宫眉巧。嫩麴罗裙胜碧草。鸳
鸯绣字春衫好。　　　三月露桃芳意早。细看花枝，人面争多少。
水调声长歌未了。掌中杯尽东池晓。

又

醉别西楼醒不记。春梦秋云，聚散真容易。斜月半窗还少睡。画
屏闲展吴山翠。　　　衣上酒痕诗里字。点点行行，总是凄凉意。
红烛自怜无好计。夜寒空替人垂泪。

又

欲减罗衣寒未去。不卷珠帘，人在深深处。残杏枝头花几许。啼
红正恨清明雨。　　　尽日沉香烟一缕。宿酒醒迟，恼破春情绪。
远信还因归燕误。小屏风上西江路。

　　按此首又作赵令畤词，见乐府雅词卷中。

又

千叶早梅夸百媚。笑面凌寒，内样妆先试。月脸冰肌香细腻。风

流新称东君意。　　一捻年光春有味。江北江南，更有谁相比。横玉声中吹满地。好枝长恨无人寄。

按此首又见梅苑卷八，误作晏殊词。

又

金蹙刀头芳意动。彩蕊开时，不怕朝寒重。晴雪半消花鬓鬖。晓妆呵尽香酥冻。　　十二楼中双翠凤。缥缈歌声，记得江南弄。醉舞春风谁可共。秦云已有鸳屏梦。

又

笑艳秋莲生绿浦。红脸青腰，旧识凌波女。照影弄妆娇欲语。西风岂是繁华主。　　可恨良辰天不与。才过斜阳，又是黄昏雨。朝落暮开空自许。竟无人解知心苦。

又

碧落秋风吹玉树。翠节红旌，晚过银河路。休笑星机停弄杼。凤帏已在云深处。　　楼上金针穿绣缕。谁管天边，隔岁分飞苦。试等夜阑寻别绪。泪痕千点罗衣露。

又

碧玉高楼临水住。红杏开时，花底曾相遇。一曲阳春春已暮。晓莺声断朝云去。　　远水来从楼下路。过尽流波，未得鱼中素。月细风尖垂柳渡。梦魂长在分襟处。

又

梦入江南烟水路，行尽江南，不与离人遇。睡里消魂无说处。觉来

惆怅消魂误。　　欲尽此情书尺素。浮雁沉鱼,终了无凭据。却
倚缓弦歌别绪。断肠移破秦筝柱。

又

黄菊开时伤聚散。曾记花前,共说深深愿。重见金英人未见。相
思一夜天涯远。　　罗带同心闲结遍。带易成双,人恨成双晚。
欲写彩笺书别怨。泪痕早已先书满。

鹧 鸪 天

彩袖殷勤捧玉钟。当年拚却醉颜红。舞低杨柳楼心月,歌尽桃花
扇影风。　　从别后,忆相逢。几回魂梦与君同。今宵剩把银钉
照,犹恐相逢是梦中。

又

一醉醒来春又残。野棠梨雨泪阑干。玉笙声里鸾空怨,罗幕香中
燕未还。　　终易散,且长闲。莫教离恨损朱颜。谁堪共展鸳鸯
锦,同过西楼此夜寒。

又

梅蕊新妆桂叶眉。小莲风韵出瑶池。云随绿水歌声转,雪绕红绡
舞袖垂。　　伤别易,恨欢迟。惜无红锦为裁诗。行人莫便消魂
去,汉渚星桥尚有期。

又

守得莲开结伴游。约开萍叶上兰舟。来时浦口云随棹,采罢江边
月满楼。　　花不语,水空流。年年拚得为花愁。明朝万一西风

动，争向按"向"原作"奈"，改从陆贻典校汲古阁本小山词朱颜不耐秋。

又

斗鸭池南夜不归。酒阑纨扇有新诗。云随碧玉歌声转，雪绕红琼舞袖回。　　今感旧，欲沾衣。可怜人似水东西。回头满眼凄凉事，秋月春风岂得知。

又

当日佳期鹊误传。至今犹作断肠仙。桥成汉渚星波外，人在鸾歌凤舞前。　　欢尽夜，别经年。别多欢少奈何天。情知此会无长计，咫尺凉蟾亦未圆。

又

题破香笺小砑红。诗篇按"篇"原作"成"，改从陆校本小山词多寄旧相逢。西楼酒面垂垂雪，南苑春衫细细风。　　花不尽，柳无穷。别来欢事少人同。凭谁问取归云信，今在巫山第几峰。

又

清颍尊前酒满衣。十年风月旧相知。凭谁细话当时事，肠断山长水远诗。　　金凤阙，玉龙墀。看君来换锦袍时。姮娥已有殷勤约，留著蟾宫第一枝。

又

醉拍春衫惜旧香。天将离恨恼疏狂，年年陌上生秋草，日日楼中到夕阳。　　云渺渺，水茫茫。征人归路许多长。相思本是无凭语，莫向花笺费泪行。

又

小令尊前见玉箫。银灯一曲太妖娆。歌中醉倒谁能恨，唱罢归来酒未消。　　春悄悄，夜迢迢。碧云天共楚宫遥。梦魂惯得无拘检，又踏杨花过谢桥。

又

楚女腰肢越女腮。粉圆双蕊髻中开。朱弦曲怨愁春尽，渌酒杯寒记夜来。　　新掷果，旧分钗。冶游音信隔章台。花间锦字空频寄，月底金鞍竟未回。

又

十里楼台倚翠微。百花深处杜鹃啼。殷勤自与行人语，不似流莺取次飞。　　惊梦觉，弄晴时。声声只道不如归。天涯岂是无归意，争奈归期未可期。

又

陌上濛濛残絮飞。杜鹃花里杜鹃啼。年年底事不归去，怨月愁烟长为谁。　　梅雨细，晓风微。倚楼人听欲沾衣。故园三度群花谢，曼倩天涯犹未归。

又

晓日迎长岁岁同。太平箫鼓间歌钟。云高未有前村雪，梅小初开昨夜风。　　罗幕翠，锦筵红。钗头罗胜写宜冬。从今屈指春期近，莫使金尊对月空。

又

小玉楼中月上时。夜来惟许月华知。重帘有意藏私语，双烛无端恼暗期。　　伤别易，恨欢迟。归来何处验相思。沈郎春雪愁消臂，谢女香膏懒画眉。

又

手捻香笺忆小莲。欲将遗恨倩谁传。归来独卧逍遥夜，梦里相逢酩酊天。　　花易落，月难圆。只应花月似欢缘。秦筝算有心情在，试写离声入旧弦。

又

九日悲秋不到心。凤城歌管有新音。风凋碧柳愁眉淡，露染黄花笑靥深。　　初见雁，已闻砧。绮罗丛里胜登临。须教月户纤纤玉，细捧霞觞滟滟金。

又

碧藕花开水殿凉。万年枝外转红阳。升平歌管随天仗，祥瑞封章满御床。　　金掌露，玉炉香。岁华方共圣恩长。皇州又奏圜扉静，十样宫眉捧寿觞。

又

绿橘梢头几点春。似留香蕊送行人。明朝紫凤朝天路，十二重城五碧云。　　歌渐咽，酒初醺。尽将红泪湿湘裙。赣江西畔从今日，明月清风忆使君。

生　查　子

金鞭美少年,去跃青骢马,牵系玉楼人,绣被春寒夜。　　消息未
归来,寒食梨花谢。无处说相思,背面秋千下。

　　　按此首别误作吴殊词,见古今别肠词选卷一。

又

轻匀两脸花,淡扫双眉柳。会写锦笺时,学弄朱弦后。　　今春玉
钏宽,昨夜罗裙皱。无计奈情何,且醉金杯酒。

又

关山魂梦长,鱼雁音尘少。两鬓可怜青,只为相思老。　　归梦碧
纱窗,说与人人道。真个别离难,不似相逢好。

　　　按唐宋诸贤绝妙词选卷五作王观词。别又见杜安世杜寿域词。

又

坠雨已辞云,流水难归浦。遗恨几时休,心抵秋莲苦。　　忍泪不
能歌,试托哀弦语。弦语愿相逢,知有相逢否。

又

一分残酒霞,两点愁蛾晕。罗幕夜犹寒,玉枕春先困。　　心情翦
彩慵,时节烧灯近。见少别离多,还有人堪恨。

又

轻轻制舞衣,小小裁歌扇。三月柳浓时,又向津亭见。　　垂泪送
行人,湿破红妆面。玉指袖中弹,一曲清商怨。

按此首词林万选卷四误作牛希济词。杨金本草堂诗馀前集卷下又误作赵彦端词。

又

红尘陌上游,碧柳堤边住。才趁彩云来,又逐飞花去。深深美
酒家,曲曲幽香路。风月有情时,总是相思处。

又

长恨涉江遥,移近溪头住。闲荡木兰舟,误入双鸳浦。无端轻
薄云,暗作廉纤雨。翠袖不胜寒,欲向荷花语。

又

远山眉黛长,细柳腰肢袅。妆罢立春风,一笑千金少。归去凤
城时,说与青楼道。遍看颍川花,不似师师好。

又

落梅庭榭香,芳草池塘绿。春恨最关情,日过阑干曲。几时花
里闲,看得花枝足。醉后莫思家,借取师师宿。

又

狂花顷刻香,晚蝶缠绵意。天与短因缘,聚散常容易。传唱入
离声,恼乱双蛾翠。游子不堪闻,正是衷肠事。

又

官身几日闲,世事何时足。君貌不长红,我鬓无重绿。榴花满
盏香,金缕多情曲。且尽眼中欢,莫叹时光促。

又

春从何处归,试向溪边问。岸柳弄娇黄,陇麦回青润。　　多情美少年,屈指芳菲近。谁寄岭头梅,来报江南信。

南 乡 子

渌水带青潮。水上朱阑小渡桥。桥上女儿双笑靥,妖娆。倚著阑干弄柳条。　　月夜落花朝。减字偷声按玉箫。柳外行人回首处,迢迢。若比银河路更遥。

又

小蕊受春风。日日宫花花树中。恰向柳绵撩乱处,相逢。　　笑靥旁边心字浓。　　归路草茸茸。家在秦楼更近东。醒去醉来无限事,谁同。说著西池满面红。

又

花落未须悲。红蕊明年又满枝。惟有花间人别后,无期。水阔山长雁字迟。　　今日最相思。记得攀条话别离。共说春来春去事,多时。一点愁心入翠眉。

又

何处别时难。玉指偷将粉泪弹。记得来时楼上烛,初残。待得清霜满画阑。　　不惯独眠寒。自解罗衣衬枕檀。百媚也应愁不睡,更阑。恼乱心情半被闲。

又

画鸭懒熏香。绣茵犹展旧鸳鸯。不似同衾愁易晓,空床。细剔银灯怨漏长。　　几夜月波凉。梦魂随月到兰房。残睡觉来人又远,难忘。便是无情也断肠。

又

眼约也应虚。昨夜归来凤枕孤。且据如今情分里,相于。只恐多时不似初。　　深意托双鱼。小蒨蛮笺细字书。更把此情重问得,何如,共结因缘久远无。

又

新月又如眉。长笛谁教月下吹。楼倚暮云初见雁,南飞。漫道行人雁后归。　　意欲梦佳期。梦里关山路不知。却待短书来破恨,应迟。还是凉生玉枕时。

清 平 乐

留人不住。醉解兰舟去。一棹碧涛春水路。过尽晓莺啼处。渡头杨柳青青。枝枝叶叶离情。此后锦书休寄,画楼云雨无凭。

又

千花百草。送得春归了。拾蕊人稀红渐少。叶底杏青梅小。小琼闲抱琵琶。雪香微透轻纱。正好一枝娇艳,当筵独占韶华。

又

烟轻雨小。紫陌香尘少。谢客池塘生绿草。一夜红梅先老。

旋题罗带新诗。重寻杨柳佳期。强半春寒去后，几番花信来时。

又

可怜娇小。掌上承恩早。把镜不知人易老。欲占朱颜长好。
画堂秋月佳期。藏钩赌酒归迟。红烛泪前低语，绿笺花里新词。

又

红英落尽。未有相逢信。可恨流年凋绿鬓。睡得春醒欲醒。
钿筝曾醉西楼。朱弦玉指梁州。曲罢翠帘高卷，几回新月如钩。

又

春云绿处。又见归鸿去。侧帽风前花满路。冶叶倡条情绪。
红楼桂酒新开。曾携翠袖同来。醉弄影娥池水，短箫吹落残梅。

又

波纹碧皱。曲水清明后。折得疏梅香满袖。暗喜春红依旧。
归来紫陌东头。金钗换酒消愁。柳影深深细路，花梢小小层楼。

又

西池烟草。恨不寻芳早。满路落花红不扫。春色渐随人老。
远山眉黛娇长。清歌细逐霞觞。正在十洲残梦，水心宫殿斜阳。

又

蕙心堪怨。也逐春风转。丹杏墙东当日见。幽会绿窗题遍。
眼中前事分明。可怜如梦难凭。都把旧时薄幸，只消今日无情。

又

幺弦写意。意密弦声碎。书得凤笺无限事。犹恨春心难寄。
卧听疏雨梧桐。雨馀淡月朦胧。一夜梦魂何处，那回杨叶楼中。

又

笙歌宛转。台上吴王宴。宫女如花倚春殿。舞绽缕金衣线。
酒阑画烛低迷。彩鸳惊起双栖。月底三千绣户，云间十二琼梯。

又

暂来还去。轻似风头絮。纵得相逢留不住。何况相逢无处。
去时约略黄昏。月华却到朱门。别后几番明月，素娥应是消魂。

又

双纹彩袖。笑捧金船酒。娇妙如花轻似柳。劝客千春长寿。
艳歌更倚疏弦。有情须醉尊前。恰是可怜时候，玉娇今夜初圆。

又

寒催酒醒。晓陌飞霜定。背照画帘残烛影。斜月光中人静。
锦衣才子西征。万重云水初程。翠黛倚门相送，鸾肠断处离声。

又

莲开欲遍。一夜秋声转。残绿断红香片片。长是西风堪怨。
莫愁家住溪边。采莲心事年年。谁管水流花谢，月明昨夜兰船。

又

沉思暗记。几许无凭事。菊麝开残秋少味。闲却画阑风意。
梦云归处难寻。微凉暗入香襟。犹恨那回庭院,依前月浅灯深。

又

莺来燕去。宋玉墙东路。草草幽欢能几度。便有系人心处。
碧天秋月无端。别来长照关山。一点恹恹谁会,依前凭暖阑干。

又

心期休问。只有尊前分。勾引行人添别恨。因是语低香近。
劝人满酌金钟。清歌唱彻还重。莫道后期无定,梦魂犹有相逢。

木 兰 花

秋千院落重帘暮。彩笔闲来题绣户。墙头丹杏雨馀花,门外绿杨
风后絮。　　朝云信断知何处。应作襄王春梦去。紫骝认得旧游
踪,嘶过画桥东畔路。

又

小颦若解愁春暮。一笑留春春也住。晚红初减谢池花,新翠已遮
琼苑路。　　湔裙曲水曾相遇。挽断罗巾容易去。啼珠弹尽又成
行,毕竟心情无会处。

又

小莲未解论心素。狂似钿筝弦底柱。脸边霞散酒初醒,眉上月残
人欲去。　　旧时家近章台住。尽日东风吹柳絮。生憎繁杏绿阴

时,正碍粉墙偷眼觑。

又

风帘向晓寒成阵。来报东风消息近。试从梅蒂紫边寻,更绕柳枝柔处问。　　来迟不是春无信。开晚却疑花有恨。又应添得几分愁,二十五弦弹未尽。

又

念奴初唱离亭宴。会作离声勾别怨。当时垂泪忆西楼,湿尽罗衣歌未遍。　　难逢最是身强健。无定莫如人聚散。已拚归袖醉相扶,更恼香檀珍重劝。

又

玉真能唱朱帘静。忆在双莲池上听。百分蕉叶醉如泥,却向断肠声里醒。　　夜凉水月铺明镜。更看娇花闲弄影。曲终人意似流波,休问心期何处定。

又

阿茸十五腰肢好。天与怀春风味早。画眉匀脸不知愁,殢酒熏香偏称小。　　东城杨柳西城草。月会花期如意少。思量心事薄轻云,绿镜台前还自笑。

又

初心已恨花期晚。别后相思长在眼。兰衾犹有旧时香,每到梦回珠泪满。　　多应不信人肠断。几夜夜寒谁共暖。欲将恩爱结来生,只恐来生缘又短。

减字木兰花

长亭晚送。都似绿窗前日梦。小字还家。恰应红灯昨夜花。
良时易过。半镜流年春欲破。往事难忘。一枕高楼到夕阳。

又

留春不住。恰似年光无味处。满眼飞英。弹指东风太浅情。
筝弦未稳。学得新声难破恨。转枕花前。且占香红一夜眠。

又

长杨辇路。绿满当年携手处。试逐春风。重到宫花花树中。
芳菲绕遍。今日不如前日健。酒罢凄凉。新恨犹添旧恨长。

泛清波摘遍

催花雨小,著柳风柔,都似去年时候好。露红烟绿,尽有狂情鬥春
早。长安道。秋千影里,丝管声中,谁放艳阳轻过了。倦客登临,
暗惜光阴恨多少。　　楚天渺。归思正如乱云,短梦未成芳草。
空把吴霜鬓华,自悲清晓。帝城杳。双凤旧约渐虚,孤鸿后期难
到。且趁朝花夜月,翠尊频倒。

洞　仙　歌

春残雨过,绿暗东池道。玉艳藏羞媚赪笑。记当时、已恨飞镜欢
疏,那至此,仍苦题花信少。　　连环情未已,物是人非,月下疏梅
似伊好。澹秀色,黯寒香,粲若春容,何心顾、闲花凡草。但莫使、
情随岁华迁,便杳隔秦源,也须能到。

菩 萨 蛮

来时杨柳东桥路。曲中暗有相期处。明月好因缘。欲圆还未圆。
　　却寻芳草去。画扇遮微雨。飞絮莫无情。闲花应笑人。

又

个人轻似低飞燕。春来绮陌时相见。堪恨两横波。恼人情绪多。
　　长留青鬓住。莫放红颜去。占取艳阳天。且教伊少年。

又

莺啼似作留春语。花飞鬥学回风舞。红日又平西。画帘遮燕泥。
　　烟光还自老。绿镜人空好。香在去年衣。鱼笺音信稀。

又

春风未放花心吐。尊前不拟分明语。酒色上来迟。绿须红杏枝。
　　今朝眉黛浅。暗恨归时远。前夜月当楼。相逢南陌头。

又

娇香淡染胭脂雪。愁春细画弯弯月。花月镜边情。浅妆匀未成。
　　佳期应有在。试倚秋千待。满地落英红。万条杨柳风。

又

香莲烛下匀丹雪。妆成笑弄金阶月。娇面胜芙蓉。脸边天与红。
　　玳筵双揭鼓。唤上华茵舞。春浅未禁寒。暗嫌罗袖宽。

又

哀筝一弄湘江曲。声声写尽湘波绿。纤指十三弦。细将幽恨传。
　　当筵秋水慢。玉柱斜飞雁。弹到断肠时。春山眉黛低。

按此首别误作张子野词，见类编草堂诗馀卷一。词综卷六又误作陈师道词。

又

江南未雪梅花白。忆梅人是江南客。犹记旧相逢。淡烟微月中。
　　玉容长有信，一笑归来近。怀远上楼时。晚云和雁低。

按刘毓盘辑济南集此首误作李廌词。

又

相逢欲话相思苦。浅情肯信相思否。还恐漫相思。浅情人不知。
　　忆曾携手处。月满窗前路。长到月来时。不眠犹待伊。

玉　楼　春

雕鞍好为莺花住。占取东城南陌路。尽教春思乱如云，莫管世情
轻似絮。　　古来多被虚名误。宁负虚名身莫负。劝君频入醉乡
来，此是无愁无恨处。

又

一尊相遇春风里。诗好似君人有几。吴姬十五语如弦，能唱当时
楼下水。　　良辰易去如弹指。金盏十分须尽意。明朝三丈日高
时，共拚醉头扶不起。

又

琼酥酒面风吹醒。一缕斜红临晚镜。小鬟微笑尽妖娆，浅注轻匀

长淡净。　　手挼梅蕊寻香径。正是佳期期未定。春来还为个般愁，瘦损宫腰罗带剩。

又

清歌学得秦娥似。金屋瑶台知姓字。可怜春恨一生心，长带粉痕双袖泪。　　从来懒话低眉事。今日新声谁会意。坐中应有赏音人，试问回肠曾断未。

又

旗亭西畔朝云住。沉水香烟长满路。柳阴分到画眉边，花片飞来垂手处。　　妆成尽任秋娘妒。袅袅盈盈当绣户。临风一曲醉朦腾，陌上行人凝恨去。

又

离鸾照罢尘生镜。几点吴霜侵绿鬓。琵琶弦上语无凭。豆蔻梢头春有信。　　相思拚损朱颜尽。天若多情终欲问。雪窗休记夜来寒，桂酒已消人去恨。

又

东风又作无情计。艳粉娇红吹满地。碧楼帘影不遮愁，还似去年今日意。　　谁知错管春残事。到处登临曾费泪。此时金盏直须深，看尽落花能几醉。

又

斑骓路与阳台近。前度无题初借问。暖风鞭袖尽闲垂，微月帘栊曾暗认。　　梅花未足凭芳信。弦语岂堪传素恨。翠眉饶似远山长,寄与此愁颦不尽。

又

红绡学舞腰肢软。旋织舞衣宫样染。织成云外雁行斜,染作江南
春水浅。　　露桃宫里随歌管。一曲霓裳红日晚。归来双袖酒成
痕,小字香笺无意展。

又

当年信道情无价。桃叶尊前论别夜。脸红心绪学梅妆,眉翠工夫
如月画。　　来时醉倒旗亭下。知是阿谁扶上马。忆曾挑尽五更
灯,不记临分多少话。

又

采莲时候慵歌舞。永日闲从花里度。暗随蘋末晓风来,直待柳梢
斜月去。　　停桡共说江头路。临水楼台苏小住。细思巫峡梦回
时,不减秦源肠断处。

又

芳年正是香英嫩。天与娇波长入鬓。蕊珠宫里旧承恩,夜拂银屏
朝把镜。　　云情去住终难信。花意有无休更问。醉中同尽一杯
欢,归后各成孤枕恨。

又

轻风拂柳冰初绽。细雨消尘云未散。红窗青镜待妆梅,绿陌高楼
催送雁。　　华罗歌扇金蕉盏。记得寻芳心绪惯。凤城寒尽又飞
花,岁岁春光常有限。

阮 郎 归

粉痕闲印玉尖纤。啼红傍晚奁。旧寒新暖尚相兼。梅疏待雪添。
　　春冉冉，恨恹恹。章台对卷帘。个人鞭影弄凉蟾。楼前侧帽
檐。

又

来时红日弄窗纱。春红入睡霞。去时庭树欲栖鸦。香屏掩月斜。
　　收翠羽，整妆华。青骊信又差。玉笙犹恋碧桃花。今宵未忆
家。

又

旧香残粉似当初。人情恨不如。一春犹有数行书。秋来书更疏。
　　衾凤冷，枕鸳孤。愁肠待酒舒。梦魂纵有也成虚。那堪和梦
无。

又

天边金掌露成霜。云随雁字长。绿杯红袖称按"称"原作"趁"，改从陆校
本小山词重阳。人情似故乡。　　兰佩紫，菊簪黄。殷勤理旧狂。
欲将沉醉换悲凉。清歌莫断肠。

又

晚妆长趁景阳钟。双蛾著意浓。舞腰浮动绿云浓。樱桃半点红。
　　怜美景，惜芳容。沉思暗记中。春寒帘幕几重重。杨花尽日
风。

归　田　乐

试把花期数,便早有、感春情绪。看即梅花吐。愿花更不谢,春且长住。只恐花飞又春去。　　　花开还不语。问此意、年年春还会否。绛唇青鬓,渐少花前语。对花又记得、旧曾游处。门外垂杨未飘絮。

浣　溪　沙

二月春花厌落梅。仙源归路碧桃催。渭城丝雨劝离杯。　　欢意似云真薄幸,客鞭摇柳正多才。凤楼人待锦书来。

按此首别误作欧阳修词,见历代诗馀卷六。

又

卧鸭池头小苑开。暄风吹尽北枝梅。柳长莎软路萦回。　　静避绿阴莺有意,漫随游骑絮多才。去年今日忆同来。

又

二月和风到碧城。万条千缕绿相迎。舞烟眠雨过清明。　　妆镜巧眉偷叶样,歌楼妍曲借枝名。晚秋霜霰莫无情。

又

白纻春衫杨柳鞭。碧蹄骄马杏花鞯。落英飞絮冶游天。　　南陌暖风吹舞榭,东城凉月照歌筵。赏心多是酒中仙。

又

床上银屏几点山。鸭炉香过琐窗寒。小云双枕恨春闲。　　惜别漫成良夜醉,解愁时有翠笺还。那回分袂月初残。

又

绿柳藏乌静掩关。鸭炉香细琐窗闲。那回分袂月初残。　　　惜别
漫成良夜醉,解愁时有翠笺还。欲寻双叶寄情难。

又

家近旗亭酒易酤。花时长得醉工夫。伴人歌笑懒妆梳。　　　户外
绿杨春系马,床前红烛夜呼卢。相逢还解有情无。

　　按古今图书集成艺术典卷八百二十三娼妓部此首误作晏殊词。

又

日日双眉斗画长。行云飞絮共轻狂。不将心嫁冶游郎。　　　溅酒
滴残歌扇字,弄花熏得舞衣香。一春弹泪说凄凉。

又

飞鹊台前晕翠蛾。千金新换绛仙螺。最难加意为颦多。　　　几处
睡痕留醉袖,一春愁思近横波。远山低尽不成歌。

　　按此首或作黄庭坚词,见豫章黄先生词。

又

午醉西桥夕未醒。雨花凄断不堪听。归时应减鬓边青。　　　衣化
客尘今古道,柳含春意短长亭。凤楼争见路旁情。

又

一样宫妆簇彩舟。碧罗团扇自障羞。水仙人在镜中游。　　　腰自

细来多态度,脸因红处转风流。年年相遇绿江头。

又

已拆秋千不奈闲。却随胡蝶到花间。旋寻双叶插云鬟。　几折
湘裙烟缕细,一钩罗袜素蟾弯。绿按"绿"原作"红",改从陆校本小山词窗
红豆忆前欢。

又

闲弄筝弦懒系裙。铅华消尽见天真。眼波低处事还新。　怅恨
不逢如意酒,寻思难值有情人。可怜虚度琐窗春。

又

团扇初随碧篝收。画檐归燕尚迟留。靥朱眉翠喜清秋。　风意
未应迷狭路,灯痕犹自记高楼。露花烟叶与人愁。

又

翠阁朱阑倚处危。夜凉闲捻彩箫吹。曲中双凤已分飞。　绿酒
细倾消别恨,红笺小写问归期。月华风意似当时。

又

唱得红梅字字香。柳枝桃叶尽深藏。遏云声里送雕觞。　才听
便拚衣袖湿,欲歌先倚黛眉长。曲终敲损燕钗梁。

又

小杏春声学浪仙。疏梅清唱替哀弦。似花如雪绕琼筵。　腮粉
月痕妆罢后,脸红莲艳酒醒前。今年水调得人怜。

又

铜虎分符领外台。五云深处彩旍来。春随红旆过长淮。　千里
袴襦添旧暖，万家桃李间新栽。使星回首是三台。

又

浦口莲香夜不收。水边风里欲生秋。棹歌声细不惊鸥。　凉月
送归思往事，落英飘去起新愁。可堪题叶寄东楼。

又

莫问逢春能几回。能歌能笑是多才。露花犹有好枝开。　绿鬓
旧人皆老大，红梁新燕又归来。尽须珍重掌中杯。

又

楼上灯深欲闭门。梦云归去不留痕。几年芳草忆王孙。　向日
阑干依旧绿，试将前事倚黄昏。记曾来处易消魂。

六　么　令

绿阴春尽，飞絮绕香阁。晚来翠眉宫样，巧把远山学。一寸狂心未
说，已向横波觉。画帘遮匝。新翻曲妙，暗许闲人带偷掐。　前
度书多隐语，意浅愁难答。昨夜诗有回纹，韵险还慵押。都待笙歌
散了，记取留时霎。不消红蜡。闲云归后，月在庭花旧阑角。

又

雪残风信，悠飏春消息。天涯倚楼新恨，杨柳几丝碧。还是南云雁
少，锦字无端的。宝钗瑶席。彩弦声里，拚作尊前未归客。　遥

想疏梅此际,月底香英白。别后谁绕前溪,手拣繁技摘。莫道伤高
恨远,付与临风笛。尽堪愁寂。花时往事,更有多情个人忆。

　　按此首别误作晏殊词,见梅苑卷二。

又

日高春睡,唤起懒装束。年年落花时候,惯得娇眠足。学唱宫梅便
好,更暖银笙逐。黛蛾低绿。堪教人恨,却似江南旧时曲。　　常
记东楼夜雪,翠幕遮红烛。还是芳酒杯中,一醉光阴促。曾笑阳台
梦短,无计怜香玉。此欢难续。乞求歌罢,借取归云画堂宿。

更　漏　子

槛花稀,池草遍。冷落吹笙庭院。人去日,燕西飞。燕归人未归。
　　数书期,寻梦意。弹指一年春事。新怅望,旧悲凉。不堪红日
长。

又

柳间眠,花里醉。不惜绣裙铺地,钗燕重,鬓蝉轻。一双梅子青。
　　粉笺书,罗袖泪。还有可怜新意。遮闷绿,掩羞红。晚来团扇
风。

又

柳丝长,桃叶小。深院断无人到。红日淡,绿烟晴。流莺三两声。
　　雪香浓,檀晕少。枕上卧枝花好。春思重,晓妆迟。寻思残梦
时。

又

露华高,风信远。宿醉画帘低卷。梳洗倦,冶游慵。绿窗春睡浓。　彩条轻,金缕重。昨日小桥相送。芳草恨,落花愁。去年同倚楼。

又

出墙花,当路柳。借问芳心谁有。红解笑,绿能颦。千般恼乱春。　北来人,南去客。朝暮等闲攀折。怜晚秀,惜残阳。情知枉断肠。

又

欲论心,先掩泪。零落去年风味。闲卧处,不言时。愁多只自知。　到情深,俱是怨。惟有梦中相见。犹似旧,奈人禁。偎人说寸心。

河 满 子

对镜偷匀玉箸,背人学写银钩。系谁红豆罗带角,心情正著春游。那日杨花陌上,多时杏子墙头。　眼底关山无奈,梦中云雨空休。问看几许怜才意,两蛾藏尽离愁。难拚此回肠断,终须锁定红楼。

又

绿绮琴中心事,齐纨扇上时光。五陵年少浑薄幸,轻如曲水飘香。夜夜魂消梦峡,年年泪尽啼湘。　归雁行边远字,惊鸾舞处离肠。蕙楼多少铅华在,从来错倚红妆。可羡邻姬十五,金钗早嫁王昌。

于 飞 乐

晓日当帘,睡痕犹占香腮。轻盈笑倚鸾台。晕残红,匀宿翠,满镜
花开。娇蝉鬓畔,插一枝、淡蕊疏梅。　　　每到春深,多愁饶恨,妆
成懒下香阶。意中人,从别后,萦系情怀。良辰好景,相思字、唤不
归来。

愁 倚 阑 令

凭江阁,看烟鸿。恨春浓。还有当年闻笛泪,洒东风。　　　时候草
绿花红。斜阳外、远水溶溶。浑似阿莲双枕畔,画屏中。

又

花阴月,柳梢莺。近清明。长恨去年今夜雨,洒离亭。　　　枕上怀
远诗成。红笺纸、小砑吴绫。寄与征人教念远,莫无情。

又

春罗薄,酒醒寒。梦初残。欹枕片时云雨事,已关山。　　　楼上斜
日阑干。楼前路、曾试雕鞍。拚却一襟怀远泪,倚阑看。

御 街 行

年光正似花梢露。弹指春还暮。翠眉仙子望归来,倚遍玉城珠树。
岂知别后,好风良月,往事无寻处。　　　狂情错向红尘住。忘了瑶
台路。碧桃花蕊已应开,欲伴彩云飞去。回思十载,朱颜青鬓,枉
被浮名误。

又

街南绿树春饶絮。雪满游春路。树头花艳杂娇云,树底人家朱户。北楼闲上,疏帘高卷,直见街南树。　阑干倚尽犹慵去。几度黄昏雨。晚春盘马踏青苔,曾傍绿阴深驻。落花犹在,香屏空掩,人面知何处。

浪 淘 沙

高阁对横塘。新燕年光。柳花残梦隔潇湘。绿浦归帆看不见,还是斜阳。　一笑解愁肠。人会娥妆。藕丝衫袖郁金香。曳雪牵云留客醉,且伴春狂。

又

小绿间长红。露蕊烟丛。花开花落昔年同。惟恨花前携手处,往事成空。　山远水重重。一笑难逢。已拚长在别离中。霜鬓知他从此去,几度春风。

又

丽曲醉思仙。十二哀弦。秾蛾叠柳脸红莲。多少雨条烟叶恨,红泪离筵。　行子惜流年。鹍鸪枝边。吴堤春水舣兰船。南去北来今渐老,难负尊前。

又

翠幕绮筵张。淑景难忘。阳关声巧绕雕梁。美酒十分谁与共,玉指持觞。　晓枕梦高唐。略话衷肠。小山池院竹风凉。明夜月圆帘四卷,今夜思量。

丑　奴　儿

昭华凤管知名久。长闭帘栊。日日春慵。闲倚庭花晕脸红。
应说金谷无人后,此会相逢。三弄临风。送得当筵玉盏空。

又

日高庭院杨花转,闲淡春风。莺语惺忪。似笑金屏昨夜空。
娇慵未洗匀妆手,闲印斜红。新恨重重。都与年时旧意同。

吴讷本注云:此二曲又见于采桑子,其间小有不同,今两存之。

诉　衷　情

种花人自蕊宫来。牵衣问小梅。今年芳意何似,应向旧枝开。
凭寄语,谢瑶台。客无才。粉香传信,玉盏开筵,莫待春回。

又

净揩妆脸浅匀眉。衫子素梅儿。苦无心绪梳洗,闲淡也相宜。
云态度,柳腰肢。入相思。夜来月底,今日尊前,未当佳期。

又

渚莲霜晓坠残红。依约旧秋同。玉人团扇恩浅,一意恨西风。
云去住,月朦胧。夜寒浓。此时还是,泪墨书成,未有归鸿。

又

凭舸静忆去年秋,桐落故溪头。诗成自写红叶,和恨寄东流。
人脉脉,水悠悠。几多愁。雁书不到,蝶梦无凭,漫倚高楼。

又

小梅风韵最妖娆。开处雪初消。南枝欲附春信,长恨陇人遥。
闲记忆,旧江皋。路迢迢。暗香浮动,疏影横斜,几处溪桥。

又

长因蕙草记罗裙。绿腰沉水熏。阑干曲处人静,曾共倚黄昏。
风有韵,月无痕。暗消魂。拟将幽恨,试写残花,寄与朝云。

按此首别误作元人张伯远作,见词的卷一。

又

御纱新制石榴裙。沉香慢火熏。越罗双带宫样,飞鹭碧波纹。
随锦字,叠香痕。寄文君。系来花下,解向尊前,谁伴朝云。

又

都人离恨满歌筵。清唱倚危弦。星屏别后千里,更见是何年。
骢骑稳,绣衣鲜。欲朝天,北人欢笑,南国悲凉,迎送金鞭。

破　阵　子

柳下笙歌庭院,花间姊妹秋千。记得春楼当日事,写向红窗夜月
前。凭谁寄小莲。　　绛蜡等闲陪泪,吴蚕到了缠绵。绿鬓能供
多少恨,未肯无情比断弦。今年老去年。

好　女　儿

绿遍西池。梅子青时。尽无端、尽日东风恶,更霏微细雨,恼人离
恨,满路春泥。　　应是行云归路,有闲泪、洒相思。想旗亭、望断

黄昏月，又依前误了，红笺香信，翠袖欢期。

<h2 style="text-align:center">又</h2>

酌酒殷勤，尽更留春。忍无情、便赋馀花落，待花前细把、一春心事，问个人人。　　莫似花开还谢，愿芳意、且长新。倚娇红、待得欢期定，向水沉烟底，金莲影下，睡过佳辰。

<h2 style="text-align:center">点　绛　唇</h2>

花信来时，恨无人似花依旧。又成春瘦。折断门前柳。　　天与多情，不与长相守。分飞后。泪痕和酒。占了双罗袖。

<h2 style="text-align:center">又</h2>

明日征鞭，又将南陌垂杨折。自怜轻别。拚得音尘绝。　　杏子枝边，倚处阑干月。依前缺。去年时节，旧事无人说。

<h2 style="text-align:center">又</h2>

碧水东流，漫题凉叶津头寄。谢娘春意。临水鬘双翠。　　日日骊歌，空费行人泪。成何计。未如浓醉。闲掩红楼睡。

<h2 style="text-align:center">又</h2>

妆席相逢，旋匀红泪歌金缕。意中曾许。欲共吹花去。　　长爱荷香，柳色殷桥路。留人住。淡烟微雨。好个双栖处。

<h2 style="text-align:center">又</h2>

湖上西风，露花啼处秋香老。谢家春草。唱得清商好。　　笑倚兰舟，转尽新声了。烟波渺。暮云稀少。一点凉蟾小。

两 同 心

楚乡春晚,似入仙源。拾翠处、闲随流水,踏青路、暗惹香尘。心心在,柳外青帘,花下朱门。　　对景且醉芳尊。莫话消魂。好意思、曾同明月,恶滋味、最是黄昏。相思处,一纸红笺,无限啼痕。

少 年 游

绿勾阑畔,黄昏淡月,携手对残红。纱窗影里,朦腾春睡,繁杏小屏风。　　须愁别后,天高海阔,何处更相逢。幸有花前,一杯芳酒,欢计莫匆匆。

又

西溪丹杏,波前媚脸,珠露与深匀。南楼翠柳,烟中愁黛,丝雨恼娇颦。　　当年此处,闻歌殢酒,曾对可怜人。今夜相思,水长山远,闲卧送残春。

又

离多最是,东西流水,终解两相逢。浅情终似,行云无定,犹到梦魂中。　　可怜人意,薄于云水,佳会更难重。细想从来,断肠多处,不与者番同。

又

西楼别后,风高露冷,无奈月分明。飞鸿影里,捣衣砧外,总是玉关情。　　王孙此际,山重水远,何处赋西征。金闺魂梦枉丁宁。寻尽短长亭。

又

雕梁燕去,裁诗寄远,庭院旧风流。黄花醉了,碧梧题罢,闲卧对高
秋。　　　繁云破后,分明素月,凉影挂金钩。有人凝澹倚西楼。新
样两眉愁。

虞　美　人

闲敲玉镫隋堤路。一笑开朱户,素云凝澹月婵娟。门外鸭头春水、
木兰船。　　　吹花拾蕊嬉游惯。天与相逢晚。一声长笛倚楼时。
应恨不题红叶、寄相思。

又

飞花自有牵情处。不向枝边坠。随风飘荡已堪愁。更伴东流流
水、过秦楼。　　　楼中翠黛含春怨。闲倚阑干见。远弹双泪惜香
红。暗恨玉颜光景、与花同。

又

曲阑干外天如水。昨夜还曾倚。初将明月比佳期。长向月圆时
候、望人归。　　　罗衣著破前香在。旧意谁教改。一春离恨懒调
弦。犹有两行闲泪、宝筝前。

又

疏梅月下歌金缕。忆共文君语。更谁情浅似春风。一夜满枝新
绿、替残红。　　　蘋香已有莲开信。两桨佳期近。采莲时节定来
无。醉后满身花影、倩人扶。

又

玉箫吹遍烟花路。小谢经年去。更教谁画远山眉。又是陌头风
细、恼人时。　　　时光不解年年好。叶上秋声早。可怜蝴蝶易分
飞。只有杏梁双燕、每来归。

又

秋风不似春风好。一夜金英老。更谁来凭曲阑干。惟有雁边斜
月、照关山。　　　双星旧约年年在。笑尽人情改。有期无定是无
期。说与小云新恨、也低眉。

又

小梅枝上东君信。雪后花期近。南枝开尽北枝开。长被陇头游
子、寄春来。　　　年年衣袖年年泪。总为今朝意。问谁同是忆花
人。赚得小鸿眉黛、也低颦。

按此首别误作晏殊词,见花草粹编卷六。

又

湿红笺纸回纹字。多少柔肠事。去年双燕欲归时。还是碧云千
里、锦书迟。　　　南楼风月长依旧。别恨无端有。倩谁横笛倚危
阑。今夜落梅声里、怨关山。

又

一弦弹尽仙韶乐。曾破千金学。玉楼银烛夜深深。愁见曲中双
泪、落香襟。　　　从来不奈离声怨。几度朱弦断。未知谁解赏新
音。长是好风明月、暗知心。

采　桑　子

秋千散后朦胧月,满院人闲。几处雕阑。一夜风吹杏粉残。
昭阳殿里春衣就,金缕初干。莫信朝寒。明日花前试舞看。

又

花前独占春风早,长爱江梅。秀艳清杯。芳意先愁凤管催。
寻香已落闲人后,此恨难裁。更晚须来。却恐初开胜未开。
　　　按此首抱经斋抄本珠玉词补遗引群贤梅苑误作晏殊词。

又

芦鞭坠遍杨花陌,晚见珍珍。疑是朝云。来作高唐梦里人。
应怜醉落楼中帽,长带歌尘。试拂香茵。留解金鞍睡过春。

又

日高庭院杨花转,闲淡春风。昨夜匆匆。輂入遥山翠黛中。
金盆水冷菱花净,满面残红。欲洗犹慵。弦上啼乌此夜同。

又

征人去日殷勤嘱,莫负心期。寒雁来时。第一传书慰别离。
轻按"轻"疑"经"字之讹春织就机中素,泪墨题诗。欲寄相思。日日高
楼看雁飞。

又

花时恼得琼枝瘦,半被残香。睡损梅妆。红泪今春第一行。
风流笑伴相逢处,白马游缰。共折垂杨。手捻芳条说夜长。

又

春风不负年年信，长趁花期。小锦堂西。红杏初开第一枝。
碧箫度曲留人醉，昨夜归迟。短恨凭谁。莺语殷勤月落时。

又

秋来更觉消魂苦，小字还稀。坐想行思。怎得相看似旧时。
南楼把手凭肩原作"看"，改从汲古阁本小山词处，风月应知。别后除非。
梦里时时得见伊。

又

谁将一点凄凉意，送入低眉。画箔闲垂。多是今宵得睡迟。
夜痕记尽窗间月，曾误心期。准拟相思。还是窗间记月时。

又

宜春苑外楼堪倚，雪意方浓。雁影冥濛。正共银屏小景同。
可无人解相思处，昨夜东风。梅蕊应红。知在谁家锦字中。

又

白莲池上当时月，今夜重圆。曲水兰船。忆伴飞琼看月眠。
黄花绿酒分携后，泪湿吟笺。旧事年年。时节南湖又采莲。

又

高吟烂醉淮西月，诗酒相留。明日归舟。碧藕花中醉过秋。
文姬赠别双团扇，自写银钩。散尽离愁。携得清风出画楼。

又

前欢几处笙歌地，长负登临。月幌风襟。犹忆西楼著意深。
莺花见尽当时事，应笑如今。一寸愁心。日日寒蝉夜夜砧。

又

无端恼破桃源梦，明日青楼。玉腻花柔。不学行云易去留。
应嫌衫袖前香冷，重傍金虬。歌扇风流。遮尽归时翠黛愁。

又

年年此夕东城见，欢意匆匆。明日还重。却在楼台缥缈中。
垂螺拂黛清歌女，曾唱相逢。秋月春风，醉枕香衾一岁同。

又

双螺未学同心绾，已占歌名。月白风清。长倚昭华笛里声。
知音敲尽朱颜改，寂寞时情。一曲离亭。借与青楼忍泪听。

又

西楼月下当时见，泪粉偷匀。歌罢还颦。恨隔炉烟看未真。
别来楼外垂杨缕，几换青春。倦客红尘。长记楼中粉泪人。

又

非花非雾前时见，满眼娇春。浅笑微颦。恨隔垂帘看未真。
殷勤借问家何处，不在红尘。若是朝云。宜作今宵梦里人。

又

当时月下分飞处,依旧凄凉。也会思量。不道孤眠夜更长。
泪痕揾遍鸳鸯枕,重绕回廊。月上东窗。长到如今欲断肠。

又

湘妃浦口莲开尽,昨夜红稀。懒过前溪。闲舣扁舟看雁飞。
去年谢女池边醉,晚雨霏微。记得归时。旋折新荷盖舞衣。

又

别来长记西楼事,结遍兰襟。遗恨重寻。弦断相如绿绮琴。
何时一枕逍遥夜,细话初心。若问如今。也似当时著意深。

又

红窗碧玉新名旧,犹绾双螺。一寸秋波。千斛明珠觉未多。
小来竹马同游客,惯听清歌。今日蹉跎。恼乱工夫晕翠蛾。

又

昭华凤管知名久,长闭帘栊。闻道春慵。方倚庭花晕脸红。
可怜金谷按"金谷"原作"今古",从陆校本、抱经斋抄本小山词无人后,此会相
逢。三弄临风。送得当筵玉盏空。

　　　　按此首原无,从吴讷本小山词录出。

又

金风玉露初凉夜,秋草窗前。浅醉闲眠。一枕江风梦不圆。
长情短恨难凭寄,枉费红笺。试拂幺弦。却恐琴心可暗传。

又

心期昨夜寻思遍,犹负殷勤。齐斗堆金。难买丹诚一寸真。
须知枕上尊前意,占得长春。寄语东邻。似此相看有几人。

踏 莎 行

柳上烟归,池南雪尽。东风渐有繁华信。花开花谢蝶应知,春来春
去莺能问。　　梦意犹疑,心期欲近。云笺字字萦方寸。宿妆曾
比杏腮红,忆人细把香英认。

又

宿雨收尘,朝霞破暝。风光暗许花期定。玉人呵手试妆时,粉香帘
幕阴阴静。　　斜雁朱弦,孤鸾绿镜。伤春误了寻芳兴。去年今
日杏墙西,啼莺唤得闲愁醒。

又

绿径穿花,红楼压水。寻芳误到蓬莱地。玉颜人是蕊珠仙,相逢展
尽双蛾翠。　　梦草闲眠,流觞浅醉。一春总见瀛洲事。别来双
燕又西飞,无端不寄相思字。

又

雪尽寒轻,月斜烟重。清欢犹记前时共。迎风朱户背灯开,拂檐花
影侵帘动。　　绣枕双鸳,香苞翠凤。从来往事都如梦。伤心最
是醉归时,眼前少个人人送。

满　庭　芳

南苑吹花，西楼题叶，故园欢事重重。凭阑秋思，闲记旧相逢。几处歌云梦雨，可怜便、流水西东。别来久，浅情未有，锦字系征鸿。

　　年光还少味，开残槛菊，落尽溪桐。漫留得，尊前淡月西风。此恨谁堪共说，清愁付、绿酒杯中。佳期在，归时待把，香袖看啼红。

留　春　令

画屏天畔，梦回依约，十洲云水。手捻红笺寄人书，写无限、伤春事。　　别浦高楼曾漫倚。对江南千里。楼下分流水声中，有当日、凭高泪。

又

采莲舟上，夜来陡觉，十分秋意。懊恼寒花暂时香，与情浅、人相似。　　玉蕊歌清招晚醉。恋小桥风细。水湿红裙酒初消，又记得、南溪事。

又

海棠风横，醉中吹落，香红强半。小粉多情怨花飞，仔细把、残香看。　　一抹浓檀秋水畔。缕金衣新换。鹦鹉杯深艳歌迟，更莫放、人肠断。

风　入　松

柳阴庭院杏梢墙。依旧巫阳。凤箫已远青楼在，水沉谁、复按此字原无,从陆校本小山词补暖前香。临镜舞鸾离照，倚筝飞雁辞行。

坠鞭人意自凄凉。泪眼回肠。断云残雨当年事,到如今、几处难
忘。两袖晓风花陌,一帘夜月兰堂。

　　　按此首又见韩玉东浦词。

又

心心念念忆相逢。别恨谁浓。就中懊恼难拚处,是擘钗、分钿匆
匆。却似桃源路失,落花空记前踪。　　　彩笺书尽浣溪红。深意
难通。强欢殢酒图消遣,到醒来、愁闷还重。若是初心未改,多应
此意须同。

清　商　怨

庭花香信尚浅。最玉楼先暖。梦觉春衾,江南依旧远。　　　回纹
锦字暗翦。漫寄与、也应归晚。要问相思,天涯犹自短。

秋　蕊　香

池苑清阴欲就。还傍送春时候。眼中人去难欢偶。谁共一杯芳
酒。　　　朱阑碧砌皆如旧。记携手。有情不管别离久。情在相逢
终有。

又

歌彻郎君秋草。别恨远山眉小。无情莫把多情恼。第一归来须
早。　　　红尘自古长安道。故人少。相思不比相逢好。此别朱颜
应老。

思　远　人

红叶黄花秋意晚,千里念行客。飞云过尽,归鸿无信,何处寄书得。

泪弹不尽临窗滴。就砚旋研墨。渐写到别来,此情深处,红笺
为无色。

碧 牡 丹

翠袖疏纨扇。凉叶催归燕。一夜西风,几处伤高怀远。细菊枝头,
开嫩香还遍。月痕依旧庭院。　　事何限。怅望秋意晚。离人鬓
华将换。静忆天涯,路比此情犹短。试约鸾笺,传素期良愿。南云
应有新雁。

长 相 思

长相思。长相思。若问相思甚了期。除非相见时。　　长相思。
长相思。欲把相思说似谁。浅情人不知。

醉 落 魄

满街斜月。垂鞭自唱阳关彻。断尽柔肠思归切。都为人人,不许
多时别。　　南桥昨夜风吹雪。短长亭下征尘歇。归时定有梅堪
折。欲把离愁,细捻花枝说。

又

鸾孤月缺。两春惆怅音尘绝。如今若负当时节。信道欢缘,枉向
衣襟结。　　若问相思何处歇。相逢便是相思彻。尽饶别后留心
别。也待相逢,细把相思说。

又

天教命薄。青楼占得声名恶。对酒当歌寻思著。月户星窗,多少
旧期约。　　相逢细语初心错。两行红泪尊前落。霞觞且共深深

酌。恼乱春宵,翠被都闲却。

又

休休莫莫。离多还是因缘恶。有情无奈思量著。月夜佳期,近写
青笺约。　　心心口口长恨昨。分飞容易当时错。后期休似前欢
薄。买断青楼,莫放春闲却。

望 仙 楼

小春花信日边来,未上江楼先坼。今岁东君消息。还自南枝得。
　　素衣染尽天香,玉酒添成国色。一自故溪疏隔。肠断长相忆。

凤 孤 飞

一曲画楼钟动,宛转歌声缓。绮席飞尘满。更少待、金蕉暖。
细雨轻寒今夜短。依前是、粉墙别馆。端的欢期应未晚。奈归云
难管。

西 江 月

愁黛颦成月浅,啼妆印得花残。只消鸳枕夜来闲。晓镜心情便懒。
　　醉帽檐头风细,征衫袖口香寒。绿江春水寄书难。携手佳期
又晚。

　　按此首或误作秦观词,见花草粹编卷四。别又误作晏殊词,见古今词统卷六。

又

南苑垂鞭路冷,西楼把袂人稀。庭花犹有鬓边枝。且插残红自醉。
　　画幕凉催燕去,香屏晓放云归。依前青枕梦回时。试问闲愁
有几。

武 陵 春

绿蕙红兰芳信歇，金蕊正风流。应为诗人多怨秋。花意与消愁。
　梁王苑路香英密，长记旧嬉游。曾看飞琼戴满头。浮动舞梁
州。

又

九日黄花如有意，依旧满珍丛。谁似龙山秋兴浓。吹帽落西风。
　年年岁岁登高节，欢事旋成空。几处佳人此会同。今在泪痕
中。

又

烟柳长堤知几曲，一曲一魂消。秋水无情天共遥。愁送木兰桡。
　熏香绣被心情懒，期信转迢迢。记得来时倚画桥。红泪满鲛
绡。

解 佩 令

玉阶秋感，年华暗去。掩深宫、团扇无绪。记得当时，自鬋下、机中
轻素。点丹青、画成秦女。　　凉襟犹在，朱弦未改，忍霜纨、飘零
何处。自古悲凉，是情事、轻如云雨。倚么弦、恨长难诉。

行 香 子

晚绿寒红。芳意匆匆。惜年华、今与谁同。碧云零落，数字征鸿。
看渚莲凋，宫扇旧，怨秋风。　　流波坠叶，佳期何在，想天教、离
恨无穷。试将前事，闲倚梧桐。有消魂处，明月夜，粉屏空。

　　按此首又作汪辅之词，见唐宋诸贤绝妙词选卷五。

庆　春　时

倚天楼殿,升平风月,彩仗春移。鸾丝凤竹,长生调里,迎得翠舆归。　　雕鞍游罢,何处还有心期。浓熏翠被,深停画烛,人约月西时。

又

梅梢已有,春来音信,风意犹寒。南楼暮雪,无人共赏,闲却玉阑干。　　殷勤今夜,凉月还似眉弯。尊前为把,桃根丽曲,重倚四弦看。

喜　团　圆

危楼静锁,窗中远岫,门外垂杨。珠帘不禁春风度,解偷送馀香。　　眠思梦想,不如双燕,得到兰房。别来只是,凭高泪眼,感旧离肠。

忆　闷　令

取次临鸾匀画浅。酒醒迟来晚。多情爱惹闲愁,长黛眉低敛。　　月底相逢花下见。有深深良愿。愿期信、似月如花,须更教长远。

梁　州　令

莫唱阳关曲。泪湿当年金缕。离歌自古最消魂,闻歌更在魂消处。　　南楼杨柳多情绪。不系行人住。人情却似飞絮。悠扬便逐春风去。

燕归来 （按来原作梁，据词律卷四改。燕归来乃喜迁
莺之又一体也）

莲叶雨，蓼花风。秋恨几枝红。远烟收尽水溶溶。飞雁碧云中。

衷肠事。鱼笺字。情绪年年相似。凭高双袖晚寒浓。人在月
桥东。以上彊村丛书本小山词二百五十六首

按彊村丛书本小山词，原有词二百五十五首，今据吴讷唐宋名贤百家词本小山词
补重出一首。

胡　捣　练

小亭初报一枝梅，惹起江南归兴。遥想玉溪风景，水漾横斜影。

异香直到醉乡中，醉后还因香醒。好是玉容相并。人与花争莹。
景宋本梅苑卷九

扑　蝴　蝶

风梢雨叶，绿遍江南岸。思归倦客，寻芳来最晚。酒边红日初长，
陌上飞花正满。凄凉数声弦管。怨春短。　　玉人应在，明月楼
中画眉懒。鱼笺锦字，多时音信断。恨如去水空长，事与行云渐
远。罗衾旧香馀暖。阳春白雪卷三

按苕溪渔隐丛话后集卷三十九载此首作旧词，不云何人作。明温博花间集补卷
下以此首为唐人作。

丑　奴　儿

夜来酒醒清无梦，愁倚阑干。露滴轻寒。雨打芙蓉泪不干。
佳人别后音尘悄，瘦尽难拚。明月无端。已过红楼十二间。永乐大
典卷三千零六人字韵引小山琴趣外篇

按此首见淮海居士长短句卷中，乃秦观作，又见山谷琴趣外篇卷三。疑小山琴趣
外篇别有所据，姑两存之。

谒　金　门

溪声急。无数落花漂出。燕子分泥蜂酿蜜。迟迟艳风日。　　　须
信芳菲随失。况复佳期难必。拟把此情书万一。愁多翻阁笔。

按此首原见花草粹编卷三,题贺铸作,注:"天作叔原。"盖天机馀锦此首作晏叔原
(几道)词。

存　目　词

调　　名	首　句	出　处	附　　　　注
破　阵　子	忆得去年今日	全芳备祖前集卷十二菊花门	晏殊词,见珠玉词
采　桑　子	樱桃谢了梨花发	全芳备祖前集卷二十四樱桃花门	又
渔　家　傲	粉笔丹青描未得	全芳备祖后集卷二莲门	又
胡　捣　练	夜来江上见寒梅	永乐大典卷二千八百十梅字韵	又
桃源忆故人	玉楼深锁薄情种	永乐大典卷三千零零五人字韵	秦观词,见淮海居士长短句卷中
醉　桃　源	南园春半踏青时	阳春集注引兰畹集	冯延巳词,见阳春集。词已见前欧阳修存目附录
浣　溪　沙	一曲新词酒一杯	四印斋覆刊陈钟秀本草堂诗馀卷上	晏殊词,见珠玉词
如　梦　令	楼外残阳红满	类编草堂诗馀卷一	秦观词,见淮海居士长短句卷中
探　春　令	绿杨枝上晓莺啼	又	无名氏词,见草堂诗馀前集卷下

调　　名	首　　句	出　　处	附　　注
又	帘旌微动	花草粹编卷五	宋徽宗赵佶词,见能改斋漫录卷十六
木兰花	一年滴尽莲花漏	草堂诗馀续集卷上	毛滂词,见东堂词
玉楼春	红楼十二阑干侧	词的卷二	王子武词,见花草粹编卷六
踏莎行	小径红稀	词的卷三	晏殊词,见珠玉词
与团圆	鲛绡雾縠没多重	赵琦美辑小山词补遗	无名氏词,见花草粹编卷四
又	轻攒碎玉玲珑竹	又	无名氏词,见梅苑卷八
御街行	霜风渐紧寒侵被	又引古今词话	无名氏词,见花草粹编卷八引古今词话
满江红	七十人稀	赵琦美辑小山词补遗	萧小山(泰来)词,见翰墨大全丙集卷十四
上行杯	落梅著雨消残粉	又引词调元龟	冯延巳词,见阳春集。词附录于后
睿恩新	芙蓉一朵霜秋色	赵琦美辑小山词补遗	晏殊词,见珠玉词
真珠髻	重重山外	历代诗馀卷八十四	无名氏词,见梅苑卷一
洞仙歌	江南腊尽	古今图书集成草木典卷二百六十六柳部	苏轼词,见东坡词卷下
菩萨蛮	南园满地堆轻絮	词学筌蹄卷五	温庭筠作,见花间集卷一
浣溪沙	锦帐重重卷暮霞	又	秦观作,见淮海居士长短句卷中
又	水满池塘花满枝	又	赵令畤作,见乐府雅词卷中
点绛唇	春雨濛濛	又	无名氏作,见草堂诗馀前集卷下

调　　名	首　　句	出　　处	附　　　　注
又	莺踏花翻	又	又
采　桑　子	辘轳金井梧桐晚	古今词统卷四李煜词注	李煜作，见南唐二主词
风　入　松	画堂红袖倚清酣	选声集	虞集作，见道园学古录卷四

附　　录

上　行　杯

落梅著雨消残粉。云重烟轻寒食近。罗幕遮香。柳外秋千出画墙。　　春山颠倒钗横凤。飞絮入帘春睡重。梦里佳期。只许庭花与月知。

王　　观

观字通叟，如皋人。嘉祐二年(1057)进士。元丰二年(1079)为大理寺丞。坐知江都县枉法受财，除名永州编管(或云曾官翰林学士)。曾著扬州赋，芍药谱。有冠柳集，不传，今有辑本。

按南宋时另有一王通叟，见韩淲涧泉集卷九。又有一王通叟，名墅，见宝祐四年登科录。截江网、鸣鹤馀音等所收王通叟词，未知果王观作否，俟考。

忆　黄　梅

枝上叶儿未展。已有坠红千片。春意怎生防，怎不怨。被我安排，矮牙床斗帐，和娇艳。移在花丛里面。　　请君看。惹清香，假媚暖。爱香爱暖金杯满。问春怎管。大家拚、便做东风，总吹交零乱。犹肯自、输我鸳鸯一半。梅苑卷三

浪淘沙 杨梅

素手水晶盘。垒起仙丸。红绡剪碎却成团。逗得安排金粟遍,何似鸡冠。　　味胜玉浆寒。只被宜酸。莫将荔子一般看。色淡香消傽僁损,才到长安。梅苑卷九

按全芳备祖后集卷六杨梅门引作王冠卿词,未知孰是。

天　香

霜瓦鸳鸯,风帘翡翠,今年早是寒少。矮钉明窗,侧开朱户,断莫乱教人到。重阴未解,云共雪、商量不了。青帐垂毡要密,红炉收围宜小。　　呵梅弄妆试巧。绣罗衣、瑞云芝草。伴我语时同语,笑时同笑。已被金尊劝倒。又唱个新词故相恼。尽道穷冬,元来恁好。乐府雅词拾遗卷下

按四部丛刊本乐府雅词此首无撰人姓氏。类编草堂诗馀卷三误作王充词。

卜算子 送鲍浩然之浙东

水是眼波横,山是眉峰聚。欲问行人去那边,眉眼盈盈处。　　才始送春归,又送君归去。若到江东赶上春,千万和春住。能改斋漫录卷十六

按词林万选卷四误以此首为苏轼作。

清平乐 应制

黄金殿里。烛影双龙戏。劝得官家真个醉。进酒犹呼万岁。折旋舞彻伊州。君恩与整搔头。一夜御前宣住,六宫多少人愁。

能改斋漫录卷十七

按耆旧续闻卷九以此首为王仲甫作。耆旧续闻所载,出自陆游,未知孰是。

雨中花令 夏词

百尺清泉声陆续。映潇洒、碧梧翠竹。面千步回廊,重重帘幕,小枕欹寒玉。　　试展鲛绡看画轴。见一片、潇湘凝绿。待玉漏穿花,银河垂地,月上栏干曲。苕溪渔隐丛话前集卷五十九引漫叟诗话

庆清朝慢 踏青

调雨为酥,催冰做水,东君分付春还。何人便将轻暖,点破残寒。结伴踏青去好,平头鞋子小双鸾。烟郊外,望中秀色,如有无间。　　晴则个,阴则个,饾饤得天气,有许多般。须教镂花拨柳,争要先看。不道吴绫绣袜,香泥斜沁几行斑。东风巧,尽收翠绿,吹在眉山。

清平乐 拟太白应制

宜春小苑。处处花开满。学得红妆红要浅。催上金车要看。
君王曲宴瑶池。小舟掠水如飞。夺得锦标归去,匆匆不惜罗衣。

木兰花令 柳

铜驼陌上新正后。第一风流除是柳。勾牵春事不如梅,断送离人强似酒。　　东君有意偏捆就。惯得腰肢真个瘦。阿谁道你不思量,因甚眉头长恁皱。

生　查　子

关山魂梦长,塞雁音书少。两鬓可怜青,一夜相思老。　　归傍碧纱窗,说与人人道。真个别离难,不似相逢好。

按此首别见杜安世杜寿域词,又见晏几道小山词。

菩萨蛮 归思

单于吹落山头月。漫漫江上沙如雪。谁唱缕金衣。水寒船舫稀。
芦花枫叶浦。忆抱琵琶语。身未发长沙。梦魂先到家。

江城梅花引

年年江上见寒梅。暗香来。为谁开。疑是月宫、仙子下瑶台。冷
艳一枝春在手,故人远,相思寄与谁。 怨极恨极嗅香蕊。念此
情,家万里。暮霞散绮。楚天碧、片片轻飞。为我多情,特地点征
衣。花易飘零人易老,正心碎,那堪塞管吹。以上六首见唐宋诸贤绝妙词
选卷五

赵万里云:按明钞本梅苑一引上阕,不注撰人。全芳备祖前集一梅花门引题柳耆
卿词,栋亭刻本梅苑从之。检乐章集未载,则非柳词明矣。阳春白雪七引洪皓江
城梅花引,题云:"使北时和李汉老。"(即鄱阳集之忆江梅)是此词在宋时又以为
李汉老作。兹从花庵词选订正。又按上阕又误入大典本姚燧牧庵集卷三十五。

高 阳 台

红入桃腮,青回柳眼,韶华已破三分。人不归来,空教草怨王孙。
平明几点催花雨,梦半阑、欹枕初闻。问东君,因甚将春,老了闲
人。 东郊十里香尘满,旋安排玉勒,整顿雕轮。趁取芳时,共
寻岛上红云。朱衣引马黄金带,算到头、总是虚名。莫闲愁,一半
悲秋,一半伤春。阳春白雪卷二

按类编草堂诗馀卷三此首误作僧如晦词。

减字木兰花 寿女婿

瑞云仙雾。拂晓重重遮绣户。一炷清香。千尺流霞入寿觞。
家门转好。从此应须长不老。来岁春风。看拜西枢小令公。截江

网卷六

红　芍　药

人生百岁,七十稀少。更除十年孩童小。又十年昏老。都来五十
载,一半被、睡魔分了。那二十五载之中,宁无些个烦恼。　　仔
细思量,好追欢及早。遇酒追朋笑傲。任玉山摧倒。沉醉且沉醉,
人生似、露垂芳草。幸新来、有酒如渑,结千秋歌笑。鸣鹤馀音卷四

失　调　名

十三妮子绿窗中。词品卷一

临江仙 离怀

别岸相逢何草草,扁舟两岸垂杨。绣屏珠箔绮香囊。酒深歌拍缓,
愁入翠眉长。　　燕子归来人去也,此时无奈昏黄。桃花应是我
心肠。不禁微雨,流泪湿红妆。杨金本草堂诗馀后集卷上

以上王观词十六首,断句一则,用赵万里辑本冠柳集,稍有增删。

存　目　词

调　名	首　句	出　　处	附　　注
满 庭 芳	晚色云开	黄仪、毛扆等校汲古阁本淮海词引宋本琴趣原注	秦观作,见淮海居士长短句卷中
苏 幕 遮	尽思量	花草粹编卷七	杜安世作,见杜寿域词
感 皇 恩	骑马踏红尘	又	赵企词,见乐府雅词拾遗卷上
潇 湘 静	画帘微卷香风逗	刘毓盘辑冠柳集	无名氏词,见乐府雅词拾遗卷下

调　名	首　句	出　　处	附　　　　注
十月桃	东篱菊尽	又	又
丑奴儿	牡丹不好长春好	本书初版卷四十二	王冠卿词,见全芳备祖前集卷二十月季花门
永遇乐	风折新英	又	杨无咎词,见逃禅词。又作王冠卿词,见全芳备祖后集卷五梅子门
满朝欢	忆得延州	又	王冠卿词,见全芳备祖前集卷二牡丹门
满庭芳	五斗相逢	刘毓盘辑冠柳词	无名氏作,见乐府雅词拾遗卷下

王安礼

安礼字和甫,临川人,王安石之弟。生景祐元年(1034)。嘉祐六年(1062)进士。以荐为著作佐郎、崇文院校书。历直舍人院、同修起居注,进知制诰、翰林学士。元丰六年(1083),守尚书左丞。七年(1084),以端明殿学士知江宁府。元祐中,加资政殿学士,历知扬、青、蔡州。绍圣二年(1095)卒,年六十二。

万　年　欢

雅出群芳。占春前信息,腊后风光。野岸邮亭,繁似万点轻霜。清浅溪流倒影,更黯淡、月色笼香。浑疑是、姑射冰姿,寿阳粉面初妆。　　多情对景易感,况淮天庾岭,迢递相望。愁听龙吟凄绝,画角悲凉。念昔因谁醉赏,向此际、空恼危肠。终须待结实,恁时佳味堪尝。梅苑卷四

<small>原作清,改从花草粹编卷十</small>

潇湘忆故人慢

薰风微动,方樱桃弄色,萱草成窠。翠帷敞轻罗。试冰簟初展,几

尺湘波。疏帘广厦,寄潇洒、一枕南柯。引多少、梦中归绪,洞庭雨棹烟蓑。　　惊回处,闲昼永,但时时,燕雏莺友相过。正绿影婆娑。况庭有幽花,池有新荷。青梅煮酒,幸随分、赢得高歌。功名事、到头终在,岁华忍负清和。乐府雅词拾遗卷上

点　绛　唇

春睡腾腾,觉来鸳被堆香暖。起来慵懒。触目情何限。　　深院日斜,人静花阴转。柔肠断。凭高不见。芳草连天远。杨金本草堂诗馀前集卷下

按此首别又作寇寺丞词,见花草粹编卷一。

存　目　词

调　名	首　句	出　处	附　　注
西江月	梅好惟嫌淡伫	永乐大典卷二千八百零九梅字韵	王安石词,见梅苑卷八
点绛唇	秋气微凉	花草粹编卷一引倦游杂录	王安国词,见皇宋事实类苑卷三十五引倦游杂录
又	秋晚寒斋	历代诗馀卷五	葛胜仲作,见丹阳词

张舜民

舜民字芸叟,邠州(今陕西邠县)人。治平二年(1065)进士。元祐元年(1086)召试,授秘阁校理。二年(1087),监察御史。徽宗朝,为吏部侍郎,以龙图阁待制知同州。坐元祐党,贬商州,卒。自号浮休居士,又号矴斋。有画墁集,今传本从永乐大典辑出。

江神子　癸亥陈和叔会于赏心亭

七朝文物旧江山。水如天。莫凭栏。千古斜阳，无处问长安。更隔秦淮闻旧曲，秋已半，夜将阑。　　争教潘鬓不生斑。敛芳颜。抹么弦。须记琵琶，子细说因缘。待得鸾胶肠已断，重别日，是何年。

朝中措　清退台饯别

三湘迁客思悠哉。尊俎定常开。云雨未消歌伴，山川忍对离杯。　　他年来此，贤侯未去，忍话先回。好在江南山色，恁时重上高台。

卖花声　题岳阳楼

木叶下君山。空水漫漫。十分斟酒敛芳颜。不是渭城西去客，休唱阳关。　　醉袖抚危栏。天淡云闲。何人此路得生还。回首夕阳红尽处，应是长安。以上画墁集卷七

按此首或误以为苏轼词，见周紫芝太仓稊米集卷六十七书浮休先生画墁集后。

又

楼上久踟蹰。地远身孤。拟将憔悴吊三闾。自是长安日下影，流落江湖。　　烂醉且消除。不醉何如。又看暝色满平芜。试问寒沙新到雁，应有来书。清波杂志卷四

存　目　词

傅干注坡词卷八殢人娇词注引张舜民调笑词"潺潺流水武陵溪。洞里春长日月迟。红英满地无人扫，此度刘郎去意迷"四句，乃郑

仅作调笑转踏,见乐府雅词卷上。

曾　布

布字子宣,建昌南丰人。景祐二年(1035)生。嘉祐二年(1057),与兄巩同举进士。熙宁初,除崇政殿说书。元丰初,累户部尚书。哲宗朝,擢同知枢密院事。徽宗即位,以定策功,拜尚书右仆射。崇宁初,出知润州,入党籍。连遭贬窜,复提举嵩山崇福宫。大观元年(1107)卒,年六十三。赠观文殿大学士,谥文肃。

江　南　好

江南客,家有宁馨儿。三世文章称大手,一门兄弟独良眉。藉甚众多推。　千里足,来自渥洼池。莫倚善题鹦鹉赋,青山须待健时归。不似傲当时。挥麈馀话卷一

水 调 歌 头

排 遍 第 一

魏豪有冯燕,年少客幽并。击球鬥鸡为戏,游侠久知名。因避仇、来东郡。元戎留属中军。直气凌貔虎,须臾叱咤风云。凛凛坐中生。　偶乘佳兴。轻裘锦带,东风跃马,往来寻访幽胜。游冶出东城。堤上莺花撩乱,香车宝马纵横。草软平沙稳。高楼两岸春风,语笑隔帘声。

排 遍 第 二

袖笼鞭敲镫 。无语独闲行。绿杨下、人初静。烟澹夕阳明。窈窕佳人,独立瑶阶,掷果潘郎,瞥见红颜横波盼,不胜娇软倚银屏。

曳红裳,频推朱户,半开还掩,似欲倚、咿哑声里,细说深情。因

遣林间青鸟,为言彼此心期,的的深相许,窃香解佩,绸缪相顾不胜情。

排　遍　第　三

说良人滑将张婴。从来嗜酒、还家镇长酩酊狂醒。屋上鸣鸠空媄,梁间客燕相惊。谁与花为主,兰房从此,朝云夕雨两牵萦。　　似游丝飘荡,随风无定。奈何岁华荏苒,欢计苦难凭。唯见新恩缱绻,连枝并翼,香闺日日为郎,谁知松萝托蔓,一比一毫轻。

排　遍　第　四

一夕还家醉,开户起相迎。为郎引裾相庇,低首略潜形。情深无隐。欲郎乘间起佳兵。　　授青萍。茫然抚叹,不忍欺心。尔能负心于彼,于我必无情。熟视花钿不足,刚肠终不能平。假手迎天意,一挥霜刃。窗间粉颈断瑶琼。

排　遍　第　五

凤凰钗、宝玉凋零。惨然怅,娇魂怨,饮泣吞声。还被凌波呼唤,相将金谷同游,想见逢迎处,揶揄羞面,妆脸泪盈盈。　　醉眠人、醒来晨起,血凝蟏首,但惊喧,白邻里、骇我卒难明。思败幽囚推究,覆盆无计哀鸣。丹笔终诬服,阛门驱拥,衔冤垂首欲临刑。

排　遍　第　六　带花遍

向红尘里,有喧呼攘臂,转声辟众,莫遣人冤滥、杀张室,忍偷生。僚吏惊呼呵叱,狂辞不变如初,投身属吏,慷慨吐丹诚。　　仿佛缧绁,自疑梦中,闻者皆惊叹,为不平。割爱无心,泣对虞姬,手戮倾城宠,翻然起死,不教仇怨负冤声。

排遍第七 簇花十八

义城元靖贤相国,喜慕英雄士,赐金缯。闻斯事,频叹赏,封章归印。请赎冯燕罪,日边紫泥封诏,阖境赦深刑。　　万古三河风义在,青简上、众知名。河东注,任流水滔滔,水涸名难泯。至今乐府歌咏。流入管弦声。以上七首见玉照新志卷二

魏夫人

　　　夫人,襄阳人,魏泰之姊,曾布妻,封鲁国夫人。有鲁国夫人词,周泳先辑本。

临 江 仙

庭院深深深几许,云窗雾阁春迟。为谁憔悴损芳姿。夜来清梦好,应是发南枝。　　玉瘦檀轻无限恨,南楼羌管休吹。浓香吹尽有谁知。暖风迟日也,别到杏花肥。梅苑卷九

　　按此首花草粹编卷七作李清照词。据赵万里所考,此首应是李作。

好 事 近

雨后晓寒轻,花外早莺啼歇。愁听隔溪残漏,正一声凄咽。　　不堪西望去程赊,离肠万回结。不似海棠阴下,按凉州时节。

阮 郎 归

夕阳楼外落花飞。晴空碧四垂。去帆回首已天涯。孤烟卷翠微。　　楼上客,鬓成丝。归来未有期。断魂不忍下危梯。桐阴月影移。

减字木兰花

西楼明月。掩映梨花千树雪。楼上人归。愁听孤城一雁飞。
玉人何处。又见江南春色暮。芳信难寻。去后桃花流水深。

又

落花飞絮。杳杳天涯人甚处。欲寄相思。春尽衡阳雁渐稀。
离肠泪眼。肠断泪痕流不断。明月西楼。一曲阑干一倍愁。

菩　萨　蛮

溪山掩映斜阳里。楼台影动鸳鸯起。隔岸两三家。出墙红杏花。
　绿杨堤下路。早晚溪边去。三见柳绵飞。离人犹未归。

又

东风已绿瀛洲草。画楼帘卷清霜晓。清绝比湖梅。花开未满枝。
　长天音信断。又见南归雁。何处是离愁。长安明月楼。

又

红楼斜倚连溪曲。楼前溪水凝寒玉。荡漾木兰船。船中人少年。
　荷花娇欲语。笑入鸳鸯浦。波上暝烟低。菱歌月下归。

定　风　波

不是无心惜落花。落花无意恋春华。昨日盈盈枝上笑。谁道。今
朝吹去落谁家。　　　把酒临风千种恨。难问。梦回云散见无涯。
妙舞清歌谁是主。回顾。高城不见夕阳斜。

按历代诗馀卷四十一此首误作赵子发词。

点 绛 唇

波上清风,画船明月人归后,渐消残酒。独自凭阑久。　　聚散匆
匆,此恨年年有,重回首。淡烟疏柳。隐隐芜城漏。

武 陵 春

小院无人帘半卷,独自倚阑时。宽尽春来金缕衣。憔翠有谁知。
　　玉人近日书来少,应是怨来迟。梦里长安早晚归。和泪立斜
晖。以上十首见乐府雅词卷下

江城子 春恨

别郎容易见郎难。几何般。懒临鸾。憔悴容仪,陡觉缕衣宽。门
外红梅将谢也,谁信道、不曾看。　　晓妆楼上望长安。怯轻寒。
莫凭阑。嫌怕东风,吹恨上眉端。为报归期须及早,休误妾、一春
闲。唐宋诸贤绝妙词选卷十

卷 珠 帘

记得来时春未暮。执手攀花,袖染花梢露。暗卜春心共花语。争
寻双朵争先去。　　多情因甚相辜负。轻拆轻离,欲向谁分诉。
泪湿海棠花枝处。东君空把奴分付。京本通俗小说西山一窟鬼

系 裙 腰

灯花耿耿漏迟迟。人别后、夜凉时。西风潇洒梦初回。谁念我,就
单枕,皱双眉。　　锦屏绣幌与秋期。肠欲断、泪偷垂。月明还到
小窗西。我恨你,我忆你,你争知。花草粹编卷七
　　　以上魏夫人词十四首,用周泳先辑鲁国夫人词。

王仲甫

仲甫字明之，号逐客。官翰林。有冠卿集，不传。

清　平　乐

黄金殿里。烛影双龙戏。劝得官家真个醉，进酒犹呼万岁。

锦茵舞彻凉州，君恩与整搔头。一夜御前宣唤，六宫多少人愁。耆
旧续闻卷九

> 按此首别又作王观词，见能改斋漫录卷十七。耆旧续闻所载，出自陆游，当另有
> 所据。金绳武本花草粹编卷六又误以此首为王介作。王介字仲甫，金氏因之而
> 误。

满朝欢 （按此首调名满朝欢，疑是鹊桥仙之误）

忆得延州，旧曾相见，东城近东下住。被若著意引归家，放十分、以
上抬举。　　小样罗衫，淡红拂过，风流万般做处。怕伊蓦地忆人
时，梦中来、不要迷路。全芳备祖前集卷二牡丹门

丑　奴　儿

牡丹不好长春好，有个因依。一两枝儿。但是风光总属伊。

当初只为嫦娥种，月正明时。教恁芳菲。伴着团圆十二回。全芳备
祖前集卷二十月季花门

永　遇　乐

风折新英，雨肥繁实，又还如豆。玉核初成，红腮尚浅，齿软酸透。
粉墙低亚，佳人惊见，不管露沾襟袖。一枝钗子未插，应把手捼频
嗅。　　相思病酒，只因思此，免使文君眉皱。入鼎调羹，攀林止

渴,功业还依旧。看看飞燕,衔将春去,又将欲、黄昏时候。争如
向、金盘满捧,共君王对酒。全芳备祖后集卷五梅门

按此首别又见杨无咎逃禅词。

按以上三首,原俱题王冠卿作。本书初版卷四十三误作王观词。

浪　淘　沙

素手水晶盘。垒起仙丸。红绡碾碎却成团。逗得安排金粟遍,何
似鸡冠。　　　味胜玉浆寒。只被宜酸。莫将荔子一般看。色淡香
消偢㑳损,才到长安。全芳备祖后集卷六杨柳门

按此首原亦题王冠卿撰。惟又见梅苑卷九,作王逐客词,赵万里辑冠柳集收之。

醉　落　魄

醉醒醒醉。凭君会取皆滋味。浓斟琥珀香浮蚁。一入愁肠,便有
阳春意。　　　须将席幕为天地。歌前起舞花前睡。从他兀兀陶陶
里。犹胜醒醒,惹得闲愁翠。

按此首见黄庭坚醉落魄词序。黄云:"或传是东坡语,非也,疑是王仲父作。"此首
亦见东坡词卷下。

又按宋另有王仲甫,字明之,王珪之侄,曾官主簿。又有王介字仲甫,与王安石同
时。黄庭坚所云王仲父,未知为谁。此词姑附于此。

蓦　山　溪

挂冠神武,来作烟花主。千里好江山,都尽是、君恩赐与。风勾月
引,催上泛宅时,酒倾玉,鲙堆雪,总道神仙侣。　　　蓑衣箬笠,更
著些儿雨。横笛两三声,晚云中、惊鸥来去。欲烦妙手,写入散人
图,蜗角名,蝇头利,著甚来由顾。

按此首见向子諲酒边集,题云:"王明之曲,芗林易置十数字歌之。"此王明之未知
为谁,亦姑附于此。

此首中"催上泛宅时"一句,据向词原注,乃向氏所易置,馀不知何者为向氏所改。

孙浩然

孙浩然,不详其人。王诜曾画其离亭燕词意,作江山秋晚图(见攻媿集卷七十)。

离 亭 燕

一带江山如画。景物向秋潇洒。水浸碧天何处断,霁色冷光相射。橘树荻花洲,掩映竹篱茅舍。　　天际客帆高挂。烟外酒旗低亚。多少六朝兴废事,尽入渔樵闲话。怅望倚层楼,红日无言西下。攻媿集卷七十

按此首别又作张昪词,见过庭录。

夜 行 船

何处采菱归暮。隔宵烟、菱歌轻举。白蘋风起按"起"原作"清",据词谱卷十一改月华寒,影朦胧、半和梅雨。　　脉脉相逢心似许。扶兰棹、黯然凝伫。遥指前村,隐隐烟树,含情背人归去。花草粹编卷五

王　诜

诜字晋卿,开封人。能诗善画。熙宁二年(1069),选尚英宗女蜀国长公主,拜左卫将军、驸马都尉。为利州防御使。元丰二年(1079),坐罪落驸马都尉,责授昭化军节度行军司马,均州安置,移颍州安置。元祐元年(1086)复登州刺史、驸马都尉。卒赠昭化军节度使,谥荣安。

鹧 鸪 天

才子阴风度远关。清愁曾向画图看。山衔斗柄三星没,雪共月明

千里寒。　　　新路陌,旧江干。崎岖谁叹客程难。临风更听昭华笛,簌簌梅花满地残。诗话总龟前集卷十四

花心动 蜡梅

春欲来时,看雪里、新梅品流珍绝。气韵楚江,颜色中央,数朵巧熔香蜡。嫩苞珠泪圆金烛,娇腮润、蜂房微缺。画栏悄,佳人道妆,醉吟风月。　　　淡白轻红谩说。算何事、东君用心偏别。赋与异姿,添与清香,堪向苦寒时节。但教开后金尊满,休惆怅、落时歌阕。断肠也,繁枝为谁赠折。景宋本梅苑卷一

落 梅 花

寿阳妆晚,慵匀素脸,经宵醉痕堪惜。前村雪里,几枝初绽,□冰姿仙格。忍被东风,乱飘满地,残英堆积。可堪江上起离愁,凭谁说寄,肠断未归客。　　　流恨声传羌笛。感行人、水亭山驿。越溪信阻,仙乡路杳,但风流尘迹。香艳浓时,东君吟赏,已成轻掷。愿身长健,且凭阑,明年还放春消息。

黄 莺 儿

多情春意忆时节。北圃人来,传道江梅,依稀芳姿,数枝新发。夸嫩脸著胭脂,腻滑凝香雪。问伊还记年时,正好相看,因甚轻别。　　　情切。往事散浮云,旧恨成华发。算知空对,绮槛雕栏,孜孜望人攀折。愁未见苦思量,待见重端叠。愿与永仿高堂,云雨芳菲月。以上梅苑卷三

踏 青 游

金勒狨鞍,西城嫩寒春晓。路渐入、垂杨芳草。过平堤,穿绿迳,几

声啼鸟。是处里,谁家杏花临水,依约靓妆窥照。　　　　极目高原,东风露桃烟岛。望十里、红围绿绕。更相将、乘酒兴,幽情多少。待向晚、从头记将归去,说与凤楼人道。词学丛书本乐府雅词拾遗卷上

　　按词律卷十二误以此首为周邦彦作。

忆 故 人

烛影摇红向夜阑,乍酒醒、心情懒。尊前谁为唱阳关,离恨天涯远。　　　无奈云沉雨散。凭阑干、东风泪眼。海棠开后,燕子来时,黄昏庭院。能改斋漫录卷十七

　　按能改斋漫录载周邦彦增损此首之词,唐宋诸贤绝妙词选卷三亦以为王诜作,疑或非,兹不另录。

行 香 子

金井先秋,梧叶飘黄。几回惊觉梦初长。雨微烟淡。疏雨池塘。渐蓼花明,菱花冷,藕花凉。　　　幽人已惯,枕单衾冷,任商飙、催换年光。问谁相伴,终日清狂。有竹间风,尊中酒,水边床。全芳备祖前集卷十四蓼花门

蝶 恋 花

钟送黄昏鸡报晓。昏晓相催,世事何时了。万恨千愁人自老。春来依旧生芳草。　　　忙处人多闲处少。闲处光阴,几个人知道。独上高楼云渺渺。天涯一点青山小。

　　赵万里云:"案上阕草堂诗馀后集卷下(类编本二)引作秦少游词,花草粹编七从之。检淮海居士长短句未载,则花庵词选引作王作是也。"

　　又按野客丛书卷二十五引"独上小楼情悄悄,天涯一点青山小"二句作黄庭坚词,非。

玉楼春 海棠

锦城春色花无数。排比笙歌留客住。轻寒轻暖夹衣天,乍雨乍晴

寒食路。　　　花虽不语莺能语。莫放韶光容易去。海棠开后月明前,纵有千金无买处。

花发沁园春

帝里春归,早先妆点,皇家池馆园林。雏莺未迁,燕子乍归,时节戏弄晴阴。琼楼珠阁,恰正在、柳曲花心。翠袖艳、衣凭阑干,惯闻弦管新音。　　　此际相携宴赏,纵行乐随处,芳树遥岑。桃腮杏脸,嫩英万叶,千枝绿浅红深。轻风终日,泛暗香、长满衣襟。洞户醉,归访笙歌,晚来云海沉沉。

人月圆 元夜

小桃枝上春来早,初试薄罗衣。年年此夜,华灯盛照,人月圆时。　　　禁街箫鼓,寒轻夜永,纤手同携。更阑人静。千门笑语,声在帘帏。以上四首见唐宋诸贤绝妙词选卷三

　　按能改斋漫录卷十六云:此词李持正作,近时以为王都尉作,非也。

换 遍 歌 头

雪霁轻尘敛,好风初报柳。春寒浅、当三五。是处鳌山耸,金羁宝乘,游赏遍蓬壶。向黄昏时候。对双龙阙门前,皓月华灯射,变清昼。　　　彩凤低衔天语。承宣诏传呼。飞上层霄,共陪霞觞频举。更渐阑,正回路。遥拥车佩珊珊,笼纱满香衢。指凤楼、相将醉归去。岁时广记卷十

失 调 名

合彩丝、对缠玉腕。

又

偷闲结个艾虎儿，要插在、秋蝉鬓畔。以上岁时广记卷二十

又　九日

带了黄花，强饮茱萸酒。岁时广记卷三十四

画 堂 春 令

画堂霜重晓寒消，南枝红雪妆成。卷帘疑是弄妆人。粉面带春醒。
　　最爱北江临岸，含娇浅淡精神。微风不动水纹平。倒影鬥轻
盈。永乐大典卷二千八百零九梅字韵引王晋卿词

撼 庭 竹

绰略青梅弄春色。真艳态堪惜。经年费尽东君力。有情先到探春
客。无语泣寒香，时暗度瑶席。　　月下风前空怅望，思携手同
摘。画栏倚遍无消息。佳辰乐事再难得。还是夕阳天，空暮云凝
碧。花草粹编卷八

蝶 恋 花

小雨初晴回晚照。金翠楼台，倒影芙蓉沼。杨柳垂垂风袅袅。嫩
荷无数青钿小。　　似此园林无限好。流落归来，到了心情少。
坐到黄昏人悄悄。更应添得朱颜老。式古堂书考卷十二
　　　按此首原帖，旧云黄庭坚所书，清曹溶考定为王晋卿书。
　　　以上王诜词十五首，断句三，用赵万里辑王晋卿词增补。

存 目 词

调　名	首　　　句	出　　　处	附　　　　　注
失调名断句	鬥巧尽输年少	岁时广记卷二十一	黄裳喜迁莺词,见演山先生文集卷三十一
黄莺儿	香梢匀蕊先回暖	永乐大典卷二千八百零九梅字韵	无名氏词,见梅苑卷三
玉梅香慢	寒色犹高	永乐大典卷二千八百十梅字韵	又

陈济翁

　　宝真斋法书赞卷二十有曾布撰宋朝散郎飞骑尉赐绯鱼袋陈君墓志铭。陈名恺,字济公,婺州永康人。治平四年(1067)进士。元符三年(1100)卒,年六十六。岳珂跋称为陈济翁墓志铭,疑即其人。今依其年代编此,俟考。

蓦　山　溪

去年今日,从驾游西苑。彩仗压金波,看水戏、鱼龙曼衍。宝津南殿,宴坐近天颜,金杯酒,君王劝。头上宫花颤。　　六军锦绣,万骑穿杨箭。日暮翠华归,拥钧天、笙歌一片。如今关外,千里未归人,前山雨,西楼晚。望断思君眼。能改斋漫录卷十七

又

薰风时候。芍药披晴昼。天上玉阑干,展一枰、天家锦绣。汉宫唐殿。嫔御逞妖娆,飞燕女,太真妃,一样新妆就。　　黄金捻线,色

与红芳鬥。谁把绛绡衣,误将他、胭脂渍透。晚风生处,襟袖卷浓
香,持玉斝,秉妙笼,倚醉听更漏。全芳备祖前集卷三芍药门

踏　青　游

濯锦江头,羞杀艳桃秾李。纵赵昌、丹青难比。晕轻红,留浅素,千
娇百媚。照绿水。恰如下临鸾镜,妃子弄妆犹醉。　　诗笔因循,
不晓少陵深意。但满眼、伤春珠泪。燕来时,莺啼处,年年憔悴。
便除是。秉烛凭阑吟赏,莫教夜深花睡。全芳备祖前集卷七海棠门

苏　轼

　　轼字子瞻,一字和仲,自号东坡居士。眉山人,洵长子。生于景祐
三年(1036)。嘉祐二年(1057)进士乙科。对制策入三等。累除中书舍
人、翰林学士,历端明殿学士、礼部尚书。绍圣初,坐讪谤,安置惠州,徙
昌化。徽宗立,赦还,提举玉局观。建中靖国元年(1101)卒于常州,年
六十六。孝宗朝,赠太师,谥文忠。有东坡词。

水龙吟　四首

古来云海茫茫,道山绛阙知何处。人间自有,赤城居士,龙蟠凤举。
清净无为,坐忘遗照,八篇奇语。向玉霄东望,蓬莱晻霭,有云驾、
骖风驭。　　　行尽九州四海,笑纷纷、落花飞絮。临江一见,谪仙
风采,无言心许。八表神游,浩然相对,酒酣箕踞。待垂天赋就,骑
鲸路稳,约相将去。

　　又　咏笛材　公旧序云:时太守闾丘公显已致仕居姑苏,
　　　　后房懿卿者,甚有才色,因赋此词。　一云赠赵晦之

楚山修竹如云,异材秀出千林表。龙须半翦,凤膺微涨,玉肌匀绕。

木落淮南,雨晴云梦,月明风袅。自中郎不见,桓伊去后,知孤负、秋多少。　　闻道岭南太守,后堂深、绿珠娇小。绮窗学弄,梁州初遍,霓裳未了。嚼徵含宫,泛商流羽,一声云杪。为使君洗尽,蛮风瘴雨,作霜天晓。

又　次韵章质夫杨花词

似花还似非花,也无人惜从教坠。抛家傍路,思量却是,无情有思。萦损柔肠,困酣娇眼,欲开还闭。梦随风万里,寻郎去处,又还被、莺呼起。　　不恨此花飞尽,恨西园、落红难缀。晓来雨过,遗踪何在,一池萍碎。春色三分,二分尘土,一分流水。细看来,不是杨花点点,是离人泪。

按此首别误作周邦彦词,见词学筌蹄卷一。

又

公旧注云:闻丘大夫孝直公显尝守黄州,作栖霞楼,为郡中胜绝。元丰五年,余谪居于黄。正月十七日,梦扁舟渡江,中流回望,楼中歌乐杂作。舟中人言:公显方会客也。觉而异之,乃作此词。公显时已致仕在苏州

小舟横截春江,卧看翠壁红楼起。云间笑语,使君高会,佳人半醉。危柱哀弦,艳歌馀响,绕云萦水。念故人老大,风流未减,独回首、烟波里。　　推枕惘然不见,但空江、月明千里。五湖闻道,扁舟归去,仍携西子。云梦南州,武昌南岸,昔游应记。料多情梦里,端来见我,也参差是。

满庭芳

公旧序云:元丰七年四月一日,余将去黄移汝,留别雪堂邻里二三君子。会李仲览自江东来别,遂书以遗之

归去来兮,吾归何处,万里家在岷峨。百年强半,来日苦无多。坐

见黄州再闰,儿童尽、楚语吴歌。山中友,鸡豚社酒,相劝老东坡。

云何。当此去,人生底事,来往如梭。待闲看,秋风洛水清波。好在堂前细柳,应念我、莫翦柔柯。仍传语,江南父老,时与晒渔蓑。

又

香靥雕盘,寒生冰箸,画堂别是风光。主人情重,开宴出红妆。腻玉圆搓素颈,藕丝嫩、新织仙裳。双歌罢,虚檐转月,馀韵尚悠飏。

人间,何处有,司空见惯,应谓寻常。坐中有狂客,恼乱愁肠。报道金钗坠也,十指露、春笋纤长。亲曾见,全胜宋玉,想像赋高唐。

又

蜗角虚名,蝇头微利,算来著甚干忙。事皆前定,谁弱又谁强。且趁闲身未老,尽放我、些子疏狂。百年里,浑教是醉,三万六千场。

思量。能几许,忧愁风雨,一半相妨。又何须,抵死说短论长。幸对清风皓月,苔茵展、云幕高张。江南好,千钟美酒,一曲满庭芳。

又　公旧序云:有王长官者,弃官三十三年,黄人谓之王先生。因送陈慥来过余,因赋此

三十三年,今谁存者,算只君与长江。凛然苍桧,霜干苦难双。闻道司州古县,云溪上、竹坞松窗。江南岸,不因送子,宁肯过吾邦。

拟拟。疏雨过,风林舞破,烟盖云幢。愿持此邀君,一饮空缸。居士先生老矣,真梦里、相对残釭。歌舞断,行人未起,船鼓已逢逢。

又 杨元素本事曲集云:子瞻始与刘仲达往来于眉山。
　　后相逢于泗上,久留郡中。游南山话旧而作

三十三年,飘流江海,万里烟浪云帆。故人惊怪,憔悴老青衫。我
自疏狂异趣,君何事、奔走尘凡。流年尽,穷途坐守,船尾冻相衔。
　　巉巉。淮浦外,层楼翠壁,古寺空岩。步携手林间,笑挽攕攕。
莫上孤峰尽处,萦望眼、云海相搀。家何在,因君问我,归梦绕松
杉。

水调歌头 快哉亭作

落日绣帘卷,亭下水连空。知君为我,新作窗户湿青红。长记平山
堂上,欹枕江南烟雨,渺渺没孤鸿。认得醉翁语,山色有无中。
　　一千顷,都镜净,倒碧峰。忽然浪起,掀舞一叶白头翁。堪笑兰
台公子,未解庄生天籁,刚道有雌雄。一点浩然气,千里快哉风。

又 公旧序云:余去岁在东武,作水调歌头以寄子由。
　　今年,子由相从彭门百馀日,过中秋而去,作此曲以
　　别余。以其语过悲,乃为和之。其意以不早退为
　　戒,以退而相从之乐为慰云耳

安石在东海,从事鬓惊秋。中年亲友难别,丝竹缓离愁。一旦功成
名遂,准拟东还海道,扶病入西州。雅志困轩冕,遗恨寄沧洲。
　　岁云暮,须早计,要褐裘。故乡归去千里,佳处辄迟留。我醉歌
时君和,醉倒须君扶我。惟酒可忘忧。一任刘玄德,相对卧高楼。

又 丙辰中秋,欢饮达旦,大醉。作此篇,兼怀子由

明月几时有,把酒问青天。不知天上宫阙,今夕是何年。我欲乘风
归去,又恐琼楼玉宇,高处不胜寒。起舞弄清影,何似在人间。
　　转朱阁,低绮户,照无眠。不应有恨,何事长向别时圆。人有悲

欢离合,月有阴晴圆缺。此事古难全。但愿人长久,千里共婵娟。

又　公旧序云:欧阳文忠公尝问余:琴诗何者最善? 答
　　以退之听颖师琴诗最善。公曰:此诗最奇丽,然非
　　听琴,乃听琵琶也。余深然之。建安章质夫家善琵
　　琶者,乞为歌词。余久不作,特取退之词,稍加檃
　　括,使就声律,以遗之云

昵昵儿女语,灯火夜微明。恩冤尔汝来去,弹指泪和声。忽变轩昂
勇士,一鼓填然作气,千里不留行。回首暮云远,飞絮搅青冥。

　　众禽里,真彩凤,独不鸣。跻攀寸步千险,一落百寻轻。烦子指
间风雨,置我肠中冰炭,起坐不能平。推手从归去,无泪与君倾。

按此下原有水调歌头“离别一何久”一首,题“子由徐州中秋作”,盖苏辙作,今另
编。

满江红　杨元素本事曲集:董毅夫名钺,自梓漕得罪归
　　　　鄱阳,遇东坡于齐安。怪其丰暇自得。曰:吾再
　　　　娶柳氏,三日而去官。吾固不戚戚,而忧柳氏不
　　　　能忘怀于进退也。已而欣然同忧患,如处富贵,
　　　　吾是以益安焉。乃令家僮歌其所作满江红。东
　　　　坡嗟叹之,次其韵

忧喜相寻,风雨过、一江春绿。巫峡梦、至今空有,乱山屏簇。何似
伯鸾携德耀,箪瓢未足清欢足。渐粲然、光彩照阶庭,生兰玉。

　　幽梦里,传心曲。肠断处,凭他续。文君婿知否,笑君卑辱。君
不见周南歌汉广,天教夫子休乔木。便相将、左手抱琴书,云间宿。

又

江汉西来,高楼下、蒲萄深碧。犹自带、岷峨云浪,锦江春色。君是
南山遗爱守,我为剑外思归客。对此间、风物岂无情,殷勤说。

江表传,君休读。狂处士,真堪惜。空洲对鹦鹉,苇花萧瑟。不独笑书生争底事,曹公黄祖俱飘忽。　　　愿使君、还赋谪仙诗,追黄鹤。

又　东武会流杯亭

东武南城,新堤固、涟漪初溢。隐隐遍、长林高阜,卧红堆碧。枝上残花吹尽也,与君更向江头觅。问向前、犹有几多春,三之一。

官里事,何时毕。风雨外,无多日。相将泛曲水,满城争出。君不见兰亭修禊事,当时坐上皆豪逸。到如今、修竹满山阴,空陈迹。

按此首类编草堂诗馀卷三误作晁补之词。

又　怀子由作

清颍东流,愁目断、孤帆明灭。宦游处、青山白浪,万重千叠。孤负当年林下意,对床夜雨听萧瑟。恨此生、长向别离中,添华髮。

一尊酒,黄河侧。无限事,从头说。相看恍如昨,许多年月。衣上旧痕馀苦泪,眉间喜气添黄色。便与君、池上觅残春,花如雪。

又　正月十三日送文安国还朝

天岂无情,天也解、多情留客。春向暖、朝来底事,尚飘轻雪。君过春来纤组绶,我应归去耽泉石。恐异时、杯酒忽相思,云山隔。

浮世事,俱难必。人纵健,头应白。何辞更一醉,此欢难觅。欲向佳人诉离恨,泪珠先已凝双睫。但莫遣、新燕却来时,音书绝。

归朝欢　公尝有诗与苏伯固,其序曰:昔在九江,与苏伯固唱和,其略曰:"我梦扁舟浮震泽。雪浪横江千顷白。觉来满眼是庐山,倚天无数开青壁。"盖实梦也。然公诗复云:"扁舟震泽定何时,满眼庐山觉又非。”

我梦扁舟浮震泽。雪浪摇空千顷白。觉来满眼是庐山,倚天无数开青壁。此生长接淅。与君同是江南客。梦中游,觉来清赏,同作飞梭掷。　　明日西风还挂席。唱我新词泪沾臆。灵均去后楚山空,澧阳兰芷无颜色。君才如梦得。武陵更在西南极。竹枝词,莫摇新唱,谁谓古今隔。

念奴娇　赤壁怀古

大江东去,浪淘尽、千古风流人物。故垒西边人道是,三国周郎赤壁。乱石穿空,惊涛拍岸,卷起千堆雪。江山如画,一时多少豪杰。　　遥想公瑾当年,小乔初嫁了,雄姿英发。羽扇纶巾谈笑间,强虏灰飞烟灭。故国神游,多情应笑,我早生华髮。人间如梦,一尊还酹江月。

雨　中　花

今岁花时深院,尽日东风,荡飏茶烟。但有绿苔芳草,柳絮榆钱。闻道城西,长廊古寺,甲第名园。有国艳带酒,天香染袂,为我留连。　　清明过了,残红无处,对此泪洒尊前。秋向晚,一枝何事,向我依然。高会聊追短景,清商不暇馀妍。不如留取,十分春态,付与明年。

沁　园　春

孤馆灯青,野店鸡号,旅枕梦残。渐月华收练,晨霜耿耿,云山摛锦,朝露漙漙。世路无穷,劳生有限,似此区区长鲜欢。微吟罢,凭征鞍无语,往事千端。　　当时共客长安。似二陆初来俱少年。

有笔头千字，胸中万卷，致君尧舜，此事何难。用舍由时，行藏在我，袖手何妨闲处看。身长健，但优游卒岁，且鬥尊前。

劝金船 和元素韵自撰腔命名

无情流水多情客。劝我如曾识。杯行到手休辞却。这公道难得。曲水池上，小字更书年月。还对茂林修竹，似永和节。　　纤纤素手如霜雪。笑把秋花插。尊前莫怪歌声咽。又还是轻别。此去翱翔，遍赏玉堂金阙。欲问再来何岁，应有华发。

一 丛 花

今年春浅腊侵年。冰雪破春妍。东风有信无人见，露微意、柳际花边。寒夜纵长，孤衾易暖，钟鼓渐清圆。　　朝来初日半含山。楼阁淡疏烟。游人便作寻芳计，小桃杏、应已争先。衰病少情，疏慵自放，惟爱日高眠。

按此首草堂诗馀新集卷三误作明人商辂词。

木 兰 花 令

霜馀已失长淮阔。空听潺潺清颍咽。佳人犹唱醉翁词，四十三年如电抹。　　草头秋露流珠滑。三五盈盈还二八。与余同是识翁人，惟有西湖波底月。

又 次马中玉韵

知君仙骨无寒暑。千载相逢犹旦暮。故将别语恼佳人，要看梨花枝上雨。　　落花已逐回风去。花本无心莺自诉。明朝归路下塘西，不见莺啼花落处。

又 宿造口闻夜雨寄子由、才叔

梧桐叶上三更雨。惊破梦魂无觅处。夜凉枕簟已知秋，更听寒蛩促机杼。　　梦中历历来时路。犹在江亭醉歌舞。尊前必有问君人，为道别来心与绪。

西江月　真觉赏瑞香二首

公子眼花乱发，老夫鼻观先通。领巾飘下瑞香风。惊起谪仙春梦。　　后土祠中玉蕊，蓬莱殿后鞓红。此花清绝更纤秾。把酒何人心动。

又 坐客见和复次韵

小院朱阑几曲，重城画鼓三通。更看微月转光风。归去香云入梦。　　翠袖争浮大白，皂罗半插斜红。灯花零落酒花秾。妙语一时飞动。

又 再用前韵戏曹子方

怪此花枝怨泣，托君诗句名通。凭将草木记吴风。继取相如云梦。　　点笔袖沾醉墨，谤花面有惭红。知君却是为情秾。怕见此花撩动。

又

闻道双衔凤带，不妨单著鲛绡。夜香知与阿谁烧。怅望水沉烟袅。　　云鬓风前绿卷，玉颜醉里红潮。莫教空度可怜宵。月与佳人共僚。

又　重九

点点楼头细雨。重重江外平湖。当年戏马会东徐。今日凄凉南浦。　　莫恨黄花未吐。且教红粉相扶。酒阑不必看茱萸。俯仰人间今古。

又　茶词

龙焙今年绝品,谷帘自古珍泉。雪芽双井散神仙。苗裔来从北苑。　　汤发云腴酽白,盏浮花乳轻圆。人间谁敢更争妍。斗取红窗粉面。

又

别梦已随流水,泪巾犹裛香泉。相如依旧是臞仙。人在瑶台阆苑。　　花雾萦风缥缈,歌珠滴水清圆。蛾眉新作十分妍。走马归来便面。

按此首别又误入黄庭坚豫章黄先生词。

又

世事一场大梦,人生几度秋凉。夜来风叶已鸣廊。看取眉头鬓上。　　酒贱常愁客少,月明多被云妨。中秋谁与共孤光。把盏凄然北望。

又　送钱待制

莫叹平原落落,且应去鲁迟迟。与君各记少年时。须信人生如寄。　　白髮千茎相送,深杯百罚休辞。拍浮何用酒为池。我已为君德醉。

又 梅花

玉骨那愁瘴雾,冰姿自有仙风。海仙时遣探芳丛。倒挂绿毛么凤。

素面翻嫌粉涴,洗妆不褪唇红。高情已逐晓云空。不与梨花
同梦。

又 公自序云:春夜蕲水中过酒家饮。酒醉,乘月至一

溪桥上,解鞍曲肱少休。及觉,已晓。乱山葱茏,不
谓尘世也。书此词桥柱。

照野瀰瀰浅浪,横空暖暖微霄。障泥未解玉骢骄。我欲醉眠芳草。

可惜一溪明月,莫教踏破琼瑶。解鞍欹枕绿杨桥。杜宇一声
春晓。

又 平山堂

三过平山堂下,半生弹指声中。十年不见老仙翁。壁上龙蛇飞动。

欲吊文章太守,仍歌杨柳春风。休言万事转头空。未转头时
皆梦。

又 送别

昨夜扁舟京口,今朝马首长安。旧官何物与新官。只有湖山公案。

此景百年几变,个中下语千难。使君才气卷波澜。与把新诗
判断。

临江仙 龙丘子自洛之蜀,载二侍女,戎装骏马。至溪

山佳处,辄留,见者以为异人。后十年,筑室黄冈
之北,号静安居士。作此记之

细马远驮双侍女,青巾玉带红靴。溪山好处便为家。谁知巴峡路,

却见洛城花。　　　面旋落英飞玉蕊，人间春日初斜。十年不见紫
云车。龙丘新洞府，铅鼎养丹砂。

又　赠送

诗句端来磨我钝，钝锥不解生铓。欢颜为我解冰霜。酒阑清梦觉，
春草满池塘。　　　应念雪堂坡下老，昔年共采芸香。功成名遂早
还乡。回车来过我，乔木拥千章。

又　辛未离杭至润，别张弼秉道

我劝髯张归去好，从来自己忘情。尘心消尽道心平。江南与塞北，
何处不堪行。　　　俎豆庚桑真过矣，凭君说与南荣。愿闻吴越报
丰登。君王如有问，结袜赖王生。

又　冬日即事

自古相从休务日，何妨低唱微吟。天垂云重作春阴。坐中人半醉，
帘外雪将深。　　　闻道分司狂御史，紫云无路追寻。凄风寒雨是
骎骎。问因长损气，见鹤忽惊心。

又　送王缄

忘却成都来十载，因君未免思量。凭将清泪洒江阳。故山知好在，
孤客自悲凉。　　　坐上别愁君未见，归来欲断无肠。殷勤且更尽
离觞。此身如传舍，何处是吾乡。

又

尊酒何人怀李白，草堂遥指江东。珠帘十里卷香风。花开又花谢，
离恨几千重。　　　轻舸渡江连夜到，一时惊笑衰容。语音犹自带

吴侬。夜阑对酒处,依旧梦魂中。

又

九十日春都过了,贪忙何处追游。三分春色一分愁。雨翻榆荚阵,风转柳花球。　　阆苑先生须自责,蟠桃动是千秋。不知人世苦厌求。东皇不拘束,肯为使君留。

又　风水洞作

四大从来都遍满,此间风水何疑。故应为我发新诗。幽花香涧谷,寒藻舞沦漪。　　借与玉川生两腋,天仙未必相思。还凭流水送人归。层巅馀落日,草露已沾衣。

又

一别都门三改火,天涯踏尽红尘。依然一笑作春温。无波真古井,有节是秋筠。　　惆怅孤帆连夜发,送行淡月微云。尊前不用翠眉颦。人生如逆旅,我亦是行人。

又　疾愈登望湖楼赠项长官

多病休文都瘦损,不堪金带垂腰。望湖楼上暗香飘。和风春弄袖,明月夜闻箫。　　酒醒梦回清漏永,隐床无限更潮。佳人不见董娇饶。徘徊花上月,空度可怜宵。

又

夜饮东坡醒复醉,归来仿佛三更。家童鼻息已雷鸣。敲门都不应,倚杖听江声。　　长恨此身非我有,何时忘却营营。夜阑风静縠纹平。小舟从此逝,江海寄馀生。

又

冬夜夜寒冰合井,画堂明月侵帏。青缸明灭照悲啼。青缸挑欲尽,
粉泪裛还垂。　　未尽一尊先掩泪,歌声半带清悲。情声两尽莫
相违。欲知肠断处,梁上暗尘飞。

渔家傲 金陵赏心亭送王胜之龙图。王守金陵,视事一日移南郡

千古龙蟠并虎踞。从公一吊兴亡处。渺渺斜风吹细雨。芳草渡。
江南父老留公住。　　公驾飞车凌彩雾。红鸾骖乘青鸾驭。却讶
此洲名白鹭。非吾侣。翩然欲下还飞去。

又 送台守江郎中

送客归来灯火尽。西楼淡月凉生晕。明日潮来无定准。潮来稳。
舟横渡口重城近。　　江水似知孤客恨。南风为解佳人愠。莫学
时流轻久困。频寄问。钱塘江上须忠信。

又 七夕

皎皎牵牛河汉女。盈盈临水无由语。望断碧云空日暮。无寻处。
梦回芳草生春浦。　　鸟散馀花纷似雨。汀洲蘋老香风度。明月
多情来照户。但揽取。清光长送人归去。

又 送张元康省亲秦川

一曲阳关情几许。知君欲向秦川去。白马皂貂留不住。回首处。
孤城不见天霖雾。　　到日长安花似雨。故关杨柳初飞絮。渐见
靴刀迎夹路。谁得似。风流膝上王文度。

鹧鸪天 东坡谪黄州时作此词,真本藏林子敬家

林断山明竹隐墙。乱蝉衰草小池塘。翻空白鸟时时见,照水红蕖
细细香。　　村舍外,古城旁。杖藜徐步转斜阳。殷勤昨夜三更
雨,又得浮生一日凉。

又 公自序云:陈公密出侍儿素娘,歌紫玉箫曲,劝老人酒。老人饮尽,因为赋此词

笑捻红梅䍐翠翘。扬州十里最妖饶。夜来绮席亲曾见,撮得精神
滴滴娇。　　娇后眼,舞时腰。刘郎几度欲魂消。明朝酒醒知何
处,肠断云间紫玉箫。

按此下原有鹧鸪天“西塞山边白鹭飞”一首,亦见山谷琴趣外篇卷三。据乐府雅
词卷中徐俯词跋,此首实黄庭坚作,今不录。

少年游 端午赠黄守徐君猷

银塘朱槛麹尘波。圆绿卷新荷。兰条荐浴,菖花酿酒,天气尚清
和。　　好将沉醉酬佳节,十分酒、一分歌。狱草烟深,讼庭人悄,
无吝宴游过。

又 润州作

去年相送,馀杭门外,飞雪似杨花。今年春尽,杨花似雪,犹不见还
家。　　对酒卷帘邀明月,风露透窗纱。恰似姮娥怜双燕,分明
照、画梁斜。

定风波 十月九日,孟亨之置酒秋香亭,有拒霜独向君猷而开。坐客喜笑,以为非使君莫可当此花,故作是词

两两轻红半晕腮。依依独为使君回。若道使君无此意。何为。双

花不向别人开。　　但看低昂烟雨里。不已。劝君休诉十分杯。
更问尊前狂副使。来岁。花开时节与谁来。

又
公旧序云:三月七日,沙湖道中遇雨。雨具先去,同
行皆狼狈,余独不觉。已而遂晴,故作此词

莫听穿林打叶声。何妨吟啸且徐行。竹杖芒鞋轻胜马。谁怕。一
蓑烟雨任平生。　　料峭春风吹酒醒。微冷。山头斜照却相迎。
回首向来潇洒处。归去。也无风雨也无晴。

又　重阳

与客携壶上翠微。江涵秋影雁初飞。尘世难逢开口笑。年少。菊
花须插满头归。　　酩酊但酬佳节了。云峤。登临不用怨斜晖。
古往今来谁不老。多少。牛山何必更沾衣。

又　感旧

莫怪鸳鸯绣带长。腰轻不胜舞衣裳。薄幸只贪游冶去。何处。垂
杨系马恣轻狂。　　花谢絮飞春又尽。堪恨。断弦尘管伴啼妆。
不信归来但自看。怕见。为郎憔悴却羞郎。

又　送元素

千古风流阮步兵。平生游宦爱东平。千里远来还不住。归去。空
留风韵照人清。　　红粉尊前深懊恼。休道。怎生留得许多情。
记得明年花絮乱。须看。泛西湖是断肠声。

又
元丰六年七月六日,王文甫家饮酿白酒,大醉。集
古句作墨竹词

雨洗娟娟嫩叶光。风吹细细绿筠香。秀色乱侵书帙晚。帘卷。清

阴微过酒尊凉。　　人画竹身肥拥肿。何用。先生落笔胜萧郎。记得小轩岑寂夜。廊下。月和疏影上东墙。

又　咏红梅

好睡慵开莫厌迟。自怜冰脸不时宜。偶作小红桃杏色,闲雅,尚馀孤瘦雪霜姿。　　休把闲心随物态,何事,酒生微晕沁瑶肌。诗老不知梅格在,吟咏,更看绿叶与青枝。

又　公自序云:余昔与张子野、刘孝叔、李公择、陈令举、杨元素会于吴兴。时子野作六客词,其卒章云:"见说贤人聚吴分。试问。也应旁有老人星。"凡十五年,再过吴兴,而五人者皆已亡矣。时张仲谋与曹子方、刘景文、苏伯固、张秉道为坐客,仲谋请作后六客词

月满苕溪照夜堂。五星一老斗光芒。十五年间真梦里。何事。长庚对月独凄凉。　　绿鬓苍颜同一醉。还是。六人吟笑水云乡。宾主谈锋谁得似。看取。曹刘今对两苏张。

又　南海归赠王定国侍人寓娘

常羡人间琢玉郎。天应乞与点酥娘。尽道清歌传皓齿。风起。雪飞炎海变清凉。　　万里归来颜愈少。微笑。笑时犹带岭梅香。试问岭南应不好。却道。此心安处是吾乡。

南乡子　春情

晚景落琼杯。照眼云山翠作堆。认得岷峨春雪浪,初来。万顷蒲萄涨渌醅。　　暮雨暗阳台。乱洒高楼湿粉腮。一阵东风来卷地,吹回。落照江天一半开。

又　梅花词和杨元素

寒雀满疏篱。争抱寒柯看玉蕤。忽见客来花下坐，惊飞。蹋散芳英落酒卮。　　痛饮又能诗。坐客无毡醉不知。花尽酒阑春到也，离离。一点微酸已著枝。

又　席上劝李公择酒

不到谢公台。明月清风好在哉。旧日髯孙何处去，重来。短李风流更上才。　　秋色渐摧颓。满院黄英映酒杯。看取桃花春二月，争开。尽是刘郎去后栽。

又　重九涵辉楼呈徐君猷

霜降水痕收。浅碧鳞鳞露远洲。酒力渐消风力软，飕飕。破帽多情却恋头。　　佳节若为酬。但把清尊断送秋。万事到头都是梦，休休。明日黄花蝶也愁。

又　送述古

回首乱山横。不见居人只见城。谁似临平山上塔，亭亭。迎客西来送客行。　　归路晚风清。一枕初寒梦不成。今夜残灯斜照处，荧荧。秋雨晴时泪不晴。

又　有感

冰雪透香肌。姑射仙人不似伊。濯锦江头新样锦，非宜。故著寻常淡薄衣。　　暖日下重帏。春睡香凝索起迟。曼倩风流缘底事，当时。爱被西真唤作儿。

又 和杨元素

东武望馀杭。云海天涯两杳茫。何日功成名遂了,还乡。醉笑陪公三万场。　　不用诉离觞。痛饮从来别有肠。今夜送归灯火冷,河塘。堕泪羊公却姓杨。

又 自述

凉簟碧纱厨。一枕清风昼睡馀。睡听晚衙无一事,徐徐。读尽床头几卷书。　　搔首赋归欤。自觉功名懒更疏。若问使君才与术,何如。占得人间一味愚。

又 公旧序云:沈强辅雯上出犀丽玉作胡琴,送元素还朝,同子野各赋一首

裙带石榴红。却水殷勤解赠侬。应许逐鸡鸡莫怕,相逢。一点灵犀必暗通。　　何处遇良工。琢刻天真半欲空。愿作龙香双凤拨,轻拢。长在环儿白雪胸。

又 赠行

旌旆满江湖。诏发楼船万舳舻。投笔将军因笑我,迂儒。帕首腰刀是丈夫。　　粉泪怨离居。喜子垂窗报捷书。试问伏波三万语,何如。一斛明珠换绿珠。

又 双荔支

天与化工知。赐得衣裳总是绯。每向华堂深处见,怜伊。两个心肠一片儿。　　自小便相随。绮席歌筵不暂离。苦恨人人分拆破,东西。怎得成双似旧时。

又 <small>集句</small>

寒玉细凝肤<small>吴融</small>。清歌一曲倒金壶<small>郑谷</small>。冶叶倡条遍相识<small>李商隐</small>，争如。豆蔻花梢二月初<small>杜牧</small>。　　年少即须臾<small>白居易</small>。芳时偷得醉工夫<small>白居易</small>。罗帐细垂银烛背<small>韩偓</small>，欢娱。豁得平生俊气无<small>杜牧</small>。

又 <small>集句</small>

怅望送春杯<small>杜牧</small>。渐老逢春能几回<small>杜甫</small>。花满楚城愁远别<small>许浑</small>，伤怀。何况清丝急管催<small>刘禹锡</small>。　　吟断望乡台<small>李商隐</small>。万里归心独上来<small>许浑</small>。景物登临闲始见<small>杜牧</small>，徘徊。一寸相思一寸灰<small>李商隐</small>。

又 <small>集句</small>

何处倚阑干<small>杜牧</small>。弦管高楼月正圆<small>杜牧</small>。胡蝶梦中家万里<small>崔涂</small>，依然。老去愁来强自宽<small>杜甫</small>。　　明镜借红颜<small>李商隐</small>。须著人间比梦间<small>韩愈</small>。蜡烛半笼金翡翠<small>李商隐</small>，更阑。绣被焚香独自眠<small>许浑</small>。

南歌子 <small>游赏</small>

山与歌眉敛，波同醉眼流。游人都上十三楼。不羡竹西歌吹、古扬州。　　菰黍连昌歜，琼彝倒玉舟。谁家水调唱歌头。声绕碧山飞去、晚云留。

又 <small>湖景</small>

古岸开青葑，新渠走碧流。会看光满万家楼。记取他年扶路、入西州。　　佳节连梅雨，馀生寄叶舟。只将菱角与鸡头。更有月明千顷、一时留。

又　寓意

雨暗初疑夜,风回忽报晴。淡云斜照著山明。细草软沙溪路、马蹄轻。　　卯酒醒还困,仙材梦不成。蓝桥何处觅云英。只有多情流水、伴人行。

又　和前韵

日出西山雨,无晴又有晴。乱山深处过清明。不见彩绳花板、细腰轻。　　尽日行桑野,无人与目成。且将新句琢琼英。我是世间闲客、此闲行。

又　再用前韵

带酒冲山雨,和衣睡晚晴。不知钟鼓报天明。梦里栩然蝴蝶、一身轻。　　老去才都尽,归来计未成。求田问舍笑豪英。自爱湖边沙路、免泥行。

又　晚春

日薄花房绽,风和麦浪轻。夜来微雨洗郊坰。正是一年春好、近清明。　　已改煎茶火,犹调入粥饧。使君高会有馀清。此乐无声无味、最难名。

又　八月十八日观潮

海上乘槎侣,仙人萼绿华。飞升元不用丹砂。住在潮头来处、渺天涯。　　雷辊夫差国,云翻海若家。坐中安得弄琴牙。写取馀声归向、水仙夸。

又 再用前韵

苒苒中秋过,萧萧两鬓华。寓身化世一尘沙。笑看潮来潮去、了生涯。　　方士三山路,渔人一叶家。早知身世两聱牙。好伴骑鲸公子、赋雄夸。

又 冷斋夜话云:东坡守钱塘,无日不在西湖。尝携妓谒大通禅师,大通愠形于色。东坡作长短句,令妓歌之

师唱谁家曲,宗风嗣阿谁。借君拍板与门槌。我也逢场作戏、莫相疑。　　溪女方偷眼,山僧莫眨眉。却愁弥勒下生迟。不见老婆三五、少年时。

又 别润守许仲涂

欲执河梁手,还升月旦堂。酒阑人散月侵廊。北客明朝归去、雁南翔。　　窈窕高明玉,风流郑季庄。一时分散水云乡。惟有落花芳草、断人肠。

又 湖州作

山雨潇潇过,溪桥浏浏清。小园幽榭枕蘋汀。门外月华如水、彩舟横。　　苕岸霜花尽,江湖雪阵平。两山遥指海门青。回首水云何处、觅孤城。

又 暮春

紫陌寻春去,红尘拂面来。无人不道看花回。惟见石榴新蕊、一枝开。　　冰簟堆云髻,金尊滟玉醅。绿阴青子莫相催。留取红巾

千点、照池台。

又　黄州腊八日饮怀民小阁

卫霍元勋后，韦平外族贤。吹笙只合在缑山。闲驾彩鸾归去、趁新
年。　　烘暖烧香阁，轻寒浴佛天。他时一醉画堂前。莫忘故人
憔悴、老江边。

又　有感

笑怕蔷薇罥，行忧宝瑟僵。美人依约在西厢。只恐暗中迷路、认馀
香。　　午夜风翻幔，三更月到床。簟纹如水玉肌凉。何物与侬
归去、有残妆。

又　感旧

寸恨谁云短，绵绵岂易裁。半年眉绿未曾开。明月好风闲处、是人
猜。　　春雨消残冻，温风到冷灰。尊前一曲为谁哉。留取曲终
一拍、待君来。

又　楚守周豫出舞鬟，因作二首赠之

绀绾双蟠髻，云欹小偃巾。轻盈红脸小腰身。叠鼓忽催花拍、鬥精
神。　　空阔轻红歇，风和约柳春。蓬山才调最清新。胜似缠头
千锦、共藏珍。

又　同前

琥珀装腰佩，龙香入领巾。只应飞燕是前身。共看剥葱纤手、舞凝
神。　　柳絮风前转，梅花雪里春。鸳鸯翡翠两争新。但得周郎
一顾、胜珠珍。

好事近 送君猷

红粉莫悲啼,俯仰半年离别。看取雪堂坡下,老农夫凄切。　　明年春水漾桃花,柳岸隘舟楫。从此满城歌吹,看黄州阗咽。

又 湖上

湖上雨晴时,秋水半篙初没。朱槛俯窥寒鉴,照衰颜华髪。　　醉中吹堕白纶巾,溪风漾流月。独棹小舟归去,任烟波飘兀。

鹊桥仙 七夕

缑山仙子,高情云渺,不学痴牛骏女。风箫声断月明中,举手谢、时人欲去。　　客槎曾犯,银河微浪,尚带天风海雨。相逢一醉是前缘,风雨散、飘然何处。

又 七夕和苏坚韵

乘槎归去,成都何在,万里江沱汉漾。与君各赋一篇诗,留织女、鸳鸯机上。　　还将旧曲,重赓新韵,须信吾侪天放。人生何处不儿嬉,看乞巧、朱楼彩舫。

望江南 暮春

春已老,春服几时成。曲水浪低蕉叶稳,舞雩风软纻罗轻。酣咏乐升平。　　微雨过,何处不催耕。百舌无言桃李尽,柘林深处鹁鸪鸣。春色属芜菁。

又 暮春

春未老,风细柳斜斜。试上超然台上看,半壕春水一城花。烟雨暗千家。寒食后,酒醒却咨嗟。休对故人思故国,且将新火试新茶。
诗酒趁年华。

卜算子 感旧

蜀客到江南,长忆吴山好。吴蜀风流自古同,归去应须早。　　　还
与去年人,共藉西湖草。莫惜尊前仔细看,应是容颜老。

> **又** 黄鲁直跋云:东坡道人在黄州时作,语意高妙,似非
> 吃烟火食人语。非胸中有万卷书,笔下无一点尘俗
> 气,孰能至是。

缺月挂疏桐,漏断人初静。时见幽人独往来,缥缈孤鸿影。　　　惊
起却回头,有恨无人省。拣尽寒枝不肯栖,枫落吴江冷。

瑞鹧鸪 观潮

碧山影里小红旗。侬是江南踏浪儿。拍手欲嘲山简醉,齐声争唱
浪婆词。　　　西兴渡口帆初落、渔浦山头日未欹。侬欲送潮歌底
曲,尊前还唱使君诗。

十拍子 暮秋

白酒新开九酝,黄花已过重阳。身外傥来都似梦,醉里无何即是
乡。东坡日月长。　　　玉粉旋烹茶乳,金齑新捣橙香。强染霜髭
扶翠袖,莫道狂夫不解狂。狂夫老更狂。

清平乐 秋词

清淮浊汴。更在江西岸。红旆到时黄叶乱。霜入梁王故苑。
秋原何处携壶。停骖访古踟蹰。双庙遗风尚在,漆园傲吏应无。

昭君怨 送别

谁作桓伊三弄。惊破绿窗幽梦。新月与愁烟。满江天。　　欲去
又还不去。明日落花飞絮。飞絮送行舟。水东流。以上曾慥本东坡词
卷上一百十二首(原一百十四首,二首未录)

戚氏 此词始终指意,言周穆王宾于西王母事

玉龟山。东皇灵媲统群仙。绛阙岧峣,翠房深迥,倚霏烟。幽闲。
志萧然。金城千里锁婵娟。当时穆满巡狩,翠华曾到海西边。风
露明霁,鲸波极目,势浮舆盖方圆。正迢迢丽日,玄圃清寂,琼草芊
绵。　　争解绣勒香鞯。鸾辂驻跸,八马戏芝田。瑶池近、画楼隐
隐,翠鸟翩翩。肆华筵。间作脆管鸣弦。宛若帝所钧天。稚颜皓
齿,绿发方瞳,圆极恬淡高妍。　　尽倒琼壶酒,献金鼎药,固大椿
年。缥缈飞琼妙舞,命双成、奏曲醉留连。云璈韵响泻寒泉。浩歌
畅饮,斜月低河汉。渐渐绮霞、天际红深浅。动归思、回首尘寰。
烂漫游、玉辇东还。杏花风、数里响鸣鞭。望长安路,依稀柳色,翠
点春妍。

醉蓬莱 重九上君猷

笑劳生一梦,羁旅三年,又还重九。华发萧萧,对荒园搔首。赖有
多情,好饮无事,似古人贤守。岁岁登高,年年落帽,物华依旧。
　　此会应须烂醉,仍把紫菊茱萸,细看重嗅。摇落霜风,有手栽双
柳。来岁今朝,为我西顾,酹羽觞江口。会与州人,饮公遗爱,一江
醇酎。

贺新郎 夏景

乳燕飞华屋。悄无人、桐阴转午,晚凉新浴。手弄生绡白团扇,扇手一时似玉。渐困倚、孤眠清熟。帘外谁来推绣户,枉教人、梦断瑶台曲。又却是,风敲竹。　　石榴半吐红巾蹙。待浮花、浪蕊都尽,伴君幽独。秾艳一枝细看取,芳心千重似束。又恐被、秋风惊绿。若待得君来向此,花前对酒不忍触。共粉泪,两簌簌。

洞仙歌 咏柳

江南腊尽,早梅花开后。分付新春与垂柳。细腰肢、自有入格风流,仍更是、骨体清英雅秀。　　永丰坊那畔,尽日无人,惟见金丝弄晴昼。断肠是,飞絮时,绿叶成阴,无个事、一成消瘦。又莫是、东风逐君来,便吹散眉间,一点春皱。

按古今图书集成草木典卷二百六十六柳部误以此首为晏几道作。

又 公自序云:仆七岁时见眉山老尼姓朱,忘其名,年九十馀,自言:尝随其师入蜀主孟昶宫中。一日大热,蜀主与花蕊夫人夜起避暑摩诃池上,作一词。朱具能记之。今四十年,朱已死,人无知此词者。但记其首两句,暇日寻味,岂洞仙歌令乎,乃为足之

冰肌玉骨,自清凉无汗。水殿风来暗香满。绣帘开、一点明月窥人,人未寝、敧枕钗横鬓乱。　　起来携素手,庭户无声,时见疏星渡河汉。试问夜如何,夜已三更,金波淡、玉绳低转。但屈指、西风几时来,又不道、流年暗中偷换。

八声甘州 寄参寥子

有情风、万里卷潮来,无情送潮归。问钱塘江上,西兴浦口,几度斜

晖。不用思量今古,俯仰昔人非。谁似东坡老,白首忘机。　　记取西湖西畔,正暮山好处,空翠烟霏。算诗人相得,如我与君稀。约他年、东还海道,愿谢公、雅志莫相违。西州路,不应回首,为我沾衣。

三部乐 情景

美人如月。乍见掩暮云,更增妍绝。算应无恨,安用阴晴圆缺。娇甚空只成愁,待下床又懒,未语先咽。数日不来,落尽一庭红叶。

　　今朝置酒强起,问为谁减动,一分香雪。何事散花却病,维摩无疾。却低眉、惨然不答。唱金缕、一声怨切。堪折便折。且惜取、少年花发。

阮郎归 初夏

绿槐高柳咽新蝉。薰风初入弦。碧纱窗下水沉烟。棋声惊昼眠。

　　微雨过,小荷翻。榴花开欲然。玉盆纤手弄清泉。琼珠碎却圆。

又 梅词

暗香浮动月黄昏。堂前一树春。东风何事入西邻。儿家常闭门。

　　雪肌冷,玉容真。香腮粉未匀。折花欲寄岭头人。江南日暮云。

又 苏州席上作

一年三度过苏台。清尊长是开。佳人相问苦相猜。这回来不来。

　　情未尽,老先催。人生真可咍。他年桃李阿谁栽。刘郎双鬓衰。

江神子
公旧注云:陶渊明以正月五日游斜川,临流班坐,顾瞻南阜,爱曾城之独秀,乃作斜川诗,至今使人想见其处。元丰壬戌之春、余躬耕于东坡,筑雪堂居之。南挹四望亭之后丘,西控北山之微泉,慨然而叹,此亦斜川之游也

梦中了了醉中醒。只渊明。是前生。走遍人间,依旧却躬耕。昨夜东坡春雨足,乌鹊喜,报新晴。　　雪堂西畔暗泉鸣。北山倾。小溪横。南望亭丘,孤秀耸曾城。都是斜川当日境,吾老矣,寄馀龄。

又　孤山竹阁送述古

翠蛾羞黛怯人看。掩霜纨。泪偷弹。且尽一尊,收泪唱阳关。漫道帝城天样远,天易见,见君难。　　画堂新构近孤山。曲阑干。为谁安。飞絮落花,春色属明年。欲棹小舟寻旧事,无处问,水连天。

又　江景

凤凰山下雨初晴。水风清。晚霞明。一朵芙蕖,开过尚盈盈。何处飞来双白鹭,如有意,慕娉婷。　　忽闻江上弄哀筝。苦含情。遣谁听。烟敛云收,依约是湘灵。欲待曲终寻问取,人不见,数峰青。

又　猎词

老夫聊发少年狂。左牵黄。右擎苍。锦帽貂裘,千骑卷平冈。为报倾城随太守,亲射虎,看孙郎。　　酒酣胸胆尚开张。鬓微霜。又何妨。持节云中,何日遣冯唐。会挽雕弓如满月,西北望,射天

狼。

又 恨别

天涯流落思无穷。既相逢。却匆匆。携手佳人，和泪折残红。为
问东风馀几许，春纵在，与谁同。　　　隋堤三月水溶溶。背归鸿。
去吴中。回首彭城，清泗与淮通。寄我相思千点泪，流不到，楚江
东。

又 冬景

相逢不觉又初寒。对尊前。惜流年。风紧离亭，冰结泪珠圆。雪
意留君君不住，从此去，少清欢。　　　转头山下转头看。路漫漫。
玉花翻。银海光宽，何处是超然。知道故人相念否，携翠袖，倚朱
阑。

又 公旧序云：大雪有怀朱康叔使君，亦知使君之念我
也，作江神子以寄之。

黄昏犹是雨纤纤。晓开帘。欲平檐。江阔天低，无处认青帘。孤
坐冻吟谁伴我，揩病目，捻衰髯。　　　使君留客醉厌厌。水晶盐。
为谁甜。手把梅花，东望忆陶潜。雪似故人人似雪，虽可爱，有人
嫌。

又 公自序云：陈直方妾嵇，钱塘人也。丐新词，为作
此。钱塘人好唱陌上花缓缓曲，余尝作数绝以纪其
事矣

玉人家在凤凰山。水云间。掩门关。门外行人，立马看弓弯。十
里春风谁指似，斜日映，绣帘斑。多情好事与君还。闵新鳏。拭馀
潸。明月空江，香雾著云鬟。陌上花开春尽也，闻旧曲，破朱颜。

又 公之夫人王氏先卒,味此词,盖悼亡也

十年生死两茫茫。不思量。自难忘。千里孤坟,无处话凄凉。纵使相逢应不识,尘满面,鬓如霜。　　夜来幽梦忽还乡。小轩窗。正梳妆。相顾无言,惟有泪千行。料得年年断肠处,明月夜,短松冈。

又按此下原有无愁可解"光景百年"一首,据山谷题跋卷九及魏衍后山诗注卷九注等,乃陈慥作,兹不录。

蝶恋花 春景

花褪残红青杏小。燕子飞时,绿水人家绕。枝上柳绵吹又少。天涯何处无芳草。　　墙里秋千墙外道。墙外行人,墙里佳人笑。笑渐不闻声渐悄。多情却被无情恼。

又 佳人

一颗樱桃樊素口。不爱黄金,只爱人长久。学画鸦儿犹未就。眉尖已作伤春皱。　　扑蝶西园随伴走。花落花开,渐解相思瘦。破镜重圆人在否。章台折尽青青柳。

又按此首别又误作清印昌世词,见黄燮清国朝词综续编卷二。

又 送春

雨后春容清更丽。只有离人,幽恨终难洗。北固山前三面水。碧琼梳拥青螺髻。　　一纸乡书来万里。问我何年,真个成归计。白首送春拼一醉。东风吹破千行泪。

又 暮春

簌簌无风花自䴔。寂寞园林,柳老樱桃过。落日多情还照坐。山

青一点横云破。　　路尽河回千转柁。系缆渔村,月暗孤灯火。凭仗飞魂招楚些。我思君处君思我。

又　密州上元

灯火钱塘三五夜。明月如霜,照见人如画。帐底吹笙香吐麝。此般风味应无价。　　寂寞山城人老也。击鼓吹箫,乍入农桑社。火冷灯稀霜露下。昏昏雪意云垂野。

又　密州冬夜文安国席上作

帘外东风交雨霰。帘里佳人,笑语如莺燕。深惜今年正月暖。灯光酒色摇金盏。　　掺鼓渔阳挝未遍。舞褪琼钗,汗湿香罗软。今夜何人吟古怨。清诗未就冰生砚。

又　过涟水军赠赵晦之

自古涟漪佳绝地。绕郭荷花,欲把吴兴比。倦客尘埃何处洗。真君堂下寒泉水。　　左海门前酤酒市。夜半潮来,月下孤舟起。倾盖相逢拼一醉。双凫飞去人千里。

又　述怀

云水萦回溪上路。叠叠青山,环绕溪东注。月白沙汀翘宿鹭。更无一点尘来处。　　溪叟相看私自语。底事区区,苦要为官去。尊酒不空田百亩。归来分得闲中趣。

采桑子　润州多景楼与孙巨源相遇

多情多感仍多病,多景楼中。尊酒相逢。乐事回头一笑空。停杯且听琵琶语,细捻轻拢。醉脸春融。斜照江天一抹红。

千秋岁　湖州暂来徐州重阳作

浅霜侵绿。髪少仍新沐。冠直缝,巾横幅。美人怜我老,玉手簪黄菊。秋露重,真珠落袖沾馀馥。　　坐上人如玉。花映花奴肉。蜂蝶乱,飞相逐。明年人纵健,此会应难复。须细看,晚来月上和银烛。

苏幕遮　咏选仙图

暑笼晴,风解愠。雨后馀清,暗袭衣裾润。一局选仙逃暑困。笑指尊前、谁向青霄近。　　整金盆,轮玉笋。风驾鸾车,谁敢争先进。重五休言升最紧。纵有碧油,到了输堂印。

永遇乐　寄孙巨源

长忆别时,景疏楼上,明月如水。美酒清歌,留连不住,月随人千里。别来三度,孤光又满,冷落共谁同醉。卷珠帘,凄然顾影,共伊到明无寐。　　今朝有客,来从淮上,能道使君深意。凭仗清淮,分明到海,中有相思泪。而今何在,西垣清禁,夜永露华侵被。此时看,回廊晓月,也应暗记。

又　公旧注云:夜宿燕子楼,梦盼盼,因作此词。一云:徐州梦觉此登燕子楼作

明月如霜,好风如水,清景无限。曲港跳鱼,圆荷泻露,寂寞无人见。纨如三鼓,铿然一叶,黯黯梦云惊断。夜茫茫,重寻无处,觉来小园行遍。　　天涯倦客,山中归路,望断故园心眼。燕子楼空,佳人何在,空锁楼中燕。古今如梦,何曾梦觉,但有旧欢新怨。异时对,黄楼夜景,为余浩叹。

行香子 茶词

绮席才终。欢意犹浓。酒阑时、高兴无穷。共夸君赐,初拆臣封。
看分香饼,黄金缕,密云龙。　　斗赢一水,功敌千钟。觉凉生、两
腋清风。暂留红袖,少却纱笼。放笙歌散,庭馆静,略从容。

又 寓意

三入承明。四至九卿。问书生、何辱何荣。金张七叶,纨绮貂缨。
无汗马事,不献赋,不明经。　　成都卜肆,寂寞君平。郑子真、岩
谷躬耕。寒灰炙手,人重人轻。除竺乾学,得无念,得无名。

又 述怀

清夜无尘。月色如银。酒斟时、须满十分。浮名浮利,虚苦劳神。
叹隙中驹,石中火,梦中身。　　虽抱文章,开口谁亲。且陶陶、乐
尽天真。几时归去,作个闲人。对一张琴,一壶酒,一溪云。

又 秋兴

昨夜霜风。先入梧桐。浑无处、回避衰容。问公何事,不语书空。
但一回醉,一回病,一回慵。　　朝来庭下,光阴如箭,似无言、有
意伤侬。都将万事,付与千钟。任酒花白,眼花乱,烛花红。

又 冬思

携手江村。梅雪飘裙。情何限、处处消魂。故人不见,旧曲重闻。
向望湖楼,孤山寺,涌金门。　　寻常行处,题诗千首,绣罗衫、与
拂红尘。别来相忆,知是何人。有湖中月,江边柳,陇头云。

又 过七里滩

一叶舟轻。双桨鸿惊。水天清、影湛波平。鱼翻藻鉴,鹭点烟汀。过沙溪急,霜溪冷,月溪明。　　　重重似画,曲曲如屏。算当年、虚老严陵。君臣一梦,今古虚名。但远山长,云山乱,晓山青。

按此首明杨东钓台集卷下误作元人张养浩词。

菩萨蛮 歌妓

绣帘高卷倾城出。灯前潋滟横波溢。皓齿发清歌。春愁入翠蛾。　　　凄音休怨乱。我已先肠断。遗响下清虚。累累一串珠。

又

碧纱微露纤纤玉。朱唇渐暖参差竹。越调变新声。龙吟彻骨清。　　　夜来残酒醒。惟觉霜袍冷。不见敛眉人。胭脂觅旧痕。

又 西湖

秋风湖上萧萧雨。使君欲去还留住。今日漫留君。明朝愁杀人。　　　佳人千点泪。洒向长河水。不用敛双蛾。路人啼更多。

又 杭妓往苏迓新守

玉童西迓浮丘伯。洞天冷落秋萧瑟。不用许飞琼。瑶台空月明。　　　清香凝夜宴。借与韦郎看。莫便向姑苏。扁舟下五湖。

又

天怜豪俊腰金晚。故教月向松江满。清景为淹留。从君都占秋。　　　身闲惟有酒。试问清游首。帝梦已遥思。匆匆归去时。

又　述古席上

娟娟缺月西南落 。相思拨断琵琶索。枕泪梦魂中。觉来眉晕重。
华堂堆烛泪。长笛吹新水。醉客各西东。应思陈孟公。

又　感旧

玉笙不受朱按"朱"原作"珠",据吴讷本东坡词改唇暖。离声凄咽胸填满。
遗恨几千秋。恩留人不留。　　他年京国酒。泫泪攀枯柳。莫唱
短因缘。长安远似天。

又　新月

画檐初挂弯弯月。孤光未满先忧缺。遥认玉帘钩。天孙梳洗楼。
佳人言语好。不愿求新巧。此恨固应知。愿人无别离。

又　七夕

风回仙驭云开扇。更阑月堕星河转。枕上梦魂惊。晓檐疏雨零。
相逢虽草草。长共天难老。终不羡人间。人间日似年。

又　有寄

城隅静女何人见。先生日夜歌彤管。谁识蔡姬贤。江南顾彦先。
先生那久困。汤沐须名郡。惟有谢夫人。从来见拟伦。

又

买田阳羡吾将老。从来只为溪山好。来往一虚舟。聊随物外游。
有书仍懒著。水调歌归去。筋力不辞诗。要须风雨时。

又　回文

落花闲院春衫薄。薄衫春院闲花落。迟日恨依依。依依恨日迟。
　梦回莺舌弄。弄舌莺回梦。邮便问人羞。羞人问便邮。

又　夏景回文

火云凝汗挥珠颗。颗珠挥汗凝云火。琼暖碧纱轻。轻纱碧暖琼。
　晕腮嫌枕印。印枕嫌腮晕。闲照晚妆残。残妆晚照闲。

又　回文

峤南江浅红梅小。小梅红浅江南峤。窥我向疏篱。篱疏向我窥。
　老人行即到。到即行人老。离别惜残枝。枝残惜别离。

又　回文春闺怨

翠鬓斜幔云垂耳。耳垂云幔斜鬓翠。春晚睡昏昏。昏昏睡晚春。
　细花梨雪坠。坠雪梨花细。鬟浅念谁人。人谁念浅鬟。

又　回文夏闺怨

柳庭风静人眠昼。昼眠人静风庭柳。香汗薄衫凉。凉衫薄汗香。
　手红冰碗藕。藕碗冰红手。郎笑藕丝长。长丝藕笑郎。

又　回文秋闺怨

井桐双照新妆冷。冷妆新照双桐井。羞对井花愁。愁花井对羞。
　影孤怜夜永。永夜怜孤影。楼上不宜秋。秋宜不上楼。

又　回文冬闺怨

雪花飞暖融香颊。颊香融暖飞花雪。欺雪任单衣。衣单任雪欺。
别时梅子结。结子梅时别。归不恨开迟。迟开恨不归。

生查子　诉别

三度别君来,此别真迟暮。白尽老髭须,明日淮南去。　　酒罢月
随人,泪湿花如雾。后月逐君还,梦绕湖边路。

　　又按此首别作古诗,见东坡续集卷一,题作"古离别送苏伯固"。

翻　香　令

金炉犹暖麝煤残。惜香更把宝钗翻。重闻处,馀熏在,这一番、气
味胜从前。　　背人偷盖小蓬山。更将沉水暗同然。且图得,氤
氲久,为情深、嫌怕断头烟。

　　按填词图谱续集此首误作蒋捷词。

乌夜啼　寄远

莫怪归心甚速,西湖自有蛾眉。若见故人须细说,白髮倍当时。
　　小郑非常强记,二南依旧能诗。更有鲈鱼堪切脍,儿辈莫教知。

虞美人　琵琶

定场贺老今何在。几度新声改。怨声坐使旧声阑。俗耳只知繁
手、不须弹。　　断弦试问谁能晓。七岁文姬小。试教弹作辊雷
声。应有开元遗老、泪纵横。

又　述怀

归心正似三春草。试著莱衣小。桔怀几日向翁开。怀祖已瞑文

度、不归来。 禅心已断人间爱。只有平交在。笑论瓜葛一枰同。看取灵光新赋、有家风。

又 本事集云：陈述古守杭，已及瓜代。未交前数日，宴僚佐于有美堂，因请贰车苏子瞻赋词，子瞻即席而就，寄摊破虞美人

湖山信是东南美。一望弥千里。使君能得几回来。便使尊前醉倒、且徘徊。 沙河塘里灯初上。水调谁家唱。夜阑风静欲归时。惟有一江明月、碧琉璃。

又 冷斋夜话云：东坡与秦少游维扬饮别，作此词。世传贺方回所作，非也。山谷亦云。大观中，于金陵见其亲笔，实东坡词也

波声拍枕长淮晓。隙月窥人小。无情汴水自东流。只载一船离恨、向西州。 竹溪花浦曾同醉。酒味多于泪。谁教风鉴在尘埃。酝造一场烦恼、送人来。

按此首别又误入黄庭坚豫章黄先生词。

河满子 湖州作

见说岷峨凄怆，旋闻江汉澄清。但觉秋来归梦好，西南自有长城。东府三人最少，西山八国初平。 莫负花溪纵赏，何妨药市微行。试问当垆人在否，空教是处闻名。唱著子渊新曲，应须分外含情。

哨遍 公旧序云：陶渊明赋归去来，有其词而无其声。余治东坡，筑雪堂于上，人俱笑其陋。独鄱阳董

毅夫过而悦之,有卜邻之意。乃取归去来词,稍
加檃括,使就声律,以遗毅夫。使家僮歌之,时
相从于东坡,释末而和之,扣牛角而为之节,不
亦乐乎

为米折腰,因酒弃家,口体交相累。归去来,谁不遣君归。觉从前
皆非今是。露未晞。征夫指予归路,门前笑语喧童稚。嗟旧菊都
荒,新松暗老,吾年今已如此。但小窗容膝闭柴扉。策杖看孤云暮
鸿飞。云出无心,鸟倦知还,本非有意。　　噫。归去来兮。我今
忘我兼忘世。亲戚无浪语,琴书中有真味。步翠麓崎岖,泛溪窈
窕,涓涓暗谷流春水。观草木欣荣,幽人自感,吾生行且休矣。念
寓形宇内复几时。不自觉皇皇欲何之。委吾心、去留谁计。神仙
知在何处,富贵非吾志。但知临水登山啸咏,自引壶觞自醉。此生
天命更何疑。且乘流、遇坎还止。

又　春词

睡起画堂,银蒜押帘,珠幕云垂地。初雨歇,洗出碧罗天,正溶溶养
花天气。一霎暖风回芳草,荣光浮动,掩皱银塘水。方杏靥匀酥,
花须吐绣,园林排比红翠。见乳燕捎蝶过繁枝。忽一线炉香逐游
丝。昼永人闲,独立斜阳,晚来情味。　　便乘兴携将佳丽。深入
芳菲里。拨胡琴语,轻拢慢捻总揔利。看紧约罗裙,急趣檀板,霓
裳入破惊鸿起。颦月临眉,醉霞横脸,歌声悠扬云际。任满头红雨
落花飞。渐鹓鹊楼西玉蟾低。尚徘徊、未尽欢意。君看今古悠悠,
浮宦人间世。这些百岁,光阴几日,三万六千而已。醉乡路稳不妨
行,但人生、要适情耳。

点绛唇　己巳重九和苏坚

我辈情钟,古来谁似龙山宴。而今楚甸。戏马馀飞观。　　顾谓

佳人，不觉秋强半。筝声远。鬓云吹乱。愁入参差雁。

又　庚午重九再用前韵

不用悲秋，今年身健还高宴。江村海甸。总作空花观。　　尚想
横汾，兰菊纷相半。楼船远。白云飞乱。空有年年雁。

又　再和送钱公永

莫唱阳关，风流公子方终宴。秦山禹甸。缥缈真奇观。　　北望
平原，落日山衔半。孤帆远。我歌君乱。一送西飞雁。

又

醉漾轻舟，信流引到花深处。尘缘相误。无计花间住。　　烟水
茫茫，千里斜阳暮。山无数。乱红如雨。不记来时路。

　　按此首原注云：此后二词，洪甫云：亲见东坡手迹于潮阳吴子野家。

又　离恨

月转乌啼，画堂宫徵生离恨。美人愁闷。不管罗衣褪。　　清泪
斑斑，挥断柔肠寸。嗔人问。背灯偷揾。拭尽残妆粉。

　　按以上二首别又见秦观淮海居士长短句卷下。

殢人娇　王都尉席上赠侍人

满院桃花，尽是刘郎未见。于中更、一枝纤软。仙家日月，笑人间
春晚。浓睡起，惊飞乱红千片。　　　密意难传，羞容易变。平白
地、为伊肠断。问君终日，怎安排心眼。须信道，司空自来见惯。

又　或云赠朝云

白髪苍颜，正是维摩境界。空方丈、散花何碍。朱唇箸点，更髻鬟

生彩。这些个,千生万生只在。　　　好事心肠,著人情态。闲窗
下、敛云凝黛。明朝端午,待学纫兰为佩。寻一首好诗,要书裙带。

又　戏邦直

别驾来时,灯火荧煌无数。向青琐、隙中偷觑。元来便是,共彩鸾
仙侣。方见了,管须低声说与。　　　百子流苏,千枝宝炬。人间
有、洞房烟雾。春来何事,故抛人别处。坐望断,楼中远山归路。

诉衷情　送述古迓元素

钱塘风景古来奇。太守例能诗。先驱负弩何在,心已誓江西。
　　花尽后,叶飞时。雨凄凄。若为情绪,更问新官,向旧官啼。

又　海棠

海棠珠缀一重重。清晓近帘栊。胭脂谁与匀淡,偏向脸边浓。
　　看叶嫩,惜花红。意无穷。如花似叶,岁岁年年,共占春风。
　　按此首别又见晏殊珠玉词。

又　琵琶女

小莲初上琵琶弦。弹破碧云天。分明绣阁幽恨,都向曲中传。
　　肤莹玉,鬓梳蝉。绮窗前。素娥今夜,故故随人,似斗婵娟。

更漏子　送孙巨源

水涵空,山照市。西汉二疏乡里。新白髮,旧黄金。故人恩义深。
　　海东头,山尽处。自古客槎来去。槎有信,赴秋期。使君行不
归。

华清引 感旧

平时十月幸兰汤。玉瓨琼梁。五家车马如水,珠玑满路旁。
翠华一去掩方床。独留烟树苍苍。至今清夜月,依前过缭墙。

桃源忆故人 暮春

华胥梦断人何处。听得莺啼红树。几点蔷薇香雨。寂寞闲庭户。
　　暖风不解留花住。片片著人无数。楼上望春归去。芳草迷归
路。

醉落魄 述怀

醉醒醒醉。凭君会取这滋味。浓斟琥珀香浮蚁。一到愁肠,别有
阳春意。　　须将幕席为天地。歌前起舞花前睡。从他落魄陶陶
里。犹胜醒醒,惹得闲憔悴。

按黄庭坚醉落魄词序云:疑是王仲甫作。

又 席上呈元素

分携如昨。人生到处萍飘泊。偶然相聚还离索。多病多愁,须信
从来错。　　尊前一笑休辞却。天涯同是伤沦落。故山犹负平生
约。西望峨嵋,长羡归飞鹤。

又 忆别

苍颜华髮。故山归计何时决。旧交新贵音书绝。惟有佳人,犹作
殷勤别。　　离亭欲去歌声咽。潇潇细雨凉吹颊。泪珠不用罗巾
裛。弹在罗衣,图得见时说。

又按此首别见黄庭坚豫章黄先生词。

又 述怀

轻云微月。二更酒醒船初发。孤城回望苍烟合。公子佳人,不记归时节。　　巾偏扇坠藤床滑。觉来幽梦无人说。此生飘荡何时歇。家在西南,长作东南别。

谒金门 秋夜

秋帷里。长漏伴人无寐。低玉枕凉轻绣被。一番秋气味。　　晓色又侵窗纸。窗外鸡声初起。声断几声还到耳。已明声未已。

又 秋兴

秋池阁。风傍晓庭帘幕。霜叶未衰吹未落。半惊鸦喜鹊。　　自笑浮名情薄。似与世人疏略。一片懒心双懒脚。好教闲处著。

又 秋感

今夜雨。断送一年残暑。坐听潮声来别浦。明朝何处去。　　孤负金尊绿醑。来岁今宵圆否。酒醒梦回愁几许。夜阑还独语。

如梦令 元丰七年十二月十八日,浴泗州雍熙塔下,戏作如梦令阕。此曲本唐庄宗制,名忆仙姿,嫌其名不雅,故改为如梦令。盖庄宗作此词,卒章云:"如梦如梦。和泪出门相送。"因取以为名云

水垢何曾相受。细看两俱无有。寄语揩背人,尽日劳君挥肘。轻手。轻手。居士本来无垢。

又　同前

自净方能净彼。我自汗流呀气。寄语澡浴人,且共肉身游戏。但洗。但洗。俯为人间一切。

又　有寄

为向东坡传语。人在玉堂深处。别后有谁来,雪压小桥无路。归去。归去。江上一犁春雨。

按永乐大典卷一万四千三百八十一此首误作张先词。

又　春思

手种堂前桃李。无限绿阴青子。帘外百舌儿,惊起五更春睡。居士。居士。莫忘小桥流水。

阳关曲　中秋作　本名小秦王,入腔即阳关曲

暮云收尽溢清寒。银汉无声转玉盘。此生此夜不长好,明月明年何处看。

又　军中

受降城下紫髯郎。戏马台南旧战场。恨君不取契丹首,金甲牙旗归故乡。

又　李公择

济南春好雪初晴。才到龙山马足轻。使君莫忘雪溪女,还作阳关肠断声。

减字木兰花 赠润守许仲涂,且以"郑容落籍、高莹从良"为句首

郑庄好客。容我尊前先堕帻。落笔生风。籍籍声名不负公。
高山白早。莹骨冰肌那解老。从此南徐。良夜清风月满湖。

又 寓意

云鬟倾倒。醉倚阑干风月好。凭仗相扶。误入仙家碧玉壶。
连天衰草。下走湖南西去道。一舸姑苏。便逐鸱夷去得无。

又 荔支

闽溪珍献。过海云帆来似箭。玉座金盘。不贡奇葩四百年。
轻红酿白。雅称佳人纤手擘。骨细肌香。恰是当年十八娘。

又 送东武令赵晦之

贤哉令尹。三仕已之无喜愠。我独何人。犹把虚名玷搢绅。
不如归去。二顷良田无觅处。归去来兮。待有良田是几时。

又 送别

玉觞无味。中有佳人千点泪。学道忘忧。一念还成不自由。
如今未见。归去东园花似霰。一语相开。匹似当初本不来。

又 送赵令

春光亭下。流水如今何在也。岁月如梭。白首相看拟奈何。
故人重见。世事年来千万变。官况阑珊。惭愧青松守岁寒。

又 过吴兴,李公择生子,三日会客,作此词戏之

惟熊佳梦。释氏老君亲抱送。壮气横秋。未满三朝已食牛。
犀钱玉果。利市平分沾四坐。多谢无功。此事如何到得侬。

又 得书

晓来风细。不会鹊声来报喜。却羡寒梅。先觉春风一夜来。
香笺一纸。写尽回文机上意。欲卷重开。读遍千回与万回。

又 送别

天台旧路。应恨刘郎来又去。别酒频倾。忍听阳关第四声。
刘郎未老。怀恋仙乡重得到。只恐因循。不见如今劝酒人。

又 本事集云:钱塘西湖,有诗僧清顺居其上,自名藏春
坞。门前有二古松,各有凌霄花络其上,顺常昼卧
其下。子瞻为郡,一日屏骑从过之,松风骚然。顺
指落花觅句,子瞻为赋此词

双龙对起。白甲苍髯烟雨里。疏影微香。下有幽人昼梦长。
湖风清软。双鹊飞来争噪晚。翠飐红轻。时下凌霄百尺英。

又 赠小鬟琵琶

琵琶绝艺。年纪都来十一二。拨弄么弦。未解将心指下传。
主人瞋小。欲向东风先醉倒。已属君家。且更从容等待他。

又 立春

春牛春杖。无限春风来海上。便与春工。染得桃红似肉红。

春幡春胜。一阵春风吹酒醒。不似天涯。卷起杨花似雪花。

又　雪词

云容皓白。破晓玉英纷似织。风力无端。欲学杨花更耐寒。
相如未老。梁苑犹能陪俊少。莫惹闲愁。且折江梅上小楼。

又　花

玉房金蕊。宜在玉人纤手里。淡月朦胧。更有微微弄袖风。
温香熟美。醉慢云鬟垂两耳。多谢春工。不是花红是玉红。

又　春月

春庭月午。摇荡香醪光欲舞。步转回廊。半落梅花婉娩香。
轻云薄雾。总是少年行乐处。不似秋光。只与离人照断肠。

又　赠胜之

天然宅院。赛了千千并万万。说与贤知。表德元来是胜之。
今来十四。海里猴儿奴子是。要赌休痴。六只骰儿六点儿。

浣溪沙　新秋

风卷珠帘自上钩。萧萧乱叶报新秋。独携纤手上高楼。　缺月
向人舒窈窕,三星当户照绸缪。香生雾縠见纤柔。

又　游蕲水清泉寺。寺临兰溪,溪水西流

山下兰芽短浸溪。松间沙路净无泥。萧萧暮雨子规啼。　谁道
人生无再少,门前流水尚能西。休将白发唱黄鸡。

又　渔父

西塞山边白鹭飞。散花洲外片帆微。桃花流水鳜鱼肥。　　自庇
一身青箬笠，相随到处绿蓑衣。斜风细雨不须归。

又按此首别误入黄庭坚豫章黄先生词。

又　十二月二日，雨后微雪，太守徐君猷携酒见过，坐上作浣溪沙三首。明日酒醒，雪大作，又作二首

覆块青青麦未苏。江南云叶暗随车。临皋烟景世间无。　　雨脚
半收檐断线，雪林初下瓦疏珠。归来冰颗乱黏须。

又　前韵

醉梦醺醺晓未苏。门前辘辘使君车。扶头一盏怎生无。　　废圃
寒蔬挑翠羽，小槽春酒冻真珠。清香细细嚼梅须。

又　前韵

雪里餐毡例姓苏。使君载酒为回车。天寒酒色转头无。　　荐士
已闻飞鹗表，报恩应不用蛇珠。醉中还许揽桓须。

又　再和前韵

半夜银山上积苏。朝来九陌带随车。涛江烟渚一时无。　　空腹
有诗衣有结，湿薪如桂米如珠。冻吟谁伴捻髭须。

又　前韵

万顷风涛不记苏。雪晴江上麦千车。但令人饱我愁无。　　翠袖
倚风萦柳絮，绛唇得酒烂樱珠。尊前呵手镊霜须。

又　九月九日二首

珠桧丝杉冷欲霜。山城歌舞助凄凉。且餐山色饮湖光。共挽朱轓留半日，强揉青蕊作重阳。不知明日为谁黄。

又　和前韵

霜鬓真堪插拒霜。哀弦危柱作伊凉。暂时流转为风光。未遣清尊空北海，莫因长笛赋山阳。金钗玉腕泻鹅黄。

又　有感

傅粉郎君又粉奴。莫教施粉与施朱。自然冰玉照香酥。有客能为神女赋，凭君送与雪儿书。梦魂东去觅桑榆。

又　咏橘

菊暗荷枯一夜霜。新苞绿叶照林光。竹篱茅舍出青黄。香雾噀人惊半破，清泉流齿怯初尝。吴姬三日手犹香。

又　公守湖。辛未上元日，作会于伽蓝中，时长老法惠在坐。时有献蕑伽花彩甚奇，谓有初春之兴。因作二首，寄袁公济

雪颔霜髯不自惊。更将蕑彩发春荣。羞颜未醉已先赪。莫唱黄鸡并白发，且呼张丈唤殷兄。有人归去欲卿卿。

又　前韵

料峭东风翠幕惊。云何不饮对公荣。水晶盘莹玉鳞赪。花影莫孤三夜月，朱颜未称五年兄。翰林子墨主人卿。

又　徐门石潭谢雨道上作五首

照日深红暖见鱼。连溪绿暗晚藏乌。黄童白叟聚睢盱。　麋鹿
逢人虽未惯，猿猱闻鼓不须呼。归家说与采桑姑。

又

旋抹红妆看使君。三三五五棘篱门。相挨踏破茜罗裙。　老幼
扶携收麦社，乌鸢翔舞赛神村。道逢醉叟卧黄昏。

又

麻叶层层檾叶光。谁家煮茧一村香。隔篱娇语络丝娘。　垂白
杖藜抬醉眼，捋青捣䴬软饥肠。问言豆叶几时黄。

又

簌簌衣巾落枣花。村南村北响缫车。牛衣古柳卖黄瓜。　酒困
路长惟欲睡，日高人渴漫思茶。敲门试问野人家。

按此首别又误入吴文英梦窗词集。

又

软草平莎过雨新。轻沙走马路无尘。何时收拾耦耕身。　日暖
桑麻光似泼，风来蒿艾气如薰。使君元是此中人。

又　春情

道字娇讹苦未成。未应春阁梦多情。朝来何事绿鬟倾。　彩索
身轻长趁燕，红窗睡重不闻莺。困人天气近清明。

又　菊节

缥缈危楼紫翠间。良辰乐事古难全。感时怀旧独凄然。　　璧月
琼枝空夜夜,菊花人貌自年年。不知来岁与谁看。

又　春情

桃李溪边驻画轮。鹧鸪声里倒清尊。夕阳虽好近黄昏。　　香在
衣裳妆在臂,水连芳草月连云。几时归去不销魂。

又　荷花

四面垂杨十里荷。问云何处最花多。画楼南畔夕阳和。　　天气
乍凉人寂寞,光阴须得酒消磨。且来花里听笙歌。

又　赠闾丘朝议,时还徐州

一别姑苏已四年。秋风南浦送归船。画帘重见水中仙。　　霜鬓
不须催我老,杏花依旧驻君颜。夜阑相对梦魂间。

又　有赠

惟见眉间一点黄。诏书催发羽书忙。从教娇泪洗红妆。　　上殿云
霄生羽翼,论兵齿颊带风霜。归来衫袖有天香。

又　忆旧

长记鸣琴子贱堂。朱颜绿髮映垂杨。如今秋鬓数茎霜。　　聚散
交游如梦寐,升沈闲事莫思量。仲卿终不避桐乡。

又　春情

风压轻云贴水飞。乍晴池馆燕争泥。沈郎多病不胜衣。　沙上
不闻鸿雁信，竹间时听鹧鸪啼。此情惟有落花知。

按类编草堂诗馀卷一此首误作李璟词。

又　公旧序云：绍圣元年十月二十三日，与程乡令侯晋叔、归善簿谭汲同游大云寺。野饮松下，设松黄汤，作此阕

罗袜空飞洛浦尘。锦袍不见谪仙人。携壶藉草亦天真。　玉粉
轻黄千岁药，雪花浮动万家春。醉归江路野梅新。

又　重九旧韵

白雪清词出坐间。爱君才器两俱全。异乡风景却依然。　可恨
相逢能几日，不知重会是何年。茱萸仔细更重看。

又　元丰七年十二月二十四日，从泗州刘倩叔游南山

细雨斜风作晓寒。淡烟疏柳媚晴滩。入淮清洛渐漫漫。　雪沫
乳花浮午盏，蓼茸蒿笋试春盘。人间有味是清欢。

又　送梅庭老赴潞州学官

门外东风雪洒裾。山头回首望三吴。不应弹铗为无鱼。　上党
从来天下脊，先生元是古之儒。时平不用鲁连书。

又　徐州藏春阁园中

惭愧今年二麦丰。千畦细浪舞晴空。化工馀力染夭红。　归去
山公应倒载，阑街拍手笑儿童。甚时名作锦薰笼。

又 同上

芍药樱桃两斗新。名园高会送芳辰。洛阳初夏广陵春。　　红玉
半开菩萨面,丹砂浓点柳枝唇。尊前还有个中人。

又 赠楚守田待制小鬟

学画鸦儿正妙年。阳城下蔡困嫣然。凭君莫唱短因缘。　　雾帐
吹笙香裊裊,霜庭按舞月娟娟。曲终红袖落双缠。

又 和前韵

一梦江湖费五年。归来风物故依然。相逢一醉是前缘。　　迁客
不应常眠晓,使君为出小婵娟。翠鬟聊著小诗缠。

又 端午

轻汗微微透碧纨。明朝端午浴芳兰。流香涨腻满晴川。　　彩线
轻缠红玉臂,小符斜挂绿云鬟。佳人相见一千年。

又 感旧

徐邈能中酒圣贤。刘伶席地幕青天。潘郎白璧为谁连。　　无可
奈何新白发,不如归去旧青山。恨无人借买山钱。

又 自适

倾盖相逢胜白头。故山空复梦松楸。此心安处是菟裘。　　卖剑
买牛吾欲老,乞浆得酒更何求。愿为辞社宴春秋。

又 寓意

炙手无人傍屋头。萧萧晚雨脱梧楸。谁怜委子敝貂裘。　　顾我已无当世望，似君须向古人求。岁寒松柏肯惊秋。

又 即事

画隼横江喜再游。老鱼跳槛识清讴。流年未肯付东流。　　黄菊篱边无怅望，白云乡里有温柔。挽回霜鬓莫教休。

双荷叶 即秦楼月

双溪月。清光偏照双荷叶。双荷叶。红心未偶，绿衣偷结。背风迎雨流珠滑。轻舟短棹先秋折。先秋折。烟鬟未上，玉杯微缺。

又按花草粹编卷四此首误作周邦彦词。

皂罗特髻 采菱拾翠

采菱拾翠，算似此佳名，阿谁消得。采菱拾翠，称使君知客。千金买、采菱拾翠，更罗裙、满把珍珠结。采菱拾翠，正髻鬟初合。真个、采菱拾翠，但深怜轻拍。一双手、采菱拾翠，绣衾下、抱著俱香滑。采菱拾翠，待到京寻觅。

调 笑 令

渔父。渔父。江上微风细雨。青蓑黄蒻裳衣。红酒白鱼暮归。归暮。归暮。长笛一声何处。

又

归雁。归雁。饮啄江南南岸。将飞却下盘桓。塞外春来苦寒。寒苦。寒苦。藻荇欲生且住。

又按此二首别见苏辙栾城集卷十三。

荷华媚 荷花

霞苞电荷碧。天然地、别是风流标格。重重青盖下,千娇照水,好红红白白。　　每怅望、明月清风夜,甚低迷不语,妖邪无力。终须放、船儿去,清香深处住,看伊颜色。

青玉案 和贺方回韵送伯固归吴中故居

三年枕上吴中路。遣黄耳、随君去。若到松江呼小渡。莫惊鸥鹭,四桥尽是,老子经行处。　　辋川图上看春暮。常记高人右丞句。作个归期天已许。春衫犹是,小蛮针线,曾湿西湖雨。以上曾慥本东坡词卷下一百五十六首(原一百五十七首,一首未录)

按此首别作蒋璨词,见乐府雅词拾遗卷上。苕溪渔隐丛话前集卷五十九引桐江诗话谓姚进道作,阳春白雪卷五作姚志道词。

渔家傲 赠曹光州

些小白须何用染。几人得见星星点。作郡浮光虽似箭。君莫厌。也应胜我三年贬。　　我欲自嗟还不敢。向来三郡宁非忝。婚嫁事稀年冉冉。知有渐。千钧重担从头减。

按此下原有江城子“银涛无际卷蓬瀛”一首,乃叶梦得作,见石林词。苕溪渔隐丛话前集卷五十九引西清诗话、诗人玉屑卷二十一中兴词话亦谓叶梦得词。兹未录。

江　城　子

前瞻马耳九仙山。碧连天。晚云闲。城上高台,真个是超然。莫使匆匆云雨散,今夜里,月婵娟。　　小溪鸥鹭静联拳。去翩翩。点轻烟。人事凄凉,回首便他年。莫忘使君歌笑处,垂柳下,矮槐前。

又

墨云拖雨过西楼。水东流。晚烟收。柳外残阳,回照动帘钩。今夜巫山真个好,花未落,酒新篘。　　美人微笑转星眸。月华羞。捧金瓯。歌扇萦风,吹散一春愁。试问江南诸伴侣,谁似我,醉扬州。

<small>按此下原有江城子"南来飞燕北归鸿"一首,乃秦观作,见淮海居士长短句卷上,今不录。</small>

南乡子　<small>用韵和道辅</small>

未倦长卿游。漫舞夭歌烂不收。不是使君能矫世,谁留。教有琼梳脱麝油。　　香粉镂金球。花艳红笺笔欲流。从此丹唇并皓齿,清柔。唱遍山东一百州。

又　<small>用前韵赠田叔通家舞鬟</small>

绣鞅玉镮游。灯晃帘疏笑却收。久立香车催欲上,还留。更且檀唇点杏油。　　花遍六么球。面旋回风带雪流。春入腰肢金缕细,轻柔。种柳应须柳柳州。

菩萨蛮　<small>四首</small>

娟娟侵鬓妆痕浅。双鬟相媚弯如翦。一瞬百般宜。无论笑与啼。

酒阑思翠被。特故腾腾地。生怕促归轮。微波先注人。

又 咏足

涂香莫惜莲承步。长愁罗袜凌波去。只见舞回风。都无行处踪。
偷穿宫样稳。并立双趺困。纤妙说应难。须从掌上看。

又

玉镮坠耳黄金饰。轻衫罩体香罗碧。缓步困春醪。春融脸上桃。
花钿从委地。谁与郎为意。长爱月华清。此时憎月明。

按菩萨蛮三首，而题作四首。紫芝漫抄本东坡词原注云："一首见前，不录。"

蝶恋花 送潘大临

别酒劝君君一醉。清润潘郎，又是何郎婿。记取钗头新利市。莫
将分付东邻子。　　回首长安佳丽地。三十年前，我是风流帅。
为向青楼寻旧事。花枝缺处馀名字。

又 同安生日放鱼，取金光明经救鱼事

泛泛东风初破五。江柳微黄，万万千千缕。佳气郁葱来绣户。当
年江上生奇女。　　一笺寿觞谁与举。三个明珠，膝上王文度。
放尽穷鳞看圉圉。天公为下曼陀雨。

浣溪沙 端午

入袂轻风不破尘。玉簪犀璧醉佳辰。一番红粉为谁新。　　团扇
只堪题往事，新丝那解系行人。酒阑滋味似残春。

又

几共查梨到雪霜。一经题品便生光。木奴何处避雌黄。　　北客
有来初未识,南金无价喜新尝。含滋嚼句齿牙香。

按此下原有浣溪沙"芍药樱桃两鬥新"一首,已见东坡词卷下,兹不重出。

又

山色横侵蘸晕霞。湘川风静吐寒花。远林屋散尚啼鸦。　　梦到
故园多少路,酒醒南望隔天涯。月明千里照平沙。

减字木兰花 琴

神闲意定。万籁收声天地静。玉指冰弦。未动宫商意已传。
悲风流水。写出寥寥千古意。归去无眠。一夜馀音在耳边。

又

银筝旋品。不用缠头千尺锦。妙思如泉。一洗闲愁十五年。
为公少止。起舞属公公莫起。风里银山。摆撼鱼龙我自闲。

又 赠君猷家姬

柔和性气。雅称佳名呼懿懿。解舞能讴。绝妙年中有品流。
眉长眼细。淡淡梳妆新绾髻。懊恼风情。春著花枝百态生。

又

莺初解语。最是一年春好处。微雨如酥。草色遥看近却无。
休辞醉倒。花不看开人易老。莫待春回。颠倒红英间绿苔。

又

江南游女。问我何年归得去。雨细风微。两足如霜挽纻衣。
江亭夜语。喜见京华新样舞。莲步轻飞。迁客今朝始是归。

又　赠徐君猷三侍人　妩卿

娇多媚㬢。体柳轻盈千万态。殢主尤宾。敛黛含嚬喜又瞋。
徐君乐饮。笑谑从伊情意恁。脸嫩敷红。花倚朱阑裹住风。

又　胜之

双鬟绿坠。娇眼横波眉黛翠。妙舞蹁跹。掌上身轻意态妍。
曲穷力困。笑倚人旁香喘喷。老大逢欢。昏眼犹能仔细看。

又　庆姬

天真雅丽。容态温柔心性慧。响亮歌喉。遏住行云翠不收。
妙词佳曲。啭出新声能断续。重客多情。满劝金卮玉手擎。

按此下原有醉桃源集句梅花一首，与东坡词卷下阮郎归梅词重出，此不录。

南 歌 子

见说东园好，能消北客愁。虽非吾土且登楼。行尽江南南岸、此淹
留。　　短日明枫缬，清霜暗菊球。流年回首付东流。凭仗挽回
潘鬓、莫教秋。

如梦令　题淮山楼

城上层楼叠巘。城下清淮古汴。举手揖吴云，人与暮天俱远。魂
断。魂断。后夜松江月满。

瑞　鹧　鸪

城头月落尚啼乌。朱舰红船草满湖。鼓吹未容迎五马，水云先已
漾双凫。　　映山黄帽螭头舫，夹岸青烟鹊尾炉。老病逢春只思
睡，独求僧榻寄须臾。

> 按此首亦见东坡集卷四，作七律，题作"寒食未明至湖上，太守未来，两县令先
> 在"。
> 又按此下原有小秦王三首，与东坡词卷下阳关曲三首重出；又有画堂春一首，与
> 卷上少年游一首重出。又有玉楼春"知君仙骨无寒暑"一首，与卷上木兰花令一
> 首重出。今俱不录。

临江仙 赠王友道

谁道东阳都瘦损，凝然点漆精神。瑶林终自隔风尘。试看披鹤氅，
仍是谪仙人。　　省可清言挥玉麈，真须保器全真。风流何似道
家纯。不应同蜀客，惟爱卓文君。

> 按此下原有西江月一首，与东坡词卷上"昨夜扁舟京口"一首重出，此不录。

少年游 黄之侨人郭氏，每岁正月迎紫姑神，以箕为
腹，箸为口，画灰盘中，为诗敏捷，立成。余往观
之。神请余作少年游，乃以此戏之

玉肌铅粉傲秋霜。准拟凤呼凰。伶伦不见，清香未吐，且糠粃吹
扬。　　到处成双君独只，空无数、烂文章。一点香檀，谁能借箸，
无复似张良。

> 按此下原有沁园春"小阁深沉"一首，不似苏轼作。明刊七十五卷本东坡先生全
> 集卷七十四以为附录词。今从其说编入无名氏词中。

一　斛　珠

洛城春晚。垂杨乱掩红楼半。小池轻浪纹如篆。烛下花前，曾醉

离歌宴。　　自惜风流云雨散。关山有限情无限。待君重见寻芳
伴。为说相思，目断西楼燕。

点绛唇 二首

闲倚胡床，庾公楼外峰千朵原注：一作暝烟深处。与谁同坐。明月清风
我。　　别乘一来原注：一或作窗，有唱应须和。还知么。自从添个。
风月平分破。

又

红杏飘香，柳含烟翠拖轻缕。水边朱户。尽卷黄昏雨。　　烛影
摇风，一枕伤春绪。归不去。凤楼何处。芳草迷归路。

按此首类编草堂诗馀卷一误作贺铸词。

虞 美 人

持杯遥劝天边月。愿月圆无缺。持杯复更劝花枝。且愿花枝长
在、莫离披。　　持杯月下花前醉。休问荣枯事。此欢能有几人
知。对酒逢花不饮、待何时。以上曾慥本东坡词拾遗三十首(原四十首，十首
未录)

按苏轼词今用最早之曾慥本东坡词二卷、拾遗一卷，文字从毛扆校汲古阁本东坡
词录出，该校本实出自苏长公二妙集中之东坡先生诗馀，编次据吴讷唐宋名贤百
家词本及紫芝漫抄本东坡词。

天 仙 子

走马探花花发未。人与化工俱不易。千回来绕百回看，蜂作婢。
莺为使。谷雨清明空屈指。　　白髮卢郎情未已。一夜翦刀收玉
蕊。尊前还对断肠红，人有泪。花无意。明日酒醒应满地。傅幹注
坡词卷十二

满庭芳 余谪居黄州五年，将赴临汝，作满庭芳一篇别
黄人。既至南都，蒙恩放归阳羡，复作一篇

归去来兮，清溪无底，上有千仞嵯峨。画楼东畔，天远夕阳多。老去君恩未报，空回首、弹铗悲歌。船头转，长风万里，归马驻平坡。

无何。何处有，银潢尽处，天女停梭。问何事人间，久戏风波。顾谓同来稚子，应烂汝、腰下长柯。青衫破，群仙笑我，千缕挂烟蓑。

南乡子 宿州上元

千骑试春游。小雨如酥落便收。能使江东归老客，迟留。白酒无声滑泻油。　　飞火乱星球。浅黛横波翠欲流。不似白云乡外冷，温柔。此去淮南第一州。以上元延祐本东坡乐府卷上

浣　溪　沙

缥缈红妆照浅溪。薄云疏雨不成泥。送君何处古台西。　　废沼夜来秋水满，茂林深处晚莺啼。行人肠断草凄迷。

又 送叶淳老

阳羡姑苏已买田。相逢谁信是前缘。莫教便唱水如天。　　我作洞霄君作守，白头相对故依然。西湖知有几同年。

减字木兰花

空床响琢。花上春禽冰上雹。醉梦尊前。惊起湖风入坐寒。转关镬索。春水流弦霜入拨。月堕更阑。更请宫高奏独弹。

又 五月二十四日,会于无咎之随斋。主人汲泉置大盆
中,渍白芙蓉,坐客翛然,无复有病暑意

回风落景。散乱东墙疏竹影。满坐清微。入袖寒泉不湿衣。
梦回酒醒。百尺飞澜鸣碧井。雪洒冰麾。散落佳人白玉肌。

又 以大琉璃杯劝王仲翁

海南奇宝。铸出团团如栲栳。曾到昆仑。乞得山头玉女盆。
绛州王老。百岁痴顽推不倒。海口如门。一派黄流已电奔。

行香子 与泗守过南山晚归作

北望平川。野水荒湾。共寻春、飞步屧颜。和风弄袖,香雾萦鬟。
正酒酣时,人语笑,白云间。　　飞鸿落照,相将归去,澹娟娟、玉
宇清闲。何人无事,宴坐空山。望长桥上,灯火乱,使君还。

画堂春 寄子由

柳花飞处麦摇波。晚湖净鉴新磨。小舟飞棹去如梭。齐唱采菱
歌。　　平野水云溶漾,小楼风日晴和。济南何在暮云多。归去
奈愁何。以上七首元延祐本东坡乐府卷下

浣溪沙 方响

花满银塘水漫流。犀槌玉板奏凉州。顺风环佩过秦楼。　　远汉
碧云轻漠漠,今宵人在鹊桥头。一声敲彻绛河秋。

好　事　近

烟外倚危楼,初见远灯明灭。却跨玉虹归去、看洞天星月。　　当
时张范风流在,况一尊浮雪。莫问世间何事、与剑头微映。

占　春　芳

红杏了,夭桃尽,独自占春芳。不比人间兰麝,自然透骨生香。

对酒莫相忘。似佳人、兼合明光。只忧长笛吹花落,除是宁王。

<small>按此首出春渚纪闻卷六,原不著调名。花草粹编卷三始以为占春芳,殆出杜撰。</small>

南　歌　子

云鬓裁新绿,霞衣曳晓红。待歌凝立翠筵中。一朵彩云何事、下巫峰。　　趁拍鸾飞镜,回身燕漾空。莫翻红袖过帘栊。怕被杨花句引、嫁东风。

<small>按此首云南杨氏刻三李词误作李煜词。</small>

浪　淘　沙

昨日出东城。试探春情。墙头红杏暗如倾。槛内群芳芽未吐,早已回春。　　绮陌敛香尘。雪霁前村。东君用意不辞辛。料想春光先到处,吹绽梅英。

木　兰　花　令

元宵似是欢游好。何况公庭民讼少。万家游赏上春台,十里神仙迷海岛。　　平原不似高阳傲。促席雍容陪语笑。坐中有客最多情,不惜玉山拚醉倒。

又

经旬未识东君信。一夕薰风来解愠。红绡衣薄麦秋寒,绿绮韵低梅雨润。　　瓜头绿染山光嫩。弄色金桃新傅粉。日高慵卷水晶帘,犹带春酲红玉困。

又

高平四面开雄垒。三月风光初觉媚。园中桃李使君家,城上亭台
游客醉。　　歌翻杨柳金尊沸。饮散凭阑无限意。云深不见玉关
遥,草细山重残照里。

虞　美　人

冰肌自是生来瘦。那更分飞后。日长帘幕望黄昏。及至黄昏时
候、转销魂。　　君还知道相思苦。怎忍抛奴去。不辞迢递过关
山。只恐别郎容易、见郎难。

又

深深庭院清明过。桃李初红破。柳丝搭在玉阑干。帘外潇潇微
雨、做轻寒。　　晚晴台榭增明媚。已拚花前醉。更阑人静月侵
廊。独自行来行去、好思量。

按此首乐府雅词拾遗卷下不著撰人姓名,疑非苏轼作。

临　江　仙

昨夜渡江何处宿,望中疑是秦淮。月明谁起笛中哀。多情王谢女,
相逐过江来。　　云雨未成还又散,思量好事难谐。凭陵急桨两
相催。想伊归去后,应似我情怀。

蝶　恋　花

春事阑珊芳草歇。客里风光,又过清明节。小院黄昏人忆别。落
红处处闻啼鴂。　　咫尺江山分楚越。目断魂销,应是音尘绝。
梦破五更心欲折。角声吹落梅花月。

又

记得画屏初会遇。好梦惊回,望断高唐路。燕子双飞来又去。纱窗几度春光暮。　　那日绣帘相见处。低眼佯行,笑整香云缕。敛尽春山羞不语。人前深意难轻诉。

又

昨夜秋风来万里。月上屏帏,冷透人衣袂。有客抱衾愁不寐。那堪玉漏长如岁。　　羁舍留连归计未。梦断魂销,一枕相思泪。衣带渐宽无别意。新书报我添憔悴。

又

雨霰疏疏经泼火。巷陌鞦韆,犹未清明过。杏子梢头香蕾破。淡红褪白胭脂涴。　　苦被多情相折挫。病绪厌厌,浑似年时个。绕遍回廊还独坐。月笼云暗重门锁。

又

蝶懒莺慵春过半。花落狂风,小院残红满。午醉未醒红日晚。黄昏帘幕无人卷。　　云鬓鬅松眉黛浅。总是愁媒,欲诉谁消遣。未信此情难系绊。杨花犹有东风管。

渔　家　傲

临水纵横回晚鞚。归来转觉情怀动。梅笛烟中闻几弄。秋阴重。西山雪淡云凝冻。　　美酒一杯谁与共。尊前舞雪狂歌送。腰跨金鱼旌旆拥。将何用。只堪妆点浮生梦。

江 城 子

腻红匀脸衬檀唇。晚妆新。暗伤春。手捻花枝,谁会两眉颦。连
理带头双□□,留待与、个中人。　　淡烟笼月绣帘阴。画堂深。
夜沉沉。谁道□□,□系得人心。一自绿窗偷见后,便憔悴、到如
今。

祝 英 台 近

挂轻帆,飞急桨,还过钓台路。酒病无聊,欹枕听鸣橹。断肠簇簇
云山,重重烟树,回首望、孤城何处。　　间离阻。谁念萦损襄王,
何曾梦云雨。旧恨前欢,心事两无据。要知欲见无由,痴心犹自,
倩人道、一声传语。

按此首草堂诗馀新集卷三误作明商辂词。

雨 中 花 慢

邃院重帘何处,惹得多情,愁对风光。睡起酒阑花谢,蝶乱蜂忙。
今夜何人,吹笙北岭,待月西厢。空怅望处,一株红杏,斜倚低墙。
　　羞颜易变,傍人先觉,到处被著猜防。谁信道、些儿恩爱,无限
凄凉。好事若无间阻,幽欢却是寻常。一般滋味,就中香美,除是
偷尝。

又

嫩脸羞蛾,因甚化作行云,却返巫阳。但有寒灯孤枕,皓月空床。
长记当初,乍谐云雨,便学鸾凰。又岂料、正好三春桃李,一夜风
霜。　　丹青□画,无言无笑,看了漫结愁肠。襟袖上,犹存残黛,
渐减馀香。一自醉中忘了,奈何酒后思量。算应负你,枕前珠泪,

万点千行。

念奴娇　中秋

凭高眺远，见长空万里，云无留迹。桂魄飞来光射处，冷浸一天秋碧。玉宇琼楼，乘鸾来去，人在清凉国。江山如画，望中烟树历历。

　　我醉拍手狂歌，举杯邀月，对影成三客。起舞徘徊风露下，今夕不知何夕。便欲乘风，翻然归去，何用骑鹏翼。水晶宫里，一声吹断横笛。

水　龙　吟

小沟东接长江，柳堤苇岸连云际。烟村潇洒，人间一哄，渔樵早市。永昼端居，寸阴虚度，了成何事。但丝莼玉藕，珠粳锦鲤，相留恋，又经岁。　　因念浮丘旧侣，惯瑶池、羽觞沉醉。青鸾歌舞，铢衣摇曳，壶中天地。飘堕人间，步虚声断，露寒风细。抱素琴，独向银蟾影里，此怀难寄。

又

露寒烟冷蒹葭老，天外征鸿寥唳。银河秋晚，长门灯悄，一声初至。应念潇湘，岸遥人静，水多菰米。□望极平田，徘徊欲下，依前被、风惊起。　　须信衡阳万里。有谁家、锦书遥寄。万重云外，斜行横阵，才疏又缀。仙掌月明，石头城下，影摇寒水。念征衣未捣，佳人拂杵，有盈盈泪。以上二十四首见汲古阁本东坡词。

渔父　四首

渔父饮，谁家去。鱼蟹一时分付。酒无多少醉为期，彼此不论钱数。

又

渔父醉,蓑衣舞。醉里却寻归路。轻舟短棹任斜横,醒后不知何处。

又

渔父醒,春江午。梦断落花飞絮。酒醒还醉醉还醒,一笑人间今古。

又

渔父笑,轻鸥举。漠漠一江风雨。江边骑马是官人,借我孤舟南渡。以上四首东坡集卷十五

醉翁操 一首并序

　　琅琊幽谷,山水奇丽,泉鸣空涧,若中音会。醉翁喜之,把酒临听,辄欣然忘归。既去十馀年,而好奇之士沈遵闻之往游,以琴写其声,曰醉翁操,节奏疏宕,而音指华畅,知琴者以为绝伦。然有其声而无其辞。翁虽为作歌,而与琴声不合。又依楚词作醉翁引,好事者亦倚其辞以制曲。虽粗合韵度,而琴声为词所绳约,非天成也。后三十馀年,翁既捐馆舍,遵亦没久矣。有庐山玉涧道人崔闲,特妙于琴。恨此曲之无词,乃谱其声,而请于东坡居士以补之云。

琅然。清圜。谁弹。响空山。无言。惟翁醉中知其天。月明风露娟娟。人未眠。荷蒉过山前。曰有心也哉此贤。泛声同此。　　　醉翁啸咏,声和流泉。醉翁去后,空有朝吟夜怨。山有时而童巅。水有时而回川。思翁无岁年。翁今为飞仙。此意在人间。试听徽外三两弦。东坡后集卷八

奉安神宗皇帝御容赴景灵宫导引歌词

帝城父老,三岁望尧心。天远玉楼深。龙颜仿佛笙箫远,肠断属车音。离宫春色琐瑶林。云阙海沉沉。遗居犹唱当时曲,秋雁起汾阴。东坡内制集卷二

迎奉神宗皇帝御容赴西京会圣宫应天禅院奉安导引歌词

经文纬武,十有九年中。遗烈震羌戎。渭桥夹道千君长,犹是建元功。西瞻温洛与神嵩。莲宇照琼宫。人间俯仰成今古,流泽自无穷。东坡内制集卷四

瑶　池　燕

飞花成阵。春心困。寸寸。别肠多少愁闷。无人问。偷啼自揾。残妆粉。　　抱瑶琴、寻出新韵。玉纤趁。南风来解幽愠。低云鬟、眉峰敛晕。娇和恨。侯鲭录卷三

　　按此首别又作廖正一词,见乐府雅词拾遗卷上。

千秋岁　次韵少游

岛边天外。未老身先退。珠泪溅,丹衷碎。声摇苍玉佩。色重黄金带。一万里。斜阳正与长安对。　　道远谁云会。罪大天能盖。君命重,臣节在。新恩犹可觊。旧学终难改。吾已矣。乘桴且恁浮于海。能改斋漫录卷十七

减字木兰花

凭谁妙笔。横扫素缣三百尺。天下应无。此是钱塘湖上图。苏轼　　一般奇绝。云淡天高秋夜月。费尽丹青。只这些儿画不成。

仲殊　苕溪渔隐丛话后集卷三十七引古今词话

　　按苕溪渔隐丛话后集卷三十七另引复斋漫录云上半阕乃刘泾所作,并以古今词
　　话为非。

失　调　名

高安更过几重山。

又

过湖携手屡沾襟。以上雪山集卷七东坡先生祠堂记

又

谁教幽梦里,插他花。翁方纲苏诗补注卷二引施注苏诗

菩　萨　蛮

湿云不动溪桥冷。嫩寒初透东风影。桥下水声长。一枝和月香。
　　　人怜花似旧。花比人应瘦。莫凭小栏干。夜深花正寒。全芳
备祖前集卷一梅花门

　　按此首亦见朱淑真断肠词。但断肠词颇多讹误,疑以备祖所载为是。

踏　青　游

□火初晴,绿遍禁池芳草。鬭锦绣、火城驰道。踏青游,拾翠惜,袜
罗弓小。莲步袅。腰支佩兰轻妙。行过上林春好。　　　今困天
涯,何限旧情相恼。念摇落、玉京寒早。任刘郎、目断蓬山难到。
仙梦杳。良宵又过了。楼台万家清晓。全芳备祖后集卷十草门

阮　郎　归

歌停檀板舞停鸾。高阳饮兴阑。兽烟喷尽玉壶乾。香分小凤团。

雪浪浅，露珠圆。捧瓯春笋寒。绛纱笼下跃金鞍。归时人倚栏。全芳备祖后集卷二十八茶门

按此首别作黄庭坚词，见豫章黄先生词。别又误作张先词，见张子野词卷一。

西江月　咏梅

马趁香微路远，沙笼月淡烟斜。渡波清彻映妍华。倒绿枝寒凤挂。

挂凤寒枝绿倒，华妍映彻清波。渡斜烟淡月笼沙。远路微香趁马。回文类聚卷四

失调名　上元词

拚沉醉、金荷须满。怕年年此际，催归禁籞，侍黄柑宴。岁时广记卷十一

按本书初版卷三百误以此为无名氏作。

踏　莎　行

山秀芙蓉，溪明罨画。真游洞穴沧波下。临风慨想斩蛟灵，长桥千载犹横跨。　　解珮投簪，求田问舍。黄鸡白酒渔樵社。元龙非复少时豪，耳根洗尽功名话。咸淳毗陵志卷二十三

按此首别又作贺铸词，见东山词卷上。惟咸淳毗陵志以外，明沈敕荆溪外纪卷十二亦作苏轼词，未知孰是。

又

这个秃奴，修行忒煞。云山顶上空持戒。一从迷恋玉楼人，鹑衣百结浑无奈。　　毒手伤人，花容粉碎。空空色色今何在。臂间刺道苦相思，这回还了相思债。事林广记癸集卷十三

按事林广记所载，多出傅会或虚构，此首未必为苏轼作。

失　调　名

寂寂珠帘蛛网满。<small>新注断肠诗集卷一</small>

定　风　波

闲卧藤床观社柳。<small>新注断肠诗集卷二</small>

又

子瞻书困点新茶。<small>新注断肠诗集卷四</small>

失　调　名

唤起离情，慵推孤枕。<small>新注断肠诗集卷五</small>

又

山头望，波光泼眼。<small>新注断肠诗集卷八</small>

水　调　歌

我歌月徘徊，我舞影凌乱。<small>新注断肠诗集后集卷一</small>

　　　按此李白诗句，疑苏轼或以之入词。

　　　又按南陵徐氏景元刊本断肠诗集，字迹漫漶，今以艺芸精舍抄本校正，择善而从，
不一一注明。其原文难免有误。以上苏轼词断句，或有非苏作者，姑录于此。

失　调　名

揭起裙儿，一阵油盐酱醋香。<small>南村辍耕录卷十五</small>

鹧鸪天 佳人

罗带双垂画不成。殢人娇态最轻盈。酥胸斜抱天边月，玉手轻弹

水面冰。　　　无限事,许多情。四弦丝竹苦丁宁。饶君拨尽相思调,待听梧桐叶落声。词林万选卷四

西江月　佳人

碧雾轻笼两凤,寒烟淡拂双鸦。为谁流睇不归家。错认门前过马。

　　有意偷回笑眼,无言强整衣纱。刘郎一见武陵花。从此春心荡也。杨金本草堂诗馀后集卷上

　　按此二首疑非苏轼作。

存　目　词

调　名	首　句	出　处	附　注
鹧　鸪　天	西塞山边白鹭飞	东坡词卷上	黄庭坚词,见山谷琴趣外篇卷二
无愁可解	光景百年	东坡词卷下	陈慥词,见山谷题跋卷九
江　城　子	银涛无际卷蓬瀛	东坡词拾遗	叶梦得作,见石林词
又	南来飞燕北归鸿	又	秦观词,见淮海居士长短句卷上
沁　园　春	小阁深沉	又	无名氏词,见东坡先生全集卷七十四
虞　美　人	落花已作风前舞	汲古阁本东坡词	叶梦得作,见石林词
蝶　恋　花	玉碗冰寒销暑气	又	晏殊作,见珠玉词
又	帘幕风轻双语燕	汲古阁本珠玉词注:一刻东坡词	晏殊或欧阳修作,见珠玉词、近体乐府卷二
永　遇　乐	天末山横	汲古阁本东坡词	叶梦得作,见石林词

调　　名	首　　句	出　　处	附　　　　　注
浪 淘 沙	回首夕阳红尽处, 应是长安二句	太仓稊米集卷六十七书画墁集后	张舜民词, 见清波杂志卷四
更 漏 子	柳丝长	傅幹注坡词傅共序	温庭筠词, 见花间集卷一。词附录于后
又	春夜阑	又	牛峤词, 见花间集卷四。词附录于后
鹊 踏 枝	一霎秋风惊画扇	又	晏殊作, 见珠玉词
又	紫菊初生朱槿坠	又	又
断　　句	喜鹊桥成催凤驾	岁时广记卷二十六	晏几道蝶恋花词, 见小山词
又	宝香薰被成孤宿	草堂诗馀后集卷上李知几临江仙词注	周邦彦满江红词, 见片玉集卷二
洞 仙 歌	飞梁压水	翰墨大全后乙集卷十三	林外词, 见四朝闻见录丙集
满 江 红	不作三公	钓台集卷六	无名氏作, 见翰墨大全后乙集卷十三
玉 楼 春	东风捻就腰儿细	词林万选卷四	陆凝之词, 见阳春白雪卷三
卜 算 子	眼是水波横	又	王观词, 见能改斋漫录卷十六
木 兰 花	檀槽碎响金丝拨	又	张先词, 见吴讷本张子野词, 或欧阳修作, 见近体乐府卷二
点 绛 唇	春雨濛濛	杨金本草堂诗馀前集卷下	无名氏词, 见草堂诗馀前集卷下
又	莺踏花翻	又	又
又	高柳蝉嘶	又	汪藻词, 见浮溪文粹卷十五

调　　名	首　　句	出　　　　处	附　　　　　　注
又	蹴罢秋千	又	无名氏词,见花草粹编卷二
如　梦　令	曾宴桃源深洞	又	李存勖词,见尊前集。词附录于后
又	尝记溪亭日暮	又	李清照词,见乐府雅词卷下
浣　溪　沙	楼倚江边百尺高	又后集卷上	张先作,见吴讷本张子野词
又	玉腕冰寒滴露华	又	晏殊作,见珠玉词
祝英台近	翦酥酺	又后集卷下	无名氏作,见草堂诗馀前集卷上
断　　句	杏花疏影里二句	弇州山人词评	陈与义临江仙词句,见无住词
金菊对芙蓉	花则一种	花草粹编卷十	无名氏词,见草堂诗馀后集卷下
浣　溪　沙	晚菊花前敛翠蛾	续选草堂诗馀卷上	朱敦儒作,见樵歌卷下
木　兰　花	个人风韵真堪羡	又	柳永作,见乐章集卷下
意　难　忘	花拥鸳房	又卷下	程垓作,见书舟词
贺新郎断句	允文事业从容了	蜀中广记卷一百零四	姚勉作,见雪坡舍人集卷四十四
踏　青　游	识个人人	草堂诗馀别集卷三	无名氏词,见能改斋漫录卷十七
忆　秦　娥	香馥馥	草常诗馀隽卷三	无名氏词,见草堂诗馀后集卷十
清平调引	陌上花开蝴蝶飞	古今词统卷三	乃陌上花七言绝句,见东坡集卷五,诗附录于后
又	陌上山花无数开	又	又

调　　　名	首　　句	出　　　处	附　　　注
又	生前富贵草头露	又	又
探 春 令	玉窗蝇字记春寒	填词图谱卷三	蒋捷作,见竹山词
断　　句	麹生禅、玉版局、一时参	古今词话词辨卷下	辛弃疾行香子词,见稼轩词丙集
水调歌头	离别一何久	历代诗馀卷五十八	苏辙作,见艇斋诗话
又	已过一番雨	广群芳谱卷二十一	葛长庚作,见玉蟾先生诗馀
西 江 月	过雨轻风弄柳	唐宋金元词钩沈引文澜阁四库全书本及文津阁四库全书本回文类聚	梅窗词,据麟玉堂刊本回文类聚
满 庭 芳	北苑龙团	东坡先生诗馀卷一	黄庭坚作,见豫章黄先生词
蝶 恋 花	梨叶初红蝉韵歇	又	晏殊作,见珠玉词
断　　句	寸肠千恨堆积	明秀集注卷一	沈唐念奴娇词句,见唐宋诸贤绝妙词选卷六
又	江天雪意云缭乱	明秀集注卷二	欧阳修渔家傲词句见近体乐府卷二
又	燕子来时新社	郑元佐新注朱淑真断肠诗集卷一	晏殊破阵子词句,见唐宋诸贤绝妙词选卷三
又	世事短如春梦	草堂诗馀评林注	朱敦儒西江月词句,见樵歌卷中

更　漏　子

柳丝长,春雨细。花外漏声迢递。惊塞雁,起城乌。画屏金鹧鸪。

香雾薄,透帘幕。惆怅谢家池阁。红烛背,绣帘垂。梦长君不知。

又

春夜阑,更漏促。金烬暗挑残烛。惊梦断,锦屏深。两乡明月心。
　　闺草碧,望归客。还是不知消息。孤负我,悔怜君。告天天不闻。

如　梦　令

曾宴桃源深洞。一曲舞鸾歌凤。长记欲别时,和泪出门相送。如梦。如梦。残月落花烟重。

清　平　调　引

陌上花开蝴蝶飞。江山犹是昔人非。遗民几度垂垂老,游女还歌缓缓归。

又

陌上山花无数开。路人争看翠轺来。若为留得堂堂去,且更从教缓缓回。

又

生前富贵草头露,身后风流陌上花。已作迟迟君去鲁,更歌缓缓妾回家。

赵 轼

轼字信可,许(今河南许昌)人。为陕漕属。

夜 行 船

今夜阴云初霁。画帘外、月华如水。露霭晴空,风吹高树,满院中
秋意。　　皎皎蟾光当此际。怎奈何、不成况味。莫近檐间,休来
窗上,且放离人睡。过庭录

郭 诇

诇,元祐初承议郎。

河传 咏甘草

大官无闷。刚被傍人、竞来相问。又难为□□敷陈。且只将、甘草
论。　　朴消大戟并银粉。疏风紧。甘草闲相混。及至下来,转
杀他人。尔甘草、有一分。画墁录

李之仪

之仪字端叔,沧州无棣人。登进士。苏轼帅中山,辟掌机宜文字。
后为枢密院编修官,通判原州。元符中,监内香药库。徽宗朝,提举河
东常平。坐草范纯仁遗表,编管太平州。政和三年(1113),除名勒停。
政和七年(1117)终朝请大夫。年七十馀。有姑溪居士文集。

水龙吟 中秋

晚来轻拂,游云尽卷,雾色寒相射。银潢半掩,秋毫欲数,分明不
夜。玉琯传声,羽衣催舞,此欢难借。凛清辉,但觉圆光罩影,冰壶
莹、真无价。　　闻道水精宫殿,蕙炉薰、珠帘高挂。琼枝半倚,瑶
觞更劝,莺娇燕姹。目断魂飞,翠蔂红绕,空吟小砑。想归来醉里,
鸾篦凤朵,倩何人卸。

蓦山溪 次韵徐明叔

神仙院宇,记得春归后。蜂蝶不胜闲,惹残香、萦纡深透。玉徽指
稳,别是一般情,方永昼。因谁瘦。都为天然秀。　　桐阴未减,
独自携芳酎。再弄想前欢,拊金樽、何时似旧。凭谁说与,潘鬓转
添霜,飞陇首。云将皱。应念相思久。

又 北观避暑次明叔韵

金柔火老,欲避几无地。谁借一檐风,锁幽香、恂恂清邃。瑶阶珠
砌,如膜遇金篦,流水外,落花前,岂是人能致。　　擘麟泛玉,笑
语皆真类。惆怅月边人,驾云轺、何方适意。么弦咽处,空感旧时
声,兰易歇,恨偏长,魂断成何事。

又 采石值雪

蛾眉亭上,今日交冬至。已报一阳生,更佳雪、因时呈瑞。匀飞密
舞,都是散天花,山不见,水如山,浑在冰壶里。　　平生选胜,到
此非容易。弄月与燃犀,漫劳神、徒能惊世。争如此际,天意巧相
符,须痛饮,庆难逢,莫诉厌厌醉。

又

晚来寒甚,密雪穿庭户。如在广寒宫,惊满目、瑶林琼树。佳人乘兴,应是得欢多,泛新声,催金盏,别有留心处。　　争知这里,没个人言语。拨尽火边灰,搅愁肠、飞花舞絮。凭谁子细,说与此时情,欢暂歇,酒微醺,还解相思否。

满庭芳 八月十六夜,景修咏东坡旧词,因韵成此

一到江南,三逢此夜,举头羞见婵娟。黯然怀抱,特地遣谁宽。分外清光泼眼,迷滉漾、无计拘拦。天如洗,星河尽掩,全胜异时看。　　佳人,还忆否,年时此际,相见方难。谩红绫偷寄,孤被添寒。何事佳期再睹,翻怅望、重叠关山。归来呵,休教独自,肠断对团圆。

又 有碾龙团为供求诗者,作长短句报之

花陌千条,珠帘十里,梦中还是扬州。月斜河汉,曾记醉歌楼。谁赋红绫小研,因飞絮、天与风流。春常在,仙源路隔,空自泛渔舟。　　新秋。初雨过,龙团细碾,雪乳浮瓯。问殷勤何处,特地相留。应念长门赋罢,消渴甚、无物堪酬。情无尽,金扉玉牓,何日许重游。

玉蝴蝶 九月十日,将登黄山,遽为雨阻,遂饮弊止。
陈君俞独不至,已而以三阕见寄,辄次其韵

坐久灯花开尽,暗惊风叶,初报霜寒。冉冉年华催暮,颜色非丹。搅回肠、蛩吟似织,留恨意、月彩如摊。惨无欢。篆烟萦素,空转雕盘。　　何难。别来几日,信沈鱼鸟,情满关山。耳边依约,常记

巧语绵蛮。聚愁窠、蜂房未密，倾泪眼、海水犹悭。奄更阑。渐移
银汉，低泛帘颜。

早 梅 芳

雪初销，斗觉寒将变。已报梅梢暖。日边霜外，迤逦枝条自柔软。
嫩苞匀点缀，绿萼轻裁剪。隐深心，未许清香散。　　渐融和，开
欲遍。密处疑无间。天然标韵，不与群花鬥深浅。夕阳波似动，曲
水风犹懒。最销魂，弄影无人见。

谢 池 春

残寒销尽，疏雨过、清明后。花径敛馀红，风沼萦新皱。乳燕穿庭
户，飞絮沾襟袖。正佳时，仍晚昼。著人滋味，真个陆贻典校云：原本无
真个二字浓如酒。　　频移带眼，空只恁、厌厌瘦。不见又思量，见
了还依旧。为问频相见，何似长相守。天不老，人未偶。且将此
恨，分付庭前柳。

怨三三　登姑熟堂寄旧游，用贺方回韵

清溪一派泻揉蓝。岸草毵毵。记得黄鹂语画檐。唤狂里、醉 重
三。　　春风不动垂帘。似三五、初圆素蟾。镇泪眼廉纤。何时
歌舞，再和池南。

春 光 好

霜压晓，月收阴。斗寒深。看尽烛花金鸭冷，卷残衾。　　卯酒从
谁细酌，馀香无计重寻。空把夜来相见梦，写文琴。

千秋岁 咏畴昔胜会和人韵,后篇喜其归

深帘静昼。绰约闺房秀。鲜衣楚制非文绣。凝脂肤理腻,削玉腰
围瘦。闲舞袖。回身昵语凭肩久。　　眉压横波皱。歌断青青
柳。钗遽擘,壶频叩。鬓凄清镜雪,泪涨芳樽酒。难再偶。沉沉梦
峡云归后。

又

柔肠寸折。解袂留清血。蓝桥动是经年别。掩门春絮乱,欹枕秋
蛩咽。檀篆灭。鸳衾半拥空床月。　　妆镜分来缺。尘污菱花
洁。嘶骑远,鸣机歇。密封书锦字,巧绾香囊结。芳信绝。东风半
落梅梢雪。

又 再和前意

万红暄昼。占尽人间秀。怎生图画如何绣。宜推萧史伴,消得东
阳瘦。垂窄袖。花前镇忆相携久。　　泪裛回纹皱。好在章台
柳。洞户隔,凭谁叩。寄声虽有雁,会面难同酒。无计偶。萧萧暮
雨黄昏后。

又

休嗟磨折。看取罗巾血。殷勤且话经年别。庭花番怅望,檐雨同
呜咽。明半灭。灯光夜夜多如月。　　无复伤离缺。共保冰霜
洁。不断梦,从今歇。收回书上絮,解尽眉头结。犹未绝。金徽泛
处应能雪。

又 和人

中秋才过，又是重阳到。露乍冷，寒将报。绿香摧渚茇，黄密攒庭草。人未老。蓝桥谩促霜砧捣。　　照影兰缸晕，破户银蟾小。樽在眼，从谁倒。强铺同处被，愁卸欢时帽。须信道。狂心未歇情难老。

又 用秦少游韵

深秋庭院，残暑全消退。天幕迥，云容碎。地偏人罕到，风惨寒微带。初睡起，翩翩戏蝶飞成对。　　叹息谁能会。犹记逢倾盖。情暂遣。心常在。沉沉音原作香，从汲古阁本姑溪词信断，冉冉光阴改。红日晚，仙山路隔空云海。

临 江 仙

知有阆风花解语，从来只许传闻。光明休咏汉宫新。拥身疑有月，衬步恨无云。　　莫把金樽容易劝，坐来几度销魂。不知仙骨在何人。好将千岁日，占断四时春。

又

九十日春都过了，寻常偶到江皋。水容山态两相饶。草平天一色，风暖燕双高。　　酒病厌厌何计那，飞红更送无聊。莺声犹似耳边娇。难回巫峡梦，空恨武陵桃。

按此首别误作李流谦词，见澹斋集卷八。

江 神 子

恼人天气雪消时。落梅飞。日初迟。小阁幽窗，时节听黄鹂。新洗头来娇困甚。才试著,夹罗衣。　　　木梨花拂淡燕脂。翠云敧。敛双眉。月浅星深,天淡玉绳低。不道有人肠断也,浑不语,醉如痴。

又

今宵莫惜醉颜红。十分中。且从容。须信欢情,回首似旋风。流落天涯头白也,难得是,再相逢。　　　十年南北感征鸿。恨应同。苦重重。休把愁怀,容易便书空。只有琴樽堪寄老,除此外,尽蒿蓬。

又

阑干捐_{陆校:原本作稻,应捐}遍等新红。酒频中。恨匆匆。投得花开,还报夜来风。惆怅春光留不住,又何似,莫相逢。　　　月窗何处想归鸿。与谁同。意千重。婉思柔情,一旦总成空。彷佛么弦犹在耳,应为我,首如蓬。

清平乐 橘

西江霜后,万点暄晴昼。璀璨寄来光欲溜。正值文君病酒。画屏斜倚窗纱。睡痕犹带朝霞。为问清香绝韵,何如解语梅花。

　　　　按此首别误作李璧词,见广群芳谱卷六十四橘门。

又

萧萧风叶。似与更声接。欲寄明珰非为怯。梦断兰舟桂楫。学书只写鸳鸯。却应无奈愁肠。安得一双飞去,春风芳草池塘。

又 听杨姝琴(姝原作妹,据黄庭坚词、能改斋漫录、挥麈录改,下同)

殷勤仙友。劝我千年酒。一曲履霜谁与奏。邂逅麻姑妙手　坐来休叹尘劳。相逢难似今朝。不待亲移玉指,自然痒处都消。

又 再和

当时命友。曾借邻家酒。旧曲不知何处奏。梦断空思纤手。却应去路非遥。今朝还有明朝。谩道人能化石,须知石被人消。

又

仙家庭院。红日看看晚。一朵梅花挨枕畔。玉指几回拈看。拥衾不比寻常。天涯无限思量。看了又还重嗅,分明不为清香。

浪淘沙 琴

霞卷与云舒。月淡星疏。摩徽转轸不曾虚。弹到当时留意处,谁是相如。　魂断酒家垆。路隔云衢。舞鸾镜里早妆初。拟学画眉张内史,略借工夫。

卜　算　子

我住长江头,君住长江尾。日日思君不见君,共饮长江水。　此水几时休,此恨何时已。只愿君心似我心,定不负相思意。

忆秦娥 用太白韵

清溪咽。霜风洗出山头月。山头月。迎得云归,还送云别。不知今是何时节。凌歊望断音尘绝。音尘绝。帆来帆去,天际双阙。以上姑溪居士文集卷四十五

蝶　恋　花

天淡云闲晴昼永。庭户深沉,满地梧桐影。骨冷魂清如梦醒。梦回犹是前时景。　　取次杯盘催酩酊。醉帽频欹,又被风吹正。踏月归来人已静。恍疑身在蓬莱顶。

又

玉骨冰肌天所赋。似与神仙,来作烟霞侣。枕畔拈来亲手付。书窗终日常相顾。　　几度离披留不住。依旧清香,只欠能言语。再送神仙须爱护。他时却待亲来取。

又

万事都归一梦了。曾向邯郸,枕上教知道。百岁年光谁得到。其间忧患知多少。　　无事且频开口笑。纵酒狂歌,销遣闲烦恼。金谷繁华春正好。玉山一任樽前倒。

又

为爱梅花如粉面。天与工夫,不似人间见。几度拈来亲比看。工夫却是花枝浅。　　觅得归来临几砚。尽日相看,默默情无限。更不嗅时须百遍。分明销得人肠断。

浣溪沙 梅

剪水开头碧玉条。能令江汉客魂销。只应香信是春潮。　　戴了又羞缘我老,折来同嗅许谁招。凭将此意问妖娆。

又 为杨姝作

玉室金堂不动尘。林梢绿遍已无春。清和佳思一番新。　　道骨
仙风云外侣，烟鬟雾鬓月边人。何妨沉醉到黄昏。

又 再和

依旧琅玕不染尘。霜风吹断笑时春。一簪华髮为谁新。　　白雪
幽兰犹有韵，鹊桥星渚可无人。金莲移处任尘昏。

又

昨日霜风入绛帷。曲房深院绣帘垂。屏风几曲画生枝。　　酒韵
渐浓欢渐密，罗衣初试漏初迟。已凉天气未寒时。

西江月 橘

昨夜十分霜重，晓来千里书传。吴山秀处洞庭边。不夜星垂初遍。
　　好事寄来禅侣，多情将送琴仙。为怜佳果称婵娟。一笑聊回
媚眼。

按此首别误作李壁词，见广群芳谱卷六十四橘门。

又

醉透香浓斗帐，灯深月浅回廊。当时背面两伥伥。何况临风怀想。
　　舞柳经春只瘦，游丝到地能长。鸳鸯半调已无肠。忍把么弦
再上。

又

念念欲归未得，迢迢此去何求。都缘一点在心头。忘了霜朝雪后。

要见有时有梦，相思无处无愁。小窗若得再绸缪。应记如今时候。

鹊桥仙

风清月莹，天然标韵，自是闺房之秀。情多无那不能禁，常是为、而今时候。　　绿云低拢，红潮微上，画幕梅寒初透。一般偏更恼人深，时更把、眉儿轻皱。

又

宿云收尽，纤尘不警，万里银河低挂。清冥风露不胜寒，无计学、双鸾并驾。　　玉徽声断，宝钗香远，空赋红绫小砑。庾郎知有几多愁，怎奈向、月明今夜。

踏莎行

绿遍东山，寒归西渡。分明认得春来处。风轻雨细更愁人，高唐何在空朝暮。　　离恨相寻，酒狂无素。柳条又折年时数。一番情味有谁知，断魂还送征帆去。

又

还是归来，依前问渡。好风引到经行处。几声啼鸟又催耕，草长柳暗春将暮。　　潦倒无成，疏慵有素。且陪野老酬天数。多情惟有面前山，不随潮水来还去。

鹧鸪天

节是重阳却斗寒。可堪风雨累寻欢。虽辜早菊同高柳，聊楫残蕉共小栏。　　浮蚁嫩，炷烟盘。恨无莺唱舞催鸾。空惊绝韵天边落,不许韶颜梦里看。

又

浓丽妖妍不是妆。十分风艳夺韶光。牡丹开就应难比,繁富犹疑过海棠。　　须仔细,更端相。烂霞梳晕带朝阳。千金未足酬真赏,一度相看一断肠。

又

避暑佳人不著妆。水晶冠子薄罗裳。摩绵扑粉飞琼屑,滤蜜调冰结绛霜。　　随定我,小兰堂。金盆盛水绕牙床。时时浸手心头熨,受尽无人知处凉。

又

收尽微风不见江。分明天水共澄光。由来好处输闲地,堪叹人生有底忙。　　心既远,味偏长。须知粗布胜无裳。从今认得归田乐,何必桃源是故乡。

朝 中 措

腊穷天际傍危栏。密雪舞初残。表里江山如画,分明不似人间。　　功名何在,文章漫与,空叹流年。独恨归来已晚,半生孤负渔竿。

又

暮山环翠绕层栏。时节岁将残。远雁不传家信,空能嘹唳云间。　　客程无尽,归心易感,谁与忘年。早晚临流凝望,饥帆催卸风竿。

按此首别误作欧阳修词,见历代诗馀卷十七。

又

翰林豪放绝勾栏。风月感凋残。一旦荆溪仙子,笔头唤聚时间。
　　锦袍如在,云山顿改,宛似当年。应笑溧阳衰尉,鲇鱼依旧悬
竿。

阮　郎　归

朱唇玉羽下蓬莱。佳时近早梅。惜花情味久安排。枝头开未开。
　　魂欲断,恨难裁。香心休见猜。果知何逊是仙才。何妨入梦
来。<small>朱唇玉羽,湖湘间谓之倒挂子,岭南谓之梅花使,十二月半方出。</small>

采桑子 <small>席上送少游之金陵</small>

相逢未几还相别,此恨难同。细雨濛濛。一片离愁醉眼中。
明朝去路云霄外,欲见无从。满袂仙风。空托双凫作信鸿。

如　梦　令

回首芜城旧苑。还是翠深红浅。春意已无多,斜日满帘飞燕。不
见。不见。门掩落花庭院。

临江仙 <small>登凌歊台感怀</small>

偶向凌歊台上望,春光已过三分。江山重叠倍销魂。风花飞有态,
烟絮坠无痕。　　已是年来伤感甚,那堪旧恨仍存。清愁满眼共
谁论。却应台下草,不解忆王孙。

又 <small>景修席上再赋</small>

难得今朝风日好,春光佳思平分。虽然公子暗招魂。其如抬眼看,

都是旧时痕。　　酒到强寻欢日路,坐来谁为温存。落花流水不堪论。何时弦上意,重为拂桐孙。

丑奴儿 谢人寄蜡梅

春风似有灯前约,先报佳期。点缀相宜。天气犹寒蝶未知。
嫩黄染就蜂须巧,香压团枝。淡注仙衣。方士临门未起时。

青玉案 用贺方回韵,有所祷而作

小篷又泛曾行路。这身世、如何去。去了还来知几度。多情山色,有情江水,笑我归无处。　　夕阳杳杳还催暮。练净空吟谢郎句。试祷波神应见许。帆开风转,事谐心遂,直到明年雨。

更漏子 借陈君俞韵

暑方烦,人似愠。怅望林泉幽峻。情会处,景偏长。心清闻妙香。
　　宝幢低,金锁碎。竹影桐阴窗外。新事旧,旧愁新。空嗟不见人。

渔 家 傲

洗尽秋容天似莹。星稀月淡人初静。策杖萦纤寻远径。披昏暝。堤边犊母闲相并。　　遥想去舟魂欲凝。一番佳思从谁咏。憔悴归来如独醒。知何境。沉沉但觉烟村迥。

南 乡 子

春后雨馀天。娅姹黄鹂胜品弦。榴叶千灯初报暑,阶前。只有茶瓯味最便。　　身世几蹁跹。自觉年来更可怜。欲问此情何所似,缘延。看取窗间坠柳绵。

又 夏日作

绿水满池塘。点水蜻蜓避燕忙。杏子压枝黄半熟,邻墙。风送荷花几阵香。　　角簟衬牙床。汗透鲛绡昼影长。点滴芭蕉疏雨过,微凉。画角悠悠送夕阳。

又

睡起绕回塘。不见衔泥燕子忙。前日花梢都绿遍,西墙。犹有轻风递暗香。　　步懒恰寻床。卧看游丝到地长。自恨无聊常病酒,凄凉。岂有才情似沈阳。

又 端午

小雨湿黄昏。重午佳辰独掩门。巢燕引雏浑去尽,销魂。空向梁间觅宿痕。　　客舍宛如村。好事无人载一樽。唯有莺声知此恨,殷勤。恰似当时枕上闻。

又

泪眼转天昏。去路迢迢隔九门。角黍满盘无意举,凝魂。不为当时泽畔痕。　　肠断武陵村。骨冷难同月下樽。强泛菖蒲酬令节,空勤。风叶萧萧不忍闻。

蓦山溪 少孙咏鲁直长沙旧词,因次韵

青楼薄幸,已分终难偶。寻遍绮罗间,悄无个、眼中翘秀。江南春晓,花发乱莺飞,情渐透。休辞瘦。果有人相候。　　醉乡路稳,常是身偏后。谁谓正欢时,把相思、番成红豆。千言万语,毕竟总成虚,章台柳。青青否。魂梦空搔首。

减字木兰花

乱魂无据。黯黯只寻来处路。灯尽花残。不觉长更又向阑。

几回枕上。那件不曾留梦想。变尽星星。一滴秋霖是一茎。以上
姑溪居士文集卷四十六

又

堤长春晚。冉冉浑如云外见。欲语无门。略许莺声隔岸闻。

锦屏绣幌。犹待归来留一饷。何事迟迟。直恐游丝惹住伊。

又 次韵陈莹中题韦深道独乐堂

莹中词云:世间拘碍。人不堪时渠不改。古有斯人。千载谁能继
　　　后尘。　　　春风入手。乐事自应随处有。与众熙怡。何似幽居独乐
时。

触涂是碍。一任浮沉何必改。有个人人。自说居尘不染尘。

谩夸千手。千物执持都是有。气候融怡。还取青天白日时。

又 次韵陈莹中题韦深道寄傲轩

莹中词云:结庐人境。万事醉来都不醒。鸟倦云飞。两得无心总
　　　是归。　　　古人逝矣。旧日南窗何处是。莫负青春。即是升平寄傲
人。

莫非魔境。强向中间谈独醒。一叶才飞。便觉年华太半归。

醉云可矣。认著依前还不是。虚过今春。有愧斜川得意人。

又 得金陵报,喜甚,从赵景修借酒

揉花催柳。一夜阴风几破牖。平晓无云。依旧光明一片春。

掀衣起走。欲助喜欢须是酒。惆怅空樽。拟就王孙借十分。

天门谣 次韵贺方回登采石蛾眉亭

方回词云：牛渚天门险。限南北、七雄豪占。清雾敛。与闲人登览。　　待月上潮平、波滟滟。塞管轻吹新阿滥。风满槛。历历数、西州更点。

天堑休论险。尽远目、与天俱占。山水敛。称霜晴披览。　　正风静云闲、平潋滟。想见高吟名不滥。频扣槛。杳杳落、沙鸥数点。

好事近 与黄鲁直于当涂花园石洞听杨姝弹履霜操，鲁直有词，因次韵

鲁直词云：一弄醒心弦，情在两山斜叠。弹到古人愁处，有真珠承睫。　　使君来去本无心，休泪界红颊。自恨老来憎酒，负十分蕉叶。

相见两无言，愁恨又还千叠。别有恼人深处，在懵腾双睫。　　七弦虽妙不须弹，惟愿醉香颊。只恐近来情绪，似风前秋叶。

又

春到雨初晴，正是小楼时节。柳眼向人微笑，傍阑干堪折。　　暮山浓淡锁烟霏，梅杏半明灭。玉斝莫辞沉醉，待归时斜月。

又 再和

上尽玉梯云，还见一番佳节。惆怅旧时行处，把青青轻折。　　倚阑人醉欲黄昏，飞鸟望中灭。天面碧琉璃上，印弯弯新月。

浣溪沙 和人喜雨

龟坼沟塍草压堤。三农终日望云霓。一番甘雨报佳时。　　闻道醉乡新占断，更开诗社互排㩻。此时空恨隔云泥。

又

雨暗轩窗昼易昏。强欹纤手浴金盆。却因凉思谢飞蚊。　　酒量羡君如鹄举，寒乡怜我似鸥蹲。由来同是一乾坤。

又

声名自昔犹时鸟，日月何尝避覆盆。是非都付鬓边蚊。　　邂逅风雷终有用，低回囊槛要深蹲。酒中聊复比乾坤。

菩 萨 蛮

五云深处蓬山杳。寒轻雾重银蟾小。枕上挹馀香。春风归路长。　　雁来书不到。人静重门悄。一阵落花风。云山千万重。

又

青梅又是花时节。粉墙闲把青梅折。玉辔偶逢君。春情如乱云。　　藕丝牵不断。谁信朱颜换。莫厌十分斟。酒深情更深。

按以上二首别误作张先词，见花草粹编卷三。

雨 中 花 令

休把身心捆就。著便醉人如酒。富贵功名虽有味，毕竟因谁守。　　看取刀头切藕。厚薄都随他手。趁取日中归去好，□莫待、黄昏后。

又　王德循东斋瑞香花

点缀叶间如绣。开傍小春时候。莫把幽兰容易比，都占尽、人间秀。　　信是眼前稀有。消得千钟美酒。只有些儿堪恨处，管不似、人长久。

留　春　令

梦断难寻,酒醒犹困,那堪春暮。香阁深沉,红窗翠暗,莫羡颠狂絮。　　绿满当时携手路,懒见同欢处。何时却得,低帏昵枕,尽诉情千缕。

踏　莎　行

紫燕衔泥,黄莺唤友。可人春色暄晴昼。王孙一去杳无音,断肠最是黄昏后。　　宝髻慵梳,玉钗斜溜。凭阑目断空回首。薄情何事不归来,谩教折尽庭前柳。

又

一别芳容,五经寒暑。回文欲寄无鳞羽。多情犹自梦中来,向人粉泪流如雨。　　梦破南窗,愁肠万缕。那听角动城头鼓。人生弹指事成空,断魂惆怅无寻处。

南　乡　子

夜雨滴空阶。想见尊前赋咏才。更觉鸣蛙如鼓吹,安排。惆怅流光去不回。　　万事已成灰。只这些儿尚满怀。刚被北风吹晓角,相催。不许时间入梦来。

万　年　欢

暖律才中,正莺喉竞巧,燕语新成。万绿阴浓,全无一点芳尘。门巷朝来报喜,庆佳期、此日光荣。开华宴、交酌琼酥,共祝鹤算椿龄。　　须知最难得处,双双凤翼,一对和鸣。造化无私,谁教特

地多情。惟愿疏封大国，彩笺上、频易佳名。从此去、贤子才孙，岁岁长捧瑶觥。以上姑溪居士文集卷四十七

朝中措 望新开湖有怀少游,用樊良道中韵

新开湖水浸遥天。风叶响珊珊。记得昔游情味，浩歌不怕朝寒。　　故人一去，高名万古，长对屏颜。惟有落霞孤鹜，晚年依旧争还。

又 樊良道中

败荷枯苇夕阳天。时节渐阑珊。独泛扁舟归去，老来不耐霜寒。　　平生志气，消磨尽也，留得苍颜。寄语山中麋鹿，断云相次东还。

临江仙 江东人得早梅,见约探题,且访梅所在,因携笺管,就赋花下

初破晓寒无限思，融融腊意全迷。春工从此被人知。不随蜂蝶，长伴玉蟾低。　　缥缈云间应好在，盈盈泪湿征衣。背人偷拗向东枝。清香满袖，犹记画堂西。

又 病中存之以长短句见调,因次其韵

病里不知春早晚，惊心绿暗红稀。起来初试薄罗衣。多情海燕，还傍旧梁飞。　　瘦损休文谁记得，空将销臂频围。眼前都是去年时。不堪追想，魂断画楼西。

蝶恋花 席上代人送客,因载其语

帘外飞花湖上语。不恨花飞，只恨人难住。多谢雨来留得住。看

看却恐晴催去。　　寸寸离肠须会取。今日宁宁,明日从谁诉。
怎得此身如去路。迢迢长在君行处。以上姑溪居士后集卷十三　以上陆贻
典校补汲古阁本姑溪词(另据姑溪居士集注明全集中卷数备参考)

临江仙　咏藏春玉

青润奇峰名韫玉,温其质并琼瑶。中分瀑布写云涛。双峦呈翠色,
气象两相高。　　珍重幽人诚好事,绿窗聊助风骚。寄言俗客莫
相嘲。物轻人意重,千里赠鹅毛。雨村词话卷二

点　绛　唇

匀妆了。背人微笑。风入玲珑罩。同前

存　目　词

调　名	首　句	出　处	附　　　　注
减字木兰花	春融酒困	金绳武本花草粹编卷四	无名氏作,见万历本花草粹编卷二
鬲溪梅令	好花不与殢香人	花草粹编卷四	姜夔作,见白石道人歌曲卷三

蔡　确

　　确字持正,晋江(今福建泉州)人。景祐四年(1037)生。嘉祐四年
(1059)进士。历知制诰、御史中丞、参政知事。元丰五年(1082),拜尚
书右仆射兼中书侍郎。元祐元年(1086),罢知陈州。夺职,徙安州、又
移邓州。坐讥讪,责英州别驾、新州安置。元祐八年(1093)卒,年五十
七。

失调名　七夕词

骊山宫中看乞巧,太液池边收曝衣。岁时广记卷二十六按此二句平仄不甚

叶,疑非词。

许　将

　　将字冲元,福州人。生于景祐四年(1037)。嘉祐八年(1063)进士第一。熙宁四年(1071)为太常丞。召试,授集贤校理。十年(1077),翰林学士。元丰六年(1083),兵部侍郎。绍圣二年(1095),自守吏部尚书除守尚书左丞。四年(1097),除中书侍郎。崇宁元年(1102),加门下侍郎。三年(1103),以资政殿学士出守河南府。加观文殿学士,授奉国军节度使。政和元年(1111)卒,年七十五。赠开府仪同三司,谥文定。

惜　黄　花

雁声晚断。寒霄云卷。正一枝开,风前看,月下见。花占千花上,香笑千香浅。化工与、最先裁剪。　　谁把瑶林,闲抛江岸。恁素英浓,芳心细,意何限。不恨宫妆色,不怨吹羌管。恨天远、恨春来晚。梅苑卷五

临　江　仙

圣主临轩亲策试,集英佳气葱葱。鸣鞘声震未央宫。卷帘龙影动,挥翰御烟浓。　　上第归来何事好,迎人花面争红。蓝袍香散六街风。一鞭春色里,骄损玉花骢。岁时广记卷三十一引古今词话

存　目　词

词谱卷十五有许将解佩令"蕙兰无韵"一首,乃无名氏作,见梅苑卷七。

郑无党

无党,西州士人。

临 江 仙

不比寻常三五夜,万家齐望清辉。烂银盘透碧琉璃。莫辞终夕看,
动是隔年期。　　试问嫦娥还记否,玉人曾折高枝。明年此夜再
圆时。阆开东府宴,身在凤凰池。岁时广记卷三十一引古今词话

陈　慥

　　慥字季常,青神人。尝与苏轼游。晚年隐居于光州、黄州间,自号
方山子。

无 愁 可 解

　　国工范日新作越调解愁,洛阳刘几伯寿闻而悦之,戏作俚语之词,
天下传咏,以谓几于达者。龙丘子犹笑之。此虽免乎愁,犹有所解也。
若夫游于自然而托于不得已,人乐亦乐,人愁亦愁,彼且恶乎解哉。乃
反其词,作无愁可解云:

光景百年,看便一世。生来不识愁味。问愁何处来,更开解个甚
底。万事从来风过耳。何用不著心里。你唤做、展却眉头,便是达
者,也则恐未。　　此理。本不通言,何曾道、欢游胜如名利。道
即浑是错,不道如何即是。这里元无我与你。甚唤做、物情之外。
若须待醉了、方开解时,问无酒、怎生醉。

　　按此首向载各本东坡词中。今据山谷题跋卷九、魏衍后山诗注卷九"答田生诗"
注、陈应行于湖先生长短句序移出录此。词序乃苏轼所撰。

苏　辙

辙,字子由,眉山人。生于宝元二年(1039)。年十九,与兄轼同登进士科。又同策制举,以直言置下等,授商州军事推官。神宗立,上书,召对,为制置三司条例司属官。以忤王安石,徙他职。后坐兄轼诗祸,谪监筠州盐酒税,移知绩溪县。哲宗即位,召入。元祐初,为右司谏,迁起居郎、中书舍人,代轼为翰林学士。寻权吏部尚书、使契丹,还为御史中丞。寻拜尚书右丞,进门下侍郎。绍圣初,出知汝州,再谪袁州,未至,降秩、试少府监,分司南京,筠州居住。又谪化州别驾,雷州安置,移循州。徽宗朝,徙永州、岳州,已而复太中大夫奉祠。蔡京当国,又降居许州。致仕,自号颍滨遗老。政和二年(1112)卒,年七十四。追复端明殿学士。淳熙中,谥文定。有栾城集。

调啸词二首　效韦苏州

渔父。渔父。水上微风细雨。青蓑黄箬裳衣。红酒白鱼暮归。暮归、暮归、归暮。长笛一声何处。

又

归雁。归雁。饮啄江南南岸。将飞却下盘桓。塞北春来苦寒。苦寒、苦寒、寒苦。藻荇欲生且住。以上二首栾城集卷十三

按此二首别又作苏轼词,见曾慥本东坡词卷下,未知孰是。

水调歌头　徐州中秋

离别一何久,七度过中秋。去年东武今夕,明月不胜愁。岂意彭城山下,同泛清河古汴,船上载凉州。鼓吹助清赏,鸿雁起汀洲。

坐中客,翠羽帔,紫绮裘。素娥无赖,西去曾不为人留。今夜清尊对客,明夜孤帆水驿,依旧照离忧。但恐同王粲,相对永登楼。

此首原载东坡词卷上，题"子由徐州中秋作"，盖苏辙词。

此首别又误作苏轼词，见历代诗馀卷五十八。

渔家傲 和门人祝寿

七十馀年真一梦。朝来寿斝儿孙奉。忧患已空无复痛。心不动。
此间自有千钧重。　　　早岁文章供世用。中年禅味疑天纵。石塔
成时无一缝。谁与共。人间天上随他送。栾城先生遗言

陈　睦

　　睦字和叔，一字子雍，莆田人，徙家苏州。嘉祐六年(1061)进士。
熙宁三年(1070)，秘书丞。召试，授集贤校理。出为两浙提点刑狱，拜
监察御史。元丰间，累迁史馆修撰，改鸿胪卿。以宝文阁待制知广州，
移知潭州卒。

沁　园　春

小雪初晴，画舫明月，强饮未眠。念翠鬟双耸，舞衣半卷，琵琶催
拍，促管危弦。密意虽具，欢期难偶，遣我离情愁绪牵。追思处，奈
溪桥道窄，无计留连。　　　天天。莫是前缘。自别后、深诚谁为
传。想玉篦偷付，珠囊暗解，两心长在，须合金钿。浅淡精神，温柔
情性，记我疏狂应痛怜。空肠断，奈衾寒漏永，终夜如年。

清　平　乐

鬓云斜坠。莲步弯弯细。笑脸双蛾生多媚。百步兰麝香喷。
从前万种愁烦。枕边未可明言。好是蓝桥再渡，玉篦还胜金钿。
以上二首见绿窗新话卷上引古今词话(文字据绣谷春容校正)

　　按此二首原题陈子雍撰。宋另有陈子雍。姑编陈睦名下。

马　瑊

瑊字中玉,合肥人。

玉　楼　春

来时吴会犹残暑。去日武林春已暮。欲知遗爱感人深,洒泪多于江上雨。　　欢情未举眉先聚。别酒多斟君莫诉。从今宁忍看西湖,抬眼尽成肠断处。玉照新志卷二

按此首别附会作王玉贞词,见林下词选卷四。

李　婴

婴,元丰中蕲水令。

满　江　红

荆楚风烟,寂寞近、中秋时候。露下冷、兰英将谢,苇花初秀。归燕殷勤辞巷陌,鸣蛩凄楚来窗牖。又谁念、江边有神仙,飘零久。　　横琴膝,携筇手。旷望眼,闲吟口。任纷纷万事,到头何有。君不见、凌烟冠剑客,何人气貌长依旧。归去来、一曲为君吟,为君寿。苕溪渔隐丛话前集卷五十九

存　目　词

词品卷二云:"草堂词花深深,按玉林词选,乃李婴之作。今以为孙夫人,非也。"按"花深深"忆秦娥词,不见于玉林词选(即黄升唐宋诸贤及中兴以来绝妙词选),据古杭杂记,乃郑文妻作。

王齐愈

　　齐愈字文甫,嘉州犍为人,居武昌。

　　按回文类聚各词,原题王文甫作。宋另有王文甫,德安人,见石孝
友金谷遗音。又湖南通志艺文二十五·金石十一有绍兴十年宋王仁甫
等岳麓寺碑阴题名,中有王文甫。各词未知究为何人作。今姑编王齐
愈名下。

菩萨蛮　戏成六首

一

玉肌香衬冰丝縠。縠丝冰衬香肌玉。纤指拂眉尖。尖眉拂指纤。
巧裁罗袜小。小袜罗裁巧。移步看尘飞。飞尘看步移。

二

吼雷催雨飞沙走。走沙飞雨催雷吼。波涨泻倾河。河倾泻涨波。
幌纱凉气爽。爽气凉纱幌。幽梦觉仙游。游仙觉梦幽。

三

兽喷香缕飞长昼。昼长飞缕香喷兽。迎日喜葵倾。倾葵喜日迎。
卷帘双舞燕。燕舞双帘卷。清簟枕钗横。横钗枕簟清。

四

远香风递莲湖满。满湖莲递风香远。光鉴试新妆。妆新试鉴光。
棹穿花处好。好处花穿棹。明月咏歌清。清歌咏月明。

五

酒中愁说人留久。久留人说愁中酒。归梦要迟迟。迟迟要梦归。
旧衣香染袖。袖染香衣旧。封短托飞鸿。鸿飞托短封。

六

老人愁叹惊年早。早年惊叹愁人老。霜点鬓苍苍。苍苍鬓点霜。
酒杯停欲久。久欲停杯酒。杯酒唤眉开。开眉唤酒杯。

又 初夏

暑烦人困初时午。午时初困人烦暑。新诗得酒因。因酒得诗新。
缕金歌眉举。举眉歌金缕。人妒月圆频。频圆月妒人。

虞美人 寄情

黄金柳嫩摇丝软。永日堂堂掩。卷帘飞燕未归来。客去醉眠欹
枕、殢残杯。　眉山浅拂青螺黛。整整垂双带。水沉香熨窄衫
轻。莹玉碧溪春溜、眼波横。以上八首见回文类聚卷四

王齐叟

齐叟字彦龄，怀州(今河南沁阳)人。太原掾官。卒年三十九。过
庭录云宣和时人，与碧鸡漫志不甚相合，未知孰是。

望 江 南

居下位，常恐被人谗。只是曾填青玉案，何曾敢作望江南。请问马
都监。轩渠录

失 调 名

蹙绣圈金,盘囊密约,未赴意先警。欲罢还休,临行又怯,倚定画栏
痴等。帘风渐冷。先自虑、春宵不永。更那堪、斗转星移,尚在有
无之境。　　绿云满压蜷蛴领。惭愧也、满怀香拥。此际有谁知
证。但楼前明月,窗间花影。花草新编卷三

> 此首原不著撰人,花草新编云:夷坚志极赏此词。疑是王齐叟别素质,姑收于此。
> 此词又疑有夺文。俱俟考。

舒 氏

> 舒氏,武弁女。适王齐叟。齐叟失礼妇翁,妇翁怒,取归,竟离绝。

点 绛 唇

独自临池,闷来强把阑干凭。旧愁新恨。耗却年时兴。　　鹭散
鱼潜,烟敛风初定。波心静。照人如镜。少个年时影。碧鸡漫志卷二

琴 操

> 琴操,杭(今杭州)妓,后为尼。

满 庭 芳

山抹微云,天连衰草,画角声断斜阳。暂停征辔,聊共饮离觞。多
少蓬莱旧侣,频回首、烟霭茫茫。孤村里,寒鸦万点,流水绕红墙。
　　魂伤。当此际,轻分罗带,暗解香囊。谩赢得,青楼薄幸名狂。
此去何时见也,襟袖上、空有馀香。伤心处,高城望断,灯火已昏

黄。能改斋漫录卷十六

卜　算　子

欲整别离情,怯对尊中酒。野梵幽幽石上飘,搴落楼头柳。　　不系黄金绶。粉黛愁成垢。春风三月有时阑,遮不尽、梨花丑。林下词选卷十四

按此首似是后人伪作,疑出小说。

舒　亶

亶字信道,号懒堂,明州慈溪人。庆历元年(1041)生。治平二年(1065)进士,试礼部第一。元丰五年(1082),知制诰。六年(1083),试御史中丞、权直学士院。寻除名、追两官勒停。徽宗朝,累除龙图阁待制,崇宁二年(1103)卒,年六十三。有集,不传。

临江仙　送鄞令李易初

折柳门前鹦鹉绿,河梁小驻归船。不堪华髮对离筵。孤村啼鴂日,深院落花天。　　文采弟兄真叠玉,赤霄去路谁先。明朝便恐各风烟。江山如有恨,桃李自无言。

点绛唇　周园分题得湖上闻乐

紫雾香浓,翠华风转花随辇。洞天云暖。一片笙歌远。　　水殿龙舟,忆侍瑶池宴。闲庭院。梦回春半。雪鬓无人见。

散天花　次师能韵

云断长空叶落秋。寒江烟浪静,月随舟。西风偏解送离愁。声声南去雁,下汀洲。　　无奈多情去复留。骊歌齐唱罢,泪争流。悠

悠别恨几时休。不堪残酒醒,凭危楼。

醉花阴 试茶

露芽初破云腴细。玉纤纤亲试。香雪透金瓶,无限仙风,月下人微
醉。　　相如消渴无佳思。了_{原空格,易大厂校刊本信道词作"了"}知君此
意。不信_{原空格,易大厂校刊本信道词作"信"}老卢郎,花底春寒,赢得空无
睡。

又　越州席上官妓献梅花

月幌风帘香一阵。正千山雪尽。冷对酒尊傍,无语含情,别是江南
信。　　寿阳妆罢人微困。更玉钗斜衬。拟插一枝归,只恐风流,
羞上潘郎鬓。

虞美人 寄公度

芙蓉落尽天涵水。日暮沧波起。背飞双燕贴云寒。独向小楼东
畔、倚阑看。　　浮生只合尊前老。雪满长安道。故人早晚上高
台。赠我江南春色、一枝梅。

又　周园欲雪

酒边陡觉罗衣暖。独倚黄昏看。寒鸦两两下楼东。著处暗云垂
地、一重重。　　红炉欢坐谁能醉。多少看花意。谢娘也拟殢春
风。便道无端柳絮、逼帘栊。

又　蒋园醉归

重帘小阁香云暖。黛拂梳妆浅。玉箫一曲杜韦娘。谁是苏州刺
史、断人肠。　　醉归旋拨红炉火。却倚屏山坐。银缸明灭月横

斜。还是画楼角送、小梅花。

丑奴儿 次师能韵

一池秋水疏星动，寒影横斜。满坐风花。红烛纷纷透绛纱。
江湖散诞扁舟里，到处如家。且尽流霞。莫管年来两鬓华。

一落索 蒋园和李朝奉

正是看花天气。为春一醉。醉来却不带花归，诮不解、看花意。
　　试问此花明媚。将花谁比。只应花好似年年，花不似、人憔悴。

又

叶底枝头红小。天然窈窕。后园桃李谩成蹊，问占得、春多少。
　　不管雪消霜晓。朱颜长好。年年若许醉花间，待拚了、花间老。

满庭芳 重阳前席上次元直韵

寒日穿帘，澄江凭槛，练光浮动馀霞。蓼汀芦岸，黄叶衬孤花。天
外征帆隐隐，残云共、流水无涯。登临处，琼枝潋滟，风帽醉欹斜。
　　丰年，时节好，玉香田舍，酒满渔家。算浮世劳生，事事输他。
便恁从今酩酊，休更问、白雪笼纱。还须仗，神仙妙手，传向画图
夸。

又 后一日再置酒次冯通直韵

红叶飘零，寒烟疏淡，楼台半在云间。望中风景，图画也应难。又
是重阳过了，东篱下、黄菊阑珊。陶潜病一作去，风流载酒，秋意与
人闲。　　　霞冠。欹倒处，瑶台唱罢，如梦中还。但醉里赢得，满
眼青山。华髮看看满也，留不住、当日朱颜。平生事，从头话了，独

自却凭阑。

又　送权府苏台道宗朝奉

阊阖天门，芙蓉春殿，几年目断鸡翘。短蓬秋鬓，端幸倚琼瑶。南
圃花边小院，西湖畔、云底双桥。归时节，红香露冷，月影上芭蕉。
　　明朝。那可望，旗亭烟草，柳渡寒潮。但万户千门，恨客歌樵。
戏彩光浮衮绣，听鸣珂、响逼云霄。应回首，绮裘醉客，还是独吹
箫。

卜算子　分题得苔

池台小雨干，门巷香轮少。谁把青钱衬落红，满地无人扫。　　何
时鬭草归，几度寻花了。留得佳人莲步痕，宫样鞋儿小。

菩　萨　蛮

三年江上风吹泪。夭桃艳杏无春意。今日欲开眉。那堪更别离。
　　莫折长亭柳。折尽愁依旧。只有醉如狂。人生空断肠。

又

柳桥花坞南城陌。朱颜绿髪长安客。雨后小池台。寻常载酒来。
　　马头今日路。却望城西去。斜日下汀洲。断云和泪流。

又

画船捶鼓催君去。高楼把酒留君住。去住若为情。西江潮欲平。
　　江潮容易得。只是人南北。今日此尊空。知君何日同。

又

画檐细雨偏红烛。疏星冷落排寒玉。赌得碧云篇。金波更涉船。
樽前当日客。行色垂杨陌。天阔水悠悠。含情独倚楼。

又

杜鹃啼破江南月。香风扑面吹红雪。赋就缕金笺。黄昏醉上船。
年华双短鬓。事往情何尽。明日各天涯。来春空好花。

又　次刘郎中赏花韵

朱帘乍卷层烟起。露华深浅初疑洗。困倚玉阑风。绮罗知几重。
向人如有意。不醉何时醉。便得一枝红。犹胜两鬓空。

又　席上送寅亮通直

小池山额垂螺碧。绿红香里眠鸂鶒。波面翠云开。仙槎天上来。
吹将红日落。懊恼严城角。风月此时情。知君华发生。

又　送奉化知县秦奉议

一回别后一回老。别离易得相逢少。莫问故园花。长安君是家。
短亭秋日晚。草色随人远。欲醉又还醒。江楼暮角声。

又

樽前休话人生事。人生只合樽前醉。金盏大如船。江城风雪天。
绮窗灯自语。一夜芭蕉雨。玉漏为谁长。枕衾残酒香。

又

楼前流水西江道。江头水落芙蓉老。画鼓叠凉波。凭栏颦翠娥。
当年金马客。青鬓芦花色。把酒感秋蓬。骊歌半醉中。

又

绮栊深闭桃园曲。刘郎老向花间宿。笑脸抹流霞。心知是小琶。
纤纤垂素玉。掠鬓春云绿。弹了醉思仙。小窗红日偏。

又　次张秉道韵

真珠酒滴琵琶送。行云旧识巫山梦。空得醉中归。老来心事非。
江梅含日暖。照水花枝短。密叶似商量。向人春意长。

又

小亭露压风枝动。鹊炉火冷金瓶冻。悄悄对西窗。瘦知罗带长。
欲眠思殢酒。坐听寒更久。无赖是青灯。开花故故明。

又

流年又见风沙送。钧天回首清都梦。塞雁几时归。镜中双鬓非。
绿袍同冷暖。谁道交情短。愁斛若为量。还随一线长。

又　次莹中元归韵

白蘋洲渚垂杨岸。藕花未放青蒲短。斜日画船归。背人双鹭飞。
醉眠金马客。不道风尘隔。红影上窗纱。小庭空落花。

又　湖心寺席上赋茶词

金船满引人微醉。红绡笼烛催归骑。香泛雪盈杯。云龙疑梦回。
不辞风满腋。旧是仙家客。坐得夜无眠。南窗衾枕寒。

又　别意

江梅未放枝头结。江楼已见山头雪。待得此花开。知君来不来。
风帆双画鹢。小雨随行色。空得郁金裙。酒痕和泪痕。

又　次韵

香波绿暖浮鹦鹉。黄金捍拨么弦语。小雨落梧桐。帘栊残烛红。
人生闲亦好。双鬓催人老。莫惜醉中归。醒来思醉时。

又

绿窗酒醒春如梦。小池犹见红云动。露湿井翰桐。翠阴生细风。
雨过芳塘净。清昼闲中永。门外立双旌。隔花闻笑声。

又

忆曾把酒赏红翠。舞腰柳弱歌声细。纵马杏园西。归来香满衣。
宝车空犊驻。事逐孤鸿去。搔首立江干。春萝挂暮山。

蝶恋花　置酒别公度座间探题得梅

雪后江城红日晚。暖入香梢,渐觉玲珑满。仿佛临风妆半面。冰
帘斜卷谁庭院。　　　折向樽前君细看。便是江南,寄我人还远。
手把此枝多少怨。小楼横笛吹肠断。

又

深炷熏炉扃小院。手捻黄花,尚觉金犹浅。回首画堂双语燕。无情渐渐看人远。　　相见争如初不见。短鬓潘郎,斗觉年华换。最是西风吹不断。心头往事歌中怨。

减字木兰花　用旧韵戏吴奉议

眉山敛额。往事追思空手拍。雁字频飞。生怕人来说著伊。闲抛绣履。愁殢香衾浑不起。莫似扬州。只作寻常薄幸休。

又　赋锦带

碎红如绣。摇曳东风垂彩绶。拟倩柔条。约住佳人细柳腰。蜀江春绿。争似枝头能结束。纤手攀时。欲绾同心寄与谁。

木兰花　次韵赠歌妓

十二阑干萦画箔。取次穿花成小酌。彩鸾舞罢凤孤飞,回首东风空院落。　　杳杳桃源仙路邈。晴日晓窗红薄薄。伤春还是懒梳妆,想见绿云垂鬓脚。

又

金丝络马青钱路。笑指玉皇香案去。点衣柳陌堕残红,拂面风桥吹细雨。　　晓钗压鬓头慵举。恨里歌声兼别苦。西湖一顷白菱花,惆怅行云无觅处。

又　蒋园口号

琉璃一片春湖面。画舫游人帘外见。水边风嫩柳低眠,花底雨干莺细啭。　　鞦韆寂寂垂杨岸。芳草绿随人渐远。一番乐事又将离^{"将离"二字原空格，易大厂校刊本信道词作"将离"，}，金盏莫辞红袖劝。

浣溪沙　次权中韵

燕外青楼已禁烟。小寒犹自薄胜绵。画桥红日下秋千。　　惟有　樽前芳意在，应须沉醉倒花前。绿窗还是五更天。

又　和葆先春晚饮会

金缕歌残红烛稀。梁州舞罢小鬟垂。酒醒还是独归时。　　画栋　日高来语燕，绮窗风暖度游丝。几多落叶上青枝。

又　和仲闻对棋

黑白纷纷小战争。几人心手斗纵横。谁知胜处本无情。　　谢傅　老来思别墅，杜郎　闲去忆麾兵。何妨谈笑下辽城。

又　劝酒

雨洗秋空斜日红。青葱瑶瑶瑶玉玲珑。好风吹起□江东。　　且尽　红裙歌一曲，莫辞白酒饮千钟。人生半在别离中。

又

白鹭飞飞点碧塘。雨荷风卷绿罗裳。管弦竞奏杂鱼榔。　　游女　谩能歌白伫，使君不学野鸳鸯。桃花空解误刘郎。

按"白鹭飞飞"、"竞奏杂"七字原缺，据赵万里辑本舒学士词引四库全书本乐府雅词补。

鹊桥仙　吕使君饯会

教来歌舞，接成桃李。尽是使君指似。如今装就满城春，忍便拥、

双旌归去。　　莺心巧啭，花心争吐。无计可留君住。两堤芳草
一江云，早晚是、西楼望处。以上乐府雅词卷中

菩　萨　蛮

疏英乍蕾馀寒浅。蹋枝小鹊娇犹颤。谩炷水沉香。帘波不是湘。
　　清愁支酒力。畏听江城笛。怎忍说华年。垂垂欲暮天。

好　事　近

箫鼓却微寒，犹是芳菲时节。分付塞鸿归后，剩一钩寒月。　　双
垂锦幄谢残枝，馀香恋衣结。又被鸟声呼醒，似征鞍催发。以上二首
易大厂校刊劳权抄本信道词

失　调　名

十年马上春如梦。苕溪渔隐丛话前集卷五十九引漫叟诗话

存　目　词

历代诗馀卷二十三有舒亶醉花阴"粉轻一捻和香聚"一首，乃无名
氏词，见梅苑卷七。

范祖禹

祖禹字淳甫，成都人。生于康定二年(1041)。嘉祐八年(1063)进
士。初从司马光编资治通鉴，光荐为秘书省正字，擢正言，改员外郎，拜
翰林学士。后被贬为昭州别驾，元符元年(1098)卒，年五十八。有文集
五十五卷传世。

虞主回京双调四曲

导 引 一 曲

思齐文母，盛烈对皇天。演宝祚千年。卿云复旦治功全。厌人世登仙。龙舆忽掩三川。彩仗属车旋。维清象舞告英宣。入诗颂歌弦。

六 州 一 曲

太平功。拥佑帝尧聪。歌九德，偃五戎。寰海被祥风。车书万里文轨同。自南北西东。耕田凿井，戏垂髫华髮，跻仁寿域变时雍。大明方天中。弃养东朝苦匆匆。玉座如存，永隔慈容。 恨难穷。崇庆空。飙轮仙驭无踪。超宇宙，驾云龙。祎翟掩轩宫。柏城王气长郁葱。温洛照寒崧。光灵在上，徽音流千古，昭如日月丽层穹。太任家邦隆。彤史青编永垂鸿。清庙笙镛。奏假钦崇。

十二时一曲

转招摇。厚陵回望，双阙起岩峣。晓日丽谯。金爵上干霄。风雨闳，夜宫闭，不重朝。奉鸾镳渐遥。玉京知何处，飞英衔恤，乱絮缠悲，春路迢迢。缥缈哀音，发龙箚凤箫。 光景同，惨淡度岩邑，指河桥。马萧萧。络绎星轺。拂天容卫，江海上寒潮。万国魂销。追昔御东朝。开钿扇，垂珠箔，侍珰貂。宝香烧。散飘。开仁寿域，神孙高拱，昆仑渤澥，玉烛方调。一旦宫车晚，旋归沈寥。九载初，如梦次，功得琼瑶。

虞神歌一曲

驾玉龙。设初虞祭终。前旌举，天回洛水，路转崧峰。瞻寥廓，烟

霏冲融。窅无踪。震地鼓吹悲雄。谁何羽卫重。拂云旗帜眩青
红。来渐东。清尘洒道，修职百神恭。回首苍茫，雾雨吹风。掩泉
宫。　　□□□□□□□□寰畿入，山川改容。鼓钟临近次，千
官望拜，涕泪衡从。人如堵，晨光葱茏。阙穹隆。驰道禁水相通。
当年游幸空。皇仪事毕泣重瞳。哀未穷。巍巍馀烈;辉映简编中。
亿万斯年，覆载同功。

虞主祔庙日中吕导引一曲

延和幄座，临御九年中。往事已成空。皇基固覆盂四海，本自太任
功。九虞初毕下西宫。庙祐与天崇。周家盛，卜年卜世，万祀永无
穷。<small>以上五首见范太史文集卷三十三</small>

孔平仲

　　　　平仲字毅父，武仲之弟，清江人。治平二年(1065)进士。元祐二年
(1087)召试，授集贤校理。仕至提点京西刑狱。坐党籍，谪惠州安置。
徽宗即位，召为户部员外郎、迁金部郎中，出使陕西、帅鄜、延、环、庆。
党论再起，罢职卒。有清江集。

千 秋 岁

春风湖外。红杏花初退。孤馆静，愁肠碎。泪馀痕在枕，别久香销
带。新睡起。小园戏蝶飞成对。　　惆怅人谁会。随处聊倾盖。
情暂遣，心何在。锦书消息断，玉漏花阴改。迟日暮，仙山杳杳空
云海。<small>能改斋漫录卷十七</small>

存 目 词

历代诗馀卷七十四有孔平仲水龙吟"岁穷风雪飘零"一首，乃孔夷

作,见梅苑卷一。

了　元

僧了元,号佛印,浮梁人。曾住持杭州灵隐寺。

满　庭　芳

鳞甲何多,羽毛无数,悟来佛性皆同。世人何事,刚爱口头浓_{浓原作}
_{肥,改从饮食绅言}。痛把群生割剖,刀头转、鲜血飞红。〔□□□〕,零
炮碎炙,不忍见渠侬。　　喉咙。才咽罢,龙肝凤髓,毕竟无踪。
谩赢得、生前夭寿多凶。奉劝世人省悟,休恣意、激_{激原作击,改从饮食绅}
_言恼阎翁。轮回转,本来面目,改换片_{原作眨,改从饮食绅言}时中。永乐
大典卷七千五百四十三刚字韵

存　目　词

调　名	首　　句	出　　处	附　　注
西　江　月	窄地重重帘幕	佛印师四调琴娘	话本依托,词附录于后
品　字　令	觑著脚	又	又
蝶　恋　花	执板娇娘留客住	又	又
浪　淘　沙	昨夜遇神仙	又	又
如　梦　令	记得去年时节	苏长公章台柳传	又

西　江　月

〔窄〕(窄)地重重帘幕,临风小小庭轩。绿窗朱户映婵娟。忽听歌讴
宛转。　　既是耳根有分,因何眼界无缘。分明咫尺遇神仙。隔

个绣帘不见。

品 字 令

觑著脚。想腰肢如削。歌罢遏云声,怎得向、掌中托。　　醉眼不
如归去,强罢身心虚霍。几回欲去待掀帘,犹恐主人恶。

蝶 恋 花

执板娇娘留客住。初整金钗,十指纤纤露。歌断一声天外去。清
音已遏行云住。　　耳有姻缘能听事。眼见姻缘,便得当前觑。
眼耳姻缘都已是。姻缘别有知何处。

浪 淘 沙

昨夜遇神仙。也是姻缘。分明醉里亦如然。睡觉来时浑是梦,却
在身边。　　此事怎生言。岂敢相怜。不曾抚动一条弦。传与东
坡苏学士,触处封全。

如 梦 令

记得去年时节。春色湖光晴彻。杨柳绿依依,因甚行人〔□〕折。
听说。听说。已属他人风月。

太尉夫人

仁宗时宗室夫人。

极 相 思 令

柳烟雾色方春。花露逼金茎。秋千院落,海棠渐老,才过清明。

嫩玉腕托香脂脸,相傅粉、更与谁情。秋波绽处,相思泪迸,天阻深诚。墨客挥犀卷八

郭祥正

祥正字功父,当涂人,自号谢公山人。治平二年(1065)进士。熙宁间,仕至殿中丞、签书保信军节度判官。既挂冠,号醉吟先生。寻通判汀州,继摄漳州,忤使者,陷以他狱,五年而后直。又号漳南浪士。

醉翁操　效东坡

予甥法真禅师以子瞻内相所作醉翁操见寄。予以为未工也,倚其声作之,写呈法真,知可意否?谢山醉吟先生书。

冷冷潺潺。寒泉。泻云间。如弹。醉翁洗心逃区寰。自期猿鹤俱闲。情未阑。日暮造深原。异芳谁与搴。忘还。泛声同 　琼楼玉阙,归去何年。遗风馀思,犹有猿吟鹤怨。花落溪边。萧然。莺语林中清圆。空山。春又残。客怀文章仙。度曲响涓涓。清商回微星斗寒。

按此首载至元嘉禾志卷三十一,原误题吴潜作,今订正。

董　乂

乂字彦臣,德兴人。治平二年(1065)进士。历官魏王宫教授、大理卿。尝进乐书,释青囊经。崇宁元年(1102)开具元符三年(1100)臣僚章疏姓名,列邪下。

望　江　南

缥缈烟中渔父桨,坡陀山上使君衙。

又

六月凉窗凉袵袖，二苏辞翰照青冥。以上舆地纪胜卷四十九

丁仙现

仙现，教坊使。

绛都春　上元

融和又报。乍瑞霭霁色，皇州春早。翠幰竞飞，玉勒争驰都门道。鳌山彩结蓬莱岛。向晚色、双龙衔照。绛绡楼上，彤芝盖底，仰瞻天表。　　缥缈。风传帝乐，庆三殿共赏，群仙同到。迤逦御香，飘满人间闻嬉笑。须臾一点星球小。渐隐隐、鸣鞘按"鞘"原作"梢"，据岁时广记卷十改声杳。游人月下归来，洞天未晓。草堂诗馀后集卷上

按此首误入吴文英梦窗词集。曹元忠又误补入柳永乐章集。

刘　泾

泾字巨济，简州(今四川简阳)人。熙宁六年(1073)进士。王安石荐其才，召见，除经义所检讨，迁太学博士。知处、虢、真、坊四州。元符末，除职方郎中卒，年五十八。有前溪集五卷，不传。

减字木兰花

凭谁妙笔。横扫素缣三百尺。天下应无。此是钱塘湖上图。刘泾
　　一般奇绝。云淡天高秋夜月。费尽丹青。只这些儿画不成。
仲殊　苕溪渔隐丛话后集卷三十七引复斋漫录

按苕溪渔隐丛话后集卷三十七又引古今词话以上半首为苏轼作。胡仔云：当以

复斋为正。

夏初临 夏景

泛水新荷,舞风轻燕,园林夏日初长。庭树阴浓,雏莺学弄新簧。
小桥飞入横塘。跨青蘋、绿藻幽香。朱阑斜倚,霜纨未摇,衣袂先
凉。　　歌欢稀遇,怨别多同,路遥水远,烟淡梅黄。轻衫短帽,相
携洞府流觞。况有红妆。醉归来、宝蜡成行。拂牙床。纱厨半开,
月在回廊。草堂诗馀前集卷下

存　目　词

调　名	首　句	出　处	附　注
清 平 乐	深沉院宇	类编草堂诗馀卷一	晁端礼词,见闲斋琴趣外篇卷四
声 声 慢	梅黄金重	类编草堂诗馀卷三	无名氏词,见草堂诗馀前集卷下
减字木兰花	樽前眼底(联句下半首)	词品卷四	陈袭善作,见苕溪渔隐丛话后集卷三十七引复斋漫录

黄　裳

裳字勉仲,延平(今福建南平)人。生于庆历四年(1044)。元丰五
年(1082)进士第一。累官端明殿学士。建炎四年(1130)卒,年八十七。
赠少傅。有演山先生文集六十卷。

桂枝香 延平阁闲望

人烟一簇。正寄演,客飞升,翠微麓。楼阁参差,下瞰水天红绿。
腰间剑去人安在,记千年、寸阴何速。山趋三岸,潭吞二水,岁丰人

足。　　　是处有、雕阑送目。更无限笙歌，芳酝初熟。休诧滕王看处，落霞孤鹜。雨中尤爱烟波上，见渔舟、来去相逐。数声歌向芦花，还疑是湘灵曲。

又

插云翠壁。为送目按"目"原作"日"，改从抄本演山词，入遥空，见山色。金鼎丹成去也，晋朝高客。百花岩下遗孙在，赋何人、离尘风骨。翠微缘近，希夷志远，洞天踪迹。　　　近剑有、为龙信息。怪潭上灵光，雷电相击。尤好风波乍霁，鹭汀斜日。倚栏白尽行人鬓，但沉沉、群岫凝碧。利名休事蝇头，飞舠送君南北。

新荷叶　雨中泛湖

落日衔山，行云载雨俄鸣。一顷新荷，坐间疑是秋声。烟波醉客，见快哉、风恼娉婷。香和清点，为人吹在衣襟。　　　珠珮欢言，放船且向前汀。绿伞红幢，自从天汉相迎。飞鸥独落，芦边对、几朵繁英。侑觞人唱，乍闻应似湘灵。

渔家傲　咏月

　　通一月而泛咏，已侑金卮；辨四时而各言，未劳檀板。晦朔乃取于盈阙，寒暑盖资其往来。群动息而忙者闲，观光台上；众景生而悲者笑，窥影杯中。饮阑梦觉，则斜月得其情；望重意新，则初月致其事。是宜擅有六义，离为七章，尽入歌声，共资一笑。

春　月

多幸春来云雨少。且教月与花相照。清色真香庭院悄。前事杳。还嗟此景何时了。　　　莫道难逢开口笑。夜游须趁人年少。光泛雕栏寒料峭。迁步绕。不劳秉烛壶天晓。

又　夏　月

汗漫金华寒委地。火云散尽奇峰势。纨扇团圆休与比。犹可喜。恩情不怕凉飙至。　　梦冷魂高何处寄。琉璃砌上笼人睡。逃暑广寒宫似水。缘有累。乘风却下人间世。

又　秋　月

人在月中霄汉远。仙槎乘得秋风便。寒信已归砧上练。衣未翦。疏窗空引相思怨。　　须信婵娟尤有恋。轻飞叶上清光转。寒菊枝头笼婉娈。人初宴。新妆更学铅华浅。

又　中　秋　月

三月秋光今夜半。一年人爱今回满。莫放笙歌容易散。须同玩。姮娥解笑人无伴。　　抱尽金精来碧汉。醉吟莫作寻常看。已过中天欢未断。还同叹。时情已向明朝换。

又　冬　月

风入金波凝不住。玉楼间倚谁飞举。霜艳雪光来竞素。分辨处。独垂馀意窥庭户。　　强薄罗衣催玉步。美人为我当尊舞。醉到春来能几度。愁今古。月华不去年华去。

又　新　月

方令庚生初皎皎。珠帘钩上华堂晓。十二栏干多窈窕。妆欲妙。玉篦偷学娥眉小。　　扰扰时人随兔走。十分皆望菱花照。瑞荚莫嫌生得少。圆未了。已圆却恐佳期夐。

又　斜　月

已送清歌归去后。东南楼上人声悄。冷落尤临弦上调。欢意少。空将万感收残照。　　窗外剑光初出鞘。斜窥梦断人年少。未到盖棺心未了。尘虑扰。双眸竟入扶桑晓。

永遇乐　玩雪

朝霭藏晖，客袍惊暖，天巧无意。杳杳谁知，包含造化，忽作人间瑞。儿童欢笑，忙来花下，便饮九春和气。急　舟，高人乘兴，江天助我幽思。　　缤纷似蒉，峥嵘如画，莫道冬容憔悴。恍象含空，尘无一点，疑在天宫里。酒楼酣宴，茶轩清玩，且待桂花来至。有馀光，明年待看，明红暗翠。

又　冬日席上

天接重云，月临残腊，时有幽意。化作瑶池，纷纷戏蝶，一色非人世。无情征雁，乘风南向，怅望有情难寄。暖惊梅，先传芳信，夜来万宝春至。　　中齐胜境，东藩和气，自有名园佳丽。一梦休嗟，三千好客，何处寻珠履。小堂人静，尊前清昼，好惜岁华如逝。管弦中，金杯更劝，朱颜皓齿。

蓦山溪　腊日游尧山

春前信息，到处欢声满。旌旆出西郊，拥笙歌、婵娟两畔。东巡事往，空有雪中山，仙驭悄，古风间，谩动吟人叹。　　天边身世，况值重华旦。击壤访遗民，想如云、望中不断。功名休论，齐楚共唐虞，开口笑，插花归，更候清秋晚。

喜朝天　腊中雪后东湖闲宴

雪云浓。送愁思，衾寒更怯霜风。惹起离恨，为光阴恼，人意无穷。谁省年华屡换，渐作个、浮生玉髯翁。休易感，新醅泛蚁，且共时同。　　相逢。笑语相契，况驾言游处，山里齐宫。寂寞时候，自有皓景，粉泽冬容。先顾丽人期约，痛赏候、花开洛城红。三十日，回头过尽，喜对春工。

锦堂春　玩雪

天女多情，梨花碎翦，人间赠与多才。溅瑶池潋滟，粉翅徘徊。面〔旋〕(漩)不禁风力，背人飞去还来。最清虚好处，遥度幽香，不掩寒梅。　　岁华多幸呈瑞，泛寒光，一样仙子楼台。虽喜朱颜可照，时更相催。细认沙汀鹭下，静看烟渚潮回。遣按"遣"原误作"边"，从抄本演山词青蛾趁拍，鬥献轻盈，且更传杯。

霜叶飞　冬日闲宴

谁能留得年华住。韶华今在何处。万林飞尽，但惊天篆，半空无数。望消息、霜催雁过，佳人愁起云垂暮。就绣幕、红炉去。金鸭时飘异香，柳腰人舞。　　休道行且分飞，共乐还一岁，见景长是欢聚。大来芳意，既与名园，是花为主。翠娥说、尊前笑语。来年管取人如故。向寂寞，中先喜，俄顷飞琼，化成寰宇。

水龙吟　方外述怀

五城中锁奇书，世间睡里无人唤。家家自有，月中丹桂，朱衣仙子。能驻光阴，解留颜鬓，引君霄汉。便西归、休梦华胥国□，按原无空格，从沤喜亭抄本演山先生词约无限、烟霞伴。　　谁是采真高士，幻中寻取元非幻。时人不为,玉峰三秀,尘缘难断。莫说英雄,万端愁绪,夕阳孤馆。到流年过尽,韶华去了,起浮生叹。

蝶恋花 牡丹

每到花开春已暮。况是人生,难得长欢聚。一日一游能几度。看看背我堂堂去。　　蝶乱蜂忙红粉妒。醉眼吟情,且与花为主。雪怨云愁无问处。芳心待向谁分付。

又

兴到浓时春不住。昨夜雕栏,放了花无数。谈笑急邀吟醉侣。青娥也合随轩去。　　媚恐情生娇恐妒。今日开尊,多幸无风雨。休唱宴琼林一句。来年花共人何处。

又 东湖

南北两山骄欲鬥。中有涟漪,莫道壶山小。落落情怀临漂渺。驾言来处铃斋按"斋"原作"齐",字通,从泜喜亭本抄本演山先生词悄。　　行到桃溪花解笑。人面相逢,竞好窥寒照。醉步欹斜西日少。欢声犹唱多情调。

又

高下亭台山水境。两畔清辉,中有垂杨径。鹭点前汀供雪景。花乘流水传春信。　　不醉无归先说定。醉待言归,又被风吹醒。月下壶天游未尽。广寒宫是波中影。

又

杳杳晴虚寒漫漫。放下尘劳,相共游银汉。便入醉乡休浩叹。神仙只在云门馆。　　　饮兴偏宜流水畔。时有红蕖，落在黄金盏。
鹭未忘机移别岸。画船更上前汀看。

又

水鉴中看尤未老。乘兴拏舟，更向湘江过。俯仰太虚都一个。九
春风思谁吟到。　　　闲上钓台云外坐。待得金鳞，始放芳尊倒。
醉后言归犹更早。素纤有数君须道。

喜迁莺　表海亭冬日闲宴

雕栏闲倚，瑞雪霁、浣出人间金碧。下想名园，芳心多少，欲占九州
颜色。洞开路入丹汉，自是神仙真宅。寒吟外，看歌云舞雪，光阴
难得。　　　谁共怀古意，东海一老，居易头垂白。自此英雄，功名
相继，空有寂寥遗迹。圣贤电拂休笑，离合许多宾客。使君乐与人
同，且对云门斜日。

宴琼林　木香

红紫趁春阑，独万簇琼英，尤未开罢。问谁共、绿幄宴群真，皓雪肌
肤相亚。华堂路，小桥边，向晴阴一架。为香清、把作寒梅看，喜风
来偏惹。　　　莫笑因缘，见景跨春空，荣称亭榭。助巧笑、晓妆如
画，有花钿堪借。新醅泛、寒冰几点，拚今日、醉尤飞斝。翠罗帏
中，卧蟾光碎，何须待还舍。

宴春台　初夏宴芙蓉堂

夏景舒长，麦天清润，高低万木成阴。晓意寒轻，一声未放蝉吟。
但闻莺友同音。宴华堂、绿水中心。芙蓉都没，红妆信息，终待重
寻。　　　清冷相照，邂逅俱欢，翠娥拥我，芳酝强斟。笙歌引步，登

临更向瑶岑。卧影沉沉。自风来、与客披襟。纵更深。归来洞府，红烛如林。以上演山先生文集卷三十

雨霖铃 送客还浙东

天南游客。甚而今、却送君南国。薰风万里无限，吟蝉暗续，离情如织。秣马脂车，去即去、多少人惜。为惠爱、烟惨云山，送两城愁作行色。　　飞帆过、浙西封域。到秋深、且舣荷花泽。就船买得鲈鳜，新谷破、雪堆香粒。此兴谁同，须记东秦，有客相忆。愿听了、一阕歌声，醉倒拚今日。

桂枝香 重阳

酽醑初熟。竞按"竞"原作"兢"，从沤喜亭抄本演山先生词，以下各"竞"字同看九日、西风弄寒菊。姝子新妆，向晓淡黄千簇。清香闹处君须住，掺盈头、醉乡相逐。马台欢笑，龙山纵逸，佳话重绪。　　共尽日、登临未足。更休问明年，浮世荣辱。难得良辰，鬓发见秋尤绿。且邀月照金尊上，近人寒、如对飞瀑。宴归还趁人来，茱萸佩垂红玉。

喜迁莺 端午泛湖

梅霖初歇。乍绛蕊海榴，争开时节。角黍包金，香蒲切玉，是处玳筵罗列。斗巧尽输年少，玉腕彩丝双结。舣彩舫，看龙舟两两，波心齐发。　　奇绝。难画处，激起浪花，飞作湖间雪。画鼓喧雷，红旗闪电，夺罢锦标方彻。望中水天日暮，犹见朱帘高揭。归棹晚，载荷花十里，一钩新月。

按此首别又误作吴礼之词，见西湖游览志馀卷三。又"斗巧尽输年少"二句，岁时广记卷二十一引作王诜词。

洞仙歌　暑中

乱蝉何事，冒暑吟如诉。断续声中为谁苦。阵云行碧落，舒卷光阴，秋意爽，俄作晴空骤雨。　　　明珠无限数。都在荷花，疑是星河对庭户。莫负昼如年，况有清尊，披襟坐、水风来处。信美景良辰、自古难并，既不遇多才，岂能欢聚。

又

杳按"杳"原作"香"，从其他各本改无风色，肠断莲花信。水鉴云垂数峰影。向劳生辛按各本俱无"辛"字，据四库全书本演山先生文集补苦，寒暑煎人，争不老，空想秋堂夜静。　　　玉姬挥皓月，时送微凉，莫吝金卮为伊尽。柳下夕阳收，傍水重游，花茵上、雪回襟冷。问避暑天机、自有奇人，但且对湖光，世间谁醒。

又　七夕

世间言笑，天上谁欢聚。河汉涵秋静无暑。望丹霄杳杳，云幄俄开，缘会远，空引时情万缕。　　　彩楼人送目，今夕无双，巧在灵丝暗相许。爽气御西风，众乐难寻，乘槎看、鹊桥初度。过几刻良时、早已分飞，向月下何辞，十分芳醑。

八声甘州　初秋

化工多事了，却收天巧，都与西风。数峰云如扫，闲垂六幕，初见秋容。昨夜烦襟顿释，一雨洗遥空。偏有银蟾好，千里人同。　　　引起游人多感，为静中景色，悲思无穷。傍雕栏怀古，谁问紫元翁。也难逢、金华时候，又岂知、幽会水精宫。尘缘满，指烟霞去，多在江东。

满庭芳　咏浮桥

琼馆烟轻, 银河风细, 玉桥云锁方开。晓虹千丈, 宛转下天来。人
在水精宫里, 行乐处、锦绣成堆。仍相问, 人间天上, 何处有蓬莱。

　　徘徊。追往事, 征南巧架, 傅野怀才。谩石驱东海, 沙合龙台。
好是乐成初宴, 红牙碎、声隐晴雷。江天晚, 游人未散, 莫放隼旗
回。

宴琼林　上元

霜月和银灯, 乍送目楼台, 星汉高下。爱东风、已暖绮罗香, 竞走去
来车马。红莲万斛, 开尽处、长安一夜。少年郎、两两桃花面, 有馀
光相借。　　　因甚灵山在此, 是何人、能运神化。对景便作神仙
会, 恐云辁且驾。思曾侍、龙楼俯览, 笑声远、洞天飞翠。向东来、
尤幸时如故, 群芳未开谢。

又　东湖春日

遽暖间俄寒, 妙用向园林, 难问春意。万般声与色, 自闻雷、便作浮
华人世。红娇翠软, 谁顿悟、天机此理, 似韶容、可驻无人会, 且忘
言闲醉。　　　当度仙家长日, 向人间、闲看佳丽。念远处有东风
在, 梦悠悠往事。桃溪近、幽香远远, 谩凝望、落花流水。桂华中、
珠珮随轩去, 还从卖花市。

又　牡丹

已览遍韶容, 最后有花王, 芳信来报。魏妃天与色, 拥姚黄、去赏十
洲仙岛。东君到此, 缘费尽、天机亦老。为娇多、只恐能言笑。惹
风流烦恼。　　　莫道两都迥出, 情多才、吟看谁好。为我惨有如花

面,说良辰欲过。须勤向、雕栏秉烛,更休管、夕阳芳草。算来年、花共人何处,金尊为花倒。

满江红　东湖观莲

绿盖纷纷,多少个、云霄仙子。应是有,瑶池盛会,靓妆临水。无奈轻盈风信急,瑞香乱翠红相倚。谁共吟、此景竹林人,桃溪士。

时雨过,明珠细。朝雾染,香腮腻。轻舟破幽径,烦襟都洗。第一朵须寻华池景,寿觞边偶得龟千岁。乘兴泻、云液落新荷,休辞醉。

减字木兰花　竞渡

红旗高举。飞出深深杨柳渚。鼓击春雷。直破烟波远远回。
欢声震地。惊退万人争战气。金碧楼西。衔得锦标第一归。

瑶池月　云山行

> 紫元翁一日公馀,危坐寂寥。幽怀逸思,偶往云山烟波之间,想见其为乐也,因作云山、烟波二行,歌之以瑶池月。精严禅老请刻之石,乃书以遗之。

微尘濯尽,栖真处、群山排在云汉。青盘翠跃,掩映平林寒涧。流水急、数片桃花逝,自有留春仙馆。秦渔问,前朝换。卢郎待,今生满。谁伴。元翁笑语,相从未晚。　　更安得、世味堪玩。道未立、身尤是幻。浮生一梭过,梦回人散。卧松庵、当会灵源,现万象、无中须看。乾坤鼎,阴阳炭。琼枝秀,金圆烂。何患。朝元事往,孤云难管。

又　烟波行

扁舟寓兴,江湖上、无人知道名姓。忘机对景,咫尺群鸥相认。烟雨急、一片篷^{原作蓬}，_{从江标宋元十五家词本演山词}声碎，醉眼看山还醒。
晴云断，狂风信。寒蟾倒，远山影。谁听。横琴数曲，瑶池夜冷。

　　这些子、名利休问。况是物、都归幻境。须臾百年梦，去来无
定。向婵娟、留住青春，笑世上、风流多病。兼葭渚，芙蓉径。放侯
印，趁渔艇。争甚。须知九鼎，金砂如圣。

蝶恋花　月词

　　伏以合欢开宴，奉乐国之宾朋；对景摅怀，待良时之风月。此者偶
屈三益，幸逢四并。六幕星稀，万楞风细。天发金精之含蓄，地扬银色
之光华。远近万情，若知而莫诘；满虚一色，可揽以□将。是故无累而
玩之者，喜乐之心生；不足而对之者，悲伤之态作。感群动以无意，涵长
空而不流。对坐北堂，方入陆生之牖；共离南馆，便登韩子之台。愿歌
三五之清辉，誓倒十千之芳酝。

忽破黄昏还太素。寒浸楼台，缥缈非烟雾。江上分明星汉路。金
银闪闪神仙府。　　影卧清光随我舞。邂逅三人，只愿长相聚。
今月亭亭曾照古。古人问月今何处。

又

满到十分人望尽。仙桂无根，到处留光景。听我尊前欢未竟。金
厄已弄寒蟾影。　　银色界中风色定。散了浮云，宝匣初开镜。
归去不须红烛影。天边自与人相趁。

又

古往今来忙里过。今古清光，静照人行道。难似素娥长见好。见
频只是催人老。　　欲驻征轮无计那。世上多情，却被无情恼。
夜夜乌飞谁识破。满头空恨霜华早。

又

俄落盏中如有恋。盏未乾时，还见霜娥现。说向翠鬟斟莫浅。殷勤此意应相劝。　　光景尤宜年少面。千里同看，不与人同怨。席上笑歌身更健。良时只愿长相见。

又

千二百回圆未半。人世悲欢，此景长相伴。行到身边琼步款。金船载酒银河畔。　　谁为别来音信断。那更蟾光，一点窥孤馆。静送忘言愁一段。会须莫放笙歌散。

又

人逐金乌忙到夜。不见金乌，方见人闲暇。天汉似来尊畔泻。须知闲暇欢无价。　　银色满身谁可画。两腋风生，爽气骎骎马。待入蟾宫偷造化。姮娥已许仙方借。

又　劝酒致语

适来已陈十二短章，辄歌三五盛景。累累清韵，尚惭梁上之飞尘；抑抑佳宾，须作乡中之醉客。同乐当勤于今夕，相从或系于他年。更赋幽情，再声佳咏。

万籁无声天地静。清抱朱弦，不愧丹霄镜。照到林梢风有信。抬头疑是梅花领。　　万感只应闲对景。独倚危栏，扰扰人初定。吟不尽中愁不尽。溪山千古沉沉影。

又

谁悟月中真火冷。能引尘缘，遂出轮回境。争奈多情都未醒。九回肠断花间影。　　万古兴亡闲事定。物是人非，杳杳无音信。
问月可知谁可问。不如且醉尊前景。

又

忽送林光禽有语。飞入遥空，失素归洲鹭。照处无私清望富。馀
辉不惜人人与。　　玉绳欲到中天路。且待飞舻，缓缓移琼步。
花下影圆良夜午。东南楼上还相顾。

又

一望瑶华初委地。更约幽人，共赏岩边翠。试把方按“方”原误“万”，改
从他本诸聊与试。无情争得无中泪。　　飞瀑恐从星汉至。渐向
宾筵，但觉寒如水。自爱一轮方得意。轻随箕毕按“毕”原误“累”，从沤
喜亭抄本演山先生词改还成累。

青门引　社日游云门　（按词律调名当作青门饮）

鸿落寒滨，燕辞幽馆，西成万室，颦眉人少。自古云陗，洞门何处，
南望数峰秋晓。千骑旌麾远，去寻真、忙中心了。佩声盘入，烟霞
绝顶，谁闻欢笑。　　当候青童相报。因待访仙人，长生微妙。置
俎争来，四乡宴社，且看翠围红绕。似可扪青汉，到北扉、两城斜
照。醉翁回首，丹台梦觉，钧天声杳。

满路花　和秋风吹渭水

乾坤生古意，草木起秋声。移人名利境，梦中惊。便寻灵宝，凤髓
与龟精。密报黄芽就，紫府门开，道情有个莺莺。问归含楚山青。
　　卧影水天明。松庵谁笑话，见还婴。鹤归日落，聚散按“散”字原
无，据沤喜亭抄本演山先生词补两忘情。好笑人痴处，白头青冢，世间犹

说醒醒。以上演山先生文集卷三十一

黄裳词五十三首,用潜采堂、谦牧堂递藏旧抄本演山先生文集,讹夺字以各本演山词校正。

存　目　词

按历代诗馀卷四十三有黄裳卖花声"人过天街"一首,据词品卷六,乃元人黄子常撰。附录于下。

卖花声　本意

人过天街,晓色担头红紫。满筠筐、浮花浪蕊。画楼睡醒,正眼横秋水。听新腔、一声催起。　　吟红叫白,报道蜂儿知未。隔东西、馀音软美。迎门争买,早斜簪云髻。助春娇、粉香帘底。

王　雱

雱字元泽,安石子。生于庆历四年(1044)。治平四年(1067)进士,调旌德尉,历太子中允、崇政殿说书、龙图阁直学士。熙宁九年(1067)卒,年三十三。

倦寻芳慢　中吕宫

露晞向晚,帘幕风轻,小院闲昼。翠迳莺来,惊下乱红铺绣。倚危墙,登高榭,海棠经雨胭脂透。算韶华,又因循过了,清明时候。

倦游燕、风光满目,好景良辰,谁共携手。恨被榆钱,买断两眉长斗。忆高阳,人散后。落花流水仍依旧。这情怀,对东风、尽成消瘦。乐府雅词拾遗卷上

存　目　词

按类编草堂诗馀卷二有眼儿媚"杨柳丝丝弄轻柔"一首,乃无名氏

作,见草堂诗馀前集卷上。

张景修

景修字敏叔,常州人。治平四年(1067),举进士。元祐末,为饶州浮梁令。大观中,迁郎中。

虞 美 人

春风曾见桃花面。重见胜初见。两枝独占小春开。应怪刘郎迷路、又重来。　　旁人应笑髯公老。独爱花枝好。世间好景不长圆。莫放笙歌归院、且尊前。

选 冠 子

嫩水挼蓝,遥堤映翠,半雨半烟桥畔。鸣禽弄舌,蔓草萦心,偏称谢家池馆。红粉墙头,柳摇金缕,纤柔舞腰低软。被和风、搭在阑干,终日绣帘谁卷。　　春易老,细叶舒眉,轻花吐絮,渐觉绿阴垂暖。章台系马,灞水维舟,追念凤城人远。惆怅阳关故国,杯酒飘零,惹人肠断。恨青青客舍,江头风笛,乱云空晚。以上二首见乐府雅词拾遗卷上

黄大临

大临字元明,号寅庵,洪州分宁(今江西修水)人,黄庭坚兄。绍圣中,官萍乡令。

青 玉 案

行人欲上来时路。破晓雾、轻寒去。隔叶子规声暗度。十分酒满,

舞裀歌袖,沾夜无寻处。　　故人近送旌旗暮。但听阳关第三句。
欲断离肠馀几许。满天星月,看人憔悴,烛泪垂如雨。

> 按此首原见黄庭坚豫章黄先生词,题云:"寅庵解萍乡宰作,今附此。"盖黄大临作。

又 <small>和贺方回韵,送山谷弟贬宜州</small>

千峰百嶂宜州路。天黯淡、知人去。晓别吾家黄叔度。弟兄华发,
远山修水,异日同归处。　　樽罍饮散长亭暮。别语缠绵不成句。
已断离肠能几许。水村山馆,夜阑无寐,听尽空阶雨。<small>能改斋漫录卷十六</small>

> 按此首或误作黄庭坚弟黄叔达词,见历代诗馀卷四十三。

七　娘　子

画堂银烛明如昼。见林宗、巾垫羞蓬首。针指花枝,线赊罗袖。须
臾两带还依旧。　　劝君倒戴休令后。也不须、更漉渊明酒。宝
箧深藏,浓香熏透。为经十指如葱手。<small>能改斋漫录卷十七</small>

黄庭坚

> 庭坚字鲁直,洪州分宁(今江西修水)人。生于庆历五年(1045)。
> 治平四年(1067),举进士,为叶县尉,历秘书丞、著作郎。绍圣初,坐修
> 神宗实录失实,贬涪州别驾,黔州安置。建中靖国初,召还,知太平州。
> 除名,编管宜州。崇宁四年(1105)卒,年六十一。追谥文节。自号山谷
> 老人,一号涪翁。有豫章集,山谷词。

> **念奴娇** <small>八月十七日,同诸甥步自永安城楼,过张宽夫
> 园待月。偶有名酒,因以金荷酌众客。客有孙彦
> 立,善吹笛。援笔作乐府长短句,文不加点。</small>

断虹霁雨，净秋空，山染修眉新绿。桂影扶疏，谁便道，今夕清辉不
足。万里青天，姮娥何处，驾此一轮玉。寒光零乱，为谁偏照醽醁。

　　年少从我追游，晚凉幽径，绕张园森木。共倒金荷家万里，难
得尊前相属。老子平生，江南江北，最爱临风曲。孙郎微笑，坐来
声喷霜竹。

水调歌头 游览

瑶草一何碧，春入武陵溪。溪上桃花无数，花上有黄鹂。我欲穿花
寻路，直入白云深处，浩气展虹霓。只恐花深里，红露湿人衣。

　　坐玉石，欹玉枕，拂金徽。谪仙何处，无人伴我白螺杯。我为灵
芝仙草，不为朱唇丹脸，长啸亦何为。醉舞下山去，明月逐人归。

　　　按碧溪漫志卷二引石耆卿云，此莫将词，疑非。

又

落日塞垣路，风劲戛貂裘。翩翩数骑闲猎，深入黑山头。极目平沙
千里，惟见珊弓白羽，铁面骏骅骝。隐隐望青冢，特地起闲愁。

　　汉天子，方鼎盛，四百州。玉颜皓齿，深锁三十六宫秋。堂有经
纶贤相，边有纵横谋将，不减翠蛾羞。戎虏和乐也，圣主永无忧。

　　　按此首别又作刘潜词，见唐宋诸贤绝妙词选卷五。

满庭芳 妓女

初绾云鬟，才胜罗绮，便嫌柳陌花街。占春才子，容易托行媒。其
奈风情债负，烟花部、不免差排。刘郎恨，桃花片片，随水染尘埃。

　　风流，贤太守，能笼翠羽，宜醉金钗。且留取垂杨，掩映厅阶。
直待朱辀去后，从伊便、窄袜弓鞋。知恩否，朝云暮雨，还向梦中
来。

又 茶

北苑春风,方圭圆璧,万里名动京关。碎身粉骨,功合上凌烟。尊俎风流战胜,降春睡、开拓愁边。纤纤捧,研膏溅乳,金缕鹧鸪斑。

相如,虽病渴,一觞一咏,宾有群贤。为扶起灯前,醉玉颓山。搜搅胸中万卷,还倾动、三峡词源。归来晚,文君未寝,相对小窗前。

按此首别又见秦观淮海居士长短句卷中。

鼓笛慢 黔守曹伯达供备生日

早秋明月新圆,汉家戚里生飞将。青骢宝勒,绿沉金锁,曾瞻天仗。种德江南,宣威西夏,合宫陪享。况当年定计,昭陵与子,勋劳在、诸公上。　　千骑风流年少,暂淹留、莫辜清赏。平坡驻马,虚弦落雁,思临虏帐。遍舞摩围,递歌彭水,拂云惊浪。看朱颜绿鬓,封侯万里,写凌烟像。

洞仙歌 泸守王补之生日

月中丹桂,自风霜难老。阅尽人间盛衰草。望中秋、才有几日,十分圆,霾风雨,云表常如永昼。　　不得文章力,白首防秋,谁念云中上功守。正注意,得人雄,静扫河山,应难纵、五湖归棹。问持节冯唐几时来,看再策勋名,印窠如斗。

雨中花 送彭文思使君

政乐中和,夷夏宴喜,官梅乍传消息。待作新年欢计,断送春色。桃李成阴,甘棠少讼,又移旌戟。念画楼朱阁,风流高会,顿冷谈席。　　西州纵有,舞裙歌板,谁共茗邀棋敌。归来未得,先沾离袖,管弦催滴。乐事赏心易散,良辰美景难得。会须醉倒,玉山扶起,更倾春碧。

忆帝京 黔州张倅生日

鸣鸠乳燕春闲暇。化作绿阴槐夏。寿酒舞红裳,睡鸭飘香麝。醉此洛阳人,佐郡深儒雅。　　况坐上、玉麟金马。更莫问、莺老花谢。万里相依,千金为寿,未厌玉烛传清夜。不醉欲言归,笑杀高阳社。

醉 蓬 莱

对朝云叆叇,暮雨霏微,乱峰相倚。巫峡高唐,锁楚宫朱翠。画戟移春,靓妆迎马,向一川都会。万里投荒,一身吊影,成何欢意。　　尽道黔南,去天尺五,望极神州,万里烟水。尊酒公堂,有中朝佳士。荔颊红深,麝脐香满,醉舞裀歌袂。杜宇声声,催人到晓,不如归是。

南 歌 子

诗有渊明语,歌无子夜声。论文思见老弥明。坐想罗浮山下、羽衣轻。　　何处黔中郡,遥知隔晚晴。雨馀风急断虹横。应梦池塘春草、若为情。

蓦山溪 赠衡阳妓陈湘

鸳鸯翡翠,小小思珍偶。眉黛敛秋波,尽湖南、山明水秀。娉娉袅袅,恰近十三馀,春未透。花枝瘦。正是愁时候。　　寻花载酒。肯落谁人后。只恐远归来,绿成阴、青梅如豆。心期得处,每自不由人,长亭柳。君知否。千里犹回首。

按此首别又误作姜夔词,见洪正治本白石诗词集。

转调丑奴儿

得意许多时。长醉赏、月影花枝。暴风狂雨年年有,金笼锁定,莺
雏燕友,不被鸡欺。　　红旆转逶迤。悔无计、千里追随。再来应
绾泸南印,而今目下,恓惶怎向,日永春迟。

品令　送黔守曹伯达供备

败叶霜天晓。渐鼓吹、催行棹。栽成桃李未开,便解银章归报。去
取麒麟图画,要及年少。　　劝公醉倒。别语怎向醒时道。楚山
千里暮云,正锁离人情抱。记取江州司马,坐中最老。

踏　莎　行

画鼓催春,蛮歌走饷。雨前一焙谁争长。低株摘尽到高株,株株别
是闽溪样。　　碾破春风,香凝午帐。银瓶雪滚翻成浪。今宵无
睡酒醒时,摩围按"围"原误作"园",据宋本琴趣改影在秋江上。

又

临水夭桃,倚墙繁李。长杨风掉青骢尾。尊中有酒且酬春,更寻何
处无愁地。　　明日重来,落花如绮。芭蕉渐展山公启。欲笺心
事寄天公,教人长对花前醉。

定风波　次高左藏韵

自断此生休问天。白头波上泛孤船。老去文章无气味。憔悴。不
堪驱使菊花前。　　闻道使君携将吏。高会。参军吹帽晚风颠。
千骑插花秋色暮。归去。翠娥扶入醉时肩。

又　次高左藏使君韵

万里黔中一漏天。屋居终日似乘船。及至重阳天也霁。催醉。鬼门关外蜀江前。　　莫笑老翁犹气岸。君看。几人黄菊上华颠。戏马台南追两谢。驰射。风流犹拍古人肩。

又　荔枝

晚岁监州闻荔枝。赤英垂坠压阑枝。万里来逢芳意歇。愁绝。满盘空忆去年时。　　涧草山花光照坐。春过。等闲桃李又累累。辜负寒泉浸红皱。消瘦。有人花病损香肌。

又

准拟阶前摘荔枝。今年歇尽去年枝。莫是春光斯料理。无比。譬如痎疟有休时。　　碧甃朱阑情不浅。何晚。来年枝上报累累。雨后园林坐清影。苏醒。红裳剥尽看香肌。

鹊桥仙　次东坡七夕韵

八年不见，清都绛阙，望河汉、溶溶漾漾。年年牛女恨风波，拚此事、人间天上。　　野麋丰草，江鸥远水，老去惟便疏放。百钱端欲问君平，早晚具、归田小舫。

又　席上赋七夕

朱楼彩舫，浮瓜沈李，报答风光有处。一年尊酒暂时同，别泪作、人间晓雨。　　鸳鸯机综，能令侬巧，也待乘槎仙去。若逢海上白头翁，共一访、痴牛騃女。

阮 郎 归

黔中桃李可寻芳。摘茶人自忙。月团犀胯斗圆方。研膏入焙香。

青箬裹,绛纱囊。品高闻外江。酒阑传碗舞红裳。都濡春味长。

又 效福唐独木桥体作茶词

烹茶留客驻金鞍。月斜窗外山。别郎容易见郎难。有人思远山。

归去后,忆前欢。画屏金博山。一杯春露莫留残。与郎扶玉山。

更漏子 馀甘汤

庵摩勒,西土果。霜后明珠颗颗。凭玉兔,捣香尘。称为席上珍。

号馀甘,争奈苦。临上马时分付。管回味,却思量。忠言君试尝。

绣带子 张宽夫园赏梅

小院一枝梅。冲破晓寒开。晚到芳园游戏,满袖带香回。　　玉酒覆银杯。尽醉去、犹待重来。东邻何事,惊吹怨笛,雪片成堆。

撼庭竹 宰太和日吉州城外作

呜咽南楼吹落梅。闻鸦树惊栖。梦中相见不多时。隔城今夜也应知。坐久水空碧,山月影沉西。　　买个宅儿住著伊。刚不肯相随。如今果被天瞋作,永落鸡群被鸡欺。空恁可怜伊。风日损花枝。以上二十七首山谷琴趣外篇卷一

减字木兰花 春

馀寒争令。雪共蜡梅相照影。昨夜东风。已出耕牛劝岁功。
阴云幂幂。近觉去天无几尺。休恨春迟。桃李梢头次第知。

又 距施州二十里,张仲谋遣骑相迎,因送所和乐府来, 且约近郊相见,复用前韵先往

使君那里。千骑尘中依约是。拂我眉头。无处重寻庾信愁。
山云弥漫。夹道旌旗联复断。万事茫茫。分付澄波与烂肠。

又 登巫山县楼作

襄王梦里。草绿烟深何处是。宋玉台头。暮雨朝云几许愁。
飞花漫漫。不管羁人肠欲断。春水茫茫。欲度南陵更断肠。

又

巫山古县。老杜淹留情始见。拨闷题诗。千古神交世不知。
云阳台下。更值清明风雨夜。知道愁辛。果是当时作赋人。

又 和赵文仪

诗翁才刃。曾陷文场貔虎阵。谁敢当哉。况是焚舟决胜来。
三巴春杪。客馆梦回风雨晓。胸次峥嵘。欲共涛头赤甲平。

又

苍崖万仞。下有奔雷千百阵。自古危哉。谁遣西园滟么来。
猿啼云杪。破梦一声巫峡晓。苦唤愁生。不是西园作么平。

又　私情

终宵忘寐。好事如何犹尚未。子细沉吟。珠泪盈盈湿袖襟。
与君别也。愿在郎心莫暂舍。记取盟言。闻早回程却再圆。

又　丙子仲秋，奉陪黔阳曹使君伯达玩月，作减字木兰花，兼简施州张使君仲谋

中秋多雨。常是尊罍狼藉去。今夜云开。须道姮娥得得来。
不知云外。还有清光同此会。笛在层楼。声彻摩围顶上头。

又

中秋无雨。醉送月衔西岭去。笑口须开。几度中秋见月来。
前年江外。儿女传杯兄弟会。此夜登楼。小谢清吟慰白头。

又

浓云骤雨。巫峡有情来又去。今夜天开。不与姮娥作伴来。
清光无外。白发老人心自会。何处歌楼。贪看冰轮不转头。

又　丙子仲秋黔守席上，客有举岑嘉州中秋诗曰："今夜鄜州月，闺中只独看。遥怜小儿女，未解忆长安。"因戏作

举头无语。家在月明生处住。拟上摩围。最上峰头试望之。
偏怜络秀。苦淡同甘谁更有。想见牵衣。月到愁边总不知。

又　戏答

月中笑语。万里同依光景住。天水相围。相见无因梦见之。
诸儿娟秀。儒学传家渠自有。自作秋衣。渐老先寒人未知。

又 用前韵示知命弟

当年夜雨。头白相依无去住。儿女成围。欢笑尊前月照之。
阿连高秀。千万里来忠孝有。岂谓无衣。岁晚先寒要弟知。

木 兰 花 令

风开水面鱼纹皱。暖入草心犀点透。乍看晴日弄柔条,忆得章台
人姓柳。　　心情老大痴成就。不复淋漓沾翠袖。早梅献笑尚窥
邻,小蜜窃香如遗寿。

又

东君未试雷霆手。洒雪开春春锁透。帝台应点万年枝,穷巷偏欺
三径柳。　　峰排群玉森相就。中有摩围为领袖。凝香窗下与谁
看,一曲琵琶千万寿。

又

新年何许春光漏。小院闭门风日透。酥花入坐颇欺梅,雪絮因风
全是柳。　　使君落笔春词就。应唤歌檀催舞袖。得开眉处且开
眉,人世可能金石寿。

又

黄金捍拨春风手。帘幕重重音韵透。梅花破萼便回春,似有黄鹂
鸣翠柳。　　晓妆未惬梅添就。玉笋捧杯离钿袖。会拚千日笑尊
前,他日相思空损寿。

又

黔中士女游晴昼。花信轻寒罗袖透。争寻穿石道宜男，更买江鱼双贯柳。　　竹枝歌好移船就。依倚风光垂翠袖。满倾芦酒指摩围，相守与郎如许寿。

又

可怜翡翠随鸡走。学绾双鬟年纪小。见来行待恶怜伊，心性娇痴空解笑。　　红蕖照映霜林表。杨柳舞风腰袅袅。衾裯枕剩尽相容，只是老人难再少。

清 平 乐

春归何处。寂寞无行路。若有人知春去处。唤取归来同住。
春无踪迹谁知。除非问取黄鹂。百啭无人能解，因风飞过蔷薇。

又　重九

黄花当户。已觉秋容暮。云梦南州逢笑语。心在歌边舞处。
使君一笑眉开。新晴照酒尊来。且乐尊前见在，休思走马章台。

又

休推小户。看即风光暮。莫粉菊英浮碗醋。报答风光有处。　　几回笑口能开。少年不肯重来。借问牛山戏马，今为谁姓池台。

又

舞鬟娟好。白发黄花帽。醉任旁观嘲潦倒。扶老偏宜年小。
舞回脸玉胸酥。缠头一斛明珠。日日梁州薄媚，年年金菊茱萸。

又　示知命

乍晴秋好。黄菊欹乌帽。不见清谈人绝倒。更忆添丁小小。
蜀娘漫点花酥。酒槽空滴真珠。兄弟四人别住,他年同插茱萸。

又　饮宴

冰堂酒好。只恨银杯小。新作金荷工献巧。图要连台拗倒。
采莲一曲清歌。急檀催卷金荷。醉里香飘睡鸭,更惊罗袜凌波。

忆帝京　赠弹琵琶妓

薄妆小靥闲情素。抱著琵琶凝伫。慢捻复轻拢,切切如私语。转
拨割朱弦,一段惊沙去。　　万里嫁、乌孙公主。对易水、明妃不
渡。泪粉行行,红颜片片,指下花落狂风雨。借问本师谁,敛拨当
心住。

又　私情

银烛生花如红豆。占好事、而今有。人醉曲屏深,借宝瑟、轻招手。
一阵白蘋风,故灭烛、教相就。　　花带雨、冰肌香透。恨啼乌、辘
轳声晓。岸柳微凉吹残酒。断肠时、至今依旧。镜中消瘦。那人
知后。怕夯你来僝僽。

　　按此首又见绿窗新话卷上引古今词话作秦观御街行。

画　堂　春

东堂西畔有池塘。使君案几明窗。日西人吏散东廊。薄苇送轻
凉。　　翠管细通岩溜,小峰重叠山光。近池催置琵琶床。衣带
水风香。

又

摩围小隐枕蛮江。蛛丝闲锁晴窗。水风山影上修廊。不到晚来凉。　　相伴蝶穿花径,独飞鸥舞春光。不因送客下绳床。添火炷炉香。以上二十九首彊村丛书本山谷琴趣外篇卷二

鹧鸪天 明日独酌自嘲呈史应之

万事令人心骨寒。故人坟上土新干。淫坊按“坊”原误作“妨”,据宋本琴趣改酒肆狂居士,李下何妨也整冠。　　金作鼎,玉为餐。老来亦失少时欢。茱萸菊蕊年年事,十日还将九日看。

又 坐中有眉山隐客史应之和前韵,即席答之

黄菊枝头生晓寒。人生莫放酒杯干。风前横笛斜吹雨,醉里簪花倒著冠。　　身健在,且加餐。舞裙歌板尽清欢。黄花白髪相牵挽,付与时人冷眼看。

又

紫菊黄花风露寒。平沙戏马雨新干。且看欲尽花经眼。休说弹冠与挂冠。　　甘酒病,废朝餐。何人得似醉中欢。十年一觉扬州梦,为报时人洗眼看。

又 表弟李如篪云:“玄真子渔父语,以鹧鸪天歌之,极入律,但少数句耳。”因以玄真子遗事足之。宪宗时,画玄真子像,访之江湖,不可得,因令集其歌诗上之。玄真之兄松龄,惧玄真放浪而不返也,和答其渔父云:“乐在风波钓是闲。草堂松桂已胜攀。太湖水,洞庭山。狂风浪起且须还。”此余续成之意也

西塞山边白鹭飞。桃花流水鳜鱼肥。朝廷尚觅玄真子,何处如今

更有诗。　　青箬笠，绿蓑衣。斜风细雨不须归。人间底是无波
处，一日风波十二时。

　　　　按此首别误入曾慥本东坡词卷下。

　　醉落魄　旧有醉醒醒醉一曲云："醉醒醒醉。凭君会取
　　　　　皆滋味。浓斟琥珀香浮蚁。一入愁肠，便有阳春
　　　　　意。须将席幕为天地。歌前起舞花前睡。从他
　　　　　兀兀陶陶里。犹胜醒醒、惹得闲憔悴。"此曲亦有
　　　　　佳句，而多斧凿痕，又语高下不甚入律。或传是
　　　　　东坡语，非也。与"蜗角虚名"、"解下痴绠"之曲
　　　　　相似，疑是王仲父作。因戏作四篇呈吴元祥、黄
　　　　　中行，似能厌道二公意中事

陶陶兀兀。尊前是我华胥国。争名争利休休莫。雪月风花，不醉
怎生得。　　邯郸一枕谁忧乐。新诗新事因闲适。东山小妓携丝
竹。家里乐天，村里谢安石。石曼卿云：村里黄番绰，家中白侍郎。

又

陶陶兀兀。人生无累何由得。杯中三万六千日。闷损旁观，自我
解落魄。　　扶头不起还颓玉。日高春睡平生足。谁门可款新篘
熟。安乐春泉，玉醴荔枝绿。

　　　　又　老夫止酒十五年矣。到戎州，恐为瘴疠所侵，故晨
　　　　　举一杯。不相察者乃强见酌，遂能作病。因复止
　　　　　酒，用前韵作二篇，呈吴元祥

陶陶兀兀。人生梦里槐安国。教公休醉公但莫。盏倒垂莲，一笑
是赢得。　　街头酒贱民声乐。寻常行处寻欢适。醉看檐雨森银
竹。我欲忧民，渠有二千石。

又

陶陶兀兀。醉乡路远归不得。心情那似当年日。割爱金荷,一碗淡莫托。　异乡薪桂炊苍玉。摩挲经笥须知足。明年细麦能黄熟。不管轻霜,点尽鬓边绿。

按此下原有南乡子"落帽晚风回"一首,乃黄叔达词,不录。

南乡子　今年重九,知命已向成都,感之,次韵

招唤欲千回。暂得尊前笑口开。万水千山么么去,悠哉。酒面黄花欲醉谁。　顾影又徘徊。立到斜风细雨吹。见我未衰容易去,还来。不道年年即渐衰。

又

未报贾船回。三径荒锄菊卧开。想得邻船霜笛罢,沾衣。不为涪翁更为谁。　风力袅茱枝。酒面红鳞惬细吹,莫笑插花和事老,摧颓。却向人间耐盛衰。

又

黄菊满东篱。与客携壶上翠微。已是有花兼有酒,良期。不用登临恨落晖。　满酌不须辞。莫待无花空折枝。寂寞酒醒人散后,堪悲。节去蜂愁蝶不知。

又　重阳日寄怀永康彭道微使君,用坡旧韵

卧稻雨馀收。处处游人簇远洲。白髪又扶红袖醉,戎州。乱折黄花插满头。　青眼想风流。画出西楼一帧秋。还把去年欢意舞,梁州。塞雁西来特地愁。

点绛唇 重九日寄怀嗣直弟,时再(按"再"字疑是"在"字之误)涪陵。用东坡馀杭九日点绛唇旧韵

浊酒黄花,画檐十日无秋燕。梦中相见。起作南柯观。　　镜里朱颜,又减年时半。江山远。登高人健。应问西来雁。

谒金门 戏赠知命

山又水。行尽吴头楚尾。兄弟灯前家万里。相看如梦寐。　　君似成蹊桃李。入我草堂松桂。莫厌岁寒无气味。馀生今已矣。

采桑子 赠黄中行

宗盟有妓能歌舞,宜醉尊罍。待约新醅。车上危坡尽要推。　　西邻三弄争秋月,邀勒春回。个里声催。铁树枝头花也开。

又 送彭道微使君移知永康军

荔枝滩上留千骑,桃李阴繁。燕寝香残。画戟森森镇八蛮。　　永康又得风流守,管领江山。少讼多闲。烟霭楼台舞翠鬟。

又

马湖来舞钗初赐,箫鼓声繁。贤将开关。威竦西山八诏蛮。　　南溪地逐名贤重,深锁群山。燕喜公闲。一斛明珠两小鬟。

西江月 茶

龙焙头纲春早,谷帘第一泉香。已醺浮蚁嫩鹅黄。想见翻成雪浪。　　兔褐金丝宝碗,松风蟹眼新汤。无因更发次公狂。甘露来从仙掌。

鹧鸪天 吉祥长老设长松汤,为作。有僧病痂癞,尝死金刚窟。有人见者,教服长松汤,遂复为完人

汤泛冰瓷一坐春。长松林下得灵根。吉祥老子亲拈出,个个教成百岁人。 灯焰焰,酒醺醺。壑源曾未醒醒魂。与君更把长生碗,聊为清歌驻白云。

渔家傲 江宁江口阻风,戏效宝宁勇禅师作古渔家傲。王环中云:庐山中人颇欲得之。试思索,始记四篇

万水千山来此土。本提心印传梁武。对朕者谁浑不顾。成死语。江头暗折长芦渡。 面壁九年看二祖。一花五叶亲分付。隻履提归葱岭去。君知否。分明忘却来时路。

又

三十年来无孔窍。几回得眼还迷照。一见桃花参学了。呈法要。无弦琴上单于调。 摘叶寻枝虚半老。拈花特地重年少。今后水云人欲晓。非玄妙。灵云合破桃花笑。

又

忆昔药山生一虎。华亭船上寻人渡。散却夹山拈坐具。呈见处。繁驴橛上合头语。 千户垂丝君看取。离钩三寸无生路。蓦口一桡亲子父,犹回顾。瞎驴丧我儿孙去。

又

百丈峰头开古镜。马驹踏杀重苏醒。接得古灵心眼净。光烔烔。归来藏在袈裟影。 好个佛堂佛不圣。祖师沉醉犹看镜。却与

斩新提祖令。方猛省。无声三昧天皇饼。

又　余尝戏作诗云："大葫芦挈小葫芦。恼乱檀那得便
　　沽。每到夜深人静后,小葫芦入大葫芦。"又云:"大
　　葫芦干枯,小葫芦行沽。一住金仙宅,一住黄公垆。
　　有此通大道。无此令人老。不问恶与好,两葫芦俱
　　倒。一或请以此意倚声律作词,使人歌之,为作渔
　　家傲

踏破草鞋参到了。等闲拾得衣中宝。遇酒逢花须一笑。长年少。
俗人不用瞋贫道。　　何处青旗夸酒好。醉乡路上多芳草。提著
葫芦行未到。风落帽。葫芦却缠葫芦倒。

拨棹子　退居

归去来。归去来。携手旧山归去来。有人共、月对尊罍。横一琴,
甚处不逍遥自在。　　闲世界。无利害。何必向、世间甘幻爱。
与君钓、晚烟寒濑。蒸白鱼稻饭,溪童供笋菜。

诉衷情　在戎州登临胜景,未尝不歌渔父家风,以谢江
　　山。门生请问:先生家风如何? 为拟金华道人作
　　此章

一波才动万波随。蓑笠一钩丝。锦鳞正在深处,千尺也须垂。
　　吞又吐,信还疑。上钩迟。水寒江静,满目青山,载月明归。

浣　溪　沙

新妇滩头眉黛愁。女儿浦口眼波秋。惊鱼错认月沉钩。　　青箬
笠前无限事,绿蓑衣底一时休。斜风吹雨转船头。

　　又按此首别误作周邦彦词,见古今诗馀醉卷十五。

菩萨蛮　王荆公新筑草堂于半山，引入功德水作小港，
其上垒石作桥。为集句云："数间茅屋闲临水。
窄衫短帽垂杨里。花是去年红。吹开一夜风。
梢梢新月偃。午醉醒来晚。何物最关情。黄鹂
三两声。"戏效荆公作

半烟半雨溪桥畔。渔翁醉著无人唤。疏懒意何长。春风花草香。
江山如有待。此意陶潜解。问我去何之。君行到自知。

调 笑 歌

诗曰：海上神仙字太真、昭阳殿里称心人。犹思一曲霓裳舞，散作
中原胡马尘。方士归来说风度。梨花一枝春带雨。分钗半钿愁杀人，
上皇倚阑独无语。

无语。恨如许。方士归时肠断处。梨花一枝春带雨。半钿分钗亲
付。天长地久相思苦。渺渺鲸波无路。

步蟾宫　妓女

虫儿真个忒灵利。恼乱得、道人眼起。醉归来、恰似出桃源，但目
送、落花流水。　　何妨随我归云际。共作个、住山活计。照清
溪，匀粉面，插山花，也须胜、风尘气味。

南柯子　东坡过楚州，见净慈法师，作南歌子。用其韵
赠郭诗翁二首

郭泰曾名我，刘翁复见谁。入廓还作和罗槌。特地干戈相待、使人
疑。　　秋浦横波眼，春窗远岫眉。补陀岩畔夕阳迟。何似金沙
滩上、放憨时。

又

万里沧江月，波清说向谁。顶门须更下金槌。只恐风惊草动、又生

疑。　　　金雁斜妆颊,青螺浅画眉。庖丁有底下刀迟。直要人牛
无际、是休时。

丑　奴　儿

夜来酒醒清无梦,愁倚阑干。露滴轻寒。雨打芙蓉泪不乾。
佳人别后音尘悄,消瘦难拚。明月无端。已过红楼十二间。

> 按宋本琴趣调名下原注云:"此词或者为秦少游所作,而公集中亦载,以是姑两存
> 之。"今见淮海居士长短句卷中。
> 此首别又作晏几道词,见永乐大典卷三千零六人字韵引小山琴趣外篇。

西江月　老夫既戒酒不饮,遇宴集,独醒其旁。坐客欲
得小词,援笔为赋

断送一生惟有,破除万事无过。远山横黛蘸秋波。不饮旁人笑我。
花病等闲瘦弱,春愁没处遮拦。杯行到手莫留残。不道月斜
人散。以上三十四首,山谷琴趣外篇卷三

> 山谷琴趣外篇今有宋刊本,收入武进陶氏续景刊宋元明本词、续古逸丛书、四部
> 丛刊续编。彊村丛书本经朱祖谋以祠堂本校补,间涉他校,今用之。

画堂春　年十六作

东风吹柳日初长。雨馀芳草斜阳。杏花零乱燕泥香。睡损红妆。
宝篆烟消龙凤,画屏云锁潇湘。夜寒微透薄罗裳。无限思量。

> 按此首别又作秦观词,见唐宋诸贤绝妙词选卷四。

虞美人　至当涂呈郭功甫

平王本爱江湖住。鸥鹭无人处。江南江北水云连。莫笑醯鸡歌
舞、瓮中天。　　　当涂舣棹兼葭外。赖有宾朋在。此身无路入修
门。惭愧诗翁清些、与招魂。

又　宜州见梅作

天涯也有江南信。梅破知春近。夜阑风细得香迟。不道晓来开
遍、向南枝。　　　玉台弄粉花应妒。飘到眉心住。平生个里愿杯
深。去国十年老尽、少年心。

按此首别误作晏殊词,见抱经斋抄本珠玉词补遗引群贤梅苑,盖梅苑卷十佚文。

两　同　心

巧笑眉颦。行步精神。隐隐似、朝云行雨,弓弓样、罗袜生尘。樽
前见,玉槛雕笼,堪爱难亲。　　　自言家住天津。生小从人。恐舞
罢、随风飞去,顾阿母、教窣珠裙。从今去,唯愿银缸,莫照离尊。

又

一笑千金。越样情深。曾共结、合欢罗带,终愿效、比翼纹禽。许
多时,灵利惺惺,蓦地昏沉。　　　自从官不容针。直至而今。你共
人、女边著子,争知我、门里挑心。记携手,小院回廊,月影花阴。

又

秋水遥岑。妆淡情深。尽道教、心坚穿石,更说甚、官不容针。霎
时间,雨散云归,无处追寻。　　　小楼朱阁沉沉。一笑千金。你共
人、女边著子,争知我、门里挑心。最难忘,小院回廊,月影花阴。

满　庭　芳

北苑龙团,江南鹰爪,万里名动京关。碾深罗细,琼蕊暖生烟。一
种风流气味,如甘露、不染尘凡。纤纤捧,冰瓷莹玉,金缕鹧鸪斑。
　　　相如,方病酒,银瓶蟹眼,波怒涛翻。为扶起,樽前醉玉颓山。

饮罢风生两腋，醒魂到、明月轮边。归来晚，文君未寝，相对小窗前。

又

明眼空青，忘忧萱草，翠玉闲淡梳妆。小来歌舞，长是倚风光。我已逍遥物外，人冤道、别有思量。难忘处，良辰美景，襟袖有馀香。

鸳鸯。头白早，多情易感，红蓼池塘。又须得，樽前席上成双。些子风流罪过，都说与、明月空床。难拘管，朝云暮雨，分付楚襄王。

又

脩水浓青，新条淡绿，翠光交映虚亭。锦鸳霜鹭，荷径拾幽蘋。香渡栏干屈曲，红妆映、薄绮疏棂。风清夜，横塘月满，水净见移星。

堪听。微雨过，媻姗藻荇，琐碎浮萍。便移转，胡床湘簟方屏。练霭鳞云旋满，声不断、檐响风铃。重开宴，瑶池雪沁，山露佛头青。

蓦山溪

山围江暮。天镜开晴絮。斜影过梨花，照文星、老人星聚。清樽一笑，欢甚却成愁，别时襟，馀点点，疑是高唐雨。　　无人知处。梦里云归路。回雁晓风清，雁不来、啼鸦无数。心情老懒，尤物解宜人，春尽也，有南风，好便回帆去。

又 至宜州作，寄赠陈湘

稠花乱叶，到处撩人醉。林下有孤芳，不匆匆、成蹊桃李。今年风雨，莫送断肠红，斜枝倚。风尘里。不带尘风气。　　微嗔又喜。

约略知春味。江上一帆愁,梦犹寻、歌梁舞地。如今对酒,不似那回时,书谩写,梦来空,只有相思是。

又

山明水秀,尽属诗人道。应是五陵儿,见衰翁、孤吟绝倒。一觞一咏,潇洒寄高闲,松月下,竹风间,试想为襟抱。　　玉关遥指,万里天衢杳。笔阵扫秋风,泻珠玑、琅琅皎皎。卧龙智略,三诏佐升平,烟塞事,玉堂心,频把菱花照。

阮郎归 曾勇文既昤陈湘,歌舞便出其类,学书亦进。
来求小楷,作阮郎归词付之

盈盈娇女似罗敷。湘江明月珠。起来绾髻又重梳。弄妆仍学书。　　歌调态,舞工夫。湖南都不如。它年未厌白髭须。同舟归五湖。

又 茶词

歌停檀板舞停鸾。高阳饮兴阑。兽烟喷尽玉壶干。香分小凤团。　　雪浪浅,露花圆。捧瓯春笋寒。绛纱笼下跃金鞍。归时人倚阑。

按此首全芳备祖后集卷二十八茶门作苏轼词。别又误作张子野词,见张子野词卷一。

又 茶词

摘山初制小龙团。色和香味全。碾声初断夜将阑。烹时鹤避烟。　　消滞思,解尘烦。金瓯雪浪翻。只愁啜罢水流天。馀清搅夜眠。

又

退红衫子乱蜂儿。衣宽只为伊。为伊去得忒多时。教人直是疑。　　长睡晚,理妆迟。愁多懒画眉。夜来算得有归期。灯花则甚知。

又

贫家春到也骚骚。琼浆注小槽。老夫不出长蓬蒿。邻墙开碧桃。　　木芍药,品题高。一枝烦剪刀。传杯犹似少年豪。醉红浸雪毛。

定　风　波

把酒花前欲问溪。问溪何事晚声悲。名利往来人尽老。谁道。溪声今古有休时。　　且共玉人斟玉醑。休诉。笙歌一曲黛眉低。情似长溪长不断。君看。水声东去月轮西。

又

小院难图云雨期。幽欢浑待赏花时。到得春来君却去。相误。不须言语泪双垂。　　密约尊前难嘱付。偷顾。手搓金橘敛双眉。庭榭清风明月媚。须记。归时莫待杏花飞。

又

上客休辞酒浅深。素儿歌里细听沉。粉面不须歌扇掩,闲静,一声一字总关心。　　花外黄鹂能密语。休诉。有花能得几时斟。画作远山临碧水。明媚。梦为胡蝶去登临。

又 客有两新鬟善歌者,请作送汤曲,因戏前二物

歌舞阑珊退晚妆。主人情重更留汤。冠帽斜欹辞醉去,邀定,玉人纤手自磨香。　　又得尊前聊笑语。如许。短歌宜舞小红裳。宝马促归朱户闭一云:"醉里还家明亦未。"人睡。夜来应恨月侵床。

浪淘沙 荔枝

忆昔谪巴蛮。荔子亲攀。冰肌照映柘枝冠。日擘轻红三百颗,一味甘寒。　　重入鬼门关。也似人间。一双和叶插云鬟。赖得清湘燕玉面,同倚阑干。

看花回 茶词

夜永兰堂醺饮,半倚颓玉。烂熳坠钿堕履,是醉时风景,花暗烛残,欢意未阑,舞燕歌珠成断续。催茗饮、旋煮寒泉,露井瓶窦响飞瀑。

　　纤指缓、连环动触。渐泛起、满瓯银粟。香引春风在手,似粤岭闽溪,初采盈掬。暗想当时,探春连云寻篁竹。怎归得,鬟陆贻典等校汲古阁本山谷词校语:"下缺一字"将老,付与杯中绿。

惜馀欢 茶词

四时美景,正年少赏心,频启东阁。芳酒载盈车,喜朋侣簪合。杯觞交飞劝酬校本山谷词校语云:"献字上脱一字"献,正酣饮、醉主公陈榻。坐来争奈,玉山未颓,兴寻巫峡。　　歌阑旋烧绛蜡。况漏转铜壶,烟断香鸭。犹整醉中花,借纤手重插。相将扶上,金鞍骞衰,碾春焙、愿少延欢洽。未须归去,重寻艳歌,更留时霎。

醉　落　魄

苍颜华髮。故山归计无因得。旧交新贵音书绝。惟有家人,犹作
殷勤别。　　离亭欲去歌声咽。潇潇细雨凉生颊。泪珠不用罗巾
裛。弹在罗衫,图得见时说。

　　　　按此首别又见东坡词卷下。

　　　　西江月　崇宁甲申,遇惠洪上人于湘中。洪作长短句
　　　　　　见赠云:"大厦吞风吐月,小舟坐水眠空。雾窗春
　　　　　　色翠如葱。睡起云涛正拥。　　往事回头笑处,
　　　　　　此生弹指声中。玉笺佳句敏惊鸿。闻道衡阳价
　　　　　　重。"次韵酬之。时余方谪宜阳,而洪归分宁龙安

月侧金盆堕水,雁回醉墨书空。君诗秀色雨园葱。想见衲衣寒拥。
　　蚁穴梦魂人世,杨花踪迹风中。莫将社燕等秋鸿。处处春山
翠重。

又

宋玉短墙东畔,桃源落日西斜。浓妆下著绣帘遮。鼓笛相催清夜。
　　转盻惊翻长袖,低徊细踏红靴。舞馀犹颤满头花。娇学男儿
拜谢。

　　　　木兰花令　当涂解印后一日,郡中置酒,呈郭功甫

凌歊台上青青麦。姑熟堂前馀翰墨。暂分一印管江山,稍为诸公
分皂白。　　江山依旧云空碧。昨日主人今日客。谁分宾主强惺
惺,问取矶头新妇石。

　　　　又　窜易前词

翰林本是神仙谪。落帽风流倾座席。坐中还有赏音人,能岸乌纱

按"纱"原作"沙",据能改斋漫录卷十七改倾大白。　江山依旧云横碧。昨日主人今日客。谁分宾主强惺惺,问取矶头新妇石。

又　次前韵再呈功甫

青壶乃似壶中谪。万象光辉森宴席。红尘闹处便休休,不是个中无皂白。　歌烦舞倦朱成碧。春草池塘凌谢客。共君商略老生涯,归种玉田秧白石。

又　庚元镇四十兄,庭坚四十年翰墨故人。庭坚假守当涂,元镇穷,不出入州县。席上作乐府长句劝酒

庚郎三九常安乐。使有万钱无处著。徐熙小鸭水边花,明月清风都占却。　朱颜老尽心如昨。万事休休休莫莫。樽前见在不饶人,欧舞梅歌君更酌。欧、梅,当时二妓也。

又　用前韵赠郭功甫

少年得意从军乐。晚岁天教闲处著。功名富贵久寒灰,翰墨文章新讳却。　是非不用分今昨。云月孤高公也莫。喜欢为地醉为乡,饮客不来但自酌。

品令　茶词

凤舞团团饼。恨分破、教孤令。金渠体净,隻轮慢碾,玉尘光莹。汤响松风,早减了、二分酒病。　味浓香永。醉乡路、成佳境。恰如灯下,故人万里,归来对影。口不能言,心下快活自省。

醉蓬莱　窜易前词

对朝云叆叇,暮雨霏微,翠峰相倚。巫峡高唐,锁楚宫佳丽按"丽"原

作"俪",改从汲古阁本山谷词别首。蘸水朱门,半空霜戟,自一川都会。房酒千杯,夷歌百转,迫人垂泪。　　　人道黔南,去天尺五,望极神京,万重按"重"原作"种"。校本山谷词校语云:"种"应从另一阕作"重"烟水。悬榻相迎,有风流千骑。荔脸红深,麝脐香满,醉舞衵歌袂。杜宇催人,声声到晓,不如归是。

江城子 忆别

画堂高会酒阑珊。倚栏干。霎时间。千里关山,常恨见伊难。及至而今相见了,依旧似、隔关山。　　　倩人传语问平安。省愁烦。泪休弹。哭损眼儿,不似旧时单。寻得石榴双叶子,凭寄与、插云鬓。

　　按此首古今词统卷六误作金冯延登词。

又

新来曾被眼奚搐。不甘伏。怎拘束。似梦还真,烦乱损心曲。见面暂时还不见,看不足、惜不足。　　　不成欢笑不成哭。戏人目。远山蹙。有分看伊,无分共伊宿。一贯一文跷十贯,千不足、万不足。

逍 遥 乐

春意渐归芳草。故国佳人,千里信沉音杳。雨润按"润"原作"闰",从汲古阁本山谷词烟光,晚景澄明,极目危栏斜照。梦当年少。对樽前、上客邹枚,小鬟燕赵。共舞雪歌尘,醉里谈笑。　　　花色枝枝争好。鬓丝年年渐老。如今遇风景,空瘦损、向谁道。东君幸赐与,天幕翠遮红绕。休休,醉乡岐路,华胥蓬岛。

离亭燕　次韵答廖明略见寄

十载樽前谈笑。天禄故人年少。可是陆沈英俊地,看即锁窗批诏。此处忽相逢,潦倒秃翁同调。　　西顾郎官湖渺。事看庾楼人小。短艇绝江空怅望,寄得诗来高妙。梦去倚君傍,胡蝶归来清晓。

　　按词题"廖明略"原作"黎功略",据明刊山谷先生文集改。

归 田 乐 引

暮雨濛阶砌。漏渐移、转添寂寞,点点心如碎。怨你又恋你。恨你惜你。毕竟教人怎生是。　　前欢算未已。奈向如今愁无计。为伊聪俊,销得人憔悴。这里诮睡里一作"梦里"。梦里心里。一向无言但垂泪。

又

对景还销瘦。被个人、把人调戏,我也心儿有。忆我又唤我,见我嗔我,天甚教人怎生受。　　看承幸厮勾。又是樽前眉峰皱。是人惊怪,冤我忒捆就。拚了又舍了,定是这回休了,及至相逢又依旧。

归 田 乐 令

引调得、甚近日心肠不恋家。宁宁地、思量他,思量他。两情各自肯,甚忙咱。意思里、莫是赚人呀。嗾奴真个呷、共人呷。

望远行　勾尉有所眄,为太守所猜。兼此生有所爱,住马湖。马湖出丁香核荔枝,常以遗生。故戏及之

自见来,虚过却、好时好日。这怹尿粘腻得处煞是律。据眼前言

定,也有十分七八。冤我无心除告佛。　　管人闲底,且放我快活喏。便索些别茶祇待,又怎不遇假花映月。且与一班半点,只怕你没丁香核。

鼓笛令　戏咏打揭

酒阑命友闲为戏。打揭儿、非常惬意。各自输赢只赌是。赏罚采、分明须记。　　小五出来无事。却跋翻和九底。若要十一花下死。管十三、不如十二。

又

宝犀未解心先透。恼杀人、远山微皱。意淡言疏情最厚。枉教作、著行官柳。　　小雨勒花时候。抱琵琶、为谁清瘦。翡翠金笼思珍偶。忽拚与、山鸡僝僽。

又

见来两个宁宁地。眼厮打、过如拳踢。恰得尝些香甜底。苦杀人、遭谁调戏。　　腊月望州坡上地。冻著你、影躲村鬼。你但那些一处睡。烧沙糖、管好滋味。

又

见来便觉情于我。厮守著、新来好过。人道他家有婆婆。与一口、管教尿磨。　　副靖传语木大。鼓儿里、且打一和。更有些儿得处啰。烧沙糖、香药添和。

好　女　儿

春去几时还。问桃李无言。燕子归栖风劲,梨雪乱西园。　　　　唯有月婵娟。似人人、难近如天。愿教清影常相见,更乞取团圆。

又

粉泪一行行。啼破晓来妆。懒击酥胸罗带,羞见绣鸳鸯。　　拟待不思量。怎奈向、目下恓惶。假饶来后,教人见了,却去何妨。

采 桑 子

虚堂密候参同火,梨枣枝繁。深锁三关。不要樊姬与小蛮。
遥知风雨更阑夜,犹梦巫山。浓丽清闲。晓镜新梳十二鬟。

又

投荒万里无归路,雪点鬓繁。度鬼门关。已拚儿童作楚蛮。
黄云苦竹啼归去,绕荔枝山。蓬户身闲。歌板谁家教小鬟。

又

樱桃著子如红豆,不管春归。闻道开时。蜂惹香须蝶惹衣。
楼台灯火明珠翠,酒恋歌迷。醉玉东西。少个人人暖被携。

又

城南城北看桃李,依倚年华。杨柳藏鸦。又是无言呫落花。
春风一面长含笑,偷顾羞遮。分付谁家。把酒花前试问他。

丑 奴 儿

济楚好得些。憔悴损、都是因它。那回得句闲言语,傍人尽道,你管又还鬼那人吵。　　得过口儿嘛。直勾得、风了自家。是即好意也毒害,你还甜杀人了,怎生申报孩儿。

菩萨蛮 淹泊平山堂。寒食节,固陵录事参军表弟周
元固惠酒,为作此词

细腰宫外清明雨。云阳台上烟如缕。云雨暗巫山。流人殊未还。
　阿谁知此意。解遣双壶至。不是白头新。周郎旧可人。

鹧鸪天 重九日集句

塞雁初来秋影寒。霜林风过叶声干。龙山落帽千年事,我对西风
犹整冠。　兰委佩,菊堪餐。人情时事半悲欢。但将酩酊酬佳
节,更把茱萸仔细看。

又

节去蜂愁蝶不知。晓庭环绕折残枝。自然今日人心别,未必秋香
一夜衰。　无闲事,即芳期。菊花须插满头归。宜将酩酊酬佳
节,不用登临送落晖。

又

闻说君家有翠娥。施朱施粉总嫌多。背人语处藏珠履,觑得羞时
整玉梭。　拖远岫,压横波。何时传酒更传歌。为君写就黄庭
了,不要山阴道士鹅。

少　年　心

对景惹起愁闷。染相思、病成方寸。是阿谁先有意,阿谁薄幸。斗
顿恁、少喜多嗔。　合下休传音问。你有我、我无你分。似合欢
桃核,真堪人恨。心儿里、有两个人人。

又　添字

心里人人，暂不见、霎时难过。天生你要憔悴我。把心头从前鬼，著手摩挲。抖擞了、百病销磨。　　见说那厮脾鳖热。大不成我便与拆破。待来时、鬲上与厮噉则个。温存著、且教推磨。

点　绛　唇

几日无书，举头欲问西来燕。世情梦幻。复作如斯观。　　自叹人生，分合常相半。戎虽远。念中相见。不托鱼和雁。

又

罗带双垂，妙香长恁携纤手。半妆红豆。各自相思瘦。　　闻道伊家，终日眉儿皱。不能勾。泪珠轻溜。褒损揉蓝袖。

南乡子　重阳日宜(按"宜"原作"宣"，据道山清话所载本事改)州城楼宴集即席作

诸将说封侯。短笛长歌独倚楼。万事尽随风雨去，休休。戏马台南金络头。　　催酒莫迟留。酒味今秋似去秋。花向老人头上笑，羞羞。白髪簪花不解愁。

南　歌　子

槐绿低窗暗，榴红照眼明。玉人邀我少留行。无奈一帆烟雨、画船轻。　　柳叶随歌皱，梨花与泪倾。别时不似见时情。今夜月明江上、酒初醒。

更　漏　子

体妖娆，鬓婀娜。玉甲银筝照座。危柱促，曲声残。王孙带笑看。

休休休,莫莫莫。愁拨个丝中索。了了了,玄玄玄。山僧无碗禅。

好事近 汤词

歌罢酒阑时,潇洒座中风色。主礼到君须尽,奈宾朋南北。　暂时分散总寻常,难堪久离拆。不似建溪春草,解留连佳客。

又 太平州小妓杨姝弹琴送酒

一弄醒心弦,情在两山斜叠。弹到古人愁处,有真珠承睫。　使君来去本无心,休泪界红颊。自恨老来憎酒,负十分金叶。

又

不见片时霎,魂梦镇相随著。因甚近新无据,误窃香深约。　思量模样忔憎儿,恶又怎生恶。终待共伊相见,与偿偿奚落。

喝 火 令

见晚情如旧,交疏分已深。舞时歌处动人心。烟水数年魂梦,无处可追寻。　昨夜灯前见,重题汉上襟。便愁云雨又难寻。晓也星稀,晓也月西沉。晓也雁行低度,不会寄芳音。

留 春 令

江南一雁横秋水。叹咫尺、断行千里。回纹机上字纵横,欲寄远、凭谁是。　谢客池塘春都未。微微动、短墙桃李。半阴才暖却清寒,是瘦损、人天气。

宴桃源 书赵伯充家小姬领巾

天气把人僝僽。落絮游丝时候。茶饭可曾忺 原注：一本云：去岁迷藏花柳。恰恰如今时候。心绪几曾忺，镜中赢得销瘦。生受。生受。更被养娘催绣。

> 按汲古阁本山谷词注：一刻淮海集，略异。而淮海居士长短句及汲古阁本淮海词俱无此首。清王敬之本淮海词补遗始载之。

雪 花 飞

携手青云路稳，天声迤逦传呼。袍笏恩章乍赐，春满皇都。　　何处难忘酒，琼花照玉壶。归袅丝梢竞醉，雪舞郊衢。

下 水 船

总领神仙侣。齐到青云岐路。丹禁风微，咫尺谛闻天语。尽荣遇。看即如龙变化，一掷灵梭风雨。　　真游处。上苑寻春去。芳草芊芊迎步。几曲笙歌，樱桃艳里欢聚。瑶觞举。回祝尧龄万万，端的君恩难负。

贺 圣 朝

脱霜披茜初登第。名高得意。樱桃荣宴玉墀游，领群仙行缀。　　佳人何事轻相戏。道得之何济。君家声誉古无双，且均平居二。

青玉案 至宜州次韵上酬七兄

烟中一线来时路。极目送、归鸿去。第四阳关云不度。山胡新啭，子规言语。正在人愁处。　　忧能损性休朝暮。忆我当年醉时句。旧诗云："我自只如常日醉，满川风月替人愁。"渡水穿云心已许。暮年光景,小轩南浦。同卷西山雨。

沁 园 春

把我身心,为伊烦恼,算天便知。恨一回相见,百方做计,未能偎
倚,早觅东西。镜里拈花,水中捉月,觑著无由得近伊。添憔悴,镇
花销翠减,玉瘦香肌。　　　奴儿。又有行期。你去即无妨我共谁。
向眼前常见,心犹未足,怎生禁得,真个分离。地角天涯,我随君
去。掘井为盟无改移。君须是,做些儿相度,莫待临时。

千秋岁 少游得谪,尝梦中作词云:"醉卧古藤阴下,了
不知南北。"竟以元符庚辰,死于藤州光华亭上。
崇宁甲申,庭坚窜宜州,道过衡阳。览其遗墨,始
追和其千秋岁词

苑边花外。记得同朝退。飞骑轧,鸣珂碎。齐歌云绕扇,赵舞风回
带。严鼓断,杯盘狼藉犹相对。　　　洒泪谁能会。醉卧藤阴盖。
人已去,词空在。兔园高宴悄,虎观英游改。重感慨,波涛万顷珠
沉海。

按此首别又见晁补之琴趣外篇卷二。

又

世间好事。恰恁厮当对。乍夜永,凉天气。雨稀帘外滴,香篆盘中
字。长入梦,如今见也分明是。　　　欢极娇无力,玉软花欹坠。钗
罥袖,云堆臂。灯斜明媚眼按"眼"原作"暜",据古今词统卷十所误引之贺铸词
改,汗浃暜腾醉。奴奴睡,奴奴睡也奴奴睡。

按此首别又误作贺铸词,见词的卷三。

河传 有士大夫家歌秦少游"瘦杀人、天不管"之曲。
以好字易瘦字,戏为之作

心情老懒。对歌对舞,犹是当时眼。巧笑靓妆,近我衰容华鬓。似扶著、卖卜算。　　思量好个当年见。催酒催更,只怕归期短。饮散灯稀,背锁落花深院。好杀人、天不管。

望 江 东

江水西头隔烟树。望不见、江东路。思量只有梦来去。更不怕、江阑住。　　灯前写了书无数。算没个、人传与。直饶寻得雁分付。又还是、秋将暮。

桃源忆故人

碧天露洗春容净。淡月晓收残晕。花上密烟飘尽。花底莺声嫩。　　云归楚峡厌厌困。两点遥山新恨。和泪暗弹红粉。生怕人来问。

卜 算 子

要见不得见,要近不得近。试问得君多少怜,管不解、多于恨。　　禁止不得泪,忍管不得闷。天上人间有底愁,向个里、都谙尽。

蝶 恋 花

海角芳菲留不住。笔下风生,吹入青云去。仙籍有名天赐与。致君事业安排取。　　要识世间平坦路。当使人人,各有安身处。黑髪便逢尧舜主。笑人白首耕南亩。

浣 溪 沙

飞鹊台前晕翠蛾。千金新买帝青螺。最难如意为情多。　　几处泪痕留醉袖,一春愁思近横波。远山低尽不成歌。

按此首别又见晏几道小山词。

又

一叶扁舟卷画帘。老妻学饮伴清谈。人传诗句满江南。　　　林下猿垂窥涤砚，岩前鹿卧看收帆。杜鹃声乱水如环。

诉 衷 情

小桃灼灼柳鬖鬖。春色满江南。雨晴风暖烟淡，天气正醺酣。　　　山泼黛，水挼蓝。翠相搀。歌楼酒旆，故故招人，权典青衫。

又

旋揎玉指著红靴。宛宛鬭弯化。天然自有殊态，供愁黛、不须多。　　　分远岫，压横波。妙难过。自欹枕处，独倚阑时，不奈鬖何。

又

珠帘绣幕卷轻霜。呵手试梅妆。都缘自有离恨，故画作、远山长。　　　思往事，惜流光按“光”原作“水”，从校本山谷词。恨难忘。未歌先敛，欲笑还颦，最断人肠。

按此首别又作欧阳修词，见近体乐府卷一。

昼 夜 乐

夜深记得临岐语。说花时、归来去。教人每日思量，到处与谁分付。其奈冤家无定据。约云朝、又还雨暮。将泪入鸳衾，总不成行步。　　　元来也解知思虑。一封书、深相许。情知玉帐堪欢，为向金门进取。进待腰金拖紫后，有夫人、县君相与。争奈会分疏，没嫌伊门路。

一　落　索

谁道秋来烟景素。任游人不顾。一番时态一番新,到得意、皆欢慕。　　紫萸黄菊繁华处。对风庭月露。愁来即便去寻芳,更作甚、悲秋赋。以上八十九首见明弘治刻嘉靖修本豫章黄先生词

满庭芳　雪中戏呈友人

风力驱寒,云容呈瑞,晓来到处花飞。遍装琼树,春意到南枝。便是渔蓑旧画,纶竿重、横玉低垂。今宵里,香闺邃馆,幽赏事偏宜。　　风流,金马客,歌鬟醉拥,乌帽斜欹。问人间何处,鹏运天池。且共周郎按曲,音微误、首已先回。同心事,丹山路稳,长伴彩鸾归。汲古阁本山谷词

按此首别又见赵长卿惜香乐府卷八,疑非黄庭坚作,而汲古阁本山谷词误收,姑编于此。

西江月　用惠洪韵

细细风清撼竹,迟迟日暖开花。香帏深卧醉人家。媚语娇声娅姹。　　姹娅声娇语媚,家人醉卧深帏。香花开暖日迟迟。竹撼清风细细。回文类聚卷四

失　调　名

直须把、茱萸遍插,看满座、细嗅清香。岁时广记卷三十四

好事近　橄榄

潇洒荐冰盘,满坐暗惊香集。久后一般风味,问几人知得。　　画堂饮散已归来,清润转更惜。留取酒醒时候,助茗瓯春色。全芳备祖

后集四橄榄门

瑞　鹤　仙

环滁皆山也。望蔚然深秀,琅琊山也。山行六七里,有翼然泉上,醉翁亭也。翁之乐也。得之心、寓之酒也。更野芳佳木,风高日出,景无穷也。　　游也。山肴野蔌,酒洌泉香,沸筹觥也。太守醉也。喧哗众宾欢也。况宴酣之乐、非丝非竹,太守乐其乐也。问当时、太守为谁,醉翁是也。诗人玉屑卷二十一

蓦山溪　春晴

朝来风日,陡觉春衫便。翠柳艳明眉,戏鞦韆、谁家倩盼。烟匀露洗,草色媚横塘,平沙软。雕轮转。行乐闻弦管。　　追思年少,走马寻芳伴。一醉几缠头,过扬州、珠帘尽卷。而今老矣,花似雾中看,欢喜浅。天涯远。信马归来晚。唐宋诸贤绝妙词选卷四

捣　练　子

梅凋粉,柳摇金。微雨轻风敛陌尘。厚约深盟何处诉,除非重见那人人。京本通俗小说西山一窟鬼

> 按花草粹编卷一载黄庭坚捣练子:“梅凋粉,柳摇金。池塘波暖动游鳞。扇和风、初昼永。　　微雨后,敛轻尘。除非重见那人人。再叙厚约深盟。”疑即此阕别传而异,附注于此,不另出。

失　调　名

屋角数声鸦噪柳。郑元佐新注断肠诗集前集卷一

又

旧家杨柳依依绿,长锁春来庭院。郑元佐新注断肠诗集前集卷九

菩 萨 蛮

轻风袅断沉烟炷。霏微尽日寒塘雨。残绣没心情。鸟啼花外声。

　　离愁难自制。年少乖盟誓。寂寞掩朱门。罗衣空泪痕。杨金
本草堂诗馀前集卷下

渔家傲 题船子钓滩

荡漾生涯身已老。短蓑箬笠扁舟小。深入水云人不到。吟复笑。
一轮明月长相照。　　谁谓阿师来问道。一桡直与传心要。船子
踏翻才是了。波渺渺。长鲸万古无人钓。金山县志卷十九

存 目 词

调 名	首　　句	出　　处	附　　　　注
虞 美 人	波声拍枕长淮晓	豫章黄先生词	苏轼作,见东坡词卷下
西 江 月	别梦已随流水	又	苏轼作,见东坡词卷上
南 乡 子	落帽晚风回	又	黄叔达词,见山谷琴趣外篇卷三
浣 溪 沙	西塞山边白鹭飞	又	苏轼作,见东坡词卷下
长 相 思	蘋满溪	明刊山谷先生文集卷十一	张先作,见张子野词卷下;或欧阳修作,见近体乐府卷一
浣 溪 沙	新妇矶头新月明	艇斋诗话	徐俯作,见乐府雅词卷一
断 句	独上小楼情悄悄	野客丛书卷二十五	王诜蝶恋花词,见唐宋诸贤绝妙词选卷三
浣 溪 沙	脚上鞋儿四寸罗	绿窗新话卷上引古今词话	秦观作,见苕溪渔隐丛话后集卷三十九

调　　名	首　　句	出　　处	附　　　　　注
菩萨蛮	牡丹含露真珠颗	杨金本草堂诗馀前集卷下	唐无名氏词,见樇简赘笔。词已见前张先存目附录
如梦令	冬夜月明如水	又	秦观作,见淮海居士长短句卷中
又	莺嘴啄花红溜	花草粹编卷一	无名氏作,见草堂诗馀前集卷上
浣溪沙	堤上游人逐画船	草堂诗馀隽卷二	欧阳修词,见近体乐府卷三
忆秦娥	花深深	又卷三	郑文妻作,见古杭杂记
促拍满路花	秋风吹渭水	填词图谱卷四	吕洞宾(无名氏)词,见豫章先生遗文卷十一
拨棹子	烟姿媚	历代诗馀卷四十一	无名氏作,见花草粹编卷七
踏莎行	堆积琼花	古今小说张古老种瓜娶文女	小说依托,附录于后
断　句	镜里朱颜改	明秀集注卷一	秦观千秋岁词句,见淮海居士长短句卷中
渔父词	偶然垂饵得长鲟	蟫精隽卷三	唐人作,见金奁集
醉落魄	红牙板歇	类编草堂诗馀卷一	无名氏作,见草堂诗馀后集卷下
汉宫春	春已归来	词菁卷一	辛弃疾作,见稼轩词丙集
凤孤飞	一曲画楼钟动	记红集卷一	晏几道作,见小山词
南乡子	夜阑梦难收	同情集词选卷十	明人小说觅莲记中词

踏　莎　行

堆积琼花,铺陈柳絮。晓来已没行人路。长空犹未绽彤云,飘飘尚

逐回风舞。　　对景衔杯,迎风索句。回头却笑无言语。为何终
日未成吟,前山尚有青青处。

黄叔达

叔达字知命,黄庭坚弟。

南 乡 子

落帽晚风回。又报黄花一番开。扶杖老人心未老,堪咍。漫有才
情付与谁。　　芳意正徘徊。传与西风且慢吹。明日馀尊还共
倒,重来。未必秋香一夜衰。

此首原见黄庭坚山谷琴趣外篇卷三,题作"知命弟去年重九日在涪陵,作此曲",
盖黄叔达作。
此首亦见豫章黄先生词,题作"重九日涪陵作,示知命弟"。今从宋本山谷琴趣外
篇收作黄叔达词。

存 目 词

调 名	首 句	出 处	附 注
七 娘 子	银烛华堂明 如昼	词汇卷六	黄大临作,见能改斋漫 录卷十七

历代诗馀卷四十三载黄叔达青玉案"千峰百嶂宜州路"一首,乃黄
大临作,见能改斋漫录卷十六。

盼 盼

盼盼,泸南(今四川泸州)妓。

惜 花 容

少年看花双鬓绿。走马章台管弦逐。而今老更惜花深,终日看花

看不足。　　坐中美女颜如玉。为我一歌金缕曲。归时压得帽檐
敧,头上春风红簌簌。绿窗新话卷上引古今词话。

按据古今词话,此词乃盼盼所唱,各选本俱题盼盼作,今姑从之,俟考。

晁端礼

端礼字次膺,其先澶州清丰人,家彭门(今徐州)。生于庆历六年
(1046)。举熙宁六年(1073)进士。两为县令,忤上官,坐保甲事中以危
法,废徙。政和三年(1113),以承事郎为大晟府协律卒,年六十八。词
有闲适集,不传。今传者有闲斋琴趣外篇六卷。

按闲斋琴趣外篇晁端礼作晁元礼。

绿 头 鸭

锦堂深,兽炉轻喷沉烟。紫檀槽、金泥花面,美人斜抱当筵。挂罗
绶、素肌莹玉,近鸾翅、云鬓梳蝉。玉笋轻拢,龙香细抹,凤凰飞出
四条弦。碎牙板、烦襟消尽,秋气满庭轩。今宵月,依稀向人,欲闬
婵娟。　　变新声、能翻往事,眼前风景依然。路漫漫、汉妃出塞,
夜悄悄、商妇移船。马上愁思,江边怨感,分明都向曲中传。困无
力、劝人金盏,须要倒垂莲。拚沉醉,身世恍然,一梦游仙。

此首别误作元姚燧词,见牧庵集卷三十六。

又 咏月

晚云收,淡天一片琉璃。烂银盘、来从海底,皓色千里澄辉。莹无
尘、素娥淡伫,静可数、丹桂参差。玉露初零,金风未凛,一年无似
此佳时。露坐久,疏萤时度,乌鹊正南飞。瑶台冷,栏干凭暖,欲下
迟迟。　　念佳人、音尘别后,对此应解相思。最关情、漏声正永,
暗断肠、花影偷移。料得来宵,清光未减,阴晴天气又争知。共凝

恋、如今别后,还是隔年期。人强健,清尊素影,长愿相随。

望 海 潮

高阳方面,河间都会,三关地最称雄。粉堞万层,金城百雉,楼横一带长虹。烟素敛晴空。正望迷平野,目断飞鸿。易水风烟,范阳山色有无中。　　安边暂倚元戎。看纶巾对酒,羽扇摇风。金勒少年,吴钩壮士,宁论卫霍前功。乃眷在清衷。恐凤池虚久,归去匆匆。幸有佳人锦瑟,玉笋且轻拢。

水 龙 吟

夜来深雪前村路,应是早梅初绽。故人赠我,江头春信,南枝向暖。疏影横斜,暗香浮动,月明溪浅。向亭边驿畔,行人立马,频回首、空肠断。　　别有玉溪仙馆。寿阳人、初匀妆面。天教占了,百花头上,和羹未晚。最是关情处,高楼上、一声羌管。仗谁人向道,何如留取,倚朱栏看。

又

岭梅香雪飘零尽,繁杏枝头犹未。小桃一种,妖娆偏占,春工用意。微喷丹砂,半含朝露,粉墙低倚。似谁家丱女,娇痴怨别,空凝睇、东风里。　　好是佳人半醉。近横波、一枝争媚。玄都观里,武陵溪上,空随流水。惆怅如红雨,风不定、五更天气。念当年门里,如今陌上,洒离人泪。

又

小桃零落春将半。双燕却来池馆。名园相倚,初开繁杏,一枝遥见。竹外斜穿,柳间深映,粉愁香怨。任红歆宋玉,墙头千里,曾牵惹、人肠断。　　　常记山城斜路，喷清香、日迟风暖。春阴挫后，马前惆怅，满枝红浅。深院帘垂雨，愁人处、碎红千片。料明年更发，多应更好，约邻翁看。

按此首别误作周紫芝词，见历代诗馀卷七十六。

又

倦游京洛风尘，夜来病酒无人问。九衢雪小，千门月淡，元宵灯近。香散梅梢，冻消池面，一番春信。记南楼醉里，西城宴阕，都不管、人春困。　　　屈指流年未几，早人惊、潘郎双鬓。当时体态，如今情绪，多应瘦损。马上墙头，纵教瞥见，也难相认。凭栏干，但有盈盈泪眼，把罗襟揾。

上　林　春

霖雨成功，堂称继美，旧说安阳家世。峻岳降神，长庚应梦，佳辰况当秋霁。玉函金篆，帝锡与、寿眉齯齿。向清时、便告老，尽取貂蝉轻弃。　　　把朝廷旧勋屈指。有谁人似此，能全终始。谤书顿释，先芬未泯，君王自为知己。看花临水。算已号、醉吟居士。奈苍生，尚满望、谢公重起。

又

伊洛清波，嵩山秀色，共与皇家为瑞。挺生异质，亲逢盛旦，簪缨旧传家世。雁炉烟里，罩一段、照人清气。灿金章、映紫绶，自是真官标致。　　　把朝廷缙绅屈指。有谁人似得，多才多艺。片言悟主，封侯赐璧，君王自为知己。暂来卧治。况廊庙、正多虚位。看登庸，辅圣主、万年康济。

满　庭　芳

天与疏慵，人怜憔悴，分甘抛弃簪缨。有时乘兴，波上叶舟轻。十里横塘过雨，荷香细、蘋末风清。真如画，残霞淡日，偏向柳梢明。

凝情。尘网外，鲈鱼旋鲙，芳酒深倾。又算来、何须身后浮名。无限沧浪好景，蓑笠下、且遣馀生。长歌去，机心尽矣，鸥鹭莫相惊。

又

绿绕群峰，红摇千柄，夜来暑雨初收。共君乘兴，轻舸信悠悠。且尽一尊别酒，荷香里、满酌轻讴。明朝去，征帆夜落，何处好汀洲。

风流。吾小阮，朝辞东观，夕向南州。况圣时、争教贾傅淹留。若过浔阳亭上，琵琶泪、莫洒清秋。堤边柳，从今爱惜，留待系归舟。

又

北渚澄兰，南山凝翠，望中浑似仙乡。万家烟霭，朱户锁垂杨。好是飞泉漱玉，回环遍、小曲深坊。西风里，芙蕖带雨，飘散满城香。

微凉。湖上好，桥虹倒影，月练飞光。命玳簪促席，云鬟分行。谁似风流太守，端解道、春草池塘。须留恋，神京纵好，此地也难忘。

又

雪满貂裘，风摇金辔，笑看锦带吴钩。照人青鬓，年少定封侯。此去马蹄何处，山万叠、济水南州。君知否，卢郎未老，曾是恣狂游。

风流。佳丽地，十年屈指，一梦回头。最难忘，西湖北渚澄秋。

玉砌雕栏好在, 桃共李、能忆人不。衰翁也, 多情为我, 将恨寄红楼。

又

浅约鸦黄, 轻匀螺黛, 故教取次梳妆。减轻琶面, 新样小鸾凰。每为花娇玉嫩, 容对客、斜倚银床。春来病, 兰薰半歇, 一笇舞衣裳。

悲凉。人事改, 三春秾艳, 一夜繁霜。似人归洛浦, 云散高唐。痛念你、平生分际, 辜负我、临老风光。罗裙在, 凭谁为我, 求取返魂香。

雨　中　花

倦贰文昌, 乐请左符, 双旌去指东藩。有腰金新宠, 昼锦荣观。独步文章, 家传素业, 世宝青毡。动欢声和气, 里巷初惊, 侍从衣冠。

朱门映柳, 绮窗临水, 盛游应记当年。端解道、香留罗袜, 墨在蛮笺。惆怅江边侧帽, 寻思花底遗鞭。不如沉醉, 莫思身外, 且闁樽前。

又

豆蔻梢头, 鸳鸯帐里, 扬州一梦初惊。忆当时相见, 双眼偏明。南浦绿波, 西城杨柳, 痛悔多情。望征鞍不见, 况是并州, 自古高城。

几多映月, 凭肩私语, 傍花和泪深盟。争信道、三年虚负, 一事无成。瑶珮空传好好, 秦筝闻说琼琼。此心在了, 半边明镜, 终遇今生。

又

流水知音, 轻裘共敝, 相逢才换星霜。多少风亭棋酒, 画阁丝簧。

纤指声犹馀响,红粉泪已成行。怅绿波浦上,芳草堤边,又整归航。

　　新移槛竹,手种庭花,未容烂熳飞觞。归去也、重趋丹禁,密侍清光。醉帽斜萦御柳,朝衣浓惹天香。帝城春好,多应不念,水郭渔乡。

玉 楼 宴

记红颜日、向瑶阶,得俊饮、散蓬壶。绣鞍纵骄马,故坠鞭柳径,缓辔花衢。斗帐兰釭曲,曾是振、声名上都。醉倒旗亭,更深未归,笑倩人扶。　　　光阴到今二纪,算难寻前好,懒访仙居。近来似闻道,向雾关云洞,自乐清虚。月帔与星冠,不念我、华颠皓须。纵教重有相逢,似得旧时无。以上汲古阁景宋抄本闲斋琴趣外篇卷一

醉 蓬 莱

正中秋初过,淡碧云容,嫩凉天气。紫府真仙,暂谪居尘世。慕道高情,照人清骨,是寿星标致。德在民心,勋藏帝室,清芬相继。

　　庭有芝兰,世调鼎鼐,晋美乌衣,汉称韦氏。未必当时,解功成身退。天下苍生,未知此意,望谢公重起。善颂阴资,何须更觅,西山灵剂。

又

看梅梢初动,池面冰澌,小春时候。当日生贤,庆皇家忠厚。龙种殊常,照人眉宇,似汝阳端秀。世取贤科,胪传圣语,增光华〔胄〕(胄)。　　　天汉灵源,最为亲近,茅土真封,旧相传授。开府新恩,拜除书非久。鸣珮拖绅,曳香摇翠,向画堂称寿。物外光阴,樽前笑语,年年依旧。

又

乍酒醒孤馆,梦断幽窗,嫩凉天气。潇洒情怀,想乡关迢递。一枕
清风,半帘残月,是闷人滋味。南浦离多,东阳带缓,新来憔悴。

因念当时,乱花深径,画楫环溪,屡陪欢醉。踪迹飘流,顿相望千
里。水远山高,雁沉鱼阻,奈信音难寄。吟社阑珊,酒徒零落,重寻
无计。

金人捧露盘

天锡禹圭尧瑞,君王受釐,未央宫殿。三五庆元宵,扫春寒、花外蕙
风轻扇。龙阙前瞻,凤楼背耸,中有鳌峰见。渐紫宙、星河晚。放
桂华浮动,金莲开遍。御帘卷。须臾万乐喧天,群仙扶辇。　　云
间,都人望天表,正仙葩竞插,异香飘散。春宵苦长短。指花阴,愁
听漏传银箭。京国繁华,太平盛事,野老何因见。但时效华封祝,
愿岁岁闻道,金舆游宴。暗魂断。天涯望极长安远。

玉女摇仙佩

宫梅弄粉,御柳摇金,又喜皇州春早。盛世生贤,真仙应运,当日来
从三岛。车马喧青〔疑是清字之误〕晓。看千钟赐饮,中人传诏。最好
是、芝兰并砌,鸣珮腰金,彩衣相照。炉烟袅。高堂半卷珠帘,神仙
缥缈。　　须信槐庭荫美,凤沼波澄,屈指十年三到。九叙重歌,
元圭再锡,已把成功来告。四海瞻仪表。庆君臣会集,诗符天保。
况自有、仙风道骨,玉函金篆,阴功须报。方知道。八千岁月椿难
老。

蓦 山 溪

轻衫短帽,重入长安道。屈指十年中,一回来、一回渐老。朋游在否,落托更能无,朱弦悄。知音少。拨断相思调。　　　花边柳外,潇洒愁重到。深院锁春风,悄无人、桃花自笑。金钗一股,拟欲问音尘,天杳杳,波渺渺。何处寻蓬岛。

又

栏干十二,倚遍还重倚。一曲一般愁,对芳草、伤春千里。绮窗深处,还解忆人无,碧云辞,红叶字。曾仗东风寄。　　　缭墙深院,无路通深意。纵使得新声,又争知、相如名字。从来风韵,潇洒不禁愁,捻梨花,看菊蕊。应也成憔悴。

又

广寒宫殿,千里同云晓。飞雪满空来,蔀云英、群仙齐到。乱飘僧舍,密处洒歌楼,闲日少。风光好。且共宾朋笑。　　　华堂深处,满满觥船掉。梅蕊拆来看,已偷得、春风些小。绮罗香暖,不怕卷珠帘,沉醉了。樽前倒。红袖休来叫。

又

春来心事,分付千钟酒。午醉梦还醒,两眉愁、才消又有。天涯远梦,归路日中迷,楚云深,孤馆静,潇洒梨花手。　　　回文歌罢,幽恨新兼旧。帘影卷斜阳,乱红飞、风摇暮柳。独携此意,和泪上层楼,尽平芜,穷远目,认断千山首。

喜 迁 莺

嫩柳初摇翠。怪朝来早有,飞花零坠。洞门斜开,珠帘初卷,惊起
谢娘吟缀。蕊珠宫殿晓,谁乱把、云英揉碎。气候晚,被寒风卷渡,
龙沙千里。　　沉醉。深院里。粉面照人,疑是瑶池会。润拂炉
烟,寒欺酒力,低压管弦声沸。艳阳过半也,应是好、郊原新霁。待
更与上层楼,遍倚栏干十二。

又

伫立蘅皋暮,冻云乍敛,霜飙微列。怅"怅"疑"帐"字之误饮杯深,阳
关声苦,愁见画船催发。夜来红泪烛,还解惜、王孙轻别。怅望处,
乍金丝冷落,兰薰销歇。　　闻说。归兴切。华鬓未生,得意浓时
节。画戟门开,斑衣追逐,晓日凤凰双阙。帝城春信早,随处有、江
梅攀折。烂熳赏,也多应忘了,东堂风月。

又

清和时序。望桂影渐生,薰风微度。挺秀金芝,传芳玉叶,天上瑞
麟重睹,竞爽谢庭兰玉,信美西雝鸳鹭。庆门里,把丹枝争折,青云
平步。　　声誉。喧盛世,人咏少年,古锦囊中句。艺祖诸孙,宗
王贤子,偏爱汝阳眉宇。画堂令辰称寿,愿与冈陵同固。更看取,
继沂公勋业,东平茅土。

沁 园 春

络纬催凉,断虹收雨,庭梧报秋。绕郡城、千顷烟波绿,正鱼肥酒
美,名冠东州。芰荷风细,兼葭烟淡,宛在潇湘南岸头。凝望处,似
桃源洞口,初泛兰舟。　　贤侯。酝藉风流。向庭讼闲时多宴游。

有信陵家世，梁园客右，才华高掩，沈谢何刘。政声朝奏，除书夕至，即看归趋丹凤楼。须眷恋，况新堂莹澈，好共迟留。

水 调 歌 头

忆昔红颜日，金玉等泥沙。青楼紫陌，惟解惜月与贪花。谁信如今憔悴，尘暗金徽玉轸，藓污匣中蛇。一事都无就，双鬓只堪嗟。

恨无情，乌与兔，送年华。不如归去，无限云水好生涯。未用轻蓑短棹，犹有青鞋黄帽，行处即吾家。回首人间世，幽意在青霞。

金盏倒垂莲

流水漂花，记同寻阆苑，曾宴桃源。痛饮狂歌，金盏倒垂莲。未省负、佳时良夜，烂游风月三年。别后空抱瑶琴，谁听朱弦。　　风流少年儒将，有威名震虏，谈笑安边。寄我新诗，何事赋归田。想歌酒、情怀如旧，后房应也依然。此外莫问升沉，且鬥樽前。

百 宝 装

枫叶初丹，蘋花渐老，蘅皋谁系扁舟。故人思我，征棹少淹留。一尊潋滟西风里，共醉倒、同销万古愁。况今宵自有，明月照人，逼近中秋。　　常爱短李家声，金闺彦士，才高沈谢何刘。片帆初卷，歌吹是扬州。此心自难拘形役，恨未能、相从烂熳游。酒醒时，路遥人远，为我频上高楼。

玉 胡 蝶

淡淡春阳天气，夜来一霎，微雨初晴。向暖犹寒，时候又是清明。乱沾衣、桃花雨闹，微弄袖、杨柳风轻。晓莺声。唤回幽梦，犹困春醒。　　牵萦。伤春怀抱，东郊烟暖，南浦波平。况有良朋，载酒

同放彩舟行。劝人归、啼禽有意,催棹去、烟水无情。黯销凝。暮
云回首,何处高城。以上汲古阁景宋抄本闲斋琴趣外篇卷二

木 兰 花

苦春宵漏短,梦回晚、酒醒迟。正小雨初收,馀寒未放,怯试单衣。
娇痴。最尤殢处,被罗襟、印了宿妆眉。潇洒春工斗巧,算来不在
花枝。　　芳菲。正好踏春,携素手、暂分飞。料恨月愁花,多应
瘦损,风柳腰肢。归期。况春未老,过南园、尚及牡丹时。拚却栏
边醉倒,共伊插满头归。

金 盏 子

断魂凝睇。望故国迢迢,倦摇征辔。恨满西风,有千里云山,万重
烟水。遥夜枕冷衾寒,数更筹无寐。想伊家、应也背著孤灯,暗弹
珠泪。　　屈指。重算归期,知他是何时见去里。翻思绣阁旧时,
无一事,只管爱争闲气。及至恁地单栖,却千般追悔。从今后,彼
此记取,厌厌况味。

洞 仙 歌

年时此际,向扁舟同载。风送征帆暮天外。对沙汀宿鹭,与波上轻
鸥,双双处,相唤相呼自在。　　如今重整棹,烟景依然,谁念轻分
绣罗带。向蓬窗独坐,不觉徊徨,鸥与鹭、想一齐惊怪。怎生得、今
宵梦还家,又譬如秉烛,夜阑相对。

安 公 子

帝里重阳好。又对短髮来吹帽。满目风光还似旧,奈樽前人老。
暗忆当年,伴侣同倾倒。夸俊游、争买千金笑。到如今憔悴,恰似

华胥一觉。　　　此恨何时了。旧游屈指愁重到。小曲深坊闲信马，掩朱扉悄悄。怎得个多情，为我传音耗。但向伊、耳边轻轻道。道近来应是,忘了卢郎年少。

庆寿光　叔祖母黄氏,年九十一岁。其长子尝齿仕籍。大观赦恩,例许叙封。事在可疑,有司难之。次子论列于朝,特封寿光县太君。诰词有蕴仁积善之褒,因采纶言以名所居之堂曰"积善",日与亲旧歌酒为寿于其间,命族孙端礼作庆寿光曲,以纪一时之美。其词曰

丹宸疏恩,庆闱受命,圣朝广孝非常。大邑高封,名兼寿考辉光。闾巷相传盛事,焕丝五色成章。崇新栋,天语荣夸,共瞻积善华堂。

灵龟荐祉,紫鸾称寿,千钟泛酒,百和焚香。况有新教歌舞,妙选丝篁。馀庆从今沓至,看儿孙、朱紫成行。闻说道,贤德阴功,姓名仍在仙乡。

黄鹂绕碧树

鸳瓦霜轻,玳帘风细,高门瑞气非烟。积厚源深,有长庚应梦,乔岳生贤。妙龄秀发,庆谢庭、兰玉争妍。名动缙绅,况文章政术,俱是家传。　　　别有阴功厚德,向东州、治狱平反。玉函高篆,仙风道骨,锡与长年。最好素秋新霁,对画堂、高启宾筵。何妨纵乐笙歌,剩举觥船。

永　遇　乐

龙阁先芬,凤毛荣继,当世英妙。峻岳储灵,长庚应梦,还庆佳辰到。黄花浥露,碧瓦凝霜,香馥郡斋清晓。忆当年、青云平步,共喜骤跻华要。　　　阴功厚德,玉符金篆,锡与世间难老。注意方浓,

分符屡请,雅志人应少。棠阴无讼,乐府新教,正好醉山频倒。有
谁莱衣游戏,萱堂寿考。

满　江　红

五两风轻,移舟向、斜阳岛外。最好是、潇湘烟景,自然心会。倒影
芙蓉明镜底,更折花嗅蕊西风里。待问君、明日向何州,东南指。
　　人生事,谁如意。剩揽取,尊前醉。想升沉有命,去来非己。
菊老松深三径在,田园已有归来计。问甚时、重此望归舟,远相对。

春　晴

燕子来时,清明过了,桃花乱飘红雨。倦客凄凉,千里云山将暮。
泪眸回望,人在玉楼深处。向此多应念远,凭栏无语。　　芳菲可
惜轻负。空鞭弄游丝,帽冲飞絮。恨满东风,谁识此时情绪。数声
啼鸟,劝我不如归去。纵写香笺,仗谁寄与。

河　满　子

满浦亭前杨柳,一年三度攀条。瞬息光阴都几许,离情常是迢迢。
须信沈腰易瘦,争教潘鬓相饶。　　不忍重寻香径,还来独立溪
桥。唯有无情东去水,来时曾傍兰桡。今夜欲求好梦,望中莫遣魂
消。

醉桃源 （按词律疑调名当作宴桃源）

又是青原误作清,据乐府雅词卷中改春将暮。望极桃溪归路。洞户悄无
人,空锁一庭红雨。凝伫。凝伫。人面不知何处。

一　丛　花

谪仙海上驾鲸鱼。谈笑下蓬壶。神寒骨重真男子,是我家、千里龙
驹。经纶器业,文章光焰,流辈更谁如。　　　渊明元与世情疏。松
菊爱吾庐。他年定契非熊卜,也未应、鹤发樵渔。手栽露桃,亲移
云杏,真是种星榆。

感　皇　恩

蜀锦满林花,三年重到。应被花枝笑人老。半开微谢,占得几多时
好。便须拚痛饮、花前倒。　　　醉中但记,红围绿绕。人面花光斗
相照。缭墙重院,爱惜遮藏须早。免如攀折柳,临官道。

御　街　行

柳条弄色梅飘粉。还是元宵近。小楼深巷月胧明,记得恁时风景。
庭花影转,珠帘人静,依旧厌厌闷。　　　如今对酒翻成恨。春瘦罗
衣褪。王孙何处草萋萋,辜负小欢幽兴。谁知此际,有人灯下,偷
把归期问。

踏　莎　行

萱草栏干,榴花庭院。悄无人语重帘卷。屏山掩梦不多时,斜风雨
细江南岸。　　　昼漏初传,林莺百啭。日长暗记残香篆。洞房消
息有谁知,几回欲问梁间燕。

又

柳暗重门,花深小院。盆池昨夜新荷卷。银床斜倚小屏风,吴波澄
淡春山远。　　　纨扇风轻,薰炉烟断。日高睡起眉山浅。尘侵鸾

镜懒匀妆,谁人与整钗头燕。

又

衰柳残荷,长山远水。扁舟荡漾烟波里。离杯莫厌百分斟,船头转
便三千里。　　红日初斜,西风渐起。琵琶休洒青衫泪。区区游
宦亦何为,林泉早作归来计。

蝶 恋 花

潋滟长波迎鹢首。雨淡烟轻,过了清明候。岸草汀花浑似旧。行
人只是添清瘦。　　沉水香消罗袂透。双橹声中,午梦初惊后。
枕上懵腾犹病酒。卷帘数尽长堤柳。

又

骨秀肌香冰雪莹。潇洒风标,赋得温柔性。松髻遗钿慵不整。花
时长是厌厌病。　　枕上晓来残酒醒。一带屏山,千里江南景。
指点烟村横小艇。何时携手重寻胜。

定 风 波

花倚东风柳弄春。分明浅笑与轻颦。更忆当时声细细,偎人。秦
筝轻衬砑罗裙。　　别后此欢谁更共。春梦。只凭胡蝶伴飞魂。
独倚高楼还日暮。情绪。浮烟漠漠雨昏昏。以上汲古阁景宋抄本闲斋琴
趣外篇卷三

江 城 子

幽香闲艳露华浓。晚妆慵。略匀红。春困厌厌,常爱鬓云松。早
是自来莲步小,新样子,为谁弓。　　画堂西下小栏东。醉醒中。

苦匆匆。卷上珠帘，依旧半床空。香炧满炉人未寝，花弄月，竹摇
风。

<h2 style="text-align:center">又</h2>

石榴双叶忆同寻。卜郎心。向谁深。长恁娇痴，尤殢怎生禁。内
样双眉新画得，还印了，在罗襟。　　相思幽怨付鸣琴。望来音。
久沉沉。若论当初，谁信有如今。瘦尽标容羞见也，明镜子，任尘
侵。

<h2 style="text-align:center">临 江 仙</h2>

今夜征帆何处落，烟村几点人家。莫惊双泪向风斜。渔人西塞曲，
商女后庭花。　　从此五湖归去好，一杯酒送生涯。多情犹解惜
年华。春闺重见处，霜鬓不须嗟。

<h2 style="text-align:center">西 江 月</h2>

去路湘桃破萼，归时乳燕巢梁。不成一事又还乡。也是经春游荡。
　　香烬重燃灠鸌，罗衾再拂鸳鸯。今宵应解话愁肠。指点尘生
绣帐。

<h2 style="text-align:center">又</h2>

洛浦神仙流品，姑山冰雪肌肤。谁家池馆雨晴初。肠断风标白鹭。
　　国艳枉教无语，玉颜不待施朱。采菱人散夜蟾孤。冷落西溪
风露。

<h2 style="text-align:center">诉 衷 情</h2>

红窗小艇雨馀天。李郭未神仙。片时〔篷〕（蓬）底幽梦，即是五湖

船。　　　追往事,惜流年。恨风烟。向人依旧,两行垂杨,一片新
蝉。

又

吴宫绝艳楚宫腰。怯挂紫檀槽。纤纤玉笋轻捻,莺语弄春娇。
松钿带,鞓金翘。暗香飘。红牙拍碎,绛蜡烧残,月淡天高。

又

金盆水冷又重煨。不肯傍妆台。从教髻鬟松慢,斜鞓卷云钗。
莲步稳,黛眉开。后园回。手揉柳带,鬓插梅梢,探得春来。

清 平 乐

朦胧月午。点滴梨花雨。青翼欺人多谩语。消息知他真否。
兽炉鸳被重熏。故将灯火挑昏。最恨细风摇幕,误人几度迎门。

又

深沉玉宇。枕簟清无暑。睡起花阴初转午。一霎飞云过雨。
雨馀隐隐残雷。夕阳却照庭槐。莫把绣帘垂下,妨它双燕归来。
　　　按此首别误作刘泾词,见类编草堂诗馀卷一。

又

琐窗朱户。曾是娇眠处。只有馀香留得住。满地花钿翠羽。
三年宋玉东邻。断肠月夕烟春。看取画屏深处,题诗欲付何人。

又

清樽泛菊。共剪西窗烛。一抹朱弦新按曲。更遣歌喉细逐。

明朝匹马西风。黄云衰草重重。试问剑歌悲壮,何如玉指轻拢。

浣 溪 沙

误入仙家小洞来。碧桃花落乱浮杯。满身罗绮裛香煤。   醉倒
任眠深径里,醒时须插满头归。更收馀蕊酿新醅。

又

紫蔓凝阴绿四垂。暗香撩乱扑罗衣。醉眠惟有落花知。   玉笋
纤纤初嗅罢,乌云娜娜乱簪时。此般风韵雅相宜。

又

阆苑瑶台指旧居。当年一念别仙都。庆门曾梦得明珠。   赋畀
已教尘累浅,修持更与俗缘疏。慧心从此悟真如。

又

似火山榴映翠娥。依依香汗浥轻罗。恼人无奈是横波。   金凿
落倾欢事少,玉搔头裛闷时多。不留人住意如何。

按此首误入沈愚本龙洲词。

又

一见郎来双眼明。春风楼上玉箫声。谁信同心双结子、苦难成。
    瑶珮空传张好好,钿筝谁继薛琼琼。若是今生无此分、有来
生。

又

清润风光雨后天。蔷薇花谢绿窗前。碧琉璃瓦欲生烟。   十里

闲情凭蝶梦，一春幽怨付鲲弦。小楼今夜月重圆。

又

昼漏迟迟出建章。惊回残梦日犹长。风微歌吹度昭阳。　　沉水烧残金鸭冷，胭脂匀罢紫绵香。一枝花影上东廊。

又

湘簟纱厨午睡醒。起来庭院雨初晴。夕阳偏向柳梢明。　　懒炷薰炉沉水冷，罢摇纨扇晚凉生。莫将闲事恼卿卿。

　　　按以上三首误入沈愚本龙洲集。

菩　萨　蛮

薄衾小枕重门闭。孤灯照著人无寐。风雨夜来多。春寒可奈何。　　深闺香暖处。还解怜人否。只道不来归。那知心似飞。

又

午阴未转晴原误作青，据乐府雅词卷中改窗暖。无风著地杨花满。睡起日犹长。卷帘红杏香。　　春心无处定。又作花时病。芳草伴离愁。绵绵早晚休。

又

百花未报芳菲信。一枝探得春风近。只有雪争光。更无花似香。　　孤标天赋与。冷艳谁能顾。庭院好深藏。莫教开路傍。

又　回纹

卷帘风入双双燕。燕双双入风帘卷。明月晓啼莺。莺啼晓月明。

断肠空望远。远望空肠断。楼上几多愁。愁多几上楼。

又

远山眉映横波脸。脸波横映眉山远。云鬟插花新。新花插鬟云。断魂离思远。远思离魂断。门掩未黄昏。昏黄未掩门。

一　落　索

正向溪堂欢笑。忽惊传新诏。马蹄准拟乐郊行，又却近、长安道。　　鹊鹊楼边初到。未花残莺老。崔徽歌舞有馀风，应忘了、东平好。

虞　美　人

木兰舟稳桃花浪。重到清溪上。刘郎惆怅武陵迷。无限落英飞絮、水东西。　　玉觞潋滟谁相送。一觉扬州梦。不知何物最多情。惟有南山不改、旧时青。

又

短亭过尽长亭到。未忍过征棹。天涯自是别离身。更折一枝杨柳、赠行人。　　淮阴堤上残阳里，暮草连空翠。一樽别酒苦匆匆。还似陇头流水、各西东。

一　斛　珠

伤春怀抱。清明过后莺声老。劝君莫向愁人道。又被香轮，碾破青青草。　　夜来风雨连清晓。秋千院落无人到。梦回酒醒愁多少。犹赖春寒，未放花开了。以上汲古阁景宋抄本闲斋琴趣外篇卷四

此首京本通俗小说西山一窟鬼误作欧阳修词。花草粹编卷六又误作欧阳叔用

词。

少　年　游

建溪灵草已先尝。欢意尚难忘。未放笙歌,暂留簪珮,犹有紫芝汤。　　醉中纤手殷勤捧,欲去断人肠。绛蜡迎归,绣鞍扶下,笑语尽闻香。

鹊　桥　仙

多情应解,留连春意,满地紫花惹絮。王孙何在不归来,又遍满、闲门要路。　　咸阳原上,姑苏台下,肠断绿波南浦。迢迢归思碧连云,解送我、春山尽处。

按赵万里校辑宋金元人词,此首误补作晁补之词,本书初版卷六十亦承其误。

点　绛　唇

洞户深沉,起来闲绕回廊转。凤箫声远。小院杨花满。　　旧曲重寻,移遍秦筝雁。芳心乱。栏干凭暖。目向天涯断。

鹧　鸪　天

并蒂芙蓉本自双。晓来波上斗新妆。朱匀檀口都无语,酒入圆腮各是香。　　辞汉曲,别高唐。芳心应解妒鸳鸯。不封虢国并秦国,应嫁刘郎与阮郎。

又

红紫飘零绿满城。春风于此独留情。谁将十幅吴绫被,扑向熏笼一夜明。　　风不定,雨初晴。晓来苔上拾残英。连教贮向鸳鸯枕,犹有馀香入梦清。

武　陵　春

湖上风光寒食近,准拟醉花枝。不忍东风烂熳时。红泪湿胭脂。
　　情知今后游从少,鸾镜懒重窥。金凤衔花旧绣衣。憔悴舞腰肢。

苏　幕　遮

碧桃花,春婉娩。未断尘缘,暂别瑶池宴。谪限迢迢应未满。乘月
骖鸾,曾有深深愿。　　帝城赊,凤楼远。长寿杯深,此际谁人劝。
闷倚屏山凝泪眼。百和烟中,细想千娇面。

朝　中　措

短亭杨柳接长亭。攀折赠君行。莫怪尊前无语,大都分外多情。
　　何须苦计,时间利禄,身后功名。且尽十分芳酒,共倾一梦浮
生。

丑　奴　儿

小庭数朵寒梅放,雪缀霜棱。装点香英。玉软琼娇两未胜。
佳人皓腕争攀取,插向壶冰。素色相乘。不羡高花万万层。

又

来朝匹马萧萧去,且醉芳卮。明夜天涯。浅酌低吟欲殢谁。
归来应过重阳也,菊有残枝。纤手重携。未必秋香一夜衰。

惜　双　双

天上星杓春又到。应律管、微阳已报。暖信惊梅早。昨夜南枝,先

得芳菲耗。　　迟日曈昽光破晓。馥绣幄、麝炉烟袅。为寿金壶倒。四坐簪缨,共比松筠老。

脱　银　袍

纤条绿沁。春色为伊难禁。传芳意、东君信任。燕愁莺懒,怕轻寒犹噤。护占得、幽香转甚。　　粉面初匀,冰肌未饮。何须爱、妖桃胜锦。夜阑人静,任月华来浸。待抱著、花枝醉寝。

行　香　子

别恨绵绵。屈指三年。再相逢、情分依然。君初霜鬓,我已华颠。况其间有,多少恨,不堪言。　　小庭幽槛,菊蕊阑斑。近清宵、月已婵娟。莫思身外,且鬥樽前。愿花长好,人长健,月长圆。

小　重　山

朱户深深小洞房。曲屏龟甲样,画潇湘。纱轻蓝嫩镂牙床。人如玉,一见已心凉。　　午枕梦悠扬。流莺声唤觉,日犹长。几回烟断玉炉香。庭花影,不肯上东廊。

雨　霖　铃

槐阴添绿。雨馀花落,酒病相续。闲寻双杏凝伫,池塘暖、鸳鸯浴。却向窗昼卧,正春睡难足。叹好梦、一一无凭,帐掩金花坐凝目。　　当时共赏移红烛。向花间、小饮杯盘促。蔷薇花下曾记,双凤带、索题诗曲。别后厌厌,应是香肌,瘦减罗幅。问燕子、不肯传情,甚入华堂宿。

玉 叶 重 黄

玉纤初捻梅花蕊。早忆著、上元天气。重寻旧曲声韵,收拾放灯欢计。　　况人生、百岁能几。任东风、笑我双鬓里。重来花下醉也,不减旧时风味。

金 蕉 叶

楼头已报冬冬鼓。华堂渐、停杯投箸。更闻急管频催,风口香销炷。花映玉山倾处。　　主人无计留宾住。溪泉泛、越瓯春乳。醉魂一啜都醒,绛蜡迎归去。更看后房歌舞。

南 歌 子

月到中秋夜,还胜别夜圆。高河瑟瑟转金盘。三十六宫深处、卷帘看。　　香雾云鬟湿,清辉玉臂寒。寻常岂是不婵娟。吟赏莫辞终夕、动经年。

鹧鸪天　晏叔原近作鹧鸪天曲,歌咏太平,辄拟之为十
篇。野人久去辇毂,不得目睹盛事,姑诵所闻万
一而已

霜压天街不动尘。千官环珮贺成禋。三竿阊阖楼边日,五色蓬莱顶上云。　　随步辇,卷香裀。六宫红粉倍添春。乐章近与中声合,一片仙韶特地新。

又

数骑飞尘入凤城。朔方诸部奏河清。圜扉木索频年静,大晟箫韶九奏成。　　流协气,溢欢声。更将何事卜升平。天颜不禁都人

看,许近黄金辇路行。

又

阆苑瑶台路暗通。皇州佳气正葱葱。半天楼殿朦胧月,午夜笙歌
淡荡风。　　车流水,马游龙。万家行乐醉醒中。何须更待元宵
到,夜夜莲灯十里红。

又

洛水西来泛绿波。北瞻丹阙正嵯峨。先皇秘聿^{按原本字残,不知何字}
无人解,圣子神孙果众多。　　民物阜,岁时和。帝居不用壮山
河。卜年卜世过周室,亿万斯年入咏歌。

又

璧水溶溶漾碧漪。桥门清晓驻鸾旗。三千儒服鸳兼鹭,十万犀兵
虎与貔。　　春服就,舞雩归。四方争颂育莪诗。熙丰教养今成
效,已见夔龙集凤池。

又

八彩眉开喜色新。边陲来奏捷书频。百蛮洞穴皆王土,万里戎羌
尽汉臣。　　丹转毂,锦拖绅。充庭列贡集珠珍。宫花御柳年年
好,万岁声中过一春。

又

圣泽昭天下漏泉。君王慈孝自天然。四民有养跻仁寿,九族咸亲
迈古先。　　歌舜日,咏尧年。竞翻玉管播朱弦。须知大观崇宁
事,不愧生民下武篇。

又

日日仙韶度曲新。万机多暇宴游频。歌馀兰麝生纨扇,舞罢珠玑落绣裀。　　金屋暖,〔璧〕(壁)台春。意中情态掌中身。近来谁解辞同辇,似说昭阳第一人。

又

万国梯航贺太平。天人协赞甚分明。两阶羽舞三苗格,九鼎神金一铸成。　　仙鹤唳,玉芝生。包茅三脊已充庭。翠华脉脉东封事,日观云深万仞青。

又

金碧觚棱斗极边。集英深殿听胪传。齐开雉扇双分影,不动金炉一喷烟。　　红锦地,碧罗天。升平楼上语喧喧。依稀曾听钧天奏,耳冷人间四十年。以上汲古阁景宋抄本闲斋琴趣外篇卷五

并 蒂 芙 蓉

太液波澄,向鉴中照影,芙蓉同蒂。千柄绿荷深,并丹脸争媚。天心眷临圣日,殿宇分明敞嘉瑞。弄香嗅蕊。愿君王,寿与南山齐比。　　池边屡回翠辇,拥群仙醉赏,凭栏凝思。尊绿揽飞琼,共波上游戏。西风又看露下,更结双双新莲子。斗妆竞美。问鸳鸯、向谁留意。

寿 星 明

露湿晴花,散红香清影,建章宫殿。玉宇风来,银河云敛,天外老人星现。向晓千官入,称庆山呼鳌抃。凤髓香飘,龙墀翡翠,帘栊高

卷。　　　　朝罢仪_{按此字疑是"仗"字之误}卫再整，肃鸣鞘，又向瑶池高
宴。海寓承平，君臣相悦，乐奏微招初遍。治极将何报，检玉泥金
封禅。见说山中居民，待看雕辇。

黄　河　清

晴景初升风细细。云收天淡如洗。望外凤凰双阙，葱葱佳气。朝
罢香烟满袖，近臣报、天颜有喜。夜来连得封章，奏大河、彻底清
泚。　　　　君王寿与天齐，馨香动上穹，频降嘉瑞。大晟奏功，六乐
初调清徵。合殿春风乍转，万花覆、千官尽醉。内家传敕，重开宴、
未央宫里。

舜　韶　新

晨光射牖，新燕子、一一穿帘飞去。露晞鸳瓦，萧瑟风生琼宇。香
篆烟消昼永，锁深院、榴花半吐。映绛绡、冰雪肌肤，自是清凉无
暑。　　　　浮荣何用萦怀，冷笑看、车马喧喧尘土。地偏心远，终日
何妨扃户。一枕江南好梦，泛孤棹、轻烟细雨。被数声、幽鸟惊回，
砌下槐阴亭午。

上　林　春

相识来来，真个为伊，尽把精神役破。谛殢性□，娇痴做处，双眉镇
长愁锁。为伊恁地，便诸事、自来饶过。暂时间未觑得，又早孜煎
无那。　　　　想从来、性气怎么。那堪更等闲，经时抛躲。料得那
里、千僝万僽，嗔我也思量我。再归见了，算应是、絮得些个。但初
心、尚未改，任从摧挫。

雨 中 花

小小中庭,深深洞户,谁人笑里相迎。有三年窥宋,一顾倾城。舞
态方浓,箫声未阕,又黯离情。怎奈向,赢得多情怀抱,薄幸声名。

　　良宵记得,醉中携手,画楼月皎
风清。难忘处、凭肩私语,和泪深盟。假使钗分金股,休论井引银
瓶。但知记取,此心常在,好事须成。

醉 蓬 莱

向重门深闭,永夜孤眠,梦魂飞过。梦里分明,共玉人双卧。粉淡
香浓,翠深红浅,是那回梳裹。楚雨难成,巫云易散,依前惊破。

　　无绪无聊,向谁分诉,独语独言,自家〔攋〕(催)挫。梦也多磨,更
那堪真个。暗数残更,半欹孤枕,对夜深灯火。怨泪频弹,愁肠屡
断,伊还知么。

吴 音 子

细想当初事,又非是、取次相知。一年来、觑著尚迟。疑□时、敢共
些儿。似恁秤停期赶了,便一成望不相离。却何期、恩情陡变,中
路分飞。　　都缘我自心肠软,润按"润"疑应是"捆"字就得、转转娇
痴。如今未中再假随。选不甚,且从待他疏狂心性,足变堆垛,更
吃禁持按句有讹衍。管取你回心,却有投奔人时。

洞 仙 歌

眼来眼去,未肯分明道。有意于人甚不早。谩教我、心下终日悬
悬,星□事,知他何时是了。　　几回猜伊意,也是难为,拟待偷怜
又胆小。奈何我已狂迷,怎肯乾休,情深后、不免求告。但只教、时

时得些儿,便拚了一生,为伊烦恼。

安 公 子

渐渐东风暖。杏梢梅萼红深浅。正好花前携素手,却云飞雨散。是即是、从来好事多磨难。就中我与你才相见。便世间烦恼,受了千千万万。　回首空肠断。甚时与你同欢宴。但得人心长在了,管天须开眼。又只恐、日疏日远衷肠变。便忘了、当本深深愿。待寄封书去,更与丁宁一遍。

河 满 子

草草时间欢笑,厌厌别后情怀。留下一场烦恼去,今回不比前回。幸自一成休也,阿谁教你重来。　眠梦何曾安稳,身心没处安排。今世因缘如未断,终期他日重谐。但愿人心长在,到头天眼须开。

踏 莎 行

骂女嗔男,呼奴喝爪。新来司户多心躁。家中幸自好熙熙,眉儿皱著干烦恼。　饱喜饥嗔,多愁早老。古人言语分明道。剩须将息少孜煎,人生万事何时了。

临 江 仙

火冷灯□山驿静,无人与暖香衾。阿谁教你惜人深。一成迷后,不望有如今。　枕畔耳边都悄悄,忆伊模样声音。些儿年纪正难禁。盟言虽在,只恐我痴心。

清 平 乐

娇羞未惯。长是低花面。笑里爱将红袖掩。遮却双双笑靥。
早来帘下逢伊。怪生频整衫儿。元是那回欢会,齿痕犹在凝脂。

一 落 索

道著明朝分袂。早眉头攒翠。不言不语只偎人,满眼里、汪汪地。
　　向道不须如此。转吞声饮气。一团儿肌骨不禁春,甚有得、许
多泪。

一 斛 珠

相思最苦。别来有甚好情绪。夜间无限恓惶处。睡不著时,没个
人言语。　　所恨不能飞上路。书书只怪迟归去。外边闲事无心
觑。直自我咱,怕你恶肠肚。

少 年 游

眼来眼去又无言。教我怎生团。又不分明,许人一句,纵未也心
安。　　是即自古常言道,色须是艰难。愿早得来,虽然容易,管
不等闲看。

鹊 桥 仙

从来因被,薄情相误,误得人来已怕。那回时、有愿不昏沉,甚近
日、依前又也。　　你莫撋就,偎随人便,却骑墙两下。自家懑、都
望有前程,背地里、莫教人咒骂。

点　绛　唇

我也从来,唤做真个收拾定。据伊情性。怎到如今恁。　　　搁就百般,终是心肠狠。应难更。是我薄命。不怨奴薄幸。

卜　算　子

恩义重如山,情意深如海。假使黄金北斗高,这一分、何由买。　　领家看取彩。莫要胡厮赖。堂印傍边更碧油,但管取、无人赛。

柳　初　新

些儿柄靶天来大。闷损也、还知么。共伊合下、深盟厚约,比望收因结果。这好事、难成易破。到如今、彼此无那。　　　终日行行坐坐。未曾识、展眉则个。若还不是、前生注定,甚得许多摧挫。去你行、有甚罪过。送一场、烦恼与我。

步　蟾　宫

昨宵争个甚闲事。又不道、被谁调戏。任孜孜、求告不回头,诮满眼、汪汪地泪。　　　奴哥一向不赌是。算谁敢、共他争气。且偎随、须有喜欢时,待款款、说些道理。

千　秋　岁

飞云骤雨。草草成暌阻。寸肠结尽千千缕。别离谁是没,惟我于中苦。最苦是,看奴未足抛奴去。　　　一句临歧语。忍泪奴听取。身可舍,情难负。纵非瓶断绠,也是钗分股。再见了,知他似得如今否。

殢　人　娇

旋剔银灯,高褰斗帐。孜孜地、看伊模样。端相一饷,揉搓一饷。不会得、知他甚家娘养。　　不见些儿,行思坐想。分飞后、怎生□向。天天若许,长长偎傍。顶戴著、一生也即不枉。

遍　地　花

密约幽欢试思忖。教人又、怎生安稳。算都来、些子精神,消烦恼、看看瘦损。　　也拟待、罗织伊家,图开解、较些可闷。把从前、已往寻思,又无可、教人得恨。

梁　州　令

各自寻思取。更莫冤他人做。如今划地怕相逢,愁多正在相逢处。　　人前不敢分明语。暗里频回顾。罗襟滴泪无数。匆匆又是空归去。

滴　滴　金

庞儿周正心儿得。眼儿单、鼻儿直。口儿香、髪儿黑。脚儿一折。　　从来薄命多阻隔。未曾有恁相识。除非烧香做功德。且图消得。以上二十一首半,见校辑宋金元人词引星凤阁抄本闲斋琴趣外篇

晁端礼词一百三十八首,据汲古阁抄本闲斋琴趣外篇,卷六残缺,仅剩五首半,赵万里从赵辑宁星凤阁抄本补二十一首半。据目绿,卷末尚有新填微调各首,计圣寿齐天歌(逐唱)一首、又一首、中腔一首、又一首(与前腔不同)、踏歌一首、又一首(与前腔不同)、候新恩一首、醉桃源一首,汲古阁、星凤阁抄本俱佚。

失　调　名

花前月下堪垂泪,水边楼上总关心。侯鲭录卷二

蓦 山 溪

风流心胆,直把春偿酒。选得一枝花,绮罗中、算来未有。名园翠苑,风月最佳时,夜迢迢,车款款,是处曾携手。　　重来一梦,池馆皆依旧。幽恨写新诗,托何人、章台问柳。渔舟归后,云锁武陵溪,水潺潺,花片片,舣棹空回首。乐府雅词卷中

存 目 词

曾 肇

　　肇字子开,南丰人,巩之弟。生于庆历七年(1047)。治平四年(1067),举进士。元祐中,官中书舍人。徽宗朝,再为中书舍人,迁翰林学士、兼侍读。以龙图阁学士提举中太乙宫。崇宁中,安置汀州。大观元年(1107)卒,年六十一。绍兴初,追谥文昭。有曲阜集。

好事近　亳州秩满归江南别诸僚旧

岁晚凤山阴,看尽楚天冰雪。不待牡丹时候,又使人轻别。　　如今归去老江南,扁舟载风月。不似画梁双燕,有重来时节。过庭录

郑 仅

　　仅字彦能,彭城(今江苏徐州)人。庆历七年(1047)生。第进士。

历官显谟阁待制,出知宁州,徙秦州。崇宁二年(1103),熙河路都转运使。召拜户部侍郎,改吏部侍郎,知徐州。政和三年(1113)终显谟阁直学士、通议大夫,赠光禄大夫,谥修敏。

调 笑 转 踏

　　良辰易失,信四者之难并;佳客相逢,实一时之盛事。用陈妙曲,上助清欢。女伴相将,调笑入队。

　　秦楼有女字罗敷。二十未满十五馀。金镮约腕携笼去,攀枝摘叶城南隅。使君春思如飞絮。五马徘徊芳草路。东风吹鬓不可亲,日晚蚕饥欲归去。

归去。携笼女。南陌柔桑三月暮。使君春思如飞絮。五马徘徊频驻。蚕饥日晚空留顾。笑指秦楼归去。

　　石城女子名莫愁。家住石城西渡头。拾翠每寻芳草路,采莲时过绿苹洲。五陵豪客青楼上。醉倒金壶待清唱。风高江阔白浪飞,急催艇子操双桨。

双桨。小舟荡。唤取莫愁迎叠浪。五陵豪客青楼上。不道风高江广。千金难买倾城样。那听绕梁清唱。

　　绣户朱帘翠幕张。主人置酒宴华堂。相如年少多才调,消得文君暗断肠。断肠初认琴心挑。么弦暗写相思调。从来万曲不关心,此度伤心何草草。

草草。最年少。绣户银屏人窈窕。瑶琴暗写相思调。一曲关心多少。临邛客舍成都道。苦恨相逢不早。

　　湲湲流水武陵溪。洞里春长日月迟。红英满地无人扫,此度刘郎去后迷。行行渐入清流浅。香风引到神仙馆。琼浆一饮觉身轻,玉砌云房瑞烟暖。

烟暖。武陵晚。洞里春长花烂熳。红英满地溪流浅。渐听云中鸡犬。刘郎迷路香风远。误到蓬莱仙馆。

按湲湲流水武陵溪四句,傅幹注坡词卷八引作张舜民调笑令。

　　少年锦带佩吴钩。铁马追风塞草秋。凭仗匣中三尺剑,扫平骄虏

取封侯。红颜少妇桃花脸。笑倚银屏施宝靥。明眸妙齿起相迎,青楼
独占阳春艳。

春艳。桃花脸。笑倚银屏施宝靥。良人少有平戎胆。归路光生弓
剑。青楼春永香帏掩。独把韶华都占。

　　翠盖银鞍冯子都。寻芳调笑酒家胡。吴姬十五夭桃色,巧笑春风
当酒垆。玉壶丝络临朱户。结就罗裙表情素。红裙不惜裂香罗,区区
私爱徒相慕。

相慕。酒家女。巧笑明眸年十五。当垆春永寻芳去。门外落花飞
絮。银鞍白马金吾子。多谢结裙情素。

　　楼上青帘映绿杨。江波千里对微茫。潮平越贾催船发,酒熟吴姬
唤客尝。吴姬绰约开金盏。的的娇波流美盼。秋风一曲采菱歌,行云
不度人肠断。

肠断。浙江岸。楼上青帘新酒软。吴姬绰约开金盏。的的娇波流
盼。采菱歌罢行云散。望断侬家心眼。

　　花阴转午漏频移。宝鸭飘帘绣幕垂。眉山敛黛云堆髻,醉倚春风
不自持。偷眼刘郎年最少。云情雨态知多少。花前月下恼人肠,不独
钱塘有苏小。

苏小。最娇妙。几度尊前曾调笑。云情雨态知多少。悔恨相逢不
早。刘郎襟韵正年少。风月今宵偏好。

　　金翘斜弄淡梳妆。绰约天葩自在芳。几番欲奏阳关曲,泪湿春风
眼尾长。落花飞絮青门道。浓愁不散连芳草。骖鸾乘鹤上蓬莱,应笑
行云空梦悄。

梦悄。翠屏晓。帐里薰炉残蜡照。赏心乐事能多少。忍听阳关声
调。明朝门外长安道。怅望王孙芳草。

　　绰约妍姿号太真。肌肤冰雪怯轻尘。霞衣乍举红摇影,按出霓裳
曲最新,舞钗斜弄乌云髪。一点春心幽恨切。蓬莱虽说浪风轻,翻恨明
皇此时节。

时节。白银阙。洞里春晴百和爇。兰心底事多悲切。消尽一团冰
雪。明皇恩爱云山绝。谁道蓬莱安悦。

　　江上新晴暮霭飞。碧芦红蓼夕阳微。富贵不牵渔父目，尘劳难染钓人衣。白鸟孤飞烟柳杪。采莲越女清歌妙。腕呈金钏掉鸣榔，惊起鸳鸯归调笑。

调笑。楚江渺。粉面修眉花斗好。擎荷折柳争相调。惊起鸳鸯多少。渔歌齐唱催残照。一叶归舟轻小。

　　千里潮平小渡边。帘歌白纻絮飞天。苏苏不怕梅风软，空遣春心著意怜。燕钗玉股横青髪。怨托琵琶恨难说。拟将幽恨诉新愁，新愁未尽弦声切。

声切。恨难说。千里潮平春浪阔。梅风不解相思结。忍送落花飞雪。多才一去芳音绝。更对珠帘新月。

放　　队

　　新词宛转递相传。振袖倾鬟风露前。月落乌啼云雨散，游童陌上拾花钿。以上十二首见乐府雅词

蔡　京

　　京字元长，兴化军仙游（今福建仙游）人。庆历七年(1047)生。熙宁三年(1070)进士。历尚书左仆射、转司空、累加太师，封鲁国公。徽宗朝凡四入相。靖康元年(1126)贬死潭州。年八十。

西　江　月

八十一年住世，四千里外无家。如今流落向天涯。梦到瑶池阙下。

　　玉殿五回命相，彤庭几度宣麻。止因贪此恋荣华。便有如今事也。挥麈后录卷八

苏　琼

　　琼，苏州官妓。

西 江 月

韩愈文章盖世,谢安情性风流。良辰美景在西楼。敢劝一厄芳酒。

　　记得南宫高第,弟兄争占鳌头。金炉玉殿瑞烟浮。高占甲科
第九。能改斋漫录卷十六

　　按此首别作尹词客词,见岁时广记卷三十五引蕙亩拾英集。花草粹编卷四又作
　　尹温仪词。

李元膺

　　　　元膺,东平人。南京教官。与蔡京同时。

茶 瓶 儿

去年相逢深院宇。海棠下、曾歌金缕。歌罢花如雨。翠罗衫上,点
点红无数。　　今岁重寻携手处。空物是、人非春暮。回首青门
路。乱红飞絮,相逐东风去。冷斋夜话卷三

洞 仙 歌

廉纤细雨,殢东风如困。萦断千丝为谁恨。向楚宫一梦,千古悲
凉,无处问。愁到而今未尽。　　分明都是泪,泣柳沾花,常与骚
人伴孤闷。记当年、得意处,酒力方融,怯轻寒、玉炉香润。又岂
识、情怀苦难禁,对点滴檐声,夜寒灯晕。

又

　　　　一年春物,惟梅柳间意味最深。至莺花烂熳时,则春已衰迟,使人
　　　　无复新意。予作洞仙歌,使探春者歌之,无后时之悔。

雪云散尽,放晓晴池院。杨柳于人便青眼。更风流多处,一点梅

心,相映远。约略颭轻笑浅。　　一年春好处,不在浓芳,小艳疏香最娇软。到清明时候,百紫千红花正乱。已失春风一半。蚤占取韶光、共追游,但莫管春寒,醉红自暖。

按此首别又误入李新跨鳌集卷十一。

蓦山溪　送蔡元长

溪堂欢燕。惯捧玻璃盏。今日祖西城,更忍把、一杯重劝。别离情味,自古不堪秋,催泪雨,湿西风,肠共危弦断。　　夕阳去路,五马旌旗乱。便是古都春,应醉恋、曲江池馆。须知别后,叠翠汉上楼阁倚阑情,青嶂晚,碧云深,日近长安远。

鹧 鸪 天

寂寞秋千两绣旗。日长花影转阶迟。燕惊午梦周遮语,蝶困春游落拓飞。　　思往事,入颦眉。柳梢阴重又当时。薄情风絮难拘束,飞过东墙不肯归。

菩 萨 蛮

彩旗画柱清明后。花前姊妹争携手。先紧绣罗裙。轻衫束领巾。　　琐绳金钏响。渐出花梢上。笑里问高低。盘云髻玉螭。

一 落 索

天上粉云如扫。放小楼清晓。古今何处想风流,最潇洒、龙山帽。　　人似年华易老。且芳樽频倒。西风于我更多情,露金靥、篱边笑。

浣溪沙 咏掠髮

乞与安仁掠鬓霜。不须红线小机窗。剪刀疏下蜀罗长。　　纤手捻残针缕细,金钗翻过齿痕香。同心小绾寄思量。

又

饮散兰堂月未中。骅骝娇簇绛纱笼。玳簪促坐客从容。　　已醉人间千日酒,赐来天上密云龙。蓬仙清兴欲乘风。<small>以上乐府雅词卷上</small>

<small>　以上李元膺词九首用赵万里辑本李元膺词。</small>

吕南公

　　　　南公字次儒,南城人。庆历七年(1047)生,元祐元年(1086)卒。有灌园集。

调笑令 效韦苏州作

行客。行客。身世东西南北。家林迢递不归。岁时悲盛泪垂。垂泪。垂泪。两鬓与霜相似。

又

华草。华草。秀发乘春更好。深心密竹纷纷。妖韶随处动人。人动。人动。王孙公子情重。<small>以上二首见灌园集卷六</small>

赵　顼

　　　　顼即宋神宗,英宗长子。庆历八年(1048)生。治平四年(1067)嗣位。任王安石,行新法。在位十八年,元丰八年(1085)卒,年三十八。
纪元二:熙宁、元丰。

瑶台第一层

西母池边宴罢,赠南枝、步玉霄。绪风和扇,冰华发秀,雪质孤高。
汉陂呈练影,问是谁、独立江皋。便凝望、壶中珪璧,天下琼瑶。

清标。曾陪胜赏,坐忘愁、解使尘销。况双成与乳丹点染,都付
香梢。寿妆酥冷,郢韵佩举,麝卷云绡。乐逍遥。凤凰台畔,取次
忆吹箫。

> 此首原见能改斋漫录卷十七,无撰人姓名。原云:"武才人以色最后庭,教坊词名
> 瑶台第一层,托意以美云。"后山诗话云:"武才人出庆寿宫,色最后庭,裕陵得之。
> 会教坊献新声,为作词,号瑶台第一层。"此词或神宗作。
> 按此首别见朱雍梅词,题作"上元扈跸同宗室仲御作",未知孰是。
> 曹元忠辑宋徽宗词,误以此首为徽宗赵佶作。

吕希纯

　　希纯字子进,寿州(今安徽寿县)人,公著子。登第,为太常博士。
哲宗时,拜中书舍人。出知亳州、睦州、归州。建中靖国初,召为待制,
知瀛州,改颖州。入崇宁党籍。卒年六十。

临　江　仙

□□□□□□□,□□□□□□□。莫交闲虑到心头。有来忧不得,
无后不须忧。　　　　□□□□□□□,□□□□□□□。万般希望不
如休。无来求不得,有后不须求。项氏家说卷八(空格据律补)

喻　陟

　　陟字明仲,睦州(今浙江建德)人。元祐元年(1086),官福建提点刑

狱。八年(1093)，为湖北转运副使。

蜡　梅　香

晓日初长，正锦里轻阴，小寒天气。未报春消息，早瘦梅先发，浅苞纤蕊。揾玉匀香，天赋与、风流标致。问陇头人，音容万里。待凭谁寄。　　一样晓妆新，倚朱楼凝盼，素英如坠。映月临风处，度几声羌管，愁生乡思。电转光阴，须信道、飘零容易。且频欢赏，柔芳正好，满簪同醉。梅苑卷四

存　目　词

永乐大典卷二千八百十一梅字韵引喻明仲蜡梅香"爱日初长"一首，乃无名氏作，见梅苑卷四。

朱　服

　　服字行中，乌程(今浙江湖州)人。庆历八年(1048)生。熙宁六年(1073)进士。累官国子司业、起居舍人，以直龙图阁知润州，徙泉、婺、宁、庐、寿五州。哲宗朝，历中书舍人、礼部侍郎。徽宗朝，加集贤殿修撰、知广州，黜知袁州，再贬蕲州安置，改兴国军卒。

渔　家　傲

小雨廉纤风细细。万家杨柳青烟里。恋树湿花飞不起。愁无比。和春付与西流水。　　九十光阴能有几。金龟解尽留无计。寄语东城沽酒市。拚一醉。而今乐事他年泪。泊宅编卷一

丁　注

　　注字葆光，吴兴(今浙江湖州)人。熙宁六年(1073)进士。知永州。

有丁永州集三卷，不传。

无　　闷

风急还收，云冻又开，海阔无人翦水。算六出工夫，怎教容易。刚
被郢歌楚舞，镇独向、尊前夸轻细。想谢庭诗咏，梁园赋赏，未成欢
计。　　天意。是则是。便下得控持，柳梢梅蕊。又争奈、看看渐
回春意。好趁东君未觉，预先把、园林都装缀。看是处、玉树琼枝，
胜却万红千翠。阳春白雪卷一

按此首别误作姜夔词，见洪正治本白石诗词集。

刘　弇

刘弇字伟明，庐陵（今江西吉安）人。生于庆历八年（1048）。登元丰
二年（1079）进士第，继中博学宏词科。绍圣中，知峨眉县。元符中，进
南郊大礼赋，称旨，除秘书省正字，改著作佐郎、实录检讨官。崇宁元年
（1102）卒，年五十五。有龙云集三十二卷。

宝　鼎　现

浓阴堆积，迥野空旷，将回微煦。还是觉、早梅依旧，清艳枝枝攒晓
树。弄霁影、尽脂凝香蒂，琼削纤葩竞吐。对几处园林，芳菲消息，
都因传去。　　取次台榭，等闲院落，偏宜独擅芳步。长恁恐、寿
阳妆面，姑射冰肤成暗妒。笑杏坞、共桃蹊夸丽，一霎狂风骤雨。
又争似、年年此际，先得东皇为主。　　好似雪里精神，曾解恼、游
人吟顾。想当时折赠，端的凭谁付与。荡醉目、恨同云阻。画角声
将暮。想异时成实，和羹止渴，还应得路。

洞　仙　歌

凄凉楚弄,行客肠曾断。涛卷秋容暗淮甸。去年时、还是今日孤舟,烟浪里,身与江云共远。　　　别来丹枕梦,几过沧洲,皓月而今为谁满。薄幸苦无端,误却婵娟,有人在、玉楼天半。最不愤、西风破帆来,甚时节,收拾望中心眼。

金　明　春

宝历延洪,昌辰开泰,崧岳储灵特异。贤才并、□时间出,尽一一惊人绝艺。捧乡书,气格飘飘,似阆苑神仙,参差相继。纵子墨文章,相如才调,骤觉雷声平地。　　　太守宾兴当此际。正瑞霭寒轻,虚堂风细。舞腰旋、飞尘仿佛,歌管递、清声嘹喨。况相将、桂籍荣登,对酒面鳞红,何妨沉醉。但管取明年,宫花重戴,共赏金明春意。

内　家　娇

绰约群芳里,阳和意,偏向一枝浓。南国骤惊,动人奇艳,未饶西洛,百本千丛。斩新弄,晓来无比格,半坼断肠红。三月洞天,又还疑是,赋情楚客,窥见墙东。　　　朱栏干、遍倚生愁,怕无计、奈雨禁风。别有瑞烟幂幂,时与遮笼。便纵使当日,文忠品第,赵昌模写,难更形容。应念故园桃李,羞怨春工。

安　平　乐　慢

细想劳生,等闲聚散,冉冉轻似秋烟。莲心暗苦,月意难圆。神京去路三千。当日风流,有妖饶枕上,软媚尊前。何计访蓬仙。断肠中、一叶晴川。　　　到而今、追思往事,奈向梦也难到奴边。自恨不如兰灯,通宵尚照伊眠。恰道无缘。被人劝休莫瞒天。多应是、前生负你,今世使我偿填。

佳人醉 元宵上太守

月到楼台第几。十里金虫成缀。褭琅玕、争胃绛球起。试新妆、嬉春粉黛,盈盈暗香,结谁家秾李。　　拥缇骑。箫鼓沸三市。别指春风画隼,归度鳌山影里。闲红翠。挥觞不待、游人分袂。悄朱帘十二。

惜双双令

风外橘花香暗度。飞絮绾、残春归去。酝造黄梅雨。冷烟晓占横塘路。　　翠屏人在天低处。惊按"惊"字原无,据词综卷十一补梦断、行云无据。此恨凭谁诉。恁情却倩危弦语。以上彊村丛书本龙云先生乐府七首

清 平 乐

东风依旧。著意隋堤柳。搓得鹅儿黄欲就。天色清明厮句。
去年紫陌朱门。今朝雨魄云魂。断送一生憔悴,知他几个黄昏。苕溪渔隐丛话后集卷四十引复斋漫录
按乐府雅词卷中此首又作赵令畤词。

时 彦

彦字邦彦,开封人。元丰二年(1079)进士第一。历官兵部员外郎、集贤校理、秘阁校理、河东转运使、吏部尚书。大观元年(1107)卒。

青门饮　寄宠人

胡马嘶风,汉旗翻雪,彤云又吐,一竿残照。古木连空,乱山无数,
行尽暮沙衰草。星斗横幽馆,夜无眠、灯花空老。雾浓香鸭,冰凝
泪烛,霜天难晓。　　长记小妆才了,一杯未尽,离怀多少。醉里
秋波,梦中朝雨,都是醒时烦恼。料有牵情处,忍思量、耳边曾道。
甚时跃马归来,认得迎门轻笑。花草粹编卷十一

廖正一

　　　　正一字明略,安陆人。自号竹林居士。元丰二年(1079)进士。元
祐六年(1091),宣德郎充馆阁校勘,权通判杭州。同年十一月,除秘阁
校理。绍圣间,贬信州玉山监税,丧明而没。姓名曾入党籍。大观二年
出籍。有竹林集三卷(或云有白云集),今不传。

瑶 池 宴 令

飞花成阵。春心困。寸寸。别肠多少愁闷。无人问。偷啼自揾。
残妆粉。　　抱瑶琴、寻出新韵。玉纤趁。南风未解幽愠。低云
鬓。眉峰敛晕。娇和恨。乐府雅词拾遗卷上
　　按据侯鲭录卷三,此首乃苏轼作,未知孰是。

董武子

　　　　武子名耘,或名荣。疑作耘为是。卒于绍兴七年(1137)。

失 调 名

畴昔寻芳秘殿西。日压金铺,宫柳垂垂。苕溪渔隐丛话前集卷五十九引董

武子词

按此数句似是一剪梅词残篇。

哑　女

哑女,与周锷同时。锷,元丰二年进士。

醉落魄　赠周锷应举

风波未息。虚名浮利终无益。不如早去备蓑笠。高卧烟霞,千古企难及。　　君今既已装行色。定应雁塔题名籍。他年若到南雄驿。玉石休分,徒累卞和泣。嘉靖宁波府志卷四十一

秦　观

观字少游,一字太虚,高邮人。生于皇祐元年(1049)。举元丰八年(1085)进士。元祐初,除秘书省正字、兼国史院编修官。绍圣初,坐党籍削秩,监处州酒税。徙郴州,编管横州,又徙雷州。元符三年(1100)放还,至藤州卒,年五十二。有淮海居士长短句三卷。

望海潮　四首

星分牛斗,疆连淮海,扬州万井提封。花发路香,莺啼人起,珠帘十里东风。豪俊气如虹。曳照春金紫,飞盖相从。巷入垂杨,画桥南北翠烟中。　　追思故国繁雄。有迷楼挂斗,月观横空。纹锦制帆,明珠溅雨,宁论爵马鱼龙。往事逐孤鸿。但乱云流水,萦带离宫。最好挥毫万字,一饮拚千钟。

其　二

秦峰苍翠,耶溪潇洒,千岩万壑争流。鸳瓦雉城,谯门画戟,蓬莱燕

阁三休。天际识归舟。泛五湖烟月,西子同游。茂草台荒,苎萝村冷起闲愁。　　　何人览古凝眸。怅朱颜易失,翠被难留。梅市旧书,兰亭古墨,依稀风韵生秋。狂客鉴湖头。有百年台沼,终日夷犹。最好金龟换酒,相与醉沧洲。

其　　三

梅英疏淡,冰按"冰"宋本作"水",此从校本淮海词澌溶泄,东风暗换年华。金谷俊游,铜驼巷陌,新晴细履平沙。长记误随车。正絮翻蝶舞,芳思交加。柳下桃蹊,乱分春色到人家。　　　西园夜饮鸣笳。有华灯碍月,飞盖妨花。兰苑未空,行人渐老,重来是事堪嗟。烟暝酒旗斜。但倚楼极目,时见栖鸦。无奈归心,暗随流水到天涯。

其　　四

奴如飞絮,郎如流水,相沾便肯相随。微月户庭,残灯帘幕,匆匆共惜佳期。才话暂分携。早抱人娇咽,双泪红垂。画舸难停,翠帏轻别两依依。　　　别来怎表相思。有分香帕子,合数松儿。红粉脆痕,青笺嫩约,丁宁莫遣人知。成病也因谁。更自言秋杪,亲去无疑。但恐生时注著,合有分于飞。

沁　园　春

宿霭迷空,腻云笼日,昼景渐长。正兰皋泥润,谁家燕喜,蜜脾香少,触处蜂忙。尽日无人帘幕挂,更风递游丝时过墙。微雨后,有桃愁杏怨,红泪淋浪。　　　风流寸心易感,但依依伫立,回尽柔肠。念小奁瑶鉴,重匀绛蜡,玉笼金斗,时熨沉香。柳下相将游冶处,便回首青楼成异乡。相忆事,纵蛮笺万叠,难写微茫。

水　龙　吟

小楼连远横空,下窥绣毂雕鞍骤。朱帘半卷,单衣初试,清明时候。破暖轻风,弄晴微雨,欲无还有。卖花声过尽,斜阳院落,红成阵、飞鸳甃。　　玉佩丁东别后。怅佳期、参差难又。名缰利锁,天还知道,和天也瘦。花下重门,柳边深巷,不堪回首。念多情但有,当时皓月,向人依旧。

八　六　子

倚危亭。恨如芳草,萋萋按宋本"萋萋"原作"凄凄",改从校本淮海词刬尽还生。念柳外青骢别后,水边红袂分时,怆然暗惊。　　无端天与娉婷。夜月一帘幽梦,春风十里柔情。怎奈向、欢娱渐随流水,素弦声断,翠绡香减,那堪片片飞花弄晚,濛濛残雨笼晴。正销凝。黄鹂又啼数声。

按此首别误入侯文灿十名家词本贺铸东山词,原引词话源流后帙。

风　流　子

东风吹碧草,年华换、行客老沧洲。见梅吐旧英,柳摇新绿,恼人春色,还上枝头。寸心乱,北随云黯黯,东逐水悠悠。斜日半山,暝烟两岸,数声横笛,一叶扁舟。　　青门同携手,前欢记、浑似梦里扬州。谁念断肠南陌,回首西楼,算天长地久,有时有尽,奈何绵绵,此恨难休。拟待倩人说与,生怕人愁。

梦　扬　州

晚云收。正柳塘、烟雨初休。燕子未归,恻恻轻寒如秋。小阑外、东风软,透绣帏、花蜜香稠。江南远,人何处,鹧鸪啼破春愁。

长记按宋本原以"长记"二字属上片，误，此从校本淮海词曾陪燕游。酬妙舞清
歌，丽锦缠头。殢酒为花，十载因谁淹留。醉鞭拂面归来晚，望翠
楼、帘卷金钩。佳会阻，离情正乱，频梦扬州。

雨　中　花

指点虚无征路，醉乘斑虬，远访西极。正天风吹落，满空寒白。玉
按"白玉"二字原误作"皇"，据校本淮海词校语改女明星迎笑，何苦自淹尘域。
正火轮飞上，雾卷烟开，洞观金碧。　　　重重观阁，横枕鳌峰，水面
倒衔苍石。随处有、奇香幽火，杳然难测。好是蟠桃熟后，阿环偷
报消息。在青按"青"字原无，据词谱卷二十六增天碧海，一枝难遇，占取春
色。

一　丛　花

年时今夜见师师。双颊酒红滋。疏帘半卷微灯外，露华上、烟袅凉
飔。簪髻乱抛，偎人不起，弹泪唱新词。　　　佳期。谁料久参差。
愁绪暗萦丝。想应妙舞清歌罢，又还对、秋色嗟咨。惟有画楼，当
时明月，两处照相思。

鼓　笛　慢

乱花丛里曾携手，穷艳景，迷欢赏。到如今谁把，雕鞍锁定，阻游人
来往。好梦随春远，从前事、不堪思想。念香闺正杳，佳欢未偶，难
留恋、空惆怅。　　　永夜婵娟未满，叹玉楼、几时重上。那堪万里，
却寻归路，指阳关孤唱。苦恨东流水，桃源路、欲回双桨。仗何人，
细与丁宁问呵，我如今怎向。

促拍满路花

露颗添花色。月彩投窗隙。春思如中酒,恨无力。洞房咫尺,曾寄青鸾翼。云散无踪迹。罗帐薰残,梦回无处寻觅。　　轻红腻白。步步熏兰泽。约腕金环重,宜装饰。未知安否,一向无消息。不似寻常忆。忆后教人,片时存济不得。

长　相　思

铁瓮城高,蒜山渡阔,干云十二层楼。开尊待月,掩箔披风,依然灯火扬州。绮陌南头。记歌名宛转,乡号温柔。曲槛俯清流。想花阴、谁系兰舟。　　念凄绝秦弦,感深荆赋,相望几许凝愁。勤勤裁尺素,奈双鱼、难渡瓜洲。晓鉴堪羞。潘鬓点、吴霜渐稠。幸于飞、鸳鸯未老,不应同是悲秋。

　　按此首别又见贺方回词卷一。

满庭芳 三首

山抹微云,天连衰草,画角声断谯门。暂停征棹,聊共引离尊。多少蓬莱旧事,空回首、烟霭纷纷。斜阳外,寒鸦万点,流水绕孤村。

　　销魂。当此际,香囊暗解,罗带轻分。谩赢得、青楼薄幸名存。此去何时见也,襟袖上、空惹啼痕。伤情处,高城望断,灯火已黄昏。

其　　二

红蓼花繁,黄芦叶乱,夜深玉露初零。霁天空阔,云淡楚江清。独棹孤篷小艇,悠悠过、烟渚沙汀。金钩细,丝纶慢卷,牵动一潭星。

　　时时,横短笛,清风皓月,相与忘形。任人笑生涯,泛梗飘萍。

饮罢不妨醉卧,尘劳事、有耳谁听。江风静,日高未起,枕上酒微醒。

　　按此首类编草堂诗馀卷三误作张先词。

<h2 style="text-align:center">其　三</h2>

碧水惊秋,黄云凝暮,败叶零乱空阶。洞房人静,斜月照徘徊。又是重阳近也,几处处、砧杵声催。西窗下,风摇翠竹,疑是故人来。

　　伤怀。增怅望,新欢易失,往事难猜。问篱边黄菊,知为谁开。谩道愁须殢酒,酒未醒、愁已先回。凭阑久,金波渐转,白露点苍苔。

<h2 style="text-align:center">江城子 三首</h2>

西城杨柳弄春柔。动离忧。泪难收。犹记多情,曾为系归舟。碧野朱桥当日事,人不见,水空流。　　韶华不为少年留。恨悠悠。几时休。飞絮落花时候、一登楼。便做春江都是泪,流不尽,许多愁。

<h2 style="text-align:center">其　二</h2>

南来飞燕北归鸿。偶相逢。惨愁容。绿鬓朱颜,重见两衰翁。别后悠悠君莫问,无限事,不言中。　　小槽春酒滴珠红。莫匆匆。满金钟。饮散落花流水、各西东。后会不知何处是,烟浪远,暮云重。

　　按此首别又误入曾慥本东坡词拾遗。

<h2 style="text-align:center">其　三</h2>

枣花金钏约柔荑。昔曾携。事难期。咫尺玉颜,和泪锁春闺。恰

似小园桃与李,虽同处,不同枝。　　玉笙初度颤鸾篦。落花飞。为谁吹。月冷风高,此恨只天知。任是行人无定处,重相见,是何时。

满 园 花

一向沉吟久。泪珠盈襟袖。我当初不合、苦撋就。惯纵得软顽,见底心先有。行待痴心守。甚捻著脉子,倒把人来僝僽。　　近日来、非常罗皂丑。佛也须眉皱。怎掩得众人口。待收了孛罗,罢了从来斗。从今后。休道共我,梦见也、不能得句。以上淮海居士长短句上(全为宋刊)

迎 春 乐

菖蒲叶叶知多少。惟有个、蜂儿妙。雨晴红粉齐开了。露一点、娇黄小。　　早是被、晓风力暴。更春共、斜阳俱老。怎得香汲古阁景宋抄补本淮海居士长短句作花,兹从校本淮海词香深处,作个蜂儿抱。

鹊 桥 仙

纤云弄巧,飞星传恨,银汉迢迢暗度。金风玉露一相逢,便胜却、人间无数。　　柔情似水,佳期如梦,忍顾鹊桥归路。两情若是久长时,又岂在、朝朝暮暮。

菩 萨 蛮

虫声泣露惊秋枕。罗帏泪湿鸳鸯锦。独卧玉肌凉。残更与恨长。　　阴风翻翠幔。雨涩灯花暗。毕竟不成眠。鸦啼金井寒。

减字木兰花

天涯旧恨。独自凄凉人不问。欲见回肠。断尽金炉小篆香。
黛蛾长敛。任是春风吹不展。困倚危楼。过尽飞鸿字字愁。

按"字字"止第一叶，宋本缺，据汲古阁景宋抄补叶。

木　兰　花

秋容老尽芙蓉院。草上霜花匀似翦。西楼促坐酒杯深，风压绣帘
香不卷。　　玉纤慵整银筝雁。红袖时笼金鸭暖。岁华一任委西
风，独有春红留醉脸。

画　堂　春

落红铺径水平池。弄晴小雨霏霏。杏园憔悴杜鹃啼。无奈春归。
　　柳外画楼独上，凭阑手捻花枝。放花无语对斜晖。此恨谁知。

按类编草堂诗馀卷一此首误作徐俯词。

千　秋　岁

水边沙外。城郭春寒退。花影乱，莺声碎。飘零疏酒盏，离别宽衣
带。人不见，碧云暮合空相对。　　忆昔西池会。鹓鹭同飞盖。
携手处，今谁在。日边清梦断，镜里朱颜改。春去也，飞红万点愁
如海。

踏　莎　行

雾失楼台，月迷津渡。桃源望断无寻处。可堪孤馆闭春寒，杜鹃声
里斜阳暮。　　驿寄梅花，鱼传尺素。砌成此恨无重数。郴江幸
自绕郴山，为谁流下潇湘去。

蝶　恋　花

晓日窥轩双燕语。似与佳人，共惜春将暮。屈指艳阳都几许。可无时霎闲风雨。　　流水落花无问处。只有飞云，冉冉来还去。持酒劝云云且住。凭君碍断春归路。

一　落　索

杨花终日空飞舞。奈久长难驻。海潮虽是暂时来，却有个、堪凭处。　　紫府碧云为路。好相将归去。肯如薄幸五更风，不解与、花为主。

丑　奴　儿

夜来酒醒清无梦，愁倚阑干。露滴轻寒。雨打芙蓉泪不干。佳人别后音尘悄，瘦尽难拚。明月无端。已过红楼十二间。

> 按此首别又见山谷琴趣外篇卷三。别又作晏几道词，见永乐大典卷三千零六人字韵。

南　乡　子

妙手写徽真。水翦双眸点绛唇。疑是昔年窥宋玉，东邻。只露墙头一半身。　　往事已酸辛。谁记当年翠黛颦。尽道有些堪恨处，无情。任是无情也动人。

醉桃源 以阮郎归歌之亦可

碧天如水月如眉。城头银漏迟。绿波风动画船移。娇羞初见时。　　银烛暗，翠帘垂。芳心两自知。楚台魂断晓云飞。幽欢难再期。

河传 二首

乱花飞絮。又望空鬥合,离人愁苦。那更夜来,一霎薄情风雨。暗掩将、春色去。　　篱枯壁尽因谁做。若说相思,佛也眉儿聚。莫怪为伊,底死萦肠惹肚。为没教、人恨处。

其　　二

恨眉醉眼。甚轻轻觑著,神魂迷乱。常记那回,小曲阑干西畔。鬓云松、罗袜划。　　丁香笑吐娇无限。语软声低,道我何曾惯。云雨未谐,早被东风吹散。闷损人、天不管。

浣溪沙 五首

漠漠轻寒上小楼。晓阴无赖似穷秋。淡烟流水画屏幽。　　自在飞花轻似梦,无边丝雨细如愁。宝帘闲挂小银钩。

其　　二

香靥凝羞一笑开。柳腰如醉暖相挨。日长春困下楼台。　　照水有情聊整鬓,倚阑无绪更兜鞋。眼边牵系懒归来。

　　按此首起至如梦令第三首止,据汲古阁景宋抄补叶,宋本原缺。
　　以上二首别又误作欧阳修词,见草堂诗馀续集卷上。

其　　三

霜缟同心翠黛连。红绡四角缀金钱。恼人香蒻是龙涎。　　枕上忽收疑是梦,灯前重看不成眠。又还一段恶因缘。

其　　四

脚上鞋儿四寸罗。唇边朱粉一樱多。见人无语但回波。　　料得有心怜宋玉，只应无奈楚襄何。今生有分共伊么。

> 按此首别误作黄庭坚词，见绿窗新话卷上引古今词话。别又误作张孝祥词，见古
> 今词选卷一。

其　　五

锦帐重重卷暮霞。屏风曲曲鬥红牙。恨人何事苦离家。　　枕上
梦魂飞不去，觉来红日又西斜。满庭芳草衬残花。

> 按类编草堂诗馀卷一此首误作张先词。

如梦令　五首

门外鸦啼杨柳。春色著人如酒。睡起熨沉香，玉腕不胜金斗。消
瘦。消瘦。还是褪花时候。

其　　二

遥夜沉沉如水。风紧驿亭深闭。梦破鼠窥灯，霜送晓寒侵被。无
寐。无寐。门外马嘶人起。

> 按此首别误作黄庭坚词，见杨金本草堂诗馀前集卷下。

其　　三

幽梦匆匆破后。妆粉乱痕沾袖。遥想酒醒来，无奈玉销花瘦。回
首。回首。绕岸夕阳疏柳。

其　　四

楼外残阳红满。春入柳条将半。桃李不禁风，回首落英无限。肠
断。肠断。人共楚天俱远。

> 按类编草堂诗馀卷一此首误作晏几道词。四印斋覆刊陈钟秀本草堂诗馀卷上又
> 误作晏殊词。杨金本草堂诗馀前集卷下又误作吕直夫词。

其　　五

池上春归何处。满目落花飞絮。孤馆悄无人,梦断月堤归路。无
绪。无绪。帘外五更风雨。

按类编草堂诗馀卷一此首误作周邦彦词。

阮郎归　四首

退花新绿渐团枝。扑人风絮飞。秋千未拆水平堤。落红成地衣。
　　游蝶困,乳莺啼。怨春春怎知。日长早被酒禁持。那堪更别
离。

其　　二

宫腰袅袅翠鬟松。夜堂深处逢。无端银烛殒秋风。灵犀得暗通。
　　身有恨,恨无穷。星河沉晓空。陇头流水各西东。佳期如梦
中。

其　　三

潇湘门外水平铺。月寒征棹孤。红妆饮罢少踟蹰。有人偷向隅。
　　挥玉箸,洒真珠。梨花春雨馀。人人尽道断肠初。那堪肠已
无。

其　　四

湘天风雨破寒初。深沉庭院虚。丽谯吹罢小单于。迢迢清夜徂。
　　乡梦断,旅魂孤。峥嵘岁又除。衡阳犹有雁传书。郴阳和雁
无。

按此首别又误入张子野词卷一。

满庭芳 三首

北苑研膏,方圭圆璧,名动万里京关。碎身粉骨,功合上凌烟。尊俎风流战胜,降春睡、开拓愁边。纤纤捧,香泉溅乳,金缕鹧鸪斑。

相如,方病酒,一觞一咏,宾有群贤。便扶起灯前,醉玉颓山。搜揽胸中万卷,还倾动、三峡词源。归来晚,文君未寝,相对小妆残。

按能改斋漫录卷十七此首作黄庭坚词。

其二 此词正少游所作,人传王观撰,非也

晓色云开,春随人意,骤雨才过还晴。古台芳榭,飞燕蹴红英。舞困榆钱自落,秋千外、绿水桥平。东风里,朱门映柳,低按小秦筝。

多情。行乐处,珠钿翠盖,玉辔红缨。渐酒空金榼,花困蓬瀛。豆蔻梢头旧恨,十年梦、屈指堪惊。凭阑久,疏烟淡日,寂寞下芜城。

按杨金本草堂诗馀后集卷下此首作王观词。

其三 茶词

雅燕飞觞,清谈挥座,使君高会群贤。密云双凤,初破缕金团。窗外炉烟似动,开瓶试、一品香泉。轻淘起,香生玉麈案"麈"原作"尘",从校本淮海词,雪溅紫瓯圆。　　娇鬟。宜美盼,双擎翠袖,稳步红莲。坐中客翻愁,酒醒歌阑。点上纱笼画烛,花骢弄、月影当轩。频相顾,馀欢未尽,欲去且流连。

按此首别误入米芾宝晋英光集卷五。

桃源忆故人

玉楼深锁薄情种。清夜悠悠谁共。羞见枕衾鸳凤。闷即和衣拥。

无端画角严城动。惊破一番新梦。窗外月华霜重。听彻梅花
弄。以上淮海居士长短句中

按此首永乐大典卷三千零五人字韵误作晏几道词。古今别肠词选卷二又误作唐
裴度词。

调笑令 十首并诗

　王昭君

　诗曰:汉宫选女适单于。明妃敛袂登毡车。玉容寂寞花无主,顾影
低回泣路隅。行行渐入阴山路。目送征鸿入云去。独抱琵琶恨更深,
汉宫不见空回顾。

曲　　　子

回顾。汉宫路。杆拨檀槽鸾对舞。玉容寂寞花无主。顾影偷弹玉
箸。未央宫殿知何处。目送征鸿南去。

　右一

　乐昌公主

　诗曰:金陵往昔帝王州。乐昌主第最风流。一朝隋兵到江上,共抱
凄凄去国愁。越公万骑鸣箫鼓。剑拥玉人天上去。空携破镜望红尘,
千古江枫笼辇路。

曲　　　子

辇路。江枫古。楼上吹箫人在否。菱花半璧香尘污。往日繁华何
处。旧欢新爱谁是主。啼笑两难分付。

　右二

　崔徽

　诗曰:蒲中有女号崔徽。轻似南山翡翠儿。使君当日最宠爱,坐中
对客常拥持。一见裴郎心似醉。夜解罗衣与门吏。西门寺里乐未央,
乐府至今歌翡翠。

曲　　子

翡翠。好容止。谁使庸奴轻点缀。裴郎一见心如醉。笑里偷传深意。罗衣中夜与门吏。暗结城西幽会。

右三

无双

诗曰:尚书有女名无双。蛾眉如画学新妆。姊家仙客最明俊,舅母惟只呼王郎。尚书往日先曾许。数载睽违今复遇。闻说襄王二十年,当时未必轻相慕。

曲　　子

相慕。无双女。当日尚书先曾许。王郎明俊神仙侣。肠断别离情苦。数年睽恨今复遇。笑指襄江归去。

右四

灼灼

诗曰:锦城春暖花欲飞。灼灼当庭舞柘枝。相君上客河东秀,自言那复旁人知。妾愿身为梁上燕。朝朝暮暮长相见。云收月堕海沉沉,泪满红绡寄肠断。

曲　　子

肠断。绣帘卷。妾愿身为梁上燕。朝朝暮暮长相见。莫遣恩迁情变。红绡粉泪知何限。万古空传遗怨。

右五

盼盼

诗曰:百尺楼高燕子飞。楼上美人颦翠眉。将军一去音容远,只有年年旧燕归。春风昨夜来深院。春色依然人不见。只馀明月照孤眠,唯望旧恩空恋恋。

曲　　子

恋恋。楼中燕。燕子楼空春色晚。将军一去音容远。空锁楼中深
怨。春风重到人不见。十二阑干倚遍。

　　右六

　　莺莺

　　诗曰:崔家有女名莺莺。未识春光先有情。河桥兵乱依萧寺,红愁
绿惨见张生。张生一见春情重。明月拂墙花树动。夜半红娘拥抱来,
脉脉惊魂若春梦。

曲　　子

春梦。神仙洞。冉冉拂墙花树动。西厢待月知谁共。更觉玉人情
重。红娘深夜行云送。困觯钗横金凤。

　　右七

　　采莲

　　诗曰:若耶溪边天气秋。采莲女儿溪岸头。笑隔荷花共人语,烟波
渺渺荡轻舟。数声水调红娇晚。棹转舟回笑人远。肠断谁家游冶郎,
尽日踟蹰临柳岸。

曲　　子

柳岸。水清浅。笑折荷花呼女伴。盈盈日照新妆面。水调空传幽
怨。扁舟日暮笑声远。对此令人肠断。

　　右八

　　按历代诗馀卷三此首误作孙光宪词。刘毓盘唐五代宋辽金元词补遗又误作和凝
词。

　　烟中怨

　　诗曰:鉴湖楼阁与云齐。楼上女儿名阿溪。十五能为绮丽句,平生
未解出幽闺。谢郎巧思诗裁翦。能使佳人动幽怨。琼枝璧月结芳期,
斗帐双双成眷恋。

曲　　　子

眷恋。西湖岸。湖面楼台侵云汉。阿溪本是飞琼伴。风月朱扉斜
掩。谢郎巧思诗裁翦。能动芳怀幽怨。

右九

离魂记

诗曰:深闺女儿娇复痴。春愁春恨那复知。舅兄唯有相拘意,暗想
花心临别时。离舟欲解春江暮。冉冉香魂逐君去。重来两身复一身,
梦觉春风话心素。

曲　　　子

心素。与谁语。始信别离情最苦。兰舟欲解春江暮。精爽随君归
去。异时携手重来处。梦觉春风庭户。

右十

虞美人 三首

高城望断尘如雾。不见联骖处。夕阳村外小湾头。只有柳花无
数、送归舟。　　琼枝玉树频相见。只恨离人远。欲将幽事寄青
楼。争奈无情江水、不西流。

其　　　二

碧桃天上栽和露。不是凡花数。乱山深处水潆回。可惜一枝如
画、为谁开。　　轻寒细雨情何限。不道春难管。为君沉醉又何
妨。只怕酒醒时候、断人肠。

按"一枝如画"起至临江仙调名一行止,宋本原缺,汲古阁景宋抄补二叶。

其　　三

行行信马横塘畔。烟水秋平岸。绿荷多少夕阳中。知为阿谁凝
恨、背西风。　　　红妆艇子来何处。荡桨偷相顾。鸳鸯惊起不无
愁。柳外一双飞去、却回头。

点绛唇 二首　桃源

醉漾轻舟，信流引到花深处。尘缘相误。无计花间住。　　　烟水
茫茫，千里斜阳暮。山无数。乱红如雨。不记来时路。

其　　二

月转乌啼，画堂宫徵生离恨。美人愁闷。不管罗衣褪。　　　清泪
斑斑，挥断柔肠寸。嗔人问。背灯偷揾。拭尽残妆粉。

　　　按以上二首别又见曾慥本东坡词卷下。

品令 二首

幸自得。一分索强，教人难吃。好好地恶了十来日。恰而今、较些
不。　　　须管啜持教笑，又也何须胳织。衔倚赖脸儿得人惜。放
软顽、道不得。

其　　二

掉又〔朣〕(懼)。天然个品格。于中压一。帘儿下时把鞋儿踢。语
低低、笑咭咭。　　　每每秦楼相见，见了无限怜惜。人前强不欲相
沾识。把不定、脸儿赤。

南歌子　三首

玉漏迢迢尽,银潢淡淡横。梦回宿酒未全醒。已被邻鸡催起、怕天明。　　臂上妆犹在,襟间泪尚盈。水边灯火渐人行。天外一钩残月、带三星。

按此首别又误作僧仲殊词,见古今词选卷二。

其　　二

愁鬟香云坠,娇眸水玉裁。月屏风幌为谁开。天外不知音耗、百般猜。　　玉露沾庭砌,金风动琯灰。相看有似梦初回。只恐又抛人去、几时来。

其　　三

香墨弯弯画,燕脂淡淡匀。揉蓝衫子杏黄裙。独倚玉阑无语、点檀唇。　　人去空流水,花飞半掩门。乱山何处觅行云。又是一钩新月、照黄昏。

临江仙　二首

千里潇湘挼蓝浦,兰桡昔日曾经。月高风定露华清。微按"微"宋本误作"徽",此从校本淮海词波澄不动,冷浸一天星。　　独倚危樯情悄悄,遥闻妃瑟泠泠。新声含尽古今情。曲终人不见,江上数峰青。

其　　二

鬓子傎人娇不整,眼儿失睡微重。寻思模样早心忪。断肠携手,何事太匆匆。　　不忍残红犹在臂,翻疑梦里相逢。遥怜南埭上孤篷按"篷"宋本原作"蓬",此从校本淮海词。夕阳流水,红满泪痕中。

好事近　梦中作

春路雨添花,花动一山春色。行到小溪深处,有黄鹂千百。　　飞
云当面化龙蛇,夭矫转空碧。醉卧古藤阴下,了不知南北。以上淮海
居士长短句下

　　秦观词七十七首,据北京图书馆藏宋乾道刻绍熙修本淮海居士长短句,缺叶据叶
恭绰影印两种宋本,三本俱缺者,据北京图书馆宋本中汲古阁景宋抄补各叶。另
以黄仪、毛扆等手校汲古阁本淮海词(全部以宋本及淮海琴趣校过)校。

失　调　名

我曾从事风流府。侯鲭录卷一

添　春　色

唤起一声人悄。衾冷梦寒窗晓。瘴雨过,海棠晴,春色又添多少。
　　社瓮酿成微笑。半缺瘿瓢共舀。觉健倒,急投床,醉乡广大人
间小。苕溪渔隐丛话前集卷五十引冷斋夜话

　　按此首原无调名,据全芳备祖前集卷七海棠门。

南　柯　子

霭霭迷春态,溶溶媚晓光。不应容易下巫阳。只恐翰林前世、是襄
王。　　暂为清歌驻,还因暮雨忙。瞥然飞去断人肠按“断人肠”三字
原重,据瓮牖闲评卷五删。空使兰台公子、赋高唐。苕溪渔隐丛话后集卷二十
九引艺苑雌黄

失　调　名

天若有情,天也为人烦恼。瓮牖闲评卷五

　　按此二句疑是秦观水龙吟“天还知道,和天也瘦”之讹。

又　端五词

粽团桃柳,盈门共垒,把菖蒲、旋刻个人人。岁时广记卷二十一

画堂春　春情

东风吹柳日初长。雨馀芳草斜阳。杏花零落燕泥香。睡损红妆。

　　香篆暗消鸾凤,画屏萦绕潇湘。暮寒轻透薄罗裳。无限思量。
唐宋诸贤绝妙词选卷四

　　按此首别见明刻本豫章黄先生词。

木　兰　花　慢

过秦淮旷望,迥萧洒、绝纤尘。爱清景风蜑,吟鞭醉帽,时度疏林。
秋来政情味淡,更一重烟水一重云。千古行人旧恨,尽应分付今
人。　　渔村。望断衡门。芦荻浦、雁先闻。对触目凄凉,红凋岸
蓼,翠减汀蘋。凭高正千嶂黯,便无情到此也销魂。江月知人念
远,上楼来照黄昏。阳春白雪卷一

御　街　行

银烛生花如红豆。这好事、而今有。夜阑人静曲屏深,借宝瑟、轻
轻招手。一阵白蘋风,故灭烛、教相就。　　花带雨、冰肌香透。
恨啼鸟、辘轳声晓。岸柳微风吹残酒。断肠时、至今依旧。镜中消
瘦。那人知后,怕你来僝僽。绿窗新话卷上引古今词话

　　按此首别作黄庭坚忆帝京词,见山谷琴趣外篇卷二。

青　门　饮

风起云间,雁横天末,严城画角,梅花三奏按“奏”原作“弄”,改从花草粹编

卷十二。塞草西风,冻云笼月,窗外晓寒轻透。人去香犹在,孤衾长
闲馀绣。恨与宵长,一夜薰炉,添尽香兽。　　　前事空劳回首。虽
梦断春归,相思依旧。湘按"湘"原误作"桐",从花草粹编瑟声沉,庾梅信
断,谁念画眉人瘦。一句难忘处,怎忍辜、耳边轻咒。任人攀折,可
怜又学,章台杨柳。绿窗新话卷上

夜　游　宫

何事东君又去。空满院、落花飞絮。巧燕呢喃向人语。何曾解、说
伊家、些子苦。　　　况是伤心绪。念个人、又按"又"原作"儿",据花草粹
编卷六改成暌阻。一觉相思梦回处。连宵雨、更那堪、闻杜宇。京本
通俗小说西山一窟鬼

醉　蓬　莱

见扬州独有,天下无双,号为琼树。占断天风,岁花开两次。九朵
一苞,攒成环玉,心似珠玑缀。瓣瓣玲珑,枝枝洁净,世上无花类。

冷露朝凝,香风远送,信是琼瑶贵。料得天宫有,此地久难留
住。翰苑才人,贵家公子,都要看花去。莫吝金钱,好寻诗伴,日日
花前醉。扬州琼华集

按此首不知所本,疑非秦观作,下二首同。

满江红　姝丽

越艳风流,占天上、人间第一。须信道、绝尘标致,倾城颜色。翠绾
垂螺双髻小,柳柔花媚娇无力。笑从来、到处只闻名,今相识。

脸儿美,鞋儿窄。玉纤嫩,酥胸白。自觉愁肠搅乱,坐中狂客。
金缕和杯曾有分,宝钗落枕知何日。谩从今、一点在心头,空成忆。
草堂诗馀续集卷下

一斛珠 秋闺

碧云寥廓。倚阑怅望情离索。悲秋自怯罗衣薄。晓镜空悬,懒把青丝掠。　　江山满眼今非昨。纷纷木叶风中落。别巢燕子辞帘幕。有意东君,故把红丝缚。草堂诗馀别集卷二

存 目 词

调　名	首　句	出　处	附　注
断　句	缺月向人舒窈窕	泊宅编卷上	苏轼词,见东坡词卷下
曲游春断句	脸薄难藏泪	吹剑三录	康与之词,见张氏拙轩集卷五
蝶　恋　花	钟送黄昏鸡报晓	草堂诗馀后集卷下	王诜词,见唐宋诸贤绝妙词选卷三
捣　练　子	心耿耿	类编草堂诗馀卷一	无名氏词,见草堂诗馀前集卷下
忆　王　孙	萋萋芳草忆王孙	又	李重元词,见唐宋诸贤绝妙词选卷七
如　梦　令	门外绿阴千顷	又	曹组词,见乐府雅词卷下
又	莺嘴啄花红溜	又	无名氏词,见草堂诗馀前集卷上
浣　溪　沙	青杏园林煮酒香	又	晏殊词,见珠玉词;或欧阳修词,见近体乐府卷三
阮　郎　归	春风吹雨绕残枝	又	无名氏词,见乐府雅词拾遗卷下
海　棠　春	流莺窗外啼声巧	又	无名氏词,见草堂诗馀前集卷上
眼　儿　媚	楼上黄昏杏花寒	又	阮阅词,见苕溪渔隐丛话前集卷十一

调 名	首 句	出 处	附 注
柳梢青	岸草平沙	又	僧仲殊词,见唐宋诸贤绝妙词选卷十
桃源忆故人	碧纱影弄东风晓	又	欧阳修词,见全芳备祖前集卷七海棠门
鹧鸪天	枝上流莺和泪闻	又	无名氏词,见草堂诗馀前集卷上
金明池	琼苑金池	类编草堂诗馀卷四	又
怨王孙	帝里春晚	杨金本草堂诗馀前集卷下	李清照作,见类编草堂诗馀卷一
生查子	去年元夜时	又	欧阳修词,见近体乐府卷一
生查子	眉黛远山长	又	张孝祥词,见于湖居士文集卷三十四
西江月	愁黛颦成月浅	花草粹编卷四	晏几道词,见小山词
菩萨蛮	金风簌簌惊黄叶	沈际飞本草堂诗馀正集卷一	无名氏词,见草堂诗馀前集卷下
南乡子	万籁寂无声	草堂诗馀隽卷二	黄升词,见中兴以来绝妙词选卷十
忆秦娥	暮云碧	古今词统卷六	无名氏词,见杨金本草堂诗馀前集卷下
如梦令	传与东坡尊舅	苏长公章台柳传	小说依托,词附录于后
玉楼春	参差帘影晨光动	少游诗馀	张绂词,见草堂诗馀新集卷二。词附录于后,以下五十五首同
又	午窗睡起香销鸭	又	疑亦张绂作
又	狂风落尽深红色	又	又

调　　名	首　　句	出　　处	附　　　　注
南 乡 子	月色满湖村	又	又
虞 美 人	陌头柳色春将半	又	又
踏 莎 行	冰解芳塘	又	又
又	昨日清明	又	又
又	晓树啼莺	又	又
临 江 仙	为爱西庄花满树	又	又
又	十里红楼依绿水	又	张继词,见草堂诗馀新集卷三
又	客路光阴浑草草	又	疑亦张继作
钗 头 凤	临丹壑	又	张继作,见草堂诗馀新集卷三
蝶 恋 花	紫燕双飞深院静	又	又
又	并倚香肩颜鬥玉	又	疑亦张继作
又	新草池塘烟漠漠	又	张继词,见草堂诗馀新集卷三
又	金凤花开红落砌	又	疑亦张继作
又	语燕飞来惊昼睡	又	又
又	今岁元宵明月好	又	又
又	舟泊浔阳城下住	又	又
渔 家 傲	门外平湖新雨过	又	张继词,见词菁卷二
又	七夕湖头闲眺望	又	张继词,见草堂诗馀新集卷三

调　　名	首　　句	出　　处	附　　　　注
又	遥忆故园春到了	又	疑亦张继作
又	江上凉飔情绪燠	又	张继词,见草堂诗馀新集卷三
又	刚过淮流风景变	又	疑亦张继作
行　香　子	树绕村庄	又(亦见词谱卷十四)	又
江　城　子	清明天气醉游郎	又	张继词,见草堂诗馀新集卷三
何　满　子	天际江流东注	又	疑亦张继作
灞　桥　雪	灞桥雪	又(亦见词谱卷五)	又
曲　江　花	曲江花	又(亦见词谱卷五)	又
庾　楼　月	庾楼月	又	又
楚　台　风	楚台风	又	又
风　入　松	崇峦雨过碧瑶光	又	又
满　江　红	一派秋声	又	又
又	风雨萧萧	又	又
碧　芙　蓉	客里遇重阳	又(亦见历代诗馀卷七十五)	又
满　庭　芳	庭院馀寒	又	又
念　奴　娇	千门明月天如水	又	又
又	中流鼓楫浪花舞	又	又
又	画桥东过朱门下	又	又

调　　名	首　　句	出　　处	附　　注
又	朝来佳气郁葱葱	又	又
又	纤腰袅袅东风里	又	又
又	长江滚滚	又（亦见皖词纪胜）	又
又	满天风雪	又	又
又	夜凉湖上	又	又
解语花	窗涵月影	又（亦见词谱卷二十八）	张继词，见草堂诗馀新集卷五
玉烛新	泰阶开景运	又	疑亦张继作
水龙吟	禁烟时候风和	又	张继词，见草堂诗馀新集卷五
又	琐窗睡起门重闭	又	又
石州慢	深院萧条	又	疑亦张继作
喜迁莺	西风落叶	又	又
又	梅花春动	又	又
又	花香馥郁	又	又
风流子	新阳上帘幌	又	张继词，见草堂诗馀新集卷五
沁园春	锦里繁华	又	疑亦张继作
又	暖日高城	又	又
摸鱼儿	傍湖滨	又	又
兰陵王	雨初歇	又（亦见词谱卷三十七）	又
昭君怨	隔叶乳鸦声软	汲古阁本淮海词	赵长卿词，见惜香乐府卷二
百尺楼	春透水波明	填词图谱卷一	秦湛词，见唐宋诸贤绝妙词选卷四

调　　名	首　　句	出　　处	附　　　　注
南 歌 子	楼迥迷云日	历代诗馀卷二十四	无名氏词,见乐府雅词拾遗卷下
宴 桃 源	去岁迷藏花柳	王敬之本淮海词补遗	黄庭坚词,见豫章黄先生词
踏 莎 行	春色将阑	词学筌蹄卷三	寇准词,见乐府雅词拾遗卷上
桃源忆故人(应是渔家傲)	十月小春梅蕊绽	词学筌蹄卷三	欧阳修作,见近体乐府卷二
蝶 恋 花	数日兰闺增懊恼	丰韵情词卷五	明人陈双作,见古今青楼集选卷三
长 相 思	西风飚	又	明人依托
蝶 恋 花	妾本钱塘江上住	古今图书集成闺媛典卷十八	司马槱作,见乐府雅词拾遗卷上

如 梦 令

传与东坡尊舅。欲作栏干护佑。心性慢些儿,先著他人机构。虚谬。虚谬。这段姻缘生受。

玉 楼 春

参差帘影晨光动。露桃雨柳矜新宠。闲愁多仗酒驱除,春思不禁花从臾。　　倚楼听彻单于弄。却忆旧欢空有梦。当时误入饮牛津,何处重寻闻犬洞。

又

午窗睡起香销鸭。斜倚妆台开镜匣。云鬟整罢却回头,屏上依稀描楚峡。　　支颐痴想眉愁压。咬损纤纤银指甲。柔肠断尽少人知,闲看花帘双蝶狎。

又　集句

狂风落尽深红色。春色恼人眠不得。泪沿红粉湿罗巾,怨入青尘愁锦瑟。　岂知一夕秦楼客。烟树重重芳信隔。倚楼无语欲销魂,柳外飞来双羽玉。

南 乡 子

月色满湖村。枫叶芦花共断魂。好个霜天堪把盏,芳樽。一榻凝尘空掩门。　此意与谁论。独倚阑十看雁群。篱下黄花开遍了,东君。一向天涯信不闻。

虞 美 人

陌头柳色春将半。枝上莺声唤。客游晓日绮罗稠。紫陌东风弦管、咽朱楼。　少年抚景渐虚过。终日看花坐。独愁不见玉人留。洞府空教燕子、占风流。

踏 莎 行

冰解芳塘,雪消遥嶂。东风水墨生绡障。烧痕一夜遍天涯,多情莫向空城望。　淡柳桥边,疏梅溪上。无人会得春来况。风光输与两鸳鸯,暖滩晴日眠相向。

又　上巳日过华严寺

昨日清明,今朝上巳。莺花著意催春事。东风不管倦游人,一齐吹过城南寺。　沂水行歌,兰亭修禊。韶光曾见风流士。而今临水漫含情,暮云目断空迢递。

又

晓树啼莺,晴洲落雁。酒旗风飐村烟淡。山田过雨正宜耕,畦塍处
处春泉漫。　　踏翠郊原,寻芳野涧。风流旧事嗟云散。楚山谁
遣送愁来,夕阳回首青无限。

临江仙 看花

为爱西庄花满树,朝朝来扣柴门。墙头遥见簇红云。恍然迷处所,
疑入武陵源。　　花外飞来寒食雨,一时留住游人。村醪随意两
三巡。折花头上戴,记取一年春。

又

十里红楼依绿水,当年多少风流。高楼重上使人愁。远山将落日,
依旧上帘钩。　　一曲琵琶思往事,青衫泪满江州。访邻休问杜
家秋。寒烟沙外鸟,残雪渡傍舟。

又

客路光阴浑草草,等闲过了元宵。村鸡啼月下林梢。鸢声惊宿鸟,
霜气入重貂。　　漠漠风沙千里暗,举头一望魂消。问君何事不
辞劳。平生经世意,只恐负清朝。

钗头凤 别武昌

临丹壑。凭高阁。闲吹玉笛招黄鹤。空江暮。重回顾。一洲烟
草,满川云树。住住住。　　江风作。波涛恶。汀兰寂寞岩花落。
长亭路。尘如雾。青山虽好,朱颜难驻。去去去。

蝶　恋　花

紫燕双飞深院静。簟枕纱厨，睡起娇如病。一线碧烟萦藻井。小鬟茶进龙香饼。　　拂拭菱花看宝镜。玉指纤纤，捻唾撩云鬓。闲折海榴过翠径。雪猫戏扑风花影。

又　题二乔观书图

并倚香肩颜鬥玉。鬓角参差，分映芭蕉绿。厌见兵戈争鼎足。寻芳共把遗编躅。　　闺阁风流谁可续。沉想清标，合贮黄金屋。江左百年传旧俗。后宫只解呈新曲。

又

新草池塘烟漠漠。一夜轻雷，拆破夭桃萼。骤雨隔帘时一作。馀寒犹泥罗衫薄。　　斜日高楼明锦幕。楼上佳人，痴倚阑干角。心事不知缘底恶。对花珠泪双双落。

又

金凤花开红落砌。帘卷斜阳，雨后凉风细。最是人间佳景致。小蛱蝶飞来花上戏。　　对对飞来，对对还飞去。楼可惜人孤倚。到眼物情都触意。如何制得相思泪。

又

语燕飞来惊昼睡。起步花阑，更觉无情绪。绿草离离蝴蝶戏。南园正是相思地。　　池上晚来微雨霁。杨柳芙蓉，已作新凉味。目断云山君不至。香醪著意催人醉。

又

今岁元宵明月好。想见家山,车马应填道。路远梦魂飞不到。清
光千里空相照。　　花满红楼珠箔绕。当日风流,更许谁同调。
何事霜华催鬓老。把杯独对嫦娥笑。

又

舟泊浔阳城下住。杳蔼昏鸦,点点云边树。九派江分从此去。烟
波一望空无际。　　今夜月明风细细。枫叶芦花,的是凄凉地。
不必琵琶能触意。一樽自湿青衫泪。

渔 家 傲

门外平湖新雨过。碧烟一抹鸥飞破。水木细将秋色做。云影堕。
满溪芦荻西风大。　　沙嘴渔舟来个个。霜鳞入脍炊香糯。歌罢
沧浪谁与和。闲不那。茅檐独对青山坐。

又　七夕立秋

七夕湖头闲眺望。风烟做出秋模样。不见云屏月帐按云屏下脱一字。
天浪漾。龙轷暗渡银河浪是日风霾。　　二十年前今日况。玄蟾
乌鹊高楼上。回首西风犹未忘。追得丧。人间万事成惆怅。

又

遥忆故园春到了。朝来枝上闻啼鸟。春到故园人未到。空眖眺。
年年落得梅花笑。　　且对芳尊舒一啸。不须更鼓高山调。看镜
依刘俱草草。真潦倒。醉来唱个渔家傲。

又

江上凉飔情绪懊。片云消尽明团玉。水色山光相与绿。烟树簇。移舟旋旁渔灯宿。　　风外何人吹紫竹。梦中听是飞鸾曲。叶落枫林声薂薂。幽兴触。明朝相约骑黄鹄。

又

刚过淮流风景变。飞沙四面连天卷。霜拆冻髭如利剪。情莫遣。素衣一任缁尘染。　　回首家山云渐远。离肠暗逐车轮转。古木荒烟鸦点点。人不见。平原落日吟羌管。

行 香 子

树绕村庄。水满坡塘。倚东风、豪兴徜徉。小园几许,收尽春光。有桃花红,李花白,菜花黄。　　远远围墙。隐隐茅堂。飏青旗、流水桥傍。偶然乘兴,步过东冈。正莺儿啼,燕儿舞,蝶儿忙。

江 城 子

清明天气醉游郎。莺儿狂。燕儿狂。翠盖红缨,道上往来忙。记得相逢垂柳下,雕玉珮,缕金裳。　　春光还是旧春光。桃花香。李花香。浅白深红,一一斗新妆。惆怅惜花人不见,歌一阕,泪千行。

何 满 子

天际江流东注,云中塞雁南翔。衰草寒烟无意思,向人只会凄凉。吟断炉香袅袅,望穷海月茫茫。　　莺梦春风锦幄,蛩声夜雨蓬窗。谙尽悲欢多少味,酒杯付与疏狂。无奈供愁秋色,时时递入柔肠。

忆秦娥 灞桥雪　按：原无调名，据词谱卷五补

　　驴背吟诗清到骨。人间别是闲勋业。云台烟阁久销沉。千载人图
灞桥雪。
灞桥雪。茫茫万径人踪灭。人踪灭。此时方见，乾坤空阔。
骑驴老子真奇绝。肩山吟耸清寒冽。清寒冽。只缘不禁，梅花撩
拨。

又 曲江花

　　帝城东畔富韶华。满路飘香烂彩霞。多少春风年少客，马蹄踏遍
曲江花。
曲江花。宜春十里锦云遮。锦云遮。水边院落，山下人家。
茸茸细草承香车。金鞍玉勒争年华。争年华。酒楼青斾，歌板红
牙。

又 庾楼月

　　碧天如水纤云灭。可是高人清兴发。徙倚危阑有所思，江头一片
庾楼月。
庾楼月。水天涵映秋澄彻。秋澄彻。凉风清露，瑶台银阙。
桂花香满蟾蜍窟。胡床兴发霏谈雪。霏谈雪。谁家风管，夜深吹
彻。

又 楚台风

　　谁将彩笔弄雌雄。长日君王在渚宫。一段潇湘凉意思，至今都入
楚台风。
楚台风。萧萧瑟瑟穿帘栊。穿帘栊。沧江浩渺，绮阁玲珑。
飘飘彩笔摇长虹。泠泠仙籁鸣虚空。鸣虚空。一阑修竹，几壑疏

松。

风入松　西山

崇峦雨过碧瑶光。花木递幽香。青冥杳霭无尘到，比龙宫、分外清凉。霁景一楼苍翠。薰风满壑笙簧。　　不妨终日此徜徉。宇宙总俳场。石边试剑人何在，但荒烟、蔓草迷茫。好酹杯中芳酒，少留树杪斜阳。

满江红　咏砧声

一派秋声，年年向、初寒时节。早又是、半天惊籁，满庭鸣叶。几处捣残深院日，谁家敲落高楼月。道声声、总是玉关情，情何切。　　斗云起，偏激烈。随风去，还幽咽。正归鸿帘幕，栖鸦城阙。闺阁幽人千里思，江湖旅客经年别。当此时、寂寞倚阑干，成愁结。

又

风雨萧萧，长涂上、春泥没足。谩回首、青山无数，笑人劳碌。山下纷纷梅落粉，渡头淼淼波摇绿。想小园、寂寞锁柴扉，繁花竹。　　曳文履，锵鸣玉。绮楼叠，雕阑曲。又何如、湖上芒鞋草屋。万顷水云翻白鸟，一蓑烟雨耕黄犊。怅东风、相望渺天涯，空凝目。

碧芙蓉　九日

客里遇重阳，孤馆一杯，聊赏佳节。日暖天晴，喜秋光清绝。霜乍降、寒山凝紫，雾初消、澄潭皎洁。阑干闲倚，庭院无人，颠倒飘黄叶。　　故园、当此际，遥想弟兄罗列。携酒登高，把茱萸簪彻。叹笼鸟、羁踪难去，望征鸿、归心漫切。长吟抱膝，就中深意凭谁说。

满庭芳 赏梅

庭院馀寒，帘栊清晓，东风初破丹苞。相逢未识，错认是夭桃。休道寒香较晚，芳丛里、便觉孤高。凭阑久，巡檐索笑，冷蕊向青袍。

扬州，春兴动，主人情重，招集吟豪。信冰姿潇洒，趣在风骚。脉脉此情谁会，和羹事、且付香醪。归来后，湖头月淡，伫立看烟涛。

念 奴 娇

千门明月，天如水，正是人间佳节。开尽小梅春气透，花烛家家罗列。来往绮罗，喧阗箫鼓，达旦何曾歇。少年当此，风光真是殊绝。

遥想二十年前，此时此夜，共绾同心结。窗外冰轮依旧在，玉貌已成长别。旧著罗衣，不堪触目，洒泪都成血。细思往事，只添镜里华发。

又 赤壁舟中咏雪

中流鼓楫，浪花舞，正见江天飞雪。远水长空连一色，使我吟怀逸发。寒峭千峰，光摇万象，四野人踪灭。孤舟垂钓，渔蓑真个清绝。

遥想溪上风流，悠然乘兴，独棹山阴月。争似楚江帆影净，一曲浩歌空阔。禁体词成，过眉酒热，把唾壶敲缺。冯夷惊道，坡翁无此赤壁。

又

画桥东过，朱门下，一水闲萦花草，独驾一舟千里去，心与长天共渺。乍暖扶春，轻寒弄晓，是处人踪少。黯然望极，酒旗茅屋斜袅。

少年无限风流，有谁念我，此际情难表。遥想蓝桥何日到，暗

把心期自祷。柳陌轻飔，沙汀残雪，一路风烟好。携壶自饮，闲听
山畔啼鸟。

又

朝来佳气，郁葱葱，报道悬弧良节。绿水朱华秋色嫩，景比蓬莱更
别。万缕银须，一枝铁杖，信是人中杰。此翁八十，怪来精彩殊绝。
　　闻道久种阴功，杏林橘井，此辈都休说。一点心通南极老，锡
与长生仙牒。乱舞斑衣，齐倾寿酒，满座笙歌咽。年年今日，华堂
醉倒明月。

又　咏柳

纤腰袅袅，东风里、逞尽娉婷态度。应是青皇偏著意，尽把韶华付
与。月榭花台，珠帘画槛，几处堆金缕。不胜风韵，陌头又过朝雨。
　　闻说灞水桥边，年年春暮，满地飘香絮。掩映夕阳千万树，不
道离情正苦。上苑风和，琐窗昼静，调弄娇莺语。伤春人瘦，倚阑
半饷延伫。

又　过小孤山

长江滚滚，东流去，激浪飞珠溅雪。独见一峰青崒嵂，当住中流万
折。应是天公，恐他澜倒，特向江心设。屹然今古，舟郎指点争说。
　　岸边无数青山，萦回紫翠，掩映云千叠。都让洪涛恣汹涌，却
把此峰孤绝。薄暮烟扉，高空日焕，谙历阴晴彻。行人过此，为君
几度击楫。

又

满天风雪，向行人、做出征途模样。回首家山才咫尺，便有许多离

况。少岁交游,当时风景,喜得重相傍。一樽谈旧,骊驹门外休唱。

　　自笑二十年来,扁舟来往,惭愧湖头浪。献策彤庭身渐老,惟有丹心增壮。玉洞花光,金城柳眼,何用生凄怆。为君起舞,惊看豪气千丈。

又

夜凉湖上,酌芳尊,对此一轮皓月。岁月匆匆人老大,又近中秋时节。夜气沈瀑,湖光旷邈,风舞萧萧叶。水天一色,坐来肌骨清彻。

　　自念尘满征衫,无人为浣,洒泪今成血。玉兔银蟾休道远,不识愁人情切。绣帐香销,画屏烛冷,此意凭谁说。天青海碧,枉教望断瑶阙。

解 语 花

窗涵月影,瓦冷霜华,深院重门悄。画楼雪杪。谁家笛、弄彻梅花新调。寒灯凝照。见锦帐、双鸾翔绕。当此时、倚几沉吟,好景都成恼。　　会过云山烟岛。对绣襦甲帐,亲逢一笑。人间年少。多情子、惟恨相逢不早。如今见了。却又惹、许多愁抱。算此情、除是青禽,为我殷勤报。

玉 烛 新

泰阶开景运。见金锁绿沉,辕门春静。几年淮海,烟波境、贮此风流标韵。连天笳鼓,又催把、经纶管领。文武事,细柳长杨,从头属齐整。　　早闻横槊燕然,画图里,争传麒麟旧影。临岐笑问。谁得似、占了山林钟鼎。古来难并。才信是、人间英俊。试看取、紫绶金章,朱颜绿鬓。

水　龙　吟

禁烟时候风和,越罗初试春衫薄。昼长深院,梦回孤枕,风吹铃索。
绮陌花香,芳郊尘软,正堪游乐。倚阑干、瘦损无人问,重重绿树围
朱阁。　　对镜时时泪落。总无心、淡妆浓抹。晨窗夜帐,几番误
喜,灯花檐鹊。月下琼卮,花前金盏,与谁斟酌。望王孙、甚日归
来,除是车轮生角。

又

琐窗睡起门重闭,无奈杨花轻薄。水沉烟冷,琵琶尘掩,懒亲弦索。
檀板歌莺,霓裳舞燕,当年娱乐。望天涯、万叠关山,烟草连天,远
凭高阁。　　闲把菱花自照,笑春山、为谁涂抹。几时待得,信传
青鸟,桥通乌鹊。梦后馀情,愁边剩思,引杯孤酌。正黯然、对景销
魂,墙外一声谯角。

石州慢　九日

深院萧条,满地苍苔,一丛荒菊。含霜冷蕊,全无佳思,向人摇绿。
客边节序,草草付与清觞,孤吟只把羁怀触。便击碎歌壶,有谁知
中曲。　　凝目。乡关何处,华髪缁尘,年来劳碌。契阔山中松
径,湖边茅屋。沉思此景,几度梦里追寻,青枫路远迷烟竹。待倩
问麻姑,借秋风黄鹄。

喜　迁　莺

西风落叶。正祖席将收,离歌三叠。鹤喜仙还,珠愁主去,立马城
头难别。三十六湖春水,二十四桥秋月。争羡道,这水如膏泽,月
同莹洁。　　殊绝。郊陌上,桑柘阴阴,听得行人说。三木论囚,

五花判事,个个待公方决。鸾凤清标重睹,驷马高门须设。挥袂
处,望甘棠召伯,教人凄咽。

又

梅花春动。见佳气充庭,祥烟萦栋。华髪方欢,斑衣正舞,飞下九
霄丹凤。温诏辉煌宠渥,御墨淋漓恩重。平世里,把荣华占断,谁
人堪共。　　听颂。天付与,五福随身,总是阴功种。帘幕笼云,
楼台丽日,不数蓬莱仙洞。白雪歌翻瑶瑟,玄露酒倾银瓮。更愿
取,早起来廊庙,为苍生用。

又

花香馥郁。正春色平中,海筹添屋。金马清才,玉麟旧守,帝遣暂
临江国。冠盖光生南楚,川岳灵钟西蜀。堪羡是,有汪洋万顷,珠
玑千斛。　　听祝。愿多寿,多福多男,溥作苍生福。碧柳绯桃,
锦袍乌帽,辉映颜朱鬓绿。早见鹤楼风采,归掌鸾坡机轴。百岁
里,庆团圞长似,冰轮满足。

风 流 子

新阳上帘幌,东风转,又是一年华。正驼褐寒侵,燕钗春袅,句翻词
客,簪鬥宫娃。堪娱处,林莺啼暖树,渚鸭睡晴沙。绣阁轻烟,剪灯
时候,青旗残雪,卖酒人家。　　此时,因重省,瑶台畔,曾过翠盖
香车。惆怅尘缘犹在,密约还赊。念鳞鸿不见,谁传芳信,潇湘人
远,空采蘋花。无奈疏梅风景,淡草天涯。

沁 园 春

锦里繁华,峨眉佳丽,远客初来。忆那处园林,旧家桃李,知他别

后，几度花开。月下金罍，花间玉珮，都化相思一寸灰。愁绝处，又香销宝鸭，灯晕兰煤。　　　东风杜宇声哀，叹万里、何由便得回。但日日登高，眼穿剑阁，时时怀古，泪洒琴台。尺素书沉，偷香人远，驿使何时为寄梅。对落日，因凝思此意，立遍苍苔。

又

暖日高城，东风旧侣，共约寻芳。正南浦春回，东冈寒退，粼粼鸭绿，袅袅鹅黄。柳下观鱼，沙边听鸟，坐久时生杜若香。绮陌上，见踏青挑菜，游女成行。　　　人间今古堪伤。春草春花梦几场。忆淮海当年，英豪满座，词翻鲍谢，字压钟王。今日重来，昔人何在，把笔兰皋思欲狂。对丽景，且莫思往事，一醉斜阳。

摸鱼儿　重九

傍湖滨、几椽茅屋，依然又过重九。烟波望断无人见，惟有风吹疏柳。凝思久。向此际，寒云满目空搔首。何人送酒。但一曲溪流，数枝野菊，自把唾壶叩。　　　休株守。尘世难逢笑口。青春过了难又。一年好景真须记，橘绿橙黄时候。君念否。最可惜，霜天闲却传杯手。鸥朋鹭友。聊摘取茱萸，殷勤插鬓，香雾满衫袖。

兰　陵　王

雨初歇。帘卷一钩淡月。望河汉、几点疏星，冉冉纤云度林樾。此景清更绝。谁念温柔蕴结。孤灯暗，独步华堂，蟋蟀莎阶弄时节。　　沉思恨难说。忆花底相逢，亲赠罗缬。春鸿秋雁轻离别。拟寻个锦鳞，寄将尺素，又恐烟波路隔越。歌残唾壶缺。　　　凄咽。意空切。但醉损琼卮，望断瑶阙。御沟曾解流红叶。待何日重见，霓裳听彻。彩楼天远，夜夜襟袖染啼血。

米　芾

　　芾字元章,太原人。自号鹿门居士,又号海岳外史。徙居襄阳,又徙居吴。生于皇祐三年(1051)。以母侍宣仁后藩邸恩,补校书郎、太常博士,出知无为军。逾年,召为书画博士,擢礼部员外郎,知淮阳军。大观三年(1109)卒,年五十九。或云元年卒,年五十七。有宝晋英光集。

西江月　秋兴

溪面荷香縩縩,林端远岫青青。楚天秋色太多情。云卷烟收风定。
　　夜静冰娥欲上,梦回醉眼初醒。玉瓶未耻有新声。一曲请君来听。

菩萨蛮　拟古

兼葭风外烟笼柳。数叠遥山眉黛秀。微雨过江来。烦襟为一开。
　　沙边临望处。紫燕双飞语。举酒送飞云。夜凉愁梦频。

水调歌头　中秋

砧声送风急,蟋蟀思高秋。我来对景,不学宋玉解悲愁。收拾凄凉兴况,分付尊中醽醁,倍觉不胜幽。自有多情处,明月挂南楼。
　　怅襟怀,横玉笛,韵悠悠。清时良夜,借我此地倒金瓯。可爱一天风物,遍倚阑干十二,宇宙若萍浮。醉困不知醒,欹枕卧江流。

渔家傲　金山

昔日丹阳行乐里。紫金浮玉临无地。宝阁化成弥勒世。龙宫对。时时更有天花坠。　　浩渺一天秋水至。鲸鲵鼓鬣连山沸。员峤岱舆更颠坠。无根蒂。莫教龙伯邦人戏。

丑奴儿 见白髪

踟蹰山下濡须水,我更委佗。物阜时和。迨暇相逢笑复歌。

江湖楼上凭阑久,极目沧波。天鉴如磨。偏映华簪雪一窝。

按此下原有满庭芳"雅燕飞觞"一首,题云:"绍圣甲戌暮春与周熟仁试赐茶,书此乐章。"盖非米芾自作,乃秦观词,见淮海居士长短句卷中,今不录。

减字木兰花 涟水登楼寄赵伯山

云间皓月。光照银淮来万折。海岱楼中。拂袖雄披楚岸风。

醉馀清夜。羽扇纶巾人入画。江远淮长。举首宗英醒更狂。

又 展书卷

平生真赏。纸上龙蛇三五行。富贵功名。老境谁堪宠辱惊。

寸心谁语。只有当年袁与许。归到寥阳。玉简霞衣侍帝旁。

点绛唇 示儿尹仁尹智

莘野寥寥,渭滨漠漠情何限。万重堆案。懒更重经眼。　　儿辈休惊,头上霜华满。功名晚。水云萧散。漫就驿亭看。

阮郎归 海岱楼与客酌别作

双双鸳鹭戏蘋洲。几行烟柳柔。一声长笛咽清秋。碧云生暮愁。　　钩月挂,绮霞收。浦南人泛舟。娟娟何处烛明眸。相望徒倚楼。

蝶恋花 海岱楼玩月作

千古涟漪清绝地。海岱楼高,下瞰秦淮尾。水浸碧天天似水。广寒宫阙人间世。　　霭霭春和生海市。鳌戴三山,顷刻随轮至。宝月圆时多异气。夜光一颗千金贵。

诉衷情 　献汲公相国寿

薰风吹动满池莲。晓云楼阁鲜。绣阁华堂嘉会,齐拜玉炉烟。　　斟美酒,奉觥船。祝芳筵。宜春耐夏,多福庄严,富贵长年。

又 　思归

劳生奔走困粗官。揽镜鬓毛斑。物外平生萧散,微宦兴阑珊。　　奇胜处,每凭阑。定忘还。好山如画,水绕云萦,无计成闲。

鹧鸪天 　献汲公相国寿

暖日晴烘候小春。际天和气与精神。灵台静养千年寿,丹灶全无一点尘。　　寿彭祖,寿广成。华阳仙裔是今身。夜来银汉清如洗,南极星中见老人。

又 　漫寿

云液无声白似银。红霞一抹百花新。觥多莫厌频频劝,一片花飞减却春。　　蜂翅乱,蝶眉颦。花间啼鸟劝游人。人生无事须行乐,富贵何时且健身。

浪淘沙 　祝寿

祝寿庆生申。德日维新。期颐眉寿寿长春。五福三灵禄永永,长寿仙人。　　遐算等庄椿。□德康宁。年年欢会笑欣欣。岁岁仰依□寿域,彭祖广成。以上彊村丛书本宝晋长短句

　　以上米芾词十五首,据彊村丛书本宝晋长短句(原出宝晋英光集卷五),原十六

首,一首未录。有九首题据涉闻梓旧本宝晋英光集补。

浣溪沙 野眺

日射平溪玉宇中。云横远渚岫重重。野花犹向涧边红。　　静看沙头鱼入网,闲支藜杖醉吟风。小春天气恼人浓。续选草堂诗馀卷上

醉　太　平

风炉煮茶。霜刀剖瓜。暗香微透窗纱。是池中藕花。　　高梳髻鸦。浓妆脸霞。玉尖弹动琵琶。问香醪饮么。珊瑚网名画题跋卷六

按此首原不著调名。

存　目　词

调　名	首　句	出　处	附　注
满庭芳	雅燕飞觞	宝晋英光集卷五	秦观词,见淮海居士长短句卷中
减字木兰花	山阴道士	花草粹编卷二引志雅堂杂抄	僧仲殊作,见云烟过眼录卷下、志雅堂杂抄卷下
念奴娇	洞天昼永	本书初版卷四十九	米友仁词,见铁网珊瑚画品卷一

李　甲

　　甲字景元,华亭(今江苏松江)人。善画翎毛。宋诗纪事补遗卷三十一云:李景元,元符中,武康令。

望　云　涯　引

秋容江上,岸花老,蘋洲白。露湿兼葭,浦屿渐增寒色。闲渔唱晚,

鹜雁惊飞处，映远碛。数点轻帆，送天际归客。　　凤台人散，漫回首。沉消息。素鲤无凭，楼上暮云凝碧。时向西风下，认远笛。宋玉悲怀，未信金樽消得。

吊　严　陵

蕙兰香泛，孤屿潮平，惊鸥散雪。迤逦点破，澄江秋色。暝霭向敛，疏雨乍收，染出蓝峰千尺。渔舍孤烟锁寒碛。画鹢翠帆旋解，轻舣晴霞岸侧。正念往悲酸，怀乡按"乡"字从词学丛书本乐府雅词，四部丛刊本作"郎"惨切。何处引羌笛。　　追惜。当时富春佳地，严光钓址空遗迹。华星沉后，扁舟泛去，萧洒闲名图籍。离舷吊终寓目，意断魂消泪滴。渐洞天晚，回首暮云千古碧。

梦　玉　人　引

渐东风暖，陇梅残，霁云碧。嫩草柔条，又回江城春色。乍促银签，便篆香纹蜡有馀迹。愁梦相兼，尽日高无力。　　这些离恨，依然是、酒醒又如织。料伊怀情，也应向人端的。何故近日，全然无消息。问伊看，伊教人到此，如何休得。

过　秦　楼

卖酒炉边，寻芳原上，乱花飞絮悠悠。已蝶稀莺散，便拟把长绳、系日无由。谩道草忘忧。也徒将、酒解闲愁。正江南春尽，行人千里，蘋满汀洲。　　有翠红径里，盈盈似簇，芳茵禊饮，时笑时讴。当暖风迟景，任相将永日，烂熳狂游。谁信盛狂中，有离情、忽到心头。向尊前拟问，双燕来时，曾过秦楼。

帝　台　春

芳草碧色。萋萋遍南陌。暖絮乱红,也知人、春愁无力。忆得盈盈
拾翠侣,共携赏、凤城寒食。到今来,海角逢春,天涯为客。　　愁
旋释。还似织。泪暗拭。又偷滴。谩伫立、遍倚危阑,尽黄昏,也
只是、暮云凝碧。拚则而今已拚了,忘则怎生便忘得。又还问鳞
鸿,试重寻消息。

按高丽史乐志此首作无名氏词。别又误作李琁词,见尧山堂外纪卷四十一。

击　梧　桐

杳杳春江阔。收细雨、风蹙波声无歇。雁去汀洲暖,岸芜静,翠染
遥山一抹。群鸥聚散,征航来去,隔水相望楚越。对此、凝情久,念
往岁上国,嬉游时节。　　斗草园林,卖花巷陌,触处风光奇绝。
正恁浓欢里,悄不意、顿有天涯离别。看那梅生翠实,柳飘狂絮,没
个人共折。把而今、愁烦滋味,教向谁说。

幔　卷　绸

绝羽沉鳞,埋花葬玉,杳杳悲前事。对一盏寒灯,数点流萤,悄悄画
屏,巫山十二。孨脸星眸,蕙情兰性,一旦成流水。便纵有、甘泉妙
手,洪都方士何济。　　香闺宝砌。临妆处,迤逦苔痕翠。更不忍
看伊,绣残鸳侣,而今尚有,啼红粉渍。好梦不来,断云飞去,黯黯
情无际。谩饮尽香醪,奈向愁肠,消遣无计。

望　春　回

霁霞散晓,射水村渐明,渔火方绝。滩露夜潮痕,注冻濑凄咽。征
鸿来时应负书,见疏柳、更忆伊同折。异乡憔悴,那堪更逢,岁穷时

节。　　　　东风暗回暖律。算拆遍江梅，消尽岩雪。唯有这愁肠，也
依旧千结。私言窃语些誓约，便眠思梦想无休歇。这些离恨，除非
对著、说似明月。以上八首乐府雅词卷下

少　年　游

江国陆郎封寄后，独自冠群芳。折时雪里，带时灯下，香面讶争光。
　　而今不怕吹羌管，一任更繁霜。玳筵赏处，玉纤整后，犹胜岭
头香。词谱卷八

　　按此首原见梅苑卷十，作李景先，或即李景元之误。
　　以上李甲词九首，用周泳先辑李景元词。

存　目　词

调　名	首　句	出　处	附　注
八　宝　妆	门掩黄昏	词综卷十	刘焘词，见乐府雅词拾遗卷上
忆　王　孙	萋萋芳草忆王孙	历代诗馀卷二	李重元词，见唐宋诸贤绝妙词选卷七
又	风蒲猎猎小池塘	又	又
又	飕飕风冷荻花秋	又	又
又	彤云风扫雪初晴	又	又

赵令畤

　　令畤字德麟，燕王德昭玄孙。生于治平元年(1064)。元祐中，签书
颍州公事。坐与苏轼交通，罚金，入党籍。后官右朝请大夫，改右监门

卫大将军，营州防御使，迁洪州观察使。绍兴初，袭封安定郡王，同知行
在大宗正事。四年(1134)卒，赠开府仪同三司。有侯鲭录、聊复集。聊
复集今不传，有赵万里辑本。

蝶恋花 商调十二首

　　夫传奇者，唐元微之所述也。以不载于本集而出于小说，或疑其非
是。今观其词，自非大手笔孰能与于此。至今士大夫极谈幽玄，访奇述
异，无不举此以为美话。至于娼优女子，皆能调说大略。惜乎不被之以
音律，故不能播之声乐，形之管弦。好事君子极饮肆欢之际，愿欲一听
其说，或举其末而忘其本，或纪其略而不及终其篇，此吾曹之所共恨者
也。今于暇日，详观其文，略其烦亵，分之为十章。每章之下，属之以
词。或全摭其文，或止取其意。又别为一曲，载之传前，先叙前篇之义。
调曰商调，曲名蝶恋花。句句言情，篇篇见意。奉劳歌伴，先定格调，后
听芜词。

丽质仙娥生月殿。谪向人间，未免凡情乱。宋玉墙东流美盼。乱
花深处曾相见。　　密意浓欢方有便。不奈浮名，旋遭轻分散。
最恨多才情太浅。等闲不念离人怨。

　　传曰:余所善张君，性温茂，美丰仪，寓于蒲之普救寺。适有崔氏孀
妇，将归长安，路出于蒲，亦止兹寺。崔氏妇，郑女也。张出于郑，绪其
亲，乃异派之从母。是岁，丁文雅不善于军，军人因丧而扰，大掠蒲人。
崔氏之家，财产甚厚，多奴仆。旅寓惶骇，不知所措。先是张与蒲将之
党有善，请吏护之，遂不及于难。郑厚张之德甚，因饰馔以命张，中堂燕
之。复谓张曰:姨之孤嫠未亡，提携幼稚。不幸属师徒大溃，实不保其
身。弱子幼女，犹君之所生也，岂可比常恩哉。今俾以仁兄之礼奉见，
冀所以报恩也。乃命其子曰欢郎，可十馀岁，容甚温美。次命女曰:莺
莺，出拜尔兄。尔兄活尔。久之，辞疾。郑怒曰:张兄保尔之命。不然，
尔且虏矣，能复远嫌乎? 又久之，乃至。常服睟容，不加新饰。垂鬟浅
黛，双脸断红而已。颜色艳异，光辉动人。张惊，为之礼。因坐郑旁，凝
睇怨绝，若不胜其礼。张问其年几。郑曰:十七岁矣。张生稍以词导
之，不对，终席而罢。奉劳歌伴，再和前声。

锦额重帘深几许。绣履弯弯，未省离朱户。强出娇羞都不语。绛

绡频掩酥胸素。　　黛浅愁红妆淡伫。怨绝情凝，不肯聊回顾。
媚脸未匀新泪污。梅英犹带春朝露。

　　张生自是惑之，愿致其情，无由得也。崔之婢曰红娘，生私为之礼
者数四，乘间遂道其衷。翌日，复至，曰：郎之言，所不敢言，亦不敢泄。
然而崔之族姻，君所详也，何不因其媒而求娶焉！张曰：予始自孩提时，
性不苟合。昨日一席间，几不自持。数日来，行忘止，食忘饭，恐不能逾
旦暮。若因媒氏而娶，纳采问名，则三数月间，索我于枯鱼之肆矣。婢
曰：崔之贞顺自保，虽所尊不可以非语犯之。然而善属文，往往沉吟章
句，怨慕者久之。君试为谕情诗以乱之。不然，无由得也。张大喜，立
缀春词二首以授之。奉劳歌伴，再和前声。

懊恼娇痴情未惯。不道看看，役得人肠断。万语千言都不管。兰
房跬步如天远。　　废寝忘餐思想遍。赖有青鸾，不必凭鱼雁。
密写香笺论缱绻。春词一纸芳心乱。

　　是夕，红娘复至，持彩笺以授张曰：崔所命也。题其篇云："明月三
五夜。"其词曰："待月西厢下，迎风户半开。拂墙花影动，疑是玉人来。"
奉劳歌伴，再和前声。

庭院黄昏春雨霁。一缕深心，百种成牵系。青翼蓦然来报喜。鱼
笺微谕相容意。　　待月西厢人不寐。帘影摇光，朱户犹慵闭。
花动拂墙红萼坠。分明疑是情人至。

　　张亦微谕其旨。是夕，岁二月旬又四日矣。崔之东墙有杏花一树，
攀援可逾。既望之夕，张因梯树而逾焉。达于西厢，则户半开矣。无
几，红娘复来，连曰：至矣，至矣。张生且喜且骇，谓必获济。及女至，则
端服俨容，大数张曰：兄之恩，活我家厚矣，由是慈母以弱子幼女见依。
奈何因不令之婢，致淫泆之词。始以护人之乱为义，而终掠乱而求之。
是以乱易乱，其去几何。诚欲寝其词，则保人之奸不义；明之母，则背人
之惠不祥；将寄于婢妾，又恐不得发其真诚。是用托于短章，愿自陈启。
犹惧兄之见难，是用鄙靡之词以求其必至。非礼之动，能不愧心。特愿
以礼自持，毋及于乱。言毕，翻然而逝。张自失者久之，复逾而出，由是
绝望矣。奉劳歌伴，再和前声。

屈指幽期惟恐误。恰到春宵，明月当三五。红影压墙花密处。花

阴便是桃源路。　　　　不谓兰诚金石固。敛袂怡声,恣把多才数。
惆怅空回谁共语。只应化作朝云去。

　　　　后数夕,张君临轩独寝,忽有人惊之。惊欸而起,则红娘敛衾携枕
而至。抚张曰:至矣,至矣,睡何为哉? 并枕重衾而去。张生拭目危坐
久之,犹疑梦寐。俄而红娘捧崔而至,则娇羞融冶,力不能运支体。曩
时之端庄,不复同矣。是夕,旬有八日,斜月晶莹,幽辉半床。张生飘飘
然,且疑神仙之徒,不谓从人间至也。有顷,寺钟鸣晓,红娘促去。崔氏
娇啼宛转,红娘又捧而去。终夕无一言。张生辨色而兴,自疑曰:岂其
梦耶? 所可明者,妆在臂,香在衣,泪光荧荧然,犹莹于茵席而已。奉劳
歌伴,再和前声。

数夕孤眠如度岁。将谓今生,会合终无计。正是断肠凝望际。云
心捧得嫦娥至。　　　　玉困花柔羞拭泪。端丽妖娆,不与前时比。
人去月斜疑梦寐。衣香犹在妆留臂。

　　　　是后又十数日,杳不复知。张生赋会真诗三十韵,未毕,红娘适至,
因授之以贻崔氏,自是复容之。朝隐而出,暮隐而入,同安于曩所谓西
厢者,几一月矣。张生将之长安,先以情谕之。崔氏宛无难词,然愁怨
之容动人矣。欲行之再夕,不复可见,而张生遂西。奉劳歌伴,再和前
声。

一梦行云还暂阻。尽把深诚,缀作新诗句。幸有青鸾堪密付。良
宵从此无虚度。　　　　两意相欢朝又暮。争奈郎鞭,暂指长安路。
最是动人愁怨处。离情盈抱终无语。

　　　　不数月,张生复游于蒲,舍于崔氏者又累月。张雅知崔氏善属文,
求索再三,终不可见。虽待张之意甚厚,然未尝以词继之。异时,独夜
操琴,愁弄凄恻。张窃听之,求之,则不复鼓矣。以是愈惑之。张生俄
以文调及期,又当西去。当去之夕,崔恭貌怡声,徐谓张曰:始乱之,今
弃之,固其宜矣,愚不敢恨。必也君始之,君终之,君之惠也。则没身之
誓,其有终矣,又何必深憾于此行。然而君既不怿,无以奉宁。君尝谓
我善鼓琴,今且往矣。既达君此诚。因命拂琴,鼓霓裳羽衣序,不数声,
哀音怨乱,不复知其是曲也。左右皆欷歔,张亦遽止之。崔投琴拥面,
泣下流涟,趣归郑所,遂不复至。奉劳歌伴,再和前声。

碧沼鸳鸯交颈舞。正恁双栖，又遣分飞去。洒翰赠言终不许。援
琴请尽奴衷素。　　　曲未成声先怨慕。忍泪凝情，强作霓裳序。
弹到离愁凄咽处。弦肠俱断梨花雨。

　　　诘旦，张生遂行。明年，文战不利，遂止于京。因贻书于崔，以广其
意。崔氏缄报之词，粗载于此，曰："捧览来问，抚爱过深。儿女之情，悲
喜交集。兼惠花胜一合，口脂五寸。致耀首膏唇之饰，虽荷多惠，谁复
为容。睹物增怀，但积悲叹耳。伏承便于京中就业，于进修之道，固在
便安。但恨鄙陋之人，永以遐弃。命也如此，知复何言！自去秋以来，
尝忽忽如有所失。于喧哗之下，或勉为笑语。闲宵自处，无不泪零。乃
梦寐之间，亦多叙感咽离忧之思。绸缪缱绻，暂若寻常，幽会未终，惊魂
已断。虽半衾如暖，而思之甚遥。一昨拜辞，倏逾旧岁。长安行乐之
地，触绪牵情。何幸不忘幽微，眷念无斁。鄙薄之志，无以奉酬。至于
终始之盟，则固不忒。鄙昔中表相因，或同宴处；婢仆见诱，遂致私诚。
儿女之情，不能自固。君子有援琴之挑，鄙人无投梭之拒。及荐枕席，
义盛恩深。愚幼之情，永谓终托。岂期既见君子，不能以礼定情，致有
自献之羞，不复明侍巾帏。没身永恨，含叹何言。倘若仁人用心，俯遂
幽劣，虽死之日，犹生之年。如或达士略情，舍小从大，以先配为丑行，
谓要盟之可欺，则当骨化形销，丹忱不泯，因风委露，犹托清尘。存殁之
诚，言尽于此。临纸呜咽，情不能申，千万珍重。"奉劳歌伴，再和前声。

别后相思心目乱。不谓芳音，忽寄南来雁。却写花笺和泪卷。细
书方寸教伊看。　　　独寐良宵无计遣。梦里依稀，暂若寻常见。
幽会未终魂已断。半衾如暖人犹远。

　　　"玉环一枚，是儿婴年所弄，寄充君子下体之佩。玉取其坚洁不渝，
环取其终始不绝。兼致彩丝一绚，文竹茶合碾子一枚。此数物不足见
珍，意者欲君子如玉之洁，鄙志如环不解。泪痕在竹，愁绪萦丝。因物
达诚，永以为好耳。心迩身遐，拜会无期。幽愤所钟，千里神合。千万
珍重。春风多厉，强饭为佳。慎言自保，毋以鄙为深念也。"奉劳歌伴，
再和前声。

尺素重重封锦字。未尽幽闺，别后心中事。佩玉彩丝文竹器。愿
君一见知深意。　　　环玉长圆丝万系。竹上斓斑，总是相思泪。

物会见郎人永弃。心驰魂去神千里。

　　张之友闻之，莫不耸异。而张之志固绝之矣。岁馀，崔已委身于人，张亦有所娶。适经其所居，乃因其夫言于崔，以外兄见。夫已诺之，而崔终不为出。张怨念之诚，动于颜色。崔知之，潜赋一诗寄张曰："自从消瘦减容光。万转千回懒下床。不为旁人羞不起，为郎憔悴却羞郎。"竟不之见。后数日，张君将行，崔又赋一诗以谢绝之。词曰："弃置今何道，当时且自亲。还将旧来意，怜取眼前人。"奉劳歌伴，再和前声。

梦觉高唐云雨散。十二巫峰，隔断相思眼。不为旁人移步懒。为郎憔悴羞郎见。　　　青翼不来孤凤怨。路失桃源，再会终无便。旧恨新愁无计遣。情深何似情俱浅。

　　逍遥子曰：乐天谓微之能道人意中语。仆于是益知乐天之言为当也。何者？夫崔之才华婉美，词彩艳丽，则所载缄书诗章尽之矣。如其都愉淫冶之态，则不可得而见。及观其文，飘飘然仿佛出于人目前。虽丹青摹写其形状，未知能如是工且否？仆尝采摭其意，撰成鼓子词十一章，示余友何东白先生。先生曰：文则美矣，意犹有不尽者，胡不复为一章于其后，具道张之于崔，既不能以理定其情，又不能合之于义。始相遇也，如是之笃；终相失也，如是之遽。必及于此，则完矣。余应之曰：先生真为文者也。言必欲有终始箴戒而后已。大抵鄙靡之词，止歌其事之可歌，不必如是之备。若夫聚散离合，亦人之常情，古今所共惜也。又况崔之始相得而终至相失，岂得已哉。如崔之他适，而张诡计以求见；崔知张之意，而潜赋诗以谢之，其情盖有未能忘者矣。乐天曰："天长地久有时尽，此恨绵绵无尽期"，岂独在彼者耶？予因命此意，复成一曲，缀于传末云。

镜破人离何处问。路隔银河，岁会知犹近。只道新来消瘦损。玉容不见空传信。　　　弃掷前欢俱未忍。岂料盟言，陡顿无凭准。地久天长终有尽，绵绵不似无穷恨。以上十二首侯鲭录卷五

天 仙 子

宿雨洗空台榭莹。下尽珠帘寒未定。花开花落几番晴，春欲竟。

愁未醒。池面杏花红透影。　　一纸短书言不尽。明月清风还记省。玉楼香断又添香,闲展兴。临好景。心似乱萍何处整。

浣溪沙 刘平叔出家妓八人,绝艺,乞词赠之。脚绝、歌绝、琴绝、舞绝

稳小弓鞋三寸罗。歌唇清韵一樱多。灯前秀艳总横波。　　指下鸣泉清杳渺,掌中回旋小婆娑。明朝归路奈情何。

菩 萨 蛮

轻鸥欲下春塘浴。双双飞破春烟绿。两岸野蔷薇。翠笼薰绣衣。　　凭船闲弄水。中有相思意。忆得去年时。水边初别离。

又

长淮渺渺寒烟白。凭栏人是霜台客。诗句妙春豪。风云不啻高。　　樽前人已老。馀恨连芳草。一曲酒醒时。梧桐月欲低。

又

春风试手先梅蕊。颒姿冷艳明沙水。不受众芳知。端须月与期。　　清香闲自远。先向钗头见。雪后燕瑶池。人间第一枝。

好 事 近

急雨涨溪浑,小树带山秋色。轻棹暮天归路,袅芙蓉烟白。　　酒醒香冷梦回时,虫声正凄绝。只觉小窗风月,与昨宵都别。

按四部丛刊本乐府雅词缺此首。

小 重 山

楼上风和玉漏迟。秋千庭院静,百花飞。午窗才起暖金卮。匀面

了，阑畔看春池。　　何事苦颦眉。碧云春信断，尽来时。鸳鸯游戏镇相随。云雾敛，新月挂天西。

　　按草堂诗馀前集卷下，此首作赵德仁词，盖赵德麟之误。

又

雨霁风高天气清。玉盘浮出海，转空明。小窗帘影冷如冰。愁不寐，独自傍阶行。　　情似浪头轻。一番销欲尽，一番生。无言惆怅到参横。人欲起，鹁鸪几声鸣。

蝶 恋 花

欲减罗衣寒未去。不卷珠帘，人在深深处。红杏枝头花几许。啼痕止恨清明雨。　　尽日沉烟香一缕。宿雨醒迟，恼破春情绪。飞燕又将归信误。小屏风上西江路。

又

卷絮风头寒欲尽。坠粉飘香，日日红成阵。新酒又添残酒困。今春不减前春恨。　　蝶去莺飞无处问。隔水高楼，望断双鱼信。恼乱横波秋一寸。斜阳只与黄昏近。

　　按以上二首又见晏几道小山词。此首别又误作晏殊词，见杨金本草堂诗馀后集卷下。

西 江 月

人世一场大梦，我生魔了十年。明窗千古探遗编。不救饥寒一点。　　更被维摩老子，不教此处容言。炉薰清炷坐安禅。物物头头显现。

满　庭　芳

玉枕生凉,金缸传晓,败叶飞破清秋。雨馀翻浪,渺渺阻行舟。暂系
汀洲侧畔,风夜起、荻叶添愁。银屏远,龙香渐尽,还是梦扬州。
更筹。何太永,当年情事,今日堪酬。最苦恨红楼,笑我飘浮。为寄相
思细字,教字字、愁蹙眉头。凄凉久,渔人唱晓,随月过横沟。

清　平　乐

春风依旧。著意隋堤柳。搓得蛾儿黄欲就。天气清明时候。
去年紫陌青门。今宵雨魄云魂。断送一生憔悴,只销几个黄昏。

按苕溪渔隐丛话后集卷四十引复斋漫录,以此首为刘弇作。

思越人 (按越原作远,据词谱卷十一改。思越人即鹧
鸪天也)

素玉朝来有好怀。一枝梅粉照人开。晴云欲向杯中起,春色先从
脸上来。　　深院落,小楼台。玉盘香篆看徘徊。须知月色撩人
恨,数夜春寒不下阶。

临江仙　阿方初出

枝上粉香吹欲尽,依前庭院春风。更谁同绕摘芳丛。漏残金兽冷,
信断锦屏空。　　看结灯花愁不睡,酒阑无梦相逢。凄凉长判一
生中。不如云外月,永夜在房栊。

虞美人　光化道中寄家

画船稳泛春波渺。夕雨寒声小。紫烟深处数峰横。惊起一滩鸥
鹭、照川明。　　西楼今夜归期误。恨入栏干暮。可堪春事满春

怀。不似珠帘新燕、早归来。

浣溪沙 王晋卿筵上作

风急花飞昼掩门。一帘残雨滴黄昏。便无离恨也销魂。　　翠被
任熏终不暖，玉杯慵举几番温。个般情事与谁论。

又

槐柳春馀绿涨天。酒旗高插夕阳边。谁家墙里笑秋千。　　往事
不堪楼上看，新愁多向曲中传。此情销得是何年。

又

一朵梦云惊晓鸦。数枝春雨带梨花。坐来残月冷窗纱。　　钗凤
谩曾留得半，枕山犹是枕时斜。对花今日奈天涯。

又

水满池塘花满枝。乱香深里语黄鹂。东风轻软弄帘帏。　　日正
长时春梦短，燕交飞处柳烟低。玉窗红子鬥棋时。

按类编草堂诗馀卷一此首误作张先词。

又

少日怀山老住山。一官休务得身闲。几年食息白云间。　　似我
乐来真是少，见人忙处不相关。养真高静出尘寰。

鹧鸪天 前改张文潜诗，但有此四句，正为咸平刘生
作。余作后改为鹧鸪天赠之

可是相逢意便深。为郎巧笑不须金。门前一尺春风髻，窗内三更

夜雨衾。　　情渺渺,信沉沉。青鸾无路寄芳音。山城钟鼓愁难听,不解襄王梦里寻。

又　蓝良辅知阁舟中晚坐会上作

麝发雕炉小袖笼。天教我辈此时同。橡经雪重香方满,菊到秋深色自浓。　　船槛内,月明中。插花归去莫匆匆。人生更在艰难内,胜事年来不易逢。以上见乐府雅词卷中

失 调 名

脸薄难藏泪,眉长易觉愁。苕溪渔隐丛话前集卷六十

临 江 仙

翠袖卷纱红映肉,无风玉骨生寒。可堪新晓雨初残。颦眉谁恼著,粉泪滴阑干。　　闻道谪仙歌妙语,新妆再发愁颜。雾帘云幕荐金盘。笔间长借句,直莫放春还。全芳备祖前集卷七海棠门

乌夜啼　春思

楼上萦帘弱絮,墙头碍月低花。年年春事关心事,肠断欲栖鸦。　　舞镜鸾衾翠减,啼珠凤蜡红斜。重门不锁相思梦,随意绕天涯。
唐宋诸贤绝妙词选卷六

　　按古今词统卷六此首误作欧阳修词。
　　以上赵令畤词三十七首,断句一,用赵万里辑聊复集,稍有增补。

存 目 词

　　按刘毓盘辑聊复集,有一落索“腊后东风微透”一首,乃无名氏词,见梅苑卷八。

贺　铸

　　铸字方回,卫州(今河南汲县)人。生于皇祐四年(1052)。娶宗女,授右班殿直。元祐中,通判泗州,又倅太平州。退居吴下,筑室于横塘,自号庆湖遗老。宣和七年(1125)卒,年七十四。有东山寓声乐府三卷,今不传。

天宁乐　铜人捧露盘引

斗储祥,虹流祉,兆黄虞。未□□、□圣真符。千龄叶应,九河清、神物出龟图。□□□□,□盛时、朝野欢娱。　　靡不覆,旋穹□,□□□,□坤舆。致万国、一变华胥。霞觞□□,□□□、□□□宸趋。五云长在,望子□、□□□□。

□□□　七娘子

□波飞□□□向。□□□、□□□□在会稽样。拥鼻微吟,捋须遐想。□□□□□□上。　　会须加数□□酿□□□、□□□□涨。美满孤帆,轻便双桨。中分□□□□往。□□□□寄月波□□□拥鼻微吟,捋须遐想,吾自得□□见招,因采其语赋此词。

鸳鸯语　同前

京江抵、海边吴楚。铁瓮城、形胜无今古。北固陵高,西津横渡。几人携手分襟处。　　凄凉渌水桥南路。奈玉壶、难叩鸳鸯语。行雨行云,非花非雾。为谁来为谁还去。

璧月堂　小重山

梦草池南璧月堂。绿阴深蔽日,啭鹂黄。淡蛾轻鬓似宜妆。歌扇小,烟雨画潇湘。　　薄晚具兰汤。雪肌英粉腻,更生香。簟纹如水竟檀床。雕枕并,得意两鸳鸯。

群玉轩 同前

群玉轩中迹已陈。江南重喜见,广陵春。纤秾合度好腰身。歌水调,清啭□□□。　　团扇掩樱唇。七双胡蝶子,表□□。□□□复旧东邻。风月夜,怜取眼前人。

□□□ 同前

隔水桃花□□□。□□□□□,□□□。□妆飞鹊镜台前。□□□,□□□□□。　　□首已依然。断云疏雨后,更闻蝉。□□□叶付漪涟。驰寄与,人住玉溪边。

辨弦声 迎春乐

琼琼绝艺真无价。指尖纤、态闲暇。几多方寸关情话。都付与、弦声写。　　三月十三寒食夜。映花月、絮风台榭。明月待欢来,久背面、秋千下。

攀鞍态 同前

逢迎一笑金难买。小樱唇、浅蛾黛。玉环风调依然在。想花下、攀鞍态。　　伫倚碧云如有待。望新月、为谁双拜。细语人不闻,微风动、罗裙带。

辟寒金 同前

六华应腊妆吴苑。小山堂、晚张燕。赏心不厌杯行缓。待月度、银河半。　　缥缈郢人歌已断。归路指、玉溪南馆。谁似辟寒金,聊借按"聊借"二字原空格,据岁时广记卷四补与、空床暖。

尔汝歌 清商怨

劳生羁宦未易处。赖醉□□□。白眼青天,忘形相尔汝。□□□□□。□□□、送君南浦。雪暗沧江,□□□□□。

□□□ 同前

扬州商女□□□。□□□□□。□寄扁舟,江南湖北道。　　津头龙祠屡□。□信指、半春前到。笑倚危樯,朝来风色好。

半死桐 思越人,亦名鹧鸪天

重过阊门万事非。同来何事不同归。梧桐半死清霜后,头白鸳鸯失伴飞。　　原上草,露初晞。旧栖新垅两依依。空床卧听南窗雨,谁复挑灯夜补衣。

翦朝霞 牡丹 同前

云弄轻阴谷雨乾。半垂油幕护残寒。化工著意呈新巧,翦刻朝霞钉露盘。　　辉锦绣,掩芝兰。开元天宝盛长安。沉香亭子钩阑畔,偏得三郎带笑看。

避少年 同前

谁爱松陵水似天。画船听雨奈无眠。清风明月休论价,卖与愁人直几钱。　　挥醉笔,扫吟笺。一时朋辈饮中仙。白头□□江湖上,袖手低回避少年。

□□□ 同前

留落吴门□□□。□□□□□□□。扁舟更入毗陵道,却
□□□□□□。　　□□念,付清觞。樵青与我和沧浪。浮云□
是无根物,南北东西不碍狂。

千叶莲 同前

闻你侬嗟我更嗟。春霜一夜扫秾华。永无清唳欺头管,赖有浓香
著臂纱。　　侵海角,抵天涯。行云谁为不知家。秋风想见西湖
上,化出白莲千叶花。

第一花 同前

豆蔻梢头莫漫夸。春风十里旧繁华。金楼玉蕊皆殊艳,别有倾城
第一花。　　青雀舫,紫云车。暗期归路指烟霞。无端却似堂前
燕,飞入寻常百姓家。

花想容 武陵春

南国佳人推阿秀,歌醉几相逢。云想衣裳花想容。春未抵情浓。
　　津亭回首青楼远,帘箔更重重。今夜扁舟泪不供。犹听隔江
钟。

□□□ 古捣练子

楼上鼓,转□□。□□□□□□□。思妇想无肠可断,□□□
□□□□。

夜捣衣 同前

收锦字,下鸳机。净拂床砧夜捣衣。马上少年今健否,过瓜时见雁南归。

杵声齐 同前

砧面莹,杵声齐。捣就征衣泪墨题。寄到玉关应万里,戍人犹在玉关西。

夜如年 同前

斜月下,北风前。万杵千砧捣欲穿。不为捣衣勤不睡,破除今夜夜如年。

翦征袍 同前

抛练杵,傍窗纱。巧翦征袍鬥出花。想见陇头长戍客,授衣时节也思家。

望书归 同前

边堠远,置邮稀。附与征衣衬铁衣。连夜不妨频梦见,过年惟望得书归。

醉厌厌 南歌子

紫陌青丝鞚,红尘白纻衫。谁怜绣户闭香奁。分付一春心事、两眉尖。　　怯冷重熏被,羞明半卷帘。欢归斜□□□□。□□□□□□、醉厌厌。

□　□　□

疏雨池塘见，微风襟袖知。阴阴夏木啭黄鹂。何处飞来白鹭、立移时。　　易醉扶头酒，难逢敌手棋。日长偏与睡相宜。睡起芭蕉叶上、自题诗。

窗下绣 一落索

初见碧纱窗下绣。寸波频溜。错将黄晕压檀花，翠袖掩、纤纤手。　　金缕一双红豆。情通色授。不应学舞爱垂杨，甚长为、春风瘦。贺方回词"初见"作"恰见"、"寸波"作"艳波"。下叠作"只待画堂人散后。□妆匀就。粉墙西畔玉梯斜，似前夜、来时候"。

艳声歌 太平时七首(按实有八首)

蜀锦尘香生袜罗。小婆娑。个侬无赖动人多。是横波。　　楼角云开风卷幕，月侵河。纤纤持酒艳声歌。奈情何。

唤 春 愁

天与多情不自由。占风流。云闲草远絮悠悠。唤春愁。　　试作小妆窥晚镜，淡蛾羞。夕阳独倚水边楼。认归舟。

花 幕 暗

绿绮新声隔坐闻。认殷勤。尊前为舞郁金裙。酒微醺。　　月转参横花幕暗，夜初分。阳台拚作不归云。任郎瞋。

晚 云 高

秋尽江南叶未凋。晚云高。青山隐隐水迢迢。接亭皋。　　二十四桥明月夜,弭兰桡。玉人何处教吹箫。可怜宵。

钓　船　归

绿净春深好染衣。际柴扉。溶溶漾漾白鸥飞。两忘机。　　南去
北来徒自老,故人稀。夕阳长送钓船归。鳜鱼肥。

爱　孤　云

闲爱孤云静爱僧。得良朋。清时有味是无能。矫聱丞。　　况复
早年豪纵过,病婴仍。如今痴钝似寒蝇。醉懵腾。

替　人　愁

风紧云轻欲变秋。雨初收。江城水路漫悠悠。带汀洲。　　正是
客心孤迥处,转归舟。谁家红袖倚津楼。替人愁。

梦　江　南

九曲池头三月三。柳毵毵。香尘扑马喷金衔。涴春衫。　　苦笋
鲥鱼乡味美,梦江南。阊门烟水晚风恬。落归帆。

愁风月　生查子三首

风清月正圆,信是佳时节。不会长年来,处处愁风月。　　心将熏
麝焦,吟伴寒虫切。欲遽就床眠,解带翻成结。

绿　罗　裙

东风柳陌长,闭月花房小。应念画眉人,拂镜啼新晓。　　伤心南
浦波,回首青门道。记得绿罗裙,处处怜芳草。

陌 上 郎

西津海鹘舟，径度沧江雨。双橹本无情，鸦轧如人语。　　挥金陌上郎，化石山头妇。何物系君心，三岁扶床女。

卷春空 定风波

墙上夭桃簌簌红。巧随轻絮入帘栊。自是芳心贪结子。翻使。惜花人恨五更风。　　露萼鲜浓妆脸靓。相映。隔年情事此门中。粉面不知何处在。无奈。武陵流水卷春空。

桃源行 凤栖梧三首

流水长烟何缥缈。诘□□□，□逗渔舟小。夹岸桃花烂□□。□□□□□□□。　　萧闲村落田畴好。避地移家，□□□□□。□□殷勤送归棹。闲边勿为他人道。

西 笑 吟

桃叶园林风日好。曲径珍丛，处处闻啼鸟。翠珥金丸委芳草。袜罗尘动香裙扫。　　片帆乘兴东流早。每话长安，引领犹西笑。离索年多故人少。江南有雁无书到。

望 长 安

排办张灯春事早。十二都门，物色宜新晓。金犊车轻玉骢小。拂头杨柳穿驰道。　　莼羹鲈鲙非吾好。去国讴吟，半落江南调。满眼青山恨西照。长安不见令人老。

呈纤手　木兰花三首

秦弦络络呈纤手。宝雁斜飞三十九。微韶新谱日边来,倾耳吴娃惊未有。　　文园老令难堪酒。蜜炬垂花知夜久。更须妩媚做腰肢,细学永丰坊畔柳。

归　风　便

津亭薄晚张离燕。红粉□歌持酒劝。歌声煎泪欲沾襟,酒色□□□□□。　　□□会有归风便。休道相忘秋后□。□□□抵故人心,惆怅故人心不见。

续　渔　歌

中年多办收身具。投老归来无著处。四肢安稳一渔舟,只许樵青相伴去。　　沧洲大胜黄尘路。万顷月波难滓污。阿侬原是个中人,非谓鲈鱼留不住。

惜馀春　踏莎行七首

急雨收春,斜风约水。浮红涨绿鱼文起。年年游子惜馀春,春归不解招游子。　　留恨城隅,关情纸尾。阑干长对西曛倚。鸳鸯俱是白头时,江南渭北三千里。

题　醉　袖

浅黛宜鬟,明波欲溜。逢迎宛似平生旧。低鬟促坐认弦声,霞觞滟滟持为寿。　　浓染吟毫,偷题醉袖。寸心百意分携后。不胜风月两厌厌,年来一样伤春瘦。

阳　羡　歌

山秀芙蓉,溪明罨画。真游洞穴沧波下。临风慨想斩蛟灵,长桥千载犹横跨。　　解组投簪,求田问舍。黄鸡白酒渔樵社。元龙非复少时豪,耳根清净功名话。

　　　按咸淳毗陵志卷二十三此首作苏轼词。

芳　心　苦

杨柳回塘,鸳鸯别浦。绿萍涨断莲舟路。断无蜂蝶慕幽香,红衣脱尽芳心苦。　　返照迎潮,行云带雨。依依似与骚人语。当年不肯嫁春风,无端却被秋风误。

平　阳　兴

凉叶辞风,流云卷雨。寥寥夜色沉钟鼓。谁调清管度新声,有人高卧平阳坞。　　草暖沧洲,潮平别浦。双凫乘雁方容与。深藏华屋锁雕笼,此住乍可输鹦鹉。

晕　眉　山

镜晕眉山,襄熏水麝。凝然风度长闲暇。归来定解鹔鹴裘,换时应倍骅骝价。　　殢酒伤春,添香惜夜。依稀待月西厢下。梨花庭院雪玲珑,微吟独倚秋千架。

思　牛　女

楼角参横,庭心月午。侵阶夜色凉经雨。轻罗小扇扑流萤,微云度汉思牛女。　　拥髻柔情,扶肩昵语。可怜分破□□□。□□□□有佳期,人间底事长如许。

负心期 浣溪沙

节物侵寻迫暮迟。可胜摇落长年悲。回首五湖乘兴地，负心期。

惊雁失行风翦翦，冷云成阵雪垂垂。不拚尊前泥样醉，个能痴。

醉中真 减字浣溪沙七首

不信芳春厌老人。老人几度送馀春。惜春行乐莫辞频。　巧笑艳歌皆我意，恼花颠酒拚君瞋。物情惟有醉中真。

频 载 酒

金斗城南载酒频。东西飞观跨通津。漾舟聊送雨馀春。　桃李趣行无算酌，桑榆收得自由身。酣歌一曲太平人。

掩 萧 斋

落日逢迎朱雀街。共乘青舫度秦淮。笑拈飞絮胃金钗。　洞户华灯归别馆，碧梧红药掩萧斋。愿随明月入君怀。

杨 柳 陌

兴庆宫池整月开。□□□□缕金鞋。后庭芳草绿缘阶。　袯襫归□杨柳陌，□□□落凤凰钗。细风抛絮入人怀。

换 追 风

掌上香罗六寸弓。雍容胡旋一盘中。目成心许两匆匆。　别夜可怜长共月，当时曾约换追风。草生金埒画堂空。

最　多　宜

半解香绡扑粉肌。避风长下绛纱帷。碧琉璃水浸琼枝。　　不学寿阳窥晓镜,何烦京兆画新眉。可人风调最多宜。

锦　缠　头

旧说山阴禊事修。漫书茧纸叙清游。吴门千载更风流。　　绕郭烟花连茂苑,满船丝竹载凉州。一标争胜锦缠头。

将进酒　小梅花二首

城下路。凄风露。今人犁田古人墓。岸头沙。带蒹葭。漫漫昔时,流水今人家。黄埃赤日长安道。倦客无浆马无草。开函关。掩函关。千古如何,不见一人闲。　　六国扰。三秦扫。初谓商山遗四老。驰单车。致缄书。裂荷焚芰,接武曳长裾。高流端得酒中趣。深入醉乡安稳处。生忘形。死忘名。谁论二豪,初不数刘伶。

按此首别误作高宪词,见中州乐府。

行　路　难

缚虎手。悬河口。车如鸡栖马如狗。白纶巾。扑黄尘。不知我辈,可是蓬蒿人。衰兰送客咸阳道。天若有情天亦老。作雷颠。不论钱。谁问旗亭,美酒斗十千。　　酌大斗。更为寿。青鬓常青古无有。笑嫣然。舞翩然。当垆秦女,十五语如弦。遗音能记秋风曲。事去千年犹恨促。揽流光。系扶桑。争奈愁来,一日却为长。

东邻妙 木兰花

张灯结绮笼驰道。六六洞天连夜到。昭华吹断紫云回,怊怅人间新梦觉。　　倾城犹记东邻妙。尊酒相逢留一笑。卢郎任老也多才,不数五陵狂侠少。

问歌颦 雨中花令

清滑京江人物秀。富美髮、丰肌素手。宝子馀妍,阿娇馀韵,独步秋娘后。　　奈倦客襟怀先怯酒。问何意、歌颦易皱。弱柳飞绵,繁花结子,做弄伤春瘦。

画楼空 诉衷情三首

吴门春水雪初融。触处小桡通。满城弄黄杨柳,著意恼春风。　　弦管闹,绮罗丛。月明中。不堪回首,双板桥东,鼂画楼空。

偶　相　逢

彩山涌起翠楼空。箫鼓沸春风。桂娥唤回清昼,夹路宝芙蓉。　　长步障,小纱笼。偶相逢。艳妆宜笑,隐语传情,半醉醒中。

步　花　间

凭陵残醉步花间。风绰佩珊珊。踏青解红人散,不耐日长闲。　　纤手指,小金环。拥云鬟。一声水调,两点春愁,先占眉山。

醉梦迷 丑奴儿二首

深坊别馆兰闺小,障掩金泥。灯映玻璃。一枕浓香醉梦迷。醒来拟作清晨散,草草分携。柳巷鸦啼。又是明朝日向西。

忍　泪　吟

十年一觉扬州梦,雨散云沉。隔水登临。扬子湾西夕照深。
当时玉管朱弦句,忍泪重吟。办取沾襟。饾饤西风□□□。

凌　歊　铜人捧露盘引

控沧江。排青嶂,燕台凉。驻彩仗、乐未渠央。岩花磴蔓,妒千门、
珠翠倚新妆。舞闲歌悄,恨风流、不管馀香。　　　繁华梦,惊俄顷,
佳丽地,指苍茫。寄一笑、何与兴亡。量船载酒,赖使君、相对两胡
床。缓调清管,更为侬、三弄斜阳。

秋风叹　燕瑶池

琼钩褰幔。秋风观。漫漫。白云联度河汉。长宵半。参旗烂烂。
何时旦。　　　命闺人、金徽重按。商歌弹。依稀广陵清散。低眉
叹。危弦未断。肠先断。

断湘弦　万年欢

淑质柔情,靓妆艳笑,未容桃李争妍。红粉墙东,曾记窥宋三年。
不间云朝雨暮,向西楼、南馆留连。何尝信,美景良辰,赏心乐事难
全。　　　青门解袂,画桥回首,初沉汉佩,永断湘弦。漫写浓愁幽
恨,封寄鱼笺。拟话当时旧好,问同谁、与醉尊前。除非是,明月清
风,向人今夜依然。

子夜歌　忆秦娥

三更月。中庭恰照梨花雪。梨花雪。不胜凄断,杜鹃啼血。
王孙何许音尘绝。柔桑陌上吞声别。吞声别。陇头流水,替人呜

咽。

独倚楼　更漏子三首

上东门,门外柳。赠别每烦纤手。一叶落,几番秋。江南独倚楼。

曲阑干,凝伫久。薄暮更堪搔首。无际恨,见闲愁。侵寻天尽头。

翻　翠　袖

绣罗垂,花蜡换。问夜何其将半。侵舄履,促杯盘。留欢不作难。

令随阄,歌应弹。舞按霓裳前段。翻翠袖,怯春寒。玉阑风牡丹。

付　金　钗

付金钗,平斗酒。未许解携纤手。吟警句,写清愁。浮骖为少留。

旧游赊,新梦后。月映隔窗疏柳。闲砚席,剩衾裯。今秋似去秋。

伴登临　中吕宫丑奴儿

中吴茂苑繁华地。冠盖如林。桃李成阴。若个芳心、真个会琴心。

高秋霁色清于水。月榭风襟。且伴登临。留与他年、尊酒话而今。

苗　而　秀

吴都佳丽苗而秀。燕样腰身。按舞华茵。促遍凉州、罗袜未生尘。

□□□□□透。歌怨眉颦。张燕宜频。□□□□、□□□□□。

东吴乐　尉迟杯

胜游地。信东吴绝景饶佳丽。平湖底,见层岚,凉月下,闻清吹。人如秾李。泛襟袂、香润蘋风起。喜凌波、素袜逢迎,领略当歌深意。　　鄂君被。双鸳绮。垂杨荫,夷犹画舸相舣。宝瑟弦调,明珠佩委。回首碧云千里。归鸿后、芳音谁寄。念怀县、青鬓今无几。枉分将、镜里华年,付与楼前流水。

台城游　水调歌头

南国本潇洒。六代浸豪奢。台城游冶。襞笺能赋属宫娃。云观登临清夏。璧月留连长夜。吟醉送年华。回首飞鸳瓦。却羡井中蛙。　　访乌衣,成白社。不容车。旧时王谢。堂前双燕过谁家。楼外河横斗挂。淮上潮平霜下。墙影落寒沙。商女篷窗罅。犹唱后庭花。

潇湘雨　满庭芳

一阕离歌,满尊红泪,解携十里长亭。木兰归棹,犹倚采蘋汀。鸦噪黄陵庙掩,因想像、鼓瑟湘灵。渔村远,烟昏雨淡,灯火两三星。　　愁听。檐影外,繁声骤点,□□□□。□□□□□,浓睡香屏。入梦难留□□,□□□、□□□□。□窗晓,云容四敛,江上数峰青。

念离群　沁园春

宫烛分烟,禁池开钥,凤城暮春。向落花香里,澄波影外,笙歌迟日,罗绮芳尘。载酒追游,联镳归晚,灯火平康寻梦云。逢迎处,最多才自负,巧笑相亲。　　离群。客臣漳滨。但惊见、来鸿归燕

频。念日边消耗,天涯怅望,楼台清晓,帘幕黄昏。无限悲凉,不胜
憔悴,断尽危肠销尽魂。方年少,恨浮名误我,乐事输人。

宛溪柳 六么令

梦云萧散,帘卷画堂晓。残薰尽烛隐映,绮席金壶倒。尘送行鞭袅
袅。醉指长安道。波平天渺。兰舟欲上,回首离愁满芳草。
已恨归期不早。枉负狂年少。无奈风月多情,此去应相笑。心记
新声缥缈。翻是相思调。明年春抄。宛溪杨柳,依旧青青为谁好。

伤春曲 满江红

火禁初开,深深院、尽重帘箔。人自起、翠衾寒梦,夜来风恶。肠断
残红和泪落。半随经雨飘池角。记采兰、携手曲江游,年时约。
　芳物大,都如昨。自怨别,疏行乐。被无情双燕,短封难托。谁
念东阳销瘦骨。更堪白纻衣衫薄。向小窗、题满杏花笺,伤春作。

横塘路 青玉案

凌波不过横塘路。但目送、芳尘去。锦瑟华年谁与度。月桥花院,
琐窗朱户。只有春知处。　　飞云冉冉蘅皋暮。彩笔新题断肠
句。若问闲情都几许。一川烟草,满城风絮。梅子黄时雨。

人南渡 感皇恩

兰芷满芳洲,游丝横路。罗袜尘生步。迎顾。整鬟颦黛,脉脉两情
难语。细风吹柳絮。人南渡。　　回首旧游。山无重数。花底深
朱户。何处。半黄梅子,向晚一帘疏雨。断魂分付与。春将去。

薄　幸

艳真多态。更的的、频回眄睐。便认得、琴心相许,与写宜男双带。记画堂、斜月朦胧,轻鬈微笑娇无奈。便翡翠屏开,芙蓉帐掩,与把香罗偷解。　　自过了收灯后,都不见、踏青挑菜。几回凭双燕,丁宁深意,往来翻恨重帘碍。约何时再。正春浓酒暖,人闲昼永无聊赖。厌厌睡起,犹有花梢日在。

伴云来 天香

烟络横林,山沉远照,逦迤黄昏钟鼓。烛映帘栊,蛩催机杼,共苦清秋风露。不眠思妇,齐应和、几声砧杵。惊动天涯倦宦,骎骎岁华行暮。　　当年酒狂自负。谓东君、以春相付。流浪征骖北道,客樯南浦。幽恨无人晤语。赖明月曾知旧游处。好伴云来,还将梦去。

念良游 满江红

山缭平湖,寒飙颭、六英纷泊。清镜晓、倚岩琪树,挠云珠阁。窈窕缯窗褰翠幕,尊前皓齿歌梅落。信醉乡、绝境待名流,供行乐。　　时易失,今犹昨。欢莫再,情何薄。扁舟幸不系,会寻佳约。想见徘徊华表下,个身似是辽东鹤。访旧游、人与物俱非,空城郭。

寒松叹 胜胜慢二首

鹊惊桥断,凤怨箫闲,彩云薄晚苍凉。难致祖洲灵草,方士神香。寒松半欹涧底,恨女萝、先委冰霜。宝琴尘网,□□□□,□□□□。　　依□履綦行处,酸心□,□□□□□□。□□帘垂窣地,簟竟空床。伤春燕归洞户,更悲秋、月皎回廊。同谁消遣,一年年夜夜长。

凤　求　凰

园林幂翠,燕寝凝香。华池缭绕飞廊。坐按吴娃清丽,楚调圆长。歌阑横流美眄,乍疑生、绮席辉光。文园属意,玉筋交劝,宝瑟高张。　　南薰难销幽恨,金徽上,殷勤彩凤求凰。便许卷收行雨,不恋高唐。东山胜游在眼,待纫兰、撷菊相将。双栖安稳,五云溪是故乡。

国门东　好女儿〔四〕首

车马匆匆。会国门东。信人间、自古销魂处,指红尘北道,碧波南浦,黄叶西风。　　堠馆娟娟新月,从今夜、与谁同。想深闺、独守空床思,但频占镜鹊,悔分钗燕,长望书鸿。

九　回　肠

削玉销香。不喜浓妆。倚高楼、望断章台路,但垂杨永巷,落花微雨,芳草斜阳。　　赖有雕梁新燕,试寻访、五陵狂。小华笺、付与西飞去,印一双愁黛,再三归字,□九回肠。

月　先　圆

才色相怜。难偶当年。屡逢迎、几许缠绵意,记秋千架底,挼蒲局上,袯禊池边。　　收贮一春幽恨,细书遍、砑绫笺。算蓬山、未抵屏山远,奈碧云易合,彩霞深闭,明月先圆。

绮　筵　张

绮绣张筵。粉黛争妍。记六朝、旧数闺房秀,有长圆璧月,永新琼树,随步金莲。　　　不减丽华标韵,更能唱、想夫怜。认情通、色受缠绵处,似灵犀一点,吴蚕八茧,汉柳三眠。

舞迎春 迎春乐

云鲜日嫩东风软。雪初融、水清浅。粉□舞按迎春遍。似飞动、钗头燕。　　　深折梅花曾寄远。问谁为、倚楼凄怨。身伴未归鸿,犹顾恋、江南暖。

城里钟 菩萨蛮

厌厌别酒商歌送。萧萧凉叶秋声动。小泊画桥东。孤舟月满篷。　　　高城遮短梦。衾藉馀香拥。多谢五更风。犹闻城里钟。

望西飞 清商怨三首

十分持酒每□□。□□□□□。□计留春,春随人去远。　　　东流□□□□。□□□、好凭双燕。望断西风,高楼帘暮卷。

东 阳 叹

流连狂乐恨景短。奈夕阳送晚。醉未成欢,醒来愁满眼。　　　东阳销瘦带展。望日下、旧游天远。泪洒春风,春风谁复管。

要 销 凝

雕梁寻巢旧燕侣。似向人欲语。试问来时,逢郎郎健否。　　　春风深闭绣户。尽便旋、一庭花絮。要自销凝,吟郎长短句。

想车音 兀令

盘马楼前风日好。雪销尘扫。楼上宫妆早。认帘箔微开,一面嫣

妍笑。携手别院重廊,窈窕花房小。任碧罗窗晓。　　　间阔时多
书问少。镜鸾空老。身寄吴云杳。想轴辘车音,几度青门道。占
得春色年年,随处随人到。恨不如芳草。

荆溪咏　渔家傲

南岳去天才尺五。荆溪笠泽相吞吐。十日一风仍再雨。宜禾黍。
秋成处处宜禾黍。　　　坊市万家连岛屿。长杨□□□□□。
□□□□□□□。能歌舞。刘郎不□□□□。

吹柳絮　鹧鸪词

月痕依约到西厢。曾羡花枝拂短墙。初未识愁那得泪,每浑疑梦
奈馀香。　　　歌逢裛处眉先妩,酒半酣时眼更狂。闲倚绣帘吹柳
絮,问何人似冶游郎。

江如练　蝶恋花

睡鸭炉寒熏麝煎。寂寂歌梁,无计留归燕。十二曲阑闲倚遍。一
杯长待何人劝。　　　不识当年桃叶面。吟咏佳词,想像犹曾见。
两桨往来风与便。潮平月上江如练。

宴齐云　南歌子

境跨三千里,楼侵尺五天。碧鸳鸯瓦昼生烟。未信西山台观、压当
年。　　　野色分禾黍,秋声入管弦。闲挥谈麈擘吟笺。三十万家
风月、共流连。

醉琼枝　定风波　(按此为寓声之词,调名当作破阵子)

槛外雨波新涨,门前烟柳浑青。寂寞文园淹卧久,推枕援琴涕自

零。无人著意听。　　绪绪风披芸幌,骎骎月到萱庭。长记合欢东馆夜,与解香罗掩绣屏。琼枝半醉醒。

□□□　更漏子

酒三行,琴再弄。宛是和鸣双凤。罗斗帐,绣屏风。浓香夜夜同。　　去年欢,今夕梦。怊怅晓钟初动。休道梦,觉来空。当时亦梦中。

弄珠英　蓦山溪

楚乡新岁。不放残寒退。月晓桂娥闲,弄珠英、因风委坠。清淮铺练,十二玉峰前,上帘栊,招佳丽。置酒成高会。　　江南芳信,目断何人寄。应占镜边春,想晨妆、膏浓压翠。此时乘兴,半道忍回桡,五云溪,门深闭。璧月长相对。

梦相亲　木兰花

清琴再鼓求凰弄。紫陌屡盘骄马鞚。远山眉样认心期,流水车音牵目送。　　归来翠被和衣拥。醉解寒生钟鼓动。此欢只许梦相亲,每向梦中还说梦。以上彊村丛书本东山词卷上(另据景宋本补调名下小注)

罗敷歌　采桑子

高楼帘卷秋风里,目送斜阳。衾枕遗香。今夜还如昨夜长。　　玉人望月销凝处,应在西厢。半掩兰堂。惟有纱灯伴绣床。

二

河阳官罢文园病,触绪萧然。犀奁流连。喜见清蟾似旧圆。　　人生聚散浮云似,回首明年。何处尊前。怅望星河共一天。

三

东南自古繁华地,歌吹扬州。十二青楼。最数秦娘第一流。
季鹰久负鲈鱼兴,不住今秋。已办归舟。伴我江湖作胜游。

四

自怜楚客悲秋思,难写丝桐。目断书鸿。平淡江山落照中。
谁家水调声声怨,黄叶西风。罨画桥东,十二玉楼空更空。

五

东亭南馆逢迎地,几醉红裙。凄怨临分。四叠阳关忍泪闻。
谁怜今夜篷窗雨,何处渔村。酒冷灯昏。不许愁人不断魂。

小　重　山

玉指金徽一再弹。新声传访戴,雪溪寒。两行墨妙破冰纨。牵情
处,幽恨寄毫端。　　昵语强羞难。相逢真许似,镜中鸾。小梅疏
影近杯盘。东风里,谁共倚阑干。

二

帘影新妆一破颜。玳筵回雪舞,小云鬟。琼枝擢秀望难攀。凝情
处,千里望蓬山。　　歌断酒阑珊。画船箫鼓转,绿杨湾。坠钿残
燎水堂关。斜阳里,双燕伴人闲。

三

枕上闾门五报更。蜡灯香炧冷,恨天明。青蘋风转彩帆轻。樯头
燕,多谢伴人行。　　临镜想倾城。两尖愁黛浅,泪波横。艳歌重

记遣离情。缠绵处,翻是断肠声。

四

月月相逢只旧圆。迢迢三十夜,夜如年。伤心不照绮罗筵。孤舟
里,单枕若为眠。　　茂苑想依然。花楼连苑起,压漪涟。玉人千
里共婵娟。清琴怨,肠断亦如弦。

河　传

华堂张燕。向尊前妙选,舞裙歌扇。彼美个人,的的风流心眼。恨
寻芳来晚。　　曲街灯火香尘散。犹约晨妆,一觇春风面。惆怅
善和坊里,平桥南畔。小青楼、帘不卷。

二

华堂重厦,向尊前更听,碧云新怨。玉指钿徽,总是挑人心眼。恨
随红蜡短。　　彩旗影动船头转。双桨凌波,惟念人留恋。江上
暮潮,隐隐山横南岸。奈离愁、分不断。

侍 香 金 童

楚梦方回,翠被寒如水。尚想见、扬州桃李。姿秀韵闲何物比。玉
管秋风,漫声流美。　　燕堂开,双按秦弦呈素指。宝雁参差飞不
起。三五彩蟾明夜是。屈曲阑干,断肠千里。

凤 栖 梧

独立江东人婉娈。粉本花真,千里依稀见。闲弄彩毫濡玉砚。缠
绵春思□歌扇。　　爱我竹窗新句炼。小研绫笺、偷寄西飞燕。
乍可问名赊识面。十年多病风情浅。

按此下原有金人捧露盘"控沧江"一首,因与东山词重不录。

更 漏 子

芳草斜曛。映画桥□□,翠阁临津。数阕清歌,两行红粉,厌厌别
酒初醺。芳意赠我殷勤。罗巾双黛痕。便兰舟独上,洞府人闲,素
手轻分。　　　十里绮陌香尘。望紫云车远,已掩青门。迤逦黄昏,
景阳钟动,临风隐隐犹闻。明朝水馆渔村。凭谁招断魂。恨不如
今夜,明月多情,应待归云。

按此下原有满江红"火禁初开"一首,因与东山词重不录。

玉 京 秋

陇首霜晴,泗滨云晚,乍摇落。废榭苍苔,破台荒草,西楚霸图冥
漠。记登临事,九日胜游,千载如昨。更想像,晋客□归,谢生能赋
继高作。　　　飘泊。尘埃倦客,风月羁心,潘鬓晓来清镜觉。蜡屐
纶巾,羽觞象管,且追随、隼旐行乐。东山□,应笑个侬风味薄。念
故园黄花,自有年年约。

按此下原有水调歌头"南国本潇洒"一首,因与东山词重不录。

蕙 清 风

何许最悲秋,凄风残照。临水复登山,莞然西笑。车马几番尘,自
古长安道。问谁是、后来年少。　　　飞集两悠悠,江滨海岛。乘雁
与双凫,强分多少。传语酒家胡,岁晚从吾好。待做个、醉乡遗老。

虞 美 人

粉娥齐敛千金笑。愁结眉峰小。渭城才唱浥轻尘。无奈两行红
泪、湿香巾。　　　伤心风月南城道。几纵朱辀到。明年载酒洛阳

春。还念淮山楼上、倚阑人。

下　水　船

芳草青门路。还拂京尘东去。回想当年离绪。送君南浦。愁几许。尊酒流连薄暮。帘卷津楼风雨。　　凭阑语。草草蘅皋赋。分首惊鸿不驻。灯火虹桥,难寻弄波微步。漫凝伫。莫怨无情流水,明月扁舟何处。

点　绛　唇

见面无多,坐来百媚生馀态。后庭春在。折取残红戴。　　小小兰舟,荡桨东风快。和愁载。缠绵难解。不似罗裙带。

渔　家　傲

莫厌香醪斟绣履。吐茵也是风流事。今夜夜寒愁不睡。披衣起。挑灯开卷花生纸。　　倩问尊前桃与李。重来若个犹相记。前度刘郎应老矣。行乐地。兔葵燕麦春风里。<small>临淮席上,有客自请履饮之,已辄呕。有所欢,促召之,既见,如昧平生者。是夜以病目,命幕僚主席,因赋此以调二客。</small>

感　皇　恩

歌笑见馀妍,情生眄睐。拥髻扬蛾黛。多态。小花深院,漏促离襟将解。恼人红蜡泪。啼相对。　　芳草唤愁,愁来难奈。兰叶犹堪向谁采。小楼妆晚,应念斑骓何在。碧云长有待。斜阳外。

菩　萨　蛮

彩舟载得离愁动。无端更借樵风送。波渺夕阳迟。销魂不自持。

良宵谁与共。赖有窗间梦。可奈梦回时。一番新别离。

二

章台游冶金龟婿。归来犹带醺醺醉。花漏怯春宵。云屏无限娇。
　绛纱灯影背。玉枕钗声碎。不待宿醒销。马嘶催早朝。

三

曲门南与鸣珂接。小园绿径飞胡蝶。下马访婵娟。笑迎妆阁前。
　鹧鸪声儿叠。滟滟金蕉叶。未许被香鞲。月生楼外天。

四

绿窗残梦闻鹍鸲。曲屏映枕春山叠。梳□髮如蝉。镜生波上莲。
　绛裙金缕摺。学舞腰肢怯。帘下小凭肩。与人双翠钿。

五

绿杨眠后挖烟穗。日长扫尽青苔地。香断入帘风。炉心檀烬红。
　兰溪修祓禊。上巳明朝是。不许放春慵。景阳临晓钟。

六

粉香映叶花羞日。窗间宛转蜂寻蜜。欢罢卷帘时。玉纤匀面脂。
　舞裙金斗熨。绛襮鸳鸯密。翠带一双垂。索人题艳诗。

七

子规啼梦罗窗晓。开奁拂镜严妆早。彩碧画丁香。背垂裙带长。
　钿筝寻旧曲。愁结眉心绿。犹恨夜来时。酒狂归太迟。

八

虚堂向壁青灯灭。觉来惊见横窗月。起看月平西。城头乌夜啼。
　　兰衾羞更入。欹枕偷声泣。肠断数残更。望明天未明。

九

芭蕉衬雨秋声动。罗窗恼破鸳鸯梦。愁倚□帘栊。灯花落地红。
　　枕横衾浪拥。好夜无人共。莫道粉墙东。蓬山千万重。

十

朱甍碧树莺声晓。残醺残梦犹相恼。薄雨隔轻帘。寒侵白纻衫。
　　锦屏人起早。惟见馀妆好。眉样学新蟾。春愁入翠尖。

十一

炉烟微度流苏帐。孤衾冷叠芙蓉浪。蟋蟀不离床。伴人愁夜长。
　　玉人飞阁上。见月还相望。相望莫相忘。应无未断肠。

于 飞 乐

日薄云融。满城罗绮芳丛。一枝粉淡香浓。几销魂,偏健羡、紫蝶
黄蜂。繁华梦断,酒醒来、扫地春空。　　　　武陵原、回头何处,情随
流水无穷。寄两行清泪,想几许残红。惜花人老,年年奈、依旧东
风。

浣 溪 沙

双鹤横桥阿那边。静坊深院闭婵娟。五度花开三处见,两依然。
　　水盼难禁频领□,歌云犹许小流连。破得尊前何限恨,不论

钱。

品　令

怀彼美。愁与泪。分占眉丛眼尾。求好梦、闲拥鸳鸯绮。恨啼乌、唤人起。　　目断清淮楼上,心寄长洲坊里。迢迢地。七百三十里。几重山,几重水。

> 按此下原有感皇恩"兰芷满芳州"一首,因与东山词重不录。

海　月　谣

楼平叠巘。瞰瀛海、波三面。碧云扫尽,桂轮混玉,鲸波张练。化出无边宝界,是名壮观。　　追游汗漫。愿少借、长风便。麻姑相顾,□然笑指,寒潮清浅。顿觉蓬莱方丈,去人不远。

风　流　子

何处最难忘。方豪健,放乐五云乡。彩笔赋诗,禁池芳草,香鞯调马,辇路垂杨。绮筵上,扇偎歌黛浅,汗浥舞罗香。兰烛伴归,绣轮同载,闭花别馆,隔水深坊。　　零落少年场。琴心漫流怨,带眼偷长。无奈占床燕月,侵鬓吴霜。念北里音尘,鱼封永断,便桥烟雨,鹤表相望。好在后庭桃李,应记刘郎。

鹧　鸪　天

轰醉王孙玳瑁筵。渴虹垂地吸长川。侧商调里清歌送,破尽穷愁直几钱。　　孤棹舣,小江边。爱而不见酒中仙。伤心两岸官杨柳,已带斜阳又带蝉。

忆　仙　姿

白纻春衫新制。准拟采兰修禊。遮日走京尘，何曾分阴如岁。留
滞。留滞。不似行云难系。

二

日日春风楼上。不见石城双桨。鸳枕梦回时，烛泪屏山相向。流
荡。流荡。门外白蘋溪涨。

三

相见时难别易。何限玉琴心意。眉黛只供愁，羞见双鸳鸯字。憔
悴。憔悴。蜡烛销成红泪。

四

罗绮丛中初见。理鬓横波流转。半醉不胜情，帘影犹招歌扇。留
恋。留恋。秋夜辞巢双燕。

五

雨后一分春减。深院落红如糁。柳外出秋千，度日彩旗风飐。销
黯。销黯。门共宝奁长掩。

六

柳下玉骢双鞚。蝉鬓宝钿浮动。半醉倚迷楼。聊送斜阳三弄。豪
纵。豪纵。一觉扬州春梦。

七

何处偷谐心赏。促坐绮罗筵上。不记下楼时,醉□月侵书幌。怀
想。怀想。清丽歌声妆样。

八

江上潮回风细。红袖倚楼凝睇。天际认归舟,但见平林如荠。迢
递。迢递。人更远于天际。

九

梦想山阴游冶。深径碧桃花谢。曲水稳流觞,暖絮芳兰堪藉。萧
洒。萧洒。月棹烟蓑东下。

凤　栖　梧

挑菜踏青都过却。杨柳风轻,摆动秋千索。啼鸟自惊花自落。有
人同在真珠箔。　　淡净衣裳妆□薄。闲凭银筝,睡鬓慵梳掠。
试问为谁添瘦弱。娇羞只把眉鬐著。

按此下原有洛阳春"恰见碧纱"一首,因与东山词重不录。

琴调相思引 送范殿监赴黄冈

终日怀归翻送客。春风祖席。南城陌。便莫惜。离觞频卷白。动
管色。催行色。动管色。催行色。　　何处投鞍风雨夕。临水
驿。空山驿。临水驿。空山驿。纵明月相思千里隔。梦咫尺。勤
书尺。梦咫尺。勤书尺。

芳　草　渡

留征辔,送离杯。羞泪下,捻青梅。低声问道几时回。秦筝雁促,
此夜为谁排。　　君去也,远蓬莱。千里地,信音乖。相思成病底
情怀。和烦恼,寻个便,送将来。

雨　中　花

回首扬州,猖狂十载,依然一梦归来。但觉安仁愁鬓,几点尘埃。
醉墨碧纱犹锁,春衫白纻新裁。认鸣珂曲里,旧日朱扉,闲闭青苔。
　　人非物是,半晌鸾肠易断,宝勒空回。徒怅望、碧云销散,明月
徘徊。忍过阳台折柳,难凭陇驿传梅。一番桃李,迎风无语,谁是
怜才。

花　心　动

西郭园林,远尘烦,门临绿杨堤路。画□簟长,水馆帘空,竟日素襟
销暑。小湾红芰清香里,深隐映、风标鸳鹭。指□□,相将故故,背
人飞去。　　翻念多情自苦。当置酒徵歌,梦云难驻。醉眼渐迷,
花拂墙低,误认宋邻偷顾。彩阑倚遍平桥晚,空相望、凌波仙步。
断魂处,黄昏翠荷□雨。

浪　淘　沙

把酒欲歌骊。浓醉何辞。玉京烟柳欲黄时。明日景阳门外路,相
背春归。　　敛泪复牵衣。私语迟迟。可怜谁会两心期。惟有画
帘斜月见,应共人知。

二

一十二都门。梦想能频。无言桃李几经春。艳粉鲜香开自落,还为何人。　　白纻别时新。苒苒征尘。镜中销瘦老于真。赖有天涯风月在,依旧相亲。

三

潮涨湛芳桥。难渡兰桡。卷帘红袖莫相招。十二阑干今夜月,谁伴吹箫。　　烟草接亭皋。归思迢迢。兰成老去转无憀。偏恨秋风添鬓雪,不共魂销。

四

雨过碧云秋。烟草汀洲。远山相对一眉愁。可惜芳年桥畔柳,不系兰舟。　　为问木兰舟。何处淹留。相思今夜忍登楼。楼下谁家歌水调,明月扬州。

夜　游　宫

江面波纹皱縠。江南岸、草和烟绿。初过寒食一百六。采蘋游,□香裙,鸣佩玉。　　心事偷相属。赋春恨、彩笺双幅。今夜小楼吹凤竹。谢东风,寄情人,肠断曲。

忆　仙　姿

莲叶初生南浦。两岸绿杨飞絮。向晚鲤鱼风,断送彩帆何处。凝伫。凝伫。楼外一江烟雨。

二

彩舫解维官柳。楼上谁家红袖。团扇弄微风, 如为行人招手。回
首。回首。云断武陵溪口。

菱 花 怨

叠鼓嘲喧, 彩旗挥霍, 蘋汀薄晚, 兰舟催解。别浦潮平, 小山云断,
十幅饱帆风快。回想牵衣, 愁掩啼妆, 一襟香在。纨扇惊秋, 菱花
怨晚, 谁共蛾黛。　　何处玉尊空, 对松陵正美, 鲈鱼苽菜。露洗
凉蟾, 潦吞平野, 三万顷非尘界。览胜情无奈。恨难招、越人同载。
会凭紫燕西飞, 更约黄鹂相待。

望 扬 州

铁瓮城高, 蒜山渡阔, 干云十二层楼。开尊待月, 卷箔披风, 依然灯
火扬州。绣陌南头。记歌名宛转, 乡号温柔。曲槛俯清流。想花
阴、谁系兰舟。　　念凄绝秦弦, 感深荆赋, 相望几许凝愁。殷勤
裁尺素, 奈双鱼、难渡瓜洲。晓鉴堪羞。潘鬓点、吴霜渐稠。幸于
飞、鸳鸯未老, 不应同是悲秋。

按此首别见秦观淮海居士长短句卷上。

定情曲 春愁

沉水浓熏, 梅粉淡妆, 露华鲜映春晓。浅颦轻笑。真物外, 一种闲
花风调。可待合欢翠被, 不见忘忧芳草。拥膝浑忘羞, 回身就郎
抱。两点灵犀心颠倒。　　念乐事稀逢, 归期须早。五云闻道。
星桥畔、油壁车迎苏小。引领西陵自远, 携手东山偕老。殷勤制、
双凤新声, 定情永为好。

拥鼻吟　吴音子

别酒初销,怃然弭棹兼葭浦。回首不见高城,青楼更何许。大舸轲
峨,越商巴贾。万恨龙钟,篷下对语。　　　指征路。山缺处,孤烟
起,历历闻津鼓。江豚吹浪,晚来风转夜深雨。拥鼻微吟,断肠新
句。粉碧罗笺,封泪寄与。

思　越　人

京口瓜洲记梦间。朱扉犹想映花关。东风太是无情思,不许扁舟
兴尽还。　　　春水漫,夕阳闲。乌樯几转绿杨湾。红尘十里扬州
过,更上迷楼一借山。

　　　　　　　按此下原有青玉案"凌波不过"一首,因与东山词重不录。

清　平　乐

吴波不动。四际晴山拥。载酒一尊谁与共。回首江湖旧梦。
长艛珠箔青篷。橹声鸦轧征鸿。泪□镂檀香枕,醉眠摇□春风。

二

宋邻东畔。明月关深院。玉指金徽调旧怨。楚客归心欲断。
城隅芳草初春。佳期重约临分。丽句漫题双带,也愁系住行云。

三

厌厌别酒。更执纤纤手。指似归期庭下柳。一叶西风前后。
无端不系孤舟。载将多少离愁。又是十分明月,照人两处登楼。

以上彊村丛书本贺方回词卷一

木 兰 花

嫣然何啻千金价。意远态闲难入画。更无方便只尊前,说尽牵情多少话。 别来乐事经春罢。枉度佳春抛好夜。如今触绪易销魂,最是不堪风月下。

二

朝来著眼沙头认。五两竿摇风色顺。佳期学取弄潮儿,人纵无情潮有信。 纷纷花雨红成阵。冷酒青梅寒食近。漫将江水比闲愁,水尽江头愁不尽。

减字木兰花

春容秀润。二十四番花有信。鸾镜佳人。得得浓妆样样新。情无远近。水阔山长分不尽。一断音尘。泪眼花前只见春。

二

闲情减旧。无奈伤春能作瘦。桂楫兰舟。几送人归我滞留。西门官柳。满把青青临别手。谁共登楼。分取烟波一段愁。

三

南园清夜。临水朱阑垂柳下。从坐莲花。潋滟觥船泛露华。酒阑歌罢。双□前愁东去也。回想人家。芳草平桥一径斜。

四

多情多病。万斛闲愁量有剩。一顾倾城。惟觉尊前笑不成。探香幽径。好住东风谁主领。多谢流莺。欲别频啼四五声。

摊破木兰花

南浦东风落暮潮。祓禊人归,相并兰桡。回身昵语不胜娇。犹碍华灯,扇影频摇。　　重泛青翰顿寂寥。魂断高城手漫招。佳期应待鹊成桥。为问行云,谁伴朝朝。

二

芳草裙腰一尺围。粉郎香润,轻洒蔷薇。为嫌风日下楼稀。杨柳青阴,深闭朱扉。　　枉是尊前调玉徽。彩鸾何事逐鸡飞。楚台赋客莫相违。留住行云,好待郎归。

南　乡　子

秋半雨凉天。望后清蟾未破圆。二十四桥游冶处,留连。携手娇饶步步莲。　　眉宇有馀妍。初破瓜时正妙年。玉局弹棋无限意,缠绵。肠断吴蚕两处眠。

二

柳岸舣兰舟。更结东山谢氏游。红泪清歌催落景,回头。□出尊前一段愁。　　东水漫西流。谁道行云肯驻留。无限鲜飙吹芷若,汀洲。生羡鸳鸯得自由。

临　江　仙

暂假临淮东道主,每逃歌舞华筵。经年未办买山钱。筋骸难强,久坐沐猴禅。　　行拥一舟称浪士,五湖春水如天。越人相顾足嫣然。何须绣被,来伴拥蓑眠。

罗敷歌 丑奴儿

东山未办终焉计,聊尔西来。花苑平台。倦客登临第几回。
连延复道通驰道,十二门开。车马尘埃。怅望江南雪后梅。

点　绛　唇

一幅霜绡,麝煤熏腻纹丝缕。掩妆无语。的是销凝处。　　薄暮
兰桡,漾下蘋花渚。风留住。绿杨归路。燕子西飞去。

南　歌　子

绣幕深朱户,熏炉小象床。扶肩醉被冒明珰。绣履可怜分破、两鸳
鸯。　　梦枕初回雨、啼钿半□妆。一钩新月渡横塘。谁认凌波
微步、袜尘香。

二

心蹙黄金缕,梢垂白玉团。孤芳不怕雪霜寒。先向百花头上、探春
□。　　傍水添清韵,横墙露粉颜。夜来和月起凭阑。认得暗香
微度、有无间。

小　重　山

一叶西风生嫩凉。彩舟旗影动,背斜阳。溪流几曲似回肠。高城
远,今夜为谁长。　　正节号清狂。苎萝标韵美,倚新妆。月华歌
调转清商。尊酒畔,好住伴刘郎。

清　平　乐

林皋叶脱。楼下清江阔。船里琵琶金捍拨。弹断么弦再抹。

夜潮洲渚生寒。城头星斗阑干。忍话旧游新梦,三千里外长安。

二

沈侯销瘦。八咏新题就。惆怅酒醒兼梦后。带眼如何复旧。
几时一叶兰舟。画桡鸦轧东流。新市小桥西畔,有人长倚妆楼。

木 兰 花

罗襟粉汗和香浥。纤指留痕红一捻。离亭再卜合欢期,寻见石榴
双翠叶。　　危楼欲上危肠怯。纵得鸾胶难寸接。西风燕子会来
时,好付小笺封泪帖。

玉连环　一落索

别酒更添红粉泪。促成愁醉。相逢浅笑合微吟,撩惹到、缠绵地。
　　花下解携重附耳。佳期深记。青翰舟稳绣衾香,谁禁断、东流
水。

惜 奴 娇

玉立佳人,韵不减、吴苏小。赋深情、华年韶妙。叠鼓新歌,最能
作、江南调。缥缈。似阳台、娇云弄晓。　　有客临风,梦后拟、池
塘草。竟装怀、□愁多少。绿绮芳尊,映花月、东山道。正要。个
卿卿、嫣然一笑。

蓦 山 溪

画桥流水,宛是南州路。转柁绿杨湾,恍然间、青楼旧处。回肠断
尽,犹剩尔多愁,记新声,怀昵语。依约对眉宇。　　袜罗香在,只
欠莲随步。无物比朝云,恨难续、高唐后赋。迢遥此夜,泪枕不成

眠,月侵窗,灯映户。应见可怜许。

按此下原有琴调瑶池燕"琼钩搴幔"一首,因与东山词重不录。

西 江 月

携手看花深径,扶肩待月斜廊。临分少伫已伥伥。此段不堪回想。

　　欲寄书如天远,难销夜似年长。小窗风雨碎人肠。更在孤舟
枕上。

摊破木兰花

桂叶眉丛恨自成。锦瑟弦调,双凤和鸣。钗梁玉胜挂兰缨。帘影
沉沉,月堕参横。　　　屏护文茵翠织成。摘佩牵裙,燕样腰轻。清
溪百曲可怜生。大抵新欢,此夜□情。

点 绛 唇

十二层楼,梦回缥缈非烟里。此情何寄。赖尔荆江水。　　　莫谓
东君,触处逢桃李。留深意。温柔乡里。自有终焉计。

诉 衷 情

不堪回首卧云乡。羁宦负清狂。年来镜湖风月,鱼鸟两相忘。
　　秦塞险,楚山苍。更斜阳。画桥流水,曾见扁舟,几度刘郎。

二

半销檀粉睡痕新。背镜照樱唇。临风再歌团扇,深意属何人。
　　轻调笑,浅凝颦。认情亲。最难堪酒,似不胜情,依样伤春。

怨　三　三

玉津春水如蓝。宫柳㲿㲿。桥上东风侧帽檐。记佳节、约是重三。

　飞楼十二珠帘。恨不贮、当年彩蟾。对梦雨廉纤。愁随芳草，
绿遍江南。

醉　春　风

楼外屏山秀。凭阑新梦后。归云何许误心期，候候候。到陇梅花，
渡江桃叶，断魂招手。　　楚制汗衫旧。啼妆曾枕袖。东阳咏罢
不胜情，瘦瘦瘦。隋岸伤离，渭城怀远，一枝烟柳。

忆　秦　娥

晓朦胧。前溪百鸟啼匆匆。啼匆匆。凌波人去，拜月楼空。
去年今日东门东。鲜妆辉映桃花红。桃花红。吹开吹落，一任东
风。

二

风惊幕。灯前细雨檐花落。檐花落。玉台清镜，泪淹妆薄。
良时不再须行乐。王孙莫负东城约。东城约。一分春色，为君留
著。

三

著春衫。玉鞭鞭马南城南。南城南。柔条芳草，留驻金衔。
粉娥采叶供新蚕。蚕饥略许携纤纤。携纤纤。湔裙淇上，更待初
三。

　　按此下原有忆秦娥"三更月"一首，因与东山词重不录。

河 满 子

每恨相逢薄处,可怜欲去迟回。犹记新声团扇□,殷勤再引馀杯。为问依依杨柳,秋风好住章台。　　疏雨忽随云断,斜阳却送潮回。桃叶青山长在眼,几时双楫迎来。如待碧阑红药,一年两度花开。

御街行 别东山

松门石路秋风扫。似不许、飞尘到。双携纤手别烟萝,红粉清泉相照。几声歌管,正须陶写,翻作伤心调。　　岩阴暝色归云悄。恨易失、千金笑。更逢何物可忘忧,为谢江南芳草。断桥孤驿,冷云黄叶,相见长安道。

连 理 枝

绣幌闲眠晓。处处闻啼鸟。枕上无情,斜风横雨,落花多少。想灞桥、春色老于人,恁江南梦杳。　　往事今何道。聊咏池塘草。怀县年来,萧萧壮发,可堪频照。赖醉乡、佳境许徜徉,惜归欤不早。

金 凤 钩

江南又叹流寓。指芳物、伴人迟暮。搅晴风絮。弄寒烟雨。春去更无寻处。　　石城楼观青霞举。想艇子、寄谁容与。断云荆渚。限潮溢浦。不见莫愁归路。

芳洲泊 踏莎行

露叶栖萤,风枝袅鹊。水堂离燕骞珠箔。一声横玉吹流云,厌厌凉月西南落。　　江际吴边,山侵楚角。兰桡明夜芳洲泊。殷勤留语采香人,清尊不负黄花约。

水 调 歌 头

彼美吴姝唱,繁会阓阛邦。千坊万井、斜桥曲水小轩窗。缥缈关山
台观。罗绮云烟相半。金石压振撞。痴信东归虏,黑自死心降。

　范夫子,高标韵,秀眉庞。功成长往、有人同载世无双。物外
聊从吾好。赖尔工鬋妍笑。伴醉玉连缸。尽任扁舟路,风雨卷秋
江。

摊破浣溪沙

曲磴斜阑出翠微。西州回首思依依。风物宛然长在眼,只人非。

　绿树隔巢黄鸟并,沧洲带雨白鸥飞。多谢子规啼劝我,不如
归。

江南曲　踏莎行

蝉韵清弦,溪横翠縠。翩翩彩鹢帆开幅。黄帘绛幕掩香风,当筵粲
粲人如玉。　　浅黛凝愁,明波转瞩。兰情似怨临行促。不辞寸
断九回肠,殷勤更唱江南曲。

二　潇潇雨

鸦轧齐桡,□冬鼍叠鼓。浮骖晚下金牛渚。莫愁应自有愁时,篷窗
今夜潇潇雨。　　杜若芳洲。芙蓉别浦。依依艳笑逢迎处。随潮
风自石城来,潮回好寄人传语。

三　度新声

小苑浴兰,微波寄叶。石城回首山重沓。绮窗烟雨梦佳期,飞霞艇

子雕檀楫。　　楼迥披襟，廊长响屦。供愁麝月眉心帖。紫箫闲捻度新声，有人偷倚阑干摘。

楼下柳 天香

满马京□，装怀春思，翩然笑度江南。白鹭芳洲，青蟾雕舰，胜游三月初三。舞裙溅水，浴兰佩、绿染纤纤。归路要同步障，迎风会卷珠帘。　　离觞未容半酣。恨乌樯、已张轻帆。秋鬓重来淮上，几换新蟾。楼下会看细柳，正摇落清霜拂画檐。树犹如此，人何以堪。

吴门柳 渔家傲

窈窕盘门西转路。残阳映带青山暮。最是长杨攀折苦。堪怜许。清霜翦断和烟缕。　　春水归期端不负。依依照影临南浦。留取木兰舟少住。无风雨。黄昏月上潮平去。

二　游仙咏

啸度万松千步岭。钱湖门外非尘境。见底碧漪如眼净。岚光映。镜屏百曲新磨莹。　　好月为人重破暝。云头艳艳开金饼。传语桂娥应耐静。堪乘兴。尊前听我游仙咏。

雁后归 临江仙　人日席上作

巧翦合欢罗胜子，钗头春意翩翩。艳歌浅拜笑嫣然。愿郎宜此酒，行乐驻华年。　　未是文园多病客，幽襟凄断堪怜。旧游梦挂碧云边。人归落雁后，思发在花前。

二　想娉婷

鸦背夕阳山映断,绿杨风扫津亭。月生河影带疏星。青松巢白鸟,深竹逗流萤。　　隔水彩舟然绛蜡,碧窗想见娉婷。浴兰熏麝助芳馨。湘弦弹未半,凄怨不堪听。

三　采莲回

翡翠楼高帘幕薄,温家小玉妆台。画眉难称怯人催。羞从面色起,娇逐语声来。　　门外木兰花艇子,垂杨风扫纤埃。平湖一镜绿萍开。缓歌轻调笑,薄暮采莲回。

鸳鸯梦　临江仙

午醉厌厌醒自晚,鸳鸯春梦初惊。闲花深院听啼莺。斜阳如有意,偏傍小窗明。　　莫倚雕阑怀往事,吴山楚水纵横。多情人奈物无情。闲愁朝复暮,相应两潮生。

念彩云　夜游宫

流水苍山带郭。寻尘迹、宛然如昨。犹记黄花携手约。误重来,小庭花,空自落。　　不怨兰情薄。可怜许、彩云漂泊。紫燕西飞书漫托。碧城中,几青楼,垂画幕。

烛　影　摇　红

波影翻帘,泪痕凝蜡青山馆。故人千里念佳期,襟佩如相款。惆怅更长梦短。但衾枕、馀芬剩暖。半窗斜月,照人肠断,啼乌不管。

小　重　山

花院深疑无路通。碧纱窗影下，玉芙蓉。当地偏恨五更钟。分携处，斜月小帘栊。　　楚梦冷沉踪。一双金缕枕，半床空。画桥临水凤城东。楼前柳，憔悴几秋风。

绿　头　鸭

玉人家，画楼珠箔临津。托微风、彩箫流怨，断肠马上曾闻。燕堂开、艳妆丛里，调琴思、认歌颦。麝蜡烟浓，玉莲漏短，更衣不待酒初醺。绣屏掩、枕鸳相就，香气渐暾暾。回廊影，疏钟淡月，几许销魂。　　翠钗分、银笺封泪，舞鞋从此生尘。住兰舟、载将离恨，转南浦、背西曛。记取明年，蔷薇谢后，佳期应未误行云。凤城远，楚梅香嫩，先寄一枝春。青门外，只凭芳草，寻访郎君。

减字浣溪沙

秋水斜阳演漾金。远山隐隐隔平林。几家村落几声砧。　　记得西楼凝醉眼，昔年风物似如今。只无人与共登临。

二

三扇屏山匝象床。背灯偷解素罗裳。粉肌和汗自生香。　　易失旧欢劳蝶梦，难禁新恨费鸾肠。今宵风月两相忘。

三

鼓动城头啼暮鸦。过云时送雨些些。嫩凉如水透窗纱。　　弄影西厢侵户月，分香东畔拂墙花。此时相望抵天涯。

四

烟柳春梢蘸晕黄。井阑风绰小桃香。觉时帘幕又斜阳。　　望处
定无千里眼,断来能有几回肠。少年禁取恁凄凉。

五

梦想西池辇路边。玉鞍骄马小辎軿。春风十里鬥婵娟。　　临水
登山漂泊地,落花中酒寂寥天。个般情味已三年。

六

莲烛啼痕怨漏长。吟蛩随月到回廊。一屏烟景画潇湘。　　连夜
断无行雨梦,隔年犹有著人香。此情须信是难忘。

七

闲把琵琶旧谱寻。四弦声怨却沉吟。燕飞人静画堂深。　　欹枕
有时成雨梦,隔帘无处说春心。一从灯夜到如今。

八

鹦鹉无言理翠襟。杏花零落昼阴阴。画桥流水半篱深。　　芳径
与谁寻鬥草,绣床终日罢拈针。小笺香管写春心。

九

鹦鹉惊人促下帘。碧纱如雾隔香奁。雪儿窥镜晚蛾纤。　　乌鹊
桥边河络角,鸳鸯楼外月西南。门前嘶马弄金衔。

十

宫锦袍熏水麝香。越纱裙染郁金黄。薄罗依约见明妆。
不逢携手伴,绿窗谁是画眉郎。春风十里断人肠。

绣陌

十 一

青翰舟中被褉筵。粉娥窥影两神仙。酒阑飞去作非烟。
旧游人不见,雨荷风蓼夕阳天。折花临水思茫然。

重访

十 二

浮动花钗影鬓烟。浅妆浓笑有馀妍。酒醺檀点语凭肩。
住时分钿镜,旧曾行处失金莲。碧云芳草恨年年。

留不

十 三

两点春山一寸波。当筵娇甚不成歌。动人情态可须多。
露寒风下叶,画桥云断月侵河。厌厌此夜奈愁何。

金井

十 四

清浅陂塘藕叶乾。细风疏雨鹭鸶寒。半垂帘幕倚阑干。
窃香人不见,几回憔悴后庭兰。行云可是渡江难。

惆怅

十 五

楼角初销一缕霞。淡黄杨柳暗栖鸦。玉人和月摘梅花。
粉香归洞户,更垂帘幕护窗纱。东风寒似夜来些。

笑捻

按杨慎评点本草堂诗馀卷一此首误作周邦彦词。

琴调相思引

团扇单衣杨柳陌。花似春风▢无迹。赖白玉香奁供粉泽。借秀色。添春色。借秀色。添春色。　　云幕华灯张绮席。半醉客。留醒客。半醉客。留醒客。渐促膝倾鬟琴差拍。问此夕。知何夕。问此夕。知何夕。以上彊村丛书本贺方回词卷二

天　门　谣

牛渚天门险。限南北、七雄豪占。清雾敛。与闲人登览。　　待月上潮平波滟滟。塞管轻吹新阿滥。风满槛。历历数、西州更点。
见李之仪姑溪词附录

献　金　杯

风软香迟，花深漏短。可怜宵、画堂春半。碧纱窗影，卷帐蜡灯红，鸳枕畔。密写乌丝一段。　　采蘋溪晚。拾翠沙空，尽愁倚、梦云飞观。木兰艇子，几日渡江来，心目断。桃叶青山隔岸。

清　平　乐

阴晴未定。薄日烘云影。临水朱门花一径。尽日鸟啼人静。　　厌厌几许春情。可怜老去兰成。看取镊残双鬓，不随芳草重生。
按京本通俗小说西山一窟鬼此首误作柳永词。

又

小桃初谢。双燕还来也。记得年时寒食下。紫阳青门游冶。　　楚城满目春华。可堪游子思家。惟有夜来归梦，不知身在天涯。

摊破浣溪沙

湖上秋深藕叶黄。清霜销瘦损垂杨。洲嘴嫩沙斜照暖，睡鸳鸯。

红粉莲娃何处在，西风不为管馀香。今夜月明闻水调，断人肠。

又

双凤箫声隔彩霞。朱门深闭七香车。何处探春寻旧约，谢娘家。

旖旎细风飘水麝，玲珑残雪浸山茶。饮罢西厢帘影外，玉蟾斜。

惜 双 双

皎镜平湖三十里，碧玉山围四际。莲荡香风里。彩鸳鸯觉双飞起。

明月多情随柁尾。偏照空床翠被。回首笙歌地。醉更衣处长相记。

思 越 人

紫府东风放夜时。步莲秾李伴人归。五更钟动笙歌散，十里月明灯火稀。　　香苒苒，梦依依。天涯寒尽减春衣。凤凰城阙知何处，寥落星河一雁飞。

又

怊怅离亭断彩襟。碧云明月两关心。几行书尾情何限，一尺裙腰瘦不禁。　　遥夜半，曲房深。有时昵语话如今。侵窗冷雨灯生晕，泪湿罗笺楚调吟。

鹤 冲 天

冬冬鼓动,花外沉残漏。华月万枝灯,还清昼。广陌衣香度,飞盖影、相先后。个处频回首。锦坊西去,期约武陵溪口。　　当时早恨欢难偶。可堪流浪远,分携久。小婉兰英在,轻付与、何人手。不似长亭柳。舞风眠雨,伴我一春销瘦。

小 重 山

飘径梅英雪未融。芳菲消息到,杏梢红。隔年欢事水西东。凝思久,不语坐书空。　　回想夹城中。彩山箫鼓沸,绮罗丛。钿轮珠网玉花骢。香陌上,谁与斗春风。

六 州 歌 头

少年侠气,交结五都雄。肝胆洞。毛髪耸。立谈中。死生同。一诺千金重。推翘勇。矜豪纵。轻盖拥。联飞鞚。斗城东。轰饮酒垆,春色浮寒瓮。吸海垂虹。闲呼鹰嗾犬,白羽摘雕弓。狡穴俄空。乐匆匆。　　似黄粱梦。辞丹凤。明月共。漾孤篷。官冗从。怀倥偬。落尘笼。簿书丛。鹖弁如云众。供粗用。忽奇功。笳鼓动。渔阳弄。思悲翁。不请长缨,系取天骄种。剑吼西风。恨登山临水,手寄七弦桐。目送归鸿。

浣 溪 沙

翠縠参差拂水风。暖云如絮扑低空。丽人波脸觉春融。　　缨挂宝钗初促席,檀膏微注玉杯红。芳醪何似此情浓。

又

云母窗前歇绣针。低鬟凝思坐调琴。玉纤纤按十三金。　　归卧
文园犹带酒，柳花飞度画堂阴。只凭双燕话春心。

又

叠鼓新歌百样娇。铜丸玉腕促云谣。揭帘飞瓦雹声焦。　　九曲
池边杨柳陌，香轮轧轧马萧萧。细风妆面酒痕销。

江　城　子

麝熏微度绣芙蓉。翠衾重。画堂空。前夜偷期，相见却匆匆。心
事两知何处问，依约是，梦中逢。　　坐疑行听竹窗风。出帘栊。
杳无踪。已过黄昏，才动寺楼钟。暮雨不来春又去，花满地，月朦
胧。

浪　淘　沙

一叶忽惊秋。分付东流。殷勤为过白蘋洲。洲上小楼帘半卷，应
认归舟。　　回首恋朋游。迹去心留。歌尘萧散梦云收。惟有尊
前曾见月，相伴人愁。

木　兰　花

佩环声认腰肢软。风里麝熏知近远。此身常羡玉妆台，得见晓来
梳画面。　　回廊几步通深院。一桁绣衣帘不卷。酒阑歌罢欲黄
昏，肠断归巢双燕燕。

又

银簧雁柱香檀拨。镂板三声催细抹。舞腰轻怯绛裙长，羞按筑球花十八。　　东城柳岸匆匆发。画舫一篙烟水阔。可怜单枕欲眠时，还见尊前前夜月。

蝶恋花

小院朱扉开一扇。内样新妆，镜里分明见。眉晕半深唇注浅。朵云冠子偏宜面。　　被掩芙蓉熏麝煎。帘影沉沉，只有双飞燕。心事向人犹勔觍。强来窗下寻针线。以上见乐府雅词卷中

石州引

薄雨初寒，斜照弄晴，春意空阔。长亭柳色才黄，远客一枝先折。烟横水际，映带几点归鸦，东风销尽龙沙雪。还记出关来，恰而今时节。　　将发。画楼芳酒，红泪清歌，顿成轻别。已是经年，杳杳音尘多绝。欲知方寸，共有几许清愁，芭蕉不展丁香结。枉望断天涯，两厌厌风月。能改斋漫录卷十六

失调名

罗帷映月，玉研生冰。观林诗话

又

风头梦、吹无迹。湛南诗话卷三

减字木兰花

簪花照镜。客鬓萧萧都不整。拟倩东□。化作尊前入梦云。

风香月影。信是瑶台清夜永。深闭重门。牵绊刘郎别后魂。全芳
备祖前集卷一梅花门

凤　栖　梧

为问宛溪桥畔柳。拂水倡条，几赠行人手。一样叶眉偏解皱。白
绵飞尽因谁瘦。　　今日离亭还对酒。唱断青青，好去休回首。
美荫向人疏似旧。何须更待秋风后。全芳备祖后集卷十七杨柳门

南柯子　别恨

斗酒才供泪，扁舟只载愁。画桥青柳小朱楼。犹记出城车马、为迟
留。　　有恨花空委，无情水自流。河阳新鬓尽禁秋。萧散楚云
巫雨、此生休。

望湘人　春思

厌莺声到枕，花气动帘，醉魂愁梦相半。被惜馀薰，带惊剩眼。几
许伤春春晚。泪竹痕鲜，佩兰香老，湘天浓暖。记小江、风月佳时，
屡约非烟游伴。　　须信鸾弦易断。奈云和再鼓，曲终人远。认
罗袜无踪，旧处弄波清浅。青翰棹舣，白蘋洲畔。尽目临皋飞观。
不解寄、一字相思，幸有归来双燕。以上二首见唐宋诸贤绝妙词选卷四

谒金门　李黄门梦得一曲，前遍二十言，后遍二十二
　　　　言，而无其声。余采其前遍，润一横字，已续二十
　　　　　五字写之云

杨花落。燕子横穿朱阁。常恨春醪如水薄。闲愁无处著。　　绿
野带江山络角。桃叶参差前约。历历短樯沙外泊。东风晚来恶。
阳春白雪卷一

　　按此首别又误作李清臣词，见词品卷三。

蝶恋花 改徐冠卿词

几许伤春春复暮。杨柳清阴，偏碍游丝度。天际小山桃叶步。白
蘋花满湔裙处。　　竟日微吟长短句。帘影灯昏，心寄胡琴语。
数点雨声风约住。朦胧淡月云来去。阳春白雪卷二

小　梅　花

思前别。记时节。美人颜色如花发。美人归。天一涯。娟娟姮
娥，三五满还亏。翠眉蝉鬓生离诀。遥望青楼心欲绝。梦中寻。
卧巫云。觉来珠泪，滴向湘水深。　　愁无已。奏绿绮。历历高
山与流水。妙通神。绝知音。不知暮雨朝云、何山岑。相思无计
堪相比。珠箔雕阑几千里。漏将分。月窗明。一夜梅花忽开、疑
是君。阳春白雪外集

乌　啼　月

牛女相望处，星桥不碍东西。重墙未抵蓬山远，却恨画楼低。
细字频传幽怨，凝缸长照单栖。城乌可是知人意，偏向月明啼。永
乐大典卷二千三百四十六乌字韵引贺方回词

簇　水　近

一笛清风弄袖，新月梳云缕。澄凉夜色，才过几点黄昏雨。侠少朋
游，正喜九陌消尘土。鞭穗袅、紫骝花步。　　过朱户。认得宫
妆，为谁重扫新眉妩。徘徊片嚮难问，桃李都无语。十二青楼下，
指灯火章台路。不念人、肠断归去。永乐大典卷六千五百二十三装字韵引
贺方回东山词

画眉郎 好女儿

雪絮雕章。梅粉华妆。小芒台、榠机罗缃素,古铜蟾砚滴,金雕琴
荐,玉燕钗梁。　　　五马徘徊长路,漫非意、凤求凰。认兰情、自有
怜才处,似题桥贵客,栽花潘令,真画眉郎。

试周郎 诉衷情

乔家深闭郁金堂。朝镜事梅妆。云鬟翠钿浮动,微步拥钗梁。
　　情尚秘,色犹庄。递瞻相。弄丝调管,时误新声,翻试周郎。以上
二首见永乐大典卷七千三百二十九郎字韵引贺方回词

新　念　别

湖上兰舟暮发。扬州梦断灯明灭。想见琼花开似雪。帽檐香,玉
纤纤,曾为折。　　　渔管吹还咽。问何意、煎人愁绝。江北江南新
念别。掩芳尊,与谁同,今夜月。曹璿琼花集卷三

谒　金　门

溪声急。无数落花漂出。燕子分泥蜂酿蜜。迟迟艳风日。　　须
信芳菲随失。况复佳期难必。拟把此情书万一。愁多翻阁笔。杨
金本草堂诗馀前集卷上

　　按花草粹编卷三注云:天作叔原。

减字木兰花

冷香浮动。望处欲生胡蝶梦。晓日瞳昽。愁见凝酥暖渐融。
鼓催歌送。芳酒一尊谁与共。寂寞墙东。门掩黄昏满院风。花草
粹编卷二

摊破浣溪沙

锦鞯朱弦瑟瑟徽。玉纤新拟凤双飞。缥缈烛烟花暮暗，就更衣。

约略整环钗影动，迟回顾步佩声微。宛是春风胡蝶舞，带香归。花草粹编卷四

存　目　词

调　名	首　句	出　处	附　注
八 六 子	倚危亭	侯文灿东山词引词话源流后帧	秦观作，见淮海居士长短句卷上
断　句	当年曾到王陵铺	独醒杂志卷三	李清臣词，见麈史卷中
眼 儿 媚	萧萧江上荻花秋	阳春白雪卷三	张孝祥词，见于湖居士长短句卷一
点 绛 唇	红杏飘香	类编草堂诗馀卷一	苏轼作，见东坡词拾遗
柳 梢 青	子规啼血	又	蔡伸作，见友古居士词
谒 金 门	花满院	续选草堂诗馀卷上	陈克词，见乐府雅词卷中
忆 秦 娥	暮云碧	词的卷二	无名氏词，见杨金本草堂诗馀前集卷下
千 秋 岁	世间好事	词的卷三	黄庭坚作，见豫章黄先生词
南 乡 子	风雨过芳辰	汲古阁本平斋词注	洪咨夔作，见平斋词
梅 香 慢	高阁寒轻	历代诗馀卷七十三	无名氏词，见梅苑卷三
马家春慢	珠箔风轻	又	无名氏词，见梅苑卷四
风 流 子	新绿小池塘	历代诗馀卷八十六	周邦彦词，见片玉集卷一

调　名	首　　句	出　　处	附　　注
锦　缠　道	雨过园林	古今图书集成草木典卷二百四十七桑部	马子严词,见古今合璧事类备要别集卷五十一
浣　溪　沙	一色烟云澹不销	吴昌绶补东山词	高观国作,见竹屋痴语
虞　美　人	波声拍枕长淮晓	苕溪渔隐丛话前集卷五十引冷斋夜话	苏轼作,见东坡词卷下

赵仲御

仲御,商王元份曾孙。皇祐四年(1052)生。哲宗初,累迁镇宁、保宁、昭信、武安节度使,封汝南、华原郡王。政和中,以检校少傅、泰宁军节度使、开府仪同三司,嗣封濮王。宣和四年(1122)卒,年七十一。赠太傅,追封郇王,谥康孝。

瑶台第一层 上元扈跸

嶰管声催。人报道、嫦娥步月来。凤灯鸾炬,寒轻帘箔,光泛楼台。万年春未老,更帝乡日月蓬莱。从仙仗,看星河银界,锦绣天街。

欢陪。千官万骑,九霄人在五云堆。紫袍光里,星球宛转,花影徘徊。未央宫漏永,散异香、龙阙崔嵬。翠舆回。奏仙歌韶吹,宝殿尊罍。墨庄漫录卷十

按此首别又误作赵与㟧词,见词谱卷二十五。

仲　殊

仲殊名挥,姓张氏,安州(今湖北安陆)人。尝举进士,后弃家为僧,

居杭州吴山宝月寺。崇宁中自缢卒。词七卷,名宝月集,不传,今有赵万里辑本。

蓦 山 溪

清江平淡,疏雨和烟染。春在广寒宫,付江梅、先开素艳。年年第一,相见越溪东,云体态,雪精神,不把年华占。　　山亭水榭,别恨多销黯。又是主人来,更不幸、香心一点。题诗才思,清似玉壶冰,轻回顾,落尊前,桃杏声华减。景宋本梅苑卷二

鹊 踏 枝

斜日平山寒已薄。雪过松梢,犹有残英落。晚色际天天似幕。一尊先与东风约。　　邀得红梅同宴乐。酒面融春,春满纤纤尊。客意为伊浑忘却。归船且傍花阴泊。景宋本梅苑卷九

点绛唇　题雪中梅

春遇瑶池,长空飞下残英片。素光围练。寒透笙歌院。　　莫把寿阳,妆信传书箭。掩香面。汉宫寻遍。月里还相见。梅苑卷十

南 歌 子

十里青山远,潮平路带沙。数声啼鸟怨年华。又是凄凉时候、在天涯。　　白露收残暑,清风衬晚霞。绿杨堤畔闹荷花。记得年时沽酒、那人家。

减字木兰花

谁将妙笔。写就素缣三百匹。天下应无。此是钱塘江上图。一般奇绝。云淡天低秋夜月。费尽丹青。只这些儿画不成。以上

二首乐府雅词拾遗卷上

　　　按乐府雅词此首无撰人姓名,注:"或云仲殊作。"据苕溪渔隐丛话后集卷三十七
引复斋漫录,上叠刘泾作,下叠仲殊作。同书同卷引古今词话亦云后叠仲殊作,
惟以上叠为苏轼作。

又

江南三月。犹有枝头千点雪。邀上芳尊。却占东君一半春。
尊前眼底。南国风光都在此。移过江来。从此江南不复开。苕溪
渔隐丛话后集卷三十七引复斋漫录,上叠仲殊作,下叠陈袭善续

　　　按词品卷四以上叠为刘泾作,下叠仲殊作,非。

南　歌　子

解舞清平乐,如今说向谁。红炉片雪上钳锤。打就金毛狮子、也堪
疑。　　木女明开眼,泥人暗皱眉。蟠桃已是著花迟。不向春风
一笑、待何时。苕溪渔隐丛话前集卷五十七引冷斋夜话

踏　莎　行

浓润侵衣,暗香飘砌。雨中花色添憔悴。凤鞋湿透立多时,不言不
语厌厌地。　　眉上新愁,手中文字。因何不倩鳞鸿寄。想伊只
诉薄情人,官中谁管闲公事。中吴纪闻卷四

　　　按事林广记前集卷十引作张魁判词,文字稍有改易。

金　蕉　叶

丛霄逸韵祥烟渺。摇金翠、玲珑三岛。地控全吴,山横旧楚春来
早。千里断云芳草。　　六朝遗恨连江表。都分付、倚楼吟啸。
铁瓮城头,一声画角吹残照。带夜潮来到。

定风波　独登多景楼

花戟云幡拥上方。画帘风细度春香。银色界前多远景。人静。铁
城西面又斜阳。　　山色入江流不尽,古今一梦莫思量。故里无
家归去懒。伤远。年华满眼多凄凉。

蝶　恋　花

北固山前波浪远。铁瓮城头,画角残声短。促酒溅金催小宴。灯
摇蜡焰香风软。　　落日烟霞晴满眼。欲仗丹青,巧笔彤牙管。
解写伊川山色浅。谁能画得江天晚。

按以上三首,原书不著调名。

南　徐　好

一　瓮城

南徐好,鼓角乱云中。金地浮山星两点,铁城横锁瓮三重。开国旧
夸雄。　　春过后,佳气荡晴空。渌水画桥沽酒市,清江晚渡落花
风。千古夕阳红。

二　花山李卫公园亭

南徐好,城里小花山。淡薄融香松滴露,萧疏笼翠竹生烟。风月共
闲闲。　　金晕暗,灯火小红莲。太尉昔年行乐地,都人今日散花
天。桃李但无言。

三　渌水桥

南徐好,桥下渌波平。画柱千年尝有鹤,垂杨三月未闻莺。行乐过

清明。　　　南北岸，花市管弦声。邀客上楼双榼酒，舣舟清夜两街
灯。直上月亭亭。

四　沈内翰宅百花堆

南徐好，溪上百花堆。宴罢歌声随水去，梦回春色入门来。芳草遍
池台。　　　文彩动，奎璧烂昭回。玉殿仪刑推旧德，金銮词赋少高
才。丹诏起风雷。

五　刁学士宅藏春坞

南徐好，春坞锁池亭。山送云来长入梦，水浮花去不知名。烟草上
东城。　　　歌榭外，杨柳晚青青。收拾年华藏不住，暗传消息漏新
声。无计奈流莺。

六　多景楼

南徐好，多景在楼前。京口万家寒食日，淮南千里夕阳天。天际几
重山。　　　莺啼处，人倚画阑干。西塞烟深晴后色，东风春减夜来
寒。花满过江船。

七　金山寺化城阁

南徐好，浮玉旧花宫。琢破琉璃闲世界，化城楼阁在虚空。香雾锁
重重。　　　天共水，高下混相通。云外月轮波底见，倚阑人在一光
中。此景与谁同。

八　陈丞相宅西楼

南徐好，樽酒上西楼。调鼎勋庸还世事，镇江旄节从仙游。楼下水
空流。　　　桃李在，花月更悠悠。侍燕歌终无旧梦，画眉灯暗至今

愁。香冷舞衣秋。

九　苏学士宅绿杨村

南徐好，桥下绿杨村。两谢风流称郡守，二苏家世作州民。文彩动星辰。　　书万卷，今日富儿孙。三径客来消永昼，百壶酒尽过芳春。江月伴开尊。

十　京口

南徐好，直下控淮津。山放凝云低凤翅，潮生轻浪卷龙鳞。清洗古今愁按"愁"字未叶韵，误。天尽处，风水接西滨。锦里不传溪上信，杨花犹见渡头春。愁杀渡江人。以上十三首见嘉定镇江志卷二十一

失　调　名

潇潇暮雨，梨花寒食。明秀集卷三念奴娇词注

念　奴　娇

水枫叶下，乍湖光清浅。凉生商素。西帝宸游罗翠盖，拥出三千宫女。绛彩娇春，铅华掩昼，占断鸳鸯浦。歌声摇曳，浣纱人在何处。　　别岸孤袅一枝，广寒宫殿，冷落栖愁苦。雪艳冰肌羞淡泊，偷把胭脂匀注。媚脸笼霞，芳心泣露，不肯为云雨。金波影里，为谁长恁凝伫。全芳备祖前集卷十一荷花门

蓦　山　溪

年芳已远，凉夏疏疏雨。菊占此时开，背佳期、清秋何处。滴成金豆，弹破栗文圆，临水槛，倚风亭，全胜东篱暮。　　茱萸未结，谁是多情侣。菖叶与葵花，也相饶、也□羞妒。主人著意，何必念登

高,浮酒面,解烦襟,消尽当筵暑。全芳备祖前集卷十二菊门

减字木兰花 <small>(按全芳备祖调名原误作采桑子)</small>

青条绿叶。结起蓬瀛连万叠。风引飘飘。下有红波引六鳌。
五城烟敛。剪碎彩云红点点。帖在山腰。旁有斑斑雪未消。<small>全芳备祖前集卷十七金沙门</small>

浣　溪　沙

楚客才华为发扬。深林著意不相忘。梦成燕国正芬芳。　　莫把品名闲议拟,且看青凤羽毛长。十分领取面前香。<small>全芳备祖前集卷二十三兰蕙门</small>

醉　花　阴

轻红蔓引丝多少。剪青兰叶巧。人向月中归,留下星钿,弹破真珠小。　　等闲不管春知道。多著绣帘围绕,只恐被东风,偷得馀香,分付闲花草。<small>全芳备祖前集卷二十三兰蕙门</small>

西　江　月

味过华林芳蒂,色兼阳井沉朱。轻匀绛蜡裹团酥。不比人间甘露。　　神鼎十分火枣,龙盘三寸红珠。清含冰蜜洗云腴。只恐身轻飞去。<small>全芳备祖后集卷七柿门</small>

玉　楼　春

飞香漠漠帘帷暖。一线水沉烟未断。红楼西畔小阑干,尽日倚阑人已远。　　黄梅雨入芭蕉晚。凤尾翠摇双叶短。旧年颜色旧年心,留到如今春不管。<small>全芳备祖后集卷十三芭蕉门</small>

虞　美　人

一番雨过年芳浅。袅袅心情懒。章台人过马嘶声。小眉不展恨盈盈。怨清明。　烟柔露软湖东岸。恼乱春风惯。一声莺是故园莺。及至如今□闻处、又多情。

蓦　山　溪

黄金线软,玉露生轻润。青头破初芽,拂烟痕、一枝犹嫩。东风著意,不放舞间□,春渐暖,柔无力,依依怨和□。　旗亭带晚,又是清明近。惹尽别离愁,约啼莺、深深与问。灞陵伤感,那更入阳关,攀折处,我无心,行人自多恨。以上二首见全芳备祖后集卷十七杨柳门

诉　衷　情　春情

楚江南岸小青楼。楼前人舣舟。别来后庭花晚,花上梦悠悠。　山不断,水空流,谩凝眸。建康宫殿,燕子来时,多少闲愁。

又　建康

钟山影里看楼台。江烟晚翠开。六朝旧时明月,清夜满秦淮。　寂寞处,两潮回。黯愁怀。汀花雨细,水树风闲,又是秋来。

又　宝月山作

清波门外拥轻衣。杨花相送飞。西湖又还春晚,水树乱莺啼。　闲院宇,小帘帏。晚初归。钟声已过,篆香才点,月到门时。

又　春词

长桥春水拍堤沙。疏雨带残霞。几声脆管何处,桥下有人家。

宫树绿，晚烟斜。噪闲鸦。山光无尽，水风长在，满面杨花。

又 寒食

涌金门外小瀛洲。寒食更风流。红船满湖歌吹，花外有高楼。　　晴日暖，淡烟浮。恣嬉游。三千粉黛，十二阑干，一片云头。

蝶 恋 花

开到杏花寒食近。人在花前，宿酒和春困。酒有尽时情不尽。日长只恁厌厌闷。　　经岁别离闲与问。花上啼莺，解道深深恨。可惜断云无定准。不能为寄蓝桥信。

柳梢青 吴中

岸草平沙。吴王故苑，柳袅烟斜。雨后寒轻，风前香软，春在梨花。　　行人一棹天涯。酒醒处、残阳乱鸦。门外秋千，墙头红粉，深院谁家。

按类编草堂诗馀卷一此首误作秦观词。

夏云峰 伤春

天阔云高，溪横水远，晚日寒生轻晕。闲阶静、杨花渐少，朱门掩、莺声犹嫩。悔匆匆、过却清明，旋占得馀芳，已成幽恨。都几日阴沉，连宵慵困。起来韶华都尽。　　怨入双眉闲斗损。乍品得情怀，看承全近。深深态、无非自许，厌厌意、终羞人问。争知道、梦里蓬莱，待忘了馀香，时传音信。纵留得莺花，东风不住，也则眼前愁闷。以上八首见唐宋诸贤绝妙词选卷九

望　江　南

成都好,蚕市趁遨游。夜放笙歌喧紫陌,春邀灯火上红楼。车马溢瀛洲。　　人散后,茧馆喜绸缪。柳叶已饶烟黛细,桑条何似玉纤柔。立马看风流。岁时广记卷一

失调名　元日

椒觞献寿瑶觞满。彩幡儿、轻轻剪。

又

柏觞潋滟银幡小。以上岁时广记卷五

又

遥想天孙离别后,一宵欢会,暂停机杼。

又

疏雨洗云轺,望极银河影里。

又

玉线金针,千般声笑,月下人家。以上岁时广记卷二十六

又

戏马风流,佩茱萸时节。岁时广记卷三十四

望　江　南

成都好,药市晏游闲。步出五门鸣剑佩,别登三岛看神仙。缥缈结

灵烟。　　云影里,歌吹暖霜天。何用菊花浮玉醴,愿求朱草化金丹。一粒定长年。岁时广记卷三十六

南柯子　六和塔

金鳌蟠龙尾,莲开舞凤头。凉生宫殿不因秋。门外莫寻尘世,卷地江流。　　霁色澄千里,潮声带两洲。月华清泛浪花浮。今夜蓬莱归梦,十二琼楼。咸淳临安志卷八十二

减字木兰花　李公麟山阴图

山阴道士。鹤目龟趺秀气。右领将军。萧散精神一片云。　　东山太傅。落落龙骧兼虎步。潦倒支公。穷骨零丁少道风。云烟过眼录卷下

　　按花草粹编卷六此首误作米芾词。

念奴娇　夏日避暑

故园避暑,爱繁阴翳日,流霞供酌。竹影筛金泉漱玉,红映薇花帘箔。素质生风,香肌无汗,绣扇长闲却。双鸾栖处,绿筠时下风箨。　　吹断舞影歌声,阳台人去,有当年池阁。佩结兰英凝念久,言语精神依约。燕别雕梁,鸿归紫塞,音信凭谁托。争知好景,为君长是萧索。草堂诗馀前集卷下

惜双双　墨梅

庾岭香前亲写得。子细看,粉匀无迹。月殿休寻觅。姑射人来,知是曾相识。　　不要青春闲用力。也会寄、江南信息。著意应难摘。留与梨花,比并真颜色。永乐大典卷二千八百十三梅字韵

　　按花草粹编卷六此首无撰人姓名。

洞　仙　歌

广寒晓驾,姑射寻仙侣。偷被霜华送将去。过越岭、栖息南枝,匀妆面、凝酥轻聚。爱横管、孤度陇头声,尽拚得幽香,为君分付。

水亭山驿,衰草斜阳,无限行人断肠处。尽为我、留得多情,何须待、春风相顾。任倒断、深思向梨花,也无奈寒食,几番春雨。花草粹编卷八

按梅苑卷四此首无撰人姓氏,花草粹编署"宝月"作。赵万里云:所见本(梅苑)殆较今本为善。

楚　宫　春　慢

轻盈绛雪。乍团聚同心,千点珠结。画馆绣幄低飞,融融香彻。笑里精神放纵,断未许、年华偷歇。信任芳春都不管,渐渐南熏,别是一家风月。　　扁舟去后,回望处、娃宫凄凉凝咽。身似断云零落,深心难说。不与雕栏寸地,忍觑著、漂流离缺。尽日厌厌总无语,不及高唐梦里,相逢时节。花草粹编卷十二

以上僧仲殊词四十六首,断句七,用赵万里辑宝月集,有增补。

存　目　词

调　名	首　句	出　处	附　　注
燕 山 亭	裁翦冰绡	阳春白雪卷二	宋徽宗赵佶词,见朝野遗记
新 荷 叶	雨过回塘	类编草堂诗馀卷二	赵抃词,见乐府雅词拾遗卷下
金菊对芙蓉	花则一名	类编草堂诗馀卷三	无名氏词,见草堂诗馀后集卷下
卜 算 子	有意送春归	历代诗馀卷十	如晦词,见唐宋诸贤绝妙词选卷九

调　　名	首　　句	出　　处	附　　　　　注
南　歌　子	玉漏迢迢尽	古今词选卷二	秦观作,见淮海居士长短句卷三
又	凤髻金泥带	刘毓盘辑宝月词	欧阳修词,见近体乐府卷三
点　绛　唇	雪里芳丛	又	无名氏词,见梅苑卷十
又	万木凋残	又	又
又	昨夜寒梅	又	又
又	春日芳心	又	又
又	赋雪归来	又	又

晁补之

补之字无咎,济州钜野人。生于皇祐五年(1053)。元丰二年(1079)举进士,试开封及礼部别院,皆第一。元祐元年(1086),以试太学正召试,授秘书省正字,擢著作郎。绍圣末,坐党籍,谪监信州酒税。大观四年(1110)知泗州卒,年五十八。有鸡肋集、琴趣外篇。

水龙吟　别吴兴至松江作

水晶宫绕千家,卞山倒影双溪里。白蘋洲渚,诗成春晚,当年此地。行遍瑶台,弄英携手,月婵娟际。算多情小杜,风流未睹,空肠断、枝间子。　　一似君恩赐与,贺家湖、千峰凝翠。黄粱未熟,红旌已远,南柯旧事。常恐重来,夜阑相对,也疑非是。向松陵回首,平芜尽处,在按"在"原作"人"据乐府雅词卷上改青山外。

八声甘州　扬州次韵和东坡钱塘作

谓东坡、未老赋归来,天未遣公归。向西湖两处,秋波一种,飞霭澄辉。又拥竹西歌吹,僧老木兰非。一笑千秋事,浮世危机。　　应倚平山栏槛,是醉翁饮处,江雨霏霏。送孤鸿相接,今古眼中稀。

念平生、相从江海,任飘蓬、不遣此心违。登临事,更何须惜,吹帽
淋衣。

又　历下立春

谓东风、定是海东来,海上最春先。乍微阳破腊,梅心已省,柳意都
还。雪后南山耸翠,平野欲生烟。记得相^{按"相"字原缺据乐府雅词卷上}
增^{逢日},如上林边。　　莫叹春光易老,算今年春老,还有明年。
叹人生难得,常好是朱颜。有随轩、金钗十二,为醉娇、一曲踏珠
筵。功名事,算何如此,花下尊前。

满庭芳　赴信日舟中别次膺十二叔

鸥起蘋中,鱼惊荷底,画船天上来时。翠湾红渚,宛似武陵迷。更
晚青山更好,孤云带、远雨丝垂。清歌里,金尊未掩,谁使动分携。
　　竹林、高晋阮,阿咸潇散,犹愧风期。便弃官终隐,钓叟苔矶。
纵是冥鸿云外,应念我、垂翼低飞。新词好,他年认取,天际片帆
归。

凤凰台上忆吹箫　自金乡之济至羊山迎次膺

千里相思,况无百里,何妨暮往朝还。又正是、梅初淡伫,禽未绵
蛮。陌上相逢缓辔,风细细、云日斑斑。新晴好,得意未妨,行尽青
山。　　应携后房小妓,来为我、盈盈对舞花间。便拚了、松醪翠
满,蜜炬红残。谁信轻鞍射虎,清世里、曾有人闲。都休说,帘外夜
久春寒。

又

才短官慵,命奇人弃,年年故里来还。记往岁、莲塘送我,远赴荆

蛮。莫道风情似旧,青镜里、绿鬓新斑。佳人怪,把盏为我,微敛眉
山。　　　从来嗣宗高韵,独见赏,青云复绝尘间。谩回首、平生醉
语,一梦惊残。莫笑移花种柳,应备办、投老同闲。从枯槁,松桧耐
得霜寒。

摸鱼儿 东皋寓居

买陂塘、旋栽杨柳,依稀淮岸江浦。东皋嘉雨新痕涨,沙觜鹭来鸥
聚。堪爱处原无"处"字,据乐府雅词卷上增。最好是、一川夜月光流渚。
无人独舞。任翠幄张天,柔茵藉地,酒尽未能去。　　　青绫被,莫
忆金闺故步。儒冠曾把身误。弓刀千骑成何事,荒了邵平瓜圃。
君试觑。满青镜、星星鬓影今如许。功名浪语。便似得班超,封侯
万里,归计恐迟暮。

永遇乐 同前

松菊堂深,芰荷池小,长夏清暑。燕引雏还,鸠呼妇往,人静郊原
趣。麦天已过,薄衣轻扇,试起绕园徐步。听衡宇、欣欣童稚,共说
夜来初雨。　　　苍筤径里,紫葳枝上,数点幽花垂露。东里催锄,
西邻助饷,相戒清晨去。斜川归兴,翛然满目,回首帝乡何处。只
愁恐、轻鞭犯夜,灞陵旧路。

过涧歇 同前

归去。奈故人、尚作青眼相期,未许明时归去。放怀处。买得东皋
数亩,静爱园林趣。任过客、剥啄相呼昼扃户。　　　堪笑儿童事
业,华颠向谁语。草堂人悄,圆荷过微雨。都付邯郸,一枕清风,好
梦初觉,砌下槐影方停午。

黄莺儿 同前

南园佳致偏宜暑。两两三三修篁，新篁新出初齐，猗猗过檐侵户。听乱飐芰荷风，细洒梧桐雨。午馀帘影参差，远林蝉声，幽梦残处。

凝伫。既往尽成空，暂遇何曾住。算人间事、岂足追思，依依梦中情绪。观数点茗浮花，一缕香萦炷。怪来人道陶潜，做得羲皇侣。

消息 同前　自过腔，即越调永遇乐　端午

红日葵开，映墙遮牖，小斋端午。杯展荷金，簪抽笋玉，幽事还数。绿窗纤手，朱衣轻缕。争斗彩丝艾按"丝艾"原作"文"，从汲古阁本琴趣外篇虎。想沈江怨魄归来，空惆怅、对菰黍。　　朱颜老去，清风好在，未减佳辰欢聚。趣蜡酒深斟，菖蒲细糁，围坐从儿女。还同子美，江村长夏，闲对燕飞鸥舞。算何须、楚王雄风，方消畏暑。

梁州令叠韵 按此处疑脱"同前"二字。

田野闲来惯。睡起初惊晓燕。樵青走挂小帘钩，南园昨夜，细雨红芳遍。　　平芜一带烟光浅。过尽南归雁。俱远。凭栏送目空肠断。好景难常占。过眼韶华如箭。莫教鹢鸠送韶华，多情杨柳，为把长条绊。　　清樽满酌谁为伴。花下提壶劝。何妨醉卧花底，愁容不上春风面。

酒泉子 同前

萱草戎葵，松菊堂深犹畏暑，晚云催雨霭帘栊。满楼风。　　池莲翻倒小莲红。看扫鉴、天清似水，一轮明月却当空。画栏中。

归田乐 同前

春又去,似别佳人幽恨积。闲庭院,翠阴满,添昼寂。一枝梅最好,
至今忆。　　正梦断,炉烟袅,参差疏帘隔。为何事、年年春恨,问
花应会得。

诉衷情 同前　送春

东城南陌路歧斜。芳草遍藏遮。黄鹂自是来晚,莫恨海棠花。
　　惊雪絮,满天涯。送春赊。问春莫是,忆著东君,自去还家。

金凤钩 同前　送春

春辞我向何处。怪草草、夜来风雨。一簪华髪,少欢饶恨,无计殢
春且住。　　春回常恨寻无路。试向我、小园徐步。一阑红药,倚
风含露。春自未曾归去。

又 同前

雪消闲步花畔。试屈指、早春将半。樱桃枝上最先到,却恨小梅芳
浅。　　忽惊拂水双来燕。暗自忆、故人犹远。一分风雨占春愁,
一来又对花肠断。

生查子 同前　夏日即事

永日向人妍按"妍"原作"研",臆改,百合忘忧草。午枕梦初回,远柳蝉
声杳。　　薛井出冰泉,洗瀹烦襟了。却挂小帘钩,一缕炉烟袅。

行香子 同前

前岁栽桃,今岁成蹊。更黄鹂、久住相知。微行清露,细履斜晖。

对林中侣,闲中我,醉中谁。 何妨到老,常闲常醉,任功名、生事俱非。衰颜难强,拙语多迟。但酒同行,月同坐,影同嬉。

诉衷情 同前

小园过午,便觉凉生翠柏。戎葵闲出墙红,萱草静依径绿。还是去年,浮瓜沈李,追凉故绕池边竹。小筵促。 忽忆杨梅正熟。卞山南畔,画舸笙歌逐。愁凝目。使君彩笔,佳人锦字,断弦怎续。尽日栏干曲。

木兰花 遏观楼

小楼新创堪临远。一带寒山都入眼。人间应未觉春归,楼上已先变柳眼。 风威自与微阳战。雪意不遮残腊换。少须文栋燕双回,来看东城花一片。

行香子 同前

归鸟翩翩,楼上黄昏。黯天气、残照馀痕。曲栏干里,有个愁人。向不言中,千载事,一年春。 春来似客,春归如云。付楼前、行路双轮。倾江变酒,举斛为尊。断浮生外,愁千丈,不关身。

阮郎归 同前

小楼独上暮钟时。红霞楼外飞。烟中远鸟一双归。城门灯火微。 横短吹,傍危梯。冰轮涌海迟。天涯幽恨有谁知。凉风时动衣。

引 驾 行

梅梢琼绽,东君次第开桃李。痛年年、好风景,无事对花垂泪。园里。旧赏处、幽葩柔条,一一动芳意。恨心事。春来间阻,忆年时、把罗袂。　　雅戏。樱桃红颗,为插边明丽。又渐是。樱桃尝新,忍把旧游重记。何意。便云收雨歇,瓶沉簪折两无计。谩追悔。凭谁向说,只厌厌地。

碧牡丹　焦成马上口占

渐老闲情减。春山事、撩心眼。似血桃花,似雪梨花相间。望极雅川,阳焰迷归雁。征鞍方长坂。正魂乱。　　旧事如云散。良游盛年俱换。罢说功名,但觉青山归晚。记插宫花,扶醉蓬莱殿。如今霜尘满。

江神子　集句惜春

双鸳池沼水融融。桂堂东。又春风。今日看花,花胜去年红。把酒问花花不语,携手处,遍芳丛。　　留春且住莫匆匆。秉金笼。夜寒浓。沉醉插花,走马月明中。待得醒时君不见,不随水,即随风。

好事近　中秋不见月,重阳不见菊

风雨过中秋,愁对画帘银烛。那更气迟节晚,负重阳金菊。　　月期花信尚参差。功名更难卜。何事四时俱好,□按此处原脱一字一杯一曲。以上双照楼本晁氏琴趣外篇卷一

洞仙歌　留春

花恨月恼。更夏有凉风,冬轩雪皎。闲事不关心,算四时皆好。从来又说,春台登览,人意多同,常是惜、春过了。须痛饮,莫放欢情草草。年少。　　尚忆瑶阶,得隽寻芳,骋骅东城,适见垂鞭,酴醿

南陌，又逢低帽。莺花荡眼，功名满意，无限嬉游，荣华事、如梦杳。
伤富贵浮云，曾萦怀抱。为春醉倒。愿花更好。春休老。开口笑。
占醉乡、莫教人到。

又　填卢仝诗

当时我醉，美人颜色，如花堪悦。今日美人去，恨天涯离别。青楼
朱箔，婵娟蟾桂，三五初圆，伤二八、还又缺。空伫立，一望一见心
绝。心绝。　　顿成凄凉，千里音尘，一梦欢娱，推枕惊巫山远，洒
泪对湘江阔。美人不见，愁人看花，心乱含愁，奏绿绮、弦清切。何
处有知音，此恨难说。怨歌未阕。恐暮雨收、行云歇。窗梅发。乍
似睹、芳容冰洁。

水龙吟　次韵林圣予惜春

问春何苦匆匆，带风伴雨如驰骤。幽葩细萼，小园低槛，壅培未就。
吹尽繁红，占春长久，不如垂柳。算春常不老，人愁春老，愁只是、
人间有。　　春恨十常八九。忍轻辜、芳醪经口。那知自是，桃花
结子，不因春瘦。世上功名，老来风味，春归时候。纵樽前痛饮，狂
歌似旧，情难依旧。

洞仙歌　温园赏海棠

群芳老尽，海棠花时候。雨过寒轻好清昼。最妖饶一段，全是初
开，云鬟小，涂粉施朱未就。　　全开还自好，骀荡春馀，百样宫罗
鬥繁绣。纵无语也，心应恨我来迟，恰柳絮、将春归后。醉犹倚柔
柯，怯黄昏，这一点愁，须共花同瘦。

又 梅

年年青眼。为江梅肠断。一句新诗思无限。向碧琼枝上,白玉葩中、春犹浅。一点龙香清远。　　谁抛倾国艳。昨夜前村,都恐东皇未曾见。正倚墙红杏,芳意浓时,惊千片。何许飘零仙馆。待冰雪丛中看奇姿,乍一笑能回,上林冬暖。

行香子 梅

雪里清香,月下疏枝。更无花、比并琼姿。　　一年一见,千绕千回。向未开时,愁花放,恐花飞。　　芳樽移就,幽葩折取,似玉人,携手同归。扬州应记,东阁逢时。恨刘郎误,题诗句,怨桃溪。

盐角儿 亳社观梅

开时似雪。谢时似雪。花中奇绝。香非在蕊,香非在萼,骨中香彻。　　占溪风,留溪月。堪羞损、山桃如血。直饶更、疏疏淡淡,终有一般情别。

　　按此首别作晁端礼词,见苕溪渔隐丛话后集卷三十九引古今词话。

清平乐 对晚菊作

黄花过也。月酒何曾把。寒蝶多情爱潇洒。晴日双双飞下。　　沉吟独倚朱栏。采芳贻向□边。枕上醉排金靥,幽香付与谁怜。

江神子 亳社观梅呈范守、秦令

去年初见早梅芳。一春忙。短红墙。马上不禁、花恼只颠狂。苏晋长斋犹好事,时唤我,举离觞。　　今年春事更茫茫。浅宫妆。断人肠。一点多情、天赐骨中香。赖有飞凫贤令尹,同我过,小横塘。

望海潮 扬州芍药会作

人间花老，天涯春去，扬州别是风光。红药万株，佳名千种，天然浩态狂香。尊贵御衣黄。未便教西洛，独占花王。困倚东风，汉宫谁敢鬪新妆。 年年高会维按"维"原作"江"据乐府雅词卷上改阳。看家夸绝艳，人诧奇芳。结蕊当屏，联葩就幄，红遮绿绕华堂。花面映交相。更秉菅观洧，幽意难忘。罢酒风亭，梦魂惊恐在仙乡。

夜合花 和李浩季良牡丹

百紫千红，占春多少，共推绝世花王。西都万家俱好，不为姚黄。谩肠断巫阳。对沉香、亭北新妆。记清平调，词成进了，一梦仙乡。 天葩秀出无双。倚朝晖，半如酣酒成狂。无言自有，檀心一点偷芳。念往事情伤。又新艳、曾说滁阳。纵归来晚，君王殿后，别是风光。

下水船 和季良琼花

百紫千红翠。唯有琼花特异。便是当年，唐昌观中玉蕊。尚记得、月里仙人来赏，明日喧传都市。 甚时又，分与扬州本，一朵冰姿难比。曾向无双亭边，半酣独倚。似梦觉，晓出瑶台十里。犹忆飞琼标致。

浣溪沙 樱桃

雨过园亭绿暗时。樱桃红颗压枝低。绿兼红好眼中迷。 荔子天教生处远，风流一种阿谁知。最红深处有黄鹂。

万年欢　梅

心忆春归,似佳人未来,香径无迹。雪里江梅,因甚早知消息。百卉芳心正寂。夜不寐、幽姿脉脉。图清晓、先作宫妆,似防人见偷得。　　真香媚情动魄。算当时寿阳,无此标格。应寄扬州,何郎旧曾相识。花似何郎鬓白。恐花笑、逢花羞摘。那堪羌管惊心,也随繁杏抛掷。

感皇恩　海棠

常岁海棠时,偷闲须到。多病寻芳懒春老。偶来恰值,半谢妖饶犹好。便呼诗酒伴,同倾倒。　　繁枝高荫,疏枝低绕。花底杯盘花影照。多情一片,恨我归来不早。断肠铺碎锦,门前道。

按此首别误作张孝祥词,见广群芳谱卷三十六。

洞仙歌　菊

今春闰好。怪重阳菊早。满槛煌煌看霜晓。唤金钱翠雨,不称标容,潇洒意、陶潜诗中能道。　　不应夸绝艳,曾妒春华,因甚东君意不到。又似锁,三千汉女,偏教明妃、怨西风边草。也何必、牛山苦沾衣,算只好龙山,醉狂吹帽。

按此首别作晁说之词,见全芳备祖前集卷十二菊花门。

喜朝天　秦宅作,海棠

众芳残。海棠正轻盈,绿鬓朱颜。碎锦繁绣,更柔柯映按原无“映”字据汲古阁本增碧,纤挏匀殷。谁与将红间白,采薰笼、仙衣覆斑斓。如有意、浓妆淡抹,斜倚栏干。　　天饶向晚春后,惯困欹晴景,愁怕朝寒。纵有狂雨,便离披损,不奈幽闲。素李按原无“李”字据词谱卷二十九增来禽总俗,漫遮映、终羞格疏顽。谁采顾,斜风教舞,月下庭间。

生查子 梅

青帝晓来风,偏傍梅梢紧。未放玉肌开,已觉龙香喷。　　此意比佳人,争奈非朱粉。惟有许飞琼,风味依稀近。

少年游 次季良韵

庐山瑶草四时春。烟锁上宫门。记得南游,偶寻飞涧,一洗庚公尘。　　香炉高咏君家事,文彩近前人。它日骑鲸,尚怜迷路,与问众仙真。

又

如今田野谩抛春。红雨掩衡门。懒读诗书,欠伸扶杖,几案任生尘。　　从教便向东山老,谁知是个中人。莫怪年来,倦寻城市,嫌我性情真。

满江红 次韵吊汶阳李诚之待制

华鬓春风,长歌罢、伤今感昨。春正好、瑶墀已叹,侍臣冥寞。牙帐尘昏馀剑戟,翠帷月冷虚弦索。记往岁、龙坂误曾登,今飘泊。

贤人命,从来薄。流水意,知谁托。绕南枝身似,未眠飞鹊。射虎山边寻旧迹,骑鲸海上追前约。便江湖、与世按“江湖与世”原作“与世江湖”,改从乐府雅词卷上、永相忘,还堪乐。

离亭宴 次韵吊豫章黄鲁直

丹府黄香堪笑。章台坠鞭年少。细雨春风花落处,醉里中人传诏。

却上五湖船,悲歌楚狂同调。　　青草荆江波渺。香炉紫霄簪小。
人去江山长依旧,幼妇空传辞妙。洒泪作招魂,枫林子规啼晓。

千秋岁　次韵吊高邮秦少游

江头苑外。常记同朝退。飞骑轧,鸣珂碎。齐讴云绕扇,赵舞风回
带。严鼓断,杯盘藉草犹相对。　　洒涕谁能会。醉卧藤阴盖。
人已去,词空在。兔园高宴悄,虎观英游改。重感慨,惊涛自卷珠
沉海。

> 按此首又见黄庭坚豫章黄先生词,题云:少游得谪,尝梦中作词云:"醉卧古藤阴
> 下,了不知南北。"竟于元符庚辰死于藤州光华亭上。崇宁甲申,庭坚窜宜州,道
> 过衡阳,览其遗墨,始追和其千秋岁词。能改斋漫录卷十七云:"晁无咎集中尝载
> 此词,而实非也。"惟乐府雅词卷上亦作晁词,兹两收之。

迷神引　贬玉溪对江山作

黯黯青山红日暮。浩浩大江东注。馀霞散绮,向烟波路。使人愁,
长安远,在何处。几点渔灯小,迷近坞。一片客帆低,傍前浦。
　　暗想平生,自悔儒冠误。觉阮途穷,归心阻。断魂素月,一千里、
伤平楚。怪竹枝歌,声声怨,为谁苦。猿鸟一时啼,惊岛屿。烛暗
不成眠,听津鼓。

满江红　赴玉山之谪,与诸父泛舟大泽,分题为别

莫话南征,船头转、三千馀里。未叹此、浮生飘荡,但伤佳会。满眼
青山芳草外,半篙碧水斜阳里。问此中、何处芰荷深,渔人指。
　　清时事,羁游意。尽付与,狂歌醉。有多才南阮,自为知己。不
似朱公江海去,未成陶令田园计。便楚乡、风景胜吾乡,何人对。

以上双照楼本晁氏琴趣外篇卷二

古阳关 寄无斁八弟宰宝应

暮草蛩吟喧。暗柳萤飞灭。空庭雨过,西风紧,飘黄叶。卷书帷寂静,对此伤离别。重感叹、中秋数日又圆月。　　沙觜樯竿上,淮水阔。有飞凫客,词珠玉,气冰雪。且莫教皓月,照影惊华髪。问几时、清尊夜景共佳节。

玉 蝴 蝶

暗忆少年豪气,烂南国、蓬岛风光。醉倚吴王宫殿,不解悲凉。舞犹慵、小腰似柳,歌尚怯、娇语如簧。好林塘。玳筵留住,彩舫携将。　　清狂。扬州一梦,中山千日,名利都忘。细数从前,眼中欢事尽成伤。去船迷、乱花流水,遗佩悄、寒草空江。黯愁肠。暮云吟断,青鬓成霜。

安公子 送进道四弟赴官无为

柳老荷花尽。夜来霜落平湖净。征雁横天鸥舞乱,鱼游清镜。又还是、当年我向江南兴。移画船、深渚兼葭映。对半篙碧水,满眼青山魂凝。　　一番伤华鬓。放歌狂饮犹堪遣。水驿孤帆明夜事、此欢重省。梦回处、诗塘春草愁难整。官情与、归期终朝竞。记它年相访,认取斜川三迳。

惜分飞 别吴作

山水光中清无暑。是我按原无“我”字,据乐府雅词卷上补消魂别处。只有多情雨。会人深意留人住。　　不见梅花来已暮。未见荷花又去。图画他年觑。断肠千古苕溪路。

又 代别

消暑楼前双溪市。尽住按"尽住"原作"昼住",从乐府雅词改水晶宫里。人共荷花丽。更无一点尘埃气。　　不会史君匆匆至。又作匆匆去计。谁解连红袂。大家都把兰舟系。

离亭宴 忆吴兴寄金陵怀古声中

忆向吴兴假守。双溪四垂高柳。仪凤桥边兰舟过,映水雕甍华牖。烛下小红妆,争看史君归后。　　携手松亭难又。题诗水轩依旧。多少绿荷相倚恨,背立西风回首。怅望采莲人,烟波万重吴岫。

满庭芳 忆庐山

欲买庐山,山前三亩,小桥横过松间。变名吴市,谁认旧容颜。最好栖贤峡外,应自此、都隔尘寰。人稀到,壶中化国,光景更堪闲。　　无心,求至道,柴门闭了,饱睡甘餐。幸儿成孙长,为扫家山。若问它年归去,蓦地也、双桨来还。愁难舍,清风万壑,高处正跻攀。

又 次韵答季良

闲说秋来,乘槎心懒,梦回三岛波间。便思黄帽,同我老山颜。上界仙人官府,何似我、萧散尘寰。云无止,流泉自急,此意本来闲。　　寂寥,松桂圃,陪君好语,亦可忘餐。况琼枝玉蕊,秀满春山。若问幽栖何意,莫道是、飞鸟知还。无言处,孙登半岭,高韵更难攀。

又 用东坡韵题自画莲社图

归去来兮,名山何处,梦中庐阜嵯峨。二林深处幽士往来多。自画远公莲社,教儿诵、李白长歌。如重到,丹崖翠户,琼草秀金坡。

生绡,双幅上,诸贤中屡,文彩天梭。社中客,禅心古井无波。我似渊明逃社,怡颜盼、百尺庭柯。牛闲放,溪童任懒,吾已废鞭蓑。

尾犯 庐山 一名碧芙蓉

庐山小隐。渐年来疏懒,浸浓归兴。彩桥飞过,深溪地底,奔雷馀韵。香炉照日,望处与、青霄近。想群仙、呼我应还,怪来须丝垂镜。　　海上云车回轫。少姑传、金母信。森翠裾琼佩,落日初霞,纷纭相映。谁见壶中景。花洞里、杳然渔艇。别是个、潇洒乾坤,世情尘土休问。

尉迟杯 亳社作惜花

去年时。正愁绝,过却红杏飞。沉吟杏子青时。追悔负好花枝。今年又春到,傍小阑、日日数花期。花有信,人却无凭,故教芳意迟迟。　　及至待得融怡。未攀条拈蕊,已叹按"叹"原作"难",据乐府雅词改春归。怎得春如天不老,更教花与月相随。都将命、拚与酬花,似岘山、落日客犹迷。尽归路,拍手拦街,笑人沉醉如泥。

八六子 重九即事呈徐倅祖禹十六叔

喜秋晴。淡云萦缕,天高群雁南征。正露冷初减兰红,风紧潜凋柳翠,愁人漏长梦惊。　　重阳景物凄清。渐老何时无事,当歌好在多情。暗自想、朱颜并游同醉,官名缰锁,世路蓬萍。难相见,赖有黄花满把,从教渌酒深倾。醉休醒。醒来旧愁旋生。

临江仙 呈祖禹十六叔

尽说彭门新半刺,昆吾刢玉如泥。功名馀事不须为。才情诗里见,风味酒边知。　　好在阿咸同老也,青云往岁心期。千钟百首兴来时。伯伦从妇劝,元亮信儿痴。

又

十岁儿曹同砚席,华裾按"裾"原误作"裙"从乐府雅词改织翠如葱。一生心事醉吟中。相逢俱白首,无语对西风。　　莫道樽前情调减,衰颜得酒能红。可怜此会意无穷。夜阑人总睡,独绕菊花丛。

蓦山溪 谯园饮酒为守令作

谯园幽古,烟锁前朝桧。摇落枣红时,满园空、几株苍翠。史君才誉,金殿握兰人,将风调,改荒凉,便是嬉游地。　　刘郎莫问,去后桃花事。司马更堪怜,掩金觞、琵琶催泪。愁来不醉。不醉奈愁何,汝南周,东阳沈,劝我如何醉。

又

金樽玉酒,佳味名仙桧。恐是九龙泉,堪一饮、霜毛却翠。何须说此,只但饮陶陶,灯光底,百花春,自是仙家地。　　星郎早贵,惯见风流事。留我不须归,倒尊空、烛堆红泪。飞凫令尹,才调更翩翩,休吊古,枉伤神,有兴来同醉。

又 亳社寄文潜舍人

兰台仙史,好在多情否。不寄一行书,过西风、飞鸿去后。功名心事,千载与君同,只狂饮,只狂吟,绿鬓殊非旧。　　山歌村馆,愁醉浔阳叟。且借两州春,看一曲、樽前舞袖。古来毕竟,何处是功名,不同饮,不同吟,也劝时开口。

又 和王定国朝散忆广陵

扬州全盛,往事今何处。帆锦两明珠,胃蔷薇、月中嬉语。朱衣白面,公子似神仙,登云屿。临烟渚。狂醉成怀古。　　兰舟归后,谁与春为主。吟笑我重来,倚琼花、东风日暮。吴霜点鬓,流落共天涯,竹西路。高阳侣。魂梦应相遇。

忆秦娥 和留守赵无媿送别

牵人意。高堂照碧临烟水。清秋至。东山时伴,谢公携妓。黄菊虽残堪泛蚁。乍寒犹有重阳味。应相记。坐中少个,孟嘉狂醉。

好事近 南都寄历下人

丝管闹南湖,湖上醉游时晚。独看小桥官柳,泪无言偷满。　　坐中谁唱解愁辞,红妆劝金盏。物是奈人非是,负东风心眼。

阮郎归 同十二叔泛济州环溪

西城北渚旧追随。荒台今是非。白蘋无主绿蒲迷。停舟忆旧时。　　双鸭戏,乱鸥飞。人家烟雨西。不成携手折芳菲。兰桡惆怅归。

又

一濠秋水净涟漪。红妆照水嬉。攀条寻藕怯船移。浮萍湿绣衣。　　临好景,惜轻归。夕阳洲渚迷。城门灯火簇轮蹄。沙鸥飞去时。

又

儿童嬉戏杏花堤。春归不解悲。重来草露湿人衣。无花空绕枝。　　曾学道，久忘机。一尊甘若饴。平生鱼鸟与同归。临风心自知。

宴　桃　源

往岁真源谪去。红泪扬州留住。饮罢一帆东，去入楚江寒雨。无绪。无绪。今夜秦淮泊处。

一丛花 谢济倅宗室令郊送酒

王孙眉宇凤凰雏。天与世情疏。扬州坐上琼花底，佩锦囊、曾忆奚奴。金盏醉挥，满身花影，红袖竞来扶。　　十年一梦访林居。离缺重踟蹰。应怜肺病临邛客，寄洞庭、春色双壶。天气未佳，梅花正好，曾醉燕堂无。

又 十二叔节推以无咎生日于此声中为辞，依韵和答

碧山无意解银鱼。花底且携壶。华颠又喜熊罴且按"且"疑"旦"字之误，笑骐骥、老反为驹。文史渐抛，功名更懒，随处见真如。　　高情敢并汉庭疏。长揖去田庐。囊无上赐金堪散，也未妨、山猎溪渔。廉颇纵强，莫随年少，白马向黄榆。

又 再呈十二叔

飞凫仙令气如虹。脱屦向尘笼。凌烟画像云台议，似眼前、百草春风。盏里圣贤，壶中天地，高兴更谁同。　　应怀得隽大明宫。无

事老冯公。玉山且向花间倒,任从笑、老入花丛。三径步馀,一枝眠稳,心事付千钟。以上双照楼本晁氏琴趣外篇卷三

临江仙 用韵和韩求仁南都留别

曾唱牡丹留客饮,明年何处相逢。忽惊鹊起落梧桐。绿荷多少恨,回首背西风。　莫叹今宵身是客,一尊未晓犹同。此身应似去来鸿。江湖春水阔,归梦故园中。

又 同前

常记河阳花县里,恰如饭颗山逢。春城何处满丝桐。纶巾并羽扇,君有古人风。　重向梁王台畔见,黄花绿酒谁同。新诗别后寄南鸿。回头思照碧,人在白云中。

浣溪沙 广陵被召留别

帐饮都门春浪惊。东飞身与白鸥轻。淮山一点眼初明。　谁使梦回兰芷国,却将春去凤凰城。樯乌风转不胜情。

忆少年 别历下

无穷官柳,无情画舸,无根行客。南山尚相送,只高城人隔。罨画园林溪绀碧。算重来、尽成陈迹。刘郎鬓如此,况桃花颜色。

江神子 广陵送王左丞赴阙

旧山铅椠倦栖迟。叩宸闱。向淮圻。五马行春,初喜后车随。太守风流容客醉,花压帽,酒淋衣。　隋宫烟外草萋萋。菊花时。动旌旗。起舞留公,且住慰相思。王粲诗成何处寄,人北去,雁南飞。

虞美人 广陵留别

江南载酒平生事。游宦如萍寄。蓬山归路傍银台。还是扬州一梦、却惊回。　年年后土春来早。不负金尊倒。明年珠履赏春时。应寄琼花一朵、慰相思。

金盏倒垂莲 依韵和次膺寄杨仲谋观察

诸阮英游,尽千钟饮量,百丈词源。对舞春风,螺髻小双莲。念两处、登高临远,又伤芳物新年。此泪不待,桓伊危柱哀弦。　身闲未应无事,趁栽梅径里,插柳池边。野鹤飘飖,幽兴在青田。也莫话、书生豪气,更铭功业燕然。毕竟得意,何如月下花前。

又 次韵同寄霸师杨仲谋安抚

休说将军,解弯弓掠地,崑岭河源。彩笔题诗,绿水映红莲。算总是、风流馀事,会须行乐□年。况有一部,随轩脆管繁弦。　多情旧游尚忆,寄秋风万里,鸿雁天边。未学元龙,豪气笑求田。也莫为、庭槐兴叹,便伤摇落凄然。后会一笑,犹堪醉倒花前。

按此首别误作晁说之词,见永乐大典卷一万五千一百三十九帅字韵。

西平乐 广陵送王资政正仲赴阙

凤诏传来绛阙,当宁思贤辅。淮海甘棠惠化,霖雨商岩吉梦,熊虎周郊旧卜。千秋盛际,催促朝天归去。动离绪。　空眷恋,难暂驻。新植双亭临水,风月佳名未睹。准拟金尊时举。况乐府、风流一部。妍歌妙舞,萦云回雪,亲教与,恨难诉。争欲攀辕借住。功成绣衮,重与江山作主。

御街行 待命护国院,不得入国门。　寄内

年年不放春闲了。今岁衔杯少。来时柳上浅金黄,归路玉绵吹帽。惜春长似,五陵狂俊,不道朱颜老。　　斜烟薄雨青林杏。犹有莺声到。西园红艳绿盘龙,辜负一年春好。锦城乐事,不关愁眼,何似还家早。

生查子 同前　感旧

宫里妒娥眉,十载辞君去。翠袖怯天寒,修竹无人处。　　今日近君家,望极香车鹜。一水是红墙,有恨无由语。

青玉案 同前

十年不向都门道。信匹马、羞重到。玉府骖鸾犹年少。宫花头上,御炉烟底,常日朝回早。　　霞觞翻手群仙笑。恨尘土人间易春老。白发愁占彤庭杳。红墙天阻,碧濠烟锁,细雨迷芳草。

水龙吟 始去齐,路逢次膺叔感别　叙旧

去年暑雨钩盘,夜阑睡起同征辔。今年芳草,齐河古岸,扁舟同舣。萍梗孤踪,梦魂浮世。别离常是。念当时绿鬓,狂歌痛饮,今憔悴、东风里。　　此去济南为说。道愁肠、不醒犹醉。多情北渚,两行烟柳,一湖春水。还唱新声,后人重到,应悲桃李。待归时,揽取庭前皓月,也应堪寄。

南歌子 谯园作

霜细犹欺柳,风柔已弄梅。东园捶鼓赏新醅。唤取舞周歌沈、探春回。　　妙舞堪千盏,长歌可百杯。笑人将恨上春台。劝我十分

一举、两眉开。

醉落魄 用韵和李季良泊山口

高鸿远鹜。溪山一带人烟簇。知君船近渔矶宿。轻素横溪,天淡
挂寒玉。　　谁家红袖阑干曲。南陵风软波平绿。幽吟无伴芳尊
独。清瘦休文,一夜伤单縠。

万年欢 次韵和季良

忆昔论心,尽青云少年,燕赵豪俊。二十南游,曾上会稽千仞。捐
袂江中往岁,有骚人、兰荪遗韵。嗟管鲍、当日贫交,半成翻手难
信。　　君如未遇元礼,肯抽身盛时,寻我幽隐。此事谈何容易,
骥才方骋。彩舫红妆围定,笑西风、黄花班鬓。君欲问、投老生涯,
醉乡歧路偏近。

临江仙 信州作

谪宦江城无屋买,残僧野寺相依。松间药臼竹间衣。水穷行到处,
云起坐看时。　　一个幽禽缘底事,苦来醉耳边啼。月斜西院愈
声悲。青山无限好,犹道不如归。

虞美人 羊山饯杜侍郎郡君十二姑及外弟天逵

原桑飞尽霜空杳。霜夜愁难晓。油灯野店怯黄昏。穷途不减酒杯
深。故人心。　　羊山古道行人少。也送行人老。一般别语重千
金。明年过我小园林。话如今。

安公子 和次膺叔

少日狂游好。阆苑花间同低帽。不恨千金轻散尽,恨花残莺老。

命小鬟、翩翩随处金尊倒。从市人、拍手拦街笑。镇琼楼归卧,丽日三竿未觉。　　迷路桃源了。乱山沉水何由到。拨断朱弦成底事,痛知音人悄。似近日、曾教青鸟传佳耗。学凤箫、拟入烟萝道。问刘郎何计,解使红颜却少。

绿头鸭　韩师朴相公会上观佳妓轻盈弹琵琶

新秋近,晋公别馆开筵。喜清时、衔杯乐圣,未饶绿野堂边。绣屏深、丽人乍出,坐中雷雨起鹍弦。花暖间关,冰凝幽咽,宝钗摇动坠金钿。未弹了、昭君遗怨,四坐已凄然。西风里、香街驻马,嬉笑微传。　　算从来、司空惯,断肠初对云鬟。夜将阑、井梧下叶,砌蛩收响悄林蝉。赖得多愁,浔阳司马,当时不在绮筵前。竞叹赏、檀槽倚困,沉醉到觥船。芳春调、红英翠萼,重变新妍。

按词林纪事卷六此首误作晁端礼词。

水龙吟　寄留守无愧丈

满湖高柳摇风,坐看骤雨来湖面。跳珠溅玉,圆荷翻倒,轻鸥惊散。堂上凉生,槛前暑退,罗裾凌乱。想东山谢守,纶巾羽扇,高歌下、青天半。　　应记狂吟司马,去年时、黄花高宴。竹枝苦怨,琵琶多泪,新年鬓换。常恐归时,眼中物是,日边人远。望隋河一带,伤心雾霭,遣离魂断。

惜　奴　娇

歌阕琼筵,暗失金貂侣。说衷肠、丁宁嘱付。棹举帆开,黯行色、秋将暮。欲去。待却回、高城已暮。　　渔火烟村,但触目伤离绪。此情向、阿谁分诉。那里思量,争知我、思量苦。最苦。睡不著、西风夜雨。

临　江　仙

身外闲愁空满眼,就中欢事常稀。明年应赋送君诗。试从今夜数,相会几多时。　　浅酒欲邀谁共劝,深情惟有君知。东溪春近好同归。柳垂江上影,梅谢雪中枝。

按此首别作晏几道词,见小山词。

又

自古齐山重九胜,登临梦想依依。偶来恰值菊花时。难逢开口笑,须插满头归。　　昨夜一江风色好,平明秋浦帆飞。可怜如赴史君期。且当酬令节,不用叹斜晖。

满　庭　芳

乡物牵情,家山回首,浩然归兴难收。报恩心事,投老拚悠悠。却笑当年牛下,轻自许、激烈寒讴。成何事,夷犹桂楫,兰芷咏芳洲。　　人生,萍梗迹,谁非乐土,何处吾州。算不须,临歧悦恍迟留。要看香炉瀑布,丹枫乱、江色凝秋。真堪与,潇湘暮雨,图上画扁舟。

定　风　波

跨鹤扬州一梦回。东风拂面上平台。阆苑花前狂覆酒。拍手。东风骑凤却教来。　　谪好伯阳丹井畔。官满。平台还见片帆开。上界虽然官府好。总道。散仙无事好追陪。

千　秋　岁

玉京仙侣,同受琅函结。风雨隔,尘埃绝。霞觞翻手破,阆苑花前

别。鹏翼敛，人间泛梗无由歇。　　岂忆山中酒，还共溪边月。愁
闷火，时间灭。何妨心似水，莫遣头如雪。春近也，江南雁识归时
节。

又

叶舟容易。行尽江南地。南雁断，无书至。怜君羁旅处。见我飘
蓬际。如梦寐。当年阆苑曾相对。　　休说深心事。但付狂歌
醉。那更话，孤帆起。水精溪绕户。云母山相砌。君莫去。只堪
伴我溪山里。

鹧　鸪　天

欲上南湖彩舫嬉。还思北渚与岚漪。圆荷盖水垂杨暗，鹨鵜鸳鸯
总下时。　　持此意，遣谁知。清波还照鬓间丝。西楼重唱池塘
好，应有红妆敛翠眉。

清　平　乐

炎天畏景。午漏那堪永。何苦相仍愁簿领。短壑清溪牵兴。
瑶台月下曾逢。何由却睹冰容。一笑为驱烦暑，故人元是清风。
以上双照楼本晁氏琴趣外篇卷四

虞美人 用韵答秦令

荒城又见重阳到。狂醉还吹帽。人生开口笑难逢。何况良辰一
半、别离中。　　平台珠履登高处。犹自怀人否。且簪黄菊满头
归。惟有此花风韵、似年时。

浣　溪　沙

江上秋高风怒号。江声不断雁嗷嗷。别魂迢递为君销。　　一夜
不眠孤客耳，耳边愁听雨萧萧。碧纱窗外有芭蕉。

万年欢　寄韵次膺叔

十里环溪，记当年并游，依旧风景。彩舫红妆，重泛九秋清镜。莫
叹歌台蔓草，喜相逢、欢情犹胜。蘋洲畔、横玉惊鸾，半天云正愁
凝。　　中秋醉魂未醒。又佳辰授衣，良会堪更。早岁功名，豪气
尚凌汝颍。能致黄金一井，也莫负、鸱夷高兴。别有个、潇洒田园，
醉乡天地同永。

一　丛　花

东君密意在花心。飞雪戏妆林。多情定怪春来晚，故穿花、千点深
深。烟柳上轻，风丝漫嫋，楼阁晚还阴。　　雕梁双燕悄来音。帘
幕镇沉沉。西城未有花堪采，醉狂兴、冷落难禁。应约万红，商量
细细，留向未开寻。

减字木兰花　和求仁南郡都别

萍蓬行路。来不多时还遣去。会有重来。还把清尊此地开。
隋河杨柳。见我五年三执手。红泪多情。待得重来走马迎。

菩　萨　蛮

玉京不许尘容到。疏慵只合疏慵老。鸥鸟共烟波。田夫与醉歌。
　　忘怀无物我。莫似陈惊坐。勋业付长闲。西山爽气间。

鹧鸪天　杜四侍郎郡君十二姑生日

吉梦灵蛇朱夏宜。佳辰阿母会瑶池。竹风荷雨来消暑，玉李冰瓜可疗饥。　　心悟了，道成时。不劳龙女骋威仪。僧祇世界供游戏，贤懿光阴比寿期。

凤箫吟　永嘉郡君生日

晓曈昽。雨和雨细，南园次第春融。岭梅犹妒雪，露桃云杏，已绽碧呈红。一年春正好，助人狂、飞燕游蜂。更吉梦良辰，对花忍负金钟。　　香浓。博山沉水，小楼清旦，佳气葱葱。旧游应未改，武陵花似锦，笑语相逢。蕊宫传妙诀，小金丹、同换冰容。况共有、芝田旧约，归去双峰。

梁州令　同前

二月春犹浅。去年樱桃开遍。今年春色怪迟迟，红梅常早，未露胭脂脸。　　东君故遣春来缓。似会人深愿。蟠桃新镂，双盏相期，似此春长远。

引驾行　同前　亦名长春

春云轻锁，春风乍扇园林晓。扫华堂，正桃李芳时，诞辰还到。年少。记绛蜡光摇，金猊香郁宝妆了。骤骏马、天街向晚，喜同车、咏窈窕。　　多少。卢家壶范，杜曲家声荣耀。庆孟光齐眉，冯唐白首，镇同欢笑。缥缈。待琅函深讨。芝田高隐去偕老。自别有、壶中永日，比人间好。

菩萨蛮 同前

百花含矗东风里。南园小雨朱扉启。春色一年年。年年花共妍。　　清谈招隐去。莫认如宾处。华髮好风光。林间此味长。

点绛唇 同前

回雁风微,养花浓淡天容好。似春知道。吉梦佳辰到。　　共乐春台,携手蓬莱小。同倾祷。愿春不老。岁岁寻芳草。

上林春 韩相生日

天惜中秋,三夜淡云,占得今宵明月。〔孟〕(猛)陬岁好,金风气爽,清时挺生贤哲。相门出相,算钟庆、自应累叶。乍归来,暂燕处,共仰赤松高辙。　　想人生、会须自悦。浮云事,笑里尊前休说。旧有衮衣,公归未晚,千岁盛明时节。命圭相印,看重赏、晋公勋业。济生灵,共富寿,海深天阔。

杨 柳 枝

素色清薰出俗华。腊前花。轩前爱日扫云遮。几枝斜。　　月淡纱窗香暗透,白于纱。幽人独酌对芳葩。兴无涯。

蓦 山 溪

凤凰山下,东畔青苔院。记得当初个,与玉人、幽欢小宴。黄昏风雨,人散不归家,帘旌卷。灯火颤。惊拥娇羞面。　　别来憔悴,偏我愁无限。歌酒情都减,也不独、朱颜改变。如今桃李,湖上泛舟时,青天晚。青山远。愿见无由见。

又

自来相识,比你情都可。咫尺千里算,惟孤枕、单衾知我。终朝尽日,无绪亦无言,我心里,忡忡也,一点全无那。　　香笺小字,写了千千个。我恨无羽翼,空寂寞、青苔院锁。昨朝冤我,却道不如休,天天天,不曾么,因甚须冤我。

生 查 子

夜饮别佳人,梅小犹飘雪。忍泪一春愁,过却花时节。　　相见话相思,重与临风月。休似那回时,无事还轻别。

少年游　(按词律调名当是忆少年之又一体也)

当年携手,是处成双,无人不羡。自间阻、五年也,一梦拥、娇娇粉面。　　柳眉轻扫,杏腮微拂,依前双靥。盛睡里、起来寻觅,却眼前不见。

青 玉 案

三年宋玉墙东畔。怪相见、常低面。一曲文君芳心乱。匆匆依旧_{按此下缺二字},吹散,月淡梨花馆。　　秋娘苦妒浮金盏。漏些子堪猜是娇盼。归去相思肠应断。五更无寐,一怀好事,依旧蓝桥远。

江城子　赠次膺叔家娉娉

娉娉闻道似轻盈。好佳名。也堪称。楚观云归,重见小樊惊。豆蔻梢头春尚浅,娇未顾,已倾城。　　章台休咏旧青青。惹离情。恨难平。无事飞花,撩乱扑旗亭。不似刘郎春草小,能步步,伴人行。

青玉案 伤娉娉

彩云易散琉璃脆。念往事、心将碎。只合人间十三岁。百花开尽，
丁香独自。结恨春风里。　　小园幽槛经行地。恨春草佳名谩抛
弃。簇蝶罗裙休将施。香残烛烬，微风触幔，仿佛娇嚬是。

胜胜慢 家妓荣奴既出有感

朱门深掩，摆荡春风，无情镇欲轻飞。断肠如雪，撩乱去点人衣。
朝来半和细雨，向谁家、东馆西池。算未肯、似桃含红蕊，留待郎
归。　　还记章台往事，别后纵青青，似旧时垂。灞岸行人多少，
竟折柔枝。而今恨啼露叶，镇香街、抛掷因谁。又争可、妒郎夸春
草，步步相随。

点绛唇 同前

檀口星眸，艳如桃李情柔惠。据我心里。不肯相抛弃。　　哭怕
人猜，笑又无滋味。忡忡地。系人心里。一句临歧誓。以上双照楼本
晁氏琴趣外篇卷五

永遇乐 赠雍宅璨奴

银烛将残，玳筵初散，依旧愁绪。醉里凝眸，娇来纵体，此意难分
付。怜伊只似，风前轻燕，好语暂来还去。重楼静，珠帘休下，待扫
画梁留住。　　青娥皓齿，云鬟花面，见了绮罗无数。只你厌厌，
教人竟日，一点无由诉。如今拚了，萦眠惹梦，没个顿身心处。深
诚事，骖鸾解佩，是许未许。

虞美人 代内

梅花时候君轻去。曾寄红笺句。胡麻好种少人知。正是归时何
处、误芳期。　　谁教又作狂游远。归路杨花满。当年不负琐窗
春。老向长楸走马、更愁人。

此下原有朝天子"酒醒情怀恶"一首,乃冯延巳作,见阳春集,今不录。

行香子 赠轻盈

柳态纤柔,雪艳疏明。问人来、人道轻盈。张琵莲脸,一寸波横。
比潇洒处,犹难称,此嘉名。　　花前烛下,微嗔浅笑,要题诗、盏
畔低声。司空自惯,狂眼须惊。也不辞写,双罗带,恐牵情。

感 皇 恩

终岁忆春回,西园行尽。欢喜梅梢上春信。去年携手,暗约芳时还
近。燕来莺又到,人无准。　　凭谁向道,流光一瞬。佳景闲无事
衣褪。春归何处,又对飞花难问。旧欢都未遇,成新恨。

临江仙 代内

马上匆匆听鹊喜,朦胧月淡黄昏。碧罗双扇拥朝云。粉光先辨脸,
朱色怎分唇。　　暂别宝奁蛛网遍,春风泪污榴裙。香笺小字寄
行云。纤腰非学楚,宽带为思君。

碧牡丹 王晋卿都尉宅观舞

院宇帘垂地。银筝雁、低春水。送出灯前,婀娜腰肢柳细。步蹙香
裀,红浪随鸳履。梁州紧,凤翘坠。悚轻体。　　绣带因风起。霓
裳恐非人世。调促香檀,困入流波生媚。上客休辞,眼乱尊中翠。

玉阶霜、透罗袂。

少 年 游

前时相见,楼头窗畔,尊酒望银蟾。如今间阻,银蟾又满,小阁下珠帘。　　愿得吴山山前雨,长恁晚廉纤。不见楼头婵娟月,且寂寞、闭窗眠。

西 江 月

似有如无好事,多离少会幽怀。流莺过了又蝉催。肠断碧云天外。　　不寄书还可恨,全无梦也堪猜。秋风吹泪上楼台。只恐朱颜便改。

鹧 鸪 天

绣幕低低拂地垂。春风何事入罗帏。胡麻好种无人种,正是归时君未归。　　临晚景,忆当时。愁心一动乱如丝。夕阳芳草本无恨,才子佳人空自悲。

满 江 红　寄内

月上西窗,书帏静、灯明又灭。水漏涩、铜壶香烬,夜霜如雪。睡眼不曾通夕闭,梦魂争得连宵接。念碧云、川路古来长,无由越。　　鸾钗重,青丝滑。罗带缓,小腰怯。伊多感那更,恨离伤别。正是少年佳意气,渐当故里春时节。归去来、莫教子规啼,芳菲歇。

菩萨蛮　代歌者怨

丝篁鬭好莺羞巧。红檀微映燕脂小。当□敛双蛾。曲中幽恨多。　　知君怜舞袖。舞要歌成就。独舞不成妍。因歌舞可怜。

按此下原有减字木兰花"娉娉袅袅"一首乃陈师道词,见后山词,不录。

临　江　仙

离别寻常今白首,更须竹雨萧萧。不应都占世间豪。清风居士手,
杨柳洛城腰。　　　文字按"字"原作"子",从后山词改功名真自误,从今好
月良宵。只消怜取董娇饶。修门君自到,不用我词招。

按此首别作陈师道词,见后山词。

又　晁达州见和

君似苍崖千仞竹,一枝孤映蒿萧。箪瓢不减万钟豪。闲情搔短髪,
佳句咏纤腰。　　　罢酒兰舟回楚柂,相思何处今宵。淮南幽桂水
云饶。他年春草恨,应有小山招。

此首据题疑非晁补之作。惟补之曾起知达州,改泗州。晁达州亦即晁补之。俟
考。

紫玉箫　过尧民金部四叔位见韩相家姬轻盈所留题

罗绮丛中,笙歌丛里,眼狂初认轻盈。无花解比,似一钩新月,云际
初生。算不虚得,都按"都"原作"郎",改从乐府雅词卷上占与、第一佳名。
轻归去,那知有人,别后牵情。　　　襄王自是春梦,休谩说东墙,事
更难凭。谁教慕宋,要题诗曾倚,宝柱低声。似瑶台晓,空暗想、众
里飞琼。馀香冷、犹在小窗,一到魂惊。

鬥　百　草

别日常多,会时常少天难晓。正喜花开,又愁花谢,春也似人易老。
惨无言、念旧日朱颜,清欢莫笑。便苒苒如云,霏霏似雨,去无音
耗。　　　追想墙头梅下,门里桃边,名利为伊都忘了。血写香笺,
泪封罗帕,记三日、离肠恨搅。如今事,十二楼空凭谁到。此情悄。

拟回船、武陵路杳。

又

往事临邛,旧游雅态羞重忆。解赋才高,好音情慧,琴里句中暗识。正当年、似阆苑琼枝,朝朝相倚。便涤器何妨,当炉正好,镇同比翼。　　谁使褰裳佩失,推枕云归,惆怅至今遗恨积。双鲤书来,大刀诗意,纵章台、青青似昔。重寻事,前度刘郎转愁寂。谩赢得。对东风、对花叹息。

鬥百花　汶妓阁丽

小小盈盈珠翠。忆得眉长眼细。曾共映花低语,已解伤春情意。重向溪堂,临风看舞梁州,依旧照人秋水。转更添姿媚。　　与问阶上,簌钱时节,记微笑,但把纤腰,向人娇倚。不见还休,谁教见了厌厌,还是向来情味。

又　汶妓褚延娘

脸色朝霞红腻。眼色秋波明媚。云度小钗浓鬓,雪透轻绮香臂。不语凝情,教人唤得回头,斜盼未知何意。百态生珠翠。　　低问石上,凿井何由及底。微向耳边,同心有缘千里。饮散西池,凉蟾正满纱窗,一语系人心里。

又

斜日东风深院。绣幕低迷归燕。潇洒小屏娇面,仿佛灯前初见。与选筵中,银盆半拆姚黄,插向凤凰钗畔。微笑遮纨扇。　　教展香裀,看舞霓裳促遍。红颭翠翻,惊鸿乍拂秋岸。柳困花慵,盈盈自整罗巾,须劝倒金盏。

御　街　行

天街月照珠帘粉。鼙簪曾相近。繁华乐事老来慵,对酒尚怜佳景。
王孙年少,风流应更,无奈春愁闷。　　幽期莫误香闺恨。罗带今
朝褪。月圆花好一般春,触处总堪乘兴。有人惆怅,何如归好,相
见凭君问。

南　歌　子

睡起临窗坐,妆成傍砌闲。春来莫卷绣帘看。嫌怕东风吹恨、在眉
间。　　鹦鹉花前弄,琵琶月下弹。蓦然收袖倚栏干。一向思量
何事、点云鬟。

清　平　乐

寒风雁度。声向千门去。也到文闱校文处。也到文君绣户。
背灯解带惊魂。长安此夜秋声。早是夜寒不寐,五更风雨无情。

好　事　近

归路苦无多,正值早秋时节。应是画帘灵鹊,把归期先说。　　就
中风送马蹄轻,人意渐欢悦。此夜醉眠无梦,任西楼斜月。以上双照
楼本晁氏琴趣外篇卷六

调　笑

　　盖闻民俗殊方,声音异好。洞庭九奏,谓踊跃于鱼龙;子夜四时,亦
欣愉于儿女。欲识风谣之变,请观调笑之传。上佐清欢,深惭薄伎。

西　子

　　西子江头自浣纱。见人不语入荷花。天然玉貌非朱粉,消得人看

隘若耶。游冶谁家少年伴。三三五五垂杨岸。紫骝飞入乱红深，见此踟蹰但肠断。

肠断。越江岸。越女江头纱自浣。天然玉貌铅红浅。自弄芙蓉日晚。紫骝嘶去犹回盼。笑入荷花不见。

宋　玉

楚人宋玉多微词。出游白马黄金羁。殷勤扣户主人女，上客日高无乃饥。琴弹秋思明心素。女为客歌客无语。冠缨定挂翡翠钗，心乱谁知岁将暮。

将暮。乱心素。上客风流名重楚。临街下马当窗户。饭煮雕胡留住。瑶琴促轸传深语。万曲梁尘不顾。

大　堤

妾家朱户在横塘。青云作髻月为珰。常伴大堤诸女士，谁令花艳独惊郎。踏堤共唱襄阳乐。轲峨大艑帆初落。宜城酒熟持劝郎，郎今欲渡风波恶。

波恶。倚江阁。大艑轲峨帆夜落。横塘朱户多行乐。大堤花容绰约。宜城春酒郎同酌。醉倒银缸罗幕。

解　珮

当年二女出江滨。容止光辉非世人。明珰戏解赠行客，意比骖鸾天汉津。恍如梦觉空江暮。云雨无踪珮何处。君非玉斧望归来，流水桃花定相误。

相误。空凝伫。郑子江头逢二女。霞衣曳玉非尘土。笑解明珰轻付。月从云堕劳相慕。自有骖鸾仙侣。

回　纹

窦家少妇美朱颜。蘂砧何在山复山。多才况是天机巧，象床玉手

乱红间。织成锦字纵横说。万语千言皆怨别。一丝一缕几萦回,似妾
思君肠寸结。

寸结。肝肠切。织锦机边音韵咽。玉琴尘暗薰炉歇。望尽床头秋
月。刀裁锦断诗可灭。恨似连环难绝。

唐　　儿

　　头玉硗硗翠刷眉。杜郎生得好男儿。惟有东家娇女识,骨重神寒
天〔庙〕(妙)姿。银鸾照衫马丝尾。折花正值门前戏。侬笑书空意为
谁,分明唐字深心记。

心记。好心事。玉刻容颜眉刷翠。杜郎生得真男子。况是东家妖
丽。眉尖春恨难凭寄。笑作空中唐字。

春　　草

　　刘郎初见小樊时。花面丫头年未笄。千金欲置名春草,图得身行
步步随。郎去苏台云水国。青青满地成轻掷。闻君车马向江南,为传
春草遥相忆。

相忆。顿轻掷。春草佳名惭赠璧。长洲茂苑吴王国。自有芊绵碧
色。根生土长铜驼陌。纵欲随君争得。以上七首见乐府雅词卷上

洞仙歌　泗州中秋作,此绝笔之词也

青烟幂处,碧海飞金镜。永夜闲阶卧桂影。露凉时、零乱多少寒
蛩,神京远,惟有蓝桥路近。　　水晶帘不下,云母屏开,冷浸佳人
淡脂粉。待都将许多明,付与金尊,投晓共、流霞倾尽。更携取、胡
床上南楼,看玉做人间,素秋千顷。乐府雅词卷上

　　按此首别又误入毛滂东堂词。

下　水　船

上客骊驹系。惊唤银屏睡起。困倚妆台,盈盈正解罗髻。凤钗垂,

缭绕金盘玉指。巫山一段云委。　　　半窥镜、向我横秋水。斜颔花枝交镜里。淡拂铅华，匆匆自整罗绮。敛眉翠。虽有愔愔密意，空作江边解佩。能改斋漫录卷十六

失 调 名

残腊初雪霁。梅白飘香蕊。依前又还是，迎春时候，大家都备。灶马门神，酒酌酴酥，桃符尽书吉利。　　　五更催驱傩，爆竹起。虚耗都教退。交年换新岁。长保身荣贵。愿与儿孙、尽老今生，祝寿遐昌，年年共同守岁。岁时广记卷三十九

洞 仙 歌

江陵种橘，尚比封侯贵。何况江涛转千里。带天香，含洞乳，宜入春盘，红荔子，驰驿风流仅比。　　　齿疏潘令老，怯咀冰霜，十颗金苞谩分遗。记觞前、须细认，别有馀甘，从此去，枉却栽桃种李。想相如酒渴对文君，迥不是人间，等闲风味。

又

温江异果，惟有泥山贵。驿送江南数千里。半含霜，轻噀雾，曾怯吴姬，亲赠我，绿橘黄柑怎比。　　　双亲云水外，游子空怀，惆怅无人可归遗。报周郎、须念我，物少情多，春酒醉，独胜甜桃醋李。况灯火楼台近元宵，似不减年时，袖中香味。以上二首见全芳备祖后集卷三柑门

存　目　词

调　名	首　　　句	出　　　处	附　　　　　　　注
减字木兰花	娉娉袅袅	又	陈师道词,见墨庄漫录卷三
新　荷　叶	雨过回塘	全芳备祖前集卷十一荷花门	赵抃词,见乐府雅词拾遗卷上
清　商　怨	风　摇　动	京本通俗小说西山一窟鬼	无名氏词,见花草粹编卷六引古今词话
临　江　仙	绿暗汀洲三月暮	类编草堂诗馀卷二	无名氏词,草堂诗馀前集卷上
满　江　红	东武南城	类编草堂诗馀卷三	苏轼词,见东坡词卷上
水　龙　吟	智琼娇额涂黄	广群芳谱卷四十岩桂花门	杨无咎词,见逃禅词
鹊　桥　仙	多情应解	本书初版卷六十	晁端礼词,见闲斋琴趣外篇卷五

朝　天　子

酒醒情怀恶。金缕褪、玉肌如削。寒食过却。海棠花零落。
渐日照阑干、烟淡薄。绣额珠帘笼画阁。春睡著。觉来失、秋千
期约。

陈师道

　　师道字无已,一字履常,号后山居士,彭城(今徐州)人。生于皇祐
五年(1053)。元祐中,以苏轼、傅尧俞、孙觉荐,授徐州教授。建中靖国
元年(1101),为秘书省正字,扈从南郊,不屑服赵挺之衣,以寒疾卒,年
四十九。有后山词。

菩萨蛮 七夕

行云过尽星河烂。炉烟未断蛛丝满。想得两眉颦。停针忆远人。
河桥知有路。不解留郎住。天上隔年期。人间长别离。

又

东飞乌鹊西飞燕。盈盈一水经年见。急雨洗香车。天回河汉斜。
离愁千载上。相远长相望。终不似人间。回头万里山。

又

绮楼小小穿针女。秋光点点蛛丝雨。今夕是何宵。龙车乌鹊桥。
经年谋一笑。岂解令人巧。不用问如何。人间巧更多。

按此首别见惜香乐府卷五,误题赵长卿作。

又

银潢清浅填乌鹊。画檐急雨长河落。初月未成圆。明星惜此筵。
愁来无断绝。岁岁年年别。不用泪红滋。年年岁岁期。

木 兰 花

阴阴云日江城晚。小院回廊春已满。谁教言语似鹂黄,深闭玉笼
千万怨。　　蓬莱易到人难见。香火无凭空有愿。不辞歌里断人
肠,只怕有肠无处断。

南柯子 贺彭舍人黄堂成

故国山河在,新堂冰雪生。万家和气贺初成。人在笙歌声里、暗生
春。　　今代无双士,当年第一人。杯行到手莫辞频。明日凤池

归路、隔清尘。

西江月　席上劝彭舍人饮

楼上风生白羽，尊前笑出青春。破红展翠恰如今。把酒如何不饮。　　绣幕灯深绿暗，画帘人语黄昏。晚云将雨不成阴。竹月风窗弄影。

菩萨蛮　和彭舍人留别

喧喧车马西郊道。临行更觉人情好。住有一年情。去留千载名。　　离歌声欲尽。只作常时听。天上玉堂东。阳春是梦中。

虞美人　席上赠王提刑

城南观阁连云起。形像丹青里。使君箫鼓渡江来。尽带江南春色、放春回。　　青春欲住风催去。流水花无数。尊前触目一番新。只有玉楼明月、记游人。

木兰花　汝阴湖上同东坡用六一韵

湖平木落摇空阔。叶底流泉鸣复咽，酒边清漏往时同，花里朱弦纤手抹。　　风光过手春冰滑。十事违人常七八。不将白髮并黄花，拟下清流揽明月。

南乡子　九日用东坡韵

晴野下田收。照影寒江落雁洲。禅榻茶炉深闭阁，飕飕。横雨旁风不到头。　　登览却轻酬。剩作新诗报答秋。人意自阑花自好，休休。今日看时蝶也愁。

又

潮落去帆收。沙涨江回旋作洲。侧帽独行斜照里,飕飕。卷地风前更掉头。 语妙后难酬。回雁峰南未得秋。唤取佳人听旧曲,休休。瘴雨无花孰与愁。

西江月 咏酴醾菊

点点轻黄减白,垂垂重露生鲜。肌香骨秀月中仙。雪满瑶台曳练。 绰约却宜长见,清真不假馀妍。殷勤与插小婵娟。要试尊前玉面。

又 咏榴花

叶叶枝枝绿暗,重重密密红滋。芳心应恨赏春迟。不会春工著意。 晚照酒生娇面,新妆睡污胭脂。凭将双叶寄相思。与看钗头何似。

菩 萨 蛮

髻钗初上朝云卷。眼波翻动眉山远。一曲杜韦娘。当年枉断肠。 佳期如好月。拟满还须缺。别易见应难。长须仔细看。

按此首原为前第五首,题云又一首,今从吴讷唐宋名贤百家词本后山居士词编次移此。毛扆校汲古阁本后山词所据底本亦与吴讷本编次同。

减字木兰花 九日

清尊白髪。曾是登临年少客。不似当年。人与黄花两并妍。 来愁去恨。十载相看情不尽。莫更思量。梦破春回枉断肠。

满庭芳　咏茶

闽岭先春,琅函联璧,帝所分落人间。绮窗纤手,一缕破双团。云
里游龙舞凤,香雾起、飞月轮边。华堂静,松风竹雪,金鼎沸浸潺。

　　门阑。车马动,扶黄籍白,小袖高鬟。渐胸里轮囷,肺腑生寒。
唤起谪仙醉倒,翻湖海、倾泻涛澜。笙歌散,风帘月幕,禅榻鬓丝
斑。

南　乡　子

急雨打寒窗。雨气侵灯暗壁缸。窗下有人挑锦字,行行。泪湿红
绡减旧香。　　往事最难忘。更著秋声说断肠。曲渚圆沙风叶
底,藏藏。谁使鸳鸯故作双。

清平乐　二首

休休莫莫。更莫思量著。记著不如浑忘著。百种寻思枉却。
绣囊锦帐吹香。雄蜂雌蝶难双。眉上放开春色,眼前怜取新郎。

又

藏藏摸摸。好事争如莫。背后寻思浑是错。猛与将来放著。
吹花卷絮无踪。晚妆知为谁红。梦断阳台云雨,世间不要春风。

南　乡　子

阴重雨垂垂。并马西郊试薄衣。红蕊未开花已过,迟迟。不见东
风著意时。　　酒到更须辞。报答春光旧有期。勤苦著书妨作
乐,痴痴。莫学衰翁万事非。洛人谓牡丹为花而不名也。向秀注庄子,示嵇康
曰:妨人作乐尔。

罗敷媚 二首　和何大夫酴醿菊

春风吹尽秋光照，瘦减初黄。改样新妆。特地相逢只认香。
南台九日登临处，不共飞觞。镜里伊傍。独秀钗头殿众芳。

又

芙蓉不借韶华助，故著缃黄。宿面留妆。不出寒花只暂香。
伤春不尽悲秋苦，落蕊浮觞。知在谁傍。一笑盈盈百种芳。

木兰花 和何大夫

荣光休气天为瑞。道祖当天传宝裔。千年昌运此时逢，四海欢声
今日沸。　　濛濛香雾沾衣腻。漠漠轻寒梅柳细。封人长有祝尧
心，从此年年并岁岁。

木兰花减字 赠晁无咎舞鬟

娉婷娜袅。红落东风青子小。妙舞逶迤。拍误周郎却未知。
花前月底。谁唤分司狂御史。欲语还休。唤不回头莫著羞。

又

娉娉袅袅。芍药枝头红玉小。舞袖迟迟。心到郎边客已知。
当筵举酒。劝我尊前松柏寿。莫莫休休。白髮簪花我自羞。

按此首原附上首末，作"一本云"，以为附注。今从吴讷本、毛扆校本作另一首。
此首别又误入晁补之琴趣外篇卷六。

临 江 仙

离别寻常今白首，更须竹雨萧萧。不应都占世间豪。清风居士手，

杨柳洛城腰。　　　文字功名真自误,从今好月良宵。只消怜取董
娇饶。修门君自到,不用我词招。

此首别见晁氏琴趣外篇卷六,未知孰是。

南柯子　问王立之督茶

天上云为瑞,人间睡作魔,疏帘清簟汗成河。酒醒梦回眵眼、费摩
挲。　　　但有寒暄问,初无凤鸟过。尘生铜碾网生罗。一诺十年
犹未、意如何。

木兰花减字

匀红点翠。取次梳妆谁得似。风柳腰肢。尽日纤柔属阿谁。
娇娇小小。却是寻春人较老。著便休痴。付与风流幕下儿古词云:
十五年来,从事风流府。

清平乐　二首

秋声隐地。叶叶无留意。冰簟流光团扇坠。惊起双栖燕子。
夜堂帘合回廊。风帏吹乱凝香。卧看一庭明月,晓衾不耐初凉。

又

秋光烛地。帘幕生秋意。露叶翻风惊鹊坠。暗落青林红子。
微行声断长廊。熏炉衾换生香。灭烛却延明月,揽衣先怯微凉。

卜　算　子

纤软小腰身,明秀天真面。淡画修眉小作春,中有相思怨。　　　背
立向人羞,颜破因谁倩。不比阳台梦里逢,亲向尊前见。

洛　阳　春

酒到横波娇满。和香喷面。攀花落雨祝东风,诮不借、周郎便。
　背立腰肢挪撤。更须回盼。多生不作好因缘,甚只向、尊前见。

浣　溪　沙

暮叶朝花种种陈。三秋作意向诗人。安排云雨要新清_{按“清”原作}
“情”,从吴讷本。　　随意且须追去马,轻衫从使著行尘。晚窗谁念
一愁新。

临江仙　_{送叠罗菊与赵使君}

官样初黄过闰九。鲜妍时更宜寒。挽回人意不成阑。香罗堆叶
密,芳意著心单。　　过与后房歌舞手,轻盈喜_{一作“春”}色生颜。
堕钗拥髻与垂鬟。欲知谁称面,遍插一枝看。

清平乐　并引　咏柑子菊

　　　柑子菊姿韵俱胜,如王谢家十五女儿,而名不雅驯,为改之曰官样
　　黄,作清平乐词,且令方内知有此名也。
重重叠叠。娜袅裙千褶。时样官黄香百叶。一岁相逢两节_{是岁闰}
九月,两作重阳。　　曲阑绕遍芳丛。一枝作意妍秾。折得有谁相
忆,却须还与秋风。

南乡子　并引

　　　晁大夫增饰披云,务欲压黄楼,而张、马二子,皆当年尊下世所谓英
　　英、盼盼者。盼卒,英嫁,而盼之子莹,颇有家风,而曹妓未有显者,黄楼
　　不可胜也。作南乡子以歌之。
风絮落东邻。点缀繁枝旋化尘。关锁玉楼巢燕子,冥冥。桃李摧

残不见春。　　　流转到如今。翡翠生儿翠作袗。花样腰身官样立,婷婷。困倚阑干一欠伸。<small>周昉画美人,有背立欠伸者,最为妍绝,东坡为赋续丽人行。</small>

其二 <small>咏棣棠菊</small>

乱蕊压枝繁。堆积金钱闹作团。晚起涂黄仍带酒,看看。衣剩腰肢故著单。　　　薄瘦却禁寒。牵引人心不放阑。拟折一枝遮老眼,难难。蝶横蜂争只倚阑。<small>菊色微赤而叶单。</small>

临　江　仙

曲巷斜街信马,小桥流水谁家。浅衫<small>按"衫"原作"妆",从毛校本</small>深袖倚门斜。只缘些子意,消得百般夸。　　　粉面初生明月,酒容欲退朝霞。春风还解染霜华。肯持鸳绮被,来伴杜家花。

蝶恋花 <small>送彭舍人罢徐</small>

九里山前千里路。流水无情,只送行人去。路转河回寒日暮。连峰不许重回顾。　　　水解随人花却住。衾冷香销,但有残妆污。泪入长江空几许。双洪一抹无寻处。<small>一本云:戏马台前京洛路。车马喧喧,蹙踏尘如雾。借问使君天不语。朝云旋作留人雨。</small>　　　<small>尘断山青人已去。老幼扶携,泪眼仍回顾。下两句同。</small>

西江月 <small>咏丁香菊</small>

浅色千重柔叶,深心一点娇黄。只消可意更须香。好个风流模样。　　　玉蕊今谁攀折,诗人此日凄凉。正须蛮素作伊凉。与插钗傍鬓上。

洛　阳　春

素手拈花纤软。生香相乱。却须诗力与丹青,恐俗手、难成染。
　一顾教人微倩。那堪亲见。不辞紫袖拂清尘,也要识、春风面。

菩萨蛮　寄赵使君

清词丽句前朝曲。使君借与灯前读。读罢已三更。寒窗雨打声。
　应怜诗客老。要使情怀好。犹有解歌人。尊前按"前"原作"旁",
从毛校本未得听。

木兰花减字　和人对雪

清愁叠积。更莫迟留春酒逼。吹面和风。梅信新来一线通。
危楼晓望。雪满群山开画障。目断瑶川。同凭阑干意几般。

卜算子　送梅花与赵使君

梅岭数枝春,疏影斜临水。不借芳华只自香,娇面长如洗。　　　还
把最繁枝,过与偏怜底。试傍鸾台仔细看,何似丹青里。

渔家傲　从叔父乞苏州湿红笺

一舸姑苏风雨疾。吴笺满载红犹湿。色润按"润"原作"閏",从毛校本朝
花光触日。人未识。街南小阮应先得。　　　青入柳条初著色。溪
梅已露春消息。拟作新词酬帝力。轻落笔。黄秦去后无强敌。

少　年　游

御园果子压枝繁。看看分摘无缘。团沙弄雪,劳心费手,不肯暂时
圆。　　　赛神旧愿心儿有,终了待、几时还。芍药梢头,红红白白,

一种几千般。

南 乡 子

袅娜破瓜馀。豆蔻梢头二月初。众里腰肢遥可识, 应殊。暗里犹能摸得渠。　　醉侧不须扶。唤作周家行画图。背立欠伸花絮底, 知无。未信丹青画得如。

木兰花减字

今年百五。风日清明尘不举。紫秀红陈。三节烟花次第春。　　来舆去马。千念一空春事谢。白下门东。谁见初杨弄晚风。

踏 莎 行

红上花梢, 风传梅信。青春欲动群芳竞。林声鸟语带馀寒, 江光野色开游径。　　乍雨还晴, 暄寒不定。重门深院帘帷静。又还日日唤愁生, 到谁准拟风流病。以上何义门校明弘治本后山集卷三十

菩萨蛮 佳人

晓来误入桃源洞。恰见佳人春睡重。玉腕枕香腮。荷花藕上开。　　一扇俄惊起。敛黛凝秋水。笑倩整金衣。问郎来几时。杨金本草堂诗馀前集卷下

　　按此首又作无名氏词, 见词林万选卷四, 疑非陈师道作。

卜 算 子

摇风影似凝, 带雪香如抱。开尽南枝到北枝, 不道春将老。　　飘飘姑射仙, 谁识冰肌好。会有青绫梦觉人, 可爱池塘草。

二

绣幕罩梅花,莫放清香透。鉴里朱颜岁岁移,只道花依旧。　　把
酒问梅花,知我离情否。若使梅花知我时,料得花须瘦。

三

雪暗岭头云,竹冷溪边树。还似潇湘缥缈人,玉骨笼香雾。　　月
下幽香度。梦里香魂驻。回首南枝酒半醺,寂寞无寻处。以上三首
见花草粹编卷二引梅苑

存　目　词

调　名	首　　句	出　处	附　　注
西江月	断送一生惟有	草堂诗馀后集别录	黄庭坚作,见山谷琴趣外篇卷三
如梦令	吟罢池边杨柳	同情集词选卷三	明人陈淳作,见草堂诗馀新集卷一
菩萨蛮	哀筝一弄湘江曲	词综卷六	晏几道作,见小山词

青幕子妇

原为妓,能诗词。

减字木兰花

清词丽句。永叔子瞻曾独步。似恁文章。写得出来当甚强。后山
诗话

张　耒

耒字文潜,楚州淮阴人。生于至和元年(1054)。第进士。元祐元年(1086),以试太学录召试,授秘书省正字。仕至起居舍人。以直龙图阁知润州。绍圣中,谪监黄州酒税。徽宗初,召为太常少卿。坐元祐党,复贬房州别驾、黄州安置。寻得自便,居陈州。政和四年(1114)卒,年六十一。有柯山集。

减字木兰花

个人风味。只有江梅些子似。每到开时。满眼清愁只自知。霞裾仙珮。姑射神人风露态。蜂蝶休忙。不与春风一点香。<small>梅苑卷九</small>

鹧　鸪　天

倾盖相逢汝水滨。须知见面过闻名。马头虽去无千里,酒盏才倾且百分。　　嗟得失,一微尘。莫教冰炭损精神。北扉西禁须公等,金榜当年第一人。

满　庭　芳

裂楮裁筠,虚明潇洒,制成方丈屠苏。草团蒲坐,中置一山炉。拙似春林鸠宿,易于□、秋野鹑居。谁相对,时烦孟妇,石鼎煮寒蔬。　　嗟吁。人生随分足,风云际会,漫付伸舒。且偷取闲时,向此踌躇。谩取黄金建厦,繁华梦、毕竟空虚。争如且、寒村厨火,汤饼一斋盂。<small>以上二首乐府雅词拾遗卷上</small>

按"际会""漫付""取黄""村"字原空格,据文津阁四库全书本乐府雅词补,不甚可信,或有馆臣臆补之字。

风　流　子

木叶亭皋下,重阳近,又是捣衣秋。奈愁入庾肠,老侵潘鬓,谩簪黄菊,花也应羞。楚天晚,白蘋烟尽处,红蓼水边头。芳草有情,夕阳无语,雁横南浦,人倚西楼。　　玉容,知安否,香笺共锦字,两处悠悠。空恨碧云离合,青鸟沉浮。向风前懊恼,芳心一点,寸眉两叶,禁甚闲愁。情到不堪言处,分付东流。_{乐府雅词拾遗卷下}

秋　蕊　香

帘幕疏疏风透。一线香飘金兽。朱阑倚遍黄昏后。廊上月华如昼。　　别离滋味浓于酒。著人瘦。此情不及墙东柳。春色年年如旧。

少　年　游

含羞倚醉不成歌。纤手掩香罗。偎花映烛,偷传深意,酒思入横波。　　看朱成碧心迷乱,翻脉脉、敛双蛾。相见时稀隔别多。又春尽、奈愁何。_{以上二首见能改斋漫录卷十七}

失调名　端五

水团冰浸砂糖裹。有透明角黍松儿和。

又

菖蒲酒满劝人人,愿年年欢醉。偎倚。把合欢彩索,殷勤寄与。

又

手把合欢彩索,殷勤微笑殢檀郎。低低告,不图系腕,图系人肠。
　　　　以上张耒词六首,断句三,用赵万里辑本柯山诗馀。

存　目　词

调　名	首　句	出　处	附　注
鸡 叫 子	平池碧玉秋波莹	词品卷一	乃张耒"对莲花戏寄晁应之"古诗中四句,见张右史文集卷十二,附录于后
风 流 子	皇州淑气满	刘毓盘辑柯山词	无名氏词,见乐府雅词拾遗卷下
减字木兰花	香肌清瘦	又	无名氏作,见梅苑卷九
又	东君有待	又	又

鸡叫子　荷花

平池碧玉秋波莹。绿云拥扇青摇柄。水宫仙子鬥红妆,轻步凌波踏明镜。

侯　蒙

　　蒙字元功,高密人。生于至和元年(1054)。元丰八年(1085)进士及第。徽宗时,官户部尚书同知枢密院,进尚书左丞、中书侍郎。罢知亳州。旋加资政殿学士。宣和三年(1121)知东平府,未赴而卒,年六十八。谥文穆。

临　江　仙

未遇行藏谁肯信,如今方表名踪。无端良匠画形容。当风轻借力,一举入高空。　　才得吹嘘身渐稳,只疑远赴蟾宫。雨馀时候夕阳红。几人平地上,看我碧霄中。夷坚甲志卷四